리틀브라더

리틀 브라더

코리 닥터로우 장편소설

최세진 옮김

아작

나를 완성시켜준 앨리스를 위해

한국어판 서문

안녕하세요, 한국 독자 여러분.

서구에 사는 저 같은 사람들에게 한국은 100메가 광케이블과 PC방, 프로게이머가 넘치는 약속의 땅입니다. 한국은 인터넷으로 연결된 미래를 서구보다 앞서 나갔지만, 그와 동시에 디스토피아적인 감시 역시 선두에 서 있습니다.

2015년 '해킹팀'이라는 악명 높은 이탈리아 사이버무기 판매업체가 해킹을 당해 업체의 이메일과 고객파일이 인터넷에 공개됐습니다. 공개된 파일을 통해 이 업체가 그동안 오랜 기간 잔혹하게 인권 침해를 해온 에티오피아 같은 정부들에게 감시 도구를 제공해왔다는 사실이 밝혀졌습니다. 이 업체의 최상위 고객 명단에는 놀랍게도 '한국'이 포함되어 있었습니다.

정부가 '해킹팀'에게서 감시용 도구를 구입했다는 기사를 읽었을 때, 어쩌면 여러분은 영화에서 스파이들이 사용하는 정교한 접시형 마이크나 싸구려 잡지의 광고에 나오는 바늘구멍만한 몰래카메라처럼 고도로 전문화된 장비를 상상했을지도 모릅니다. 하지만 사이버 감시용 도구는 그렇게 멋진 장치가 아닙니다. 그건 착각입니다.

모든 프로그램에는 오류가 있고, 컴퓨터를 안전하게 지키는 건 매우 어렵습니다. 하지만 프로그래머에 의해 만들어진 오류를 찾아내는 일은 상상을 초월할 정도로 어렵기 때문에, '해킹팀' 같은 회사는 해커들에게 엄청난 돈을 주고 이런 오류를 찾도록 해서 그 오류를 이용해 감시용 도구를 만듭니다. 예를 들어 어도비 플래시의 오류를 찾아내면 목표로 삼은 컴퓨터가 오염된 웹페이지를 방문했을 때 해당 컴퓨터를 장악할 수 있습니다. 일단 컴퓨터를 장악하고 나면 컴퓨터에 달린 마이크와 웹캠을 은밀히 통제하고 키보드 입력 내용과 하드디스크에 있는 파일들을 읽어올 수 있습니다. 물론 더 많은 일을 할 수 있죠.

설령 여러분이 정부가 어떤 사람들을 훔쳐보는 데에는 그럴 만한 이유가 있을 것이라는 생각을 받아들인다고 하더라도, 사람들에게 일반적으로 사용되는 소프트웨어의 약점을 이용해서 '나쁜 녀석들'을 훔쳐보는 것은 마이크를 몰래 설치해서 도청하는 것과 전혀 다릅니다.

보안시스템의 오류를 찾는 방법은 한 가지밖에 없습니다. 정보를 공개하는 것입니다. 자신이 뚫을 수 없는 보안시스템을 설계하는 건 아무나 가능합니다. 하지만 설계한 사람이 그 보안시스템을 뚫을 수 없다는 사실은 설계자보다 멍청한 사람들에게나 작동될 보안시스템이라는 의미입니다. 생물학자, 수학자, 물리학자들이 자신들의 실험 결과와 계획을 발표해서 동료들이 비평할 수 있도록 하듯이, 보안 연구자들도 그렇게 합니다.

동료들이 당신의 오류를 지적하고 경쟁자들이 그런 실수를 만들어낸 당신을 바보라고 부를 수 있는, 그런 적대적인 동료의 비판이 과학적 방법의 핵심 원동력입니다. 오픈소스 프로그램의 격언대로 "보는 눈이 충분히 많으면 찾지 못할 버그는 없습니다."

'서울'이 버그를 구매해서 무기로 이용하면 그 버그는 수리되지 않고 그대로 남게 됩니다. 그러면 '평양'에서도 그 버그를 찾아내 이용할 수 있습니다. 범죄자와 개인정보 도둑, 관음증 환자, 기회만 노리는 프로그래머들 역시 그 버그를 무기로 이용할 수 있습니다. 비밀스럽게 무기로 이용되는 버그를 판매하는 시장을 만들어내는 것은 전적으로 범죄입니다.

한국의 국정원과 미국의 국가안전국(NSA), 영국의 정보통신본부(GCHQ)는 자신들이 마치 첩보영화에 나오는 스파이 대 스파이 전쟁을 벌이는 척하고 있습니다. 하지만 현실에서 그들이 사용하는 모든 무기는 컴퓨터 안에 살고, 컴퓨터로 몸을 채우고 있는 우리 같은 평범한 사람들이 의지하는 자료와 통신, 그리고 우리의 삶을 보호할 수 있는 수단을 악화시키고 있을 뿐입니다.

컴퓨터와 인터넷을 통해 이루어지는 일들이 우리 삶의 구석구석까지 영향을 미치고 있습니다.

외설과 저작권 해적질을 막기 위해, 혹은 "최근 북한의 지뢰 폭발과 연천 포격 등 도발과 관련해 남한이 거짓으로 날조했다고 비난하는 허위의 내용이 담겨 있는"(한국방송통신심의위원회) 홈페이지를 차단한다며 검열 체계를 만들면, 권력자는 숨기고 싶어 하는 자료를 이런 분류에 넣기만 해도 네트워크에서 쉽게 없애버릴 수 있게 됩니다.

위키리크스가 오스트레일리아의 비밀스러운 '아동 포르노' 블랙리스트의 내용을 유출했을 때, 그 목록의 98.5%는 아동의 성적 학대와 무관한 이미지였으며, 아동 포르노라기보다는 권력을 잡고 있는 누군가가 불쾌할 만한 내용이라는 게 밝혀졌습니다. 결과에 책임을 질 필요가 없고 감독이 제대로 되지 않은 상태에서 자료를 없애버릴 수 있는 방법이 일단 생기면, 관료들은 결국 그 체계를 남용하려는 유혹에 빠져들 수밖에 없습니다.

컴퓨터는 우리를 자유롭게 하고, 지난 시대의 거친 꿈을 넘어 다른 세계로 이끌어 줄 것입니다. 하지만 정부들은 컴퓨터를 수수께끼투성이의 취약한 블랙박스로 바꿔놓고 우리에게 죄를 물으며 인터넷 접속을 검열하면서도 아무런 처벌을 받지 않고 책임도 지지 않고 있습니다.

이 책은 정보의 의미를 파악하기 위한 책입니다. 이 책은 컴퓨터가 우리를 어떻게 감시할 수 있는지 경고하는 책이 아니라, 어떻게 하면 컴퓨터가 우리를 자유롭게 해줄 수 있을지에 대해 묻는 책입니다.

2015년 10월
코리 닥터로우

차례

1

내 이름은 마커스 얄로우

내 이름은 마커스 얄로우, 샌프란시스코의 볕 좋은 미션 지구에 위치한 세사르 차베스 고등학교 3학년이다. 덕분에 세상에서 가장 심하게 감시받는 사람들 중 하나가 되었다. 이 이야기가 시작될 무렵, 나는 이름보다 w1n5t0n이라는 아이디로 통했다. '윈스턴'이라 읽는다.

절대로 '더블유-원-엔-파이브-티-제로-엔'으로 읽으면 안 된다. 아직도 인터넷을 '정보초고속도로'라고 부르는 고리타분하고 무식한 학생주임 같은 사람들이나 그런 식으로 읽는 법이다. 그리고 그렇게 무식한 인간을 하나 알고 있다. 우리 학교에는 교감이 셋인데, 그중 한 명인 프레드릭 벤슨이 그런 종류의 인간이다. 볼 때마다 숨이 컥컥 막히는 인간이라고나 할까. 하지만 어쩔 수 없이 교도관의 감시를 받아야 하는 처지라면, 빈틈없이 상황을 잘 처리하는 교도관보다는 차라리 무식한 교도관이 낫다.

"마커스 얄로우." 어느 금요일 아침 프레드릭 교감이 교내 방송으로 내 이름을 불렀다. 본래 학교 스피커의 음질이 그다지 좋지 않은 편인데, 거기에 습관적으로 웅얼거리듯 발음하는 교감의 말투가 더해지자 교내 방송이라기보다는 상한 부리토를 소화하려고 끙끙대는 사람이 내는 소리 같았다. 하지만 인간이란 애매하게 뭉그러진 소리 가운데에서도 자기 이름만은 기가 막히게 알아듣는 법이다. 다 생존을 위한 본능이다.

나는 가방을 집어 들었고, 다운받던 파일을 날려버리고 싶지는 않아서 노트북을 4분의 3 정도만 닫고 불려갈 준비를 했다.

"지금 즉시 교무실로 오도록."

사회과목을 담당하는 갈베스 선생님이 깜짝 놀란 눈으로 나를 쳐다보길래 나도 무슨 영문인지 모르겠다는 눈짓을 했다. 프레드릭 교감은 늘 나를 못살게 군다. 내가 학교의 방화벽을 젖은 휴지처럼 뚫어버리고, 보조(步調)인식 소프트웨어를 속이고, 학교가 우리를 추적하기 위해 심어놓은 감시칩을 박살내버렸기 때문이다. 그래도 갈베스 선생님은 괜찮은 사람이다. 그런 일로 나를 괴롭힌 적이 한 번도 없다. 특히 내가 웹메일을 이용해서 이라크로 파병된 동생과 대화할 수 있도록 도와준 후로는 더욱 그렇다.

단짝 친구인 대릴 옆을 지나가자 녀석이 내 엉덩이를 철썩 때렸다. 대릴은 기저귀 차고 유아원에서 도망 다닐 때부터 알던 친구인데, 서로 골치 아픈 일에 끌어들이기도 하고 그것을 해결해주기도 하면서 함께 자랐다. 나는 프로 권투선수들이 링에 입장할 때처럼 으스대며 양손을 번쩍 들어 올린 채 교실을 빠져나왔지만, 이내 경찰청 포토라인에 끌려나온 범죄자 얼굴을 하고 교무실로 향했다.

교무실에 가는 중에 휴대폰이 울렸다. 역시 절대로 일어나서는 안 되는 일이었다. 우리 학교는 휴대폰 사용을 엄격하게 금지했다. 그런다고 못할 내가 아니잖아? 화장실 가운데 칸으로 가서 문을 잠갔다. 구석 칸은 냄새와 지저분한 것들을 피하려는 아이들이 너무 많이 이용하기 때문에 오히려 가장 더럽다. 도박의 달인이라면 가운데 칸이 가장 깨끗하다는 데 판돈을 걸 것이다. 휴대폰을 확인했더니 집에 있는 PC에서 날아온 메일이었다. 지금까지 나온 게임 중 최고라고 할 수 있는 '하라주쿠 펀 매드니스'가 업데이트됐다는 소식이었다.

피식 웃음이 나왔다. 아무튼 금요일에 학교에 있기 싫던 참이었는데 빠져나갈 구실이 생겨 기뻤다.

나는 프레드릭 교감 사무실까지 느릿느릿 걸어가 문을 열고 손을 흔들어 기척을 했다.

"네가 더블유-원-엔-파이브-티-제로-엔이지?" 교감이 말했다. 프레드릭 벤슨 교감의 모든 개인 정보는 이미 내 손안에 있다. 사회보장 번호 545-03-2343, 1962년 8월 15일생, 어머니의 결혼 전 이름은 디 보나, 고향은 페탈루마 시. 교감은 키가 엄청 컸다. 나는 1미터 72센티미터에서 성장이 멈췄지만 교감은 2미터나 된다. 하지만 그가 대학 농구선수로 활약하던 시절은 이제 먼 옛날이라, 가슴 근육이 처져서 어느 벤처기업에서 공짜로 얻어 입은 폴로 티셔츠로 늘어진 젖통이 비쳐 보였다. 그는 항상 눈앞에 있는 학생의 엉덩이를 후려칠 것 같은 자세를 잡고 서서 극적인 효과를 내기 위해 목소리를 높이곤 했다. 하지만 자꾸 반복하다 보니 이제는 그 효과도 사라지기 시작했다.

"죄송하지만 아닌데요. 말씀하신 R2D2 같은 이름은 처음 들어봐요."

"더블유-원-엔-파이브-티-제로-엔." 프레드릭 교감이 다시 스펠링을 읊었다. 교감은 매서운 눈으로 째려보며 내가 고분고분해지길 기다렸다. 물론 그건 내가 수년 동안 사용했던 아이디가 맞다. 주로 게시판에 글을 올릴 때 사용했던 아이디인데, 나는 그 아이디로 학교에서 몰래 빠져나가는 방법이나 휴대폰 추적기능을 무력화시키는 방법 같은 글을 올림으로써 실용 보안연구 분야에 많은 기여를 해왔다. 하지만 교감이 내 아이디를 알 리가 없었다. 그 방법들을 따라한 아이들은 소수에 불과했고, 그 아이들은 내가 다른 누구보다 신뢰하는 친구들이기 때문이다.

"음, 전 도통 무슨 이야긴지 모르겠어요." 난 그 아이디를 이용해서 학교에서 아주 멋진 사건들을 저지르긴 했지만(감시칩을 박살낸 일은 지금 생각해도 무척 자랑스럽다) 교감이 그 아이디 주인이 나라는 사실을 눈치 챘다면 일이 좀 심각해진다. 학교에서 나를 w1n5t0n이나 '윈스턴'으로 부르는 사람은 없었다. 아무리 친한 친구들이라도 나를 그렇게 부르지는 않았다. 나는 그저 마커스일 뿐이었다.

프레드릭 교감은 자리에 앉아 손가락에 낀 졸업 기념 반지로 서류를 신경질적으로 두드렸다. 일이 꼬이기 시작할 때 나오는 교감의 버릇이다. 포커 타짜들은 이런 걸 '신호'라고 한다. 그 신호를 통해 다른 사람이 머릿속으로 무슨 생각을 하는지 알 수 있다. 나는 프레드릭 교감이 이리저리 흘리는 신호를 읽을 수 있었다.

"마커스, 이게 얼마나 심각한 일인지 네가 깨달았으면 좋겠어."

"그게 뭔지 설명해주시기만 하면 바로 깨달을 겁니다. 교감 선생님." 권위적인 사람들을 놀려먹을 때마다 나는 말투가 아주 정중해진다. 그게 바로 내가 흘리는 '신호'다.

교감이 나를 쳐다보며 고개를 젓더니 아래를 내려다봤다. 또 다른 신호다. 이제 수초 내로 소리를 지르기 시작할 것이다. "잘 들어, 이 새끼야! 네놈이 무슨 짓을 하고 다니는지 다 알고 있어. 관대한 처벌 같은 건 기대하지도 마. 이 면담이 끝나기 전에 퇴학당하지 않으면 다행일 줄 알아. 졸업은 제대로 할 수 있을 줄 알아?"

"교감 선생님, 뭐가 문제인지 아직 설명을 안 해주셔서…."

교감은 손바닥으로 책상을 꽝 내리치더니 나를 손가락으로 가리켰다. "마커스, 문제는 네가 학교 보안 시스템을 파괴하는 범죄 음모에 가담해서 동료 학생들에게 보안을 무력화시키는 기구를 제공했다는 거야. 지난주에 그라시엘라 우리아르테가 네가 준 기구를 이용하다가 퇴학당했다는 거 알고 있지?" 사실 그라시엘라는 좀 억울하게 걸렸다. 그 애는 16번가 지하철역 근처 히피 가게에서 전파 방해장치를 구입했는데 학교 복도에서 그만 방해전파를 쏴버린 것이다. 나와 관계없는 사건이긴 했지만 안타까운 일이었다.

"설마 제가 그런 일에 참여했다고 생각하시는 건가요?"

"네가 더블유-원-엔-파이브-티-제로-엔이라는 믿을 만한 정보가 있어." 프레드릭 교감은 다시 글자를 하나씩 발음했다. 숫자 1이 영어 알파벳 I이고, 5는 S라는 사실을 교감은 꿈에도 모르는 것 같았다. "우리는 이 더블유-원-엔-파이브-티-제로-엔이라는 놈이 작년에 일제고사 시험지를 훔친 사실도 알고 있어." 실제로 그건 내가 한 일이 아니었지만 꽤 재미있는 해킹이었다. 그 사건을 내가 저질렀다는 이야기를 들으니 기분이 나쁘지는 않았다. "그러니 협조하지 않으면 넌 교도소에서 몇 년을 보내야 할 거야."

"'믿을 만한 정보'를 갖고 계시다면서요? 저도 보고 싶습니다."

교감이 째려봤다. "그런 태도는 너한테 전혀 도움이 안 돼."

"교감 선생님, 증거가 있으면 그냥 경찰을 불러서 넘겨버리는 게 좋을 것 같습니다. 말씀하시는 걸 들어보니 정말 심각한 사건인 것 같은데, 법률 당국에서 실시하는 조사가 저 때문에 방해되면 안 되잖아요."

"경찰을 부르자는 말이지?"

"네. 그리고 저희 부모님도 불러주세요. 아무래도 그게 나을 거 같아요."

우리는 책상 너머로 서로를 노려봤다. 교감은 겁을 주면 내가 굽실거릴 줄 알았겠지만, 나는 되레 고개를 빳빳하게 쳐들었다. 사람을 기분 나쁘게 내려다보는 프레드릭 교감 같은 사람들을 대하는 나만의 비법이 있다. 상대방 머리에서 왼쪽으로 약간 떨어진 지점을 쳐다보며 아일랜드 민요의 가사를 속으로 외우면 겉으로는 완벽하게 침착하고 평온해 보일 수 있다.

날개 아래 새, 새 아래 알, 알은 둥우리에, 둥우리 아래 나뭇잎, 나뭇잎 아래 작은 가지, 작은 가지 아래 큰 가지, 큰 가지 아래 나무줄기, 나무줄기는 나무에, 나무 아래 개. 개는 계곡으로 내려간다, 오! 야-호! 개는 빠르게 달린다, 개는 계곡으로 내려간다, 오!

"너는 일단 교실에 가 있어. 경찰 조사가 준비되면 다시 부를 거야."

"지금 경찰을 부르실 건가요?"

"경찰을 부르는 과정이 그리 간단하지 않아. 하지만 학교는 적절한 방식으로 최대한 이 일을 빨리 처리할 거야. 그런데 네가 계속 우겨대면….”

“경찰을 부르실 동안 여기서 기다릴게요. 전 괜찮아요.”

교감이 다시 반지로 서류를 두드렸다. 그래서 난 교감이 곧 고함칠 때를 대비했다.

“꺼져!” 교감이 소리를 질렀다. “내 사무실에서 나가! 어디서 이따위 한심한 놈이….”

나는 무표정한 얼굴로 교감실을 나왔다. 교감은 경찰을 부르지 않을 것이다. 만일 경찰을 부를 수 있을 정도로 증거가 충분했다면 나를 부르기 전에 경찰부터 불러놨을 것이다. 교감은 웬만해서는 겁을 먹지 않는 나를 증오했다. 교감은 어딘가에서 근거 없는 소문을 듣고는 나를 겁줘서 그 소문을 확인하려 했던 게 틀림없다.

난 걸음걸이를 평소대로 유지하면서 복도를 따라 가볍고 힘차게 걸어갔으므로 보조인식 카메라에 그대로 기록됐을 것이다. 이 카메라는 1년 전에 설치됐는데, 나로서는 학교의 이 완전한 바보짓이 그저 사랑스러울 뿐이었다. 그전에는 얼굴인식 카메라로 학내 거의 모든 공공장소를 뒤덮었던 적이 있었는데, 법원에서 학내 얼굴인식 카메라 사용에 위헌 판결을 내렸다. 그러자 피해망상증에 걸린 프레드릭 교감과 학교 관리자들은 걸음걸이로 학생들을 식별할 거라며 이 멍청한 카메라를 사들이는 데 학교 예산을 썼다. 해보라지, 뭐.

나는 교실로 돌아가 자리에 앉았다. 갈베스 선생님이 돌아온 나를 따뜻하게 환영해줬다. 학교에서 나눠준 노트북을 꺼내 수업 모드로 바꿨다. 이건 학교에서 나눠준 스쿨북이라는 표준 노트북인데 아주 고약한 감시 기계다. 스쿨북은 학생들이 입력하는 모든 글자를 기록하고, 인터넷으로 오가는 의심스러운 단어를 검열해 마우스를 클릭할 때마다 감시하면서, 네트워크로 주고받는 모든 생각을 추적했다. 우리가 스쿨북을 처음 받았던 2학년 때의 들뜬 기대감은 겨우 두어 달 만에 그 빛을 잃었다. 이 '공짜' 노트북이 감시를 위한 기계라는 걸 알아챈 데다, 부팅할 때마다 끝도 없이 지겨운 광고가 계속되자, 학생들은 스쿨북을 몹시 거추장스럽게 여기기 시작했다.

스쿨북 해킹은 식은 죽 먹기였다. 스쿨북이 나온 지 한 달도 안 돼서 온라인에 해킹 방법이 올라왔는데 너무 간단했다. DVD 이미지를 다운받아 구운 다음에, 그 DVD를 스쿨북에 넣고 부팅할 때 키보드 몇 개를 동시에 눌러주기만 하면 됐다. 나머지는 DVD가 알아서 다 했다. DVD는 스쿨북에 비밀 프로그램을 왕창 깔았는데, 그 프로그램들은 교육위원회에서 매일 하는 원격 무결성 검사에도 걸리지 않았다. 교육위원회의 최신판 검사를 피하기 위해 시시때때로 소프트웨어를 업데이트해야 했지만, 그 정도의 수고는 노트북에 대한 통제권을 되찾은 것에 비하면 아무것도 아니었다.

나는 패러노이드 메신저를 켰다. 수업 시간에 기록을 남기지 않고 채팅하고 싶을 때마다 이용하는 비밀 메신저였는데, 대릴은 이미 접속해 있었다.

> 게임 떴어! 하라주쿠 펀 매드니스에 큰 거 떴는데, 너도 할 거지?

> 싫어. 젠장. 또 땡땡이치다가 걸리면 세 번째라 퇴학당할 거야. 인마, 너도 알잖아. 학교 마치고 가자.

> 점심시간 다음이 자습이잖아. 그럼 두 시간이야. 단서 처리하고 우리를 찾기 전에 돌아올 시간은 충분해. 우리 팀 다 부를게.

'하라주쿠 펀 매드니스'는 지금까지 나온 게임 중 최고였다. 앞에서도 한 번 말했지만, 두 번 칭찬해도 아깝지 않은 게임이다. 이 끝내주는 대체현실게임은 지난 10여 년 동안 일본 하위문화의 주요 산실이었던 하라주쿠에 있는 어느 신사에서 줄거리가 시작된다. 멋쟁이 일본 십대 아이들이 초자연적인 치유 효과를 가진 보석을 발견한 후 사악한 승려와 야쿠자, 외계인, 세무 조사원, 부모들, 통제를 벗어난 인공지능에게 쫓기는데, 게임이 암호문을 흘리면 우리는 현실 세계에서 그걸 풀어 단서를 찾는다. 그리고 그 단서로 다른 암호문을 찾고 그 암호문으로 다시 다른 단서를 찾는 방식으로 진행된다.

시내를 돌아다니면서 이상한 사람들과 재미있는 전단지, 거리의 미치광이, 기상천외한 가게들을 조사하면서 보내는 신나는 오후를 상상해보라. 지금은 거기에 보물찾기도 추가됐다. 지금껏 세상에 발표됐던 이상한 옛날 영화와 노래, 십대 문화들을 뒤지며 단서를 찾아야 한다. 네 명이 한 팀을 이루는데 게임에서 대상을 타면 열흘짜리 일본 여행을 상으로 받는다. 하라주쿠 다리 위에서 신나게 놀고 아키하바라에서 덕후의 재미를 맛보고 나면, 집에 올 때 온갖 '애스트로 보이' 상품을 한 아름 선사받는다. 일본에선 애스트로 보이를 '아톰'이라고 부르는 것만 다를 뿐이다.

'하라주쿠 펀 매드니스'는 그런 게임이다. 퍼즐을 한두 개 풀기 시작하면 절대로 빠져나올 수 없다.

> 안 돼, 인마. 그냥 안 돼. 절대 안 돼. 더 이상 묻지 마.

> 대릴, 네가 필요해. 우리 팀에서 네가 최고잖아. 내가 아무도 모르게 데리고 나갔다가 다시 들어올 수 있게 해주면 되잖아. 너도 내 실력 알지?

> 네 실력이야 잘 알지.

> 그럼 낄 거지?

> 젠장, 안 한다고!

> 대릴, 왜 이래? 네가 죽을 때 침대에 누워서 수업시간 땡땡이치지 말고 공부나 열심히 할 걸 괜히 놀았다고 후회할 사람은 아니잖아.

> 죽을 때 침대에 누워서 대체현실게임이나 더 했으면 좋았을 거라고 후회하지도 않을 거야.

> 그렇지. 그래도 죽을 때 버네사 박이랑 시간을 더 보냈으면 좋았을 거라는 후회는 할 거잖아. 그치?

버네사는 우리 팀에 있는 여자애다. 이스트 베이에 있는 사립여학교에 다니는데 부르기만 하면 학교에서 빠져나와 게임에 참가할 것이다. 대릴은 지난 몇 년간 말 그대로 그 애한테 푹 빠져 있었다 (심지어 그 애가 사춘기를 지나며 축복받은 글래머가 되기 전부터). 대릴은 버네사의 마음을 사랑했던 것이다. 슬프지만, 진짜다.

> 지랄하네.

> 갈 거지?

대릴이 나를 쳐다보며 고개를 절레절레 흔들더니, 이내 고개를 끄덕였다. 나는 윙크를 해주고 나머지 팀원에게 연락을 취했다.

＊

내가 원래부터 대체현실게임을 즐겼던 건 아니다. 나에겐 아무도 모르는 비밀이 하나 있는데, 원래 나는 라이브액션롤플레잉 게임을 더 좋아했다. 그 게임은 이름 그대로 실제로 직접 분장을 하고 뛰어다니면서 웃기는 말투로 지껄이며 슈퍼 첩보원이나 흡혈귀, 중세 기사인 척하는 놀이였다. 괴물 분장을 하고 뛰어다니는 깃발 빼앗기 놀이에 연극반 수업이 추가된 것과 비슷했다. 그중에서도 최고는 소노마 외곽이나 샌프란시스코 남쪽의 스카우트 야영장에서 하는 게임이었다. 거기에서 사흘 동안 진행되는 게임은 진짜 흥미진진했는데, 온종일 걸어 다니면서 스티로폼과 대나무로 만든 칼을 휘두르며 대규모 전투를 벌이기도 하고, 콩주머니를 집어 던지며 "파이어볼!" 같은 주문을 걸기도 했다. 조금 바보스럽긴 했지만 아주 재밌었다. 컴덕후답지 않게 다이어트 콜라 캔과 페인트칠한 미니어처가 쌓인 탁자에 다른 아이들과 앉아서 요정의 계획에 대해 이야기를 나누기도 했는데, 집에서 온라인 게임에 푹 빠져서 지내던 때에 비하면 육체적인 움직임이 훨씬 많았다.

그런데 어느 호텔에서 진행됐던 소규모 게임에서 문제가 생겼다. SF 관련 행사가 샌프란시스코 시내에서 열릴 때면 라이브액션롤플레잉 게임 플레이어들은 소규모라도 게임을 할 수 있게 해달라고 졸라서 12시간을 허락받은 다음 그들이 대여한 공간을 이용해 게임을 하곤 했다. 게임에 빠진 아이들은 분장을 한 채 뛰어다니며 행사에 생기를 더했고 우리보다 훨씬 덕후스러운 사람들 틈에서 신나게 놀았다.

호텔의 문제는 그곳에 게임에 참가하지 않는 사람들이 많았다는 사실이다. 그들은 SF 팬이 아니라 휴일을 맞아 다른 주에서 여행 온 사람들로서 그냥 평범한 사람들이었다.

그리고 그런 사람들은 게임의 특성을 오해하기도 한다.

지금은 이 정도까지만 이야기하자.

수업이 10분도 안 남은 탓에 준비할 시간이 별로 없었다. 가장 먼저 처리할 일은 저 귀찮은 보조인식 카메라를 따돌리는 일이었다. 앞서 이야기했듯이, 학교에선 먼저 얼굴인식 카메라를 설치했다가 위헌 판결을 받았다. 내가 아는 한 법원은 보조인식 카메라에 대해서는 아직 판결을 내리지 않았다. 보조인식 카메라는 위헌 판결이 나기 전까지 우리를 끈덕지게 감시할 것이다.

'보조'는 걸음걸이 모양을 의미한다. 사람들은 다른 사람의 걸음걸이 모양을 아주 잘 알아본다. 다음에 야영을 가거든 멀리서 친구가 다가올 때 손전등이 흔들리는 모양을 잘 보라. 불빛이 움직이는 모양만 보고도 단번에 누군지 알아볼 수 있을 것이다. 손전등이 오르락내리락 하는 특유의 모양만 봐도 우리는 본능적으로 다가오는 사람이 누군지 알 수 있다.

보조인식 소프트웨어는 영상에서 걸어가는 사람의 윤곽을 분리해낸다. 그리고 데이터베이스에서 일치하는 윤곽선을 찾아 그 사람이 누군지 확인한다. 지문이나 망막 스캔과 비슷한 생체 인식 기술이지만 다른 기술들에 비해 훨씬 자주 '충돌'이 일어난다. 측정값이 일치하는 사람이 두 사람 이상일 때 이를 생체인식 '충돌'이라고 부른다. 지문은 사람마다 다르지만, 걸음걸이가 비슷한 사람은 매우 많기 때문이다.

물론 아주 똑같지는 않다. 걸음걸이는 사람마다 다른 고유한 특성이지만, 문제는 사람이 지쳤거나 바닥재가 바뀌었거나 농구를 하다가 발목을 삐었거나 최근에 신발을 새로 샀을 경우에 걸음걸이 모양이 바뀐다는 사실이다. 그래서 보조인식 시스템은 걸음걸이 인식의 폭을 약간 넓게 잡아서 유사하게 걷는 사람을 찾는다.

그런데 비슷하게 걷는 사람은 엄청나게 많다. 게다가 한쪽 신발만 벗어버려도 전혀 다르게 걸을 수 있다. 물론 한쪽 신발을 계속 벗고 걸어 다니면 카메라가 언젠가는 누구의 걸음걸이인지 인식할 것이다. 그래서 나는 약간 불규칙하게 걸어서 보조인식을 무력화시키는 방법을 좋아한다. 자갈을 한 움큼 집어 신발에 넣어버리는 것이다. 싸고 효과적인 방법이다. 그렇게 하면 한 발 걸을 때마다 걸음걸이가 달라진다. 게다가 발마사지 효과도 볼 수 있다(농담이다. 사실 발마사지도 보조인식만큼이나 과학적으로 그다지 유용하지 않다).

예전에 보조인식 카메라는 학내에 걸음걸이를 인식할 수 없는 사람이 나타날 때마다 경보음을 울렸는데, 정말 아무짝에도 쓸모가 없었다. 경보음이 거의 10분마다 울렸던 것이다. 집배원 아저씨가 올 때도 울리고, 학부모가 방문할 때도 울리고, 일꾼들이 농구장을 수리하러 올 때도 울리고, 학생들이 새 신발을 샀을 때도 울렸다.

그래서 이제는 누가, 언제, 어디에 있었는지에 대해서만 추적한다. 누군가 수업 시간에 교문을 빠져나갈 경우 그 사람의 걸음걸이 모양과 일치하는 학생이 있으면 '윙-윙-윙' 경보음을 울리는 식이다.

차베스 고등학교는 주변이 온통 자갈길이라서, 혹시 모를 상황에 대비해 항상 자갈 두 주먹을 가방에 넣어 다녔다. 내가 작고 뾰족한 자갈 십여 개를 조용히 대릴에게 건네주면 우리는 함께 신발에 자갈을 채우곤 했다.

나는 수업이 거의 끝나갈 때쯤에야 '하라주쿠 펀 매드니스' 사이트에서 다음 단서가 어디에 있는지 확인하지 않았다는 사실을 깨달았다! 학교에서 빠져나가는 일에만 골몰하느라 어디로 가야 하는지에 대해서는 전혀 생각하지 못했던 것이다.

나는 스쿨북을 다시 켜서 자판을 두드렸다. 스쿨북에 본래 깔려 있던 웹브라우저는 익스플로러 스파이웨어 버전이었다. 걸핏하면 다운되어서 마흔 살 이하 젊은이들이라면 결코 자발적으로는 사용하지 않을 마이크로소프트의 똥덩어리 말이다.

나는 손목시계에 내장된 USB에 파이어폭스를 복사해두었지만 그것만으로는 충분하지 않았다. 스쿨북에는 윈도우 비스타4스쿨이 깔려 있는데, 이 구닥다리 운영체제는 학교 관리자들에게 학생들이 이용하는 프로그램을 통제할 수 있다는 환상을 심어 주도록 설계되어 있었다.

하지만 비스타4스쿨은 그 자체가 최악의 골칫덩이였다. 비스타4스쿨에는 키보드 입력 기록 프로그램이나 검열 프로그램처럼 끌 수 없는 프로그램이 엄청나게 많이 깔려 있는데, 이런 프로그램은 특수한 방식으로 실행되기 때문에 사용자에게는 보이지도 않는다. 사용자는 그런 프로그램이 있는 줄도 모르기 때문에 끌 수도 없는 것이다.

SYS로 시작하는 프로그램은 운영체제에서 보이지 않는다. 하드 디스크에서도 보이지 않고 실행 목록에도 뜨지 않는다. 그래서

나는 파이어폭스를 SYSFirefox라는 이름으로 복사했다. 파이어폭스를 실행해도 윈도우 운영체제에서 인식하지 못하므로 감시 프로그램에도 잡히지 않는다.

독립 브라우저를 실행시킨 이유는 독립적인 네트워크 연결이 필요했기 때문이다. 학교 네트워크는 전송되는 모든 키보드와 마우스의 움직임을 기록하기 때문에, 교과 과정 밖에서 재미를 찾기 위해 '하라주쿠 펀 매드니스' 사이트에 들어가려고 마음을 먹으면 신경이 쓰일 수밖에 없다.

해결책은 토르(TOR, The Onion Router)라는 독창적인 네트워크를 이용하는 것이다. 토르, 즉 양파 라우터를 이용해 웹페이지를 호출하면, 이 호출을 다른 컴퓨터 라우터로 넘기고 또 다른 라우터로 계속 넘기다가 마지막으로 해당 웹페이지를 가져오기로 결정하면 그 내용을 암호화된 양파 껍질로 싸서 보내준다. 라우터들 사이의 송수신 내용도 암호화한다. 토르를 이용해 인터넷을 하면 학교는 내가 어떤 사이트에 들어가는지 알 수 없게 된다는 의미다. 게다가 이 과정에 참여하는 각각의 라우터들도 자신이 누구를 위해 무슨 일을 하는지 알 수 없도록 설계되어 있다. 양파 라우터를 지원하는 접속점은 수백만 개나 있다. 토르는 본래 미국 해군연구소에서 시리아나 중국 같은 나라들에 있는 자기네 사람들이 국가의 감시 프로그램을 우회할 수 있도록 돕기 위해 만들었던 프로그램이었다. 그러니 미국의 평범한 고등학교의 감시 정도는 충분히 뛰어넘을 수 있다.

학교가 부적절한 인터넷 사이트에 학생들이 접근하지 못하도록 막기 위한 차단 목록을 갖고 있더라도 차단 사이트의 개수는 유한

할 수밖에 없다. 그런데 토르는 접속점의 주소가 끊임없이 바뀌어 모두 추적하는 건 불가능하므로 문제없이 작동했다. 파이어폭스와 토르 덕분에 나는 투명인간이 되어 교육위원회의 감시를 피해 자유롭게 '하라주쿠 펀 매드니스' 사이트에 접속해서 새로 올라온 자료를 확인할 수 있었다.

역시 새로운 단서가 올라와 있었다. 예전의 단서들과 마찬가지로 온라인에서 머리를 쓰는 부분과 오프라인에서 몸을 쓰는 부분으로 이루어져 있었다. 온라인 단서는 퍼즐인데 쉽지 않은 문제를 풀려면 자료를 뒤져야 했다. 이번 단서에는 팬들이 직접 만드는 만화책인 '동인지'의 여러 줄거리들이 잔뜩 포함되어 있었다. 동인지는 영감의 원천인 원본 만화책들만큼이나 폭넓게 존재하는데 내용은 훨씬 기묘했다. 서로 다른 만화의 줄거리를 뒤섞기도 하고, 때로는 진짜로 이상한 노래 가사와 영화 줄거리를 짬뽕하기도 했다. 사람들은 자신의 '최애캐'가 사랑을 나누는 모습을 보고 싶어 했으므로 당연히 사랑 이야기가 가장 많았다.

이 퍼즐들은 나중에 집에 가서 해결할 것이다. 팀원들이 함께 동인지 파일을 무더기로 다운받아 뒤지면 퍼즐을 쉽게 풀 수 있다.

모든 단서들을 갈무리했을 때쯤 쉬는 시간 종이 울렸고, 나는 대릴과 함께 교실을 빠져나갔다. 신고 있던 쇼트 부츠 한쪽 옆으로 자갈을 슬쩍 밀어 넣었다. 내 신발은 발목까지 올라오는 호주산 블런드스톤 쇼트 부츠였는데 달리기와 등산에 안성맞춤이고 신발 끈이 없어서 쉽게 신고 벗을 수 있는 디자인이라 요즘 사방에 설치되어 있는 금속 탐지기를 지날 때도 편했다.

물론 우리는 사람의 감시도 따돌려야 했다. 하지만 학교에 새로운 장비가 추가될 때마다 사람을 피하기는 오히려 더 쉬워졌다. 우리의 사랑스러운 교직원들께서 시도 때도 없이 울려대는 경보음 소리를 들으며 완전히 잘못된 보안 의식에 사로잡혀 긴장을 풀어버렸기 때문이다. 복도를 걸어가는 아이들 무리를 지나 우리가 가장 좋아하는 옆문으로 향했다. 반쯤 갔을 때 갑자기 대릴이 낮은 소리로 욕을 내뱉었다. "씨발! 가방에 도서관에서 빌린 책이 있는 걸 깜빡했어."

"장난 치냐?" 난 녀석을 옆에 있는 화장실로 끌고 들어갔다. 도서관 책은 좀 골치 아프다. 모든 책에는 표지에 RFID태그가 붙어 있어서, 사서가 인식기를 위에서 흔들기만 해도 무슨 책인지 확인할 수 있고, 책이 정해진 책장에 제대로 꽂혀 있는지도 알 수 있다.

하지만 학교는 이 태그를 이용해 온종일 학생들을 추적했다. 법의 허점을 이용한 것이다. 학교가 우리에게 직접 태그를 붙여서 추적하는 행위는 법원이 허용하지 않았지만, 도서관 책은 추적할 수 있으므로 학교는 책의 교내 이동기록을 이용해 도서관 책을 들고 다니는 학생을 추적했다.

내 가방에는 패러데이 파우치라는 전파차단용 주머니가 있었다. 구리 그물로 만들어진 이 주머니는 효과적으로 전파를 차단해서 태그가 인식되지 않도록 했다. 하지만 그 주머니는 신분증과 교통카드용이었다. 이런 책을 위해서가 아니라.

"물리학 개론이라고?" 내가 툴툴거렸다. 책은 거의 백과사전만큼이나 크고 두꺼웠다.

2

별사탕 특공대

"버클리대에 가면 물리학을 전공해볼까 생각 중이야." 대릴이 말했다. 녀석의 아버지께서 캘리포니아대학 버클리캠퍼스에서 교 편을 잡고 계셨기 때문에 그 학교로 가면 수업료를 면제받을 수 있 다. 그래서 대릴네 집에선 녀석이 대학에 갈 것이라는 사실을 전혀 의심하지 않았다.

"좋네. 근데 온라인으로 찾아봐도 되잖아?"

"아버지가 책으로 읽으라고 하셨어. 게다가 오늘은 범죄를 저지 를 계획이 없었단 말이야."

"학교 땡땡이가 무슨 범죄씩이나 되냐? 이건 그냥 교칙 위반일 뿐이야. 둘은 완전히 다른 이야기라고."

"이제 어떻게 할까?"

"글쎄, 이걸 숨기는 건 글렀으니 구워버려야지." RFID태그 죽 이기는 일종의 흑마술이다. 짓궂은 고객이 어슬렁거리며 가게에 들 어와 상품 태그에 내장된 보이지 않는 바코드를 무력화시켜놓고 나가는 걸 원하는 상점 주인은 없기 때문에 RFID태그 제작자들은 전파로 스위치를 끌 수 있는 '종료 신호'를 아예 삽입하지도 않았다. 적당한 컴퓨터만 있으면 태그를 다시 프로그래밍할 수도 있겠지만 도서관 책에 그러고 싶지는 않았다. 책을 찢는 것과는 다른 문제라고 하더라도 좋지 않은 짓이다. 재프로그래밍한 책은 잘못된 서고에 들어가서 영영 찾을 수 없게 되기 때문이다. 건초더미에 숨은 바늘이 되어버리고 만다.

그렇다면 남은 방법은 하나밖에 없다. 태그를 구워버리는 거다. 말 그대로다. 전자레인지에 30초만 돌리면 시중에 나와 있는 거의 모든 RFID태그를 죽일 수 있다. 그러면 대릴이 책을 도서관에 반납할 때 태그가 작동하지 않을 테니까 사서는 새로운 태그를 출력해서 붙이고 도서 목록에 기입할 것이다. 즉, 문제는 깨끗하게 해결되고 책은 제자리로 돌아간다.

이제 전자레인지만 있으면 된다.

"2분만 지나면 교사 휴게실에 아무도 없을 거야." 내가 말했다.

대릴이 책을 움켜쥐고 화장실 문으로 향했다. "그만두자. 소용없어. 난 교실로 갈래."

난 재빨리 대릴의 팔꿈치를 붙잡아 뒤로 잡아끌었다. "야, 인마. 걱정하지 마. 다 잘될 거야."

"교사 휴게실에 간다고? 너 아까 내 이야기 제대로 안 들었지? 난 한 번만 더 걸리면 퇴학이야. 다시 이야기해줄까? 퇴학!"

"안 걸리면 되잖아." 내가 말했다. 이번 수업시간 이후로는 교사들이 휴게실에 가지 않는다. "뒷문으로 들어가자." 휴게실 한쪽에는 간이 주방이 있는데, 잠깐 주방에 들러 커피를 가져가려는 교사들이 편리하게 이용할 수 있도록 뒷문이 달려 있었다. 전자레인지는 주방의 소형 냉장고 위에 있는데 항상 흘린 스프와 팝콘 냄새에 절어 있었다.

대릴이 끙끙 앓는 소리를 냈다. 나는 재빨리 둘러댔다. "자, 봐. 수업종은 벌써 쳤어. 지금 자습실에 들어가도 지각이야. 지금은 차라리 눈에 띄지 않는 게 나아. 난 학교의 어떤 방이라도 몰래 들어갔다가 빠져나올 수 있어. 너도 내 실력 알잖아. 나만 믿어, 인마."

대릴이 다시 끙끙 앓는 소리를 냈다. 예전에 대릴이 했던 말이 있는데, 자기가 앓는 소리를 내기 시작하면 항복할 준비가 됐다는 신호라고 했다.

"자, 가자." 내가 말했다. 우리는 함께 출발했다.

계획은 완벽했다. 우리는 교실을 피해서 지하실로 통하는 뒷계단으로 내려갔다가 교사 휴게실 바로 앞에 있는 앞계단으로 올라왔다. 휴게실에서는 아무 소리도 들려오지 않았다. 그래서 나는 조용히 문손잡이를 돌린 후 대릴을 끌고 들어가 조용히 문을 닫았다.

책은 아슬아슬하게 전자레인지에 맞았다. 전자레인지는 내가 마지막으로 잠깐 이용했을 때보다 훨씬 더러워진 상태였다. 그래서 전자레인지에 넣기 전에 종이타월로 책을 조심스럽게 감쌌다. "씨발, 선생들 진짜 지저분하다. 완전 돼지우리로 만들어놨네." 내가 씩씩대며 말했다. 긴장한 대릴은 하얗게 질린 얼굴로 아무 말도 하지 않았다.

RFID태그가 불꽃을 내뿜으며 사망했다. 정말로 아름다운 광경이었다. 비록 전자레인지에 얼린 포도를 돌릴 때만큼은 아니겠지만, 얼마나 아름다운지 직접 봐야 믿을 수 있을 것이다.

이제 완벽한 익명으로 교정을 빠져나가 땡땡이를 칠 차례다.

대릴이 문을 열고 나갔고 나도 바로 뒤를 따랐다. 바로 그때 녀석이 내 발등을 밟더니 팔꿈치로 내 가슴을 밀었다. 녀석은 마치 우리가 방금 빠져나온 간이 주방을 향해 페달을 거꾸로 밟으려는 것 같았다.

"뒤로 가." 대릴이 다급하게 속삭였다. "빨리, 찰스야!"

찰스 워커와 나는 앙숙지간이다. 우리는 같은 학년이고 대릴과 알고 지낸 시간만큼이나 오래전부터 알고 지냈지만, 나와 녀석의 공통분모는 거기까지다. 찰스는 항상 또래들보다 컸고 지금은 미식축구 선수인데 점점 더 빠르게 자라고 있다. 찰스는 분노조절에 문제가 있는데(나도 초등학교 3학년 때 녀석에게 맞아 젖니를 하나 잃었던 적이 있다) 학교에서 가장 활발한 고자질쟁이가 됨으로써 겨우 분노를 조절할 수 있었다.

고자질하는 깡패 자식이라니, 그다지 보기 좋은 조합은 아니다. 찰스는 선생들에게 쪼르르 달려가서 자기가 발견한 교칙 위반 사례를 일러바치는 걸 엄청 좋아했다. 프레드릭 교감은 찰스를 사랑했다. 찰스는 아무 때나 방광에 문제가 있다고 고백하는 걸 좋아했는데, 그 기회를 이용하여 학교 복도를 어슬렁거리고 돌아다니며 고자질할 아이들을 찾았다.

예전에 나는 찰스에게 약점을 잡히는 바람에 라이브액션롤플레잉 게임을 그만둬야만 했다. 또다시 녀석에게 흠 잡힐 생각은 전혀 없었다.

"그 자식 뭐 하고 있어?"

"이쪽으로 오고 있어." 대릴이 떨면서 말했다.

"좋았어. 이제 즉결 처분의 시간이 돌아온 거야." 나는 휴대폰을 꺼냈다. 이럴 때를 대비해 미리 준비해놓은 게 있었다. 녀석에게 다시는 잡히지 않을 것이다. 집에 있는 서버에 이메일을 보내 작전을 시작했다.

채 몇 초가 지나지 않아 찰스의 휴대폰이 엄청나게 큰 소리로 울어대기 시작했다. 수만 통의 전화와 문자를 동시에 보냈기 때문에 진동과 벨소리가 울렸다가 끊겼다가 난리도 아니었다. 봇네트를 이용한 공격인데, 그다지 좋아하는 방식은 아니었지만 좋은 일에 쓴 셈이니까, 뭐.

봇네트는 감염시킨 컴퓨터를 죽을 때까지 부려먹는다. 컴퓨터를 웜이나 바이러스에 감염시키면, 감염된 컴퓨터는 바이러스를 배포한 봇마스터에게 메시지를 발송한 후 명령을 기다린다. 봇네트는 엄청나게 강력하다. 인터넷에 흩어져서 초고속으로 연결되고 빠르게 구동되는 가정용 PC를 수천 대, 때로는 수십만 대까지도 이용할 수 있기 때문이다. 바이러스에 감염된 컴퓨터는 평소에는 자기 주인을 위해 일하지만, 봇마스터가 호출하면 좀비처럼 깨어나 명령을 수행한다.

인터넷에는 감염된 컴퓨터가 엄청 많기 때문에 봇네트를 한두 시간 정도 이용하는 비용은 아주 싸다. 좀비 컴퓨터는 대개 스팸 메일을 값싸게 배포하는 스팸봇으로 이용되는데, 새로운 바이러스를 배포해 컴퓨터들을 감염시켜서 봇네트 좀비로 만들거나 남성용 발기 치료제 광고로 사용자들의 메일함을 채우는 데 쓰인다.

난 3천 대의 컴퓨터를 딱 10초 동안 빌려서, 좀비 컴퓨터들이 찰스 휴대폰에 문자를 발송하고 인터넷 전화를 걸도록 설정했다. 예전에 프레드릭 교감실에서 면담을 하는 동안 책상에 붙어 있던 녀석의 전화번호를 땄다.

말할 필요도 없겠지만, 찰스의 휴대폰은 이런 상황을 처리할 수 없다. 먼저 메모리에 문자가 꽉 차면 벨소리를 관리하거나 발신자의 가짜 회신 번호를 정리하는 데 필요한 루틴 작업이 마비되기 시작한다(가짜 번호로 전화하는 게 얼마나 쉬운지 아는가? 구글에서 검색해보면 가짜 번호를 사용하는 방법을 50가지는 족히 찾을 수 있다).

찰스는 어안이 벙벙한 얼굴로 휴대폰을 쳐다보더니 미친 듯이 키패드를 눌러댔다. 그리고 굵은 눈썹을 꿈틀거리며 자신의 가장 사적인 기기를 사로잡은 악마와 힘겹게 싸움을 벌였다. 지금까지는 복수가 계획대로 진행됐다. 그런데 그 뒤 녀석은 내 계획대로 움직이지 않았다. 내 계획대로라면 찰스는 어딘가 자리에 앉아서 어떻게 하면 전화를 정상으로 되돌릴 수 있을지 알아내려 낑낑대야 했다.

대릴이 내 어깨를 흔들었다. 그래서 문틈으로 그 상황을 지켜보던 나는 고개를 돌렸다.

"저 자식, 뭐하는 거야?" 대릴이 속삭였다.

"내가 저놈 휴대폰을 작살냈어. 근데 움직일 생각은 안 하고 계속 휴대폰만 째려보고 있네." 그 휴대폰을 리부팅하는 건 쉽지 않을 것이다. 메모리가 완전히 꽉 차고 나면 가짜 문자메시지를 지우는 데 필요한 프로그램을 불러오기 힘들어진다. 게다가 녀석의 휴대폰에는 문자를 한꺼번에 지우는 기능이 없어서 수천 개의 문자를 하나씩 일일이 손으로 지워야 했다.

대릴이 나를 뒤로 밀치더니 문틈으로 밖을 내다봤다. 잠시 후 녀석이 어깨를 떨기 시작했다. 난 대릴이 공황 상태에 빠졌을까봐 덜

컥 겁이 났지만, 고개를 돌렸을 때 보니 녀석은 눈물까지 흘리면서 낄낄대고 있었다.

"갈베스 선생님이 수업시간에 복도에서 뭘 하고 있냐며 녀석을 완전히 박살내버렸어. 게다가! 휴대폰을 뺏어버렸어. 너도 선생님이 녀석을 아작내는 광경을 봤어야 돼. 갈베스 선생님도 그 상황을 정말로 즐기는 것 같더라니까."

우리는 엄숙한 얼굴로 악수를 나누고 복도를 슬며시 빠져나가 계단으로 내려간 다음 뒤쪽으로 돌아 교문으로 나갔다. 그리고 담장을 지나서 미션 지구의 눈부신 오후의 햇살 속으로 들어갔다. 발렌시아 가가 이렇게 아름다워 보인 적은 없었다. 나는 손목시계를 확인하고 빽 소리를 질렀다.

"빨리 가자! 20분 후에 전차에서 애들하고 만나기로 했어."

버네사가 우리를 먼저 발견했다. 버네사는 한국인 관광객들 틈에 섞여 있었는데 학교를 땡땡이쳤을 때 가장 즐겨하는 위장 방법이었다. 무단결석한 학생들을 찾는 블로그가 돌아가는 한, 우리의 세계는 참견하기 좋아하는 가게 주인들과 자발적으로 우리 사진을 찍어 학교 당국이 조사할 수 있는 곳에 올려놓는 위선자들로 가득차 있었다.

버네사가 관광객들 틈에서 빠져나와 우리 쪽으로 왔다. 대릴은 쭉 버네사에게 마음이 있었지만 버네사는 그런 사실을 모른 척해줄 정도로 괜찮은 아이였다. 버네사는 나와 포옹을 나눈 뒤 대릴과 포옹하면서 슬쩍 녀석의 볼에 다정한 뽀뽀를 해줬다. 그러자 대릴의 얼굴이 귀까지 빨개졌다.

둘은 붙여놓으면 재미있는 한 쌍이었다. 대릴은 약간 살집이 있는 편이긴 했지만 덩치가 커서 적당히 잘 어울렸다. 평소에도 피부가 발그레했는데 달리거나 흥분하면 볼이 완전히 빨개졌다. 14살 때부터 수염이 자랐는데 아이들이 '링컨 대통령'이라고 놀리기 시작하자 고맙게도 곧 면도를 시작했다. 그리고 녀석은 키가 컸다. 커도 너무 커서 웬만한 농구선수 못지 않았다.

반면에 버네사는 나보다 머리 하나가 작고 말랐는데, 곧고 검은 머리카락을 인터넷에서 찾은 모양대로 정성들여 근사하게 땋았다. 피부는 건강한 구릿빛이고 눈동자는 진한 갈색이었다. 그리고 작은 접시만 한 유리 귀걸이를 아주 좋아해서 춤을 출 때면 귀걸이가 부딪혀서 땡그랑 땡그랑 소리를 냈다.

"졸루는 안 왔어?" 버네사가 물었다.

"버네사, 잘 지냈니?" 대릴이 목멘 소리로 인사했다. 녀석은 버네사와 이야기를 나눌 때면 항상 한 박자씩 늦었다.

"나야 엄청 잘 지냈지. 우리 대릴은 그동안 별일 업써쩌?" 아, 버네사, 이 못된 계집애. 버네사의 애교 섞인 인사에 대릴은 거의 졸도하기 직전이었다.

다행히 그때 졸루가 나타나서 뭔가 사교적인 실수를 저지르기 일보 직전이었던 대릴을 구해주었다. 졸루는 쌔끈한 운동화에 자기 덩치보다 큰 야구 재킷을 걸치고, 멕시코계 프로레슬러 엘 산토 주니어의 이름이 새겨진 매시백 모자를 썼다. 졸루의 본명은 호세 루이스 토레스로 흠잡을 데 없는 우리 팀원이었다. 졸루는 아우터 리치몬드 지구에 있는 지극히 엄격한 가톨릭 학교에 다니고 있어서 땡땡이가 쉽지 않았지만, 녀석은 거침없이 빠져나왔다. 땡땡이 분야에서 졸루를 따라잡을 사람은 아무도 없었다. 졸루는 뒤쪽이 아래로 길게 늘어진 재킷을 좋아했는데, 시내에서는 그런 스타일이 잘 어울렸을 뿐만 아니라, 가톨릭 학교의 허접한 교복을 가릴 수도 있었다. 교복은 수업 시간에 시내를 돌아다니는 학생들의 사진을 블로그에 올리기 좋아하는 참견쟁이들의 주된 표적이었다.

"자, 갈 준비들 됐어?" 다들 인사를 나눈 후 내가 물었다. 그리고 휴대폰을 꺼내서 다운로드받은 지하철 노선도를 보여줬다. "내 계산대로라면, 예전처럼 니코 호텔로 갔다가 거기서 한 블록 떨어져 있는 오페럴 가를 거쳐서 반 네스 가로 가는 게 좋을 것 같아. 그쯤에서 무선 신호를 찾을 수 있을 거야."

버네사가 인상을 찌푸렸다. "거긴 텐더로인에서도 제일 살벌한 동네잖아." 반박할 말이 없었다. 샌프란시스코에서 그 지역은 좀 유별난 곳이었다. 힐튼 호텔 정문 쪽으로는 전차 종점과 패밀리 레스토랑 등 관광지 분위기가 물씬 풍기지만, 호텔 뒤편의 텐터로인 지구는 분위기가 전혀 달랐다. 거긴 여자 옷을 입은 남자 매춘부와 성가신 포주, 마약상, 파산한 노숙자가 빼곡했다. 우리는 아직 그 사람들이 파는 것들에 관심을 가질 나이가 아니었지만, 거기서 일하는 매춘부 중에는 우리 또래의 아이들도 많았다.

"긍정적으로 생각해봐. 그 동네는 대낮이 아니면 못 돌아다니는 데잖아. 다른 게임 참가자들은 빨라봤자 내일이나 되어야 거기에 가볼 거야. 우리가 완전히 선빵 때리고 나가는 거지." 내가 말했다.

졸루가 나를 보며 씩 웃더니 말했다. "네가 그렇게 이야기하니까 뭔가 근사해보인다."

"이번에는 성게보다 맛있는 걸 먹어야지!" 내가 말했다.

"여기서 계속 진지하게 헛소리나 하고 있을래 아니면 게임에서 이기러 갈래?" 버네사가 말했다. 버네사는 우리 팀에서 나 다음으로 이 게임에 푹 빠져 있었는데, 아주, 몹시, 상당히 승부욕이 강했다.

죽이 잘 맞는 우리 넷은 다른 일에 신경을 끊고 단서를 풀어 게임에서 이기는 데에만 모든 관심을 집중했다.

오늘의 오프라인 단서는 와이파이 공유기 신호를 찾을 수 있는 GPS 좌표였다. '하라주쿠 펀 매드니스' 게임 참가자들이 있는 주요 도시마다 좌표가 나와 있었다. 그 신호는 주변의 와이파이 공유기에서 나오는 신호들 사이에 신중하게 숨겨놓았기 때문에, 암호가 걸려있지 않은 공짜 와이파이 공유기를 찾는 데 사용하는 일반적인 탐지기 같은 걸로는 찾을 수 없었다.

그러므로 '보이는' 공유기들의 전파 강도를 측정해서 이상하게 신호가 약한 지점을 찾아 '숨겨진' 공유기의 위치를 파악해야 한다. 거기에 가면 또 다른 단서를 찾을 수 있다. 지난번에는 텐더로인 지구 니코 호텔에 있는 '안주'라는 이름의 호화스러운 일식 초밥 레스토랑에서 특별 대접을 받았다. 니코 호텔은 '하라주쿠 펀 매드니스'의 후원업체인 일본항공 JAL의 소유였다. 우리가 마침내 단서를 찾아내자 레스토랑 직원들이 야단법석을 떨더니 우리에게 미소국을 대접하고 성게알 초밥을 내놓았다. 성게알은 끈적끈적한 치즈처럼 생겨서 물컹물컹한 데다 개똥같은 냄새가 났지만 맛은 진짜 끝내줬다. 아니, 실은 대릴이 나한테 그렇게 이야기했다. 난 당시 성게알에 입도 대지 않았다.

오페럴 가를 따라 세 블록 정도 가다가 하이드 가에 거의 도착할 무렵 창문에 빨간 불빛으로 '휴업'이라는 글자가 반짝거리는, 그다지 건전해 보이지 않는 '아시아 안마시술소' 앞에서 내 휴대폰 와이파이 탐지기에 신호가 잡혔다. 네트워크 이름은 하라주쿠FM이었다. 우리가 제대로 찾아온 것이다.

"저 안에 단서가 있는 거면 난 안 갈래." 대릴이 말했다.

"다들 와이파이 탐지기 챙겼지?" 내가 말했다.

대릴과 버네사는 와이파이 탐지기가 내장된 휴대폰을 가지고 있었고, 자기 손가락보다 큰 전화기는 절대로 들고 다니지 않는 멋쟁이 졸루는 별도로 지향성 탐지기를 가지고 다녔다.

"좋았어. 그럼 흩어져서 찾아보자. 신호 강도가 갑자기 떨어지다가 다가갈수록 더 나빠지는 장소를 찾아야 돼."

뒷걸음을 치다가 누군가의 발을 밟았다. "으윽!" 여자 소리였다. 혹시나 어떤 매춘부가 나 때문에 하이힐이 부러졌다고 칼로 찌르는 건 아닌지 겁을 먹고 고개를 돌렸더니, 다행히 내 또래 여자애가 서 있었다. 밝은 핑크색으로 염색한 복슬복슬한 머릿결에 입이 툭 튀어나온 쥐처럼 생긴 얼굴이었고, 공군 조종사들이 쓰는 고글 같은 커다란 선글라스를 쓰고 있었다. 줄무늬 타이츠를 신고 발목까지 하늘거리는 검은 치마에는 조그마한 일본 인형들을 줄줄이 달아 놨는데, 일본 애니메이션 캐릭터부터 각국의 늙은 정치 수장들, 외국 음료수 상표까지 다양했다.

여자애가 카메라를 들더니 나와 우리 팀원들의 사진을 찍었다.

"치즈. 자, 이제 너희는 무단결석 블로그에 올라갈 후보들이야." 그 애가 말했다.

"말도 안 돼. 너 그러면….” 내가 말했다.

"올릴 거야.” 그 애가 내 말을 자르며 말했다. "우리 팀이 먼저 찾을 수 있게 너희가 물러나지 않으면 30초 내로 이 사진을 블로그에 올릴 거야. 한 시간 후에는 너희 맘대로 해. 이 정도면 공정한 거 같은데, 안 그래?”

그 애 뒤로 비슷한 차림을 한 여자애 셋이 서 있었다. 한 명은 머리가 파랗고, 한 명은 녹색이고, 한 명은 자주색이었다. "너희는 뭔데? 무슨 별사탕 특공대라도 되냐?”

"우리는 '하라주쿠 펀 매드니스'에서 너희를 박살내줄 팀이지. 그리고 지금 곧 너희 사진을 업로드해서 아주 골치 아프게 만들어 줄 사람이기도 하고….”

뒤에 있던 버네사가 앞으로 나섰다. 버네사가 다니는 여학교는 싸움으로 악명이 높았다. 그래서 나는 버네사가 우리를 방해하는 이 여자애들을 박살내버릴 거라고 믿어 의심치 않았다.

바로 그때, 세상이 영원히 바뀌었다.

처음에 느꼈던 건 우리가 발을 딛고 있는 시멘트 바닥이 갑자기 기분 나쁘게 흔들린다는 사실이었다. 캘리포니아 사람이라면 본능적으로 알고 있는 바로 그 느낌이었다. 지진이다. 평소와 마찬가지로 도망쳐야 한다는 생각이 가장 먼저 떠올랐다. 흔히 하는 말처럼 '뭔가 문제가 생겼거나 의심이 들면, 멍하게 가만히 있느니 차라리 제자리라도 뱅뱅 돌면서 비명을 지르고 소리치는 게 낫다.' 하지만 우리는 이미 안전한 곳으로 나와 있었다. 무너져 내릴 건물 안에 있지도 않았고, 처마 장식이 떨어져 머리를 후려칠 길거리에서 있지도 않았다.

지진은 소름 끼칠 정도로 조용하다. 아무튼 적어도 처음에는 그렇다. 하지만 이건 조용하지 않았다. 엄청나게 큰 소리가 들려왔다. 꽈르릉거리는 소리가 믿기 힘들 정도로 크게 울렸는데, 그렇게 무지막지한 소리는 난생 처음이었다. 소리의 충격이 너무 커서 나는 무릎을 꿇고 주저앉았다. 주저앉은 사람이 나 혼자만은 아니었다. 대릴이 내 팔을 잡고 흔들더니 건물 너머를 가리켰다. 그제야 북동쪽 샌프란시스코 만에서 올라오는 커다란 검은 연기가 눈에 들어왔다.

다시 한 번 요란한 소리가 나더니 연기 기둥이 옆으로 퍼졌다. 어렸을 때 영화에서 봤던 모습처럼 검은 연기가 뭉게뭉게 피어났다. 누군가가 뭔가를 엄청난 규모로 터트려버린 모양이었다.

또 우르릉거리는 소리가 들리더니 다시 진동이 느껴졌다. 사람들이 건물 창문에 고개를 내밀고, 몇몇은 거리로 내려왔다. 우리는 모두 아무 말없이 버섯구름을 바라보았다.

그때 사이렌이 울리기 시작했다.

전에도 이런 사이렌을 들은 적이 있었다. 화요일 정오 때마다 민방위 사이렌을 시험할 때였다. 하지만 사전에 잡힌 계획 없이 울리는 사이렌을 들었던 건 옛날 전쟁영화나 게임에서 누군가가 공중폭격을 할 때뿐이었다. 그건 공습경보였다. 위이이이이잉 소리가 들려오자 모든 게 비현실적으로 느껴졌다.

"즉시 대피소로 이동하시오." 사방에서 동시에 들려오는 그 소리는 마치 신의 목소리 같았다. 전에는 미처 몰랐는데 전봇대마다 확성기가 있었다. 그리고 그 확성기들이 동시에 켜졌다.

"즉시 대피소로 이동하시오." 대피소? 우리는 당황스러운 얼굴로 서로를 쳐다봤다. 무슨 대피소? 연기가 더 커지면서 옆으로 퍼져나갔다. 핵폭탄인가? 이제 곧 우리의 숨이 끊어지는 건가?

핑크색 머리 여자애가 자기 친구들을 끌고 지하철역이 있는 언덕 아래로 부리나케 뛰어 내려갔다.

"즉시 대피소로 이동하시오." 그 순간 곳곳에서 비명이 터져 나왔다. 그리고 사람들이 마구 달리기 시작했다. 관광객들이 사방으로 흩어졌다. 관광객은 늘 쉽게 알아볼 수 있다. 그들은 캘리포니아가 따뜻할 거라 짐작하고 반바지와 티셔츠만 입고 와서 샌프란시스코에서 휴일을 보내는 내내 벌벌 떨면서 지내는 사람들이다.

"우리도 가야 돼!" 대릴이 내 귀에 대고 외쳤지만 비상 사이렌 소리에 경찰차 사이렌 소리까지 울려대는 통에 간신히 들렸다. 경찰차 십여 대가 울부짖으며 지나갔다.

"즉시 대피소로 이동하시오."

"지하철역으로 가자!" 내가 소리쳤다. 친구들이 고개를 끄덕였다. 우리는 서로 가까이 붙어서 빠르게 언덕을 내려갔다.

3

머리 짧은 여자가 말했다

파월 가에 있는 지하철역으로 가는 길에 많은 사람들을 지나쳤다. 뛰거나 걷는 사람들은 창백하게 질린 얼굴로 입을 꼭 다물고 있거나 소리를 질러댔다. 노숙자들이 길가에 웅크리고 앉아 이 모습을 지켜봤다. 키가 큰 흑인 트랜스젠더 매춘부가 수염을 기른 두 청년에게 뭐라 소리를 질러댔다.

지하철역에 가까워질수록 사방에서 몰려든 사람들에게 이리저리 떠밀리는 일도 점점 많아졌다. 역으로 내려가는 좁은 계단에 도착해보니 서로 먼저 내려가려는 사람들이 일으킨 거대한 소동으로 왁자지껄했다. 나는 다른 사람의 등에 얼굴을 처박았고, 또 다른 누군가는 내 등에 얼굴을 처박았다.

대릴은 아직 내 옆에 있었다. 덩치가 큰 대릴은 사람들에게 거의 밀리지 않았다. 졸루는 대릴의 허리를 꽉 붙잡고 바로 뒤에 붙어 있었다. 버네사를 찾아봤더니 몇 미터 뒤에서 점점 늘어나는 사람들 때문에 옴짝달싹 못하고 있었다.

"꺼져, 이 새끼야!" 뒤에서 버네사가 지르는 소리가 들렸다. "변태 새끼야! 손 안 치워!"

내가 사람들을 뚫고 돌아가 보니 버네사가 비싼 양복을 입고 능글맞게 웃고 있는 어느 늙다리에게 화를 내고 있었다. 버네사가 가방을 뒤적였다. 난 그 애가 뭘 찾는지 알고 있었다.

"버네사, 최루액은 쏘지 마!" 시끄러운 소음을 뚫고 내가 소리쳤다. "우리까지 다 뒤집어 쓸 거야!"

늙다리는 최루액이라는 소리에 겁을 집어먹고 기세가 꺾여서 사람들을 따라 앞쪽으로 사라졌다. 그때 계단 위쪽에서 히피 차림의 중년 여성이 비틀거리다가 넘어지는 모습이 보였다. 비명을 지르며 쓰러져서 일어나려고 버둥거렸지만 몰려드는 사람들에게 눌려서 일어나질 못했다. 나는 도와주러 다가가 몸을 숙였다가 그만 그 위로 꼬꾸라질 뻔했고 결국 사람들에게 밀려서 쓰러진 여자의 배를 밟고 말았다. 하지만 그 여자는 이미 정신을 잃은 상태라 아무것도 느끼지 못했을 것이다.

나는 완전히 겁에 질렸다. 사방에서 비명이 들려왔다. 그리고 더 많은 사람들이 밀려서 바닥에 쓰러졌다. 밀려오는 사람들의 힘은 불도저처럼 무자비했다. 똑바로 서 있는 것조차 버거웠다.

우리는 회전식 개찰구가 있는 중앙 홀에 도착했다. 그곳 역시 상황이 별로 좋지 않았다. 닫힌 공간이라 사방에서 질러대는 비명소리가 메아리치며 머리통을 울렸다. 그리고 사방을 둘러싼 사람들의 체취와 몸뚱이를 짓누르는 느낌 때문에 한 번도 겪어보지 않았던 폐소공포증이 느껴졌다.

계단을 따라 사람들이 계속 밀려들어서 개찰구와 플랫폼으로 내려가는 에스컬레이터를 타고 있는 동안 압박이 더 심해졌다. 이렇게 가다가는 결코 해피엔딩이 될 수 없을 게 분명했다.

"위로 올라갈까?" 내가 대릴에게 말했다.

"그래, 씨발, 그러자. 여긴 완전 지옥이다."

버네사를 쳐다봤지만 내 목소리가 들릴 것 같지 않았다. 그래서 간신히 휴대폰을 꺼내서 문자를 보냈다.

> 우리는 여기서 나갈 거야.

버네사가 휴대폰의 진동을 느끼는 게 보였다. 그리고 문자를 확인한 후 나를 쳐다보며 힘차게 고개를 끄덕였다. 그 사이 대릴은 졸루에게 말을 전했다.

"어떻게 할 거야?" 대릴이 내 귀에 대고 소리쳤다.

"다시 뒤로 돌아가야 돼!" 내가 소리치면서 무자비하게 몰려드는 사람들을 가리켰다.

"불가능해!" 대릴이 말했다.

"여기서 망설이고 있으면 더 불가능해질 거야!"

대릴이 어깨를 으쓱했다. 버네사가 사람들을 헤치고 다가와 내 손목을 움켜잡았다. 나는 대릴을 잡고, 대릴은 다른 손으로 졸루를 잡았다. 그리고 우리는 사람들을 밀어내며 나갔다.

쉽지 않았다. 처음에는 1분에 10센티미터도 나가지 못했다. 계단에 도착하자 속도가 더 느려졌다. 게다가 우리에게 떠밀린 사람들이 썩 즐거워보이지는 않았다. 두세 명이 우리에게 욕을 했고, 한 사내는 팔을 들어 올릴 수만 있다면 내게 주먹을 휘두를 기세였다. 우리는 밀려 넘어진 사람을 세 명이나 지나쳤지만 도와줄 방법이 없었다. 다른 사람을 도와줄 엄두가 나지 않았다. 내 머릿속은 온통 빈틈을 찾아서 앞으로 나가는 것과 내 손목을 세게 당기고 있는 대릴, 뒤에서 온 힘을 다해 나를 붙잡고 있는 버네사뿐이었다.

영원 같은 시간이 지난 후, 우리는 샴페인 마개가 열리듯 튀어나와 회색 연기로 뿌연 햇빛 아래에서 멍하게 눈을 깜빡거렸다. 공습 경보가 아직도 요란하게 울리고 있었는데, 마켓 가를 훑고 지나가는 응급 차량이 울려대는 사이렌 소리는 그보다 더 요란했다. 거리에는 사람이 거의 눈에 띄지 않았다. 그저 대책 없이 지하로 내려가려는 사람들뿐이었다. 그중 많은 사람들이 울부짖고 있었다. 나는 빈 벤치를 발견하고 그쪽을 가리켰다. 보통 때는 짜증나는 알코올중독자들이 차지하고 있던 벤치였다.

우리는 사이렌 소리와 연기에 기가 눌려서 어깨를 움츠리고 벤치로 다가갔다. 벤치에 도착하자마자 대릴이 앞으로 꼬꾸라졌다.

우리는 일제히 소리를 질렀고, 버네사가 대릴을 붙잡아 몸을 돌렸다. 대릴의 티셔츠 옆구리가 벌겋게 물들었는데 그 얼룩이 점점 번지고 있었다. 버네사가 대릴의 티셔츠를 끄집어 올리자 포동포동한 옆구리에 난 길고 깊은 칼자국이 드러났다.

"사람들 틈에서 어떤 미친 새끼가 대릴을 찔렀나봐." 졸루가 주먹을 움켜쥐며 말했다. "씨발, 너무하잖아!"

대릴은 신음소리를 내며 우리를 쳐다보더니 자기 옆구리를 내려다봤다. 그리고 다시 신음을 뱉으며 고개를 뒤로 꺾었다.

버네사가 청재킷과 함께 안에 입은 면 후드 티셔츠를 벗었다. 그리고는 후드 티셔츠를 둘둘 감아 대릴의 옆구리에 대고 꾹 눌렀다. "대릴 머리 잡아." 버네사가 내게 말했다. "다리 들어." 버네사가 졸루에게 말했다. "코트를 뭉쳐서 다리 밑에 받쳐." 졸루가 재빠르게 움직였다. 버네사는 엄마가 간호사인 데다가 매년 여름 캠프에서 응급 처치법을 배웠다. 그래서 영화를 보다가 응급 처치를 엉터리로 하는 장면이 나오면 즐거워하며 배우들을 비웃었다. 이 상황에 버네사가 함께 있어서 정말 다행이었다.

우리는 대릴의 옆구리에 티셔츠를 대고 한참 동안 거기에 앉아있었다. 대릴이 계속 자기는 괜찮다며 일으켜달라고 졸랐지만, 버네사가 엉덩이를 차버리기 전에 입 닥치고 가만히 누워있으라고 계속 타일렀다.

"911을 부르면 어떨까?" 졸루가 말했다.

바보가 된 기분이었다. 난 재빨리 휴대폰을 꺼내 911을 눌렀다. 통화 중 신호도 아닌 이상한 소리가 들렸다. 마치 전화 시스템이 고통으로 흐느끼는 것 같았다. 3백만 명이 동시에 같은 번호를 눌렀을 때에나 나오는 소리다. 진짜 테러리스트는 봇네트 없이도 이런 일을 만들 수 있다.

"위키피디아는 어때?" 졸루가 말했다.

"전화도 안 되고, 인터넷도 안 돼." 내가 답했다.

"저 사람들은 어때?" 대릴이 거리를 가리키며 말했다. 경찰이나 구급대원이라도 있나 싶어서 대릴이 가리키는 곳을 바라봤지만, 그쪽에는 아무도 없었다.

"괜찮아. 인마, 넌 그냥 쉬어." 내가 말했다.

"아냐, 이 바보야. 저 사람들 말이야. 저기, 경찰차 지나가잖아!"

녀석의 말이 맞았다. 5초마다 경찰차와 앰뷸런스, 소방차가 씽씽 지나갔다. 저 사람들이라면 우리를 도와줄 수 있을 것 같았다.

난 왜 이리 바보 같을까.

"자, 가자. 저 사람들이 너를 볼 수 있는 곳까지 가서 차를 세워보자." 내가 말했다.

버네사는 대릴이 움직이는 것을 별로 좋아하지 않았지만 거리에서 어린아이 하나가 모자를 흔든다고 경찰이 차를 세워줄 것 같지는 않았다. 특히 오늘 같은 날에는. 하지만 대릴이 피를 흘리는 모습을 보면 세워줄지도 모른다. 버네사와 내가 잠깐 말다툼을 했지만, 대릴이 자기 발로 일어나서 다리를 질질 끌며 마켓 가로 걸어가자 논쟁은 그걸로 끝났다.

첫 차는 날카로운 소리를 내며 휙 지나갔다. 앰뷸런스였는데 속도를 줄이지도 않았다. 경찰차도 마찬가지였다. 소방차도 휙 지나갔다. 그 뒤에 나타난 경찰차 3대 역시 마찬가지였다. 대릴의 상태는 그다지 좋지 않았다. 얼굴이 하얗게 질린 채로 숨을 헐떡거렸다. 버네사의 후드 티셔츠가 피로 물들었다.

나는 그냥 휙휙 지나가는 차들에 화가 났다. 그래서 다음 차가 마켓 가에 나타나자 나는 차도로 뛰어들어 머리 위로 손을 흔들며 "멈춰!" 소리를 질렀다. 차가 속도를 줄이기 시작할 때에야 나는 그 차가 경찰차나 앰뷸런스, 소방차가 아니라는 사실을 깨달았다.

미군 험비 같은 군용 지프차로 보였는데 부대 표시가 없었다. 차가 끽 소리를 내며 내 앞에 멈췄다. 나는 놀라서 뒤로 물러나다 중심을 잃고 길에 넘어졌다. 옆에서 차 문이 열리는 게 느껴졌는데 군홧발이 다가오는 걸 보고 나는 깜짝 놀랐다. 고개를 들었더니 군인 같은 사람들이 위아래가 붙은 작업복을 입고 검게 선팅한 방독면을 뒤집어쓴 채 큼직한 소총을 들고 있었다.

뭐라고 말을 꺼내기도 전에 그 사람들이 내게 소총을 겨눴다. 총구를 바라본 건 그때가 처음이었지만, 예전에 그런 경험을 했던 사람들에게서 들었던 이야기가 모두 사실이었다. 몸이 그대로 얼어붙고 시간이 멈췄다. 심장이 쿵쾅거리며 뛰는 소리가 귀까지 들렸다. 나는 입을 열었다가 다시 닫았다. 그리고 아주 천천히 손을 들어올렸다.

무장한 채 얼굴도 없고 눈도 없는 사내는 꿈쩍도 않고 계속 내게 총구를 겨눴다. 난 숨조차 쉴 수 없었다. 버네사가 날카롭게 소리를 질렀고 졸루도 고함을 쳤다. 아이들 쪽으로 고개를 돌렸을 때 누군가 거친 천으로 만든 자루 같은 걸 내 머리에 뒤집어씌우더니 목둘레를 단단히 채웠다. 그 행동이 너무 빠르고 거칠어서 숨을 들이켤 사이도 없이 목이 채워졌다. 그리고 난폭하게 내 배를 퍽 쳐서 몸을 수그리게 하고 내 손목에 뭔가를 두 번 감은 후 마찬가지로 단단히 채웠다. 케이블 타이 같았는데 살갗을 파고들어 몹시 아팠다. 나는 비명을 질렀지만 자루에 덮여 웅얼거리는 소리처럼 들렸다.

이제는 눈앞이 완전히 깜깜했다. 귀를 쫑긋 세우고 친구들의 소리를 들으려 애썼다. 캔버스 천으로 만든 자루를 뒤집어쓴 채 소리를 질러대는 친구들의 목소리가 들렸다. 그리고 그때 누군가가 등 뒤로 묶인 팔과 손목을 무자비하게 끌어올려 나를 일으켜 세웠다. 어깨가 빠지는 것 같았다.

내가 비틀거리자 그들이 손으로 내 머리를 눌러 험비에 밀어 넣었다. 다른 아이들도 거칠게 떠밀려 옆에 실리는 게 느껴졌다.

"얘들아?" 내가 소리치자 누군가가 그에 대한 벌로 내 머리를 세게 내리쳤다. 졸루의 대답 소리가 들렸는데, 곧 녀석도 머리를 두들겨 맞았다. 머리가 종처럼 울렸다.

"이봐요!" 내가 군인들에게 말했다. "내 말 들어봐요! 우린 고등학생일 뿐이에요. 친구가 피를 흘려서 차를 세우려던 것뿐이라고요. 친구가 칼에 찔렸단 말이에요." 뒤집어쓴 자루 때문에 말이 제대로 들릴지는 모르겠지만 나는 계속 떠들었다. "들어봐요. 뭔가 오해가 있는 거예요. 우리는 그저 친구를 병원으로 데리고 가려고⋯."

누군가 다시 머리 위로 다가오는 게 느껴졌다. 아마도 경찰봉 같은 걸 사용하는 것 같았다. 그렇게 세게 머리를 맞아본 건 처음이었다. 눈이 빙빙 돌고 눈물이 찔끔 나왔다. 말 그대로 너무 아파서 숨쉬기조차 힘들었다. 잠시 후 숨이 돌아왔지만 나는 아무 말도 하지 않았다. 교훈을 얻은 셈이었다.

도대체 이 미친 자식들은 뭐지? 그들에게는 부대 표시가 없었다. 어쩌면 테러리스트일지도 모른다! 나는 이전에는 테러리스트라는 걸 전혀 믿지 않았다. 무슨 말이냐면, 테러리스트가 세계 어디엔가 있을 거라는 사실은 추상적으로 알고 있었지만 진짜로 눈앞에 나타나 나를 해치리라는 생각은 해본 적이 없었다는 뜻이다. 내가 다른 사람에 의해 죽는다면, 테러리스트보다는 술에 취해 발렌시아 가를 총알처럼 달리는 차에 치이는 것부터 시작해서 훨씬 그럴듯하고 직접적이며 가능성이 더 높은 방법이 수백만 가지는 된다. 테러리스트가 죽인 사람들의 수는 욕실에서 넘어지거나 감전으로 죽는 경우보다 훨씬 적다. 테러리스트에게 공격당할 걸 걱정할 바에는 차라리 번개에 맞을까봐 걱정하는 게 더 유익하다.

머리에 자루를 뒤집어쓰고 손은 등 뒤로 묶인 채 머리에 혹이 부

풀어오르는 동안 이리저리 흔들거리며 험비 뒤 칸에 앉아있으니 갑자기 테러가 훨씬 더 위험하게 느껴졌다.

차가 앞뒤로 흔들거리더니 언덕을 올라갔다. 놉 힐로 올라가고 있는 모양이다. 기울어진 각도로 볼 때 몹시 가파른 길인 모양인데 아마도 파웰 가일 것이다.

이제 다시 가파르게 아래로 내려갔다. 내가 머릿속으로 떠올린 지도가 맞다면 피셔맨즈 워프 부두를 향해 가고 있을 것이다. 거기서 우리를 배에 태워 떠날지도 모른다. 그게 테러리스트라는 가설에도 맞았다. 테러리스트들은 대체 뭣 때문에 고등학생들을 납치한 걸까?

차가 내리막길에서 덜컹거리며 멈췄다. 시동이 꺼지고 문이 열렸다. 누군가가 내 팔을 잡고 차에서 끌어내리더니 뒤에서 밀었다. 나는 비틀거리며 아스팔트를 따라 걷다가 몇 초 후 철제 계단에 정강이를 세게 부딪치며 발을 헛디뎠다. 등 뒤에서 누군가가 또다시 밀어붙였다. 나는 손을 사용하지 못했기 때문에 조심스럽게 계단을 올라갔다. 세 번째 계단을 올라간 후 네 번째 계단에 발을 올렸지만 네 번째 계단은 없었다. 다시 넘어질 뻔했는데, 앞에서 다른 손이 나를 붙잡더니 철제 바닥 위로 끌고 갔다. 그리고 무릎을 꿇려서 등 뒤에 있는 무언가에 손을 채웠다.

뭔가 움직임이 느껴지더니 옆에 다른 사람들이 채워지는 게 느껴졌다. 신음 소리와 자루에 덮여 웅얼거리는 소리, 그리고 웃음 소리. 숨을 내쉬고 들이쉴 때마다 숨소리가 귀를 울렸다. 자루에 눌린 어둠이 영원처럼 느껴졌다.

￼*

　머리는 캔버스 천에 덮여 어스름에 잠기고 무릎 꿇은 다리가 저려오는 상황에서도 용케 잠이 들었던 모양이다. 지금까지 내 몸은 30분 사이에 1년 치의 아드레날린을 쏟아냈다. 아마도 그 정도면 자동차를 번쩍 들어 올려 사랑하는 사람을 구해내고 높은 건물을 뛰어넘을 수 있는 수준이었겠지만 후유증이 만만치 않았다.

　누군가가 머리를 덮은 자루를 벗겨내는 바람에 잠에서 깼다. 난폭하지는 않았지만 조심스럽지도 않았다. 그저 비인간적일 뿐이었다. 놈들은 맥도날드에서 햄버거를 만드는 사람이 빵조각을 다루듯 우리를 다뤘다.

　방의 불빛이 너무 밝아 눈을 질끈 감았다. 하지만 실눈을 뜨고 천천히 빛에 적응하면서 눈을 조금씩 크게 떴다. 눈을 다 뜰 수 있게 되자 주위를 둘러봤다.

　우리는 16륜 대형 트럭 짐칸에 타고 있었다. 바닥에 일정한 간격으로 바퀴 덮개가 불룩하게 올라온 게 보였다. 하지만 이 트럭의 짐칸은 일종의 이동식 지휘본부 겸 수감시설로 개조되어 있었다. 철제 책상들이 벽에 일렬로 늘어섰고, 책상과 함께 줄지어 있는 날렵한 평면 모니터에는 관절식 지지대가 달려서 사용자 주위로 빙 둘러 배치할 수 있도록 되어 있었다. 책상마다 우아한 사무용 의자가 있었는데, 높이와 경사각도, 좌우각도뿐만 아니라 안장각도까지 밀리미터 단위로 조정할 수 있는 손잡이들이 달려 있었다.

　그리고 가장 안쪽에 수감시설이 있었다. 볼트로 고정된 철봉이 빙 둘러져 있고 그 철봉에 포로들이 묶여 있었다.

버네사와 졸루는 금방 눈에 띄었다. 대릴은 아마도 트럭 입구 쪽에 묶여 있는 10여 명의 사람들 틈에 있겠지만 확실하지는 않았다. 고개를 푹 숙이고 있는 사람들이 많아서 얼굴이 보이지 않았다. 땀과 두려움의 악취가 코를 찔렀다.

버네사가 나를 쳐다보더니 입술을 깨물었다. 겁을 먹은 모습이었다. 졸루도 겁에 질려 흰자위를 드러내며 미친 듯이 눈알을 이리저리 굴렸다. 나도 무서웠다. 게다가 나는 오줌보가 터지기 직전이었다.

우리를 붙잡은 사람들을 둘러봤다. 지금까지는 애써 그들을 보지 않으려 노력했다. 어둑한 벽장 깊숙한 곳에 귀신이 있을까봐 애써 보지 않으려 눈을 돌리는 것과 비슷했다. 내 생각이 맞을까 봐 무서웠던 것이다.

하지만 어떤 멍청한 자식들이 우리를 납치했는지 잘 봐둬야 했다. 이 자식들이 진짜 테러리스트인지 알고 싶었다. 테러리스트가 정확히 어떻게 생겼는지는 잘 모르겠지만, 텔레비전에서 보면 거창하게 수염을 기르고 면으로 만든 헐렁한 옷을 발목까지 늘어뜨렸으며 머리에는 비니를 쓴 갈색 피부의 아랍인이었다.

하지만 우리를 붙잡은 사람들은 그렇게 생기지 않았다. 오히려 슈퍼볼 중간 휴식 시간에 나오는 치어리더들과 비슷했다. 뭐라고 딱 꼬집어서 말하지는 못하겠지만 이 사람들은 미국인처럼 보였다. 멋진 턱선에다가 군인과는 약간 다르지만 짧게 정돈된 머릿결의 백인과 흑인 남녀들이 트럭 반대편 끝에 앉아 테이크아웃 커피를 마시면서 자유롭게 농담을 하고 서로 미소를 주고받았다. 아프가니스탄에서 온 아랍 사람들은 확실히 아니었다. 그보다는 네브래스

54

카 주에서 온 관광객처럼 보였다.

나는 그중에서 나보다 나이가 그다지 많지 않아 보이는 갈색 머리의 젊은 백인 여성을 응시했다. 사무용 정장을 쫙 빼입은 여자는 조금 귀여워보였다. 누군가를 오랫동안 응시하면 머지않아 그도 돌아보게 돼있다. 그 여자도 나를 돌아봤는데, 순식간에 표정이 바뀌어 로봇이라고 불러도 될 정도로 냉정한 얼굴이 되었다. 얼굴에서 미소가 싹 사라졌다.

"이봐요. 여기요. 지금 이게 도대체 무슨 일인지는 모르겠지만, 제가 소변이 정말 급해요."

여자는 내 말이 전혀 안 들리는 듯 못 본 척했다.

"정말 심각하다고요. 화장실에 못 가면 제가 곧 지저분한 꼴을 보여주게 될 거예요. 지독한 냄새가 날 거라고요."

여자가 동료들을 쳐다보자 그중 세 명이 모여들었다. 하지만 그들이 낮은 목소리로 나누는 얘기는 컴퓨터 팬 소리에 가려 알아들을 수 없었다.

여자가 고개를 돌려 나를 보았다. "앞으로 10분만 더 참아. 그러면 한 명씩 소변을 누게 해줄 거야."

"10분을 참을 수 있을지 모르겠어요." 나는 실제 상황보다 좀 더 절박한 말투로 이야기했다. "제발요. 지금 당장 급해요, 나중엔 어떻게 될지 몰라요."

여자는 고개를 절레절레 흔들더니 나를 한심하다는 듯 쳐다봤다. 여자와 동료들이 좀 더 이야기를 나누더니 한 사람이 내게 다가왔다. 남자는 나이가 좀 더 많아서 30대 초반으로 보였는데 운동하는 사람처럼 어깨가 무척 넓었다. 중국계나 한국계처럼 보였다. 버네사도 가끔은 둘을 구별하지 못할 때가 있었다. 하지만 확실히 말할 순 없어도 남자가 움직이는 방식은 미국인 같았다.

남자는 캐주얼 재킷 한쪽을 들어 올려 허리에 찬 장비들을 보여줬다. 내가 권총과 테이저 건, 그리고 최루액 혹은 후추 스프레이 캔까지 봤을 때 옷이 내려왔다.

"말썽부리지 마." 남자가 말했다.

"그래야죠." 내가 답했다.

남자가 허리띠에 있는 뭔가를 건드리자 뒤쪽 걸쇠가 풀리며 묶여 있던 내 팔이 밑으로 툭 떨어졌다. 그는 배트맨의 다기능 벨트라도 찬 것 같았다. 무선 조종 걸쇠라니! 하지만 그렇게 만든 이유가 짐작이 됐다. 포로의 눈앞에 치명적인 무기들을 노출한 채 몸을 숙이고 싶지 않았던 것이다. 죄수가 이빨로 총을 잡아 빼서 혀나 뭐 그런 걸로 방아쇠를 당길 수도 있으니 말이다.

내 손은 여전히 등 뒤에 플라스틱 수갑으로 묶인 상태였고, 몸을 붙잡고 있던 걸쇠는 풀렸지만, 옴짝달싹 못 하고 한 자세로 꿇어앉아 있는 사이 다리는 나무토막이 되어 있었다. 짧게 말하자면, 나는 바닥에 얼굴을 처박았다. 움직이려 하자 힘없는 다리가 찌릿찌릿 저려왔다. 나는 억지로 다리를 몸뚱이 밑으로 끌어당겨 간신히 몸을 일으켰다.

남자가 나를 휙 끌어올려 세웠다. 그래서 나는 우스꽝스러운 걸음걸이로 트럭 뒤쪽에 있는 작은 임시 화장실로 걸어갔다. 뒤쪽으로 걸어가면서 대릴을 찾았지만 아마도 고개를 숙이고 있는 대여섯 사람 중 한 명인 모양이었다. 어쩌면 이 안에 없을지도 몰랐다.

"들어가." 남자가 말했다.

내가 팔목을 흔들며 말했다. "이것 좀 벗겨주세요." 플라스틱 수
갑에 여러 시간 묶여 있는 동안 손가락은 자주색 소시지가 되어버
렸다.

남자는 꿈쩍도 하지 않았다.

"저기요." 나는 쉽지는 않았지만 빈정대거나 화난 말투로 이야
기하지 않으려 애썼다. "저기요. 손목을 풀어주기 싫으면 제 거시
기를 대신 붙잡아서 겨눠줘야 할 거예요. 본래 화장실이란 데가 손
이 없으면 일을 보기 힘든 곳이거든요." 트럭 안에서 누군가가 키득
거렸다. 이 남자는 나를 싫어했다. 그의 턱 근육에 힘이 들어간 모
습을 보고 깨달았다. 젠장, 이 사람들은 너무 무게를 잡는다.

남자가 손을 벨트 쪽으로 가져가더니 아주 비싼 다용도칼을 꺼
냈다. 그리고 날카로워 보이는 칼날을 휙 펼쳐 플라스틱 수갑을 잘
랐다. 다시 손을 마음대로 움직일 수 있게 되었다.

"고마워요." 내가 말했다.

그가 나를 화장실로 밀어 넣었다. 내 손은 손목 끝에 달린 진흙
덩어리처럼 아무짝에도 쓸모가 없었다. 손가락을 약하게 움질거리
자 찌릿찌릿하던 느낌이 곧 불에 덴 듯한 통증으로 변해서 하마터
면 비명을 지를 뻔했다. 나는 변기 좌석을 내리고 바지를 벗은 후
앉았다. 다리가 제대로 서 있을지 확신할 수 없었기 때문이었다.

방광이 자유롭게 풀어지자 눈도 풀렸다. 눈물이 쏟아져 나왔다.
나는 앞뒤로 몸을 흔들며 소리 없이 울었다. 눈물과 콧물이 얼굴을
타고 흘러내렸다. 훌쩍거리는 소리를 내지 않기 위해 입을 막고 소
리를 죽였다. 저들에게 만족감을 주고 싶지 않았다.

마침내 소변을 다 누고 울음을 멈췄을 때 남자가 문을 두드렸다.

나는 휴지를 뭉쳐서 최대한 깨끗하게 얼굴을 닦고 변기에 넣은 후 물을 내렸다. 그리고 세면대를 찾아봤지만 튼튼하게 생긴 손 세정제밖에 없었는데, 옆 부분에는 그 세정제로 제거할 수 있는 미생물 병원체 목록이 작은 글씨로 인쇄되어 있었다. 나는 세정제로 손을 문지른 후 화장실을 나왔다.

"거기서 뭘 한 거야?" 남자가 물었다.

"화장실 썼죠." 내가 대답했다. 남자가 나를 돌려세우더니 손목을 붙잡았다. 새로운 플라스틱 수갑이 채워지는 게 느껴졌다. 아까 수갑을 푼 뒤 팔목이 부어오른 상태였기 때문에 새 수갑이 부드러운 살갗을 심하게 파고들었다. 하지만 비명을 질러 남자를 만족시켜주고 싶지 않았다.

남자는 나를 본래 있던 자리로 끌고 가서 다시 채우고 누군가를 끌어와서 옆에 앉혔다. 그제야 나는 그 사람이 졸루라는 사실을 깨달았다. 얼굴이 퉁퉁 붓고 뺨에는 흉한 멍이 든 상태였다.

"괜찮니?" 내가 졸루에게 물었다. 그러자 다기능 벨트를 찬 그 남자가 갑자기 내 이마를 손으로 잡더니 트럭의 철제 벽면에 냅다 박아버렸다. 괘종시계 종치는 소리가 났다. 눈이 뱅뱅 돌아서 초점을 맞추려 낑낑대고 있을 때 남자가 말했다. "입 다물어."

난 이 사람들이 싫었다. 이 모든 짓을 그대로 갚아주겠다고 결심했다.

한 명씩 한 명씩, 포로들이 화장실에 갔다가 돌아왔다. 모두 다 녀오자 나를 지켜보던 경비원이 자기 동료들에게로 돌아가 커피를 마셨다. 그들이 커다란 스타벅스 종이컵에 커피를 마시는 게 보였다. 그들은 잘 들리지 않는 낮은 목소리로 대화를 나누다가 종종 웃음을 터트렸다.

그때 트럭 뒷문이 열리고 신선한 공기가 밀려들어 왔다. 아까의 매캐한 연기 냄새는 없어졌지만 살짝 비릿한 오존 냄새가 났다. 문이 닫히기 전에 살짝 밖이 보였다. 밖은 어두침침했고 비가 내리고 있었다. 샌프란시스코 특유의 안개와 함께 내리는 이슬비였다.

안으로 들어온 남자는 군복을 입고 있었다. 미군 제복이었다. 그사람이 경례를 하자 트럭 안에 있던 사람들도 마주 경례를 붙였다. 그때서야 나는 내가 테러리스트의 포로가 아니라는 사실을 깨달았다. 나는 미합중국의 죄수였다.

그들은 트럭 뒤쪽 끝에 작은 칸막이를 설치한 다음 우리에게 다가와 한 번에 한 명씩 걸쇠를 풀어서 트럭 뒤로 데리고 갔다. 나는 할 수 있는 최대한 실제 시간에 가깝게 머릿속으로 초를 셌다. 하마 한 마리, 하마 두 마리…. 각 심문은 약 7분가량 진행됐다. 탈수와 카페인 금단현상으로 머리가 지끈거렸다.

나는 세 번째였는데, 머리를 짧게 자른 여자가 나를 트럭 뒤쪽으로 데리고 갔다. 가까이에서 봤더니 여자는 피곤해보였다. 눈 밑이 처졌고 입가에는 팔자주름이 생겼다.

여자가 리모컨으로 걸쇠를 풀고 나를 손으로 붙잡아서 일으켜 세웠을 때 무심결에 "고맙습니다"라고 말이 나왔다. 반사적으로 튀어나오는 예의 바른 말투가 싫었지만 그렇게 교육받으며 자란 결과라 나도 어쩔 도리가 없었다.

여자는 눈썹 하나 꿈쩍하지 않았다. 나는 여자의 앞을 지나 트럭 뒤쪽 칸막이 안으로 들어갔다. 접이식 의자가 하나 있길래 거기에 앉았다. 머리 짧은 여자와 다기능 벨트를 찬 남자가 인체공학적인 고급 의자에 앉아서 나를 쳐다봤다.

그 두 사람 사이에 있는 작은 탁자 위에 내 지갑과 배낭 내용물이 펼쳐져 있었다.

"안녕, 마커스." 머리 짧은 여자가 말했다. "너에게 몇 가지 물어볼 게 있어."

"제가 구속된 건가요?" 내가 물었다. 이건 그냥 던져보는 무의미한 질문이 아니었다. 구속된 상태가 아니라면 경찰이 내게 할 수 있는 일에는 한계가 있다. 이런 이야기를 처음 듣는 초보자를 위해 덧붙여주자면, 나를 구속하지 않은 상태에서 경찰은 내게 전화를 못 하게 하거나 변호사와 상의할 수 없게 막거나 영원히 붙잡아둘 수 없다. 그런데 이걸 어쩌나, 나는 변호사에게 하고 싶은 말이 있었다.

"휴대폰에는 왜 암호가 걸려 있지?" 여자가 내 휴대폰을 들고 물었다. 액정에는 올바른 비번을 입력하지 않고 계속 열어보려 시도했을 때 나타나는 에러 메시지가 떠 있었다. 그건 좀 무례한 메시지였다. 손가락 애니메이션이 누구나 쉽게 알아볼 수 있는 욕을 하고 있었다. 나는 내 입맛에 맞춰서 기기를 조작하는 걸 좋아했다.

"제가 구속된 건가요?" 내가 다시 물었다. 구속된 상태가 아니라면 그들은 내게 답변을 강요할 수 없으며, 내가 구속된 거냐고 물었을 때 반드시 대답을 해줄 의무가 있다. 그게 규칙이다.

"너는 국토안보부(DHS)에 억류된 상태야." 여자가 매섭게 말했다.

"제가 구속된 건가요?"

"마커스, 너는 협조하게 될 거야. 자, 여기서부터 시작하자." '그렇지 않으면'이라는 말을 하지는 않았지만 여자의 말에는 그런 의미가 담겨 있었다.

"변호사와 만나고 싶어요. 제가 무슨 혐의로 기소됐는지 알고 싶어요. 그리고 두 분의 신분증을 보여주세요." 내가 말했다.

두 수사관이 서로 눈짓을 주고받았다.

"네가 이 상황에 대처하는 방식에 대해 다시 생각해보는 게 좋을 것 같구나." 머리 짧은 여자가 말했다. "지금 당장 다시 생각하는 게 좋을 거야. 네게서 의심스러운 기기가 다수 발견됐어. 게다가 우리는 미국에서 지금껏 일어났던 테러 중에서 가장 심각한 공격이 있었던 장소 근처에서 너와 네 공범들을 발견했어. 이 두 가지를 하나로 합쳐봐. 상황이 네게 그다지 좋지 않아, 마커스. 협조해. 안 그러면 아주 아주 후회하게 될 거야. 자, 휴대폰에는 왜 암호가 걸려 있지?"

"제가 테러리스트라고 생각하는 건가요? 전 열일곱 살밖에 안 됐다고요!"

"딱 적당한 나이지. 알 카에다는 영향받기 쉽고 이상주의적인 아이들을 채용하는 걸 좋아해. 우리는 너에 대해 검색을 해봤어. 인터넷 공개 게시판에 아주 추잡한 것들을 많이 올렸더군."

"변호사와 이야기하고 싶어요." 내가 말했다.

머리 짧은 여자가 나를 벌레 보듯 쳐다봤다. "지금 일개 범죄 때문에 경찰에 잡혀왔다고 착각하는 모양인데, 그 생각을 빨리 잊는 게 좋을 거야. 넌 잠재적인 적국 전투원으로 미국 정부에 억류당한 상태야. 내가 너라면 네가 적국의 전투원이 아니라고 우리를 어떻게 납득시킬지 아주 진지하게 생각해볼 거야. 상당히 진지하게. 적국의 전투원들이 들어가면 사라지는 어두운 구덩이들이 있어. 아주 어둡고 깊은 구덩이지. 너도 그 구덩이에 들어가면 그냥 사라질 거야. 얘야, 내 말 듣고 있니? 나는 네가 이 휴대폰의 암호를 풀고 메모리에 있는 파일들의 암호도 해제해줬으면 좋겠어. 그리고 네가 해명을 해줬으면 좋겠어. 왜 그 시간에 거리에 나와 있었지? 샌프란시스코 공격에 대해 알고 있는 사실을 털어놔."

"전 휴대폰 암호를 해제하지 않을 거예요." 나는 화가 나서 말했다. 내 휴대폰 메모리에는 온갖 개인 자료들이 들어있었다. 사진, 이메일, 내가 설치한 해킹 프로그램과 모듈들. "그건 사적인 자료예요."

"뭘 감추려는 거지?"

"저에게는 사생활을 보호받을 권리가 있어요. 그리고 변호사와 이야기하고 싶어요."

"얘야, 너한테는 이게 마지막 기회야. 정당한 사람은 아무것도 감추지 않아."

"변호사와 이야기하고 싶어요." 변호사비는 부모님이 지불할 것이다. 체포에 관한 매뉴얼 자료들을 보면 이 상황에 대한 지침은 명확하다. 경찰이 뭐라고 말하고 행동하든 상관없이 변호사를 계속 요구하라. 변호사가 배석하지 않은 상태에서 경찰에게 이야기하는 것은 좋지 않은 결과를 낳을 수 있다고 쓰여 있다. 그런데 이 두 사람은 자기들이 경찰이 아니라고 했다. 하지만 이게 구속이 아니라면, 그럼 뭐지?

지금에 와서 돌이켜 생각해보면, 차라리 그때 그들에게 내 휴대폰 비번을 알려주는 게 나았을지도 모르겠다.

4

넌 이미 찍혔어

그들은 내 팔을 다시 철봉에 채우고 머리에 자루를 씌워서 한쪽에 처박아뒀다. 한참 시간이 지난 뒤 트럭이 움직이기 시작했다. 트럭이 언덕길을 다 내려간 후 누군가 다시 나를 일으켜 세웠는데, 나는 일어서자마자 바로 꼬꾸라져버렸다. 다리가 완전히 마비된 상태였다. 내내 꿇어앉아 있느라 퉁퉁 붓고 휘청거리는 무릎을 제외하고는 다리 전체가 벽돌이나 얼음덩어리처럼 굳어 있었다.

그들이 내 어깨와 다리를 붙잡더니 감자 포대처럼 집어 들었다. 주변에서 웅얼거리는 소리가 들려왔다. 누군가는 울었고, 누군가는 욕을 뱉었다.

그들은 나를 들고 멀지 않은 곳에 내려놓더니 다른 철봉에 다시 팔을 채웠다. 무릎이 몸뚱이를 지탱하지 못해 몸이 앞으로 기울어지다가 프레첼처럼 꼬인 채 바닥에 쓰러졌고 그 탓에 손목에 연결된 쇠사슬이 팽팽하게 당겨졌다.

그때 다시 움직임이 느껴졌는데, 이번에는 트럭이 움직이는 것과 달랐다. 바닥이 완만하게 오르락내리락했고 묵직한 디젤 엔진의 진동이 느껴졌다. 나는 배에 타고 있었던 것이다! 가슴이 콱 막혔다. 미국 땅을 벗어나 다른 어딘가로 가고 있는 것이다. 도대체 그곳이 어디일지 어떻게 알겠는가? 아까부터 두렵긴 했지만 이젠 무시무시했다. 온몸의 힘이 쭉 빠지고 입도 뻥끗하기 힘들 정도로 완전히 겁에 질려버렸다. 다시는 부모님을 만날 수 없을지도 모른다는 생각이 들었다. 그러자 신물이 넘어와 목이 쓰렸다. 머리를 덮은 자루가 조여 와서 숨쉬기도 힘들었다. 이상하게 뒤틀린 자세까지도 불안감을 키우는 데 한몫했다.

하지만 다행스럽게도 배는 그리 오래 이동하지 않았다. 당시 나는 배를 타고 한 시간 정도 이동했다고 느꼈지만, 나중에 보니 그 시간은 겨우 15분 정도밖에 되지 않았다. 배가 부두에 닿는 게 느껴졌다. 그리고 내 주위 갑판에 발걸음 소리가 들리더니 다른 죄수를 풀어서 데리고 가거나 끌고 갔다. 그들이 다시 다가왔을 때 나는 다시 일어나려 했지만 할 수 없었다. 그래서 그들은 다시 나를 들고 갔다. 비인간적으로, 난폭하게.

수갑이 풀리고 머리에 뒤집어썼던 자루가 벗겨졌을 때는 감옥의 독방 안이었다.

감방은 낡고 여기저기가 부서진 상태였으며 바다 냄새가 났다. 높은 데 달린 유일한 창문에는 녹슨 쇠창살이 끼워져 있었다. 아직도 밖은 어두웠다. 바닥에는 담요 한 장이 깔려 있고, 좌석이 없는 작은 철제 변기가 벽에 붙어 있었다. 자루를 벗긴 경비원이 나를 보고 피식 웃더니 견고한 철문을 닫고 나갔다.

조심스럽게 다리를 주무르며 씩씩거리는 사이 다리와 손에 피가 돌기 시작했다. 마침내 설 수 있게 됐다. 천천히 발걸음을 옮기며 감방을 서성였다. 다른 사람들이 말하고 울고 고함치는 소리가 들렸다. 나도 소리쳤다. "줄루! 대릴! 버네사!" 다른 감방에 갇힌 목소리들도 울부짖고 이름을 부르고 욕을 뱉기 시작했다. 가까이에서 들리는 목소리는 정신을 잃은 주정뱅이처럼 웅얼거렸다. 아마 내 목소리도 그렇게 들렸을 것이다.

경비원이 우리에게 조용히 하라고 고함쳤다. 그러자 모두들 더 크게 소리를 질렀다. 마침내 우리 모두 다 미친 듯이 고함치고 비명을 지르고, 목이 터져라 소리를 질러댔다. 그러면 안 될 이유가 있나? 우리는 아무것도 잃을 게 없었다.

다음에 그들이 심문하러 왔을 때 나는 지저분하고 지치고 목마르고 배고픈 상태였다. 덩치 큰 세 남자가 나를 고깃덩어리처럼 끌고 간 취조실에는 머리 짧은 여자와 처음 보는 수사관들이 있었다. 나를 끌고 간 세 남자는 한 명은 흑인이고 다른 두 명은 백인이었는데, 둘 중 한 명은 남미계 같았다. 모두 소총을 휴대하고 있었다. 베네통 광고에 슈팅 게임 '카운터 스트라이크'를 섞어놓은 것 같은 모습이었다.

나를 데리러 감방으로 온 그들은 내 손목과 발목을 쇠사슬로 채웠다. 나는 이동하면서 주변에 신경을 집중했다. 밖에서 파도 소리가 들려와서 어쩌면 여기가 앨커트래즈 섬일지도 모른다는 생각이 들었다. 앨커트래즈는 알 카포네와 그의 조직원들이 수감되기도 했던 장소로 수십 년 동안 호기심 많은 관광객들을 불러 모으는 관광명소가 됐지만 어쨌든 감옥이었다. 나는 학교 소풍으로 앨커트래즈 섬에 가본 적이 있는데 낡고 녹슨 중세풍 건물이었다. 그런데 여긴 영국의 식민지 시대라기보다는 2차 세계대전 때로 돌아간 느낌을 줬다.

감방 문마다 레이저 프린터로 인쇄한 바코드 스티커가 붙어있고 번호가 달려 있었다. 하지만 그 외에는 각 방에 누가 혹은 뭐가 있는지 전혀 표시되어 있지 않았다.

취조실은 지극히 현대적이었다. 눈부신 형광등에 인체공학 의자들(나를 위한 건 아니었다. 내 의자는 접이식 플라스틱 정원용 의자였다)과 커다란 회의실용 나무 탁자가 있었다. 한쪽 벽에는 경찰 영화에 나오는 취조실처럼 거울이 쭉 붙어 있었다. 저 거울 뒤에서 누군가가 지켜보고 있을 게 틀림없었다. 머리 짧은 여자와 그 동료들은 옆 탁자에 놓인 주전자에서 커피를 따라 마시고 있었다(나는 할 수만 있다면 이빨로 그 여자의 목을 찢어서라도 커피를 마시고 싶은 기분이었다). 내 옆에는 스티로폼 컵에 담긴 물이 놓여 있었지만, 뒤로 묶인 손목을 풀어주지 않으면 물을 마실 도리가 없었다. 흘흘, 그다지 재미없는 장난이었다.

"마커스, 안녕?" 머리 짧은 여자가 말했다. "그 건방진 태도는 아직도 그대로니?"

난 대답하지 않았다.

"이건 네가 생각하는 것보다 그리 나쁘지 않은 상태야. 앞으로 일어날 일에 비하면 아주 좋은 상태라고 할 수 있지. 이제는 우리가 원하는 걸 네가 이야기해줘도, 설령 네가 그저 안 좋은 때 안 좋은 장소에 있었을 뿐이라는 사실을 우리에게 납득시킨다 하더라도, 넌 이미 찍혔어. 우리는 앞으로 네가 어디에 가는지 무슨 일을 하는지 계속 지켜볼 거야. 너는 뭔가 감추고 있는 것처럼 행동했어. 우린 그런 태도를 별로 좋아하지 않아."

어처구니없는 이야기였지만, 내 머릿속은 온통 "네가 그저 안 좋은 때 안 좋은 장소에 있었을 뿐이라는 사실을 우리에게 납득시킨다 하더라도"라는 말만 뱅뱅 돌았다. 이건 내가 평생 경험해보지 못했던 최악의 상황이었다. 이렇게 불쾌하고, 이렇게 무서웠던 적은 한 번도 없었다. '안 좋은 때 안 좋은 장소'라는 말은 내가 물속으로 가라앉지 않으려 발버둥 칠 때 눈앞에 던져진 생명줄 같았다.

"이봐, 마커스?" 여자가 내 눈앞에서 손가락을 튕겼다. "여기 봐, 마커스." 여자 얼굴에 살짝 미소가 떠올랐다. 내가 겁을 집어먹었다는 걸 여자가 알아챘다는 사실이 몹시 싫었다. "마커스, 상황이 지금보다 훨씬 안 좋아질 수도 있어. 여기가 너를 집어넣을 수 있는 최악의 장소는 아냐. 아니고말고." 여자가 탁자 아래로 손을 뻗더니 서류가방을 꺼내 짤깍 열었다. 그리고 가방에서 휴대폰과 RFID 태그 복제기, 와이파이 탐지기, USB 메모리를 꺼냈다. 전부 내 것이었다. 여자는 그 물건들을 탁자 위에 하나씩 놓았다.

"우리가 너에게 원하는 건 이거야. 오늘은 우리를 위해 휴대폰 암호를 풀어. 그러면 건물 밖과 샤워장에 갈 수 있는 특권을 줄 거야. 넌 샤워를 하고 운동장을 걸을 수 있게 되는 거지. 내일은 너를 불러서 이 USB 메모리의 암호를 풀라고 요구할 거야. 지시대로 하면 식당에서 밥을 먹게 해주지. 모레는 너한테 이메일 비번을 달라고 할 텐데, 그렇게 하면 도서관을 이용할 수 있는 특권을 줄 거야."

'싫어요'라는 말이 입에서 뱅뱅 돌았지만 밖으로 튀어나오지는 않았다. 대신 튀어나온 말은 "왜요?"였다.

"우리는 네가 어떤 녀석인지 확인하고 싶어. 이건 너의 안전에 관한 문제야, 마커스. 너한테 죄가 없다는 사실을 보여줘. 네가 무죄일지도 모르지. 하지만 죄가 없는 사람이 왜 그렇게 감출 게 많은 사람처럼 행동하는지 난 이해가 안 돼. 그런데 말이야, 다리가 폭발할 때 네가 그 위에 있었다고 생각해봐. 너희 부모님이 계셨을 수도 있어. 아니면 너희 친구라도. 우리가 너희 집을 공격한 놈들을 잡아주면 좋지 않겠니?"

웃기는 소리다. 하지만 여자가 했던 '특권'에 대한 이야기에 나는 겁을 집어먹고 항복할 뻔했다. 마치 내가 뭔가 못된 짓을 해서 여기에 잡혀온 기분이 들었던 것이다. 부분적으로는 내 잘못일지도 모른다거나, 이 상황을 바꾸기 위해 내가 뭔가 할 수 있을 것 같은 기분이었다.

하지만 여자가 '안전' 어쩌고 하는 헛소리로 옮겨가자 내 성깔이 다시 돌아왔다. "아줌마, 아줌마는 저한테 우리 집이 공격받았다고 이야기했지만, 지금까지 내가 알기론 최근에 저를 공격한 사람은 당신들밖에 없어요. 전 헌법이라는 게 존재하는 나라에 살고 있다고 믿어요. 전 기본권이라는 게 존재하는 나라에 살고 있다구요. 그런데 당신은 지금 저한테 자유를 되찾기 위해 헌법에 명시된 기본권을 포기하라는 이야기를 하고 있어요."

여자의 얼굴에 성가시다는 빛이 살짝 비치더니 이내 사라졌다. "마커스, 그렇게 감정적으로 굴지 마. 너를 공격한 사람은 아무도 없어. 너는 우리 영토를 침범한 극악한 테러리스트를 찾고 있는 우리 정부에 억류된 거야. 넌 적에 맞서서 이 전쟁을 치르고 있는 우리를 힘이 닿는 데까지 도와줘야 할 의무가 있어. 기본권을 지키고 싫니? 그러면 우리를 도와서 샌프란시스코를 폭파시킨 나쁜 놈들을 막아. 자, 이제 감방으로 돌아가기 전에 이 휴대폰 암호를 풀 시간을 딱 30초 주겠어. 오늘 심문해야 할 사람들이 아주 많거든."

여자가 자기 시계를 쳐다봤다. 나는 손목을 흔들었다. 사슬에 묶인 상태에서는 손을 뻗어서 휴대폰 암호를 풀어줄 수 없다. 그래, 암호를 풀어주겠다. 여자는 내게 세상으로, 부모님에게로 자유롭게 갈 수 있는 길을 말했고, 지금 내게는 그 말이 유일한 희망이다. 지금 여자는 나를 감방으로 보내버리겠다고, 그 희망의 길에서 쫓아내겠다고 한다. 그러면 내 희망은 무너져버리고 만다. 내 머릿속에는 온통 어떻게든 그 희망을 되찾아야 한다는 생각밖에 없었다.

그래서 나는 휴대폰을 받아 암호를 풀어주려고 손목을 흔들었다. 하지만 머리 짧은 여자는 그저 차가운 눈으로 나를 쳐다보더니 다시 시계를 확인했다.

"비번은….." 마침내 여자가 원하는 게 뭔지 이해한 내가 말했다. 여자는 내가 크게 말해주길 원했다. 여자가 녹음할 수 있는 바로 이곳에서, 여자의 동료들이 들을 수 있는 바로 여기서. 여자가 원하는 건 그저 잠긴 휴대폰을 풀어주는 게 아니었다. 여자가 원하는 건 자기에게 복종하는 것이었다. 자기가 시키는 대로 하는 것이다. 모든 비밀, 내 모든 사생활을 포기하는 것이었다. "비번은….." 내가 다시 말했다. 그리고 내 비번을 여자에게 알려줬다. 하늘이여 굽어 살펴주소서, 저는 이 여자의 의지에 굴복했나이다.

여자의 얼굴에 새침한 미소가 살짝 비쳤다. 그 미소는 아마도 이 얼음 여왕에게 일종의 골 세리머니임이 틀림없었다. 그러자 경비원이 나를 데리고 나갔다. 문이 닫힐 때 여자가 휴대폰 위로 고개를 숙이고 비번을 입력하는 모습이 보였다.

이런 가능성을 미리 예상해서 휴대폰에서 완전히 무해한 파티션을 열어주는 가짜 비번을 미리 만들어 놓았으면 좋았을 거라는 생각이 들었지만, 당시까지는 내가 그 정도로 피해망상적이거나 영리하지 않았다.

어쩌면 독자들은 당시 내가 휴대폰과 USB 메모리, 이메일에 감춰둔 어두운 비밀이 무엇인지 궁금할지도 모르겠다. 이러나저러나 당시 난 어린애에 불과했다. 사실 나한테는 모든 게 감출 일이었고, 동시에 아무것도 감출 게 없었다. 내 휴대폰과 메모리를 열어보면 친구들이 누구인지, 내가 그 친구들을 어떻게 생각하는지, 그리고 우리가 했던 온갖 얼빠진 짓거리를 했는지를 모두 알 수 있다. 우리가 인터넷과 휴대폰으로 나눴던 논쟁과 화해의 과정을 모두 읽을 수 있다.

난 그 자료들을 하나도 지우지 않았다. 내가 왜 그 자료들을 지우겠는가? 저장장치는 싸고, 언제 다시 찾아보고 싶어질지 모르는데 말이다. 특히 바보 같은 자료들이 그렇다. 지하철을 타고 가다가 이야기 나눌 사람이 없을 때 문득 예전에 했던 지독한 싸움이나 자신이 했던 끔찍한 말이 떠오를 때의 그런 느낌, 다들 알지 않나? 그런데 대개 그 당시의 실제 상황은 자기가 기억하는 정도로 그렇게 나쁘지 않다. 과거로 돌아가서 그 상황을 다시 볼 수 있게 되면 자신이 생각만큼 그렇게 끔찍한 사람이 아니라는 걸 상기하는 데 아주 큰 도움이 된다. 대릴과 나는 셀 수 없이 많이 싸웠다.

그것만이 아니다. 내 휴대폰은 나만의 사적인 물건이고, USB 메모리도 나만의 사적인 물건이다. 그렇기 때문에 암호로 메시지를 뒤섞어놓았던 것이다. 그 암호 체계를 받치는 수학은 믿을 수 있고 빈틈이 없다. 우리는 은행과 미국국가안보국(NSA)이 사용하는 방식과 동일한 암호 체계를 사용할 수 있다. 암호 체계는 공개되고 개방되어 있어서 누구든지 이용할 수 있다. 모든 사람이 사용할 수 있는 암호 체계는 누구나 보안성을 검증할 수 있기 때문에 오히려 안전하다.

삶의 귀퉁이에 있는 자기만의 공간, 자기 외에는 아무도 볼 수 없는 공간이 사람을 진정으로 자유롭게 만들어준다. 그건 옷을 벗거나 대변을 누는 것처럼 사소한 일이다. 모든 사람들은 가끔 벌거숭이가 된다. 모든 사람들이 변기 위에 쪼그려 앉아야 한다. 이건 부끄럽거나 비정상적이거나 별난 짓이 아니다. 하지만 지금부터 똥덩어리를 배출할 때마다 뉴욕 타임스 스퀘어 한 가운데에 설치된 유리방에 들어가서 옷을 홀딱 벗어야 한다는 법령을 정하면 어떻게 될까?

이런 생각은 신체에 전혀 문제가 없고 이상이 없는 사람에게도 (하지만 우리 중에 얼마나 많은 수가 그렇다고 자신 있게 이야기할 수 있을까?) 완전히 터무니없는 소리로 들릴 수밖에 없다. 우리 대부분은 괴성을 질러대며 대변이 터져 나올 때까지 참을 것이다.

이건 부끄러움에 대한 문제가 아니라 '사생활'에 대한 문제다. 사생활은 나에게 속한 나만의 삶이다.

놈들이 내게서 사생활을 조금씩 빼앗아가고 있었다. 감방으로 다시 걸어가는 동안, 나는 이렇게 당해도 싸다는 생각이 들었다. 수많은 규칙을 어기며 살아왔으면서도 용케 벌을 받아본 적이 거의 없었다. 어쩌면 이게 정의일지도 모른다. 내 과거가 나를 벌하는 것일 수도 있다. 어찌 됐든, 내가 여기에 있는 이유는 학교를 땡땡이쳤기 때문이 아닌가.

샤워를 했다. 운동장에 나가서 산책을 했다. 머리 위로는 하늘 한 조각이 보이고, 샌프란시스코 만의 냄새 같은 게 느껴졌지만, 그 외에는 내가 잡혀 있는 곳이 어디인지 짐작할 수 있는 단서가 전혀 없었다. 내가 운동하는 시간 동안 다른 죄수들은 전혀 보이지 않았다. 그래서 원을 따라 걷는 게 몹시 지겨워졌다. 나는 온 신경을 귀에 모으고 이곳이 어디인지 알아내는 데 도움이 될 만한 소리에 귀를 기울였다. 하지만 들려오는 소리라곤, 드문드문 차 소리와 조금 먼 곳에서 들려오는 대화 소리, 가까운 어딘가에서 비행기 착륙하는 소리가 전부였다.

그들은 나를 다시 독방으로 데려가서 음식을 먹였다. '고트 힐 피자'에서 가져온 반쪽짜리 페퍼로니 파이였는데, '고트 힐 피자'는 포트레로 힐에 있는 피자가게로 내 단골가게이다. 피자 상자에 있는 익숙한 그림과 415국번의 전화번호는 내가 어제까지만 해도 자유로운 나라에 사는 자유로운 사람이었지만 지금은 죄수라는 사실을 상기시켰다. 대릴에 대한 걱정이 잠시도 멈추지 않았다. 그리고 다른 친구들 생각에 괴로웠다. 어쩌면 친구들은 나보다 잘 협조해서 벌써 풀려났을지도 모른다. 어쩌면 우리 부모님에게 이야기해서 지금쯤 부모님들이 온 사방에 전화를 하고 있을지도 모른다.

물론 아닐 수도 있다.

감방은 터무니없이 넓고 내 영혼처럼 공허했다. 침상 반대쪽 벽을 컴퓨터 모니터라 생각하고 해킹을 해서 감방문을 여는 공상을 했다. 내 작업대와 이런저런 프로젝트들도 떠올렸다. 나는 여기로 잡혀오기 전까지 낡은 깡통으로 근사한 서라운드 스피커를 만들고 있었고, 연으로 띄우는 항공사진용 카메라도 만들고 있었다. 집에서 만든 내 노트북도 떠올랐다.

나는 여기서 나가 그곳으로 돌아가고 싶었다. 집에 가서 친구들을 만나고 학교에 가고 부모님을 만나고, 다시 내 삶으로 돌아가고 싶었다. 온종일 감방 안을 이리저리 오락가락하지 않고 내 마음 내키는 곳으로 가고 싶었다.

다음 날 그들은 USB 메모리의 비번을 요구했다. 메모리에는 온라인 토론방들에서 다운받은 흥미로운 메시지와 채팅 내용, 내가 하던 일에 필요한 지식을 가르쳐준 사람들에 대한 내용이 들어 있었다. 물론 구글 검색으로 찾을 수 없는 내용은 없었지만, 구글로는 검색할 수 없는 내 취향이 거기에 담겨 있었다.

그날 오후 나는 한 번 더 운동을 했는데, 이번에 운동장에 나갔을 때는 다른 사람들도 있었다. 다양한 연령과 인종의 남자 네 명과 여자 두 명이었다. 많은 사람들이 '특권'을 받기 위해 그들에게 뭔가를 해준 모양이다.

내게 허락된 시간은 30분이었다. 그래서 나는 죄수들 중 가장 평범해 보이는 내 또래의 짧은 곱슬머리 흑인 남자애에게 대화를 시도해보았다. 하지만 내 소개를 하며 손을 내밀자, 그 아이는 운동장 모퉁이마다 흉하게 설치된 감시카메라를 눈짓으로 가리키더니 얼굴 표정 하나 바뀌지 않고 계속 걸어갔다.

하지만 그때, 놈들이 내 이름을 호명해서 다시 건물 안으로 데리고 가던 그 순간에 문이 열리더니, 버네사가 나왔다! 내 평생 친구 얼굴이 이렇게 반가웠던 적은 없었다. 버네사는 지치고 짜증난 모습이었지만 다친 데는 없는 것 같았다. 버네사는 나를 보더니 내 이름을 소리쳐 부르며 달려왔다. 우리는 힘껏 끌어안았다. 내 몸이 떨리는 게 느껴졌다. 버네사도 떨고 있었다.

"괜찮니?" 버네사가 나를 붙잡고 이리저리 살펴보며 물었다.

"난 괜찮아. 내 비번을 주면 집에 보내주겠대."

"나한테는 너와 대릴에 대해서 계속 물어보고 있어."

확성기에서 요란한 소리로 우리에게 대화를 중단하고 걸어가라고 소리쳤지만, 우리는 그 말을 무시했다.

"놈들에게 말해줘. 놈들이 물어보는 건 다 대답해줘. 그래야 네가 나갈 수 있다면 말이야." 내가 급하게 말했다.

"대릴과 졸루는 어때?"

"걔네는 못 봤어."

문이 쿵 소리를 내며 열리더니 덩치 큰 경비원 네 명이 튀어나왔다. 두 명은 나를 붙잡고, 두 명은 버네사를 붙잡았다. 놈들은 나를 바닥에 넘어뜨리고 고개를 돌려서 버네사를 보지 못하게 했다. 하지만 소리만으로도 버네사 역시 같은 취급을 당하고 있다는 사실을 알 수 있었다. 놈들은 내 손목을 등 뒤로 돌려 플라스틱 수갑을 채우고 일으켜 세워 감방으로 끌고 갔다.

밤이 되어도 저녁밥이 나오지 않았다. 다음 날 아침에도 아침밥이 나오지 않았다. 감방으로 와서 내 비밀을 더 내놓으라고 취조실로 끌고 가는 사람도 없었다. 플라스틱 수갑도 풀어주지 않아서 처음엔 어깨가 얼얼하더니 다음엔 쑤시다가 결국 멍하게 되더니 다시 얼얼해졌다. 손에는 느낌이 전혀 없었다.

소변이 마려웠다. 하지만 바지를 벗을 수 없었다. 진짜로 소변이 엄청나게 마려웠다.

오줌을 싸버렸다.

그들은 그 후에 왔다. 따뜻한 오줌이 식어 축축해지고 더러워진 청바지가 다리에 달라붙었다. 그들은 나를 데리고 문이 줄줄이 늘어선 기다란 복도를 따라 걸었다. 문마다 바코드가 달려 있는데 각 바코드는 나 같은 죄수를 나타냈다. 그들은 복도를 따라 걷다가 취조실로 날 데리고 갔다. 취조실로 들어가자 거긴 다른 행성 같았다. 그 세계는 모든 게 정상이었고 오줌 냄새도 나지 않았다. 나 자신이 너무 불결하고 부끄럽게 느껴졌고 이렇게 당해도 싸다는 기분이 다시 들었다.

머리 짧은 여자가 벌써 자리에 앉아 있었다. 여자는 완벽했다. 머리에는 비니를 쓰고 옅게 화장도 했다. 나를 보더니 코를 찡그렸다. 내 안에서 부끄러움이 일었다.

"음, 아주 심한 장난을 친 모양이네? 넌 정말 고약한 놈이야, 그렇지?"

수치심이 일었다. 나는 고개를 푹 숙이고 탁자를 내려다봤다. 고개를 똑바로 들 수가 없었다. 여자에게 내 이메일 비번을 말해주고 거길 떠나고 싶었다.

"운동장에서 네 친구와 무슨 이야기를 했지?"

내가 탁자를 쳐다보며 웃음을 터트렸다. "당신들이 질문하거든 답변하라고 했어요. 협조하라고 했어요."

"그러면 네가 그 친구에게 명령을 내린 거야?"

내 귀로 심장 뛰는 소리가 들려왔다. "아, 대체 왜 이러세요. 우리는 같이 게임을 하다가 잡혔다고요. '하라주쿠 펀 매드니스'라는 게임이었어요. 저는 팀장이에요. 우리는 테러리스트가 아니고 고등학생일 뿐이에요. 전 명령한 게 아니에요. 솔직히 털어놔서 모든 의혹을 없애야 여기서 나갈 수 있다고 했어요."

여자는 잠시 아무 말도 하지 않았다.

"대릴은 어떤가요?" 내가 물었다.

"누구?"

"대릴이요. 저랑 같이 잡혀온 제 친구요. 파월 가의 지하철역에서 어떤 사람이 대릴을 칼로 찔렀어요. 그래서 우리가 밖으로 나온 거예요. 대릴을 도와주려고요."

"그렇다면, 아마 그 애는 괜찮을 거야." 여자가 말했다.

가슴이 콱 막혔다. 그래서 냅다 소리를 질렀다. "모른다고요? 당신들이 대릴을 여기에 잡아온 거 아닌가요?"

"우리는 여기에 누가 있는지, 누가 없는지에 대해 너에게 이야기해주지 않아. 넌 앞으로도 모를 거야. 마커스, 우리에게 협조하지 않으면 어떻게 되는지 잘 알았을 거야. 우리의 명령을 따르지 않을 경우 어떻게 되는지 알겠지? 지금까지 너는 약간 협조적이었어. 그래서 이제 자유로워질 수 있는 지점에 거의 다 왔어. 그 가능성을 현실로 만들고 싶으면 내 질문에 제대로 대답해야 할 거야."

나는 아무 말도 하지 않았다.

"이제 좀 알아들은 모양이군. 좋았어. 자, 이메일 비번 주실까?"

나는 이미 준비가 되어 있었다. 서버 주소와 아이디, 비번까지 모두 다 내줬다. 사실 이건 전혀 문제가 되지 않았다. 나는 서버에 이메일을 남겨두지 않기 때문이다. 이메일은 60초마다 자동으로 다운로드해서 집에 있는 노트북에 저장하고 서버에 있는 메일은 삭제하도록 설정해놨다. 저들은 내 메일을 전혀 볼 수 없을 것이다. 이미 서버는 깨끗하고 메일은 모조리 내 노트북에 저장되어 있으니 말이다.

다시 감방으로 돌아왔다. 놈들은 내 팔을 풀어주고 샤워를 시키더니 오렌지색 죄수복 바지를 줬다. 바지가 너무 커서 엉덩이까지 내려오는 바람에 미션 가에서 노는 멕시코계 십대 건달들 같았다. 사실 똥싼 바지 패션이 바로 그 모습에서 유래한 것이다. 감옥에서 말이다. 그런데 그 패션이 흔해지니까 개성도 사라지고 재미도 없어졌다.

내 청바지는 놈들이 가져갔다. 그리고 다음 날은 감방에서 보냈다. 감방의 벽은 강철로 만든 격자 위에 시멘트를 바른 형태였다. 강철이 소금기 많은 바닷바람에 녹이 슬어서, 벽에 칠해진 녹색 페인트 사이로 붉은 오렌지색 격자가 보였기 때문에 이 사실을 알 수 있었다. 엄마와 아빠는 저 창문 밖 어딘가에 있다.

다음 날 다시 놈들이 나를 데리러 왔다.

"우리는 온종일 네 메일을 읽었어. 너희 집에 있는 컴퓨터가 메일을 긁어가지 못하도록 우리가 비번을 바꿨거든."

뭐, 당연히 그러시겠지. 나라도 그렇게 했을 것이다. 그제야 그런 방법이 있다는 사실이 생각났다.

"마커스, 이제 너를 아주 오래 잡아둘 수 있을 만큼 충분한 자료를 확보했어. 네가 가지고 있던 이 물건들과…." 여자가 조그마한 내 장비들을 가리켰다. "우리가 네 휴대폰과 USB 메모리에서 복구한 자료들, 게다가 너희 집에 쳐들어가서 컴퓨터를 확보하면 반체제적인 자료들이 잔뜩 나올 거라고 믿어 의심치 않아. 그 정도면 네가 꼬부랑 할아버지가 될 때까지 감옥에 처박아둘 수 있는 증거로 충분해. 무슨 말인지 알겠어?"

나는 잠깐 동안 이 말을 믿지 않았다. 판사가 이 자료와 물건들이 실질적인 범죄를 구성한다고 판단할 리가 없다. 그 자료들은 표현의 자유에 관한 사안이었고 기술적으로 봐도 어설픈 장난질에 불과했다. 그건 결코 범죄가 아니었다.

하지만 이 사람들이 나를 판사 앞에 데리고 갈 것 같아 보이지는 않았다.

"우리는 네가 어디에 사는지 알고, 네 친구들이 누구인지도 알아. 네가 어떤 식으로 움직이는지, 어떤 식으로 생각하는지도 알아."

난 그제야 깨달았다. 이 사람들은 지금 나를 풀어주려는 것이다. 방이 환해지는 느낌이 들었다. 내 숨소리가 얕고 빨라졌다.

"우리가 알고 싶은 건 한 가지뿐이야. 어떻게 다리에 폭탄을 설치했지?"

숨이 컥 막혔다. 방이 다시 어두워졌다.

"네?"

"다리 전체에 열 개의 폭약이 장착됐어. 자동차 트렁크에 있던 게 아냐. 다리에 설치되어 있었어. 누군가 거기에 가져다놓은 거야. 누가, 어떻게 가져다났지?"

"네?"

"마커스, 이게 너에게 주는 마지막 기회야." 여자가 애석한 표정을 지으며 말했다. "넌 지금까지 잘 해왔어. 이것만 이야기하면 집에 보내줄게. 변호사를 선임해서 재판정에서 변호해. 틀림없이 네 행동을 설명할 수 있는, 정상 참작이 가능한 상황이 있었을 거야. 이제 이것만 우리에게 이야기해주면 너는 갈 수 있어."

"도대체 무슨 이야길 하는 건지 모르겠어요!" 나는 울고 있었다. 훌쩍거리다가 엉엉 울기 시작했다. 하지만 그게 문제가 아니었다.

"난 당신이 도대체 무슨 이야길 하는 건지 모르겠다고요!"

여자가 고개를 저었다. "마커스, 괜찮아, 우리가 도와줄게. 지금쯤이면 너도 알 거야. 우리가 한번 마음먹으면 알아내고 만다는 걸 말이야."

내 마음속 깊은 곳에서 공포에 질려 횡설수설 중얼거리는 소리가 들렸다. 이 사람들은 미쳤어. 난 마음을 추스르고 흐르는 눈물을 가까스로 멈췄다. "이거 봐요, 이건 미친 짓이에요. 내 물건들을 다 들여다봤잖아요. 내 자료까지 죄다 봤잖아요. 저는 테러리스트가 아니라 열입곱 살짜리 고등학생이라고요! 설마 진지하게 이야기하는 건 아니겠⋯."

"마커스, 아직도 우리가 장난하는 걸로 보여?" 여자가 고개를 저었다. "넌 학교 성적이 좋더군. 그래서 머리가 좀 돌아갈 줄 알았더니." 여자가 가볍게 손을 휙휙 젓자 경비원들이 내 겨드랑이에 손을 넣어 몸을 일으켰다.

감방에 돌아오자 온갖 말들이 머릿속을 뱅뱅 돌았다. 프랑스인들은 이런 걸 '계단의 재치'라고 부르는데, 말다툼을 하다가 방을 나와 계단을 내려갈 때 떠오르는 재치 넘치는 반론을 뜻한다. 머릿속에서는 내가 아까 그 자리에서 박차고 일어나 말하고 있었다. 나는 여자에게, 나는 자유를 사랑하는 시민이므로 내가 애국자이고 당신이야말로 반역자라고 말했다. 우리나라를 강제 수용소로 만든 여자에게 창피를 줬다. 내 머릿속에서 나는 달변가였고, 영리한 나는 여자의 눈물을 쏙 빼냈다.

하지만 그들이 다음 날 나를 끌고 갔을 때는 그 숱한 말들이 하나도 떠오르지 않았다. 내 머릿속에는 오직 자유뿐이었다. 그리고 부모님.

"마커스, 안녕? 기분은 어때?" 여자가 말했다.

나는 고개를 푹 숙이고 탁자를 내려다봤다. 여자 앞에는 깔끔하게 정돈된 서류 뭉치와 항상 들고 다니는 스타벅스 테이크아웃 컵이 있었다. 어쨌든 덕분에 마음이 느긋해졌다. 그 컵은 저 벽 너머 어딘가에는 진짜 세상이 있다는 사실을 내게 일깨워줬다.

"일단 너에 대한 조사는 끝났어." 여자는 거기까지 말하고 입을 다물었다. 나를 보내주겠다는 의미인지 모른다. 어쩌면 나를 지하 감방에 처넣고 내 존재를 잊어버리겠다는 뜻일 수도 있다.

"그래서요?" 마침내 내가 물었다.

"넌 우리가 이 문제를 아주 심각하게 생각하고 있다는 걸 명심해야 할 거야. 지금 우리나라는 역사상 가장 악질적인 침략을 당하고 있어. 9.11을 얼마나 더 당해야 우리에게 협조할 거야? 수사의 세부 사항은 기밀이야. 우리는 이 가증스러운 범죄를 저지른 놈들에게 정의의 심판을 내릴 때까지 절대로 포기하지 않아. 무슨 말인지 알아?"

"네…." 내가 우물거리며 대답했다.

"오늘 너를 집에 보내주겠지만, 넌 이미 우리한테 찍혔어. 너에게 혐의가 없다는 게 아니야. 일단 심문을 마쳤기 때문에 보내주는 것뿐이야. 하지만 지금부터 너는 우리가 관리할 거야. 너를 지켜보

면서 실수할 때를 기다릴 거라는 뜻이야. 우리가 온종일 밀착 감시
할 수 있다는 거 알지?"

"네…."

"좋았어. 여기서 무슨 일이 있었는지 누구에게도 이야기하면 안
돼. 이건 국가 기밀이야. 전시에 반역행위는 지금도 사형이라는 사
실 알고 있지?"

"네…."

"착한 아이네." 여자가 만족스러운 목소리로 말했다. "자, 이 서
류들에 서명해." 여자가 탁자에 있던 서류 뭉치를 내게 밀었다. 종
이마다 '여기 서명하시오'라고 인쇄된 작은 포스트잇이 붙어 있었
다. 경비원이 내 수갑을 풀었다.

서류를 쭉 넘겼다. 그러자 눈가에 눈물이 맺히고 머리가 빙빙 돌
았다. 도대체 이해가 되지 않았다. 나는 난해한 법률 용어들을 해
독해보려 끙끙댔다. 내가 지금까지 자발적으로 잡혀 있었으며, 내
자유로운 의지에 따라 자발적으로 심문에 응했다는 진술서에 서명
하라는 모양이었다.

"제가 여기에 서명을 안 하면 어떻게 되나요?" 내가 물었다.

여자는 서류를 낚아채더니 지난번처럼 다시 손을 획획 저었다.
경비원이 나를 일으켜 세웠다.

"잠깐만요!" 내가 소리쳤다. "제발요! 서명할게요!" 경비원들이
나를 문으로 질질 끌고 나갔다. 내게는 그 문밖에 보이지 않았고 머
릿속에는 닫힌 문밖에 떠오르지 않았다.

나는 기회를 잃어버렸다. 눈물이 났다. 그 서류에 서명하게 해달
라고 빌었다. 정말로 자유에 가까이 다가갔는데, 저들이 다시 낚아

채버렸다. 그런 상황이 되자 나는 무슨 짓이라도 할 준비가 되어 있었다. 사람들이 "아, 그런 짓을 할 바에는 차라리 죽고 말겠어"라고 말하는 소리를 무수히 많이 들었다. 나도 여러 차례 그런 말을 했었다. 하지만 그 말의 진정한 의미를 알게 된 건 이때가 처음이었다. 감방으로 다시 돌아갈 바에는 차라리 죽고 말겠다.

교도관들이 복도로 끌고 나갈 때 나는 빌며 사정했다. 어떤 서류에라도 서명하겠다고 그들에게 말했다.

여자가 경비원들을 부르자 그들이 가던 길을 멈춰 섰다. 그리고 나를 다시 끌고 들어가 자리에 앉혔다. 그중 한 명이 내 손에 펜을 쥐어주었다.

물론 나는 서명했다. 서명하고 또 서명했다.

세탁해서 고이 접은 내 청바지와 티셔츠가 감방으로 돌아왔다. 세제 냄새가 났다. 나는 그 옷들을 입고 세수를 하고 간이침대에 앉아 벽을 쳐다보고 있었다. 그들이 나의 모든 것을 빼앗아갔다. 처음에는 사생활, 그리고 다음엔 인간의 존엄성을 앗아갔다. 나는 어떤 서류에라도 서명할 준비가 되어 있었다. 내가 링컨 대통령을 암살했다는 자백서였더라도 서명했을 것이다.

울고 싶었지만 눈물샘이 마른 것 같았다. 눈물이 바닥났다.

그들이 다시 나를 데리러 왔다. 경비원은 자루를 들고 다가왔다. 그들이 나를 잡아올 때 씌웠던 자루와 똑같은 것이었다. 하지만 그때가 며칠 전인지, 몇 주 전인지 기억나지 않았다.

경비원이 내 머리에 자루를 씌우고 목줄을 단단히 채웠다. 눈앞이 완전히 깜깜해졌고, 공기에서는 답답하고 퀴퀴한 냄새가 났다.

누군가가 나를 일으켜 세웠다. 복도를 따라 걷다가 계단을 올라가서 자갈길을 지났다. 그리고 널빤지를 건너 쇠로 만든 갑판 위로 올라갔다. 내 손은 뒤로 묶여 철봉에 채워졌다. 갑판에 무릎을 꿇고 앉자 디젤 엔진이 퉁퉁거리는 소리가 들려왔다.

배가 움직였다. 소금기 많은 바닷바람이 자루 속으로 흘러들어왔다. 이슬비가 내려서 옷이 젖어 무거워졌다. 비록 머리는 자루 안에 들어 있었지만 여긴 밖이었다. 나는 밖에 있다. 세상 속에 있다. 자유가 바로 앞에 있었다.

그들이 다가와서 나를 배에서 끌어내렸는데 바닥이 울퉁불퉁했다. 다시 철제 계단을 세 칸 올라갔다. 손목이 풀렸다. 자루가 벗겨졌다.

나는 다시 트럭 짐칸에 돌아와 있었다. 머리 짧은 여자도 거기에 있었다. 여자는 트럭 앞쪽에 있는 작은 책상 앞에 앉아 있었다. 지퍼락 봉지를 들고 있었는데, 봉지 안에는 내 휴대폰과 다른 장비들, 지갑, 주머니에 있던 잔돈이 들어 있었다. 여자는 아무 말없이 내게 봉지를 내밀었다.

나는 그 물건들을 주머니에 집어넣었다. 익숙한 옷을 입고 모든 물건들이 다시 익숙한 곳으로 돌아오니 몹시 이상한 기분이 들었다. 트럭 뒷문 밖에서, 익숙한 도시의 익숙한 소음이 들려왔다.

경비원이 내 백팩을 건넸다. 머리 짧은 여자가 내게 손을 내밀었다. 나는 그 손을 물끄러미 쳐다보기만 했다. 여자가 손을 내리더니 쓴웃음을 지었다. 손가락으로 자기 입술을 지퍼로 채우는 시늉을 하더니 나를 가리켰다. 그리고 문을 열었다.

밖은 대낮이었지만 회색 하늘에서 이슬비가 내리고 있었다. 골목길 너머로 승용차와 트럭, 자전거가 휙휙 지나가는 찻길이 보였다. 나는 트럭에서 내려가는 계단 맨 위에 서서 꼼짝도 못하고 자유를 응시했다.

무릎이 후들거렸다. 저 사람들이 다시 나를 가지고 노는 게 틀림없었다. 잠시 후 경비원들이 다시 나를 붙잡아 안으로 끌고 가서 머리에 자루를 씌우고 배에 태운 다음 감방으로 끌고 가서는 대답할 수도 없는 질문들을 끝도 없이 던질 것이다. 주먹으로 입을 틀어막고 싶은 욕구를 간신히 참았다.

나는 억지로 힘을 내서 한 계단 내려갔다. 그리고 또 한 계단. 마지막 계단. 골목길 바닥에 있던 깨진 유리와 주사 바늘, 자갈이 내 운동화 밑에서 으깨졌다. 앞으로 한 걸음 내밀었다. 그리고 또 한 걸음. 골목 입구에 다다른 후 도로에 난 인도를 따라 걸었다.

아무도 나를 붙잡지 않았다.

나는 자유였다.

바로 그때 힘센 팔이 나를 감쌌다. 나는 하마터면 울음을 터트릴 뻔했다.

5

모든 카메라는 렌즈를 가지고 있다

날 붙잡은 사람은 버네사였다. 버네사가 울면서 나를 너무 세게 끌어안는 바람에 숨을 쉴 수가 없었다. 하지만 지금은 그런 게 문제가 아니었다. 나도 버네사를 끌어안고 그 머릿결에 얼굴을 파묻었다.

"넌 이제 괜찮아!" 버네사가 말했다.

"그래, 난 괜찮아." 내가 간신히 입을 열어 말했다.

마침내 버네사가 나를 놔주자 다른 팔이 나를 감쌌다. 졸루였다! 둘 다 있었다. "넌 이제 안전해, 인마." 졸루가 내게 속삭이더니 버네사보다 더 꽉 끌어안았다.

졸루가 포옹을 풀자 나는 주위를 둘러봤다. "대릴은 어디에 있어?" 내가 물었다.

둘이 서로 눈짓을 주고받더니 졸루가 말했다. "아직 트럭에 있는 모양이야."

우리는 고개를 돌려 골목길 끝에 있는 트럭을 쳐다봤다. 별다른 특징이 없는 흰색 16륜 대형 트럭이었다. 작은 접이식 계단은 이미 안으로 들여진 상태였다. 트럭의 후미등이 빨갛게 빛나더니 갑자기 부르릉 소리를 내며 우리를 향해 후진하기 시작했다.

"잠깐만!" 트럭이 우리를 향해 속도를 내기 시작하자 나는 소리쳤다. "잠깐만! 대릴은?" 트럭이 가까워졌다. 나는 계속 소리를 질렀다. "대릴은 어떻게 한 거야!"

졸루와 버네사가 나를 붙잡아 옆으로 끌었다. 나는 두 사람을 밀치며 소리를 질러댔다. 트럭은 후진으로 골목길을 빠져나가 차도로 나간 뒤 내리막길을 내려갔다. 나는 트럭을 쫓아서 뛰어가려 했지만 버네사와 졸루가 붙잡았다.

나는 도로변에 무릎을 감싸고 쭈그려 앉아 울음을 터트렸다. 나는 울고, 울고, 또 울었다. 꼬맹이 시절 이후 처음으로 큰 소리로 펑펑 울었다. 울음이 멈추지 않았다. 온몸이 부들부들 떨렸다.

버네사와 졸루가 나를 일으켜 도로를 따라 조금 움직이다가 시립 버스정류장 벤치에 나를 앉혔다. 두 친구도 울고 있었다. 우리는 한참 동안 서로 부둥켜안고 울었다. 다시는 볼 수 없을지도 모를 대릴을 생각하며 울었다.

우리가 있는 장소는 차이나타운 북쪽 노스 비치가 시작되는 곳이었다. 주변에 스트립클럽 네온사인이 가득했다. 그리고 1950년대 비트 문학운동이 시작됐던 전설적인 반문화주의 서점 '시티라이트'가 보였다.

내게는 아주 익숙한 지역이었다. 엄마와 아빠가 제일 좋아하는 이탈리안 레스토랑이 근처에 있어서 종종 나를 데려와 큰 접시에 나오는 링귀네와 설탕에 절인 무화과를 올린 큼직한 이탈리안 아이스크림과 지독하게 작은 잔에 나오는 에스프레소를 사주시곤 했다.

하지만 영원과도 같았던 악몽의 시간을 보낸 뒤 처음으로 자유를 맛보는 지금, 이곳은 전혀 다른 장소처럼 느껴졌다.

우리는 주머니를 뒤져 이탈리안 레스토랑에 갈 수 있을 만한 돈이 모이자 길가 차양 밑에 내놓은 탁자로 다가갔다. 예쁘장한 웨이트리스가 바베큐용 라이터로 가스버너에 불을 붙인 다음 우리 주문을 받아서 안으로 들어갔다. 내가 원하는 것을 주문하는 느낌, 내 운명을 스스로 통제하는 느낌이 그렇게 좋은 줄은 이전엔 미처 몰랐다.

"우리가 거기에 얼마나 오래 있었던 거야?" 내가 물었다.

"엿새 동안 있었어." 버네사가 대답했다.

"내 생각엔 닷새야." 졸루가 대답했다.

"난 안 세어봤어."

"놈들이 대체 너한테 무슨 짓을 한 거야?" 버네사가 물었다. 나는 말하고 싶지 않았지만 둘이 동시에 나를 바라보았다. 한 번 이야기를 시작하자 멈출 수가 없었다. 전부 다 말했다. 심지어 오줌을 쌌던 일까지. 둘은 조용히 내 이야기를 들었다. 종업원이 주문한 소다수를 가져왔을 때 잠시 말을 멈췄다가 말소리가 들리지 않을 곳으로 종업원이 멀어지자 남은 이야기를 마저 끝냈다. 말을 하는 동안 왠지 모든 일이 내가 방금 겪은 게 아니라 이미 희미해진 오래전 이야기처럼 느껴졌다. 이야기가 끝나갈 무렵에는 내가 진실을 꾸며내고 있는 건지, 모든 상황을 덜 나쁘게 치장해서 이야기한 건지 헷갈렸다. 기억들이 작은 물고기처럼 오락가락하다가 가끔은 꿈틀거리며 내 손을 빠져나가버렸다.

졸루가 고개를 절레절레 흔들었다. "그 새끼들이 너한테 정말 심하게 굴었구나." 그리고 자기가 잡혀있을 때의 상황을 이야기했다. 졸루도 심문을 받았는데, 주로 나에 관한 질문들이었다. 졸루는 그들에게 처음부터 쭉 사실대로 대답했다. 그날 있었던 일과 우리의 우정에 대해 숨김없이 이야기했다. 그들은 그 사실들에 대해 묻고, 다시 묻고 또 물었지만, 내게 했듯이 졸루의 머릿속을 가지고 놀지는 않았다. 졸루는 여러 사람들과 함께 식당에서 식사를 했고, TV방에서 작년에 흥행했던 영화를 보며 시간을 보내기도 했다.

버네사의 이야기도 거의 비슷했다. 운동장에서 나랑 이야기했던 일로 화가 난 놈들은 버네사의 옷을 벗기고 오렌지색 죄수복을 입혔다. 그리고 별도의 접촉 없이 이틀간 독방에서 지내긴 했지만 식사는 평소처럼 했다. 나머지는 대체로 졸루와 같았다. 같은 질문을 반복해서 받고 또 받았다.

"놈들은 정말로 네가 싫었나봐. 너한테 단단히 앙심을 품은 모양인데, 왜 그런 걸까?"

아무리 생각해도 이유가 떠오르지 않았다. 그때 문득 기억이 떠올랐다.

"협조해. 안 그러면 아주 아주 후회하게 될 거야."

"그건 내가 첫날 휴대폰 암호를 안 풀어줬기 때문이야. 그래서 찍혔던 거야." 나도 이런 사실이 믿기지 않았지만 다른 이유를 찾을 수 없었다. 이건 그저 사소하고도 지독한 복수심 때문에 일어난 일이었다. 생각이 꼬리에 꼬리를 물고 이어졌다. 그들이 내게 그런

88

짓들을 저질렀던 건 순전히 내가 자신들의 권위를 무시한 것에 대한 벌을 주고 싶었기 때문이었다.

나는 당시 겁에 질려 있었지만, 이제는 화가 치밀어 올랐다. "그 개새끼들은 내가 투덜댔다고 앙갚음을 한 거야."

졸루가 욕을 했다. 그러자 버네사도 무슨 뜻인지 모를 한국어를 내뱉었다. 버네사가 아주, 몹시, 상당히 화가 났을 때만 하는 말이었다.

"놈들에게 갚아줄 거야." 내가 소다수를 쳐다보며 중얼거렸다. "갚아주고 말겠어."

졸루가 고개를 저었다. "그럴 수 없어. 알잖아. 놈들과 맞서 싸우긴 힘들어."

아무도 복수에 관해 이야기하려 하지 않았다. 대신 우리는 당장 어떻게 할지에 대해서만 이야기했다. 우리는 집에 가기로 했다. 집에 전화를 하려고 해도 휴대폰 배터리는 다 떨어졌고, 이 근처는 이미 수년 전에 공중전화가 사라졌다. 집으로 갈 수밖에 없다. 택시를 탈까 하는 생각도 해봤지만, 그러기에는 돈이 부족했다.

그래서 우리는 걸었다. 길모퉁이 신문 자판기에 25센트 동전을 넣고 〈샌프란시스코 크로니클〉을 뽑아 헤드라인을 읽었다. 폭탄이 터진 건 닷새 전이었지만, 여전히 1면 전체를 차지하고 있었다.

머리 짧은 여자가 '다리'가 폭파됐다고 이야기해서, 나는 금문교를 말하는 거라고 짐작했지만 틀린 생각이었다. 테러리스트들이 폭파시킨 다리는 베이교였다.

"테러리스트들은 도대체 왜 베이교를 터트린 걸까? 금문교가 훨씬 유명하잖아." 내가 말했다. 샌프란시스코에 와보지 않은 사람도 금문교가 어떻게 생겼는지는 안다. 금문교는 프레시디오라는 옛날 군사기지와 소살리토 사이에 드리워진 인상적인 오렌지색의 현수교이다. 소살리토에는 예쁜 포도밭과 향초 가게, 미술관이 가득했는데, 아름다운 그림 같은 그 지역의 모습은 캘리포니아 주의 상징과도 같다. 그래서인지 캘리포니아 디즈니랜드에서 모노레일을 타고 정문을 막 지나가면 소살리토를 그대로 복제해놓은 구역이 나온다.

그래서 나는 누군가 샌프란시스코의 다리를 폭파한다면 당연히 금문교일 것이라고 자연스럽게 짐작했던 것이다.

"아마 금문교에 설치된 감시카메라 같은 것들이 무서웠나 보지. 주 방위군이 다리 양쪽 끝에서 온종일 지나가는 차라는 차는 다 검사하는 데다 자살방지용 담장이랑 설비들이 잔뜩 있잖아." 졸루가 말했다. 개통한 1937년부터 금문교에서 사람들이 뛰어내리기 시작했는데, 1995년 1천 명까지 센 이후로는 더 이상 자살자 수를 세지 않는다.

"그래. 게다가 샌프란시스코에서 어딘가로 나가려면 베이교를 건너야 돼." 버네사가 말했다. 베이교는 샌프란시스코 도심지와 오클랜드를 이어주는 다리인데, 오클랜드 너머에 있는 버클리와 이스트 베이에는 샌프란시스코 시내에 직장을 두고 일하는 사람들이 많이 모여 산다. 베이는 평범한 사람들이 괜찮은 집을 구할 수 있는 유일한 지역일 뿐만 아니라 대학과 경공업단지가 있는 지역이기도 하다. 베이교 아래로 지하철 급행열차가 오가며 두 도시를 이어주고 있긴 하지만, 아직도 베이교는 샌프란시스코에서 차량이 가장 붐비는 곳이다. 금문교는 관광객이나 포도밭 인근에 사는 돈 많은 퇴직자에게는 멋진 다리지만 실제로는 화려한 장식물에 불과하다. 샌프란시스코를 실제로 굴러가게 하는 다리는 베이교였다.

나는 잠시 생각에 잠겼다가 입을 열었다. "너희 말이 맞아. 그래도 그 이유 때문만은 아닐 거야. 우리는 테러리스트가 상징적인 건축물을 싫어하기 때문에 그런 걸 공격한다고 생각하는 경향이 있어. 사실 테러리스트는 상징적인 건축물이나 다리, 비행기를 싫어하지 않아. 그 사람들은 그저 상황을 엉망진창으로 만들어서 사람들을 겁주고 싶을 뿐이야. 두려움을 주니까 테러라고 부르는 거잖아. 금문교는 감시카메라로 덮이고, 공항은 금속탐지기와 엑스레이로 막으니까 당연히 베이교로 갔겠지." 나는 거리를 달리는 차들과 인도를 걸어가는 사람들, 나를 둘러싼 도시를 멍하게 바라보면서 이 문제에 대해 좀 더 생각을 해봤다. "테러리스트는 비행기나 다리를 싫어하는 게 아니야. 공포(terror)를 사랑하는 거지. 그러니까 필요하다면 아무거나 폭파할 거야." 이런 분명한 사실을 그전에는 생각하지 못했다는 게 믿기지 않았다. 지난 며칠간 테러리스트로 취급당한 경험이 내 생각을 명쾌하게 만들어준 모양이다.

두 친구가 나를 물끄러미 바라봤다. "내 말이 맞지? 저 염병할 엑스레이나 신분증 검사는 아무짝에도 쓸모가 없는 거야. 그렇지 않아?"

친구들이 천천히 고개를 끄덕였다.

"소용없는 정도가 아니라 오히려 더 나빠." 내 목소리는 말하는 동안 점점 커지고 갈라졌다. "결국 그런 쓸데없는 짓들 때문에 우리가 감방에 끌려간 거잖아. 대릴도…." 카페에 앉아 있는 동안 대릴을 잊고 있었는데 다시 떠올랐다. 잃어버리고 사라져버린 내 친구. 나는 말을 멈추고 이를 악물었다.

"부모님들에게 이 사실을 알려야 돼." 졸루가 말했다.

"변호사를 고용해야 돼." 버네사가 말했다.

나는 이야기를 하는 것에 대해 생각했다. 내가 겪었던 일을 사람들에게 알리는 것에 대해, 결국은 언젠가 발견될 동영상에 대해, 비굴한 짐승이 되어 훌쩍거리던 나에 대해.

"부모님한테 말하면 안 돼." 나도 모르게 내 입에서 말이 튀어나갔다.

"무슨 뜻이야?" 버네사가 물었다.

"부모님한테는 아무것도 이야기하면 안 돼." 내가 다시 이야기했다. "그 여자가 하는 말 들었잖아. 우리가 이야기하면 놈들이 쫓아올 거야. 그리고 대릴에게 했던 짓을 우리에게 할 거라고."

"농담이지?" 졸루가 말했다. "그럼 우리 보고….”

"난 그놈들과 싸우고 싶어. 그놈들과 싸우려면 자유롭게 움직일 수 있어야 해. 우리가 사람들 앞에 나가서 이야기하면 어른들은 그저 아이들이 꾸며낸 이야기라고 할 거야. 우리는 심지어 잡혀 있던 데가 어딘지조차 모르잖아! 아무도 우리 이야기를 안 믿을 거야. 그러다 어느 날 놈들이 우리를 잡으러 오겠지.

나는 베이 지역에 있는 대피소에 있었다고 이야기할래. 너희를 만나러 거기에 갔는데 오도 가도 못하는 상황이 되어 갇혔다가 오늘에서야 나왔다고 이야기할 거야. 신문에서도 아직 대피소에 집으로 못 돌아간 사람들이 있다잖아."

"난 그럴 수 없어. 그놈들이 너한테 한 짓을 생각해봐. 어떻게 모른 척할 수 있어?" 버네사가 말했다.

"나한테 일어난 일이잖아. 그게 중요해. 이제 이건 나하고 그놈들 사이의 문제야. 나는 그놈들을 박살내고 대릴을 구해낼 거야. 그냥 가만히 앉아서 당하지 않을 거야. 하지만 부모님들이 끼어들면 우리가 할 수 있는 일이 없어져. 아무도 우리를 믿지 않을 테고, 아무도 신경 쓰지 않을 거야. 하지만 내 방식대로 하면 사람들이 관심을 가질 거야."

"어떻게 할 건데? 계획이 뭐야?" 졸루가 물었다.

"아직은 모르겠어." 내가 인정했다. "내일 아침까지 시간을 줘. 최소한 그 정도 시간은 줄 수 있잖아." 일단 하루 정도 비밀을 지키고 나면 그 비밀은 영원히 지켜질 수밖에 없다. 우리가 대피소에서 보호를 받는 대신 비밀 감옥에 잡혀 있었다는 사실을 갑자기 '기억'해내기라도 한다면 부모님들이 더욱 의심스러운 눈초리로 우리를 쳐다볼 게 틀림없기 때문이다.

버네사와 졸루가 서로 바라봤다.

"난 그저 한 번만 기회를 달라는 거야. 그런 식으로 이야기를 만들어내면 돼. 하루만 시간을 줘. 딱 하루면 돼."

둘이 침울한 얼굴로 고개를 끄덕였다. 우리는 다시 내리막길로 내려가서 집으로 향했다. 나는 포트레로 힐에 살고, 버네사는 노스 미션, 졸루는 노에 밸리에 산다. 셋 다 다른 동네에 살았지만 몇 분만 걸어가면 서로 만날 수 있는 거리였다.

우리는 마켓 가를 향해 걸어가다 우뚝 멈춰 섰다. 거리는 모퉁이마다 방어벽이 쳐졌고, 교차로는 한 차선으로 줄어들었다. 그리고 머리에 자루를 뒤집어씌운 채 우리를 싣고 부두와 차이나타운으로 실어 날랐던 트럭과 같은 종류의 16륜 대형 트럭이 마켓 가를 따라 줄지어 서 있었다.

트럭마다 뒤쪽에 3단 철제 계단이 내려져 있었는데, 군인과 양복 입은 사람, 경찰들이 바쁘게 타고 내리느라 소란스러웠다. 양복쟁이들은 옷깃에 작은 배지를 달고 있어서, 그들이 트럭에 타거나 내릴 때마다 군인들이 그 배지를 탐지기로 스캔했다. RFID태그 배지였다. 트럭 옆을 지나갈 때 안을 슬쩍 들여다봤더니 익숙한 로고가 보였다. 미국 국토안보부. 내가 안쪽을 쳐다보자 군인이 인상을 쓰며 노려봤다.

나는 그 의미를 이해하고 발걸음을 옮겼다. 반 네스 가에서 아이들과 헤어졌다. 우리는 눈물을 흘리며 서로를 꼭 끌어안고 자주 전화하기로 약속했다.

포트레로 힐로 갈 때는 쉬운 길과 힘든 길이 있다. 힘든 길은 샌프란시스코에서도 가장 가파른 길을 연이어 올라가야 하는데 영화에 나오는 추적 장면에서 자동차가 하늘을 가르며 날아가듯 넘어가곤 하는 그런 언덕과 비슷하다. 나는 항상 힘든 길을 통해 집으로 갔다. 화려하고 정성 들여 칠한 외벽 덕분에 흔히 '화장한 아가씨들'이라 불리는 주택가였는데, 오래된 빅토리아 양식 주택들과 향기로운 꽃과 풀이 자라는 앞뜰을 볼 수 있다. 울타리 위에 집고양이가 앉아서 사람들과 눈을 맞추는 그 길에는 노숙자도 거의 없다.

하지만 그 길은 너무 조용해서 오늘은 다른 길로 가고 싶어졌다. 미션 지구는 음… 아무리 좋게 표현하려고 해도, 좀 거슬렸다. 미션 지구는 항상 떠들썩하고 활기가 넘쳤다. 난폭한 술꾼과 욕을 해대는 마약쟁이, 뿜빠 뿜빠 음악을 크게 틀고 도로를 지나는 정신 나간 건달들이 가득했다. 그리고 화려한 멋쟁이들과 생기 없는 예술 전공 학생들, 옛날 펑크록 마니아, 케네디 대통령 얼굴이 찍힌 티셔츠로 불룩한 배를 가린 노인들, 여장 남자들, 거친 십대 일진들, 그라피티 예술가, 빈민가에 부동산 투자를 해놓고 때를 기다리며 살아남으려 애쓰는 겁에 질린 개발업자들도 있다.

나는 고트 힐로 올라가다가 '고트 힐 피자'를 지났다. 그러자 감옥에 잡혀 있던 때가 떠올라서 떨리는 몸이 가라앉을 때까지 가게 앞에 있는 벤치에 앉아 있어야 했다. 그때 트럭이 언덕을 올라오는 게 보였다. 뒤에 3단 철제 계단을 달고 다니는 16륜 대형 트럭이었다. 나는 다시 일어나서 걸었다. 사방에서 나를 지켜보고 있는 눈이 느껴졌다.

집으로 가는 길을 서둘렀다. 나는 '화장한 아가씨들'과 앞뜰, 집 고양이도 쳐다보지 않았다. 내내 고개를 푹 숙이고 걸었다.

평일 대낮이었는데도 아빠와 엄마의 차가 함께 진입로에 서 있었다. 물론 아빠는 이스트 베이에서 일하니까 다리가 수리될 때까지는 집에 있을 수밖에 없을 것이다. 그런데 엄마는, 흠, 엄마가 집에 있는 이유는 나도 모르겠다.

부모님은 집에서 나를 기다리고 있었다.

내가 열쇠를 다 돌리기도 전에 손잡이가 젖혀지더니 문이 활짝 열렸다. 창백하고 초췌한 얼굴을 한 엄마와 아빠가 놀란 눈으로 나를 바라봤다. 우리 셋은 잠시 그대로 얼어붙은 채 극적인 장면을 연출했다. 그러다 갑자기 둘이 달려들어 집 안으로 끌고 들어가는 바람에 나는 거의 넘어질 뻔했다. 엄마와 아빠가 동시에 엄청 큰 소리로 속사포처럼 말을 뱉어서 내게는 우악스레 으르렁대는 소리로 들렸다. 그러고는 둘이 나를 끌어안고 울었다. 나도 울었다. 우리는 좁은 현관에 그렇게 서서 진이 다 빠질 때까지 울음과 괴성을 나누다가 마침내 주방으로 이동했다.

나는 평소에 집에 돌아오면 늘 하던 대로 행동했다. 냉장고에서 물통을 꺼내 물을 한 잔 따라 마시고 이모가 영국에서 보내준 비스킷 통에서 쿠키를 두어 개 꺼내 먹었다. 이런 일상적인 행동이 쿵쾅거리던 심장을 가라앉히고 다시 머리가 돌아가도록 도와줬다. 우리는 곧 식탁에 둘러앉았다.

"도대체 지금껏 어디에 있었던 거야?" 두 분이 거의 동시에 물었다.

집에 돌아오면서 생각해뒀던 대로 이야기했다. "오클랜드에 잡혀있었어요. 거기에 사는 친구들하고 과제를 하다가 격리됐거든요."

"닷새 동안이나?"

"네. 진짜 엉망진창이었어요." 나는 〈샌프란시스코 크로니클〉에서 읽었던 격리 수용소 기사를 떠올리며 그 내용을 뻔뻔스럽게 인용했다. "사람들이 무더기로 잡혔어요. 우리가 무슨 슈퍼 박테리아한테 공격이라도 받았다고 생각한 모양이에요. 부둣가에 있는 선적용 컨테이너에 정어리 통조림처럼 욱여넣었는데 얼마나 덥고 끈적거리던지, 게다가 먹을 것도 별로 없었어요."

"이런 젠장!" 아빠가 주먹을 꽉 움켜쥐며 말했다. 아빠는 버클리대 문헌정보학과에서 일주일에 3일씩 강의를 하면서 몇몇 대학원생들과 연구를 진행하고 있다. 그리고 나머지 시간에는 샌프란시스코에서 다양한 아카이브 사업을 하고 있는 3세대 닷컴 기업들을 상대로 자문을 한다. 지금은 온화한 성격의 기록매체 전문가이지만,

60년대에는 골수 급진파였고 고등학생 때는 잠시 레슬링 선수 생활을 하기도 했다. 드물지만 아빠가 엄청나게 화를 내는 모습을 본 적이 있다. 가끔은 내가 아빠를 엄청나게 화나게 만들기도 했다. 숨어 있던 헐크가 일단 모습을 드러내면 아빠는 완전히 정신을 놓아버린다. 한 번은 이케아에서 사온 그네를 조립하다가 수십 번 실패하자 할아버지가 잘 다듬어놓은 잔디밭에 집어던져버린 적도 있다.

"야만인들." 엄마가 말했다. 엄마는 십대 때부터 미국에 살았지만, 미국 경찰이나 의료 서비스, 공항 보안 체계, 노숙자 문제와 맞닥뜨리면 지금도 영국 사람이 되어버린다. 그리고 그때 하는 말이 "야만인들"이다. 그런 때는 말투도 영국 사람들처럼 강한 악센트로 바뀐다. 나도 런던에 있는 외가에 두 번 가봤지만 샌프란시스코보다 문명화되었다는 느낌은 들지 않았다. 더 갑갑할 뿐이었다.

"그래도 우리를 풀어줬잖아요. 오늘 배를 태워서 건네줬어요." 나는 즉석에서 말을 만들어냈다.

"다친 데는 없니? 배는 안 고파?" 엄마가 물었다.

"졸리진 않니?"

"네. 조금 졸려요." 그리고 우리 집에서 종종 장난 삼아 읊조리는 일곱 난쟁이 이름을 주르륵 불렀다. "게다가 멍하고, 똑똑하고, 재채기 나고, 부끄럽기도 하고요." 엄마와 아빠가 살짝 웃긴 했지만 눈은 여전히 젖어 있었다. 부모님을 보고 있으니 마음이 편치 않았다. 틀림없이 내 걱정 때문에 제정신이 아니었을 것이다. 그래서 이야기 주제를 바꿨다. "아, 진짜 배고프다."

"내가 고트 힐 피자를 주문하마." 아빠가 말했다.

"아, 아뇨. 그거 말고." 내가 말했다. 내 머리 위로 안테나라도 솟아난 양 엄마와 아빠가 이상한 눈으로 쳐다봤다. 난 평소에 고트 힐 피자를 엄청 좋아했다. 보통은 급히 나가야 할 때만 아니라면 피자가 다 떨어질 때까지 금붕어가 물을 먹듯 피자를 먹어치웠다. 애써 웃음을 지으며 말했다. "지금은 피자가 별로 안 당겨서요." 내 생각에도 별로 설득력이 없었다. "카레를 주문하면 어떨까요?" 다행히 샌프란시스코에는 배달 음식이 넘쳐흘렀다.

엄마가 배달 음식 메뉴판을 모아놓은 서랍으로 가서 메뉴판을 획획 넘겼다. 정상적인 상태에 더욱 가까워지자, 나는 마치 내내 마르고 타던 목으로 물을 꿀꺽꿀꺽 삼키는 기분이 들었다. 우리는 발렌시아 가에 있는 '할랄 파키스탄 식당'의 메뉴를 몇 분간 뒤적였다. 나는 농장에서 만든 수제 치즈와 크림을 얹은 시금치 카레와 탄두리 세트, 소금 친 망고 라씨(이름보다는 훨씬 맛있다), 살짝 볶아 설탕 시럽을 친 페이스트리를 골랐다.

음식을 주문하고 나자 다시 질문이 쏟아졌다. 당연한 일이지만 부모님은 버네사와 졸루, 대릴의 가족들과 상의한 후 실종신고를 하려 했다. 하지만 경찰은 이름을 받아가면서도 '돌아오지 않는 사람들'이 너무 많아서 일주일 이상 실종된 사람들에 한해 수사를 시작할 계획이라고 했다.

그사이 '이 사람을 본 적이 있나요'류의 사이트가 무수히 생겨났다. 그중 두어 개는 예전에 망한 마이스페이스 짝퉁이었는데, 온갖 관심을 받으며 다시 황금기를 맞은 모양이었다. 어찌 됐든 벤처기업 투자자들도 샌프란시스코 만에서 가족을 잃었다. 그 사이트들이 회복된다면 새로운 투자를 끌어들일 수도 있을 것이다. 나는 아빠의 노트북에서 그 사이트들을 살펴봤다. 사이트는 당연하게도 광고 범벅이었고 실종된 사람들의 사진은 대체로 졸업 사진이나 결혼 사진 같은 것들이었다. 너무도 기괴했다.

내 사진을 찾아봤더니 버네사와 졸루, 대릴의 사진에 연결되어 있었다. 찾은 사람을 표시하고 다른 실종자에 관해 메모를 남길 수 있도록 되어 있었다. 그래서 내 사진과 졸루, 버네사의 사진에 표시를 하고 대릴은 그대로 남겨두었다.

"대릴을 빠뜨렸어." 아빠가 말했다. 사실 아빠는 대릴을 그다지 좋아하지 않았다. 진열장에 둔 술병의 내용물이 5센티미터 정도 사라진 걸 아빠가 발견했을 때 부끄럽게도 내가 대릴 핑계를 댔기 때문이다. 물론 대릴과 내가 함께 저지른 장난으로, 밤새 게임을 하면서 보드카와 콜라 칵테일을 시도해봤었다.

"대릴은 우리랑 같이 있지 않았어요." 내가 말했다. 거짓말을 하니 입맛이 썼다.

"오, 이런." 엄마가 두 손을 마주잡으며 말했다. "우린 네가 집에 올 때 친구들이랑 다 함께 돌아온 줄 알았어."

"아니에요." 거짓말이 점점 커졌다. "그날 대릴도 우리랑 만나기로 했는데 못 만났어요. 어쩌면 버클리에서 발이 묶였는지도 몰라요. 지하철을 타러 갔을 수도 있고요."

엄마가 낮게 신음소리를 냈다. 아빠가 고개를 흔들더니 눈을 감고 말했다. "지하철 이야기는 못 들었니?"

나는 고개를 저었다. 그제야 이 대화가 어디로 흐르고 있는지 알 것 같았다. 땅바닥이 얼굴로 치솟아 올라오는 느낌이 들었다.

"놈들이 지하철도 폭파했어. 그 개자식들이 다리와 동시에 터트려버렸어." 아빠가 말했다.

크로니클 지 1면에는 그 이야기가 없었다. 하지만 바다 밑에서 터진 지하철은, 산산조각나 흩어지고 너덜너덜해져서 덜렁거리는 다리처럼 인상 깊은 사진으로 표현하긴 힘들었을 것이다. 지하철 터널은 샌프란시스코 엠바카데로부터 웨스트 오클랜드 역까지 물에 잠겼다.

나는 아빠의 노트북으로 여러 신문의 헤드라인을 인터넷으로 둘러봤다. 아직 확실하게 알 수는 없지만 대략 수만 명이 죽었을 것으로 예상하고 있었다. 다리 위에 있던 차들은 58미터 높이에서 수직으로 바다에 떨어졌고 지하철 안에 있던 사람들은 익사했다. 사망자 수가 점점 늘어났다. 어떤 기자는 테러 직후에 몸을 숨기고 새 신분증을 위조하거나 불운한 결혼이나 빚, 불편한 생활에서 도망치기 위해 예전의 삶을 버린 사람들을 '수십 명'이나 도와준 '신분위조범'과의 인터뷰 기사를 쓰기도 했다.

아빠의 눈에 눈물이 맺혔고 엄마는 아예 대놓고 울기 시작했다. 두 분이 다시 나를 끌어안고 토닥였다. 진짜로 내가 거기 있었다고 믿는 듯했다. 그리고 내게 사랑한다는 말을 계속 반복했다. 나도 두 분에게 사랑한다고 했다.

우리는 눈물에 젖은 저녁 식사를 했다. 엄마와 아빠는 와인을 두어 잔씩 마셨는데, 그 정도면 두 분에게는 과음이었다. 나는 졸리다고 이야기했다. 그건 사실이었다. 그리고 살금살금 내 방으로 올라왔다. 하지만 바로 침대에 들어갈 생각은 없었다. 인터넷에 접속해서 진행되는 상황을 파악해야 했다. 줄루, 버네사와 이야기를 나눠야 했고, 대릴을 되찾아오기 위한 일을 시작해야 했다.

조용히 내 방으로 올라가 방문을 열었다. 내 낡은 침대를 천년 만에 다시 만나는 느낌이었다. 침대에 누워 탁자로 손을 뻗어 노트북을 끌어왔다. 노트북 전원을 제대로 꽂아놓지 않았던 모양인지 내가 없는 사이에 방전된 상태였다. 어댑터가 살짝 빠져 있었다. 플러그를 끼우고 전원을 다시 켜기 전에 1, 2분 정도 기다리며 충전시켰다. 그 사이 옷을 벗어서 쓰레기통에 집어넣었다. 다시는 그 옷들을 보고 싶지 않았다. 그리고 깨끗한 사각팬티와 티셔츠를 꺼내 입었다. 서랍에서 막 꺼낸 깨끗하게 세탁된 옷들이 엄마 아빠의 포옹처럼 몹시 익숙하고 편안했다.

나는 노트북 전원 스위치를 켜고 침대 머리맡에 등받이용 베개 몇 개를 쌓았다. 그리고 웅크리고 앉아 노트북 덮개를 열고 허벅지 위에 올렸다. 아직 부팅 중이었는데 모니터에 아이콘이 움직이는 모양을 보니 그저 기뻤다. 부팅이 끝나자 전압이 낮다는 경고가 떴다. 전선을 다시 확인하면서 이리저리 흔들었더니 컴퓨터가 꺼져버렸다. 잭이 완전히 나간 모양이었다.

상태가 너무 안 좋아서 대책이 없었다. 전선에서 손을 떼면 바로 접속이 끊기고 노트북은 계속 배터리 전압이 낮다고 투덜댔다. 그래서 노트북을 자세히 살펴봤다.

노트북 케이스가 살짝 틀어져 있었다. 모서리 틈새 이음매가 앞쪽은 좁고 뒤로 갈수록 넓게 벌어져 있었다.

가끔 장비를 보다가 이런 걸 발견하면 놀래서 '원래 이랬나?' 의심하면서도 미처 알아채지 못했던 모양이라고 생각할 수 있다.

하지만 내 노트북에 대해서는 불가능한 이야기다. 이 노트북은 내가 만들었기 때문이다. 학교에서 스쿨북을 나눠주자 부모님으로서는 내게 컴퓨터를 따로 사줄 이유가 없어진 셈이 됐다. 스쿨북은 내 소유가 아니므로 원래는 맘대로 소프트웨어를 설치하거나 변경시킬 수 없도록 되어있는 데도 말이다.

나에겐 크리스마스와 생일에 받은 돈과 아르바이트, 이베이 거래를 통해 모아놓은 돈이 있었다. 하지만 그 돈을 다 합쳐도 5년이나 된 개떡 같은 중고 노트북 가격밖에 되지 않았다.

그래서 대릴과 나는 중고 노트북을 포기하고 직접 만들기로 했다. 조립식 데스크톱 컴퓨터를 만들 때와 마찬가지로 노트북 케이스도 별도로 구입할 수 있다. 하지만 평범한 구식 PC를 만드는 것보다는 조금 더 전문성이 필요하다. 지난 몇 년 동안 나와 대릴은 중고 직거래 사이트와 벼룩시장에서 구한 부품과 인터넷에서 아주 싸게 물건을 파는 대만 판매상에게 주문한 장비들로 PC를 몇 대 만들어본 경험이 있었다. 나는 내가 가진 돈으로 원하는 능력을 갖추려면 노트북을 직접 조립하는 게 최선이라고 판단했다.

노트북을 조립하려면 가장 먼저 '베어본 노트북'을 주문해야 한다. 베어본 노트북에는 약간의 하드웨어와 슬롯이 달려 있다. 조립 노트북의 장점은, 내가 사고 싶었던 델 컴퓨터 모델보다 5백 그램은 더 가볍고 빠른데도 비용은 3분의 1밖에 안 들어갈 거라는 사실이었다. 단점이라면, 노트북 조립은 유리병 안에 모형 배를 만드는 일과 비슷한 정도의 고난이도 작업이라는 사실이다. 작은 케이스 안에 모든 부품을 다 집어넣어야 하기 때문에 핀셋과 돋보기를 들고 하는 까다로운 작업을 거쳐야 한다. 케이스 안에 부품보다 공기가 더 많이 든 데스크톱 컴퓨터와는 달랐다. 노트북 내부에는 머리카락 한 올의 여유도 없다. 그 까다로운 작업을 해냈다는 뿌듯함이 느껴질 때마다, 나는 노트북 나사를 전부 다 풀어놓고 바닥부터 뚜껑까지 내용물을 확인했다. 그리고 처음부터 다시 시작하곤 했다.

그래서 나는 노트북이 닫혔을 때 이음매가 어떻게 보이는지 정확히 안다. 절대로 이렇게 생기지 않았다.

어댑터를 계속 흔들어봤지만 가망이 없었다. 어댑터를 분해하지 않고는 노트북을 부팅시킬 방법이 없었다. 나는 툴툴거리며 노트북을 침대 옆으로 밀었다. 아침에 처리할 생각이었다.

어쨌든 계획은 그랬다는 이야기다. 두 시간이 지난 후에도 나는 여전히 천장을 뚫어져라 바라보면서 그들이 내게 저지른 짓과 내가 했더라면 좋았을 뻔했던 일, 온갖 후회와 '계단의 재치'를 머릿속에서 영화처럼 돌려보고 있었다.

결국 침대에서 빠져나왔다. 벌써 자정이 되어가고 있었다. 11시에 부모님이 잠자리에 드는 소리가 들렸다. 노트북을 손에 들고 책상 위를 조금 치웠다. 돋보기의 다리에 작은 LED 전구를 끼우고 정밀 드라이버 세트를 꺼냈다. 1분 후 노트북 케이스를 열고 키보드를 치웠다. 그리고 노트북의 내부를 살펴봤다. 압축공기 캔으로 냉각팬이 빨아들인 먼지를 털어낸 후 꼼꼼하게 점검하기 시작했다.

뭔가가 이상했지만, 노트북 덮개를 마지막으로 열어봤던 게 몇 개월 전이라 어디가 이상한지는 딱 집어서 말하기 힘들었다. 그러나 운 좋게도 예전에 세 번째로 노트북 덮개를 열었을 때 다시 닫으려 끙끙대다가 문득 영리한 소년이 되어 모든 부품이 제자리에 들어간 상태를 사진으로 찍어두었던 것이 생각났다. 하지만 아주 영리하지는 않았다. 처음에는 그 사진을 노트북 하드 디스크 드라이브에 넣어두었던 것이다. 노트북을 분해한 상태에서는 사진을 볼 수가 없었다. 그래서 다음에는 사진을 프린트해서 종이보관용 서랍에 넣어놓았는데, 그 서랍은 온갖 보증서와 회로도가 뒤죽박죽으로 쌓여있는 죽은 나무들의 무덤이었다. 서랍을 샅샅이 뒤졌다. 내가 기억하는 상태보다 더 엉망진창이었지만 마침내 사진을 프린트한 종이를 찾아냈다. 그 사진을 노트북 옆에 두고 양쪽을 번갈아 보면서 일치하지 않는 부분을 찾으려 애썼다.

그때 다른 점이 눈에 들어왔다. 키보드와 메인보드를 잇는 케이블의 연결이 달랐다. 이상한 일이었다. 그 부분은 틀어지지도 않았고, 사용하는 동안 케이블이 제자리를 벗어날 이유도 없었다. 나는 그 부분을 눌러서 다시 집어넣으려고 했는데, 연결 플러그가 잘못 꽂힌 게 아니었다. 메인보드와 연결 플러그 사이에 뭔가가 있었다. 그 부분을 핀셋으로 집어서 불을 비춰봤다.

내 키보드에는 없던 새로운 부품이었다. 4밀리 정도밖에 안 되는 작은 부품이었는데, 아무런 표시가 없었다. 키보드 케이블이 그 부품에 꽂히고, 그 부품이 다시 메인보드에 꽂혀 있었다. 다시 말해서, 내가 노트북에서 타자로 치는 모든 입력 내용을 가로챌 수 있는 완벽한 위치에 그 부품이 끼워져 있었다는 말이다.

그건 도청 장치였다.

심장 뛰는 소리가 귀까지 들렸다. 집은 어둡고 조용했지만 결코 편안한 어둠이 아니었다. 어딘가에 눈이 있다. 눈과 귀가 있다. 그들이 나를 지켜보고 있다. 나를 감시하고 있다. 학교의 감시가 집까지 따라올 때도 있었지만, 이번에는 어깨 너머로 나를 지켜보고 있는 게 교육위원회만이 아니었다. 미국 국토안보부가 감시에 동참했다.

그 도청 장치를 막 빼려던 찰나, 이걸 설치한 사람이 장치가 사라졌다는 걸 알아챌 것이라는 사실을 깨달았다. 나는 장치를 그대로 두었다. 그냥 두자니 화가 치밀어 올랐다.

나는 다른 감시 장치가 더 있는지 찾아봤다. 더 찾아내지는 못했지만, 그게 감시 장치가 없다는 의미는 아니지 않는가? 누군가가 내 방에 침입해서 이 장치를 심었다. 내 노트북을 분해했다가 다시 조립했다. 컴퓨터를 도청할 방법은 수없이 많기 때문에, 내가 그 모든 방법을 다 알 수는 없다.

나는 멍한 상태로 노트북을 조립했다. 이번에도 케이스는 제대로 닫히지 않았지만 전원은 연결됐다. 노트북을 부팅한 후 그게 뭔지 살펴보기 위해 진단프로그램을 돌려볼 생각으로 키보드 위에 손가락을 올렸다.

하지만 그럴 수 없었다.

젠장, 내 방도 도청하고 있을 것이다. 지금 몰래 카메라가 나를 지켜보고 있을지도 모른다.

집에 올 때만 해도 내가 너무 겁에 질려 있다고 생각했다. 하지만 지금은 거의 제정신이 아니었다. 다시 감방으로 돌아간 기분이었다. 취조실로 돌아간 기분이었다. 자기 마음대로 나를 주무를 수 있는 존재에게 스토킹 당하는 느낌이었다. 울고 싶었다.

내가 할 수 있는 일은 한 가지밖에 없었다.

화장실로 가서 쓰던 두루마리 휴지를 빼고 새 걸로 바꿔 끼웠다. 다행히 휴지는 거의 사용한 상태였다. 가져온 두루마리에서 남은 휴지를 풀어버리고, 부품 상자를 뒤져서 고장이 난 자전거 전조등에서 빼온 엄청 밝은 LED 전구가 가득 담긴 작은 비닐봉지를 찾았다. 휴지심에 핀으로 구멍을 뚫어 각 LED의 전선을 조심스럽게 끼운 뒤, 전선들을 작은 집게로 철사에 고정시켰다. 그리고 철사를 전선과 함께 꼬아서 9볼트 배터리에 연결했다. 이제 휴지심을 빙 둘러서 초울트라로 밝은 지향성 LED의 설치가 끝났으므로, 눈에 대고 심을 통해 보면 된다.

나는 작년에 과학 전시회 과제로 이걸 만들어서 학교 교실 중 절반가량에 몰래 카메라가 설치되어 있다는 사실을 보여줬다가 전시회에서 쫓겨났다. 요즘은 눈곱만 한 렌즈의 초소형 감시카메라의 가격이 고급 레스토랑에서 먹는 저녁 한 끼보다 싸기 때문에 온 사방에 몰카가 설치되어 있다. 엉큼한 점원이 탈의실이나 선탠숍에 몰카를 설치해서 찍은 손님의 동영상으로 변태짓을 하거나 인터넷에 올리기도 한다. 그러므로 두루마리 휴지 하나와 3달러어치 부품으로 만드는 몰카 탐지기는 쓸모가 많다.

이 장치를 이용하면 가장 간단하게 몰카를 찾아낼 수 있다. 모든 카메라는 렌즈를 가지고 있다. 몰카는 렌즈가 아주 작지만 악마의 눈처럼 빛을 반사한다. 어두운 방일수록 잘 작동하는데, 휴지심을 통해 벽과 주변을 느리게 훑어보면 반사된 빛이 반짝거리는 모습을 볼 수 있다. 그 상태에서 옆으로 움직였는데도 계속 그 빛이 반사된다면 렌즈일 가능성이 높다.

내 방에 카메라는 없었다. 적어도 내가 발견할 수 있는 건 없었다. 물론 더 나은 카메라나 음성 도청 장치가 있을 수 있다. 어쩌면 아무것도 없을 수도 있다. 이런 상황에서 나를 피해망상이라고 비난할 수 있는 사람이 있을까?

난 이 노트북을 사랑한다. 노트북에 '살마군디'라는 이름을 붙였는데, 남은 재료들로 만든 잡탕요리라는 뜻이다.

물건에 이름을 붙이고 나면 애정이 훨씬 더 깊어지기 마련이다. 하지만 지금으로서는 손끝도 대기 싫었다. 놈들이 노트북에 무슨 짓을 했을지 어떻게 알겠는가? 지금 도청당하지 않는다고 누가 장담할 수 있겠는가?

노트북 덮개를 닫고 노트북을 서랍에 넣은 후 천장을 보며 누웠다. 시간이 늦었다. 잠자리에 들어야 될 시간이다. 하지만 도저히 잠이 올 것 같지 않았다. 다들 도청당하고 있을지 모른다. 세상이 완전히 바뀌었다.

나는 아까 "복수할 방법을 찾아낼 거야"라고 큰소리쳤다. 그건 맹세였다. 내 평생 맹세라는 걸 한 번도 해본 적이 없었건만, 그건 맹세였다.

이런 상태로는 잠을 이룰 수 없었다. 하지만 곧 좋은 생각이 떠올랐다.

내 벽장에는 손도 대지 않은 신품 엑스박스 유니버설이 진공 포장된 채로 처박혀 있었다. 엑스박스는 항상 정가보다 낮은 가격으로 팔았는데, 마이크로소프트가 기계보다는 엑스박스용 게임을 출시하려는 회사에 라이선스를 판매해서 대부분의 수익을 벌어들였기 때문이다. 엑스박스 유니버설은 마이크로소프트가 완전히 무료로 배포하기로 작정한 첫 엑스박스였다.

작년 크리스마스 즈음에 게임 '헤일로' 시리즈에 나오는 병사처럼 차려입은 불쌍한 인간들이 동네 어귀마다 서서 최대한 빠르게 이 게임기를 사람들에게 나눠줬다. 그게 효과가 있었던 모양인지 게임이 엄청나게 팔렸다는 이야기가 돌았다. 당연한 이야기겠지만, 엑스박스에는 마이크로소프트에게서 라이선스를 구입한 회사가 만든 게임들만 실행할 수 있도록 보안 장치가 되어 있었다.

해커들이 그 보안 장치를 뚫어버렸다. 엑스박스는 MIT에 다니는 학생에게 뚫렸는데, 그 학생이 쓴 책은 베스트셀러가 됐다. 그리고 곧 엑스박스 360도 뚫렸다. 엑스박스 포터블(포터블은 휴대용이란 뜻이지만 1.3킬로그램이 넘게 나가서 우리는 보통 '짐짝'으로 불렀다)도 얼마 버티지 못하고 뚫렸다. 유니버설은 절대로 뚫리지 않는다고 장담했지만, 결국 브라질 빈민가에 사는 어느 고등학생 리눅스 해커가 뚫었다.

돈은 없지만 시간은 남아도는 아이들의 능력을 결코 과소평가하지 마라.

브라질 해커들이 해킹툴을 배포하자 우리 모두는 열광했다. 곧 엑스박스 유니버설에서 돌아가는 대안 운영체제 수십 개가 쏟아져 나왔다. 그중에 내가 가장 좋아하는 것은 패러노이드 리눅스의 변종인 패러노이드 엑스박스였다. 패러노이드 리눅스는 이용자가 정부로부터 공격을 받고 있다는 가정하에 만들어진 운영체제로서(중국과 시리아의 반정부 활동가들이 사용할 수 있도록 제공할 예정이었다) 통신과 자료의 보안을 지키는 데 필요한 모든 기술을 갖추고 있었다. 패러노이드 리눅스는 이용자가 무엇을 하고 있는지 감추기 위해 통신용 가짜 연막을 뿌리기도 한다. 정치적인 메시지를 한 글자 받는 사이 패러노이드 리눅스는 거짓 인터넷 서핑이나 엉터리 글자 입력하기, 채팅방 잡담 흉내내기 식으로 실제로 주고받는 글을 숨겼다. 그래서 진짜 메시지는 5백 글자마다 하나씩 받게 된다. 커다란 건초더미에 숨겨둔 바늘이 되는 것이다.

나는 패러노이드 엑스박스가 나오자마자 DVD로 구워놨다. 하지만 벽장 속에 있는 엑스박스 상자를 열어 연결할 TV를 찾을 생각은 해본 적이 없었다. 심심하면 다운되는 게 주된 업무인 마이크로소프트의 잡동사니로 소중한 작업공간을 채우지 않더라도 이미 내 방은 필요한 장비들만으로도 충분히 복잡했기 때문이다.

오늘 밤엔 어쩔 수 없이 그 짓을 해야 했다. 엑스박스를 준비해서 작동시키는 데만 20분이 걸렸다. TV가 없다는 게 가장 큰 문제였지만, TV 연결잭이 달린 소형 LCD 프로젝터가 있었던 게 떠올랐다. 프로젝터를 엑스박스에 연결해서 문을 스크린 삼아 패러노이드 리눅스를 설치했다.

기계를 작동시키자 패러노이드 리눅스가 인터넷을 연결할 수 있는 다른 엑스박스 유니버설을 찾았다. 엑스박스 유니버설에는 온라인 게임용 무선랜이 내장되어 있어서 무선 공유기만 있으면 이웃해 있는 엑스박스로 인터넷에 연결할 수 있다. 무선 범위 내에 엑스박스 세 개가 잡혔는데, 그중 두 개가 인터넷에 연결되어 있었다. 패러노이드 엑스박스는 이런 환경에 딱 맞았다. 이웃집의 무선 인터넷 회선을 끌어와서 게임 네트워크를 통해 인터넷을 이용할 수 있기 때문이었다. 이웃 사람들은 정액제로 가입되어 있었고 새벽 2시에는 인터넷을 거의 사용하지 않기 때문에 그다지 불편을 끼치지도 않을 것이다.

이렇게 사용할 때 가장 좋은 건 내가 통제권을 가지고 있다는 느낌이 든다는 점이다. 내가 사용한 기술이 나를 위해 일하고, 내 명령을 따르고, 나를 보호한다. 그리고 다른 사람이 나를 훔쳐볼 수도 없다. 이것이 내가 기술을 좋아하는 이유이다. 기술을 적절하게

만 사용한다면 힘과 함께 사생활의 자유를 누릴 수 있다.

이제 머리가 맹렬하게 돌아가기 시작했다. 패러노이드 엑스박스를 사용할 이유는 수도 없이 많았다. 가장 좋은 점은 누구든지 엑스박스에서 돌아가는 게임을 만들 수 있다는 사실이다. 이 운영체제에는 '마메' 혹은 '메임'이라고 부르는 다중 아케이드 기계 에뮬레이터가 이미 설치되어 있다. 그래서 지금까지 나온 게임은 어떤 것이든 마음대로 엑스박스에서 돌릴 수 있다. 초기에 나온 게임인 퐁이든, 애플2에서 했던 게임이든 상관없다.

더 좋은 점은 패러노이드 엑스박스에서만 돌아가는 끝내주는 온라인 게임들이 많다는 사실이다. 게임을 좋아하는 사람이라면 누구든지 무료로 즐길 수 있다. 간단히 정리해보자면, 무료로 인터넷에 접속하고 무료로 온갖 게임을 할 수 있는 무료 단말기가 생긴 것이다.

내 생각에 무엇보다 좋은 점은 패러노이드 엑스박스가 피해망상적이라는 사실이다. 설령 도청을 하더라도 내가 누구인지, 무슨 이야기를 하는지, 누구에게 이야기하는지 전혀 알 수 없다. 나를 완전히 감춘 웹과 이메일, 채팅방이 펼쳐진다. 지금 나한테 필요한 모든 것이다.

이제 내가 해야 할 일은 내가 아는 모든 사람들에게 엑스박스와 이 운영체제를 사용하도록 설득하는 것이었다.

6

여드름과 코딱지

믿기지 않겠지만 다음 날 부모님은 나를 학교에 보냈다. 나는 새벽 세 시가 되어서야 겨우 잠자리에 들어 정신없이 꿈속을 헤매고 있었는데, 아침 일곱 시가 되자 아빠가 침대 발치에 서서 안 일어나면 발목을 잡아서 끌고 가겠다고 위협했다. 간신히 몸을 일으켜 달라붙은 눈에 물을 묻힌 후에도 혀가 뻑뻑한 느낌이라 샤워를 했다.

엄마가 권하는 대로 토스트와 바나나를 먹었다. 커피를 마시고 가라고 권해주기를 간절히 바랐지만 부모님은 그러지 않았다. 학교 가는 길에 슬쩍 마실 수 있을 것이다. 하지만 꾸물거리면서 옷을 입고 가방에 책을 챙기는 사이에 엄마와 아빠가 그 검은 황금을 마시는 모습을 지켜봐야만 했다. 너무하잖아!

지금껏 천 번도 넘게 학교에 걸어갔지만, 오늘은 여느 날과 달랐다. 언덕을 넘어 미션 지구로 내려가는 내내 사방에 트럭이 보였다. 도로표지판에 새로 설치된 감지기와 교통 카메라도 많이 보였다. 감시 장비를 설치할 기회만 엿보던 사람들이 있었던 것이다. 베이교의 폭파는 그 사람들에게 필요했던 기회를 선사했다.

도시 전체가 착 가라앉은 느낌이었다. 이웃 간의 밀착 감시와 사방을 둘러싼 카메라 때문에 엘리베이터 안에서 사람들의 시선에 둘러싸였을 때처럼 당황스러웠다.

24번가에 있는 터키 커피숍의 테이크아웃 커피가 나를 상쾌하게 만들어줄 것이다. 터키 커피는 기본적으로 커피인 척하는 죽이다. 워낙 걸쭉해서 숟가락을 꽂아서 세울 수 있을 정도인데, 레드불 같은 음료수보다 훨씬 카페인이 많다. 위키피디아에서 읽었던 어떤 자료에 따르면 오스만 제국이 승리했던 이유가 바로 이 커피였다고 한다. 치사량의 새까만 커피죽으로 불타오른 미친 기병들 말이다.

직불카드를 꺼내 커피 값을 내려고 하자 커피숍 주인이 얼굴을 찌푸리며 말했다. "이제 직불카드 안 받아."

"네? 왜요?" 나는 지난 수년 동안 이 터키 커피숍에서 직불카드로 커피 값을 냈었다. 주인은 줄곧 커피를 마시기엔 너무 어리다며 나를 들볶았다. 그리고 학교 수업시간 중에는 내가 땡땡이를 쳤다고 생각하여 커피를 팔지 않았다. 하지만 늘 보기만 하면 툭탁거리면서도 여러 해가 지나는 동안 이 터키인과 나 사이에는 서로에 대한 신뢰 같은 게 쌓여왔다.

주인이 슬픈 얼굴로 고개를 저었다. "너 이해 못할 거야. 학교 가."

나는 이해 못할 거라는 소리를 들으면 무슨 수를 써서라도 이해하고 만다. 나는 터키인을 살살 구슬리며 무슨 이유인지 이야기해달라고 졸랐다. 주인은 나를 내쫓을 기세였지만, 내가 못된 아이라서 커피를 안 팔겠다는 거냐고 묻자 드디어 입을 열었다.

"보안 때문이야." 그는 건조된 커피콩을 담은 통과 터키산 식료품들을 올려놓은 선반이 있는 작은 가게를 둘러보며 말했다. "정부 말이야. 이제 정부가 전부 감시해. 신문에 나왔어. 2차 애국자법. 어제 국회가 통과시켰어. 이제 카드 사용하면 다 감시할 수 있어. 나는 반대해. 우리 가게는 손님들 감시하는 거 안 도와줄 거야."

내 입이 쩍 벌어졌다.

"별 거 아니라고 생각해? 네가 커피 사는 거 정부가 아는 거 문제없어? 카드로 계산하면 정부는 지금 네가 어디에 있는지 알 수 있어. 네가 지금까지 어디에 있었는지도 알 수 있고. 내가 왜 터키 떠났는지 알아? 터키에서는 정부가 항상 사람들 감시해. 그건 나빠. 나는 자유 찾아 20년 전에 미국 왔어. 난 정부가 자유 가져가는 거 도와주고 싶지 않아."

"그러면 매출이 많이 줄어들 거예요." 내가 무심결에 말했다. 내가 진짜로 그에게 하고 싶었던 건 그의 손을 잡고 흔들며 당신이야말로 영웅이라고 이야기해주는 것이었지만, 왠지 모르게 그 말이 불쑥 나와 버렸다. "다들 카드를 쓰잖아요."

"이제는 많이 안 사용할 거야. 내가 자유를 사랑하는 거 아는 손님들은 올 거야. 창문에 써놓을 거야. 어쩌면 다른 가게도 똑같이 할 거야. 미국시민자유연합(ACLU)에서 이 문제로 정부를 고소할 거라고 했어."

"앞으로 커피는 무조건 여기에서 먹을게요." 내가 말했다. 진심이었다. 그리고 지갑을 쥐고 말했다. "음, 근데 지금은 현금이 없어요."

주인이 입을 꾹 다물더니 고개를 끄덕였다. "많은 사람들 그렇게 이야기했어. 괜찮아. 오늘 커피 값은 미국시민자유연합에 내."

그 뒤 겨우 2분 동안 내가 지금까지 이 가게에서 나눴던 대화를 다 합친 것보다 많은 대화를 그와 나눴다. 그에게 이런 열정이 있었는지 전혀 몰랐다. 나는 그를 그저 카페인을 파는 친근한 이웃 정도로만 생각해왔다. 그와 악수를 나눈 뒤 커피숍을 나온 지금은 그와 한 팀이 된 기분이 들었다. 은밀한 비밀 팀 말이다.

학교 수업을 며칠 빠졌지만 진도는 거의 나가지 않은 모양이었다. 하루는 샌프란시스코를 복구하기 위해 휴교했고, 다음 날은 사망으로 추정되거나 실종된 사람들을 애도하느라 보낸 것 같았다. 신문에는 실종된 사람들의 약력과 추도사가 실렸고, 웹 사이트는 수천 명의 짧은 부고로 가득 찼다.

당황스럽게도 나 역시 그런 실종자 중 하나였다. 그런 사실을 모른 채 운동장에 들어서는데 누군가 소리를 질렀다. 그리고 곧이어 백여 명의 아이들이 나를 둘러싸더니 등을 두드리고 손을 잡아 흔들었다. 알지도 못하는 여자애 두 명은 뽀뽀까지 했다. 친구 사이에 인사로 하는 뽀뽀 이상이었다. 마치 아이돌이라도 된 기분이었다.

선생님들은 그보다 약간 차분했다. 다만 갈베스 선생님은 엄마가 그랬듯 펑펑 울면서 세 번이나 끌어안고 난 후에야 자리에 앉을 수 있도록 놔줬다. 교실 앞쪽에 새로운 물건이 눈에 들어왔다. 카메라였다. 내가 카메라를 노려보고 있는 걸 눈치챈 갈베스 선생님이 지저분한 학교 복사용지에 인쇄된 동의서를 내밀었다.

샌프란시스코 교육위원회가 주말에 긴급회의를 열어 샌프란시스코 학부모들의 동의를 받아 모든 교실과 복도에 CCTV를 설치하기로 결정했다는 내용이었다. 법률에 따르면 사방에 카메라가 설치된 학교에 학생들을 강제로 등교시킬 수는 없지만, 학생들이 자발적으로 헌법상의 기본권을 포기한 경우에는 상관이 없었다. 동의서에는 교육위원회가 샌프란시스코의 모든 학부모들에게 동의를 받으리라 확신하며, 반대하는 학부모의 아이들은 별도로 '보호되지 않는' 교실에서 교육할 예정이라고 쓰여 있었다.

우리 교실에 카메라를 설치한 이유가 뭘까? 물론 테러리스트 때문이었다. 그리고 다리를 폭파한 테러리스트들이 다음 목표로 학교를 지목했기 때문이다. 그게 사실인지는 몰라도, 아무튼 교육위원회가 내린 결론은 그랬다.

나는 동의서를 세 번 읽은 뒤 손을 들었다.

"왜, 마커스?"

"갈베스 선생님, 이 동의서 말인데요."

"응."

"테러의 핵심은 우리를 두렵게 만드는 거죠? 그렇기 때문에 테러라고 부르는 거 아닌가요?"

"그렇겠지." 아이들이 나를 쳐다봤다. 내가 우등생은 아니었지만 수업시간 토론에는 강했다. 아이들은 내가 다음에 뱉을 말을 기다렸다.

"그렇다면 지금 우리는 테러리스트가 바라는 대로 하고 있는 거 아닌가요? 우리가 전부 겁에 질려서 교실마다 카메라를 설치하고 난리법석을 떨면 테러리스트가 이기는 거 아닌가요?"

여기저기에서 소심하게 킥킥대는 소리가 들렸다. 다른 친구가 손을 들었다. 찰스였다. 갈베스 선생님이 찰스를 지목했다.

"카메라는 위험을 막아서 우리를 안전하게 지키기 위해 설치된 거예요. 카메라는 우리를 두렵지 않게 해줍니다."

"카메라가 무슨 위험을 막아줘?" 순서를 기다리지 않고 내가 말했다.

"당연히 테러지." 다른 아이들이 고개를 주억거렸다.

"카메라가 어떻게 테러를 막는데? 예를 들어 자살폭탄 테러범이 여기로 들어와서 우리를 날려버린다면…."

"갈베스 선생님, 마커스는 교칙을 위반했습니다. 테러리스트 공격에 대한 농담은 금지되어 있는데…."

"누가 농담을 했다는 거야?"

"둘 다 이제 그만." 갈베스 선생님이 몹시 언짢은 표정을 지으며 말했다. 내가 선생님의 수업을 방해한 기분이 들었다. "아주 흥미로운 토론이긴 하지만 다음으로 미루자꾸나. 지금 이 주제를 논의하면 다들 너무 감정적으로 흐르게 될 것 같아. 자, 그럼 여성 참정권 수업으로 돌아가자. 괜찮지?"

그래서 나머지 시간 동안 우리는 여성 참정권 운동과 당시 여성들이 고안해냈던 새로운 압박 전략에 대해 토론했다. 당시 여성들은 국회의원 사무실마다 여성을 네 명씩 보내서 계속 여성의 투표권을 거부할 경우 그 의원들의 정치적인 미래가 어떻게 될지 협박했었다. 평소라면 나도 아주 좋아했을 수업이었다. 힘없는 사람들이 크고 막강한 존재가 되는 건 좋은 일이다. 하지만 오늘은 집중이 되지 않았다. 대릴이 없기 때문일 것이다. 우리 둘은 사회과목을 좋아했다. 교실에 앉자마자 스쿨북을 꺼내 메신저를 열고 수업 내용에 대해 채팅으로 뒷이야기를 나눴을 것이다.

어젯밤에 패러노이드 엑스박스 디스크를 스무 장 구워서 가방에 넣어뒀다. 그리고 게임을 좋아하는 친구들에게 나눠줬다. 그 녀석들은 모두 작년에 엑스박스 유니버설을 한두 대씩 받았지만, 지금은 대부분 사용하지 않고 있었다. 게임이 너무 비싼데다 그다지 재미도 없었기 때문이었다. 쉬는 시간에 디스크를 들고 식당과 자습실에서 패러노이드 엑스박스에 깔린 게임들이 얼마나 좋은지 떠들어 댔다. 주로 "재미있는데도 공짜다", "전 세계에서 끝내주는 사람들이 중독성 쩌는 온라인 게임에 접속하고 있다"는 등의 이야기였다.

물건 하나를 공짜로 주고 다른 물건을 사게 하는 판매방식을 '면도날 사업 모델'이라고 한다. 질레트 같은 회사들이 면도기를 공짜로 주고 면도날처럼 값싼 물건을 계속해서 사게 만드는 판매방식을 사용하기 때문이다. 프린터 카트리지가 가장 악명 높은 사례다. 세계에서 가장 비싼 샴페인도 잉크젯 프린터에 넣는 잉크에 비하면 싸다. 잉크를 3리터 만드는 데 들어가는 비용은 기껏해야 1센트도 안 되는데 말이다.

면도날 사업 모델의 사활은 다른 회사의 면도날을 사용하지 못하도록 막는 데에 달렸다. 질레트가 10달러짜리 교체용 면도날을 팔아서 9달러를 남길 수 있다면, 경쟁업체로서는 동일한 면도날을 4달러에 팔지 않을 이유가 없기 때문이다. 일반적인 사업가라면 80퍼센트의 이윤율에 눈을 동그랗게 뜨고 침을 줄줄 흘릴 것이다.

그래서 마이크로소프트처럼 면도날 사업 모델을 이용하는 회사들은 경쟁업체들이 끼어들지 못하게 하거나 복제를 불법화하기 위해 많은 노력을 기울인다. 마이크로소프트의 경우 모든 엑스박스에는 마이크로소프트에 라이선스 비용을 지불하지 않은 사람들이 만든 소프트웨어를 막기 위한 보안 장치가 되어 있다.

오늘 만난 아이들은 처음에는 패러노이드 엑스박스에 그다지 관심을 보이지 않았지만, 게임에 감시자가 없다는 이야기를 해주자 귀를 쫑긋 세웠다. 요즘 온라인 게임에 들어가면 온갖 불쾌한 일들이 가득하다. 우선 먼 곳으로 불러내서 온갖 이상한 짓을 하다가 '양들의 침묵'으로 마무리할 변태들이 도사리고 있다. 그리고 경찰이 있다. 경찰은 멍청한 아이 흉내를 내서 변태를 때려잡는다. 최악은 온종일 우리의 대화를 훔쳐보다가 서비스 규정을 어기면 회사에 고자질하는 감시자들이다. 규정에 따르면 희롱도 안 되고 욕도 안 되고 '성 정체성이나 성적 지향에 대해 직접적이거나 은유적인 언어를 사용하는 모욕'도 안 된다.

내가 하루 24시간, 일주일 내내 껄떡대고 다니는 인간은 아니지만, 피 끓는 열일곱 살짜리 사내자식이다보니 가끔씩이라도 섹스에 대한 이야기를 하게 마련이다. 하지만 온라인 게임을 하다가 섹스를 언급했다간, 오호통재라, 하늘에 운을 맡겨야 한다. 진짜 기분 더럽게 만드는 녀석들이다. 하지만 패러노이드 엑스박스에는 감시자가 없다. 기업이 운영하는 서비스가 아니라 해커들이 장난 삼아 만든 게임들에 불과하기 때문이다.

게임 덕후들이 이 이야기에 흥미를 보였다. 녀석들은 디스크를 게걸스럽게 받아가며 자기 친구들에게도 복사해주겠다고 다짐했다. 게임은 친구들과 함께 했을 때 가장 재미있는 법이니까.

집에 돌아온 후 교실에 설치한 감시카메라 문제에 대해 교육위원회를 고소한 학부모 단체 관련 기사를 읽었다. 하지만 사전 금지명령을 받아내려던 그들의 계획은 이미 실패했다.

✳

누가 '엑스넷'이라는 이름을 만들었는지는 모르겠지만 아무튼 그 이름으로 굳혀진 것 같았다. 버스에서 아이들이 이야기를 나누다가 그 이름을 언급하는 걸 들었다. 버네사가 내게 전화해서 '엑스넷'이란 거 들어봤냐고 물었다. 그 애가 이야기하는 게 무엇인지 이해되기 시작하자 나는 숨이 컥 막혔다. 디스크를 나눠준 뒤 2주 사이에 디스크는 손에 손을 거치며 복제되어 오클랜드까지 퍼졌다. 그 후로 나는 길을 걷다가 슬쩍슬쩍 뒤를 돌아보는 버릇이 생겼다. 규정을 위반했으므로 이제 국토안보부가 와서 나를 영원히 먼 곳으로 데려갈 것 같았기 때문이다.

여러 주를 힘들게 보냈다. 지하철은 이제 현금으로 요금을 받지 않고 회전식 개찰구를 지나가면서 RFID태그가 달린 '비접촉' 카드를 흔드는 방식으로 바뀌었다. 교통카드는 멋지고 편리하지만 사용할 때마다 추적당하고 있다는 생각이 들었다. 누군가 엑스넷 블로그에 글을 올리면서 전자프런티어재단(EFF, Electronic Frontier Foundation)의 백서를 링크했는데, 교통카드로 사람들을 추적할 수 있다고 쓰여 있었다. 백서에는 몇몇 사람들이 지하철역에 항의했다는 이야기가 작게 실렸다.

나는 이제 인터넷을 사용할 때는 거의 엑스넷을 썼다. 해적당 홈페이지에서 가짜 이메일 주소를 만들었다. 해적당은 인터넷 감시를 증오하는 스웨덴 정당으로서 경찰에게도 이용자의 메일 계정에 대한 정보를 넘기지 않는다. 메일 계정은 반드시 엑스넷을 통해 접속했는데, 옆집 인터넷을 이용해 또 다른 엑스박스로 점프해서 익명성을 유지하며, 혹은 그러길 바라며 스웨덴까지 연결했다.

'윈스턴'이라는 아이디는 더 이상 사용하지 않았다. 교감이 낌새를 알아챘다면 다른 사람들도 알아챌 수 있기 때문이었다. 새로운 아이디는 얼떨결에 만든 마이키(M1k3y)였다. 내가 엑스넷의 환경설정과 연결 문제를 도와줄 수 있다는 이야기를 채팅방과 게시판에서 본 사람들이 보낸 메일이 엄청나게 쌓였다.

난 '하라주쿠 펀 매드니스'가 그리웠다. 그런데 게임회사는 게임을 무기한 중단시켰다. 회사는 물건을 숨기고 사람들에게 찾게 만드는 방식에 '안전' 문제가 있다고 발표했다. 어떤 사람이 그 물건을 폭탄이라고 착각하거나, 더 나아가 어떤 사람이 같은 장소에 폭탄을 놔두면 어떻게 하느냐는 이야기였다.

우산을 쓰고 걸어가다가 번개에 맞으면 어떡할 건데? 번개의 위협에 맞서 싸워야지!

노트북을 계속 사용하긴 했지만 그때마다 온몸에 벌레가 기어다니는 기분이 들었다. 내가 노트북을 사용하지 않으면 도청하는 사람들이 궁금해할 것이기 때문이었다. 그래서 매일 불규칙적으로 인터넷 서핑을 했다. 그리고 조금씩 사용시간을 줄여서 지켜보고 있는 사람이 내가 갑자기 바뀐 게 아니라 천천히 바뀌는 것처럼 생각하도록 했다. 노트북으로 인터넷을 사용하는 동안에는 대개 죽은 채 샌프란시스코 만의 밑바닥에 잠겨 있을 수천 명의 이웃들에 대한 소름끼치는 부고 기사를 읽었다.

솔직히 말해서 난 요즘 학교 숙제를 거의 하지 않았다. 따로 할 일이 있었다. 매일 패러노이드 엑스박스를 50~60장씩 구워서 시내로 들고 나가 자발적으로 디스크를 60장 복제해 친구들에게 나눠줄 생각이 있다는 사람들에게 나눠줬다.

이 일을 하는 동안 잡힐 걱정은 별로 안 했다. 내가 암호에 대해서는 자신이 있기 때문이었다. 암호는 '비밀 글쓰기'이다. 암호는 로마시대부터 존재했는데, 카이사르 황제는 암호에 푹 빠져서 혼자 새로운 암호 체계를 만드는 걸 즐겼다. 그중 몇 가지는 오늘날까지도 우리가 메일에 장난칠 때 사용하기도 한다.

암호는 수학이다. 그것도 아주 어려운 수학이다. 나도 이해하기 힘들기 때문에 지금 여기에서 자세하게 설명할 생각은 없다. 암호의 수학을 정말로 알고 싶거든 위키피디아에서 찾아보라.

참고서에는 이렇게 실려 있다. 암호에서 사용하는 수학은 한쪽 방향의 계산이 아주 쉽고 반대 방향으로는 아주 어려운 일종의 함수이다. 예를 들어 큰 소수 두 개를 곱해서 아주 큰 숫자를 만들기는 쉽다. 하지만 아주 큰 숫자를 두고 어떤 소수를 곱해야 이 숫자가 나오는지 알아내는 일은 결코 쉽지 않다.

즉, 어떤 자료를 큰 소수들의 곱을 바탕으로 휘저어버리면, 그 소수들을 모르는 상태에서 다시 거꾸로 푸는 건 터무니없을 정도로 힘들다. 지구상의 모든 컴퓨터를 1조 년 동안 온종일 돌려도 풀 수 없을 것이다.

암호화한 메시지는 네 가지 부분으로 이루어져 있다. '평문'이라고 부르는 본래의 메시지, '암호문'이라고 부르는 변환된 메시지, '암호화'라고 부르는 변환 체계, 그리고 마지막으로 '열쇠'가 있다. 이 열쇠로 평문을 암호화해서 암호문을 만든다.

예전에는 암호화할 때 이 네 가지를 모두 비밀로 했었다. 모든 정보기관과 정부는 자신들만의 암호화 방식과 열쇠를 가지고 있었다. 나치와 연합국은 자신들이 암호를 푸는 데 필요한 열쇠뿐 아니라 암호화 방식도 상대에게 알려주려 하지 않았다. 좋은 생각처럼 들린다. 그렇지 않은가?

그렇지 않다.

누군가가 내게 이 소인수 분해에 대해 처음으로 이야기해줬을 때, 나는 즉시 말했다. "말도 안 돼, 그게 무슨 개소리야. 물론 소인수 분해야 당연히 어렵긴 하지만, 그렇다고 하늘을 날거나 달에 가거나 몇 기가짜리 하드 디스크를 만드는 것보다 어렵진 않아. 누군가는 암호 푸는 방법을 틀림없이 만들어 냈을 거야." 나는 속이 깊은 산 속에 국가안보국 수학자들이 앉아 전 세계 이메일을 읽으며 낄낄거리는 모습을 상상했다.

2차 세계대전 중에 실제로 그런 일이 여러 번 일어났다. 예전에 내가 나치를 잡느라 수많은 날을 보냈던 '울펜슈타인' 게임과 현실은 달랐다.

중요한 건 암호화 방식에 대한 비밀은 지키기가 무척 어렵다는 사실이다. 암호화 방식을 개발하기 위해 투입되는 많은 수학자들뿐만 아니라 그 방식을 널리 사용할 경우 사용자 모두 비밀을 지켜야 하는데, 그중 한 사람이라도 배신하면 새로운 방식을 만들어 내야 한다.

나치가 쓰던 암호화 방식 이름은 '에니그마'였다. 나치는 에니그마 기계라는 작은 기계식 컴퓨터를 이용해서 메시지를 뒤섞거나 풀었다. 모든 잠수함과 군함, 주둔지에 이 기계가 한 대씩 있어야 했으므로, 연합군이 이 기계를 손에 넣는 건 시간문제였다.

연합군은 기계를 손에 넣자마자 암호화 방식을 깨버렸다. 그 작업은 영원한 나의 영웅 앨런 튜링이 이끌었다. 튜링은 오늘날 컴퓨터를 발명한 사람으로 훨씬 잘 알려져 있다. 하지만 불행하게도 그는 동성애자였다. 그래서 전쟁이 끝난 후 멍청한 영국 정부가 동성애를 '치료'하겠다며 호르몬 주사를 강제로 주입하자 튜링은 자살하고 만다. 내 14살 생일에 대릴이 튜링의 일대기가 담긴 책을 선물로 줬다. 대릴은 책을 열두 겹으로 포장하고 재활용한 배트모빌 장난감 안에 넣어서 줬는데, 튜링은 딱 그 선물 같은 사람이었다. 그때부터 나는 앨런 튜링의 광팬이 됐다.

연합군은 에니그마 기계를 손에 넣은 후 나치의 무선 메시지를 가로챘다. 함장들은 각자 비밀열쇠를 가지고 있었으므로 나치로서는 그리 큰 문제가 아닐 수도 있었다. 나치는 연합군이 열쇠를 가지고 있지 않으므로 기계를 가지고 있어도 도움이 되지 않을 것이라고 생각했다.

바로 그 지점에서 비밀주의가 암호를 망쳤다. 에니그마 암호화 방식에 빈틈이 있었던 것이다. 튜링은 기계를 꼼꼼하게 들여다본 후 나치의 암호 기계에 수학적 오류가 있다는 사실을 밝혀냈다. 그리고 나치가 어떤 열쇠를 사용하는지에 상관없이 모든 암호를 깰수 있는 방법을 찾아냈다.

나치가 치른 대가는 전쟁에서의 패배였다. 오해하지 마라. 좋은 소식이었다는 말이다. 게임 '울펜슈타인' 베테랑의 이야기니 믿어보시라. 나치가 이 나라를 운영하길 바라는 사람은 아무도 없을 것이다.

2차 세계대전 이후, 암호 개발자들은 이 문제를 오랜 시간 고민했다. 튜링이 에니그마를 발명한 사람보다 똑똑했다는 게 문제였다. 암호화 체계를 만들고 나면 만든 사람보다 더 똑똑한 사람이 그 체계를 깨버릴 위험에 노출된다.

그래서 그 문제에 대해 더 많이 고민할수록, 설령 만든 사람조차 깨는 방법을 모르는 보안 체계를 만들어내더라도 누군가는 방법을 찾아낼 것이라는 생각이 더 커졌다. 자신보다 똑똑한 사람이 무슨 일까지 해낼 수 있는지 알 수 있는 사람은 아무도 없다.

암호 체계가 제대로 작동되는지 알려면 대중에게 공개해야 한다. 그 체계가 어떻게 작동하는지 가능한 많은 사람들에게 알려야 한다. 그래야 사람들이 저마다 가진 모든 방법을 동원해서 그 체계를 두드려보고 안전성을 점검할 수 있다. 다른 사람이 결점을 찾아내지 못할수록 암호 체계는 안전한 것이 된다.

오늘날 암호 체계는 그런 방식으로 운영된다. 암호가 안전하기를 바란다면 지난주에 어떤 천재가 만든 암호화 방식이 아니라, 아직 아무도 깨는 방법을 찾아내지 못해서 오랫동안 사용해온 방식을 이용하는 게 낫다. 그래서 은행원이든 테러리스트든 정부든 고등학생이든 상관없이 모두 동일한 암호 체계를 이용하게 되었다.

자신만의 독특한 암호 체계를 사용하려 한다면, 어딘가에서 당신이 놓친 결점을 찾아낸 녀석이 뒷문을 공격해 모든 '비밀' 메시지를 풀어서 당신의 멍청한 잡담과 금융 거래, 군사 기밀을 보며 낄낄거릴 것이다.

그러므로 나는 암호를 사용하면 도청으로부터 안전할 것이라는 사실을 안다. 하지만 또 다른 문제는 도수분포도이다. 나는 아직 도수분포도를 다룰 준비가 되어 있지 않았다.

*

나는 지하철에서 내려 회전식 개찰구에 교통카드를 대고 24번
가 역으로 나왔다. 보통 역 안에는 주정뱅이나 광적인 개신교 신자,
긴장한 얼굴로 땅바닥만 쳐다보고 있는 멕시코인, 십대 일진들처럼
괴상한 사람들이 엄청 많다. 나는 앞만 보고 걸으면서 그들을 지나
친 후 계단을 뛰어올라 지상으로 나왔다. 나눠줄 패러노이드 엑스
박스 디스크로 불룩했던 가방은 이제 텅 비었다. 덕분에 어깨가 가
벼워서 발걸음이 사뿐했다. 거리의 전도사들은 여전히 영어와 스
페인어로 예수에 대해 설교를 해댔다.

짝퉁 선글라스를 파는 노점들은 사라지고 그 자리에는 애국가
음률에 맞춰 짖어대다가 오사마 빈 라덴의 사진을 보여주면 앞발
을 쳐드는 로봇 개를 파는 노점이 생겼다. 로봇 개의 작은 두뇌에는
아마도 훌륭한 회로가 들어 있을 것이다. 나중에 로봇 개를 몇 개
사서 분해해봐야겠다는 생각이 들었다. 군사적으로 사용되던 얼굴
인식이 최근에 사기꾼을 잡아내기 위해 카지노에 설치되고 경찰에
도 도입됐다는 사실은 알았지만 장난감에 들어간 것은 처음 봤다.

나는 집에 가려고 포트레로 힐을 향해 24번가를 내려가기 시작
했다. 어깨를 들썩이며 내려가는 사이 어느 식당에서 부리토 냄새
가 흘러나와 저녁 식사 생각이 간절해졌다.

내가 왜 그랬는지는 모르겠지만 문득 어깨 너머로 뒤를 돌아봤
다. 아마도 잠재의식적인 육감이 작동했던 모양이다. 미행자들이
있었다.

덩치가 크고 짧은 콧수염을 기른 백인 두 명이었는데, 카스트로

125

가를 달리는 게이 폭주족이 먼저 떠올랐지만 경찰이라는 생각이 들었다. 게이 폭주족들은 보통 저 사람들보다 머리 모양이 멋있다. 둘은 낡은 시멘트 색 윈드브레이커와 청바지를 입었는데 허리띠가 보이지 않았다. 이 모든 걸 놓고 생각해봤을 때, 저 경찰들은 트럭에서 국토안보부 요원이 찼던 다기능 벨트를 허리띠 위에 걸쳤을 것이다. 둘 다 블루투스 헤드셋을 끼고 있었다.

계속 걸어갔지만 심장이 쿵쾅거리기 시작했다. 이 일을 시작했을 때부터 예상했던 일이었다. 국토안보부가 언젠가는 내가 무슨 일을 하는지 알아차릴 것이라 예상했었다. 최대한 조심스럽게 진행하긴 했지만, 머리 짧은 여자가 내게 이미 찍힌 사람이라며 계속 지켜볼 거라고 하지 않았던가. 나는 감옥으로 끌려갈 때를 기다려왔던 것이다. 왜 아니겠는가? 왜 대릴은 감옥에 있어야 하고 난 밖에 있을까? 이제 뭘 어떻게 해야 되지? 지금껏 부모님에게조차 우리에게 진짜로 일어났던 일을 말할 용기를 내지 못했다. 대릴의 부모님에게도 마찬가지였다.

나는 발걸음을 빨리하면서 머릿속으로 하나하나 점검했다. 가방에는 범죄와 관련된 물건이 하나도 없었다. 적어도 심하게 걸릴 만한 물건은 없다는 이야기다. 스쿨북은 메신저 같은 것들을 사용하기 위해 크래킹을 했지만 학생들 절반은 그렇게 한다. 휴대폰은 암호화 방식을 바꿨다. 이제는 비번을 입력하면 평범한 내용을 보여줄 수 있는 가짜 파티션을 만들었다. 하지만 진짜 파티션은 숨겨두었기 때문에 그걸 열기 위해서는 별도의 비번이 또 필요했다. 숨겨진 부분은 그저 불규칙한 글자가 나열된 잡동사니처럼 보일 것이다. 자료를 암호화하면 불규칙한 잡동사니와 거의 구별되지 않는다.

게다가 그들은 그런 부분이 휴대폰에 있는지조차 알아채지 못할 것이다.

가방에는 디스크도 없다. 노트북에도 범죄의 증거는 전혀 없다. 물론 저 사람들이 내 엑스박스를 자세히 뜯어본다면 그걸로 게임 끝이다. 일단 그런 상황이다.

난 가던 걸음을 멈췄다. 나 자신을 숨길 수 있는 한도 내에서는 지금껏 잘 해왔다. 이제 운명과 마주해야 할 때였다. 가까운 부리토 가게로 들어가서 다진 돼지고기 카르니타스와 살사를 주문했다. 잡혀가더라도 배를 채우고 가는 게 나을 것 같았다. 오르차타도 주문했다. 오르차타는 시원한 쌀 음료수인데 물기가 많고 약간 달달한 쌀 푸딩 같은 맛이다. 적어도 이 설명보다는 맛있다.

나는 자리를 잡고 앉아 음식을 먹었다. 그러자 지극한 평온함이 찾아왔다. 내가 저지른 '범죄' 때문에 감옥에 갈 수도 있고 아닐 수도 있다. 그들이 나를 붙잡은 이후로 자유는 임시 공휴일에 불과했다. 이 나라는 더 이상 내 편이 아니다. 우린 이제 서로 다른 편이다. 그리고 내가 이길 수 없다는 사실을 안다.

부리토를 다 먹은 후 후식으로 밀가루 반죽을 바싹 튀겨서 시나몬 설탕을 뿌린 추로스를 주문하러 갔을 때 두 사내가 식당으로 들어왔다. 아마도 밖에서 기다리다가 내가 너무 꾸물거리자 지겨웠나 보다.

둘은 계산대 앞에 서 있는 내 뒤를 포위했다. 나는 온화한 얼굴의 할머니에게 추로스를 받고 돈을 지불했다. 그리고 뒤로 돌기 전에 빠르게 두 입을 베어 물었다. 후식을 조금이라도 더 먹고 싶었을 뿐이다. 아주 아주 오랫동안 후식을 못 먹을 수도 있었기 때문이다.

그러고는 몸을 돌렸다. 둘이 너무 가까이 붙어 있어서 왼쪽 사내의 뺨에 난 여드름과 오른쪽 사내의 코에 붙은 코딱지까지 보였다.

"실례합니다." 나는 그렇게 말하며 둘을 밀고 지나가려 했다. '코딱지'가 몸을 움직여 나를 가로막았다.

"저희랑 같이 여기서 나가시죠." 코딱지가 식당 문을 가리켰다.

"죄송하지만, 저는 식사 중인데요." 나는 그렇게 말하고 다시 움직였다. 이번엔 코딱지가 손을 들어 내 가슴을 막았다. 그가 숨을 거칠게 쉬어서 코에 붙은 코딱지가 흔들거렸다. 내 짐작엔 나도 숨을 거칠게 쉬는 것 같았지만 심장 쿵쾅거리는 소리가 너무 커서 알 수 없었다.

'여드름'이 윈드브레이커 한쪽을 젖히고 샌프란시스코 경찰청 휘장을 보여주며 말했다. "경찰입니다. 저희랑 가시죠."

"제 물건 좀 챙길게요." 내가 말했다.

"저희가 알아서 할 겁니다." 그 사내가 말했다. 코딱지가 내게 한 걸음 더 다가와서 내 발 사이에 자기 발을 집어넣었다. 무술할 때 하는 자세였다. 이렇게 하면 상대방이 무게 중심을 옮기거나 움직일 준비를 할 때 바로 느낄 수 있다.

하지만 난 도망갈 생각이 없었다. 운명에서 도망칠 수 없다는 사실을 알고 있었기 때문이다.

7

건초더미 만들기

경찰들은 나를 밖으로 몰고 나가 구석에 서 있는, 경찰 마크가 없는 경찰차로 데리고 갔다. 하지만 그게 경찰차라는 건 누구든지 쉽게 알아볼 수 있었다. 엄청나게 기름을 먹어대는 크라운 빅토리아를 몰고 다니는 건 경찰뿐이기 때문이다. 그뿐 아니라 거리를 뱅뱅 돌아다니면서 이해할 수 없는 샌프란시스코 주차 규정을 집행한다며 숱한 차들을 납치해가는 약탈자인 견인차들에 끌려가지 않고 반 네스 가에 이중 주차를 할 수 있는 사람들 역시 경찰밖에는 없다.

코딱지가 코를 풀었다. 그 사내와 나는 뒷좌석에 앉았다. 여드름은 앞좌석에 앉아 구석기 시대 사람들이 쓰다가 버린 듯한 오래되고 낡은 노트북에 독수리 타법으로 뭔가를 입력했다.

코딱지가 다시 내 신분증을 꼼꼼하게 살펴봤다. "우리는 그저 간단하고 평범한 질문을 하려는 거야."

"배지를 보여주세요." 내가 말했다. 이 사내들은 경찰인 게 틀림없지만 내가 권리를 잘 알고 있다는 사실을 보여준다고 해서 손해 볼 일은 없었다.

코딱지는 배지를 슬쩍 보여주더니 내가 자세히 볼 틈도 없이 휙 집어넣었다. 하지만 앞좌석에 앉은 여드름은 자세히 볼 수 있도록 오래 보여줬다. 나는 부서 번호를 읽고 네 자리 숫자로 된 배지 번호를 외웠다. 쉬웠다. 1337은 해커들이 '엘리트(elite)'를 변형한 'leet'를 표기하는 방법이기도 했다.

둘 다 전혀 무례하게 굴지 않았다. 적어도 내가 갇혀 있을 때 국토안보부가 하던 식으로 나를 협박하려는 사람은 없었다.

"제가 구속된 건가요?"

"너와 공공의 안전을 지키기 위해 잠시 억류한 거야." 코딱지가 말했다.

코딱지가 내 신분증을 여드름에게 건네주자 여드름은 느릿느릿 독수리 타법으로 노트북 키보드를 콕콕 쪼면서 입력했다. 오타를 치는 게 보여서 고쳐주고 싶었지만, 그냥 가만히 있는 게 나을 것 같았다.

"마커스, 혹시 나한테 이야기할 거 없니? 친구들이 널 부를 땐 마크라고 하니?"

"그냥 마커스로 불러주세요." 코딱지는 괜찮은 사람 같았다. 물론 나를 자기 차로 납치한 것만 빼면 말이다.

"마커스, 나한테 하고 싶은 이야기 없어?"

"어떤 거요? 제가 구속된 건가요?"

"지금 당장은 구속된 게 아냐. 구속되고 싶니?" 코딱지가 말했다.

"아뇨."

"그래야지. 우리는 네가 지하철역에서 나올 때부터 지켜봤어. 네 교통카드를 보니 여기저기 이상한 곳들을 돌아다니며 재미있는 시간을 보낸 모양이더군."

가슴에 맺혔던 뭔가가 확 풀어지는 느낌이었다. 그렇다면 엑스 넷 때문에 이러는 게 아니었다. 경찰은 지하철 이용 내용을 살펴보고 최근에 왜 그렇게 이상하게 움직였는지 알고 싶은 것이었다. 왜 이리 바보 같은지.

"그러면 지하철역에서 나가는 사람들 중에 이동 기록이 이상한 사람은 다 따라가나요? 엄청 바쁘시겠네요."

"모두 다 따라가는 건 아냐, 마커스. 비정상적인 이동기록을 가진 사람이 나타나면 경보음이 울려. 그러면 조사를 할지 말지 결정을 하지. 우리가 너를 따라온 건 너처럼 똑똑해 보이는 아이가 왜 그렇게 이상하게 움직였는지 알고 싶었기 때문이야."

감옥에 끌려갈 상황이 아니라는 걸 알게 되자 화가 치밀어 올랐다. 이 사람들은 나를 감시할 권리가 없다. 씨발, 지하철역도 나를 감시하는 그들을 도와줄 권리가 없다. 도대체 왜 내 교통카드를 이용해서 나의 '비표준적인 승차 유형'을 감시하는 건가?

"제 생각엔 지금 구속되는 게 나을 것 같아요." 내가 말했다.

코딱지가 뒤로 물러앉으며 눈을 동그랗게 뜨고 나를 쳐다봤다.

"정말이냐? 무슨 혐의로?"

"아, 대중교통을 비표준적인 방법으로 타고 다니는 건 범죄가 아니라는 뜻인가요?"

여드름이 눈을 감더니 엄지손가락으로 눈두덩을 북북 문질렀다.

코딱지는 피곤한 얼굴로 한숨을 내뱉었다. "이거 봐, 마커스. 우린 같은 편이야. 이 시스템을 이용해서 테러리스트나 마약상 같은 나쁜 녀석들을 잡는 거야. 네가 마약상일지도 모르지. 교통카드를 이용하면 샌프란시스코를 익명으로 돌아다니기 좋잖아."

"익명이 뭐가 문제인가요? 토머스 제퍼슨도 익명을 좋아했었는데요. 그건 그렇고, 제가 구속된 건가요?"

"집으로 데리고 가자. 쟤네 부모님하고 이야기하면 돼." 여드름이 말했다.

"정말 좋은 생각이신 것 같아요. 저희 부모님도 본인들이 낸 세금이 어떻게 사용되고 있는지 들으시면 아주 좋아하실…."

내가 너무 나갔다. 문손잡이를 잡고 있던 코딱지가 지금은 얼굴의 힘줄을 불끈거리며 화난 눈으로 나를 위아래로 훑었다.

"너 스스로 입을 다물 수 있을 때 그만 닥치면 어떻겠니? 지난 2주간 일어난 일을 볼 때 네가 우리에게 협조한다고 해서 누가 널 죽이지는 않아. 어쩌면 너를 구속하는 게 나을지도 모르겠다. 너희 변호사가 너를 찾을 때까지 하루나 이틀 정도 감방에서 보내겠지. 그 사이에 아주 많은 일들이 일어날 거야. 아주 많이. 그러면 좋겠니?"

나는 아무 말도 하지 않았다. 방금 전까지는 들뜨고 화난 상태였지만 지금은 겁에 질려서 아무 생각도 들지 않았다.

"죄송해요." 나는 간신히 입을 떼서 말했다. 그렇게 말하고 있는 나 자신이 너무 싫었다.

코딱지가 앞좌석으로 가서 앉자 여드름이 차에 시동을 건 후 24번가를 따라 올라가 포트레로 힐을 넘어갔다. 둘은 내 신분증에 나와 있는 주소로 찾아갔다.

둘이 초인종을 누르자 엄마가 안전고리를 걸어놓은 채 문을 열었다. 엄마가 슬며시 내다보더니 나를 발견하고 말했다. "마커스? 이 사람들은 누구니?"

"경찰입니다." 코딱지가 말했다. 그는 엄마가 자세히 볼 수 있도록 배지를 내밀었는데 나한테 보여줄 때처럼 후딱 치우지는 않았다. "들어가도 될까요?"

엄마는 문을 닫더니 안전고리를 치우고 들어오게 했다. 그들이 나를 데리고 들어가자 엄마가 우리 셋을 묘한 표정으로 쳐다봤다.

"무슨 일인가요?"

코딱지가 나를 가리키며 말했다. "저희는 댁의 아드님에게 이동 경로에 관해 일상적인 질문을 몇 개 하고 싶었을 뿐인데 대답을 거절하더군요. 그래서 집에 데리고 오는 게 낫겠다고 생각했습니다."

"얘가 구속됐나요?" 엄마의 악센트가 영국식으로 점점 강해졌다. 역시 우리 엄마다.

"부인, 혹시 미국 시민 맞으십니까?" 여드름이 물었다.

엄마가 껍데기를 홀랑 벗겨버릴 것처럼 그를 노려봤다. "헐, 당연합지요." 엄마가 노골적인 남부 악센트로 말했다. "제가 구속된 건가요?"

경찰들이 서로 눈빛을 교환했다.

여드름이 앞으로 나섰다. "저희가 처음에 말씀을 잘못 드렸던 것 같습니다. 저희는 이번에 신설된 예방조치 강화 프로그램의 일환으로 댁 아드님의 대중교통 이용 유형이 비표준적이라는 사실을 확인했습니다. 저희는 이동 과정이 이상하거나 의심스러운 모습이 보일 경우 심층 조사를 진행하도록 되어 있습니다."

"잠깐만요. 제 아들이 대중교통을 어떤 식으로 타고 다니는지 댁들이 어떻게 알죠?"

"교통카드죠. 그걸로 이동경로를 추적합니다." 여드름이 말했다.

"그렇군요." 엄마가 팔짱을 끼고 말했다. 팔짱을 끼는 건 좋지 않은 징조다. 저 사람들에게 차를 대접하지 않는 것만큼 나쁜 징조다. 엄마의 고향에서 차를 대접하지 않는다는 것은 문을 걸어 잠가서 손님이 문틈으로 소리를 지르게 만드는 것과 마찬가지였다. 아무튼 엄마가 팔짱을 꼈으니 그들과 좋게 마무리되지 않을 것이다. 그 순간 나는 밖으로 나가 엄마에게 꽃을 한 다발 사다 주고 싶은 생각이 들었다.

"마커스는 이동 경로가 그렇게 이상한 이유에 대해 설명하기를 거절했습니다."

"그러니까 댁들은 우리 아들이 버스를 타고 다니는 방식 때문에 테러리스트라고 생각한다는 이야긴가요?"

"저희가 이런 식으로 잡는 녀석들이 테러리스트만은 아닙니다. 마약상과 십대 범죄조직원, 좀도둑도 대중교통을 갈아탈 때마다 다른 경로로 이동할 정도로 영리하죠."

"지금 제 아들이 마약상이라는 이야긴가요?"

"저희는 그렇게 이야기하지 않았⋯." 여드름이 말을 하던 중에 엄마가 그 사람의 눈앞에서 박수를 짝 치며 말을 막았다.

"마커스, 네 가방 이리 주렴."

나는 엄마가 시키는 대로 했다.

엄마는 우리에게서 등을 돌리고는 가방을 열어 안을 훑어봤다.

"경찰 여러분, 이제 제가 아들의 가방에는 마약이나 폭탄, 좀도둑질한 장물이 없다고 확실하게 이야기해줄 수 있겠네요. 댁들과의 볼일은 이걸로 끝난 것 같아요. 가시기 전에 배지 번호를 남겨주시면 좋겠습니다."

코딱지가 엄마에게 코웃음을 쳤다. "부인, 미국시민자유연맹이 고소한 샌프란시스코 경찰이 벌써 3백 명을 넘었어요. 아마 줄을 서서 기다리셔야 할 겁니다."

엄마는 내게 차를 한 잔 끓여주더니 저녁 식사를 하라고 잔소리했다. 그제야 나는 엄마가 팔라펠을 만들고 있었다는 사실을 알게 됐다. 우리가 식탁에 앉아 있을 때 아빠가 돌아왔다. 엄마와 내가 오늘 있었던 일을 교대로 이야기해주자 아빠가 고개를 저었다.

"여보, 그 사람들은 자기가 맡은 일을 하고 있는 것뿐이야." 아빠는 실리콘밸리에서 자문을 할 때 입는 재킷과 카키색 바지를 입고 있었다. "지난주에 세상이 바뀌었어."

엄마가 찻잔을 식탁에 내려놨다. "여보, 그건 말도 안 되는 소리야. 당신 아들은 테러리스트가 아니잖아. 대중교통을 이용했다고 경찰 조사를 받는다는 게 말이 돼?"

아빠가 재킷을 벗었다. "내가 직장에서 항상 하는 일이 그거야. 컴퓨터는 그런 방식을 이용해서 오류와 비정상적인 결과값을 찾아내. 컴퓨터를 이용해 데이터베이스에서 평균 기록 분석표를 만든 다음 평균에서 가장 멀리 떨어져 있는 기록을 찾게 하는 거지. 수백 년 전에 나온 베이즈 확률을 일부 이용한 거야. 이게 없으면 스팸 메일을 차단할 수가…."

"그러면 아빠는 경찰이 스팸 메일 차단 프로그램처럼 개판이어야 한다고 생각하세요?" 내가 물었다.

평소 아빠는 내가 반박을 해도 화를 내는 법이 없었다. 하지만 오늘 밤에는 아빠가 화를 간신히 누르고 있는 게 내 눈에도 보였다. 그래도 난 참을 수가 없었다. 다른 사람도 아니고 우리 아빠가 경찰 편을 들다니!

"내 말은 경찰이 데이터 조사부터 시작한 다음에 왜 비정상적인 상황이 발생했는지 발로 뛰며 조사하는 방식이 지극히 합리적이라는 이야기야. 컴퓨터가 경찰한테 누구를 체포하라고 지시해야 한다는 말이 아니라. 컴퓨터는 바늘을 찾을 수 있도록 건초더미를 정리해서 도움을 줄 뿐이야."

"하지만 지금 경찰은 대중교통 체계에서 나오는 모든 자료를 흡수해서 스스로 건초더미를 만들고 있는 거예요. 엄청난 규모의 데이터잖아요. 경찰 관점에서 그걸 쳐다보고 있는 건 아무런 가치도 없어요. 완전히 쓸데없는 낭비예요." 내가 말했다.

"마커스, 네가 불편을 겪었으니까 이 시스템을 싫어할 수 있다는 사실은 이해해. 그래도 지금이 얼마나 중대한 상황인지 생각해야지. 피해는 전혀 없었잖아, 있었니? 심지어 집까지 차로 태워줬다며?"

'경찰이 나를 감옥으로 보내겠다고 협박했다니까요.'라는 말이 떠올랐지만, 그렇게 말해봤자 도움이 될 것 같지 않았다.

"게다가 넌 도대체 어디를 싸돌아다녔길래 그렇게 비정상적인 이동 유형을 만들어냈는지 우리한테도 아직 이야기해주지 않았어."

난 그 말에 자리에서 벌떡 일어났다.

"아빠가 제 판단을 믿고 저에 대한 감시를 반대하시는 줄 알았어요." 아빠는 이미 여러 번 내게 그렇게 말했었다. "아빠는 정말로 제가 어떻게 움직였는지 그리고 그 이유는 뭔지 하나하나 설명을 듣고 싶으세요?"

내 방으로 들어오자마자 엑스박스를 집어 들었다. 프로젝터를 천장에 쐈더니 침대 위쪽이 환해졌다. 공중전화 박스에서 떼어와 커다란 흰 종이를 대고 붙여두었던 펑크록 그룹의 화려한 포스터를 떼어내야 했다.

엑스박스가 켜지는 동안 천장에 비친 스크린을 지켜봤다. 본래는 이메일로 버네사와 졸루에게 경찰 소동을 이야기해줄 계획이었지만 키보드에 손가락을 올려놓는 순간 그만뒀다.

몸뚱이 위로 무언가 슬금슬금 기어가는 느낌이 들었다. 놈들이 불쌍한 내 노트북 살마군디를 배신자로 만들었다는 것을 알아챘을 때의 느낌과 다르지 않았다. 이번에는 내가 사랑하는 엑스넷이 모든 이용자들의 위치를 국토안보부에 넘겨줄지도 모른다는 예감이었다.

아빠가 한 말 때문이었다. '컴퓨터를 이용해 데이터베이스에서 평균 기록 분석표를 만든 후 평균에서 가장 멀리 떨어져 있는 기록을 찾게 하는 거지.'

엑스넷은 이용자들이 인터넷에 직접 연결되지 않기 때문에 안전했다. 엑스박스에서 엑스박스로 건너뛰다가 인터넷에 연결된 단말기를 발견하면 데이터를 판독 불가능하게 암호화된 형태로 쏘아 올렸다. 어떤 패킷이 엑스넷이고 어떤 게 평범한 금융거래나 온라인 쇼핑의 암호화된 패킷인지 구별할 수 있는 사람은 아무도 없다. 누가 엑스넷에 연결된 사람인지 찾을 수 없기 때문에 엑스넷 이용은 안전했다.

하지만 아빠가 이야기했던 '베이즈 확률'을 대입하면 어떨까? 예전에 베이즈 확률을 가지고 놀았던 적이 있었다. 대릴과 함께 스팸 차단 프로그램을 더 좋게 만들어보려고 시도했던 적이 있는데, 그때 베이즈 수학이 필요했다. 토머스 베이즈는 18세기 영국 수학자인데 사망한 뒤 2백 년이 지나는 동안 아무도 그에게 관심을 두지 않았다. 그러다 소량의 데이터를 분석하던 베이즈의 확률 분석법이 현대의 엄청난 데이터에 적용할 때에도 대단히 유용하다는 사실을 컴퓨터 학자들이 뒤늦게 깨달았다.

베이즈 확률이 작동하는 방식은 이렇다. 예를 들어 스팸 메일 무더기가 있다고 해보자. 스팸에 쓰인 모든 단어를 모은 후 각 단어들이 몇 번이나 등장하는지 센다. 이것을 '단어 빈도 도수분포도'라고 한다. 그러면 어떤 단어의 모음이 스팸일 가능성이 높은지 알 수 있게 된다. 그런 후 스팸이 아닌 메일들을 모아놓고 똑같은 작업을 한다(업계에서는 스팸이 아닌 메일을 '햄'이라고 부른다).

그리고 새로운 이메일이 도착할 때마다 거기에 나오는 단어를 센다. 메일 안의 단어 빈도 도수분포도를 이용해서 '스팸'이나 '햄'에 속할 확률을 계산한다. 그 메일이 스팸으로 드러나면 그에 따라 '스팸' 분포도를 조정한다. 그 기법은 시간이 지나면서 두 단어씩 묶어서 조사하거나 오래된 데이터를 버리는 등 다양한 방식으로 정교해지긴 했지만 핵심적인 내용은 바뀌지 않았다. 한 번만 들어봐도 간단하면서도 대단한 방식임에 틀림없어 보인다.

그 기법은 다양하게 적용된다. 예를 들어 사진 안에 들어 있는 선을 계산해서 특정 사진이 '개'의 선 도수분포도와 '고양이'의 선 도수분포도 중 어디에 더 가까운지 물어볼 수도 있다. 혹은 포르노나 금융사기 등을 찾아낼 수도 있으니 아주 유용한 기법이다.

하지만 엑스넷에는 안 좋은 소식이다. 누가 인터넷 전체를 도청한다고 치자. 물론 국토안보부가 도청한다. 그래도 암호화 덕택에 인터넷 패킷만 살펴봐서는 누가 엑스넷을 사용하는 사람인지 알 수 없다.

그럴 때는 다른 사람들보다 암호화된 패킷을 많이 전송하는 사람을 찾으면 된다. 일반적인 인터넷 사용자라면 일정한 시간 동안 보내는 패킷의 95퍼센트는 평문이고 5퍼센트 정도가 암호문일 것이다. 누군가가 95퍼센트를 암호문으로 보낸다면 컴퓨터를 잘 아는 코딱지나 여드름 같은 경찰을 보내서 테러리스트, 마약상, 엑스넷 이용자가 아닌지 조사할 수 있다.

중국에서는 항상 일어나는 일이다. 똑똑한 반체제 인사가 다른 나라에 있는 컴퓨터를 암호로 연결해서 인터넷을 사용하는 방식으로 중국 전체를 둘러싸고 있는 검열 체계인 '중국의 방화벽 만리장성'을 우회하면 '당'은 그 반체제 인사가 어떤 내용을 주고받는지 알 수 없다. 포르노일 수도 있고 폭탄 제조 설명서나 필리핀에 있는 여자 친구가 보낸 음란한 메일일 수도 있다. 그게 아니라면 정치적인 자료이거나 사이언톨로지가 보낸 복음일 수도 있다. 당은 그 내용을 알 필요가 없다. 이 사람이 주변 사람들보다 암호화한 패킷을 더 많이 보내고 있다는 사실만 알면 된다. 그러면 당은 그 사람을 시범타로 강제 노동 수용소로 보내 똑똑한 척하는 녀석에게 무슨 일이 일어나는지 모든 사람들에게 보여준다.

지금까지는 엑스넷이 국토안보부의 레이더에 걸리지 않았다는 데에 내기라도 걸 수 있다. 하지만 그런 상태가 영원히 지속되지는 않을 것이다. 게다가 오늘 그런 일을 겪고 났더니 내가 중국 반체제 인사의 상황보다 낫다고 이야기하긴 힘들 것 같았다. 결국 나는 사람들을 엑스넷에 접속하게 만들어서 그들을 위험에 처하도록 했다. 법률은 누군가가 실제로 나쁜 일을 했느냐에 대해서는 관심이 없다. 오직 확률적으로 비정상적인 존재에게 현미경을 가져다 대려 할 뿐이다. 게다가 나는 엑스넷이라는 시스템을 중단시킬 수도 없다. 이제 엑스넷은 자기 나름의 삶을 살아가고 있다.

나는 이 문제를 뭔가 다른 방식으로 해결해야만 했다.

이 문제에 대해 졸루와 이야기를 나누고 싶었다. 졸루는 '피그스플린 넷'이라는 인터넷 회선 업체에서 일하고 있는데, 그 회사는 졸루가 12살일 때 발굴해서 지금껏 고용관계를 유지하고 있다. 그래서 졸루는 네트워크에 대해서는 나보다 훨씬 많이 알았다. 우리가 감옥에 들어가는 걸 막아줄 방법을 아는 사람이 있다면, 분명 졸루일 것이다.

다행히 다음 날 저녁 하교 후에 우리가 단골로 가는 미션 지구의 커피숍에서 버네사와 졸루를 만나기로 돼 있었다. 공식적으로는 '하라주쿠 펀 매드니스'를 위한 주간 팀 회의였지만, 게임이 중지됐고 대릴은 사라졌기 때문에, 실제로는 하루에 한 번씩 "넌 괜찮니? 이게 정말 실제로 일어난 일이야?"라는 여섯 번의 전화와 메신저가 부록으로 추가된 주간 눈물 모임이 되었다. 다른 대화거리가 있으면 훨씬 나을 것이다.

"너 미쳤구나. 이제 정말 완전히 진짜로 미친 거니?" 버네사가 말했다.

버네사는 여학교 교복을 입고 나타났다. 집에 들렀다가 오려면 학교에서 운영하는 스쿨버스를 타고 샌 마테오 다리로 내려갔다가 시내로 돌아와야 하기 때문이었다. 버네사는 교복을 입고 사람들 앞에 나서는 걸 엄청 싫어했다. 주름치마와 블라우스, 무릎까지 올라오는 양말은 '세일러 문' 그 자체였다. 버네사는 카페에 들어올 때부터 우거지상이었다. 카페를 가득 채운 뻔뻔스럽고 침울한 영혼의 늙다리 미대생들이 버네사가 나타나자 라테 컵을 들고 킥킥댔기 때문이다.

"버네사, 내가 어떻게 했으면 좋겠어?" 내가 물었다. 내 자신에게 화가 치밀었다. 게임이 사라지고 대릴마저 사라진 학교는 견디기 힘들었다. 수업시간 내내 우리 팀을 만나서 할 이야기들을 생각하면서 스스로를 달랬는데, 지금 우리는 싸우고 있다.

"난 네가 자기 자신을 위험으로 몰아넣는 짓을 그만뒀으면 좋겠어. 마이키." 뒷목의 솜털이 곤두섰다. 물론 팀 회의에서는 늘 서로를 아이디로 부르긴 했지만, 지금 내 아이디는 엑스넷에서도 사용하기 때문에 공공장소에서 버네사가 아이디를 큰 소리로 말하자 깜짝 놀랐다.

"밖에서는 절대 그 아이디로 부르지 마." 내가 매섭게 말했다.

버네사가 고개를 절레절레 흔들었다. "내가 지금 이야기하고 있는 게 바로 그거야. 마커스, 너 이러다가 감옥에 끌려갈 수도 있어. 너만이 아니라 여러 사람이 끌려갈 수 있단 말이야. 대릴에게 일어난 일을 봐도…."

"내가 지금 이 짓을 하는 게 다 대릴을 위해서야!" 미대생들이 고개를 돌려 우리를 쳐다봐서 목소리를 낮췄다. "내가 이걸 하는 건,

이게 놈들을 이길 수 있는 대안이기 때문이야."

"네가 놈들을 막을 수 있을 거라고 생각해? 넌 미쳤어. 상대는 미국 정부야."

"아직은 우리나라야. 아직은 우리에게 이렇게 할 수 있는 권리가 있어."

버네사는 울먹울먹 울음을 터트리기 직전이었다. 그러다 숨을 두어 번 깊게 들이쉬더니 일어섰다. "난 못 하겠어. 미안해. 이런 짓을 하는 너를 지켜보는 게 힘들다. 마치 자동차 충돌 장면을 느린 화면으로 보는 기분이야. 넌 스스로를 망가뜨리고 있어. 나는 너를 너무 사랑하니까 이 상황을 도저히 못 보고 있겠어."

버네사가 몸을 굽혀 나를 격하게 끌어안더니 입가에 진하게 뽀뽀를 했다. "마커스, 부디 조심해." 버네사의 입술이 닿았던 입 주변이 화끈거렸다. 버네사는 졸루에게도 똑같이 했지만 뽀뽀는 볼에 했다. 그리고 떠났다.

버네사가 가버리고 난 후 졸루와 눈이 마주쳤다.

나는 손으로 얼굴을 덮었다. "씨발." 결국 욕이 튀어나왔다.

졸루가 내 등을 토닥이더니 라테를 한 잔 더 시켜주며 말했다. "괜찮을 거야."

"다른 사람은 몰라도 버네사는 이해할 줄 알았어." 버네사의 가족 중 절반은 북한에 살고 있다. 버네사의 부모님은 나머지 가족들을 자신들처럼 미국으로 탈출시키지 못하고 미친 독재 치하에 살게 놔뒀다는 사실을 잊지 못하고 있다.

졸루가 어깨를 으쓱했다. "그래서 버네사가 그렇게 질겁한 건지도 몰라. 정부와 싸운다는 게 얼마나 위험한지 잘 아니까."

나도 졸루가 무슨 이야기를 하는지 잘 안다. 버네사의 삼촌 두 명은 북한에서 감옥으로 끌려갔다가 다시 돌아오지 못했다.

"그래." 내가 답했다.

"근데 너 어젯밤에는 왜 엑스넷에 안 들어왔어?"

대화의 주제가 바뀌어서 기뻤다. 졸루에게 그동안 있었던 일을 다 말했다. 베이즈 확률과 잡히지 않기 위해 사용했던 엑스넷을 계속 사용할 수 없게 될지 몰라서 두렵다는 이야기까지. 졸루는 골똘한 얼굴로 이야기를 들었다.

"무슨 이야긴지 알겠어. 인터넷에서 암호를 너무 많이 사용하면 비정상적인 이용으로 눈에 띄는 게 문제라는 거지. 하지만 암호화하지 않으면 나쁜 녀석들이 쉽게 도청할 거고."

"응. 온종일 해결 방법을 찾으려고 고민해봤어. 우리가 접속을 조금 줄이고 더 많은 사람들이 접속하도록 퍼뜨리면 어떨까 싶기도⋯." 내가 말했다.

"안 될 거야. 다른 사람들 수준에 맞춰서 눈에 띄지 않을 정도로 접속을 줄이려면, 너로서는 네트워크 자체를 끊는 수밖에 없어. 그렇게 할 순 없잖아."

"네 말이 맞아. 그러면 어떻게 해야 할까?" 내가 말했다.

"정상상태에 대한 정의를 바꾸면 어떨까?"

이게 피그스플린에서 졸루를 12살 때 고용한 이유다. 졸루에게 문제와 함께 별로 좋지 않은 해결책 두 개를 주면, 녀석은 기존의 가정을 완전히 뒤집어 전혀 다른 세 번째 해결책을 생각해낸다. 내가 열심히 고개를 끄덕이며 말했다. "계속 이야기해줘."

"샌프란시스코의 평균적인 이용자가 인터넷을 사용할 때 암호를 훨씬 많이 이용하게 되면 어떨까? 암호문과 평문을 반반씩 쓰도록 비율을 바꿔주기만 해도 엑스넷 이용자들은 그냥 정상으로 보일 거야."

"하지만 어떻게 그렇게 만들어? 사람들은 사생활 보호에 관심이 없어. 그래서 다들 인터넷 서핑을 암호화하지 않잖아. 자기들이 검색하는 내용을 도청당하는 게 왜 문제인지도 몰라."

"그렇긴 한데 웹페이지는 전체 인터넷 사용량에서 차지하는 양이 아주 적어. 사람들에게 매일 암호화된 커다란 파일을 몇 개씩 상시적으로 받게 만들면 웹페이지 수천 개 분량의 암호문을 만들어낼 거야."

"인디넷 말이야?" 내가 물었다.

"맞았어." 졸루가 말했다.

'인디넷'은 피그스플린을 세계에서 가장 성공적인 독립 인터넷 회선사업자로 만들어준 원동력이었다. 예전에 주요 음반사들이 음악을 불법으로 다운로드한 팬들을 고소하기 시작하자 인디 음반사들과 인디 밴드들은 경악했다. 자기 고객들을 고소하면서 어떻게 돈을 벌겠다는 것인가?

피그스플린의 창립자가 해답을 내놨다. 이 여성 사업가는 팬들과 싸우기보다는 팬들과 함께 활동하고 싶어 하는 인디 음악가들과 계약을 체결하기 시작했다. 고객들에게 무료로 음악을 배포할수 있는 권리를 피그스플린에게 주면, 피그스플린은 음악의 인기도에 따라 고객들의 인터넷 이용료를 인디 음악가들에게 분배해주었다. 인디 음악가들에게 해적질은 큰 문제가 아니었다. 오히려 무명이라서 사람들이 음악을 몰래 다운받을 정도의 관심도 주지 않는다는 게 문제였다.

그 방법이 먹혔다. 인디 음악가 수백 명과 인디 음반사들이 피그스플린과 계약했다. 음원이 점점 더 모일수록 더 많은 팬들이 인터넷 서비스를 피그스플린으로 옮겼다. 그리고 더 많은 돈이 음악가들에게 돌아갔다. 1년 안에 피그스플린은 10만여 명의 새로운 고객을 확보했고, 지금은 1백만 명으로 늘어났다. 샌프란시스코 지역 광대역 인터넷 서비스 시장의 절반 이상을 점유하게 되었다.

"내가 앞으로 몇 개월 동안 인디넷 프로그램을 정비할 예정이거든. 초기 프로그램은 진짜 급하게 만드느라 지저분해서 조금만 손을 봐도 훨씬 효율적으로 만들 수 있을 텐데 지금까지는 내가 시간이 없어서 못했어. 인터넷 연결을 암호화하는 게 최우선 할 일 목록에 올라가 있어. 트루디가 그렇게 하고 싶대." 트루디 두는 피그스플린의 창립자다. 그녀는 예전에 스피드호어즈라는 아나키스트 페미니스트 밴드의 가수이자 리더로서 샌프란시스코 펑크록의 전설적인 존재였는데 광적일 정도로 사생활 보호에 집착했다. 그러니 그녀가 음악 서비스를 암호화하겠다는 원칙을 세웠다는 사실이 그리 놀랍지 않았다.

"그거 어려워? 그러니까 내 말은, 얼마나 오래 걸릴 것 같아?"

"글쎄, 무료 사이트에 암호화 프로그램이 수천 개는 올라와 있을 거야." 졸루가 대답했다. 그리고 엄청나게 긴 프로그램의 코드 문제를 파고들 때 항상 보이는 버릇이 나왔다. 멍한 표정을 지으며 손바닥으로 탁자를 두드리는 바람에 커피가 접시 위로 튀었다. 나는 웃음이 터져 나오려 했다. 이 세상이 망해서 쓰레기더미가 되어도 졸루는 프로그램을 짤 것이다.

"내가 도와줄까?" 내가 물었다.

졸루가 나를 쳐다봤다. "왜? 내가 못 해낼까봐?"

"응?"

"넌 나한테 귀띔도 안 해주고 엑스넷을 처리했잖아. 나한테는 한 마디 말도 없이 말이야. 그래서 이 문제에는 내 도움이 필요 없는 줄 알았어."

난 갑자기 멍해졌다. "응?" 졸루는 진짜 화가 난 모양이었다. 오랫동안 이 문제 때문에 마음이 상했던 게 틀림없었다. "졸루야…."

졸루가 나를 쳐다봤을 때 몹시 화가 난 게 보였다. 난 왜 졸루에게 이야기한다는 걸 까맣게 잊어버렸을까? 난 가끔 정말 바보 같다. "인마, 별로 중요한 문제는 아냐." 졸루의 이 말은 진짜 중요한 문제라는 의미였다. "있잖아, 그냥 나한테 물어보지도 않은 것뿐이잖아. 나도 국토안보부를 증오해. 대릴은 내 친구이기도 해. 난 진짜 열심히 도왔을 거야."

나는 무릎 사이에 고개를 처박고 싶은 심정이었다. "졸루, 들어봐. 내가 정말로 멍청했어. 새벽 두 시쯤에 시작했거든. 그 일이 일어났을 때 난 완전히 돌아버린 상태였어. 난…." 난 더 설명할 수가 없었다. 그래, 졸루 말이 맞았다. 그게 문제였다. 설령 그때가 새벽 두 시였더라도 다음 날이나 그 다음 날 졸루에게 이야기해줄 수 있었다. 내가 이야기하지 않았던 건 졸루가 어떻게 이야기할지 짐작이 됐기 때문이다. 틀림없이 조잡한 해킹이라며 좀 더 나은 걸 생각해보라고 했을 것이다. 졸루는 항상 내가 새벽 두 시에 떠올린 아이디어를 실제 프로그램으로 구현할 방법을 생각해냈다. 하지만 졸루의 결과물은 언제나 내가 생각했던 것과는 조금씩 달랐다. 그래서 난 이 기획을 혼자 해내고 싶어서 마이키라는 존재를 완전히 새롭게 만들어냈던 것이다.

"미안해. 진짜 진짜 미안해. 네 말이 다 맞아. 내가 맛이 가서 멍청한 짓을 한 거야. 네 도움이 꼭 필요해. 난 네 도움이 없이는 이 일을 해낼 수 없어." 내가 말했다.

"진심이야?"

"당근 진심이지. 넌 내가 아는 최고의 프로그래머야. 졸루, 넌 정말 천재야. 네가 이 일을 도와주면 무한한 영광이겠어."

졸루는 손가락으로 탁자를 몇 번 더 두드렸다. "있잖아. 넌 우리 팀장이야. 버네사는 가장 영리한 팀원이고, 대릴은… 대릴은 팀을 조직하고 세밀한 부분들을 살피는 부팀장이었지. 팀에서 프로그램은 내 일이었잖아. 마치 네가 나 같은 사람은 필요없다고 말하는 느낌이었어."

"아, 이런. 내가 정말 멍청했어. 졸루, 너야말로 이 일을 해낼 수 있는 최고의 실력자야. 내가 진짜, 진짜, 진짜…."

"알았어, 그만해. 좋아. 믿을게. 우리 모두는 지금 완전히 엉망진창이야. 그래, 너도 프로그래밍을 도와줄 수 있어. 심지어 우리 회사가 너에게 일당을 줄지도 몰라. 나한테 계약직 프로그래머를 고용할 수 있는 예산이 약간 있거든."

"정말?" 지금까지 난 프로그래밍으로 돈을 벌어본 적이 한 번도 없었다.

"물론이지. 너도 실력은 충분해." 졸루가 씩 웃더니 내 어깨를 툭 쳤다. 졸루는 웬만한 일에도 천하태평이다. 그런 졸루의 느긋한 성격 때문에 오히려 내가 자제력을 잃을 때가 많았다.

내가 커피값을 치르고 함께 카페를 나왔다. 그리고 부모님께 전화해서 뭘 할 건지 말씀드렸다. 졸루네 엄마가 샌드위치를 만들어줬다. 우리는 컴퓨터를 챙겨서 인디넷 프로그램과 함께 졸루 방에 틀어박혔다. 그리고 기나긴 프로그래밍 마라톤을 시작했다. 자정에 졸루의 가족들이 잠자리에 들자 우리는 아예 커피메이커를 방으로 들고 와서 커피콩의 마술로 새벽 네 시까지 달렸다.

컴퓨터 프로그램을 짜본 경험이 없다면 한번 해보라. 이 세상에 프로그래밍과 비견될 만한 일은 전혀 없다. 프로그램을 입력하면 컴퓨터는 내가 지시한 그대로 한다. 프로그래밍은 기계를 설계하는 것과 비슷한데, 자동차나 수도꼭지, 대문 경첩을 명령어와 수학을 이용해서 설계하는 것이나 마찬가지다. 말 그대로 진짜 끝내준다. 프로그래밍을 배우면 놀라운 세계가 펼쳐질 것이다.

컴퓨터는 지금까지 인간이 사용해온 기계 중에서 가장 복잡한 기계다. 수십억 개의 극소형 트랜지스터로 구성된 이 기계는 인간이 상상하는 어떤 프로그램이라도 돌릴 수 있도록 배열되어 있다. 키보드 앞에 앉아 프로그램을 입력하면 그 트랜지스터들이 내가 지시한 모든 내용을 그대로 따른다.

우리 중 대부분은 자동차를 만들어볼 기회가 없을 것이다. 더구나 비행기를 만들어보는 건 상상하기도 힘들다. 건물을 설계하거나 도시를 계획하는 일도 마찬가지다.

그런 작업은 복잡해서, 당신과 나 같은 사람들에겐 출입금지다. 하지만 컴퓨터는 그보다 열 배는 더 복잡한데도 우리가 연주하는 가락에 맞춰 춤을 출 것이다. 반나절이면 간단한 프로그램 만드는 방법을 배울 수 있다. 파이썬 같은 언어부터 시작해보라. 파이썬은 프로그래머가 아닌 사람들도 쉽게 자신들의 가락에 맞춰서 기계를 춤추게 만들 수 있게 만들어졌다. 딱 하루만, 아니 반나절만 프로그래밍을 배우면 당신도 할 수 있다. 컴퓨터가 사람을 통제할 수도 있지만, 사람이 하는 작업을 쉽게 만들어줄 수도 있다. 컴퓨터에 대한 통제권을 가지고 싶다면 프로그래밍을 배워야 한다.

그날 밤 우리는 많은 양의 프로그램을 짰다.

8

허위 양성 반응의 역설

베이즈 확률 때문에 꼬인 사람은 나만이 아니었다. 인터넷을 비정상적으로 이용하거나 비정상적으로 파일을 주고받는 사람은 많았다. 사실 비정상은 지극히 일반적일 뿐 아니라 실제로는 그게 정상이다.

엑스넷에는 그런 이야기가 가득했다. 신문과 뉴스에도 마찬가지였다. 무수한 남편과 아내가 바람을 피우다 걸렸다. 수많은 젊은이들이 유부녀나 유부남과 간통을 하다가 잡혔다. 에이즈에 걸렸다는 사실을 부모에게 숨기고 있던 젊은이는 마약 중독을 치료받다가 들켰다.

그들은 감춰야 할 게 있는 사람들이다. '범죄'를 저지르지는 않았지만 감추고 싶은 비밀이 있는 사람들이라고 할 수 있다. 감출게 전혀 없는 사람들이 더 많긴 하겠지만 그런 사람들도 표적으로 찍혀서 조사를 받게 되면 화가 나기 마련이다. 경찰이 당신을 경찰차 뒷좌석에 잡아두고 테러리스트가 아니라는 사실을 증명해보라고 요구하는 상상을 해보시라.

문제는 대중교통만이 아니었다. 베이 지역에 사는 대부분의 운전자들이 자신의 차에 패스트랙을 부착했다. 다리를 건널 때 패스트랙으로 이용료를 지불하면 요금소에서 긴 줄을 서는 소동을 피할 수 있다. 다리 이용료를 현금으로 내면 세 배를 받는다. 하지만 당국은 현금이 더 비싸다고 하지 않고 패스트랙이 더 싸다고 홍보했다. 다리 입구에 현금을 받는 요금소를 하나로 줄여서 현금 줄이 훨씬 더 길어지자 패스트랙에 저항하던 사람들이 사라졌다.

그래서 이 지역에 사는 사람들의 차나 지역 업체에서 렌트한 차에는 패스트랙이 달렸다. 그런데 요금소에서만 패스트랙을 읽는 게 아닌 것으로 드러났다. 국토안보부가 시내 곳곳에 패스트랙 판독기를 설치했다. 패스트랙이 설치된 차를 타고 그 판독기를 지나면 시간과 면허증 번호가 기록된다. 그리고 늘어난 '과속 단속 카메라'와 '신호 위반 단속 카메라', 그리고 버섯처럼 온 사방에 설치된 '번호판 인식 카메라'는 누가 언제 어디로 가는지 완벽하게 사진으로 찍어 데이터베이스에 축적했다.

그동안은 아무도 이 문제를 심각하게 생각하지 않았지만, 이제는 관심을 갖는 사람들이 생겨나기 시작했다. 사람들은 패스트랙에 끄는 스위치 자체가 없다는 사실 같은 사소한 부분까지 신경을 쓰기 시작했다.

그러니 샌프란시스코에서 차를 몰고 다니다 보면 경찰이 갓길로 불러내서 최근에 왜 홈디포에 그렇게 자주 갔는지, 지난주에는 왜 한밤중에 소노마에 갔는지 물어볼 수도 있다.

주말에 시내에서 있었던 작은 시위가 점점 커졌다. 이런 감시하에서 일주일을 보낸 뒤 5만 명의 시민들이 마켓 가를 행진했다. 나도 관심을 갖지 않을 수가 없었다. 우리 도시를 장악한 사람들은 여기에 사는 시민들이 무엇을 원하는지 전혀 관심이 없었다. 그들은 점령군이었다. 게다가 그들은 우리가 어떻게 느낄지 잘 알고 있었다.

아침 식사를 하러 내려가는데 아빠가 엄마에게 하는 이야기 소리가 들렸다. 샌프란시스코에서 가장 큰 택시 회사에서 기사들의 안전을 위해 들고 다니는 현금을 줄이려고 특별한 카드로 택시비를 내는 사람들에게 택시비를 '할인'해주기로 했다는 이야기였다. 나는 어떤 사람이 어느 택시를 타고 어디로 갔다는 정보는 어떻게 처리될지 궁금했다.

일은 거의 마무리되어 갔다. 도시의 상황이 점점 나빠지기 시작할 즈음 인디넷이 자동 업데이트되는 것과 동시에 새로운 고객들이 밀려들었다. 졸루가 이제 피그스플린 망을 사용하는 인터넷 패킷의 80퍼센트가 암호화되었다고 말해주었다. 엑스넷은 구원받은 듯했다.

하지만 아빠는 나를 더 미치게 만들었다.

"마커스, 넌 피해망상이야." 며칠 후 아침밥을 먹다가 전날 지하철역에서 경찰이 사람들 몸수색하는 모습을 봤다는 이야기를 하자 아빠가 그렇게 말했다.

"아빠, 이건 웃기는 짓이에요. 테러리스트는 한 명도 못 잡았잖아요. 잡았나요? 이건 그냥 사람들을 겁주는 것밖에 안 돼요."

"아직은 테러리스트를 못 잡았을지 몰라도 거리의 불량배들은 확실히 없었잖아. 마약상 봐라. 경찰이 그런 방식으로 일을 하기 시작하면서 벌써 수십 명을 잡아넣었어. 마약쟁이가 너한테 강도질했던 거 기억 안 나? 마약을 파는 놈들부터 없애야 돼. 그러지 않으면 더 나빠질 거야." 난 작년에 강도를 만났었다. 강도들은 의외로 그다지 폭력적이지 않았다. 삐삐 마르고 냄새나는 놈이 총을 가지고 있다고 말했고 다른 놈은 지갑을 달라고 했다. 직불카드와 교통카드를 가져갔지만 신분증은 돌려줬다. 당시 나는 그 일을 겪은 후 몇 달 동안 계속 뒤를 돌아보며 다녔었는데 지금도 그때 생각을 하면 소름이 끼친다.

"하지만 경찰이 붙잡은 대부분의 사람들은 잘못한 게 전혀 없어요, 아빠." 내가 말했다. 나한테 이런 일이 일어나다니, 우리 아빠가! "이건 미친 짓이에요. 경찰은 범죄자를 하나 잡을 때마다 무고한 사람 수천 명을 괴롭히고 있잖아요. 그걸 찬성하긴 힘들어요."

"무고하다고? 마약상이? 너는 그 사람들 편을 들고 있다만 죽은 사람들은 어떡하냐? 숨길 게 전혀 없는 사람이라면…."

"그러면 경찰이 아빠를 붙잡아서 조사해도 괜찮아요?" 아빠의 삶이 보여주는 도수분포도는 지금까지 재미없는 정상상태였다.

"내 의무라고 생각해. 난 자랑스러울 거야. 더 안전한 느낌을 줄 테니까 말이야."

아빠로서야 그렇게 쉽게 이야기하시겠지.

버네사는 내가 이 문제에 대해 말을 꺼내는 걸 싫어했는데, 워낙 영리한 친구다 보니 한동안은 그 주제에 대해서는 입도 뻥긋할 수 없는 지경이었다. 그래서 우리는 내내 함께 어울리면서도 날씨와 학교 얘기 같은 것들만 주로 나눴다. 그러다 내가 다시 이 주제를 꺼낼라치면 버네사가 차갑게 반응했다. 그전처럼 벌컥 화를 내지는 않았지만 기분이 좋지 않다는 사실은 알 수 있었다.

그렇긴 하지만,

"그런데 우리 아빠는 '내 의무라고 생각해'라는 거야. 이 터무니없는 사실이 믿겨? 젠장! 하마터면 그게 우리의 '의무'라고 생각하신다면 차라리 그냥 감옥에 가시지 그러냐고 말할 뻔했다니까!"

우리는 하교 후에 돌로레스 공원 잔디밭에 앉아 플라스틱 원반을 쫓아다니는 개들을 쳐다보고 있었다. 버네사는 오는 길에 집에 들러서 가장 좋아하는 브라질의 테크노브레가 밴드인 카리오카 프로비다오의 사진이 찍힌 낡은 티셔츠로 갈아입었다. 2년 전 나와 함께 학교를 땡땡이치고 카우 팰리스에서 열린 행사에 갔을 때 그 밴드의 라이브 공연을 보고 구입한 셔츠였다. 그 후 버네사가 4, 5센티미터 정도 자랐기 때문에 티셔츠는 몸에 짝 달라붙은 채로 밑단이 올라가서 작고 납작한 배꼽이 그대로 보였다.

버네사는 흐린 태양을 선글라스로 가리고 눈을 감은 채 슬리퍼를 신은 발가락을 꼬물거리며 누워 있었다. 버네사는 아주 어렸을 때부터 알아왔는데, 이 애만 생각하면 청량음료 캔을 얇게 잘라서 만든 팔찌 수백 개를 짤랑거리며 돌아다니는 꼬맹이를 보는 기분이었다. 버네사는 피아노를 연주할 줄 알지만 춤은 전혀 못 춘다. 돌로레스 공원에 앉아 있자니 갑자기 버네사의 외모가 있는 그대로 눈에 들어왔다.

버네사는 완전 쌔끈했다. 다시 말해, 섹시했다. 볼 때마다 꽃병으로 보였다가 서로 마주보는 얼굴로 보이기도 하는 착시 그림을 보는 느낌이었다. 버네사는 그냥 버네사로 보였다가 엄청 예쁜 미녀로 보이기도 했다. 그전에는 알아채지 못했던 모습이었다.

물론 대릴은 오래전부터 버네사가 예쁘다는 사실을 잘 알고 있었다. 내가 뒤늦게 이 사실을 깨달았다고 대릴이 상심하지 말기 바란다.

"너희 아빠에게 말하면 안 돼. 우리 모두가 위험해질 거야." 버네사가 말했다. 눈을 감고 있는 버네사의 가슴이 숨을 쉴 때마다 오르락내리락했는데, 그 모습이 진짜 사람을 미치게 만들었다.

"응." 내가 풀이 죽은 목소리로 답했다. "하지만 아빠가 지금 상태에 그냥 만족하고 있다는 게 문제야. 경찰이 아빠 차를 갓길에 불러 세워서 유아 강간범이나 마약 파는 테러리스트가 아니라는 사실을 증명하라고 요구하면 아마 광분할걸. 완전히 미친 사람처럼 날뛸 거야. 아빠는 신용카드 결제 확인이 제대로 안 되는 것도 못 참는 사람이거든. 경찰차 뒷좌석에 잡혀서 한 시간 동안 취조당하면 혈압이 터져버릴지도 몰라."

"경찰이 이렇게 할 수 있는 건 정상적인 사람들이 비정상적인 사람들에게 상대적인 우월감을 느끼기 때문이야. 모든 사람을 붙잡아서 조사해야 될 상황이 되면 경찰 작전은 실패할 수밖에 없어. 그러면 모든 사람이 아무 데도 못 가게 돼. 경찰 조사를 받기 위해 기다려야 할 테니까 말이야. 완전히 꽉 막혀버리는 거지."

와우!

"버네사, 너 완전 천재다." 내가 말했다.

"다시 말해줘." 버네사가 느긋한 미소를 지으며 반쯤 뜬 눈으로 나를 바라봤는데, 살짝 로맨틱했다.

"진심이야. 우리는 그렇게 만들 수 있어. 사람들의 이동 기록을 엉망진창으로 만드는 건 쉬워. 모든 사람들이 붙잡히도록 만드는 게 쉽다는 이야기지."

버네사가 몸을 일으켜서 자리에 앉더니 얼굴을 가린 머리카락을 뒤로 넘기고 나를 쳐다봤다. 내 속에서 뭔가 쿵하고 내려앉았다. 버네사는 나한테 감동을 받은 것 같았다.

"RFID태그 복제기만 있으면 되는데, 완전 쉽게 만들 수 있어. 10달러짜리 무선 리더 겸용 라이터로 태그의 펌웨어에 신호를 보내기만 하면 끝나. 돌아다니면서 닥치는 대로 사람들의 태그 내용을 바꿔버리면 돼. 교통카드와 패스트랙에 기록된 내용을 다른 사람 것과 바꿔치기 하는 거지. 그러면 모든 사람의 기록이 이상하고 터무니없이 왜곡되어서 뭔가 뒤가 켕기는 사람으로 보일 거야. 그렇게 되면, 완전히 꽉 막혀버리는 거지."

버네사가 입을 꾹 다물더니 선글라스를 다시 고쳐 썼다. 감동받은 게 아니라 너무 화가 나서 말이 나오지 않은 얼굴이었다는 사실을 그제야 깨달았다.

"마커스, 잘 가." 버네사는 그렇게 말하더니 자리에서 일어섰다. 내가 무슨 상황인지 알아채기도 전에 버네사는 이미 달리기에 가까운 속도로 빠르게 걸어가 버렸다.

"버네사!" 나도 자리에서 일어나 쫓아가며 불렀다. "버네사! 잠깐만!"

버네사가 속도를 더 올리는 바람에 따라잡기 위해 나는 전력질주를 해야 했다.

"버네사, 도대체…." 간신히 버네사의 팔을 붙잡고 말했다. 버네사가 팔을 휙 젓는 바람에 내 손으로 내 얼굴을 쳐버렸다.

"마커스, 넌 정신병자야. 넌 친구들을 그 같잖은 엑스넷으로 끌어들여 위험에 빠뜨리더니, 이젠 거기에 더해 온 도시 사람들을 테러용의자로 만들려고 하잖아. 사람들이 다치기 전에 그만두면 안 돼?"

나는 몇 번이나 말을 하려고 입을 열었다가 닫기를 반복했다. "버네사, 문제는 내가 아니라 그놈들이야. 난 사람들을 체포하지도 않고 감옥에 잡아넣지도 않고 사라지게 하지도 않아. 그런 짓을 하는 건 국토안보부라고. 난 그놈들을 막기 위해 싸우고 있는 거잖아."

"어떻게? 상황을 더 나쁘게 만들어서?"

"좋게 만들기 위해서는 잠시 나빠져야 할 때도 있는 법이야. 버네사, 아까 네가 한 말이잖아. 모든 사람을 붙잡아서 조사해야 될 상황이 되면…."

"난 그런 뜻으로 말한 거 아냐. 모든 사람이 체포되도록 하라는 뜻이 아니란 말이야. 뭔가 하고 싶으면 차라리 시위에 참가해. 긍정적인 일을 하란 말이야. 대릴한테 일어난 일을 보고도 아무것도 못 배웠니? 전혀?"

"씨발, 그래, 나도 배웠어." 난 자제력을 잃었다. "그놈들을 믿으면 안 된다는 걸 배웠지. 그놈들에 맞서 싸우지 않는 건 그놈들을 도와주는 거라는 것도 배웠어. 그놈들을 그대로 놔두면 이 나라 전체를 감옥으로 만들 거라는 사실도 배웠어. 버네사, 넌 뭘 배웠는데? 온종일 겁에 질려서 고개를 처박고 얌전히 앉아서 들키지 않기만 바라는 걸 배웠니? 넌 앞으로 상황이 나아질 것 같니? 아무것도 하지 않으면 지금 이 상황이 앞으로 우리가 기대할 수 있는 최선의 상태가 될 거야. 지금부터는 점점 더 나빠지고 또 나빠질 뿐이야. 대릴을 돕고 싶어? 저놈들을 박살낼 수 있게 도와줘!"

다시 하고 말았다. 맹세 말이다. 대릴을 구출하겠다는 게 아니라 국토안보부 전체를 박살내겠다고 했다. 미친 소리라는 건 나도 안다. 하지만 내가 하려는 일이 바로 그것이었다. 의문의 여지가 없었다.

버네사가 두 팔로 나를 힘껏 밀었다. 버네사는 학교에서 펜싱과 라크로스, 필드하키 같은 사립여학교 특유의 체육활동으로 단련된 몸이었다. 그래서 난 빌어먹을 샌프란시스코 인도에 엉덩방아를 찧을 수밖에 없었다. 버네사는 떠났고 나는 더 이상 따라가지 않았다.

> 보안 시스템에서 중요한 점은 작동하는 방식이 아니라 실패하는 방식이다.

엑스넷 사이트에 있는 내 블로그 '숨김없는 반란'에 올린 첫 글의 첫 줄이다. 나는 마이키로 글을 썼다. 이제 전쟁을 개시할 준비가 되었다.

> 자동 선별 시스템은 테러리스트를 잡기 위해 만들어졌을 것이다. 그 시스템을 이용해서 조만간에 테러리스트를 잡을 수 있을지도 모른다. 문제는 그게 우리까지 잡는다는 사실이다. 우리는 아무런 잘못도 하지 않았는데도 말이다.

> 이 시스템은 사람을 많이 잡을수록 점점 약해진다. 너무 많은 사람을 잡으면 이 시스템은 죽는다.

> 무슨 말인지 알겠는가?

나는 RFID태그 복제기를 만드는 방법과 함께 태그를 읽고 쓰기 위해 사람들에게 가까이 다가가는 요령을 몇 개 올렸다. 그리고 주머니가 많이 달린 낡은 검은 가죽 오토바이 재킷에 복제기를 넣고 학교로 향했다. 집에서 학교까지 가는 동안 태그 여섯 개를 복제했다.

이건 놈들이 원했던 전쟁이다. 놈들이 시작한 전쟁이다.

테러 자동 탐지기 같은 멍청한 물건을 만들려면 먼저 수학 이론을 하나 배워두는 게 좋다. '허위 양성 반응의 역설'이라고 부르는 것이다. 정말 멋진 수학 이론이다.

슈퍼 에이즈라는 새로운 질병이 있다고 치자. 슈퍼 에이즈에 걸린 사람은 백만 명 중 한 명이다. 누군가가 99퍼센트의 정확도를 보이는 슈퍼 에이즈 탐지기를 만들었다. 즉, 99퍼센트의 확률로 정확한 결과를 내놓는다는 이야기다. 검사 대상이 감염되어 있으면 참, 건강하면 거짓을 내놓는다. 그걸로 1백만 명을 검사한다.

슈퍼 에이즈에 걸린 사람은 1백만 명 중 1명이다. 하지만 그 검사에서는 100명 중 1명이 '허위 양성' 반응을 보일 것이다. 병에 걸리지 않은 사람도 검사에서는 슈퍼 에이즈로 나오는 것이다. '99퍼센트의 정확성'은 1퍼센트의 오류를 의미한다.

1백만 명의 1퍼센트는 얼마인가?

$1,000,000/100 = 10,000$

슈퍼 에이즈에 걸린 사람은 1백만 명 중 1명이다. 무작위로 1백만 명을 검사하다 보면 진짜로 슈퍼 에이즈에 걸린 1명을 발견할 수도 있을 것이다. 하지만 그 검사는 1명이 아니라 10,000명을 슈퍼 에이즈 환자로 식별할 것이다.

99퍼센트의 정확성을 가진 검사는 다시 말해 99.99퍼센트의 부정확성을 보여줄 것이다.

이것이 허위 양성 반응의 역설이다. 극히 드물게 존재하는 어떤 것을 찾을 때는, 검사도 그 희귀성과 동일한 수준의 정확도가 필요하다. 모니터에서 픽셀 하나를 가리키려면 뾰족한 연필심으로 충분히 가능하다. 연필심의 끝이 픽셀보다 더 작기(더 정확하기) 때문이다. 하지만 모니터에 있는 원자 하나를 가리키려면 연필심은 적당하지 않다. 그러기 위해서는 뾰족한 끝이 원자 하나의 크기보다 작거나 같은 지시도구(검사)가 필요하다.

허위 양성 반응의 역설을 테러에 적용해보면 이렇게 된다.

테러리스트는 극히 드문 존재다. 2천만 명이 사는 뉴욕 같은 도시에는 아마도 한두 명의 테러리스트가 있을 것이다. 많아봤자 10명 정도일 것이다. 10/20,000,000 = 0.00005퍼센트. 1퍼센트의 2만 분의 1이다.

이건 엄청나게 희귀한 경우다. 자, 시내에서 이루어지는 모든 금융거래 기록이나 요금소 통과 기록, 대중교통 기록, 전화 송수신 기록을 체로 걸러서 99퍼센트의 확률로 테러리스트를 잡는다고 치자.

2천만 명의 집단을 99퍼센트의 정확도로 검사하면 20만 명을 테러리스트로 판별할 것이다. 하지만 테러리스트는 그중에 10명뿐이다. 10명의 나쁜 녀석들을 잡기 위해 20만 명의 무고한 사람들을 체포해서 조사해야 한다.

그런데 말이지, 테러리스트 검사는 정확도 99퍼센트의 근처에도 못 간다. 많이 잡아봐야 60퍼센트 정도이고, 때로는 40퍼센트 밖에 되지 않는다.

이것은 국토안보부가 비참하게 실패할 수밖에 없는 길로 들어섰다는 의미다. 그들은 부정확한 체계로 테러리스트라는, 믿기 힘들 정도로 희귀한 대상을 잡으려는 중이다.

그러니 우리가 그들의 시스템을 쉽사리 엉망진창으로 만들 수 있다는 사실은 전혀 놀라울 게 없다.

　허위 양성 반응 작전을 시작한 지 일주일이 지난 화요일 아침에
나는 휘파람을 불며 대문을 나섰다. 전날 밤 엑스넷에서 다운로드
한 새로운 음악을 마음껏 즐기고 있었다. 많은 사람들이 마이키가
희망을 줬다며 작은 디지털 선물들을 보내왔다.
　23번가로 꺾은 후 언덕길 옆에 난 좁다란 돌계단을 조심스럽게
내려갔다. 내려가는 길에 닥스훈트 씨를 만났다. 닥스훈트 씨의 본
명은 몰랐지만 그는 거의 매일 헐떡거리는 닥스훈트 세 마리를 끌
고 계단을 올라 작은 공원으로 향했다. 아무리 몸을 피해도 좁은 계
단에서 그 무리를 무사히 피하긴 힘들었다. 그래서 나는 항상 개줄
에 얽혀서 어떤 집의 앞뜰에 넘어지거나 인도 옆에 주차된 차의 범
퍼에 걸터앉곤 했다.
　닥스훈트 씨가 항상 근사한 시계를 차고 멋진 양복을 빼입은 걸
보면 틀림없이 사회적으로 큰소리 좀 치는 사람일 것이다. 나는 그
가 금융가에서 일하는 사람일 거라고 추측했다.
　오늘 그 사람 옆을 스쳐 지날 때 가죽 재킷 주머니에 있던 태그
복제기를 작동시켰다. 복제기는 그 사람 지갑 안에 있는 신용카드
와 차 열쇠, 여권, 100달러짜리 지폐들의 번호를 빨아들였다.
　그와 동시에 앞서 내 곁을 스치고 지나간 다른 사람한테서 복제
한 새로운 번호를 몇 개 썼다. 자동차 번호판 바꿔치기와 비슷하지
만, 이건 눈에 보이지 않고 순간적으로 일어난다. 나는 미안한 얼
굴로 닥스훈트 씨에게 미소를 지어주고 계단을 계속 내려갔다. 그
리고 승용차 3대를 지나면서 패스트랙의 태그를 어제 다른 차들에

서 복제한 정보로 바꿔치기 하기 위해 잠깐씩 멈췄다.

혹시 내가 이 동네에서 작은 소동을 일으키고 있는 게 아닐까 생각할지도 모른다. 하지만 다른 많은 엑스넷 이용자들에 비하면 나는 조심스럽고 보수적으로 움직이는 편이었다. 버클리대학에서 화학공학을 공부하는 두 여학생이 주방용품으로 만든 해롭지 않은 물질로 폭약 탐지기를 속일 수 있다는 사실을 알아냈다. 그들은 교수들의 서류가방과 재킷에 그 물질을 뿌린 다음 그 교수들이 대학 강당이나 도서관에 들어가다가 요즘 온 사방에 새로 배치된 경비원들에게 제대로 태클 당하는 광경을 구경하며 즐거운 시간을 보냈다.

탄저균 검사에서 양성 반응이 나올 수 있는 물질을 구해서 봉투 같은 것에 뿌릴 방법을 찾는 사람들도 있었는데, 다른 사람들은 그들을 정신 나간 인간들이라고 생각했다. 다행히 그들은 원하는 방법을 못 찾아낸 모양이었다.

나는 샌프란시스코 종합병원을 지나다가 정문 앞에 엄청나게 늘어선 줄을 보고 만족스러운 얼굴로 고개를 끄덕였다. 병원에도 다른 곳과 마찬가지로 경찰 검문소가 있었다. 그런데 그 병원에는 인턴과 카페 종업원 등으로 일하는 엑스넷 이용자가 상당히 많아서 사람들의 배지 정보를 온통 뒤섞고 바꿔치기 해버렸다. 그 병원에서는 보안 검사 때문에 일하는 사람들의 노동시간이 한 시간씩 늘어난 탓에 노조가 이 문제에 대한 조치를 취하지 않을 경우 파업에 들어가겠다고 병원을 위협했다는 기사를 신문에서 읽었다.

좀 더 걸어갔더니 지하철역에는 그보다 더 긴 줄이 늘어서 있었다. 경찰이 그 줄을 따라 오락가락하다가 몇몇 사람을 지목하고 옆으로 불러내 따져 물으면서 가방과 몸을 뒤졌다. 사람들이 이에 대해 끊임없이 경찰에 항의했지만, 경찰은 전혀 신경 쓰지 않고 그 방식을 고수했다.

나는 등교시간보다 조금 일찍 나왔기 때문에 22번가로 걸어가서 커피를 마시기로 했다. 가던 길에 차들을 갓길로 불러 조사를 하고 있는 경찰 검문소를 지났다.

학교도 다른 곳들과 마찬가지로 어수선했다. 금속 탐지기를 든 경비원들이 학생증을 검사하고 이동 기록이 이상한 학생들을 옆으로 불러내 따져 물었다. 말할 필요도 없이 학생들은 전부 다 이동 기록이 아주 이상했다. 역시 말할 필요도 없이 수업은 한 시간 이상 늦게 시작됐다.

수업은 엉망진창이었다. 아무도 집중을 못하는 것 같았다. 나는 두 선생님이 어제 퇴근하는 길이 얼마나 오래 걸렸는지 잡담을 나누다가 오늘은 일찍 빠져나갈 생각이라고 말하는 소리를 얼핏 엿들었다.

나는 삐져나오는 웃음을 간신히 참았다. 허위 양성 반응의 역설이 다시 맞아떨어진 것이다!

아니나 다를까 그날은 확실히 일찍 하교를 시켜주었다. 그래서 대혼란 상황을 보기 위해 미션 지구를 빙 돌아서 집으로 갔다. 도로에는 차들이 늘어서 있고, 지하철역마다 사람들의 줄이 길게 늘어졌다. 현금인출기 앞에서는 의심스러운 행동 때문에 계좌가 묶여버린 사람들이 돈을 인출하지 못해 진땀을 흘렸다. 은행 계좌를 패스트랙이나 교통카드 자동 지불 수단으로 연동해놓았을 때 나타나는 위험이다.

난 집으로 돌아와 샌드위치를 만들어 먹고 엑스넷에 로그인했다. 오늘은 썩 괜찮은 날이었다. 시내 곳곳에 있는 사람들이 자신의 성과를 자랑했다. 우리는 샌프란시스코를 정지시켰다. 뉴스가 그 사실을 확인시켜줬다. 언론은 국토안보부가 테러로부터 우리를 보호해준다더니 엉터리 '보안'으로 혼란만 만들어냈다고 보도했다. 〈샌프란시스코 크로니클〉 경제면은 국토안보부의 보안 시스템 때문에 잃어버린 노동시간과 회의시간 등을 경제적 비용으로 추산한 내용을 한 면 전체에 실었다. 크로니클이 인용한 경제학자들에 따르면 일주일 동안 이 헛짓거리 때문에 발생한 비용이 베이교 폭파에 따른 비용보다 더 컸다.

음하하하하!

오늘의 하이라이트는 아빠가 밤늦게 귀가하셨다는 사실이다. 그것도 아주 늦게. 평소보다 세 시간이나 늦었다. 왜 그랬게? 경찰이 아빠의 차를 갓길로 불러서 조사하고 질문했기 때문이다. 그리고 같은 일이 한 번 더 일어났다.

두 번씩이나!

9

우리 안에 스파이가 있다

아빠는 너무 화가 나서 곧 폭발하기 직전이었다. 아빠가 화내는 모습을 거의 본 적이 없다는 이야기를 했던가? 그날 밤, 내 평생에 아빠가 그렇게 심하게 화내는 모습은 처음 봤다.

"당신은 들어도 못 믿을 거야. 이 경찰이 말이야, 머리에 피도 안 마른 새끼가 계속 '그런데 선생님, 고객이 마운틴뷰에 계시다면 어제 버클리에는 왜 가셨습니까?'라고 물어보더라고. 그래서 버클리대에서 강의를 한다고 계속 설명했더니 또 이러는 거야. '자문하는 분이라고 하지 않으셨나요?' 그래서 처음부터 다시 또 설명했어. 바보 만드는 광선을 맞은 경찰이 출연하는 시트콤 같았다니까.

더 웃긴 게 뭔지 알아? 경찰이 나보고 오늘도 버클리에 있었다고 우기더라고. 그래서 난 계속 아니라고 했지, 오늘은 버클리에 간 적이 없다고 말이야. 그랬더니 패스트랙 청구서를 보여주는데, 청구서에는 내가 오늘 차로 샌 마테오 다리를 세 번이나 건넌 걸로 나온대! 그 정도면 내가 말도 안 해." 아빠는 거기까지 말하고 깊게 숨을 들이쉬었다. 아빠가 진짜 뚜껑이 열렸다는 의미였다. "경찰은 내가 어디에 갔었는지 모든 정보를 가지고 있다는데, 그중에는 내가 가본 적도 없는 도로요금소도 있었어. 내가 지나다니는 길이랍시고 무작위로 기록하고 있더라니까. 그건 잘못된 거야! 이런 젠장. 그 자식들이 우리를 훔쳐보는 것도 열 받는데, 심지어 무능하기까지 해!"

나는 주방으로 내려가다가 아빠가 욕하는 소리를 들었다. 그래서 주방 입구에 서서 아빠의 모습을 지켜봤다. 엄마와 나는 "내가 뭐라 그랬어요"라는 말을 누가 아빠에게 할지 눈짓을 주고받았다. 나는 엄마에게 고갯짓을 했다. 엄마는 배우자가 가진 힘을 이용해서 아빠의 화를 누그러뜨릴 수 있지만 자식으로서는 어림도 없는 일이었다.

"여보." 거리의 전도사들처럼 팔을 휘두르면서 주방을 이리저리 활개 치고 다니는 아빠를 세우기 위해 엄마가 아빠 팔을 붙잡으며 말했다.

"왜?" 아빠가 매섭게 말했다.

"당신이 마커스에게 사과할 차례인 것 같아." 엄마가 차분하고 침착한 목소리로 말했다. 아빠와 내가 이 집안의 두 멍청이라면, 엄마야말로 이 집의 반석이었다.

아빠가 나를 쳐다봤다. 그리고 눈살을 찌푸리며 잠시 생각하더니 말했다. "알았어." 아빠가 결국 입을 열었다. "네 말이 맞았어. 내가 말했던 건 자격을 갖춘 유능한 감시였어. 이 녀석들은 완전히 아마추어야. 아들아, 내가 미안했다. 네가 맞았어. 이건 웃기는 짓이야." 아빠는 손을 내밀어 내게 악수를 청하더니 난데없이 덥석 끌어안았다.

"젠장, 마커스, 우리가 이 나라에서 대체 무슨 짓을 저지르고 있는 거냐? 너희 세대는 이보다는 나은 나라를 물려받을 자격이 있어." 내가 물러설 때 아빠 얼굴에 깊은 주름이 보였다. 그 전에는 보지 못했던 주름이었다.

나는 방으로 돌아와 엑스넷 게임을 몇 개 했다. 다중사용자용 온라인 게임들이었다. 태엽 감는 해적 게임도 있었는데, 약탈이나 도둑질을 나가기 전에 선원들마다 큰 태엽을 감아줘야 하기 때문에 매일 혹은 적어도 이틀에 한 번은 탐험을 떠나야 했다. 내가 싫어하는 종류의 게임이었지만 도저히 그만둘 수가 없었다. 완료해도 그리 만족스러울 것도 없는 반복되는 모험들과 이용자들 간의 약간의 전투(배의 선장 자리를 차지하려는 다툼이었다)가 있었고 훌륭한 퍼즐은 별로 없었다. 이런 게임을 하고 있으니 오프라인에서 뛰어다니는 재미와 온라인 퍼즐과 팀별 전략이 잘 어우러진 '하라주쿠 펀 매드니스'가 그리워졌다.

하지만 오늘 내게 필요한 건 이게 전부였다. 생각 없이 즐길 수 있는 오락거리.

불쌍한 아빠.

아빠가 당한 일은 나 때문이었다. 지금까지 아빠는 행복했다. 아빠가 낸 세금이 자신의 안전을 지키는 데 쓰인다고 철석같이 믿었으니까. 내가 그 믿음을 무너뜨렸다. 물론 그건 잘못된 믿음이었지만 아빠는 그 믿음 덕분에 편안히 살아갈 수 있었다. 지금 아빠는 비참하고 낙담한 모습이다. 나는 맑은 눈으로 세상을 바라보며 희망 없이 사는 삶과 바보로 천국에서 사는 삶 중에 어느 게 나은지 잘 모르겠다. 휴대폰 비번을 넘겨줬을 때, 놈들에게 무참히 깨졌을 때부터 느꼈던 부끄러움이 다시 일었다. 그 부끄러움에 무기력해져서 나로부터 도망치고 싶어졌다.

내 캐릭터는 해적선 '좀비 돌격대'의 하급 선원이었다. 접속하지 않는 동안 캐릭터는 태엽이 풀려버린 상태였다. 게임에 참가하려면 태엽을 감아줄 사람을 구할 때까지 해적선 안에 있는 다른 플레이어에게 계속 메시지를 보내야 했다. 그 때문에 계속 게임에 매달려 있어야 했지만 사실 난 그게 좋았다. 전혀 모르는 낯선 사람이 베푸는 호의를 맛보는 매력이 있었다. 게다가 여긴 엑스넷이었기 때문에 이 모든 낯선 캐릭터들이 어떤 의미에서 보면 친구이지 않은가.

> 어디야?

내 태엽을 감아준 리자네이터는 여성 캐릭터였다. 하지만 그렇다고 캐릭터의 주인도 여성이라는 법은 없었다. 이상하게 여성 캐릭터로 게임하는 걸 좋아하는 남자애들이 종종 있었다.

> 샌프란시스코

내가 답했다.

> 말도 안 돼. 샌프란시스코 어디?
> 왜. 너 변태야?

보통 때라면 대화를 중단했을 것이다. 당연한 이야기지만, 게임 공간에는 소아성애자와 변태들, 그리고 그런 놈들의 미끼 역할을 하는 경찰이 가득하다. 부디 엑스넷에는 경찰이 없길 바라지만 말이다! 아무튼 저렇게 비난을 하면 십중팔구는 대화 주제를 바꿨다.

> 미션 지구? 포트레로 힐? 노에? 이스트 베이?
> 그냥 태엽이나 감아줘. 고마워.

리자네이터가 태엽을 감다가 멈췄다.

> 겁먹었니?
> 괜찮아. 무슨 상관이야?
> 그냥 궁금해서.

이 캐릭터에게서 안 좋은 기운이 느껴졌다. 확실히 궁금한 수준 이상이었다. 피해망상이라고 불러도 좋다. 나는 로그아웃하고 엑스박스의 스위치를 내렸다.

다음 날 아침 아빠가 식탁 너머로 나를 쳐다보면서 말했다. "최소한 차츰 나아지고 있는 것 같긴 해." 그러더니 내게 〈샌프란시스코 크로니클〉의 셋째 면을 펼쳐서 건넸다.

국토안보부 대변인은 샌프란시스코 지부가 예산과 인원을 3백 퍼센트 늘려달라는 요구를 의회에 전달했다고 밝혔다.

뭐라고?

국토안보부 북캘리포니아 지역 사령관 그레이엄 서덜랜드 소장은 어제 기자회견에서 요구사항을 공식화했는데, 베이 지역에서 일어나고 있는 수상한 활동에 쐐기를 박기 위해 필요한 요구사항이라고 덧붙였다.

"국토안보부는 은밀히 퍼지고 있는 유언비어와 수상한 활동들을 추적하고 있으며, 파괴분자들이 저희의 노력을 무너뜨리기 위해 고의적으로 허위 경보를 만들어내고 있다고 믿고 있습니다."

눈이 휘둥그레졌다. 말도 안 돼.

"허위 경보는 진짜 공격을 위장하려는 일종의 '전자파 교란'으로 짐작됩니다. 그런 공격에 가장 효과적으로 대응하는 방법은 모든 사례를 충분히 조사할 수 있도록 인원을 늘리고 분석 수위를 높이는 것뿐입니다."

서덜랜드 소장은 최근 샌프란시스코 전역에서 일어난 지체 현상에 대해 '유감'을 표명하고 이를 해소하기 위해 최선을 다하겠다고 덧붙였다.

네다섯 배 늘어난 국토안보부 깡패들이 도시를 뒤덮고 있는 모습이 눈앞에 그려졌다. 내가 제안했던 멍청한 계획 때문에 일어난 일이다. 버네사가 옳았다. 그들에 맞서서 싸우면 싸울수록 상황은 더 나빠진다.

아빠가 신문을 가리키며 말했다. "이 녀석들이 바보일지는 몰라도 일은 조직적으로 할 줄 아는 바보야. 이 문제를 해결할 때까지 모든 자원을 다 쏟아부을 거야. 별로 어려운 일은 아냐. 모든 사례를 추적하면서 도시에서 나오는 데이터를 전부 분석하면 돼. 녀석들이 테러리스트를 잡을 게다."

난 뚜껑이 열려버렸다. "아빠! 도대체 무슨 이야길 하시는 거예요! 이놈들이 샌프란시스코에 사는 사람들을 모조리 조사하겠다는 거잖아요."

"그렇지. 그 말이 맞아. 녀석들이 이혼 부양수당 속이는 놈들과 마약상, 쓰레기 같은 놈들과 테러리스트를 깡그리 잡아넣을 거야. 기다려봐. 샌프란시스코에서는 이게 최선이야."

"농담하시는 거죠? 제발 농담이라고 해줘요. 이게 헌법 정신에 맞다고 생각하세요? 권리장전에 명시된 기본권은 어떡하고요?"

"권리장전은 데이터 분석이란 게 생기기 전에 만들어졌잖아." 자신이 옳다는 사실에 한 치의 의심도 없는 아빠의 목소리는 놀라울 정도로 차분했다. "집회결사의 자유권이야 좋은 이야기지. 그런데 네가 난잡한 놈들이나 테러리스트와 어울려 다니는 건 아닌지 확인해보기 위해 경찰이 네 SNS를 뒤져보는 건 왜 안 되니?"

"그건 제 사생활 침해니까요!"

"그게 뭐가 그렇게 중요해? 넌 테러리스트 잡는 것보다 사생활이 더 중요해?"

으악! 아빠와 이런 말싸움을 하는 게 너무 싫었다. 커피가 필요해. "아빠, 왜 이러세요. 우리 사생활을 빼앗는다고 테러리스트가 잡히는 건 아니잖아요. 이건 일반인들을 괴롭히는 것밖에 안 돼요."

"이렇게 해서 테러리스트가 잡히면 어떡할래?"

"그놈들이 잡은 테러리스트가 지금 어디에 있는데요?"

"곧 있으면 잡을 거야. 기다려봐."

"아빠, 대체 밤새 무슨 일이 있었던 거예요? 어제만 해도 아빠를 잡았던 경찰들에게 핵폭탄이라도 떨어뜨릴 기세더니…."

"마커스, 아빠한테 말하는 태도가 그게 뭐야. 밤새 그 문제를 생각하고 또 생각했는데 이 기사가 눈에 들어오더라." 아빠가 신문을 흔들며 말했다. "경찰이 나를 잡았던 이유는 나쁜 녀석들이 고의적으로 고장을 냈기 때문이었어. 그런 전파 방해를 넘어설 기술을 개발해야겠지만, 곧 해낼 거야. 그 사이 가끔씩 도로가 막히는 정도는 별 거 아냐. 지금은 권리장전 외치면서 변호사 놀이나 하고 있을 때가 아니잖아. 우리 도시를 안전하게 지키기 위해 어느 정도는 희생이 필요해."

토스트가 목으로 넘어가질 않았다. 나는 그 자리에 더 이상 앉아있기 힘들어서 접시를 식기세척기에 집어넣고 학교로 향했다.

엑스넷 이용자들은 경찰 감시가 늘어난 상황을 기뻐하지 않았지만 그렇다고 그냥 앉아서 가만히 지켜보고만 있지도 않았다. 한 명은 공영방송 KQED의 청취자 참가 프로그램에 전화해서 경찰이 시간 낭비를 하고 있다며, 경찰이 문제를 해결하기 전에 우리가 감시 체계를 박살내버릴 거라고 말했다. 그날 밤 사람들이 가장 많이 다운받은 게 바로 그 방송 녹음 파일이었다.

"여긴 캘리포니아 생방송입니다. 샌프란시스코에서 공중전화를 이용한 익명의 청취자와 이야기를 나누고 있습니다. 이 분은 이번 주 시내에서 발생한 태업과 관련된 정보를 가지고 있다고 합니다. 전화거신 분, 이제 생방송으로 진행하겠습니다."

"네. 저기요, 이건 시작일 뿐이에요. 제 말은요, 우리가 이제 막 시작했다고요. 그놈들한테 짭새들 수십억 명을 고용해서 시내에 도배하라고 하세요. 우리가 모조리 쓸어버릴 테니까! 그리고 뭐, 이 쓰레기 같은 짓거리가 다 테러리스트 때문이라고요? 우리는 테러리스트가 아니라고요! 조금만 더 기다려보세요. 진짜로요! 우리가 감시 체계를 망가트린 건 국토안보부가 왕짜증이라서 그래요. 그리고 우리 도시를 사랑하니까요. 테러리스트요? 전 지하드의 스펠도 몰라요. 이만 안녀엉!"

그 사람의 말은 꼭 머저리 같았다. 앞뒤 안 맞는 횡설수설도 횡설수설이지만 재미있어 죽겠다는 듯한 말투도 문제였다. 그가 말하는 건 꼭 꼴사나운 자만심에 빠진 어린애 같았다. 꼴사나운 자만심에 빠진 어린애가 틀림없었다.

엑스넷은 이 방송 이후로 한풀 꺾였다. 몇몇은 그를 영웅이라 여겼지만, 대부분의 사람들은 그를 멍청이 취급했다. 난 그 아이가 사용한 공중전화가 CCTV에 찍힌 건 아닌지 걱정됐다. 아니면 RFID태그 판독기에 그의 교통카드가 찍혔을 수도 있다. 부디 그 아이가 공중전화에 동전을 집어넣기 전에 지문을 지우고, 후드를 뒤집어쓰고, RFID태그가 달린 카드를 집에 놔두고 나왔기만 바랐다. 하지만 아마 그렇게 철저한 아이는 아니었을 것이다. 곧 누군가가 그 아이 집 대문을 두드리지 않을지 걱정됐다.

엑스넷에서 뭔가 큰일이 터지면 사람들이 마이키에게 방금 일어난 일에 대해 물어보려고 보낸 이메일이 무더기로 쏟아져 들어오기 때문에 금세 알게 된다. '지하드의 스펠도 몰라요' 씨에 대해 읽고 있을 때 편지함에 메일이 갑자기 쏟아져 들어왔다.

엑스넷 블로그에 링크를 달아뒀기 때문에 누구든 내게 메일을 보낼 수 있다. 대신 블로그는 중국의 민주화 운동가들도 애용하는 프리넷을 이용해서 익명으로 만들었다.

> 위기일발

> 우리는 오늘 밤 엠바카데로에서 사람들한테 자동차 열쇠나 문 열쇠, 교통 카드, 패스트랙을 새로 만들어주고 가짜 화약도 여기저기 뿌리면서 재밍(전파교란)을 했어. 짭새가 사방에 깔려있긴 했지만 우리가 만렙하잖아. 매일 밤마다 레알 바쁘게 뛰어다녀도 한 번도 안 잡혔거든.

> 근데 오늘 밤에 짭새한테 걸렸어. 병맛 같은 실수로 털렸어. 사복경찰이 내 친구를 먼저 잡고 좀 있다 나머지도 다 킬 당했어. 사람들을 오래 감시했나 봐. 근처에 그 트럭이 한 대 있더라고. 우리 네 명은 잡혔는데, 다른 친구들은 도망갔어.

> 트럭 안에 늙고 젊고 까맣고 하얗고 잘 살고 못 사는 용의자들을 완전 꽉 꽉 쑤셔 넣어서 비좁아 죽는 줄 알았어. 경찰 두 명이 우리를 심문했는데 그 사이에도 사복들이 계속 아이들을 잡아왔어. 사람들이 심문을 빨리 받고 집에 가려고 계속 새치기를 하는 바람에 우리는 계속 뒤로 밀렸는데 얼마나 시간이 지났는지도 몰라. 진짜 진짜 덥고 사람들이 계속 늘어나서 미쳐버리는 줄 알았어.

> 8시쯤 됐을 거야. 근무교대 시간이 돼서 새로 온 짭새 두 명이 도대체 이게 뭔 난리야! 소리를 질렀어. 짭새들끼리 막 싸우더니 아까 있던 짭새들은 가고 새 짭새가 자리에 앉더니 자기네끼리 막 귓속말을 했어.

> 그러더니 한 명이 일어나서 큰 소리로 이렇게 말했어. 여러분, 다들 집에 가세요, 젠장. 저희는 여러분을 심문으로 괴롭히는 것보다 할 일이 많아요. 혹시 뭔가 잘못을 저지른 분이 있거든 다시는 하지 마세요. 이건 모두에게 경고하는 겁니다.

> 근데 헐 양복쟁이들이 존나 짜증을 내더라. 웃기지 않냐. 10분 전만 해도 잡혔다고 징징대더니 이제 집에 가라니까 막 짜증을 내잖아. 니 맘대로 하세요!

> 우리는 바로 찢어져서 집에 와서 이거 쓰는 거야. 사복경찰이 사방에 있어. 진짜야. 재밍하려면 눈 크게 뜨고, 털렸다 싶으면 바로 도망갈 준비를 해야 돼. 그리고 잡히면 기다려봐. 어쩌면 지들이 너무 바빠서 풀어줄지도 몰라.

> 우리가 짭새들을 바쁘게 만든 거야! 그 트럭에 잡혀온 사람들은 다 우리가 재밍을 했기 때문이잖아. 자, 그럼 재밍하러 고고싱!

난 현기증이 날 것 같았다. 이 네 사람은, 내가 만나본 적도 없는 이 아이들은 내가 시작한 일 때문에 세상에서 영원히 사라질 뻔했다.

내가 하라고 부추겼던 일 때문이었다. 난 테러리스트보다 나을 게 하나도 없었다.

국토안보부가 요청한 예산 증액이 의회에서 승인됐다. 대통령은 주지사와 함께 텔레비전에 나와서 어떤 대가를 치르더라도 안보를 지키겠다고 말했다. 다음 날 학교 조례시간에도 그 방송을 틀었다. 아빠는 아주 기뻐했다. 본래 아빠는, 전임 대통령은 완전히 꼴통이었지만 신임 대통령도 그 자식보다 나을 게 없다며 당선된 날부터 싫어했었다. 하지만 이제는 입만 열면 결단력과 추진력이 있다며 신임 대통령을 칭찬했다.

"너희 아빠는 염려하지 마." 어느 날 학교에서 돌아오자 엄마가 내게 말했다. 엄마는 가능하면 밖에 나가지 않고 재택근무를 했다. 엄마는 프리랜서 이민 전문가로서 샌프란시스코에 정착하려는 영국 사람들을 도와주는 일을 했다. 그리고 너무 괴상한 우리 미국인들 때문에 당황한 영국 사람들이 전국에서 보내는 이메일에 답변해주면서 영국 고등 판무관이 주는 임금을 받았다. 엄마는 미국인에 대해 설명해주는 게 직업이었지만 요즘은 미국인들을 직접 대면하거나 이야기를 나누지 않아도 되는 집에서 일하는 게 더 좋다고 했다.

난 영국에 대해 아무런 환상도 없다. 미국은 테러리스트들이 우리에게 이상한 짓을 할 때마다 헌법을 쓰레기통에 처박아버리려고 해서 문제지만, 9학년 사회시간에 개별 연구과제로 알게 된 내용에 따르면 영국에는 헌법이란 게 아예 없다. 그래서 영국에는 사람을 기겁하게 만드는 법이 많다. 충분한 증거가 없더라도 어떤 사람이 테러리스트라는 확신이 들면 1년 내내 감옥에 넣어둘 수 있다. 충분한 증거가 없는데 어떻게 확신할 수 있다는 거지? 어떻게 그렇게 확신할까? 엄청 생생한 꿈에서 그 사람들이 테러를 저지르는 모습을 보기라도 했나?

영국의 감시 체계를 보고 나면 미국 정부는 풋내기 아마추어로 보일 지경이다. 런던 시민은 거리를 걸어 다니기만 해도 하루 평균 500번 정도 감시카메라에 찍힌다. 도로 모퉁이마다 자동차 번호판을 찍는 카메라가 설치되어 있다. 모든 사람들이 잠재적 범죄자라도 되는 양 은행에서부터 대중교통까지 사람들을 추적하고 훔쳐보는 데 열을 올린다.

하지만 엄마는 그런 식으로 생각하지 않았다. 고등학교를 다닐 때 영국을 떠나서 페탈루마에서 자란 사내와 만나 결혼을 하고 여기서 아들을 키웠지만, 아직도 미국을 고향이라고 생각한 적이 한 번도 없다. 엄마에게 미국은 늘 야만인의 땅이며 고향은 언제나 영국이었다.

"엄마, 아빠가 잘못 생각하고 있는 거예요. 엄마도 그걸 아셔야 돼요. 아빠는 미국을 위대하게 만든 모든 것들을 똥통에 처박는 일에 찬성하고 있어요. 지금까지 테러리스트는 한 명도 못 잡은 거 알아요? 아빠는 계속 '우리는 안전을 지켜야 한다'고 말하지만 우리 대부분은 지금 전혀 안전하다고 느끼지 않는다는 사실을 아셔야 돼요. 우리는 온종일 위험하다고 느끼고 있잖아요."

"마커스, 무슨 이야긴지 잘 알아. 엄마가 이 나라에서 일어나는 일들을 광적으로 지지하는 사람이 아니라는 건 너도 알잖니. 하지만 네 아빠는⋯." 엄마가 잠시 멈췄다가 다시 말을 이었다. "테러 직후에 네가 집에 돌아오지 않자 아빠는⋯."

엄마는 자리에서 일어나 차를 한 잔 탔다. 뭔가 불편하거나 불안할 때 나오는 버릇이었다.

"마커스, 우리는 네가 죽은 줄 알았어. 무슨 말인지 알겠니? 우리는 매일 너를 생각하며 울었단다. 우리는 네가 갈가리 찢겨서 바다에 잠겨 있다고 생각했어. 미친 개자식들이 주장할 말이 있다며 평생 한 번도 만난 적도 없는 사람들 수백 명을 죽여버리겠다고 결정했기 때문이었지."

엄마의 말이 가슴속을 파고들었다. 부모님이 걱정했던 게 이해 됐다. 수많은 사람들이 폭발로 죽었다. 현재까지 4천여 명이 죽은 것으로 추정됐다. 그리고 모든 사람들이 그날 이후 집으로 돌아오지 않는 누군가를 알고 있다. 우리 학교에서도 두 명이 사라졌다.

"네 아빠는 누구라도 걸리기만 하면 죽여버릴 것 같았어. 완전히 정신이 나간 상태였어. 아마 아빠의 그런 모습은 한 번도 못 봤을 거야. 제정신이 아니었지. 아빠는 이 식탁에 앉아서 욕하고, 또

욕하고, 또 욕했어. 아주 상스러운 욕설이었지. 나도 너희 아빠가 그런 욕을 하는 모습은 처음 봤어. 아마 3일째였을 거야. 전화가 한 통 왔는데, 너희 아빠는 네 전화라고 생각했지. 그런데 잘못 걸려 온 전화였어. 그러자 너희 아빠가 전화기를 어찌나 세게 던졌는지 산산조각이 나버렸어." 나도 주방 전화가 왜 새것으로 바뀌었는지 궁금하던 참이었다.

"아빠는 가슴이 무너져 내렸던 거야. 아빠는 너를 사랑해. 우리 둘 다 너를 사랑해. 너는 우리 삶에서 가장 중요한 존재야. 우리가 얼마나 사랑하는지 너는 잘 모르는 것 같더구나. 너 열 살 때 엄마 가 런던 친정에 가서 지냈던 거 기억나니?"

나는 말없이 고개를 끄덕였다.

"마커스, 우리는 그때 이혼할 생각이었어. 아, 지금 생각하면 이 유는 별 거 아냐. 사랑하는 사람들에게 권태기가 찾아오듯, 시기가 별로 좋지 않았을 뿐이야. 그때 아빠가 런던으로 찾아와서 너를 위해 돌아가자고 설득했어. 이혼은 너한테 할 짓이 아니라고 생각했지. 우리는 너를 위해 다시 사랑을 시작했던 거야. 오늘까지 우리가 함 께 지낼 수 있는 건 네 덕분이야."

목에 커다란 돌덩이가 걸린 느낌이 들었다. 처음 듣는 이야기였 다. 그동안 아무도 내게 이야기해주지 않았던 사실이다.

"네 아빠는 지금 힘든 시기를 보내고 있는 거야. 마음을 추스를 수가 없는 거지. 우리에게 돌아오려면, 그리고 내가 사랑하던 사 람으로 다시 돌아오려면 시간이 필요해. 그때까지는 아빠를 이해 하자꾸나."

엄마가 나를 꼭 끌어안았다. 그제야 엄마의 마른 팔과 목의 주름이 눈에 들어왔다. 내 머릿속의 엄마는 항상 젊고 쾌활했으며 연한 장밋빛 뺨과 금테 안경 너머로 사람을 꿰뚫어보는 날카로운 눈을 가진 존재였다. 이제 엄마는 할머니처럼 작고 초라했다. 내가 엄마를 이렇게 만들었다. 테러리스트가 엄마를 이렇게 만들었다. 국토안보부가 엄마를 이렇게 만들었다. 나와 테러리스트와 국토안보부가 한 편이 되었고, 엄마와 아빠 그리고 우리가 재밍하며 속였던 모든 사람들이 다른 편이 되었다.

그날 밤은 잠이 쉽게 오지 않았다. 엄마가 했던 이야기들이 계속 머릿속을 뱅뱅 돌았다. 저녁 시간에는 거의 대화가 없었다. 아빠는 화난 얼굴로 말이 없었고, 나는 말실수를 하지 않을 자신이 없었기 때문에 입을 열지 않았다. 알 카에다가 폭탄 테러를 저질렀다는 뉴스를 보고 아빠가 잔뜩 열이 오른 상태였기 때문이다. 여섯 개 테러 단체가 자신들이 테러를 했다고 주장했지만, 알 카에다 인터넷 동영상에는 국토안보부가 외부에 공개하지 않았던 정보가 담겨 있었다.

나는 침대에 누워 청취자 참여 심야 라디오 방송을 들었다. 평소 재미있게 듣는, 게이가 운영하는 프로그램으로 주로 성 문제를 다뤘다. 그는 사람들에게 노골적이지만 유용한 조언을 해줬는데 진짜 재미있고 게이스러웠다.

하지만 오늘 밤에는 전혀 재미가 없었다. 전화를 건 대부분의 청취자들이 테러 이후로 애인과 껄끄러워진 상황을 이야기하며 조언을 구했다. 성 문제를 이야기하는 심야 방송조차 테러에서 벗어날 수 없었다.

라디오를 끄자 도로를 지나는 자동차 엔진 소리가 들렸다.

우리 집은 샌프란시스코의 명물 '화장한 아가씨들' 중 하나였다. 내 방은 꼭대기 층에 있었는데, 천장은 지붕 모양대로 비스듬하게 기울어졌고 창문이 양쪽에 있었다. 한쪽으로는 미션 지구 전체가 한눈에 들어왔고, 다른 쪽으로는 집 앞 도로가 내려다보였다. 한밤 중에도 도로를 달리는 차 소리가 자주 들리긴 했지만, 이 차의 엔 진 소리는 뭔가 좀 달랐다.

나는 도로 쪽 창문으로 가서 블라인드를 올렸다. 지붕에 안테나 를 잔뜩 달고 겉에 아무런 표식이 없는 흰색 밴이 창문 바로 아래 도로에 있었다. 그 차는 지붕 위에 달린 작은 접시 안테나를 빙빙 돌리면서 아주 느리게 움직였다.

내가 지켜보는 사이 밴이 멈추더니 뒷문이 벌컥 열렸다. 그리고 국토안보부 제복을 입은(이제는 100미터 밖에서도 알아볼 수 있다) 사 내가 차에서 내렸다. 사내는 휴대용 장비를 들고 있는 모양인지 얼 굴에 파란 반사광이 비쳤다. 이리저리 오가면서 이웃집들을 살펴 보고 장비에 뭔가 입력하더니 곧장 우리 집 쪽으로 향했다. 사내가 아래를 내려다보며 걷는 모습이 왠지 익숙했다….

와이파이 탐지기다! 국토안보부가 엑스넷 단말기를 찾아다니고 있었다. 나는 블라인드를 내리고 방 건너편에 있는 엑스박스로 몸 을 날렸다. 엑스넷의 한 이용자가 대통령의 '어떤 대가를 치르더라 도' 연설을 패러디한 재미있는 애니메이션을 올려놨길래 그걸 다운 받느라 켜놓고 있었다. 나는 벽에 꽂힌 전원선을 휙 잡아 뽑고 다시 창문으로 뛰어가 블라인드를 1센티미터만 살짝 열었다.

남자는 와이파이 탐지기를 내려다보며 우리 집 앞을 이리저리 서성거리더니 잠시 후 밴에 올라타고 떠났다.

　나는 카메라를 꺼내 밴과 안테나를 최대한 많이 찍었다. 그리고 무료 사진편집 프로그램 '김프'를 켜서 밴만 남겨놓고 나와 연관될 만한 거리의 모습 같은 걸 모조리 지웠다.

　엑스넷 블로그에 사진을 올리고 밴에 대해 최대한 자세히 썼다. 이 녀석들은 틀림없이 엑스넷을 찾고 있었다.

　이제는 진짜로 잠이 달아나버렸다.

　결국 태엽 해적 게임을 할 수밖에 없었다. 이 시간에도 게임을 하는 사람들이 많았다. 태엽 해적의 본래 제목은 '시계태엽 약탈'인데 핀란드에 사는 십대 데스메탈 마니아가 재미로 만든 게임이었다. 완전히 무료로 즐길 수 있지만, 한 달에 15달러씩 내야 하는 '엔더의 우주'나 '미들 어스 퀘스트', '디스크월드 던전'보다 재미 면에서 결코 뒤지지 않았다.

　로그인을 하자 내 캐릭터는 여전히 좀비 돌격대 갑판에서 태엽 감아줄 사람을 기다리고 있었다. 게임에서 이 부분이 제일 싫었다.

> 여기여.

곁을 지나가던 해적에게 메시지를 날렸다.

> 태엽 좀 감아줄래?

해적이 멈칫하더니 내 캐릭터를 쳐다봤다.

> 내가 왜?
> 우린 같은 편이잖아. 네 경험치도 올라갈 테고.

이렇게 찌질할 수가.

> 넌 어디 살아?
> 샌프란시스코.

익숙하게 스멀거리는 느낌이 들기 시작했다.

> 샌프란시스코 어디?

난 로그아웃했다. 이 게임에서도 뭔가 이상한 일이 진행되고 있었다. 블로그로 넘어가서 다른 사람들의 블로그를 하나씩 읽기 시작했다. 대여섯 개를 채 읽기 전에 피가 멎는 느낌이 들었다.

블로거들은 퀴즈를 좋아했다. 취미가 뭐야? 연애 잘해? 넌 어떤 행성과 비슷해? 영화 주인공들 중에 누굴 닮았어? 성격은 어때? 사람들은 질문에 대답을 올리고 친구들에게도 답하게 해서 서로 결과를 비교했다. 해로울 게 없는 놀이였다.

하지만 그날 밤 엑스넷 블로그를 뒤덮은 퀴즈는 소름 끼쳤다. 더이상 해로운 게 없는 놀이가 아니었다.

* 남자야, 여자야?
* 몇 살이야?
* 어느 학교에 다녀?
* 어느 동네에 살아?

퀴즈의 답변들을 학교와 지역에 따라 분류해서 지도에 색색별 핀을 꽂아 표시하고 피자가게처럼 시시한 추천을 달아놓았다.

하지만 질문들을 다시 살펴보면 내 답변은 이렇게 된다.

* 남자
* 열입곱 살
* 차베스 고등학교
* 포트레로 힐

우리 학교에 이 인적사항과 일치하는 학생은 두 명밖에 없다. 대부분의 학교가 비슷할 것이다. 엑스넷 이용자가 누구인지 알고 싶다면 이 퀴즈를 이용해서 모두 찾아낼 수 있다.

이것만 해도 끔찍했는데, 진짜 최악은 퀴즈에 담긴 의미였다. 국토안보부에서 엑스넷을 이용해서 우리를 잡으려 한다는 사실이었다. 엑스넷이 국토안보부로 오염됐다.

우리 안에 스파이가 있다.

난 엑스넷 디스크를 수백 명에게 나눠줬고, 그걸 받은 사람들도 나처럼 수백 명에게 나눠줬다. 내가 디스크를 준 사람들은 내가 잘 아는 친구들이었다. 그중에는 아주 친한 친구들도 있었다. 난 평생 이사를 해본 적 없이 이 집에서만 자랐기 때문에 유아원에 같이 다니던 친구부터 축구 친구, 라이브액션롤플레잉 친구, 클럽 친구, 학교 친구까지, 그동안 수없이 많은 친구들을 사귀었다. 물론 '하라주쿠 펀 매드니스' 팀이 가장 친한 친구들이었지만 그 외에도 엑스넷 디스크를 나눠줄 정도로 잘 알고 믿을 수 있는 친구들이 많았다.

이제 그 친구들이 필요했다.

전화로 졸루를 깨웠다. 벨이 한 번 울린 뒤 끊고, 다시 걸어서 세 번 울린 뒤 끊었다. 잠시 후 졸루가 엑스넷에 접속해서 비밀 채팅방을 열었다. 졸루에게 밴에 대한 이야기를 쓴 글의 링크를 보냈더니, 잠시 후 몹시 흥분한 상태로 답변이 돌아왔다.

> 놈들이 우리를 찾고 있단 말이야?

그 질문에 대한 대답으로 퀴즈의 주소를 보내줬다.

> 젠장, 우리 완전 망했다.
> 아냐, 그렇게 나쁜 상태는 아니야. 그래도 우리가 믿을 수 있는 사람들이 누군지 알아야 돼.
> 어떻게?
> 너한테 물어보려던 거야. 넌 친구들 중에서 몇 명 정도나 세상 끝까지 믿을 수 있다고 보증할 수 있겠어?
> 음, 스무 명이나 서른 명쯤?
> 진짜로 믿을 만한 사람들을 한데 모아서 신뢰의 열쇠 교환망을 꾸렸으면 좋겠어.

'신뢰망'은 끝내주는 암호화 방법 중 하나지만 나도 읽어보기만 했지 한 번도 해본 적은 없었다. 신뢰망은 다른 사람들은 엿듣지 못하게 막으면서 믿을 수 있는 사람들과 대화를 나눌 수 있는 가장 확실한 방법이다. 하지만 시작할 때 적어도 한 번은 사람들을 직접 만나야 한다는 문제가 있었다.

> 무슨 이야긴지 알겠어. 나쁘지 않지. 하지만 그 사람들을 어떻게 다 모아서 열쇠를 교환할 거야?

> 그게 너한테 물어보려던 거야. 어떻게 해야 잡히지 않고 사람들을 모을 수 있을까?

졸루가 몇 글자를 쳤다가 지우고, 다시 쳤다가 지웠다.

> 대릴이라면 방법을 찾아냈을 거야.

내가 입력했다.

> 제기랄, 그래. 대릴이 제일 잘하는 분야잖아.

졸루가 잠시 가만히 있더니, 말했다.

> 파티는 어때?

졸루가 또 입력했다.

> 십대들 파티처럼 꾸며서 친구들을 모으는 거야. 그래서 누군가 나타나서 지금 여기서 뭐하는 거냐고 물어보면 우리가 미리 준비해둔 핑계를 대는 거지.
> 끝내주는 방법이야! 넌 천재야, 졸루.
> 내가 좀 그렇지. 이 이야기까지 들으면 더 좋아할 걸. 파티를 어디서 하면 좋을지도 생각났어.
> 어디?
> 수트로 배스!

10

스파이의 비밀열쇠

우리 안에 스파이가 있다는 사실을 알게 되었을 때 어떻게 하면 좋을까? 스파이를 사람들에게 알리고 궁지로 몰아넣어서 쫓아낼 수 있다. 하지만 그렇게 하면 우리 안에 있는 다른 스파이는 찾아내지 못하게 될 것이다. 새로운 스파이는 앞서 들킨 놈보다 훨씬 조심할 것이기 때문에 그리 쉽게 잡히지 않을 것이다.

더 좋은 방법이 있다. 통신을 가로채서 스파이와 그 우두머리에게 잘못된 정보를 넘겨주는 것이다. 예를 들어 우두머리가 스파이에게 내 움직임에 대한 정보를 모으라고 지시하면, 스파이가 나를 따라다니며 원하는 정보를 수집하도록 내버려둔다. 그리고 그가 본부에 보내는 메일을 가로채내 움직임에 대한 거짓 정보로 바꿔치기해서 본부로 보낸다. 내가 원하기만 한다면 스파이를 괴상하고 믿지 못할 사람으로 만들어서 우두머리가 그를 제거하도록 만들 수도 있다. 한쪽을 위기로 몰아넣거나, 다른 쪽에 다른 스파이의 정보를 흘리도록 만들 수도 있다. 짧게 말해서, 그들을 내 마음대로 통제할 수 있게 된다.

이런 기법을 '중간자 공격'이라고 하는데, 다시 생각해보면 진짜 무서운 방법이다. 통신을 가로챈 중간자는 수천 가지 방식으로 사람들을 속일 수 있다.

물론 중간자 공격을 막는 멋진 방법이 있다. 암호를 사용하는 것이다. 메시지를 암호화하면 적들이 메시지를 열어보더라도 아무 문제가 되지 않는다. 암호를 해독할 수도 없고, 내용을 바꿔치기할 수도 없고, 다시 보낼 수도 없기 때문이다. 암호를 사용하는 가장 중요한 이유가 바로 이것이다.

하지만 잊지 말아야 한다. 암호가 제대로 작동하려면 메시지를 받을 사람에게 열쇠를 주어야 한다. 중간자를 막기 위해서는 메시지를 암호화하고 복호화하는 비밀열쇠를 상대방과 나눠가져야 한다.

그래서 '공개열쇠 암호'가 만들어졌다. 조금 복잡하긴 하지만 믿기 힘들 정도로 우아한 방법이다.

공개열쇠 암호 방식을 사용하면 각 이용자들은 열쇠를 두 개씩 갖는다. 열쇠에는 수학적인 기호들이 횡설수설처럼 길게 나열되어 있을 뿐이지만, 거기에는 마술적인 특성이 감춰져 있다. 하나의 열쇠로 메시지를 암호화하면 오직 짝인 열쇠로만 암호를 풀 수 있는데, 반대로도 가능하다. 암호화와 복호화는 서로 짝인 열쇠끼리만 가능하기 때문에, 한 열쇠로 메시지가 풀린다면 짝 열쇠로 암호화했다는 사실을 의미한다(반대도 마찬가지다).

둘 중에 아무 열쇠나 하나를 골라 사람들에게 '배포한다'. 그 열쇠의 비밀을 완전히 공개해버리는 것이다. 가능한 많은 사람들이 알게 하는 게 좋다. 그래서 이 열쇠를 '공개열쇠'라고 부른다.

그 짝인 다른 열쇠는 마음속 깊은 곳에 감춰둔다. 이 열쇠는 결사적으로 지켜야 한다. 이 열쇠는 누구에게도 알려주면 안 된다. 그래서 이 열쇠를 '비밀열쇠' 혹은 '개인열쇠'라고 한다.

이제 스파이가 우두머리와 통신을 하고 싶다고 치자. 공개열쇠는 모든 사람이 알고 있으므로, 스파이의 공개열쇠도 모든 사람이 알고 있다. 하지만 비밀열쇠는 본인 외에는 아무도 모르므로, 스파이의 비밀열쇠도 스파이만 알고 있다.

우두머리에게 메시지를 보내고 싶다면, 스파이의 비밀열쇠로 메시지를 암호화해서 보내기만 하면 된다. 우두머리가 이게 스파이가 보낸 메시지라는 사실을 알기만 하면 암호는 아주 잘 작동한다. 어떻게? 어떤 메시지가 스파이의 공개열쇠로 풀린다면, 그 메시지는 무조건 스파이의 비밀열쇠로 암호화되었다는 의미이기 때문이다. 이것은 편지 봉투나 편지지 마지막에 서명을 해놓은 것과 마찬가지다. 즉 "다른 사람이 아니라 내가 이 편지를 썼고, 아무도 이 편지를 조작하거나 바꿔치기하지 않았다"는 뜻이다.

안타깝지만 이 방법만으로는 메시지에 담긴 비밀을 지켜주지 못한다. 스파이의 공개열쇠가 널리 알려져 있기 때문이다(공개열쇠는 널리 알려져야 한다. 그렇지 않으면 공개열쇠를 가지고 있는 극소수의 사람들 외에게는 메시지를 보낼 수 없게 되기 때문이다). 그러므로 메시지를 가로챈 사람이라면 누구든지 내용을 열어볼 수 있다. 내용을 바꿔서 스파이가 보낸 것처럼 꾸밀 수는 없겠지만, 스파이가 전하려는 내용을 다른 사람이 알지 못하게 하려면 더 나은 해결책이 필요하다.

메시지를 스파이의 비밀열쇠로 암호화한 후 우두머리의 공개열쇠로 다시 암호화하면 된다. 그러면 메시지를 두 번 잠그게 된다. 우두머리가 그 메시지를 받으면 (우두머리의 공개열쇠로 잠갔으므로) 먼저 우두머리의 비밀열쇠로 풀고, (스파이의 비밀열쇠로 잠갔으므로) 두 번째로 스파이의 공개열쇠로 푼다. 그렇게 두 개의 열쇠로 메시지를 잠그면 다음 두 가지를 명확하게 확인할 수 있다. 1) 이 메시지는 스파이가 썼다. 2) 오직 우두머리만 이 메시지를 읽을 수 있다.

진짜 멋진 방법이다. 이 방법을 알게 된 날, 나는 대릴과 즉시 열쇠를 교환하고 몇 달 동안 군사 보안 수준의 비밀 암호로 하교 후에 어디서 만날지, 혹시 대릴이 좋아하는 걸 버네사가 눈치채지 않았는지 메시지를 주고받으며 낄낄댔었다.

하지만 보안을 좀 더 깊게 이해하고 싶다면 가장 피해망상적인 가능성까지 고려해야 한다. 예를 들어, 내가 스파이를 속여서 내 공개열쇠를 우두머리의 공개열쇠와 바꿔치기하면 어떻게 될까? 스파이는 본인의 비밀열쇠로 메시지를 암호화한 후 내 공개열쇠로 암호화하게 될 것이다. 그러면 나는 메시지를 가로챈 후 암호를 풀어 읽고 다시 우두머리의 진짜 공개열쇠로 암호화해서 보낼 수 있다. 그래도 우두머리는 스파이 외에는 그 메시지를 쓸 수 없으며 자신 외에는 아무도 읽을 수 없다고 믿을 것이다.

나는 거미줄에 앉아 먹이를 기다리는 통통한 거미처럼 중간에 걸터앉아서 당신의 모든 비밀을 알아낼 수 있는 것이다.

자, 이 문제를 해결하는 가장 쉬운 방법은 공개열쇠를 최대한 널리 알리는 것이다. 모든 사람이 당신의 진짜 공개열쇠가 어떤 건지 쉽게 확인할 수 있게 되면, 중간자가 사람들을 속이기는 점점 더 힘들어진다. 하지만 그거 아나? 사람들에게 널리 알리는 건 비밀을 지키는 것보다 훨씬 힘들다. 광고주들이 샴푸 같은 것들을 사람들에게 알리기 위해 얼마나 많은 돈을 쏟아붓는지 생각해보면 쉽게 이해할 수 있다.

중간자 문제를 더 쉽게 해결하는 방법이 있다. 그게 신뢰망이다. 본부를 떠나기 전에 우두머리와 커피를 나눠 마시면서 서로의 열쇠를 넘겨주면 된다. 중간자가 끼어들 틈이 없다! 직접 얼굴을 보고 주고받았기 때문에 자신이 가진 열쇠가 누구의 공개열쇠인지 완벽하게 확신할 수 있다.

여기까지는 좋다. 하지만 이 방법에는 본질적인 한계가 있다. 얼마나 많은 사람을 직접 만나서 열쇠를 교환할 수 있을까? 매일 일일이 손으로 자신만의 전화번호부를 만드는 일에 얼마나 많은 시간을 쏟아부을 수 있겠는가? 그리고 얼마나 많은 사람들이 그런 시간을 기꺼이 당신에게 내어줄까?

이 일은 전화번호부를 만드는 일과 비슷하다. 한때는 가는 곳마다 전화번호부가 있어서 전화번호가 필요할 때마다 찾아보곤 했다. 나중에 필요한 번호들을 외워놓거나 다른 사람에게 물어보기도 했다. 요즘에도 휴대폰이 없을 때는 내가 찾는 번호를 가지고 있는지 졸루나 대릴에게 물어보기도 한다. 인터넷을 검색해보는 것보다는 훨씬 빠르고 쉬우며 믿을 수 있기 때문이다. 졸루에게 번호가 있다면, 졸루를 믿으므로 그 번호도 믿는다. 그걸 '이행적 신뢰'라고 하는데, 우리 각자의 관계망을 가로질러 만들어진 신뢰라는 의미이다.

신뢰망은 이것을 키운 형태다. 내가 졸루를 직접 만나서 공개열쇠를 받으면 내 '열쇠고리'에 넣을 수 있다. 열쇠고리는 내 비밀열쇠로 인증한 열쇠 목록이다. 즉, 다른 사람도 그 열쇠고리에 담긴 목록을 내 공개열쇠를 이용해 열어볼 수 있으며, 다른 사람이 아닌 내가 만든 열쇠고리라는 사실을 확실히 알 수 있다.

그러므로 내 열쇠고리를 당신에게 준다는 것은 직접 만날 정도로 신뢰한다는 뜻이며, 열쇠고리에 있는 모든 열쇠를 보증하므로 당신의 열쇠고리에 추가해도 된다는 의미이다. 이번엔 당신이 다른 사람을 만나서 그 열쇠고리 전부를 건네준다. 열쇠고리는 점점 더 커져간다. 이는 당신이 그 사람을 신뢰하고, 그 사람이 다음 사람을 신뢰하므로, 당신도 열쇠고리가 전달될 다음 사람을 신뢰한다는 것을 의미한다. 당신은 지극히 안전하다.

그래서 열쇠고리 파티를 열게 됐다. 말 그대로 모든 사람들이 모여 다른 사람의 열쇠를 인증하는 파티다. 대릴과 내가 열쇠를 주고받았던 건 칙칙한 오덕 참가자 두 명밖에 없었던 최소 규모 열쇠고리 파티라고 할 수 있다. 하지만 더 많은 사람들과 함께 신뢰망의 씨앗을 만들면, 망은 그 파티에서부터 자라난다. 당신의 열쇠고리는 세상으로 들어가 더 많은 사람들을 만나고, 그들은 더 많은 사람들의 이름을 열쇠고리에 추가한다. 새로운 사람들을 직접 만날 필요는 없다. 그저 당신의 신뢰망에 있는 사람들에게 인증받은 열쇠가 타당하다고 믿으면 된다.

그래서 신뢰망과 파티는 피넛버터와 초콜릿처럼 잘 어울린다.

"친구들한테는 극비 파티니까 초대받은 사람들만 오라고 하자. 다른 사람을 데리고 오면 그 친구도 못 들어오게 할 거라고 해야 돼." 내가 말했다.

졸루가 커피 잔을 들고 나를 빤히 쳐다보며 말했다. "장난하냐? 애들한테 그렇게 이야기하면 아마 일부러 더 데려올걸?"

"헐." 최근에는 인디넷 프로그램을 업그레이드하면서 밤마다 졸루네 집에서 지냈다. 이 일을 한 대가로 피그스플린에서 약간의 돈을 받았는데 프로그램을 짜는 일로 돈을 벌 생각은 한 번도 해보지 않았기 때문에 정말 이상한 느낌이었다.

"그러면 어떻게 하지? 우리가 진짜로 믿을 수 있는 친구들만 와야 되는데, 모든 친구들의 공개열쇠를 받아서 비밀 메시지를 보낼 수 있을 때까지는 그렇게 모은 이유를 설명해줄 수도 없잖아."

졸루가 프로그램을 디버깅하는 동안 나는 졸루의 어깨너머로 모니터를 지켜봤다. 이런 방식을 흔히 '익스트림 프로그래밍'이라고 하는데, 조금 거슬리는 이름이라 우리는 그냥 '프로그래밍'이라 불렀다. 두 사람은 한 사람보다 버그를 훨씬 잘 찾아낸다. "보는 눈이 충분히 많으면 찾지 못할 버그는 없다"는 격언처럼 말이다.

버그 보고서까지 끝내고 나서 새로운 개정판을 밀어낼 준비를 했다. 업그레이드는 눈에 띄지 않게 진행되었기 때문에 이용자들은 아무것도 할 필요가 없었다. 이용자들은 그저 한두 주에 한 번씩 더 나은 프로그램을 사용되게 될 뿐이다. 내일이면 내가 만든 프로그램을 수십만 명이 사용하게 된다는 사실을 알게 되자 아주 괴상한 느낌이 들었다.

"어떻게 하냐고? 나도 몰라. 그냥 우리가 그런 상황을 받아들여야 할 것 같아."

'하라주쿠 펀 매드니스'를 하면서 놀던 때를 떠올렸다. 그 게임에는 다른 팀들과 겨루는 도전 과제도 많았다.

"좋았어. 네 말이 맞아. 그래도 이 파티를 최대한 비밀리에 진행해보자. 친구들에게 최대한 한 명은 데리고 올 수 있다고 하고, 그 친구는 최소한 5년 이상 개인적으로 잘 아는 사람이어야 한다고 말하는 거야."

졸루가 모니터에서 눈을 떼고 나를 쳐다보더니 말했다. "야, 그거 끝내준다. 잘 될 거 같아. 아무도 데려오지 말라고 하면 다들 '지가 뭔데?'라고 생각하겠지만 그런 식으로 얘기하면 뭔가 근사한 007 영화 느낌이 나잖아."

내가 버그 하나를 찾아냈다. 우리는 커피를 마셨다. 그리고 난 집으로 돌아와 참견하기 좋아하는 질문자들에 대해 생각하지 않으려 애쓰며 시계태엽 약탈 게임을 잠시 하다가 아기처럼 잠들었다.

수트로 배스는 샌프란시스코에 있는 짝퉁 로마 유적이다. 1896년 처음 열었을 당시에는 세계에서 가장 큰 실내 수영장이었는데 여러 개의 수영장과 욕조가 거대한 빅토리아풍 유리로 덮여 있었고, 심지어 초기 형태의 수영장 미끄럼틀까지 있었다. 그런데 50년대에 사업이 내리막길로 접어들자 1966년에 수영장 주인이 보험금을 노리고 불을 질렀다. 비바람을 맞으며 풍화된 그 잔해가 오션 비치 절벽에 석재 미로가 되어 남아있다. 부서져 내리고 신비해보이는 그 광경은 로마 유적을 닮았다. 바로 그 뒤로는 바다로 이어진 동굴들이 있는데 밀물이 몰려 들어올 때는 파도가 동굴을 지나 그 폐허까지 몰아쳤다. 가끔 그 파도에 관광객이 휩쓸려가는 사고가 나기도 했다.

오션 비치는 골든게이트 공원과 황량한 절벽에 올라앉은 비싼 집들, 운명을 다해 버려진 집들을 지나면 나타나는데 급경사를 따라 폭이 좁은 백사장으로 내려가면 듬성듬성 해파리와 용감한(혹은 미친) 서핑족들이 놀고 있다. 백사장 바로 앞 얕은 물가에 물개바위라는 커다란 하얀 바위가 커다랗게 불쑥 솟아있는데, 한때는 바다사자들이 그 바위 위에 모여 살았지만, 지금은 관광객들이 구경하기 편한 피셔맨즈 워프로 바다사자를 옮겼다.

어두워지면 그곳에는 사람이 거의 오지 않는다. 몹시 추워서 소금기에 절은 바닷바람이 뼛속까지 파고드는 데다 날카로운 바위들 틈에 깨진 유리 조각과 마약쟁이들이 쓰다 버린 바늘이 군데군데 있기 때문이다.

파티를 하기엔 끝내주는 장소였다.

난 방수외투와 손난로를 챙겼다. 졸루는 맥주를 구할 수 있는 곳을 알아냈다. 졸루네 형 사비에르의 친구 중에 미성년자에게 술을 파는 사람이 있었다. 그 사람이 외딴 파티 장소까지 원하는 만큼의 술과 아이스박스를 가져다주면 가격을 후하게 쳐주기로 했다. 나는 인디넷 프로그램으로 받은 돈을 아낌없이 쏟아부었다. 그 남자는 해가 완전히 저문 오후 8시 정각에 나타나 픽업트럭에서 스티로폼 아이스박스 여섯 상자를 끌어내려 수영장 폐허에 내려놓았다. 빈 병을 담을 수 있도록 여분의 상자도 가져왔다.

"애들아, 이제 마음 놓고 즐겨라." 그가 카우보이 모자를 툭툭 치며 말했다. 그는 활짝 웃는 얼굴의 뚱뚱한 사모아인이었는데 겨드랑이 털과 배꼽이 다 드러나 보이는 끔찍한 민소매 티셔츠를 입고 있었다. 나는 지폐뭉치에서 20달러짜리들을 꺼내 그에게 건넸다. 그 사람은 추가로 정가의 50퍼센트를 더 받았다. 불법이긴 해도 돈벌이로는 나쁘지 않았다.

그 사람이 내가 손에 든 지폐뭉치를 쳐다봤다. "그거 내가 그냥 뺏어버릴 수도 있어." 그가 여전히 활짝 웃는 얼굴로 말했다. "어쨌든 나도 범죄자잖아."

나는 지폐뭉치를 주머니에 집어넣고 그 사람의 눈을 응시했다. 아무 생각 없이 돈을 보여준 건 바보짓이었지만, 그래도 나는 물러서지 말아야 할 때를 안다.

"내가 여기에 더 있어봐야 방해만 되겠네. 그래도 돈 조심해. 사람들에게 보여주지 마." 마침내 그가 말했다.

"고마워요. 국토안보부가 지켜주겠죠."

그가 더 크게 웃었다. "하! 놈들은 진짜 경찰도 아냐. 그 찌질한 새끼들이 뭘 알아."

나는 그 사람의 트럭을 슬쩍 쳐다봤다. 앞 유리에 붙여놓은 패스트랙이 눈에 띄었다. 그가 잡힐 때까지 얼마나 걸릴지 궁금했다.

"오늘 밤에 여자애들도 오는 거야? 그래서 맥주 산 거 아냐?"

나는 미소를 지으며 그에게 트럭으로 돌아가라는 의미로 양 손을 흔들었다. 이제 그럴 때가 됐다. 그도 마침내 분위기를 파악하고 트럭에 올라탔지만 끝까지 웃음을 잃지 않았다.

졸루가 작은 LED가 달린 머리띠를 두르고 아이스박스를 돌무더기에 감추는 일을 도와줬다. 다 옮긴 후 아이스박스마다 작은 LED를 집어넣었다. 나중에 스티로폼 뚜껑을 열면 그 빛으로 편하게 술을 꺼낼 수 있을 것이다.

달도 뜨지 않고 구름까지 잔뜩 낀 밤이었다. 멀리 거리의 불빛이 희미하게 우리를 비췄다. 적외선 탐지기로 이쪽을 살펴보면 우리가 불꽃처럼 환하게 잘 보이겠지만, 그들의 눈에 띄지 않고 그렇게 많은 사람들을 모을 방법은 없었다. 그래서 해변에서 열리는 조촐한 술 파티로 취급당하는 정도로 만족하기로 했다.

나는 술을 그다지 많이 마시지 않았다. 14살 때부터 파티에 가면 맥주와 마리화나, 엑스터시가 늘 있었지만, 가끔 마리화나 브라우니를 즐기긴 했어도 연기를 들이마시는 게 싫었고, 주말 내내 뿅 간 상태로 있다가 가라앉는 엑스터시는 너무 오래 지속돼서 싫었다. 그리고 맥주는, 글쎄, 나쁘진 않았지만 별로 관심이 가지 않았다. 내가 진짜 좋아하는 건 둘레에 플라스틱 원숭이가 놓여 있고 불이 켜진 여섯 층짜리 커다란 화산 모양 도자기 그릇에 담긴 정성 들여 만든 칵테일이었지만, 그것조차 대체로 모습 자체를 즐길 뿐이었다.

사실 술 마시는 건 좋아했다. 다만 숙취가 싫을 뿐이었다. 젠장, 나는 술만 마시면 항상 숙취에 시달렸다. 그런데도 다시 마시는 건 화산 도자기 그릇에 나오는 칵테일 때문일 것이다.

그렇지만 얼음에 담근 시원한 맥주 없이 파티를 여는 건 불가능했다. 파티에서 빠져선 안 되는 준비물이었다. 맥주가 있어야 분위기가 풀린다. 맥주도 너무 많이 마시면 바보짓을 하기 마련이지만 우리 친구들 중에 차를 가지고 올 사람은 없을 것 같았다. 사실 바보짓을 할 사람은 맥주를 먹든 풀을 뜯어먹든 상관없이 바보짓을 저지른다.

우리는 맥주병을 하나씩 들고 뚜껑을 땄다. 졸루는 앵커스팀, 난 버드라이트를 골랐다. 둘이 건배를 하고 바위 위에 걸터앉았다.

"9시에 오라고 했니?"

"응." 졸루가 대답했다.

"나도 그랬어."

우리는 말없이 맥주를 마셨다. 버드라이트는 아이스박스에 든 맥주 중에서 알코올 도수가 가장 낮았다. 나중을 위해 정신을 맑게 유지할 필요가 있었다.

"넌 겁나지 않아?" 마침내 내가 물었다.

졸루가 내 얼굴을 바라보며 말했다. "이번 일로 겁을 먹은 건 아냐. 난 항상 겁에 질려 있거든. 폭발이 일어난 그 순간부터 계속 겁에 질려있는 상태야. 가끔은 너무 무서워서 침대 밖으로 나오기도 싫어."

"그러면 왜 이 일에 참가한 거야?"

졸루가 씩 웃었다. "그 이야기라면… 나는 그리 오래 참가하지는 않을 거야. 너를 도와주는 일은 정말 끝내줬어. 정말이야. 진짜 재미있었어. 그렇게 중요한 일은 처음 해본 것 같아. 그런데 마커스, 할 말이 있어…." 졸루의 목소리가 작아졌다.

"응?" 나는 어떤 이야기가 나올지 대충 짐작이 됐지만 그렇게 물었다.

"내가 이 일을 영원히 계속할 수는 없어." 졸루가 마침내 입을 열었다. "앞으로 한 달도 못 갈 수도 있어. 난 여기까지인 것 같아. 이건 너무 위험해. 국토안보부와 전쟁을 벌일 수는 없어. 미친 짓이야. 진짜로 완전 미친 짓이야."

"너, 꼭 버네사처럼 이야기한다." 내 말투는 의도했던 것보다 더 신랄했다.

"인마, 널 비난하려는 게 아냐. 난 이런 일을 하겠다고 용기를 낸 네가 정말 대단하다고 생각해. 하지만 내겐 그런 용기가 없어. 난 끊임없는 공포 속에서 살아갈 자신이 없어."

"무슨 이야기야?"

"그만두겠다는 이야기야. 앞으로 난 만사가 태평인 사람들처럼 살 거야. 마치 평범한 옛날로 돌아간 것처럼 말이야. 인터넷도 평소처럼 그냥 쓰고, 엑스넷은 게임할 때만 사용할 거야. 내 말은, 이제 그만두겠다는 거야. 더 이상 네 계획에 참여하지 않을 거야."

난 아무 말도 하지 않았다.

"그러면 넌 혼자 남겨지겠지. 내가 그런 걸 원하는 건 아냐. 믿어줘. 네가 나랑 같이 포기하면 정말 좋겠어. 너 혼자 미국 정부에 전쟁을 선포할 수는 없어. 네가 이길 수 있는 싸움이 아니야. 너를 보고 있으면 새 한 마리가 창문에 머리를 박고, 박고, 또 박는 모습을 지켜보는 느낌이야."

졸루가 내 답을 기다렸다. 내가 해주고 싶었던 말은 '씨발, 졸루 날 버리고 가줘서 아주 고마워 죽겠다! 그놈들이 우리를 가뒀을 때 어땠는지 다 잊어버렸니? 그놈들이 점령하기 전에 이 나라가 어땠는지 다 잊어버렸어?' 같은 이야기였지만 졸루가 내게서 듣고 싶은 말은 그런 게 아니었다. 녀석이 듣고 싶은 말은 이랬다.

"난 이해해. 졸루. 네 선택을 존중할게." 내가 말했다.

졸루가 남은 맥주를 들이켜더니 새 병을 꺼내 뚜껑을 땄다.

"하고 싶은 말이 더 있어." 졸루가 말했다.

"무슨 말이야?"

"이 말은 하지 않을 생각이었지만, 내가 왜 이렇게 할 수밖에 없는지 네가 이해해줬으면 좋겠어."

"젠장, 졸루, 뭔데?"

"이런 말하긴 정말 싫지만, 넌 백인이고 난 아니야. 백인들은 마약하다 잡혀도 잠깐 중독치료만 받으면 끝나지만 피부가 갈색인 사람들이 마약으로 잡히면 최소한 20년은 감옥에서 썩어야 돼. 백인들은 거리에서 경찰을 보면 안전하다고 느끼지만 갈색인 사람들은 거리에서 경찰을 보면 몸수색을 당하지 않을까 걱정해. 국토안보부가 너를 다루는 방식? 이 나라 법은 평상시에도 우리를 그렇게 다뤄."

이건 너무 불공평했다. 난 백인이 되고 싶어서 된 게 아니다. 내가 백인이라서 더 용기를 낼 수 있었던 게 아니다. 하지만 졸루가 무슨 이야기를 하는지는 잘 안다. 미션 지구에서 경찰이 누군가를 세우고 신분증을 요구할 경우는 대개 상대가 백인이 아닐 때였다. 내게 어떤 위험이 닥치더라도 졸루는 늘 나보다 더 위험해질 것이다. 내가 어떤 벌을 받더라도, 졸루는 더 큰 벌을 받게 될 것이다.

"뭐라고 말해야 될지 모르겠어." 내가 말했다.

"네가 꼭 무슨 말을 해야 되는 건 아냐. 난 그냥 너한테 말해주고 싶었어. 그래야 네가 이해할 수 있을 테니까."

옆길을 따라 우리 쪽으로 오는 사람들이 보였다. 졸루의 친구들로 멕시코계 남자애 둘과 나도 아는 여자애 한 명이었다. 여자애는 키가 작은 컴덕이었는데 항상 귀엽게 생긴 두꺼운 뿔테 안경을 써서 꼭 청소년 영화에서 예술학교 다니다가 쫓겨난 뒤 성공해서 돌아오는 인물처럼 보였다.

졸루는 그 친구들에게 나를 소개하고 맥주를 나눠줬다. 여자애는 맥주를 받지 않고 핸드백에서 보드카가 담긴 휴대용 술병을 꺼내 내게 한 모금 마셔보라고 권했다. 미지근한 보드카의 맛이 처음엔 별로였지만 차츰 괜찮아졌다. 한 모금 마시고 술병이 멋있다고 이야기해줬다. 술병에는 게임 '파라파 더 래퍼' 캐릭터들이 빙 돌아가며 돋을새김 되어 있었다.

내가 LED로 술병을 비춰보자 그 여자애가 말했다. "일제야. 일본에는 아이들 게임에 나오는 캐릭터로 장난감처럼 만든 술병이 많아. 뭔가 완전히 꼬인 애들이야."

내 이름을 말하자 여자애도 자기소개를 했다. "난 앤지야." 우리는 악수를 나눴다. 손톱을 짧게 자르고 아무것도 바르지 않은 앤지의 손은 따뜻했다. 졸루가 4학년 때 컴퓨터 캠프에서 알게 된 친구들에게 나를 소개했다. 더 많은 사람들이 왔다. 다섯 명, 그리고 열명, 또 스무 명. 이제 진짜 큰 모임이 되었다.

친구들에게 늦어도 9시 반까지는 모이라고 했는데 9시 45분이 채 되기 전에 올 사람은 다 왔다. 그중 4분의 3이 졸루의 친구들이었다. 나도 진짜로 믿을 만한 친구들은 다 초대했는데, 아마 내가 졸루보다 친구가 적거나 까다롭게 고른 모양이었다. 하지만 졸루에게서 더 이상 참가하지 않겠다는 이야기를 듣고 나니 졸루가 친구를 대충 고른 게 틀림없다는 생각이 들었다. 졸루에게 몹시 짜증이 났지만 다른 사람들과 어울리는 일에 집중하며 그런 티를 내지 않으려 노력했다. 하지만 졸루는 바보가 아니었다. 지금이 어떤 상황인지 잘 이해했다. 졸루가 풀이 죽은 모습이 눈에 들어왔다. 괜찮은 녀석이다.

나는 폐허 위로 올라섰다. "자, 여러분?" 가까운 곳에 있는 몇몇

이 잠시 주의를 기울이긴 했지만 곧 다시 잡담을 시작했다. 경기 심판처럼 팔을 위로 쳐들어봤지만 너무 어두웠다. 마침내 좋은 생각이 떠올랐다. LED를 켜서 이야기하고 있는 사람들을 하나씩 비추고 나를 비췄다. 사람들이 점차 조용해졌다.

나는 참석한 사람들에게 감사와 환영 인사를 했다. 그리고 왜 여기에 모였는지 설명하기 위해 가까이 오라고 요청했다. 친구들은 우리가 이야기했던 비밀스러운 조건을 최대한 지켰고 호기심에 가득 차 있었으며 맥주 덕분에 약간 풀어진 상태라는 게 느껴졌다.

"자, 우리가 이렇게 모였습니다. 우리 모두는 엑스넷을 사용하죠. 국토안보부가 샌프란시스코를 점령한 직후 엑스넷이 만들어진 건 우연이 아닙니다. 개인의 자유를 위해 애쓰는 단체가 국토안보부의 감시와 깡패짓거리로부터 우리를 지키기 위해 엑스넷을 만들었습니다." 졸루와 나는 사전에 무슨 말을 어떻게 할지 함께 준비했다. 우리는 이 일의 배후로 찍혀서 경찰에 잡혀갈 생각은 없었다. 그건 너무 위험했다. 그래서 대신 우리는 그저 '마이키'가 만든 단체의 지역 담당자로서 이 지역의 저항을 조직하는 일을 맡고 있는 척하기로 했다.

"엑스넷은 오염됐습니다. 엑스넷은 다른 편에서도 쉽게 이용할 수 있습니다. 우리는 지금 국토안보부의 스파이가 엑스넷을 이용하고 있다는 사실을 알고 있습니다. 놈들은 우리를 체포하기 위해 사람들의 신뢰를 이용하는 사회공학 공격 기법을 사용해서 우리의 개인정보를 드러내도록 유도하고 있습니다. 엑스넷이 계속 성공적으로 운영되려면 스파이들의 감시로부터 우리를 지킬 방법을 찾아야 했습니다. 우리에겐 네트워크 내부의 네트워크가 필요합니다."

나는 잠시 말을 멈추고 사람들이 내용을 충분히 받아들일 때까지 기다렸다. 졸루는 사람들이 급진적인 단체의 구성원이 된다는 사실을 조금 부담스럽게 받아들일 수 있다고 생각했다.

"자, 전 지금 여러분들에게 어떤 행동을 해달라는 게 아닙니다. 밖으로 나가서 재밍이나 뭐 그런 걸 하지 않아도 됩니다. 여러분을 여기에 부른 건 여러분이 우리의 좋은 친구들이며 우리가 믿는 사람들이기 때문입니다. 오늘 밤에 여러분과 나누고 싶은 건 바로 그 신뢰입니다. 아마 여러분 중에는 이미 '신뢰망'이나 '열쇠 인증 파티' 같은 일에 익숙한 사람도 있을 겁니다. 하지만 그게 뭔지 잘 모르는 분들을 위해 제가 간단히 설명하겠습니다." 그리고 나는 간단하게 설명을 덧붙였다.

"이제 제가 여러분에게 부탁드릴 것은 여기에 모인 사람들과 어울리면서 서로가 믿을 만한 친구라는 사실을 알아달라는 겁니다. 저희는 공개열쇠와 비밀열쇠를 만들어서 여러분들이 공유하는 일을 도울 겁니다."

이 부분은 좀 까다로웠다. 사람들에게 노트북을 가져오라고 해봤자 다 들고 올리는 없었다. 그래도 우리는 종이와 연필로는 제대로 처리할 수 없는 엄청 복잡한 일을 해내야만 했다.

나는 어젯밤에 졸루와 함께 다시 조립한 노트북을 치켜들었다. "저는 이 기계를 믿습니다. 여기에 설치된 모든 부품은 저희 손으로 직접 꽂았습니다. 그리고 막 박스에서 꺼낸 DVD로 부팅한 신선한 패러노이드 리눅스로 운영됩니다. 이 세상에 믿을 만한 컴퓨터라는 게 존재한다면 바로 이 노트북일 겁니다.

이 노트북에 열쇠 생성기를 설치했습니다. 여기로 와서 아무 자판이나 마구 치고 마우스를 흔들어서 임의의 키를 입력하면 이 노트북은 그걸 토대로 임의의 공개열쇠와 비밀열쇠를 만들 겁니다. 여러분이 그 비밀열쇠를 휴대폰으로 찍은 뒤 노트북의 아무 키나 누르면 그 열쇠는 영원히 사라져버릴 겁니다. 그 내용은 디스크에 전혀 저장이 되지 않습니다. 그 후에 여러분의 공개열쇠를 보여줄 겁니다. 그러고 나서 여기로 여러분이 믿고 또 여러분을 믿는 사람들을 불러 모으세요. 그 사람들이 당신의 모습과 함께 모니터를 사진으로 찍을 것입니다. 그렇게 하면 우리는 그게 누구의 공개열쇠인지 알 수 있게 됩니다.

그리고 집에 돌아가서 사진으로 찍은 내용을 직접 열쇠로 바꿔줘야 합니다. 유감이지만 아마 입력해야 할 양이 상당히 많을 겁니다. 그래도 한 번만 하면 됩니다. 열쇠를 입력할 때는 진짜로 엄청 주의해야 합니다. 한 글자만 실수해도 완전히 엉망이 될 수 있습니다. 다행히 여러분이 제대로 입력했는지 확인할 수 있는 방법이 있습니다. 열쇠 아래에는 흔히 '지문'이라고 부르는 아주 짧은 번호가 나올 겁니다. 여러분이 열쇠를 다 입력하고 나면 그 열쇠로 지문을 생성할 수 있는데, 그 지문과 사진으로 찍은 지문이 일치하면 여러분이 제대로 입력한 겁니다."

모두들 나한테 투덜거렸다. 이 정도면 괜찮다. 내가 이 사람들에게 진짜 괴상한 일을 부탁했으니까. 하지만 아직 갈 길이 멀다.

11

한 소녀와 밤, 그리고 바다

졸루가 자리에서 일어났다.

"여러분, 이건 시작에 불과합니다. 이런 방법을 통해 신뢰망을 만들면 우리는 서로가 어느 편인지 알 수 있게 됩니다. 여러분은 거리로 나가거나 신념 때문에 체포될 각오까지 하지는 않았을 겁니다. 하지만 여러분이 어떤 신념을 가지고 있는지 이 신뢰망을 통해 알 수 있습니다. 신뢰망을 통해 우리는 안에 있는 사람이 누구이고 밖에 있는 사람이 누구인지 알게 될 겁니다. 우리가 다시 이 나라를 되찾으려면 이걸 만들어야 됩니다. 이런 일을 할 수밖에 없어요."

누군가가 맥주병을 쥔 손을 들었다. 앤지였다.

"나를 바보라고 해도 좋은데, 난 이게 무슨 이야긴지 전혀 이해가 안 돼. 너희가 왜 우리더러 이걸 해달라는 건지 잘 모르겠어."

졸루가 나를 쳐다봐서 나도 졸루를 쳐다봤다. 파티를 조직할 때부터 당연히 물어볼 거라 생각했던 질문이었다.

"엑스넷은 그저 공짜 게임을 위한 도구가 아닙니다. 미국에서 검열을 피할 수 있는 마지막 통신망입니다. 국토안보부에 감시당하지 않고 소통할 수 있는 마지막 기회입니다. 엑스넷이 제대로 작동하기 위해서는 우리가 이야기를 나누고 있는 상대방이 스파이가 아니라는 사실을 알아야 합니다. 즉, 우리가 메시지를 보내는 상대방이 우리가 생각하는 그 사람이 맞는지 알아야 한다는 뜻입니다. 여러분은 그 신뢰망이 시작되는 자리에 참가하고 있습니다. 여러분이 여기에 있는 이유는 우리가 여러분을 믿기 때문입니다. 우리가 진짜로 여러분을 믿기 때문입니다. 제 생명을 걸고 여러분을 믿기 때문입니다."

몇몇이 구시렁거렸다. 졸루의 이야긴 약간 감상적이고 바보처럼 들렸다.

내가 다시 일어섰다.

"폭탄이 터졌을 때…." 내가 말했다. 그러자 가슴을 꽉 움켜쥐는 느낌이 들었다. "폭탄이 터졌을 때, 저와 친구 세 명이 마켓 가에서 잡혔습니다. 무슨 이유인지 몰라도 국토안보부는 우리를 용의자로 취급했습니다. 머리에 자루를 씌우고 배에 태워 끌고 가서 며칠 동안 우리를 심문했습니다. 우리에게 굴욕감을 주고 우리를 가지고 놀았습니다. 그러고 나서야 풀어주더군요. 그런데 한 명은 아직도 나오지 못했습니다. 제 가장 친한 친구죠. 그 친구는 우리가 잡힐 때 함께 있었습니다. 부상을 당해서 치료가 필요했습니다. 그 친구는 돌아오지 못했습니다. 놈들은 그 친구를 본 적이 없답니다. 놈들은 우리가 다른 사람에게 이 사실을 이야기하면 다시 체포해서 사라지게 만들 거라고 했습니다. 영원히."

몸이 떨렸다. 부끄러웠다. 빌어먹을 부끄러움. 졸루가 LED로 나를 비췄다.

"아, 이런 젠장. 이 사실은 여러분에게 처음으로 이야기하는 거예요. 만일 이 이야기가 밖으로 나가면 놈들은 누가 퍼뜨렸는지 알 겁니다. 곧 우리 집 대문을 두드리겠죠." 나는 몇 차례 숨을 깊게 들이쉬었다. "그래서 엑스넷 관련 일을 자원하게 됐습니다. 지금부터 제 삶을 국토안보부와 싸우는 일에 바치겠다고 결심한 이유이기도 합니다. 우리가 다시 자유로워질 때까지, 숨을 쉴 때마다, 하루도 빼지 않고 싸울 겁니다. 이제 여러분은 원하기만 하면 언제든지 저를 감옥에 집어넣을 수 있습니다."

앤지가 다시 손을 들었다. "우리가 너를 고자질하는 일은 없을 거야. 말도 안 돼. 여기에 있는 친구들은 다들 내가 잘 알아. 그래서 장담할 수 있어. 내가 누구를 믿어야 할지는 잘 몰라도, 믿지 말아야 할 사람은 잘 알거든. 노땅들이지. 우리 부모님. 어른들. 어른들은 감시당하는 사람들이 자기와 상관없는 나쁜 사람들이라고 생각해. 어른들은 붙잡혀서 비밀 감옥에 보내지는 사람도 자기와 상관없는 사람들이라고 생각하지. 유색인종이나 젊은이, 외국인 말이야. 어른들은 자기네가 우리 나이 때 어땠는지 까맣게 잊어버렸어. 우리는 눈만 떠도 용의자야! 우리가 버스에 탈 때마다 무슨 똥덩어리나 껍질 벗겨진 강아지 쳐다보듯 하잖아. 더 지랄 같은 건, 그 어른들이 점점 더 어린 척을 한다는 거야. 예전에 그 어른들이 어렸을 때 이런 말을 했었어. '30살 이상은 아무도 믿지 마라.' 난 이렇게 바꾸고 싶어. '25살 이상은 어떤 개새끼도 믿지 마라!'"

여기저기서 웃음이 터져 나왔다. 앤지도 따라 웃었다. 앤지는 얼굴과 턱이 긴 말상이라서 조금 이상하긴 했지만 예뻤다. "진짜 농담 아냐. 생각해봐. 저 웃기는 꼴통들을 누가 뽑았는데? 저놈들에게 우리 도시를 짓밟도록 해준 게 누구야? 교실과 온 사방에서 우리를 훔쳐보는 감시카메라, 교통카드와 자동차에 끔찍한 스파이웨어를 심어서 우리를 따라다니게 만들라고 투표한 사람들이 누구야? 적어도 열여섯 살짜리들이 한 일은 아냐. 우리가 미련하고 어릴지는 몰라도 인간쓰레기는 아냐."

"그 말을 내 티셔츠에 새기고 싶어." 내가 말했다.

"좋은 생각이야." 앤지가 말했다. 우리는 서로 바라보며 웃었다.

"어디서 열쇠를 만들어야 돼?" 앤지가 휴대폰을 꺼내며 물었다.

"저쪽 동굴 옆에 차단된 곳에서 만들 거야. 내가 데리고 가서 만들어줄게. 거기서 네 암호를 만들고 나서 그 노트북을 들고 친구들에게 네 공개열쇠와 함께 사진을 찍을 수 있도록 돌아다니면 돼. 그러면 친구들이 집으로 돌아간 뒤 네 공개열쇠를 인증할 거야."

내가 목소리를 높였다. "아! 한 가지 더 있어요. 이런, 이걸 잊어먹다니. 열쇠를 입력하고 나면 그 사진을 반드시 지우세요! 그리고 여기서 함께 일을 꾸미고 있는 우리 사진을 인터넷에 올리는 건 결코 추천하지 않습니다."

소심하지만 기분 나쁘지 않게 킥킥대는 소리들이 들렸다. 그때 졸루가 LED를 꺼서 갑자기 어두워지는 바람에 아무것도 보이지 않았다. 나는 차츰 눈이 적응되자 동굴 쪽으로 향했다. 누군가 내 뒤를 따라왔다. 앤지였다. 나는 고개를 돌려 앤지를 바라보며 미소 지었다. 앤지도 미소를 지었는데, 어둠 속에서도 이가 밝게 빛났다.

"아까 이야기 고마워. 멋있었어." 내가 말했다.

"아까 네가 이야기했던 거 있잖아. 머리에 자루 뒤집어쓰고 그랬다는 거 사실이야?"

"응. 그랬어. 지금까지 아무에게도 이야기하지 않았지만, 실제로 일어났던 사실이야." 그 일을 잠시 떠올렸다. "그 뒤로 아무한테도 말하지 않고 지냈더니, 그 일이 그냥 옛날에 꾼 악몽처럼 느껴지기 시작하는 거 알아? 실제 일어났던 일인데도 말이야." 나는 잠시 말을 멈추고 동굴로 올라갔다. "드디어 사람들에게 이야기할 수 있어서 기뻐. 아마 더 오래 참았더라면 내 스스로도 그 이야기를 그저 악몽이라고 믿었을지 몰라."

나는 앤지가 지켜보는 앞에서 젖지 않은 바위 위에 노트북을 올려놓고 DVD로 부팅시켰다. "사람들이 올 때마다 리부팅할 거야. 너로서는 내 말을 믿는 수밖에 없겠지만, 이건 표준 패러노이드 리눅스 디스크야."

"이런, 우리가 지금 하는 게 그 '신뢰'를 만들려는 거 아니었어?"

"그렇지. 신뢰, 맞아." 내가 말했다.

앤지가 암호 생성기를 실행한 후 타자를 치고 마우스를 이리저리 움직이는 동안, 나는 뒤로 약간 물러나서 파도가 부서지는 소리와 파티에서 맥주를 마시며 웅성대는 사람들 소리를 듣고 있었다.

앤지가 노트북을 들고 동굴 밖으로 걸어 나왔다. 모니터에는 앤지의 공개열쇠와 지문, 이메일 주소가 커다란 글씨로 하얗게 빛났다. 앤지는 내가 휴대폰을 주머니에서 꺼낼 동안 얼굴 옆에 모니터를 들고 서있었다.

"치즈." 앤지가 말했다. 나는 사진을 찍은 뒤 휴대폰을 주머니에 넣었다. 앤지는 떠들썩한 파티장으로 걸어가 사람들에게 자신과 모니터 사진을 찍도록 했다. 마치 축제처럼 재미있었다. 앤지에게는

208

카리스마가 있었다. 앤지는 그 애를 쳐다보며 웃는 게 아니라, 그 애와 함께 웃고 싶도록 만드는 매력이 있었다. 게다가 실제로 이건 재밌는 일이었다! 우리는 지금 비밀 경찰에게 비밀 전쟁을 선포하고 있다. 우리가 여기서 전쟁을 선포했다는 걸 대체 누가 알겠어?

한 시간가량 그렇게 진행됐다. 모든 사람이 열쇠를 만들고 사진을 찍었다. 나는 파티에 참석한 친구들을 모두 만나봐야 했다. 이미 알고 있는 친구들도 많았다. 일부는 내가 초대한 친구들이었고, 다른 이들은 내 친구의 친구거나 내 친구의 친구의 친구였다. 이 밤이 가기 전에 우리는 모두 친구가 될 것이다. 모두 좋은 친구들이었다.

초대한 사람들이 한 명도 빠짐없이 모두 마치자 마침내 졸루가 열쇠를 만들러 가다가 멈춰서더니 나를 바라보며 수줍은 미소를 지었다. 졸루에게 화났던 건 이미 가라앉은 상태였다. 졸루는 자기가 해야 할 일을 했다. 녀석이 뭐라고 말했든 언제나 내 편이라는 걸 안다. 우리는 국토안보부의 감옥을 함께 겪었다. 버네사도 마찬가지였다. 무슨 일이 있더라도 그 일이 우리를 영원히 하나로 묶어줄 것이다.

나도 열쇠를 만든 뒤 친구들 사이를 돌면서 사진기자들의 포토라인 앞에 선 범인 놀이를 했다. 그리고 나는 다시 아까 이야기했던 높은 장소로 올라가 사람들에게 주목해달라고 했다.

"많은 사람들이 이 과정에 중대한 오류가 있다는 사실을 지적했습니다. 만일 이 노트북을 믿을 수 없다면 어떻게 되는가? 만일 우리가 입력한 과정이 비밀리에 기록된다면 어떻게 되는가? 만일 노트북에 도청장치가 있어서 우리를 훔쳐본다면 어떻게 되는가? 졸루와 내가 믿을 수 없는 사람이면 어떻게 되는가?"

기분 좋게 키득거리는 소리들이 들렸다. 아까보다 더 따뜻한, 술기운이 오른 분위기였다.

"맞는 말입니다. 혹시라도 우리가 경찰 조사를 받게 되면 이 일 때문에 우리 모두가 잡힐 수 있습니다. 여러분 모두는 엄청나게 힘든 일을 당하게 될 겁니다. 감옥에 가게 될지도 모르죠."

키득대던 웃음소리가 조금 소심하게 바뀌었다.

"그래서 이렇게 하려고 합니다." 나는 아빠 공구함에서 챙겨온 망치를 꺼냈다. 노트북을 옆 바위 위에 올려놓고 망치를 휘둘렀다. 줄루가 LED로 내 모습을 비췄다. 와지끈! 망치로 노트북을 박살내 보는 게 내 로망이었는데, 지금 여기서 그 로망이 이루어졌다. 마치 포르노 비디오에 출현하는 듯한 기분이었다. 굉장했다.

와장창! 모니터 액정이 떨어져 산산조각 나자 키보드가 드러났다. 계속 내려쳤더니 키보드도 떨어지고 메인보드와 하드디스크가 모습을 드러냈다. 우지끈! 하드디스크 한가운데를 겨눴다. 남은 힘을 다 끌어 모아 내려쳤다. 세 번을 더 내려친 후에야 덮개가 쪼개지며 섬세한 부분이 드러났다. 파편 조각이 담배 라이터보다 작아질 때까지 계속 내리쳤다. 그리고 파편들을 긁어모아 쓰레기 봉지에 담았다. 사람들이 환호했다. 함성 소리가 너무 커서 저 멀리에 있는 누군가가 파도 소리를 넘어 그 소리를 듣고 경찰에 전화하지는 않을지 걱정될 정도였다.

"좋았어! 이제 저와 함께 가고 싶은 사람은 이 녀석을 바다로 끌고 가서 소금물에 10분 동안 담그는 모습을 볼 수 있을 겁니다."

처음에는 나서는 사람이 전혀 없었지만 곧 앤지가 앞으로 나와 따뜻한 손으로 내 팔을 잡더니 귀에 대고 말했다. "정말 멋졌어."

우리는 함께 바다로 내려갔다.

바닷가는 완전히 깜깜해서 LED를 켰는데도 불안했다. 3킬로그램짜리 박살난 노트북이 들어 있는 비닐봉지를 손에 들고 있지 않았더라도 미끈거리고 날카로운 바위 위를 걷기가 쉽지 않았을 것이다. 나는 한 번 미끄러졌는데 심하게 다치겠다고 생각하는 찰나 앤지가 엄청난 아귀힘으로 날 붙잡더니 일으켜 세웠다. 앤지가 나를 자기 쪽으로 끌어당기는 바람에 그 애의 향수 냄새를 맡을 수 있을 정도로 가까워졌다. 향수는 마치 새 차에서 나는 냄새 같았는데, 난 그 향기가 좋았다.

"고마워." 나는 검은 뿔테 안경 너머로 더 크게 보이는 앤지의 큰 눈동자를 바라보면서 겨우 입을 열었다. 너무 어두워서 눈동자 색깔은 알 수 없었지만, 검은 머릿결과 황갈색 피부로 볼 때 아마도 짙은 갈색일 것이라 짐작했다. 앤지는 그리스나 스페인, 이탈리아 어디쯤의 지중해 혈통 같았다.

나는 쭈그리고 앉아 비닐봉지를 바닷물에 담가 소금물을 가득 채웠다. 살짝 미끄러지는 바람에 신발이 젖어서 욕을 뱉었더니 앤지가 웃음을 터트렸다. 우리는 물가로 나온 이후로 거의 이야기를 나누지 않았다. 말없는 침묵 속에는 뭔가 매혹적인 느낌이 있었다.

그때까지 내가 입맞춤을 해본 여자애는 세 명이었다. 물론 학교로 돌아갔을 때 영웅적인 환영 속에서 받았던 입맞춤은 세지 않았다. 누가 봐도 엄청난 숫자는 아니었지만 그렇다고 아주 적지도 않았다. 나는 여자애들 마음을 읽는 데는 자신이 있었는데, 지금이라면 앤지에게 입맞춤을 할 수 있을 것 같았다. 전통적인 관점으로 볼 때 앤지가 섹시하다고 이야기하긴 힘들었지만, 한 소녀와 밤, 그리고 바다에는 뭔가 있었다. 게다가 앤지는 똑똑하고 열정적인 데다 명확한 사회의식까지 가지고 있지 않나.

하지만 난 앤지에게 입맞춤을 하거나 손을 잡지 않았다. 대신 우리는 영적이라고 묘사할 수밖에 없는 그런 순간을 가졌다. 파도, 밤, 바다, 바위, 그리고 우리의 숨결. 시간이 멈춰버린 느낌이었다. 내가 한숨을 뱉었다. 여기까지 정말 힘겹게 달려왔다. 오늘 밤에 그 많은 열쇠를 내 열쇠고리에 넣고 인증한 후 다시 그 인증된 열쇠들을 배포해야 하니 입력해야 될 게 산더미였다. 이제 신뢰망이 작동하기 시작하는 것이다.

앤지도 한숨을 쉬었다.

"가자." 내가 말했다.

"응."

우리는 파티로 돌아왔다. 그날 밤은 꽤 괜찮은 밤이었다.

졸루는 형 친구가 와서 아이스박스를 가져갈 때까지 기다렸다. 나는 다른 친구들과 함께 가까운 정류장까지 걸어가서 버스에 몸을 실었다. 물론 우리 일행은 아무도 교통카드를 사용하지 않았다. 엑스넷 이용자들은 하루에 서너 번씩 다른 사람의 교통카드를 습관적으로 복제했다. 그러니 아마도 매번 대중교통을 탈 때마다 새로운 정체성으로 갈아탈 것이다.

버스에 얌전히 앉아 있긴 힘들었다. 모두들 약간씩 취한 상태였는데 밝은 버스 불빛 아래에서 서로의 얼굴을 보니 왜 그리 재미있던지. 우리가 엄청 시끄럽게 굴었더니 기사 아저씨가 두 번이나 안내방송으로 조용히 하라고 말했다. 그래도 계속 떠들자 당장 닥치지 않으면 경찰을 부르겠다고 했다.

우리는 그 소리 때문에 더 낄낄거리긴 했지만 아저씨가 경찰을 부르기 전에 우르르 버스에서 내렸다. 우리가 내린 곳은 노스 비치였다. 그곳에는 이용할 만한 버스와 택시, 지하철, 네온 불빛의 클럽과 카페가 많았다. 그래서 우리는 각자의 길로 흩어졌다.

나는 집에 와서 엑스박스를 켰다. 그리고 사진으로 찍은 열쇠들을 타자로 입력하기 시작했다. 단조롭고 지루한 작업이었는데 술까지 조금 취한 상태라 잠이 쏟아졌다.

막 엑스박스를 끄려던 찰나 메신저가 떴다.

> 안녀엉!

처음 본 아이디였다. 스펙스그릴. 하지만 누구인지 짐작이 됐다.

> 안녕.

난 조심스럽게 타자를 쳤다.

> 나야. 아까 알지?

그때 그 애가 암호 덩어리를 올렸다. 나는 이미 그 애의 공개열쇠를 열쇠고리에 넣어놨으므로 그 열쇠로 암호를 복호화하도록 메신저를 설정했다.

> 나야. 아까 봤잖아.

그 여자애였다!

> 여기서 보니까 좋다. 이렇게 만나니 반가워.

나도 타자를 친 뒤 내 비밀열쇠로 메시지를 암호화해서 보냈다.

> 나도 반가워. 똑똑하면서도 귀엽고 사교적이기까지 한 남자애는 지금껏 만나본 적이 없었거든. 여자애들한테 기회를 좀 줘!

내 심장이 마구 쿵쾅거렸다.

> 여보세요? 딸가닥 딸가닥. 아직 통화되나요? 저는 여기에 처음이지만 진짜 끝내주게 좋네요. 웨이트리스에게 팁 좀 두둑이 챙겨주세요. 힘들게 일하시잖아요. 저는 일주일 내내 여기 있을 거예요.

난 큰 소리로 웃고 말았다.

> 아직 안 끊었어. 너무 격하게 웃느라 타자를 칠 수가 없었을 뿐이야.
> 아직 내 메신저 유머 감각이 죽지 않은 모양이군.
> 너를 만나서 정말 반가웠어.
> 뭐, 내가 좀 그렇지. 이제 어디로 데려갈 거야?
> 데려가다니?
> 우리의 다음 모험이라고나 할까?
> 아직 계획이 전혀 없어.
> 오케바리. 그러면 내가 데리고 가지. 금요일 돌로레스 공원에서 열리는 불법 야외 공연. 거기에 안 오면 12면체가 되어버려랏.
> 잠깐만, 어디라고?
> 넌 엑스넷 안 읽었니? 온통 그걸로 도배던데. 스피드호어즈 못 들어봤어?

숨이 컥 막혔다. 스피드호어즈는 트루디 두의 밴드다. 트루디 두
는 인디넷 프로그램을 업데이트 하는 일로 졸루와 나한테 돈을 지
불하는 그 여자다.

> 스피드호어즈는 들어봤어.
> 그 밴드가 엄청난 쇼를 준비했어. 무려 50개 밴드가 연주하기로 계약했대.
테니스장에 무대를 차리고 앰프 트럭을 동원해서 밤새 놀 거래.

바위 밑에 꽁꽁 숨어 사는 기분이 들었다. 어떻게 이런 소식을 놓
쳤지? 발렌시아 가에는 학교 가는 길에 종종 들렀던 아나키스트 서
점이 있는데, 그 서점에 가면 엠마 골드만이라는 옛 혁명가의 구호
인 '내가 춤출 수 없다면 혁명이 아니다'가 새겨진 포스터가 있다. 나
는 모든 힘을 쏟아부어서 어떻게 하면 엑스넷을 이용해 국토안보부
를 박살낼 수 있는 헌신적인 싸움꾼들을 조직할지 궁리했었다. 그런
데 이건 그런 계획보다 훨씬 더 멋있었다. 대형 공연이라니! 내게는
이런 걸 생각해낼 능력이 없었지만 누군가 생각해냈다는 게 기뻤다.
그런데 다시 생각해보니 그들이 공연을 알리기 위해 엑스넷을 사
용했다는 사실이 무척 자랑스럽게 느껴졌다.

다음 날 나는 완전히 좀비의 몰골이었다. 새벽 4시까지 앤지와 잡
담을, 아니 실은 썸을 탔다. 그나마 다행인 건 토요일이라는 사실이
었다. 더 잘 수도 있었지만 계속 숙취와 선잠 사이를 오락가락했다.
나는 점심 때가 되어서야 겨우 몸을 일으켜 묵직한 다리를 질질
끌며 밖으로 나갔다. 휘청거리는 다리로 커피를 마시기 위해 터키
가게로 향했다. 요즘 나는 혼자 있을 때마다 거기서 커피를 샀다. 마

치 터키계 주인과 비밀 모임에 참여하는 기분이었다.

가는 길에 새로 그려진 그라피티들을 지났다. 난 미션 지구의 그라피티를 좋아했는데, 대개는 현란하게 칠해진 커다란 벽화이거나 학생들이 그린 풍자적인 스텐실이었다. 나는 미션의 낙서꾼들이 국토안보부의 눈앞에서도 계속 그라피티를 그리는 게 좋았다. 그라피티는 또 다른 엑스넷이라는 생각이 들었다. 낙서꾼들은 어디에 그림을 그릴지, 카메라가 어디에 있는지 등등 관련된 모든 사안을 치밀하게 처리하고 있을 게 틀림없었다. 몇몇 감시카메라에 스프레이 페인트가 뿌려진 게 눈에 들어왔다.

어쩌면 낙서꾼들도 엑스넷을 이용할지 모른다!

주차장 담장 한 편에 쓰인 3미터 정도 되는 글씨에선 아직도 페인트가 뚝뚝 떨어졌다. "25살 이상은 아무도 믿지 마."

나는 가던 걸음을 멈췄다. 어젯밤 파티에 참석했던 누군가가 스프레이 페인트 통을 들고 여기에 왔었나? 그 친구들 중 많은 수가 이 근처에 살았다.

나는 커피를 들고 동네를 조금 돌아봤다. 누군가에게 연락해서 영화라도 한 편 보러갈까 하는 생각이 자꾸 들었다. 오늘처럼 한가한 토요일에는 종종 그랬다. 하지만 누구한테 전화하지? 버네사는 나와 대화가 끊겼고, 졸루와는 아직 이야기할 마음의 준비가 되지 않았다. 그리고 대릴은….

그래, 대릴에게는 전화를 할 수 없다.

나는 커피를 마시고 집으로 돌아가 잠시 엑스넷 블로그들을 둘러봤다. 이런 익명 블로그들은 글쓴이가 자기 이름을 밝히지 않는 이상 추적할 수 없다. 그런 익명 블로그가 아주 많았다. 대부분은 정치에 무관심했지만 안 그런 사람들도 많았다. 그들은 학교에서 당한 억울한 사연들을 써서 올렸다. 그리고 경찰과 낙서에 대한 이야기도 올렸다.

공원에서 열릴 공연은 이미 여러 주 동안 계획되어온 일이라는 걸 알게 됐다. 내가 모르는 사이에 공연 논의가 블로그에서 블로그로 넘나들다가 폭발적으로 불이 붙었다. 그 공연의 제목이 '25살 이상은 아무도 믿지 마'였다.

앤지가 그걸 인용한 모양이었다. 좋은 구호였다.

월요일 아침, 나는 아나키스트 서점에 가서 엠마 골드만의 포스터를 사기로 했다. 엠마 골드만의 구호를 계속 되새길 필요가 있었다.

나는 16번가로 돌아서 내려가 미션 지구에서 학교 쪽으로 튼 후 발렌시아 가를 지나갔다. 서점은 닫혀 있었지만 문을 열 때까지 기다렸다가 아직도 그 포스터가 있는지 확인할 시간은 충분했다.

발렌시아 가를 걷는 동안 '25살 이상은 아무도 믿지 마'가 너무 많이 보여서 놀랐다. 가게들 중 절반은 '믿지 마'를 붙인 상품을 전시했다. 도시락 통, 티셔츠, 필통, 모자까지. 패션 가게들의 유행은 점점 더 빨라졌다. 인터넷에 새 유행이 퍼지면 하루나 이틀 사이에 가게에 관련 상품을 전시했다. 월요일에 어떤 남자가 탄산음료로 만든 제트팩을 지고 날아가는 재미있는 유튜브 동영상을 메일로 받으면, 화요일에는 그 비디오 장면이 담겨 있는 티셔츠를 살 수 있을 정도였다.

그래도 엑스넷에 올라왔던 게 패션 가게로 넘어가는 걸 보니 놀라웠다. 구호를 볼펜 잉크로 조심스럽게 써놓은 싸구려 청바지와 수를 놓은 천 조각들까지.

좋은 소식은 빨리 퍼진다.

갈베스 선생님의 사회수업에 들어갔더니 칠판에 그 구호가 쓰여 있었다. 자리에 앉으면서 그 구호를 보고 다들 미소 지었다. 마치 친구들이 그 구호에 미소로 대답하는 것 같았다. 서로를 믿을 수 있고 또 모두 같은 편이라는 생각에는 확실히 사람들을 즐겁게 만드는 뭔가가 있다. 나는 이게 전적으로 진실이라고 믿지는 않지만 완전히 틀린 이야기도 아니다.

갈베스 선생님이 교실에 들어오더니 머리를 매만지며 책상에 앉아 스쿨북을 켰다. 선생님이 분필을 들고 칠판 쪽으로 고개를 돌리려 할 때 우리가 웃음을 터트렸다. 악의 없는 유쾌한 웃음이었다.

선생님도 칠판을 보더니 미소를 지었다. "요즘 인플레이션 때문에 슬로건 작가들이 경제적으로 궁한 모양이네. 이 문장이 어디에서 유래한 건지 혹시 아는 사람?"

우리는 멀뚱히 서로 얼굴을 쳐다봤다. "히피?" 누군가 말하자 다들 웃음을 터트렸다. 지저분한 턱수염을 달고 헐렁한 홀치기염색 옷을 입은 대마초 중독자 늙다리 히피부터 정장을 빼입고 시위보다는 공기놀이나 할 것 같은 신세대 히피까지, 히피는 샌프란시스코에 널렸다.

"음, 그렇지. 히피 맞아. 하지만 요즘엔 히피를 떠올리면 그저 옷이나 음악 밖에 생각나지 않을 거야. 옷과 음악은 60년대에 일어난 중요한 사건들에 비하면 부록에 불과해. 아마 너희들도 인종 분리 정책을 끝낸 민권운동에 대해 들어봤을 거야. 너희 또래 백인과 흑인 아이들이 흑인의 선거권을 보장하라고 주장하며 주정부의 인종주의 정책에 반대하는 시위를 하기 위해 버스를 타고 남부로 갔었지. 캘리포니아는 민권운동 지도자를 많이 배출한 지역이란다. 캘리포니아는 언제나 다른 주들보다 정치 운동이 활발했는데, 당시에도 캘리포니아에서는 흑인이 백인과 같은 공장 노조에 가입할 수 있었어. 그래서 남부 사람들보다는 조금 더 괜찮았지. 버클리대 학생들은 '자유의 기수'를 꾸준히 남쪽으로 보냈어. 그리고 학교와 뱅크로프트 가, 텔레그래프 가에 유인물 배포용 가판을 설치하고 사람들을 모았지. 요즘에도 거기에 가면 그런 가판을 볼 수 있을 거야.

음, 대학에서는 학생들을 막으려고 했지. 대학 총장이 학내에서 정치 운동 조직을 금지했지만, 민권운동을 하던 학생들은 활동을 중단하지 않았어. 그러자 경찰이 나섰지. 경찰은 가판에서 유인물을 나눠주던 남학생 한 명을 체포해 경찰차에 태우려 했는데, 3천여 명의 학생들이 그 차를 둘러싸고 못 움직이게 했어. 그 남학생이 감옥으로 끌려가는 걸 막으려던 거였지. 학생들은 경찰차 위에 올라가 미국 수정헌법 1조와 표현의 자유에 대해 연설을 했어. 그 사건이 표현의 자유 운동을 자극했단다. 히피운동의 시작이었지. 그리고 급진적 학생운동의 시작이기도 해. 블랙팬서 같은 블랙파워 운동 단체들이나 나중에 핑크팬서 같은 동성애 인권 단체들 역시 마찬가지야. 남자들을 모조리 없애버리려 했던 '레즈비언 분리주의자' 같은 급진적인 여성운동이나 이피도 그 후에 시작됐지. 혹시 이피에 대해 들어본 사람 있니?"

"미 국방부 펜타곤을 공중부양시켰던 사람들 아닌가요?" 내가 말했다. 그 사건에 대한 다큐멘터리를 본 적이 있었다.

선생님이 웃었다. "나도 그건 잊고 있었네. 그래, 맞아. 그 사람들이야! 이피는 아주 정치적인 히피인데, 요즘 우리가 생각하는 정치 운동가들처럼 진지하게 고민하는 사람들은 아니었어. 몹시 놀기 좋아하는 사람들이었지. 장난꾸러기들이었어. 이피들은 뉴욕 증권거래소에 돈을 던지기도 하고, 수백 명의 시위대를 조직해서는 펜타곤을 둘러싸고 공중으로 날아가라고 마술 주문을 외우기도 했어. 그리고 일종의 짝퉁 LSD도 만들었는데 그걸 물총에 넣어서 쏘면 사람들이 약에 취한 척하기도 했지. 이피는 재미있는 데다 TV를 아주 잘 이용했어. 웨이비 그레이비라는 광대 이피는 시위대 수백 명에게 산타클로스 옷을 입혀서 경찰들이 산타를 체포해서 질질 끌고 가는 모습을 그날 밤 뉴스에 나오게 만들기도 했지. 덕분에 그들은 많은 사람들을 끌어모을 수 있었어.

이피에게 가장 중요한 사건은 1968년 민주당 전당대회였지. 거기서 월남전 반대 시위를 조직했거든. 시위대 수천 명이 시카고로 몰려가 공원에서 자면서 매일 피케팅을 했어. 그해에 이피들은 기괴한 이벤트를 많이 벌였어. '피가수스'라는 돼지를 대통령 선거 후보로 출마시키기도 했지. 거리에서 시위대와 경찰이 충돌하기도 했어. 그전에도 충돌은 많았지만, 시카고 경찰들은 기자들을 가만히 내버려둘 정도로 영리하지 못했지. 경찰이 기자들을 패버렸던 거야. 기자들은 그 시위에서 실제로 무슨 일이 벌어졌는지 보여주는 것으로 복수했지. 그래서 전국에 있는 부모들이 시카고 경찰에게 잔인하게 두들겨 맞는 자기 아이들의 모습을 보고 말았어. 사람들은 그 사건을 '경찰 폭동'이라고 불렀단다.

바로 그 이피들이 '30살 이상은 아무도 믿지 마'라는 구호를 즐겨 썼어. 미국이 나치 같은 적들과 싸웠던 특정 시기 이전에 태어난 사람들은, 월남전에 반대하는 것도 조국을 사랑하기 때문이라는 사실을 절대로 이해할 수 없을 거란 의미였어. 이피들은 사람이 서른 살이 되면 사고방식이 굳어서 왜 아이들이 거리로 뛰쳐나가고 거부하고 자제력을 잃는지 이해하지 못할 거라고 생각했어.

이 구호가 시작된 곳이 샌프란시스코야. 많은 혁명 단체들이 여기에서 시작됐지. 어떤 단체는 자신들의 대의를 위해 건물을 폭파하거나 은행 강도질을 하기도 했어. 그리고 몇몇은 결국 감옥신세를 졌지만 대부분의 많은 아이들은 그럭저럭 평범한 어른으로 성장했지. 그중 대학 중퇴자들은 놀라운 일을 해내기도 했어. 예를 들어 스티브 잡스와 스티브 워즈니악은 애플 컴퓨터를 설립하고 개인용 컴퓨터를 만들어냈지."

난 선생님의 이야기에 푹 빠져들었다. 조금 알던 부분도 있었지만 이렇게 넋을 잃고 들은 건 처음이었다. 어쩌면 그 사건들이 지금처럼 내게 중요해진 적이 없었기 때문일지도 모른다. 엉성하고 심각하게만 보이던 어른들의 거리 시위가 갑자기 그렇게 엉성하게만 보이지 않게 되었다. 엑스넷 운동에도 그런 활동을 위한 공간이 필요할지 모른다.

내가 손을 치켜들었다. "그 사람들이 이겼나요? 이피가 이긴 건가요?"

갈베스 선생님이 한참 동안 내 얼굴을 쳐다봤는데, 아마도 생각에 잠긴 듯했다. 다들 아무 말도 하지 않았다. 우리 모두는 대답을 듣고 싶었다.

"그들은 패배하지 않았어. 내부적으로 무너져 내렸지. 일부는 마약 같은 문제 때문에 감옥에 가고, 일부는 생각을 바꾸고 '여피'가 되어 순회강연을 돌며 사람들에게 자신들이 얼마나 바보 같았는지, 얼마나 탐욕스러웠는지, 얼마나 멍청했는지 이야기했어.

그래도 그들은 세상을 바꿨어. 월남전은 종식됐고, 애국심이라 불리던 복종과 무조건적인 순종은 어느 정도 사라졌지. 흑인 인권과 여성 인권, 성소수자 인권이 크게 진보했어. 라틴계 미국인의 인권운동과 장애인 인권운동, 그리고 시민의 기본권을 옹호하는 전통이 새로 생겨나거나 이들 덕분에 강해졌지. 현재 진행되는 저항운동은 바로 그 투쟁들의 직계 후손이라고 할 수 있어."

"선생님, 그렇게 이야기하시면 안 되는 거 아닌가요?" 찰스가 말했다. 녀석은 의자에 너무 심하게 기대어 앉아서 거의 반쯤 누운 상태였는데, 날카롭고 마른 얼굴이 벌겋게 달아올라 있었다. 녀석의 커다란 눈은 항상 젖어 있고 입까지 커서 흥분하면 꼭 물고기를 보는 느낌이었다.

갈베스 선생님의 얼굴이 약간 굳었다. "계속 말해봐, 찰스."

"선생님이 이야기한 사람들은 테러리스트잖아요. 본격적인 테러리스트요. 그 사람들이 빌딩을 폭파했다면서요. 증권거래소도 파괴하려고 했고요. 경찰들을 때리고 법을 어긴 사람을 체포하려는 경찰을 방해했다고 했잖아요. 그 사람들은 우리를 공격한 거라고요!"

갈베스 선생님이 천천히 고개를 끄덕였다. 발광 직전인 찰스 녀석을 어떻게 다뤄야 할지 고민하는 모양이었다. "찰스가 좋은 지적을 했구나. 그런데 이피는 외국 첩보원이 아니라 미국 시민이었어.

'그 사람들이 우리를 공격했다'라고 이야기하려면 '그 사람들'과 '우리'가 누구인지 먼저 생각해봐야 돼. 자국민이….”

“말도 안 돼!” 녀석이 소리치며 자리에서 일어섰다. “당시 우리는 전쟁을 하고 있었잖아요. 그놈들은 적을 지원하면서 적에게 편의를 제공했던 거예요. 누가 '우리'고 누가 '그 사람들'인지는 쉽게 구별할 수 있어요. 미국을 지원하면 '우리'고, 미국인을 총으로 쏘는 사람들을 지원하면 '그 사람들'인 거죠.”

“이 문제에 대해 더 이야기하고 싶은 사람 있니?”

학생들이 손을 들었다. 갈베스 선생님이 그 아이들을 지목했다. 몇 명은 미국인이 베트남으로 가서 총을 들고 정글을 누비기 시작했기 때문에 베트남 사람들이 미국인을 총으로 쐈다고 이야기했다. 다른 아이들은 찰스의 말에 일리가 있다며 사람들은 불법적인 일을 저질러선 안 된다고 했다.

찰스만 빼놓고 모두들 토론을 잘했다. 찰스 녀석은 아이들에게 소리를 지르고, 의견을 내려는 아이들의 말을 가로챘다. 갈베스 선생님이 여러 차례 녀석에게 순서를 기다리라고 타일렀지만 녀석은 한 번도 자기 순서를 기다리지 않았다.

나는 스쿨북을 뒤져 예전에 읽었던 내용을 찾았다.

드디어 찾았다. 내가 일어서자 갈베스 선생님이 기다렸다는 듯 나를 쳐다봤다. 아이들도 선생님의 눈길을 따라 나를 쳐다보더니 조용해졌다. 잠시 후에는 찰스도 나를 바라봤는데, 녀석의 눈이 나에 대한 증오로 이글거렸다.

“읽고 싶은 글이 있는데요, 짧게 읽을게요. '이런 권리를 확보하기 위해 인류가 정부를 조직했으므로 정부의 정당한 권력은 피통치자의 동의에서 비롯한다. 또 어떤 형태의 정부든 이러한 목적을 파괴할 때에는 인민은 정부를 바꾸거나 폐지하고, 인민의 안전과 행복을 가장 효과적으로 실현할 수 있는 원리를 바탕으로 그런 형태의 권력을 조직해서 새로운 정부를 수립할 수 있는 권리가 있다.'"

12

스물다섯 살 이상은 아무도 믿지 마

갈베스 선생님이 활짝 웃었다.

"이 말이 어디에 나오는지 아는 사람?"

아이들이 단체로 합창했다. "미국 독립선언문!"

내가 고개를 끄덕였다.

"마커스, 그걸 우리에게 읽어준 이유가 뭐지?"

"미국을 창설한 사람들은, 정부가 우리를 위해 일한다고 우리가 믿을 수 있을 때까지만 유지될 것이며, 우리가 정부를 믿지 못할 때에는 뒤집어엎어야 한다고 말한 것으로 보였기 때문입니다. 이 말이 그 뜻 맞죠?"

찰스가 고개를 저었다. "그건 수백 년 전이잖아! 지금은 달라!"

"뭐가 다른데?"

"음, 한 가지만 말하자면, 우리에겐 왕이 없어. 그 사람들이 말했던 정부는, 어떤 늙은 멍청이의 아버지의 아버지의 아버지가 하느님이 자기에게 나라를 맡겼다고 믿으면서 동의하지 않는 모든 사람을 죽여 버리던 때 존재하던 정부를 말하는 거고, 우리는 민주적으로 선출된 정부가….”

“난 이 정부에 투표 안 했는데?” 내가 말했다.

“그래서 너한테 빌딩을 폭파시킬 권리라도 있다는 거야?”

“뭐? 누가 빌딩을 폭파하겠대? 이피와 히피, 그 당시 학생들은 정부가 자신들의 이야기를 더 이상 듣지 않는다고 생각했던 거잖아. 남부에서 유권자로 등록하려던 흑인들에게 무슨 짓을 했는지 보란 말이야! 두들겨 패고 체포하고….”

“살해된 사람도 있단다.” 갈베스 선생님이 말했다. 선생님이 손을 들자 찰스와 나는 자리에 앉았다.

“오늘 토론은 마무리할 때가 된 것 같다. 하지만 지금까지 진행했던 수업 중에 가장 흥미로웠다고 이야기해주고 싶구나. 멋진 토론이었고 나도 너희들한테서 많이 배웠어. 너희도 서로에게서 배웠기를 바란다. 수고 많았어.

이 문제를 조금 더 공부해보고 싶은 학생들을 위해 추가 점수를 받을 수 있는 과제를 줄게. 60년대 반전운동과 민권운동에 대한 베이 지역에서의 정치적 반응과 요즘 테러와의 전쟁에 대한 인권운동의 반응을 비교하는 보고서야. 최소한 3쪽 이상, 그것보다 더 많이 하는 건 괜찮아. 너희들이 어떤 생각을 내놓을지 궁금하구나.”

잠시 후 쉬는 시간 종이 치자 모두들 교실에서 우르르 몰려나갔다. 나는 남아서 갈베스 선생님과 눈이 마주칠 때까지 기다렸다.

“마커스, 왜?”

“정말 끝내줬어요. 60년대에 그런 일들이 있었는지 전혀 몰랐어요.”

"70년대에도 비슷했어. 샌프란시스코는 정치적 격변기가 되면 흥미진진한 일이 많이 일어나는 도시였지. 독립선언문을 인용한 건 아주 좋았어. 아주 독창적이었어."

"고맙습니다. 문득 그냥 떠올랐어요. 오늘 수업 이전에는 제가 그 말의 의미를 제대로 이해하지 못했던 것 같아요."

"그래? 선생님으로서는 정말 기분 좋은 이야기로구나, 마커스." 선생님은 그렇게 말하며 나와 악수를 나눴다. "네 보고서가 벌써 궁금해지는 걸."

집에 오는 길에 엠마 골드만의 포스터를 사서 책상 위쪽에 있던 낡은 야광 포스터 위에 붙였다. '믿지 마' 티셔츠도 샀는데 그로버와 엘모가 어른인 고든과 수잔을 '세서미 스트리트'에서 쫓아내는 모습을 패러디한 그림이 그려져 있었다. 난 그림을 보자마자 웃음을 터트렸다. 나중에 안 사실이지만, 온라인 사진 사이트들에서는 이미 이 구호에 대한 '포샵 시합'이 벌어지고 있었고, 수백 장의 패러디 사진들이 돌아다니고 있었으며, 누군가는 그 사진들을 이용해서 대량으로 상품을 찍어내고 있었다.

엄마는 티셔츠를 보고 눈살을 찌푸렸고, 아빠는 고개를 절레절레 흔들며 문제 일으키지 말라고 잔소리를 했다. 아빠의 반응을 보자 따지고 싶다는 생각이 살짝 들었지만 참았다.

앤지가 온라인으로 또 나를 찾았다. 그래서 다시 늦은 시간까지 메신저로 시시덕거렸다. 안테나를 단 하얀 밴이 또 나타나서 차가 사라질 때까지 엑스박스를 꺼두었다. 이제 이런 상황에 익숙해지기 시작했다.

앤지는 공연 때문에 들떠 있었다. 공연은 이제 거대한 괴물로 성장하고 있었다. 너무 많은 밴드들이 참여 의사를 밝혀와 두 번째 공연을 위한 별도 무대를 세운다는 이야기가 돌았다.

> 어떻게 그 공원에서 밤새 시끄럽게 쿵쾅거릴 수 있는 허락을 받았대? 사방이 주택가로 둘러싸여 있잖아.

> 허락? '허락'이 뭐야? 허락이란 게 뭔지 가르쳐줘.

> 우와, 이거 불법 공연이야?

> 음, 여보세요? 지금 네가 법을 어길까봐 걱정하는 거야?

> 내가 졌다.

> ㅋㅋㅋㅋㅋ

나는 그래도 약간 신경이 쓰였다. 완벽하게 훌륭한 소녀를 데리고 주말 데이트를 하러 갈 예정이었으니 말이다. 음, 하긴 원칙적으로는 내가 데려가는 게 아니라 앤지가 데려가는 거지만, 번화가 한복판에서 열리는 불법적인 광란 파티에 말이다.

그래도 흥미롭기는 했다.

재밌군.

느긋한 토요일 오후 돌로레스 공원에는 원반던지기를 하며 노는 이들과 개와 산책하는 이들 사이로 사람들이 몰려들기 시작했다. 그 사람들 중 일부도 원반을 던지며 놀거나 개와 산책을 했다. 공연을 어떻게 진행하려는 건지는 확실하게 알 수 없었지만, 제복을 입은 경찰뿐만 아니라 사복경찰들도 주변에 많이 깔려 있었다. 사복경찰은 쉽게 알아볼 수 있었다. 그들은 '코딱지'와 '여드름'처럼 머

228

리가 짧고 덩치가 컸다. 스포츠머리에 지저분하게 콧수염을 기른 통통한 사내들이 사방에서 어슬렁거렸다. 사복경찰들은 허리에 주렁주렁 달린 장비들을 감춰야 했기 때문에 커다란 반바지에 헐렁한 셔츠를 내려 입고 있어서 어색하고 불편해 보였다.

햇살 가득한 돌로레스 공원은 야자나무와 테니스장, 달리거나 산책하기 좋은 낮은 언덕들과 나무들로 아름다웠다. 밤에는 노숙자들이 이곳에서 잠을 청했지만, 사실 샌프란시스코 전역에서 그랬다.

앤지에게는 아나키스트 서점에서 만나자고 제안했다. 지금 생각해보면 거기서 만나자고 했던 것은 앤지에게 멋지고 지적으로 보이고 싶은 의도가 명백했지만, 솔직히 당시에는 그냥 만나기 편한 장소여서 그 서점을 골랐을 뿐이라고 생각했었다. 내가 도착했을 때 앤지는 《닥치고 벽에 머리 박아, 이 새끼야》라는 책을 읽고 있었다.

"멋지군. 넌 그 입으로도 엄마한테 뽀뽀도 하고 그래?" 내가 말했다.

"남 이야기하고 있네. 실은 뉴욕에 있었던 이피 같은 단체들에 대한 역사책이야. 그 사람들은 이런 욕을 성으로 썼대. '벤 씨발놈'처럼 말이야. 단체를 만들어서 뉴스에 나올 만한 짓을 저지르되 신문에는 싣지 못하게 하려는 생각이었대. 완전히 언론을 엿 먹이는 거지. 정말 재밌어." 앤지가 책을 서가에 다시 꽂을 때, 문득 앤지와 포옹을 했어야 되는 게 아닌가라는 생각이 뒤늦게 들었다. 캘리포니아 사람들은 헤어지거나 만날 때 인사처럼 포옹을 한다. 물론 포옹을 하지 않을 때도 있지만 어떤 때는 뺨에 뽀뽀를 하기도 한다. 어떻게 해야 할지 항상 헷갈렸다.

앤지가 그 문제를 해결해줬다. 나를 붙잡더니 포옹을 하고 얼굴을 끌어당겨 뺨에 뽀뽀를 했다. 그리고는 내 목에 입을 대고 부르르르 방귀 소리를 냈다. 나는 웃으며 앤지를 밀어냈다.

"부리토 먹을래?" 내가 물었다.

"그건 질문이야, 입장 발표야?"

"둘 다 아냐. 명령이야."

나는 '이 전화는 도청당하고 있습니다'라는 재미있는 스티커를 샀는데, 휴대폰을 쓸 수 없는 사람들을 위해 미션 가에 설치돼 있는 공중전화 수화기에 크기가 딱 맞았다.

우리는 밤길을 나섰다. 앤지에게 공원에서 봤던 광경을 이야기해줬다.

"틀림없이 놈들이 공원 주변에 트럭을 백 대는 세워뒀을 거야. 그걸로 사람들을 체포하면 재미있겠는걸." 앤지가 말했다.

"음." 내가 주변을 둘러보며 말했다. "그래도 난 네가 '아, 놈들이 아무리 그래봤자 무슨 짓을 하긴 힘들 거야'라고 말해줄 줄 알았어⋯."

"이 공연의 취지는 그게 아냐. 이 공연은 많은 시민들을 한 곳에 모아서 경찰에게 '이 일반인들을 테러리스트처럼 취급해야 할까?'라는 고민을 하게 만드는 거야. 장비가 아니라 음악을 사용한다는 점만 다를 뿐 재밍하고 비슷해. 너도 재밌지?"

나는 친구들이 마커스와 마이키가 같은 사람이라는 걸 모른다는 사실을 자꾸 잊는다. "응, 조금." 내가 말했다.

"이건 끝내주는 밴드들로 하는 재밍 같은 거야."

"무슨 말인지 알겠어."

미션 지구의 부리토는 싸면서도 양이 많고 맛있어서 샌프란시스코 명물로 불렸다. 바주카 포탄만 한 크기로 둘둘 만 토티아 속에 향긋하게 구운 고기와 과카몰리, 살사, 토마토, 기름에 튀긴 강낭콩, 양파, 고수 잎이 담긴 모습을 상상해보라. 타코벨에서 파는 부리토를 거기에 대는 건 장난감 미니카를 람보르기니에 비교하는 것과 마찬가지다.

미션 지구에는 부리토 가게가 2백여 개 정도 있는데 모두들 하나같이 용감무쌍하게 보기 흉했다. 인테리어라고 할 것도 거의 없어서 불편한 의자와 빛바랜 멕시코 관광청 포스터, 번쩍거리는 액자에 넣은 예수와 마리아의 홀로그램 정도가 다였고, 거기에다 마리아치 음악을 크게 틀어놓았다. 진짜 정통 부리토 가게에 가면 소의 뇌와 혀가 들어간 메뉴도 있었는데 난 아직 주문해본 적이 없었다. 뭐, 그래도 그런 게 있다는 걸 아는 건 좋은 일이니까.

우리가 들어간 가게도 뇌와 혀를 팔았지만, 주문하지 않았다. 우리는 둘 다 오르차타 큰 컵을 주문하고, 나는 카르네 아사다, 앤지는 간 닭고기를 시켰다.

자리에 앉자마자 앤지가 부리토의 토티아를 풀더니 핸드백에서 작은 병을 꺼냈다. 작은 스테인리스 분무기였는데, 호신용 최루액 분무기처럼 생겼다. 앤지는 그걸로 헐벗고 있는 부리토 속을 겨누더니 번들거리는 빨간 액체를 곱게 분사했다. 난 옆에서 냄새만 맡고도 목이 콱 막히고 눈물이 줄줄 흘러내렸다.

"무방비 상태의 불쌍한 부리토한테 도대체 무슨 짓을 하는 거야?"

앤지가 나를 바라보며 사악한 웃음을 짓더니 말했다. "난 매운맛 중독이야. 분무기에는 캡사이신 기름이 들었어."

"캡사이신이라면…."

"응. 최루액에 들어가는 거지. 최루액이랑 비슷하긴 한데 약간 묽게 만든 거야. 그러면 더 맛이 좋아지거든. 매운 케이준 소스 안약 같은 거라고 생각하면 이해가 될 거야."

눈이 불에 댄 듯 뜨겁겠다는 생각밖에 안 들었다.

"장난치지 마. 설마 이걸 먹겠다는 건 아니지?"

앤지가 눈을 치켜떴다. "내 의욕에 막 불을 지르는 말인걸. 잘 봐."

앤지는 대마초 중독자가 대마초를 말듯이 조심스럽게 부리토를 둘둘 말더니 끝부분을 안으로 밀어 넣고 다시 은박지로 감쌌다. 그리고 한쪽 끝을 벗겨서 들어 올리더니 입술 바로 앞에서 멈췄다.

나는 앤지가 부리토를 막 베어 물려는 이 상황을 도저히 믿을 수 없었다. 앤지가 저녁 식사에 대량으로 뿌린 저 물질은 원래 대인 무기였다.

앤지는 부리토를 한입 베어 물고 씹어서 삼켰다. 그리고 맛있는 저녁을 먹었을 때의 리액션을 보여주었다.

"한입 먹어볼래?" 앤지가 천진난만한 얼굴로 물었다.

"응." 나도 매콤한 음식을 좋아했다. 파키스탄 식당에 가면 항상 제일 매운 카레를 주문했다.

나는 은박지를 벗기고 크게 한입 베물었다.

엄청난 판단착오였다.

고추냉이 같은 걸 한입 가득 씹었을 때, 숨통과 콧구멍 깊숙한 곳이 콱 막히면서 동시에 머리에 갇힌 핵폭발 규모의 열기가, 눈물과 콧물로 범벅된 눈알과 콧구멍으로 뛰쳐나가려고 마구 두들겨대는 그 느낌을 다들 알 것이다. 꼭 만화에서처럼 양쪽 귀로 증기가 뿜어져 나오는 그 느낌 말이다.

이건 그것보다 훨씬 안 좋았다.

뜨거운 화로에 손을 집어넣은 것과 비슷한데 손만이 아니라 머리 속을 통째로 꺼내서 집어넣고, 식도에서부터 위장까지 모조리 뽑아서 함께 집어넣은 기분이었다. 온몸에서 땀이 뿜어져 나오고 숨이 막혀서 계속 컥컥거릴 수밖에 없었다.

앤지가 아무 말없이 오르차타를 건네줬다. 간신히 빨대를 입에 물고 힘껏 빨아서 한 번에 반 잔을 꿀꺽 들이켰다.

"매운맛에도 등급이 있는데, 스코빌이라는 단위를 써. 고추 애호가들은 얼마나 매운지 이야기할 때 그 단위를 사용해. 순수한 캡사이신은 약 1천5백만 스코빌이고, 타바스코 핫소스는 약 2천5백 스코빌. 최루액 스프레이는 3백만 스코빌 이상이야. 이건 겨우 10만 스코빌밖에 안 돼. 스코틀랜드 보닛 고추 정도지. 난 1년 만에 이 정도까지 끌어올렸어. 진짜 마니아들은 50만 스코빌까지 올라가기도 해. 타바스코 핫소스보다 2백 배 매운 셈이지. 그건 진짜 매워. 스코빌 단위가 그 정도로 높으면 두뇌에 엔도르핀이 파도처럼 몰아칠 거야. 도취감이 대마초보다 더 할걸. 너한테도 좋아."

이제야 콧구멍이 뚫려서 나는 헐떡이지 않고 숨을 쉴 수 있게 됐다.

"나중에 화장실에 가면 굉장한 불의 고리를 맛보게 될 거야." 앤지가 내게 윙크를 하며 말했다.

어이쿠.

"넌 미쳤어." 내가 말했다.

"노트북을 직접 만들어서 박살내는 취미를 가진 분이 그렇게 이야기하니까 재밌네."

"한 방 먹었다." 내가 손바닥으로 이마를 쳤다.

"더 먹어볼래?" 앤지가 스프레이를 내밀었다.

"통과." 내 재빠른 대답에 둘 다 웃음이 터졌다.

식당을 나와 돌로레스 공원으로 향할 때 앤지가 내 허리에 팔을 둘렀다. 내가 앤지 어깨에 팔을 올리니 키가 딱 맞았다. 처음 있는 일이었다. 나는 키가 별로 크지 않아서 지금까지 만났던 여자애들은 대체로 나랑 키가 비슷했다. 십대 여자애들이 남자애들보다 빨리 큰다는 사실은 가혹한 자연의 장난이었다. 이번엔 괜찮았다. 난 기분이 좋아졌다.

우리는 20번가 모퉁이를 돌아서 돌로레스 공원으로 향했다. 모퉁이에서 한 발짝을 채 떼기도 전에 사람들의 열기가 느껴졌다. 마치 벌떼 백만 마리가 윙윙거리는 것 같았다. 수많은 사람들이 공원을 향해 걸어가고 있었다. 앞쪽을 쳐다봤더니 아까 앤지를 만나러 가기 전보다 군중이 백 배는 불어난 상태였다.

그 광경을 보고 피가 뜨거워졌다. 아름답고 멋진 밤이었고 곧 파티가 시작될 참이었다. 내일이 존재하지 않는 진짜 파티. "먹고, 마시고, 즐기자. 우리는 내일 죽을 테니."

따로 이야기를 하지 않아도 우리 발걸음이 동시에 빨라졌다. 긴장한 얼굴의 경찰이 많았지만, 대체 뭘 어쩌겠는가? 공원에는 사람들이 정말 많았다. 난 사람 숫자를 세는 데는 서툴렀다. 나중에 신문을 보니 주최 측에서는 20,000명이 모였다고 했고 경찰 추산으로는 5,000명이라고 했다. 그렇다면 12,500명 정도였겠지.

어찌 됐든, 승인도 받지 않은 임의의 '불법' 행사에 이렇게 많은 사람들과 함께 있는 건 처음이었다.

우리는 곧 사람들 속으로 섞여 들었다. 장담할 수는 없지만, 거기에 꽉 들어찬 사람들 가운데 25살 이상은 보이지 않는 것 같았다. 모두들 얼굴에 웃음이 가득했다. 10살이나 12살 정도의 어린아이들도 있었다. 아이들을 보니 기분이 좋아졌다. 군중 속에 이렇게 어린아이들이 있는데 아무리 경찰이라도 설마 바보 같은 짓을 벌이진 않겠지. 즐거운 봄날 축제의 밤이 시작될 참이었다.

사람들이 테니스장 쪽으로 밀려가기 시작했다. 우리는 손을 잡고 사람들 사이를 뚫고 지나갔다. 사실 떨어지지 않는 게 목적이라면 깍지까지 낄 필요는 없었다. 순전히 즐거움을 위한 깍지였다. 기분이 무척 좋아졌다.

밴드들이 기타와 믹서, 키보드에 드럼 세트까지 다 갖추고 테니스장 안에 모여 있었다. 이 장비들을 부품별로 분해해서 운동용 가방이나 코트 속에 숨겨서 들어왔다는 이야기가 나중에 엑스넷에 올라왔다. 사진 사이트에도 많은 이야기들이 올라왔다. 커다란 스피커들 사이에 자동차 수리업체에 가면 볼 수 있는 배터리가 쌓여 있었다. 웃음이 터져 나왔다. 천재들 아냐? 배터리로 장비에 전원을 공급하려던 것이었다. 내가 선 곳에서 보니 밴드 연주자들이 휘발유와 전기를 함께 사용하는 하이브리드 자동차에서 배터리를 꺼내고 있었다. 어떤 사람이 한밤의 즐거운 파티에 에너지를 공급해주기 위해 자기 친환경 자동차의 내장을 털어낸 모양이었다. 테니스장 바깥 담장에 배터리가 계속 쌓였다. 배터리에 연결된 전선이 철망 틈을 통해 테니스장 안으로 연결되었다. 배터리를 세어봤더니, 무려 200개! 와우! 아마 그 무게만 해도 1톤은 나갈 것이다.

이메일과 위키, 메일링리스트가 없었더라면 이렇게까지 조직하는 건 불가능했을 것이다. 그리고 이렇게 영리한 사람들이 일반적인 인터넷 서비스를 통해서 이 일을 진행했을리가 없었다. 엑스넷을 이용했다는 데에 내 신발을 걸 수 있다.

우리가 사람들 사이를 이리저리 돌아다니고 있을 때 모습을 드러낸 밴드들이 서로 의견을 나누는 모습이 보였다. 테니스장 안에 있는 트루디 두의 모습이 멀리서 보였다. 프로레슬링 쇼에서 철창 안에 있는 선수 같은 느낌이었다. 그녀는 찢어진 남자용 민소매 셔츠를 입고 있었는데, 형광 핑크색으로 염색해서 레게 스타일로 땋은 긴 머리가 허리까지 내려왔다. 그리고 군복 바지와 앞부리에 쇠징을 박은 고스풍 부츠를 신었다. 트루디 두는 포수 글러브처럼 닳고 닳은 묵직한 오토바이 재킷을 집어 들더니 갑옷처럼 걸쳤다. 그녀에겐 정말로 그 옷이 갑옷일지 모른다는 생각이 들었다.

앤지에게 강한 인상을 주기 위해 트루디 두에게 손을 흔들어 봤지만 이쪽을 쳐다보지 않는 바람에 얼치기 광팬이 된 느낌이 들어 그만뒀다. 청중들의 열기가 어마어마했다. 엄청 많이 모인 사람들에 대해 이야기할 때 흔히 '발산하는 분위기'나 '열기'를 언급하는데, 직접 그 상황을 경험해보기 전에는 그런 표현이 그저 비유에 불과하다고 생각하기 쉽다.

그건 그냥 비유가 아니다. 모두가 전염이라도 된 듯 얼굴마다 함박웃음이 걸렸다. 다들 아직 들리지도 않는 리듬에 조금씩 발을 맞추고 어깨를 들썩이며 좌우로 흔들흔들 걸어갔다. 농담과 웃음이 넘쳤다. 사람들의 목소리는 곧 불꽃놀이라도 시작될 듯 흥분되고 들떴다. 그 안에 있으면 그런 분위기에 휩쓸리지 않을 수 없었다.

밴드가 연주를 시작할 때쯤에는 나도 사람들의 분위기에 흠뻑 빠져 있었다. 개막 공연은 세르비아 터보 포크였는데, 그 음악에는 어떻게 춤을 추어야 할지 도무지 감이 오지 않았다. 내가 춤출 수 있는 음악 장르는 딱 두 가지였다. 하나는 트랜스이고(그냥 음악에 몸을 맡기고 이리저리 움직이면 된다), 다른 하나는 펑크다(다치거나 완전히 탈진할 때까지 마구 격렬하게 흔들면 된다). 다음 공연은 스래시 메탈 밴드가 연주하는 오클랜드 힙합이었다. 다음 공연은 버블껌 팝이었다. 그때 스피드호어즈가 무대에 등장하더니 트루디 두가 마이크로 향했다.

"내 이름은 트루디 두야. 나를 믿는 사람은 바보야. 서른두 살이거든. 너무 늦었지. 난 망했어. 고리타분한 사고방식이 박혀서 내가 가진 자유를 당연한 걸로 여기다가, 다른 사람들이 빼앗아가도록 내버려뒀어. 여러분은 이제 미국이라는 수용소에서 자라는 첫 번째 세대가 될 거야. 그래서 자유가 얼마나 소중한 것인지 티끌 하나부터 제대로 배우게 될 거야!"

청중이 소리를 지르며 환호했다. 그녀는 빠르고 약간 변칙적인 주법으로 기타를 연주했다. 그리고 남자 머리 스타일에 덩치가 크고 뚱뚱하며 부츠도 더 큰 걸 신은 베이시스트가 활짝 웃으며 빠르고 강한 연주를 펼치기 시작했다. 그녀의 미소는 맥주병이라도 따고 싶게 만들었다. 나는 뛰고 싶다는 생각이 들어서 제자리에서 팔짝팔짝 뛰었다. 앤지도 나와 함께 뛰었다. 우리 모두는 그날 밤 마음껏 땀을 흘렸다. 땀 냄새와 대마초 냄새가 가득했다. 뜨듯한 몸뚱이들이 사방에서 부딪혔다. 그 사람들도 뛰고 있었다.

"스물다섯 살 이상은 아무도 믿지 마!" 트루디 두가 소리쳤다.

우리는 함성을 질렀다. 하나의 커다란 짐승이 되어 목이 터져라 소리 질렀다.

"스물다섯 살 이상은 아무도 믿지 마!"

"스물다섯 살 이상은 아무도 믿지 마!"

"스물다섯 살 이상은 아무도 믿지 마!"

트루디 두가 기타를 난해한 주법으로 때리기 시작하자, 얼굴을 온통 피어싱으로 뒤덮은 자그만 꼬마 요정처럼 생긴 다른 기타리스트가 끼어들어 '디링 윙 디리링 디윙' 12번째 플랫까지 빠르게 끌어올렸다.

"이건 씨발 우리 도시야! 이건 씨발 우리나라야! 우리가 자유로운 한 결코 테러리스트에게 뺏기지 않아. 우리가 자유롭지 못할 때 테러리스트가 이기는 거야! 되찾자! 되찾자! 여러분은 이길 수 없을지도 모른다는 사실을 알지 못할 정도로 어리고 바보 같으니까, 우리를 승리로 이끌어줄 사람은 여러분밖에 없어! 되찾자!"

"되찾자!" 우리가 함성을 지르자 트루디 두가 기타 즉흥 연주를 펼쳤다. 우리는 다시 목이 터져라 소리를 질렀다.

나는 완전히 녹초가 되어서 한 발짝도 딛기 힘들 정도가 될 때까지 춤을 췄다. 앤지도 옆에서 춤췄다. 사실상 우리는 땀에 젖은 몸을 몇 시간 동안 부비부비 했지만, 믿든 말든 나는 전혀 성적으로 흥분되지 않았다. 우리는 지존의 리듬과 드럼 소리, 사람들의 고함 소리에 넋을 잃고 춤을 췄다. 되찾자! 되찾자!

춤출 힘조차 다 소진되었을 때 앤지의 손을 잡았는데, 앤지가 어찌나 세게 움켜쥐었는지 마치 건물에서 떨어지려는 사람을 붙잡고 있는 기분이었다. 앤지가 사람들이 적고 시원한 곳으로 나를 끌고 갔다. 돌로레스 공원 가장자리로 가자 바람이 차가워서 금세 땀이 얼어붙었다. 덜덜 떨고 있을 때 앤지가 내 허리에 팔을 둘렀다. "따뜻하게 해줘." 앤지가 명령을 내렸다. 사실 굳이 말로 할 필요 없는 요구사항이었다. 앤지를 뒤에서 끌어안았다. 그 순간 빨라지기 시작한 앤지의 심장이 사납게 날뛰더니 아주 빠른 댄스뮤직 비트가 되었다.

앤지에게서 땀 냄새가 났다. 코를 자극하는 강렬한 향이 끝내줬다. 나도 땀 냄새가 날 것이다. 내 코가 앤지 머리 꼭대기에 닿았다. 앤지의 얼굴은 내 쇄골에 닿았다. 앤지가 손을 뻗어 내 목을 잡아당겼다.

"이리 내려와. 사다리를 안 가져왔거든." 앤지의 그 말에 나는 웃으려 했지만, 입맞춤을 하면서 웃긴 힘들었다.

아까 말했듯이 난 그때까지 평생 세 명의 여자애와 입을 맞췄다. 그중 둘은 그전에 입맞춤을 해본 적이 없었고, 한 명은 12살 때부터 남자친구와 데이트를 했는데 나랑 입맞춤을 할 때쯤에는 이미 아이까지 있었다.

그중 누구도 앤지처럼 입을 맞추는 사람은 없었다. 앤지는 입 전체를 잘 익은 과일의 속살처럼 부드럽게 만들었다. 그리고 내 입에 혀를 쑤셔넣는 게 아니라 부드럽게 미끄러져 들어오는 동시에 내 입술을 빨았다. 마치 내 입과 그 애의 입이 하나로 합쳐지는 것 같았다. 내 입에서 신음 소리가 절로 나왔다. 나는 앤지를 붙잡고 꽉 끌어안았다.

천천히 부드럽게 풀밭에 누웠다. 우리는 옆으로 누워 서로 끌어안고 아주 오래 키스를 했다. 세상이 사라진 그곳에 키스만 남았다.

내 손은 앤지의 엉덩이를 더듬다가 허리로 올라갔다. 앤지의 티셔츠 끝자락에서 따뜻한 배로, 부드러운 배꼽을 지나 조금 더 올라갔다. 앤지도 신음을 뱉었다.

"여기선 안 돼. 저쪽으로 가자." 앤지가 길 건너 하얗고 큰 교회를 가리키며 말했다. 돌로레스 공원과 미션 지구라는 이름이 그 교회에서 유래했다. 우리는 손을 잡고 재빨리 길을 건너 교회로 갔다. 교회 건물 앞쪽에 큰 기둥이 줄지어 있었다. 앤지는 기둥으로 나를 밀더니 내 얼굴을 아래로 끌어당겼다. 내 손은 빠르고 대담하게 다시 앤지의 셔츠로 파고들어 위로 미끄러져 올라갔다.

"내 거는 뒤에서 풀어야 돼." 앤지가 입맞춤을 하며 속삭였다. 내 물건이 쇠몽둥이처럼 딱딱해졌다. 손으로 앤지의 강하고 넓은 등을 더듬었다. 손가락으로 후크를 찾았는데 손이 떨렸다. 손으로 더듬거리는 동안 브래지어도 풀 줄 모르는 녀석들에 대한 온갖 농담이 떠올랐다. 나는 이 방면에 재주가 없었다. 그때 후크가 풀렸다. 앤지가 입맞춤을 하며 헐떡였다. 손으로 더듬거리는 동안 앤지의 겨드랑이가 젖은 게 느껴졌다. 더럽기보다는 오히려 섹시했다. 가슴 옆 부분에 가볍게 손이 닿았다.

그때 사이렌이 울리기 시작했다.

지금까지 들어봤던 어떤 소리보다 컸다. 마치 뭔가가 내 발을 걸어차는 듯한 느낌이 들 정도였다. 사이렌 소리는 귀가 견딜 수 있는 한계치까지 커지더니, 더 커졌다.

"즉시 해산하라." 그 소리는 머리통을 울리는 신의 목소리처럼 들렸다.

"이 모임은 불법 집회다. 즉시 해산하라."

밴드가 연주를 중단했다. 길 건너 청중들의 함성소리가 바뀌었다. 두려움과 분노가 뒤섞여 있었다.

딸까닥 소리가 들리더니 자동차 스피커와 배터리를 이용한 테니스장 음향시설의 소리가 커졌다.

"되찾자!"

파도나 벼랑을 향해 지르는 소리처럼 반항적인 목소리였다.

"되찾자!"

군중이 으르렁거렸다. 그 소리에 뒷목의 머리털이 바짝 섰다.

"되찾자!" 사람들이 합창했다. "되찾자, 되찾자, 되찾자!"

플라스틱 방패를 들고 다스 베이더 헬멧으로 얼굴을 가린 경찰들이 선을 넘어 안으로 들어갔다. 검정색 경찰봉을 들고 적외선 고글을 쓴 경찰들의 모습은 미래를 배경으로 한 전쟁 영화에 나오는 군인이 현실로 튀어나온 것 같았다. 경찰은 줄을 맞춰 한 걸음씩 앞으로 나가면서 경찰봉으로 방패를 쳤는데, 마치 땅이 갈라지는 소리 같았다. 한 걸음, 쾅! 한 걸음, 쾅! 공원 전체를 둘러싸고 압박하기 시작했다.

"즉시 해산하라." 신의 목소리가 다시 말했다. 헬기까지 떴지만 투광조명은 아직 비추지 않았다. 하긴, 적외선 고글이 있지. 헬기에도 적외선 스코프가 있었다. 앤지를 교회 문 쪽으로 끌어당겨 경찰과 헬기에서 보이지 않게 숨었다.

"되찾자!" 스피커가 울부짖었다. 이건 트루디 두가 대항하는 소리였다. 기타를 마구 두드리는 소리가 들렸고, 곧이어 드럼 소리, 뒤이어 깊은 베이스 소리가 들려왔다.

"되찾자!" 청중이 대답하는 소리가 들렸다. 사람들이 공원을 나와 경찰을 향해 돌진했다.

나는 전쟁을 한 번도 겪어보지 못했지만 틀림없이 이런 모습일 거라는 생각이 들었다. 어떤 일이 생길지 잘 아는, 겁에 질린 아이들이 비명을 지르고, 고함을 치면서 들판을 가로질러 적군을 향해 달려가는 모습 말이다.

"즉시 해산하라." 신의 목소리가 말했다. 방금 전 신속하게 나타나 공원을 둘러싼 트럭들에서 들려온 소리였다.

그때 하늘에서 무언가 쏟아지기 시작했다. 헬기에서 뿌린 하얀 연무였다. 우리는 가장자리에 있었는데도 액체가 닿은 머리 꼭대기가 떨어져나가는 것 같았고, 콧구멍을 얼음송곳으로 마구 찌르는 느낌이었다. 눈이 부어오르며 눈물이 흐르고 목이 콱 막혔다.

최루액이다. 이건 10만 스코빌 정도가 아니었다. 1백만 하고도 50만 스코빌이었다. 경찰이 사람들에게 가스를 살포한 것이다.

무슨 일이 일어나고 있는지 볼 수 없었지만 들을 수는 있었다. 앤지와 나는 서로를 붙잡고 숨이 막혀 캑캑대면서 그 소리를 들었다. 처음에는 캑캑대다가 토하는 소리였다. 기타와 드럼, 베이스가 갑자기 멈췄다. 그리고 모두들 콜록거렸다.

그때 비명소리가 들렸다.

비명이 길게 계속됐다. 다시 앞을 볼 수 있게 됐을 때, 경찰은 적외선 고글을 앞이마로 올린 상태였으며 헬기들에서 쏜 투광조명 때문에 마치 대낮 같았다. 모든 사람들이 공원을 쳐다봤다. 이건 좋은 소식이다. 불빛을 그렇게 비추면 모든 상황이 드러나기 때문이다.

"우린 어떻게 하지?" 앤지의 목소리는 긴장되고 겁에 질려 있었다. 나는 말이 나오지 않을 것 같아서 연거푸 마른 침을 삼켰다.

"천천히 걸어가자. 그거 말고는 우리가 할 수 있는 게 없어. 걸어가야 돼. 그냥 지나가는 사람인 척하는 거야. 돌로레스 가로 가서 왼쪽으로 올라가면 16번가가 나올 거야. 우리는 이쪽에서 일어나는 일이랑 아무 상관도 없는 척하자."

"그게 먹힐 리가 없어." 앤지가 말했다.

"내 생각엔 그 방법밖에 없어."

"뛰어가면 안 된다는 거야?"

"응. 우리가 달리면 경찰이 쫓을 거야. 하지만 걸어가면 우리가 아무 짓도 안 했다고 생각하고 놔둘 거야. 경찰은 체포해야 할 사람이 많으니까 한동안 바쁠 거야."

공원에서는 얼굴을 쥐어뜯으며 헐떡이는 아이들과 어른들이 우왕좌왕했다. 경찰은 그 사람들의 겨드랑이를 잡고 끌어당겨서 플라스틱 수갑으로 손목을 채운 후 봉제인형 다루듯 트럭 안으로 집어던졌다.

"준비됐어?" 내가 물었다.

"응."

우리는 손을 잡고 걸었다. 다른 사람들이 일으킨 문제를 피하는 양 빠르게 걸었다. 길옆의 걸인을 못 본 척하거나 길거리에서 일어난 싸움에 휘말리고 싶지 않을 때의 그 걸음걸이였다.

그 방법이 먹혔다.

우리는 모퉁이를 돌아 계속 걸었다. 두 구역을 지나는 동안 둘 다 입을 열지 않았다. 나는 그제야 참았던 숨을 뱉었다. 그동안은 내가 숨을 참고 있는 줄도 몰랐다.

우리는 16번가를 지나 미션 가로 향했다. 보통 때라면 토요일 새벽 2시에 다니기에는 무서운 동네였지만 그날 밤엔 오히려 마음이 편했다. 똑같은 늙은 약쟁이와 매춘부, 마약상, 주정뱅이들이었지만 경찰봉을 들고 가스를 뿌려대는 경찰보다는 나았다.

"음." 내가 밤공기를 들이켜며 말했다. "커피?"

"집에 갈래. 지금은 집에 가는 게 나을 것 같아. 커피는 나중에 마시자."

"그러자." 내가 동의했다. 앤지는 헤이즈 밸리에 살았다. 나는 지나가던 택시를 잡았다. 이건 작은 기적이었다. 샌프란시스코에서는 필요할 때 택시를 잡는 게 여간 어렵지 않았다.

"집에 갈 택시비는 있니?"

"응." 택시 운전사가 유리창 너머로 우리를 쳐다봤다. 내가 차문을 열어놨기 때문에 그냥 갈 수 없었을 것이다.

"잘 들어가." 내가 말했다.

앤지가 내 얼굴을 손으로 감싸더니 자기 쪽으로 당겨서 강하게 입을 맞췄다. 하지만 성적인 느낌보다는 친근한 느낌이 더 강했다.

"잘 가." 앤지가 내 귀에 속삭이며 택시 안으로 들어갔다.

머리는 어질어질하고 눈에선 눈물이 났다. 그리고 엑스넷 이용자들을 국토안보부와 샌프란시스코 경찰의 손에 버려두고 도망쳤다는 생각에 얼굴이 화끈거려 견디기 힘들었다. 난 집으로 향했다.

월요일 아침, 갈베스 선생님 수업시간에 프레드릭 벤슨 교감이 들어왔다.

"갈베스 선생님은 더 이상 이 반을 가르치지 않을 거야." 우리가 자리에 앉자 교감이 말했다. 척 봐도 교감의 만족스러워하는 표정이 읽혔다. 직감에 따라 찰스 쪽을 돌아봤다. 녀석은 생일날 세계 최고의 선물이라도 받은 양 활짝 웃고 있었다.

내가 손을 들었다.

"왜죠?"

"교육위원회 정책상 교직원의 문제는 해당 교직원과 징계위원회 이외의 사람들에게는 말해줄 수 없어." 교감은 그렇게 이야기하며 굳이 즐거운 속내를 감추려 들지 않았다.

"오늘 우리는 새로운 단원을 시작할 거야. 국가안보에 대한 수업이다. 너희 스쿨북에 새 교과서가 있을 게다. 스쿨북을 켜서 첫 장을 열어라."

첫 장에 국토안보부 로고와 함께 제목이 박혀 있었다. '모든 미국인이 알아야 할 조국의 안보'.

스쿨북을 바닥에 던져버리고 싶었다.

하교 후에 앤지네 학교 근처에 있는 카페에서 약속을 잡았다. 지하철에 앉았더니 내 앞에 양복을 입은 두 남자가 있었다. 〈샌프란시스코 크로니클〉을 읽고 있었는데 1면 가득히 돌로레스 공원에 모인 '젊은 폭도들'을 난도질한 기사가 가득했다. 그들은 기사를 보며 혀를 끌끌 찼다. 그러더니 한 사람이 옆 사람에게 말했다. "이 자식들은 세뇌를 당했나봐. 젠장, 우리도 이 나이때 이렇게 멍청했나?"

나는 일어나서 다른 자리로 옮겼다.

13

피해망상을 유지해

"이놈들은 완전 창녀야." 앤지가 말을 툭 뱉었다. "그렇게 이야기하면 열심히 일하는 창녀들에 대한 모독이겠지? 이놈들은, 그러니까 이놈들은 돈에 환장한 쓰레기들이야."

우리는 카페에 신문을 잔뜩 들고 와서 읽고 있었다. 신문들에는 돌로레스 공원에서 열린 파티에 대한 '기사'가 실려 있었는데, 하나같이 술이나 마약에 취한 애들이 경찰을 공격했다는 식이었다. 〈USA 투데이〉는 '폭동'으로 인한 비용을 보도하면서 경찰이 뿌린 최루액 청소 비용과 천식 환자들이 급증해서 샌프란시스코 응급실이 마비되어 발생한 비용, 8백 명에 달하는 체포된 '폭도들'에 대한 처리 비용까지 포함시켰다.

우리 입장에서 이야기하는 신문은 하나도 없었다.

"뭐, 그래도 엑스넷에는 제대로 올라왔어." 내가 말했다. 나는 휴대폰에 저장해둔 블로그와 동영상, 사진을 앤지에게 보여줬다. 가스를 뒤집어쓰고 몽둥이에 맞았던 사람들이 직접 만든 것들이었다. 동영상에는 춤을 추며 즐기는 모습과 평화로운 정치 연설이 담겨 있었다. 그리고 '되찾자'는 합창과 트루디 두가 우리에게 자유를 위해 투쟁하리라 믿을 수 있는 유일한 세대라고 이야기하는 모습도 있었다.

"사람들에게 이 사실을 알려야 돼." 앤지가 말했다.

"말로는 쉽지." 내가 시무룩하게 말했다.

"음, 넌 왜 언론이 우리 입장에서 보도하지 않는다고 생각해?"

"네가 그랬잖아. 기자들이 창녀라서 그렇다고."

"그랬지. 그래도 창녀는 그 짓을 하면 돈을 벌잖아. 언론사는 오히려 논쟁이 있을 때 신문과 광고를 더 많이 팔 수 있어. 지금 언론은 공연을 범죄처럼 다루잖아. 논쟁거리로 다루면 그보다 훨씬 크게 판을 키울 수 있어."

"그래, 무슨 이야긴지 알겠어. 그렇다면 왜 언론은 그렇게 하지 않을까? 음, 기자들은 엑스넷을 살펴보는 건 고사하고 일반 블로그 검색조차 서툴러. 인터넷은 마치 어른 접근금지구역 같아." 내가 말했다.

"그래. 그래도 우리가 그 상황을 바꿀 수 있지 않을까?"

"응?"

"이 내용을 글로 쓰고 링크를 첨부해서 어떤 장소에 가져다 놓는 거야. 기자들이 쉽게 발견해서 볼 수 있을 만한 장소가 있을 거야. 엑스넷 사용법에 대한 링크도 넣는 거지. 인터넷 사용자라면 엑스넷을 금세 배울 거야. 국토안보부에서 감시하는 걸 신경 쓰지만 않는다면 말이지."

"그게 될까?"

"뭐, 안 되더라도 뭔가 건설적인 활동이긴 하잖아."

"그 사람들이 뭐하러 우리 이야기를 듣겠어?"

"마이키가 말하는데 안 듣는 사람도 있단 말이야?"

나는 커피 잔을 내려놓고 휴대폰을 집어서 주머니에 넣었다. 그리고 일어나서 몸을 돌려 카페 밖으로 나갔다. 나는 이리저리 닥치는 대로 모퉁이를 돌면서 계속 걸어갔다. 얼굴이 뻣뻣해지고 모든 피가 위장으로 쏠려서 배 속이 마구 휘저어진 느낌이었다.

'놈들은 내가 누구인지 알아. 놈들은 마이키가 누구인지 알아.' 그랬다. 앤지가 알아냈다면 국토안보부도 알아냈을 것이다. 난 완전히 망했다. 국토안보부 트럭에서 풀려날 때부터, 나는 언젠가 놈들이 나를 체포해 대릴이 사라져버린 그곳으로 영원히 보내버릴 거라는 사실을 알았다.

이제 다 끝났다.

마켓 가에 도착했을 때 앤지가 나를 덮쳤다. 숨을 헐떡거리는 앤지는 화가 많이 난 모양이었다.

"이봐 아저씨, 대체 뭐가 문제야, 어?"

나는 앤지를 떨쳐내고 계속 걸었다. 이제 다 끝났다.

앤지가 다시 나를 붙잡았다. "거기 서. 마커스, 지금 나 겁주는 거야? 야, 이야기 좀 해."

멈춰서 앤지를 쳐다봤더니 흐릿하게 보였다. 눈의 초점이 맞춰지지 않았다. 도로 가운데를 정신없이 달려가는 전차가 보이자 그 앞에 뛰어들고 싶은 욕구가 마구 솟구쳤다. 감옥으로 돌아갈 바에는 죽는 게 낫다.

"마커스!" 앤지가 영화 속에 나오는 사람들이나 하는 짓을 했다.

앤지가 내 뺨을 때리자 얼굴에서 쩍 갈라지는 소리가 났다. "말하란 말이야, 젠장!"

앤지를 쳐다보며 얼굴을 손으로 만졌더니 몹시 따가웠다.

"내가 누구인지 아무도 몰랐어야 해. 이보다 더 간단하게 말할 방법은 없어. 네가 알아냈다면 끝난 거야. 다른 사람이 알게 되면 끝난 거라고."

"아, 젠장. 미안해. 있잖아, 내가 아는 이유는, 그러니까, 내가 졸루를 협박했어. 지난번 파티가 끝나고 나서 네 뒷조사를 조금 했거든. 네가 겉으로 보이는 것처럼 좋은 녀석인지 아니면 음흉한 도끼 살인마인지 알아보고 싶었어. 졸루와는 오래 알고 지내는 사이인데도 너에 대해 물어보니 네가 무슨 재림 예수라도 되는 양 이야기하더라. 그래도 나는 녀석이 숨기는 게 있다는 사실을 알아챘어. 나하곤 오래 알고 지냈으니까. 녀석이 어렸을 때 컴퓨터 캠프에서 우리 언니를 만나서 사귀었던 적이 있어서 내가 개의 아주 더러운 약점을 좀 알고 있지. 그래서 나한테 사실대로 말하지 않으면 온 동네에 떠들고 다니겠다고 했어."

"그래서 졸루가 너한테 이야기해줬구나."

"아니. 졸루는 나보고 꺼지라더라. 그래서 지금까지 아무한테도 이야기하지 않았던 내 비밀을 이야기해줬어."

"그게 뭔데?"

앤지가 나를 바라보더니 주위를 돌아봤다. 그리고 다시 나를 바라봤다. "좋아. 너한테 비밀을 지키겠다는 맹세 같은 건 받을 생각이 없어. 그래봤자 무슨 소용이야. 너를 믿거나 아니면 말거나 둘 중 하나인 거지. 작년에 내가…." 앤지가 잠시 말을 멈췄다. "작년에 내가 일제고사 시험지를 훔쳐서 인터넷에 뿌렸어. 그저 장난이었어. 교장실을 지나가는데 활짝 열린 금고 안에 시험지가 보였거든. 그래서 재빨리 뛰어 들어갔지. 여섯 부가 있길래 한 부를 가방에 넣고 나왔어. 그리고 집에 와서 전부 다 스캔해서 덴마크 해적당 서버에 올려버렸어."

"그게 너였어?"

앤지의 뺨이 붉어졌다. "으응."

"말도 안 돼!" 엄청난 소식이었다. 당시 교육위원회에서는 '학업부진아 방지'를 위한 시험을 준비하는 데에 수천만 달러가 든다며, 시험지가 유출되는 바람에 그 돈을 다시 지출해야 한다고 법석을 떨었었다. 그래서 그 사건을 '교육 테러'라고 불렀다. 언론에서는 유출 사건 배후에 정치적 동기가 있을 거라며, 교사나 학생, 혹은 절도범이나 불만이 많은 정부 납품업체에서 저지른 일종의 시위일 거라고 짐작했다.

"그게 너였다고?"

"나였어."

"그런데 그 이야기를 왜 졸루한테…."

"졸루에게 내가 비밀을 지킬 거라는 확신을 주고 싶었으니까. 내 비밀을 가르쳐주면 졸루는 자기가 알려준 비밀을 내가 떠벌리고 다닐 경우 나를 감옥에 넣을 수도 있는 비밀을 갖게 되는 거잖아. 조금 내주고 조금 받는 거야. 영화 〈양들의 침묵〉의 대사처럼, 일에는 대가가 따르는 거지."

"그랬더니 졸루가 이야기해줘?"

"아니. 그래도 안 해주더라고."

250

"그런데?"

"그래서 내가 너한테 얼마나 관심이 많은지 이야기해줬어. 내가 너의 관심을 끌기 위해 어떤 바보짓까지 할 건지도 이야기해줬어. 그제야 졸루가 말해주더라."

나는 무슨 말을 해야 할지 몰라서 땅바닥만 쳐다보고 있었다. 앤지가 내 손을 꽉 움켜잡았다.

"억지로 졸루가 털어놓게 만들어서 미안해. 나한테 말할지 말지는 전적으로 네가 결정할 문제인데, 내가 주책없이 나서서…."

"아냐." 앤지가 어떻게 알아냈는지 알게 되자 마음이 놓이기 시작했다. "아냐. 난 네가 알게 돼서 기뻐. 너니까."

"나니까. 귀염둥이니까?"

"응. 난 이제 괜찮아졌어. 그래도 한 가지가 더 남았어."

"뭐?"

"아마 이런 이야기를 하면 정말 바보 같겠지만 그래도 이렇게 말할 수밖에 없을 것 같아. 그러니까 그냥 말할게. 우리가 지금 사귀는 건지는 잘 모르겠지만, 아무튼 사람들은 헤어지기도 해. 사람들은 헤어질 때가 되면 서로에게 화를 내기도 하고, 심지어 서로 증오하기도 하잖아. 우리가 그렇게 되는 걸 상상하면 정말 소름 끼치지만, 그래도 우리는 그 문제에 대해서도 생각해봐야 해."

"네가 무슨 짓을 하더라도 내가 비밀을 폭로하지 않겠다고 엄숙하게 약속할게. 무슨 짓을 해도 좋아. 네가 우리 엄마 눈앞에서 내침대에 누워 치어리더 10명과 얽히더라도, 설령 브리트니 스피어스 음악을 억지로 듣게 만들더라도, 내 노트북을 훔쳐서 망치로 박살내고 바닷물에 담그더라도, 약속할게. 절대로 네 비밀을 다른 사람에게 이야기하지 않을 거야, 영원히."

"헐… 음."

"자, 이제 나한테 입을 맞출 시간이야." 앤지가 그렇게 말하며 얼굴을 들었다.

마이키가 엑스넷에서 그 다음으로 진행한 큰 프로젝트는 돌로레스 공원에서 열린 '믿지 마' 파티에 대한 자료들을 모조리 쓸어 모으는 작업이었다. 나는 최대한 멋진 사이트를 만들어 장소별, 시간별, 범주별(경찰 폭력, 춤, 후유증, 노래 등)로 어떤 일이 일어났는지 일목요연하게 보이도록 메뉴를 구성하고 공연 과정 전체를 올렸다.

밤마다 잠자리에 들 시간에 이 일을 했다. 다음 날도, 또 다음 날도.

내 받은 편지함에는 사람들이 보낸 여러 가지 제안들로 넘쳐흘렀다. 사람들이 휴대폰과 똑딱이 카메라로 찍은 사진들을 보냈다. 그때 익숙한 아이디가 보낸 이메일을 받았다. 닥터 이이블(Dr. Eeevil, e가 세 개나 된다)은 패러노이드 리눅스를 개발한 주요 개발자 중 한 명이었다.

> 마이키에게.

> 네가 진행하는 엑스넷 실험을 아주 흥미롭게 지켜보고 있어. 독일에 사는 우리는 정부가 통제를 벗어났을 때 어떤 일이 일어나는지 잘 알지.

> 모든 카메라는 고유한 '노이즈 지문'을 남기기 때문에 나중에 카메라와 대조해볼 수 있다는 사실을 네가 알았으면 해. 즉 사진을 찍은 사람들이 다른 일로 걸렸을 경우 네가 그 사이트에 올린 사진들이 그 사람을 식별하는 데 이용

될 수 있어.

　> 하지만 다행히 네가 조금만 더 신경 쓰면 노이즈 지문을 쉽게 지울 수 있어. 네가 사용하는 패러노이드 배포판에 보면 지문을 지울 수 있는 유틸리티가 있어. '익명사진'이라는 프로그램인데, /usr/bin에 들어가면 있을 거야. 설명서 읽어봐, 아주 간단해.

　> 네가 하는 일이 잘 되길 바랄게. 잡히지 마. 자유를 지켜. 피해망상을 유지해.

　> 닥터 이이블.

　나는 올렸던 사진들의 노이즈 지문을 전부 지운 뒤 다시 올리면서 닥터 이이블이 내게 해준 이야기를 덧붙였다. 모든 엑스넷 이용자는 동일한 패러노이드 엑스박스 버전을 설치했으므로 다들 사진을 익명처리할 수 있다. 이미 경찰이 다운로드 받아버린 사진은 어쩔 수 없지만, 지금부터는 더 영리해질 것이다.

　내겐 밤잠보다 그 일이 더 중요했다. 그러던 어느 날 아침 식사를 하러 내려가니 엄마가 켜놓은 라디오 NPR 채널에서 뉴스가 나오고 있었다.

　"아랍 뉴스 방송 알자지라가 지난주 돌로레스 공원에서 폭동을 일으킨 청년들이 직접 올린 사진과 비디오를 방영하고 있습니다." 내가 오렌지 주스를 마시고 있을 때 아나운서가 말했다. 온 주방에 주스를 뿜을 뻔했지만 겨우 참았다. 대신 약간 컥컥거리긴 했다.

　"알자지라 기자들은 소위 '엑스넷'이란 곳에 이 자료들이 올라왔다고 주장했는데, 엑스넷은 학생들과 베이 지역의 알 카에다 동조자들이 은밀히 사용하는 네트워크입니다. 이런 네트워크가 있다는 소문은 오래전부터 있었지만 주류 언론에서 언급한 것은 이번이 처음입니다."

엄마가 고개를 절레절레 젓더니 말했다. "왜 이리 되는 일이 없니. 아직도 경찰들한테 덜 당했나? 아이들이 게릴라라도 되는 양 경찰에게 진짜로 단속할 핑계를 만들어주고 있네."

"엑스넷 블로그에는 폭동에 참여한 젊은이들이 평화로운 집회를 경찰이 공격했다는 주장을 담은 멀티미디어 파일과 자료들을 수백 개씩 올려놓았습니다. 그중 하나를 살펴보죠.

'우리는 그저 춤만 추고 있었어요. 난 동생도 데려갔어요. 밴드들은 음악을 연주했고, 우리는 자유에 대해 이야기했어요. 그리고 우리는 미국인일 뿐 테러리스트가 아닌데, 테러리스트를 증오한다고 말하면서 우리를 공격하는 바보들에게 어떻게 자유를 빼앗겼는지 이야기했어요. 제 생각에 경찰들은 우리가 아니라 자유를 증오하는 것 같아요.

우리는 춤추고 밴드는 연주했어요. 재미있게 놀고 있는데, 경찰이 우리 보고 해산하라고 소리치기 시작했어요. 우리는 모두 되찾자! 소리쳤어요. 미국을 되찾자는 뜻이에요. 경찰은 우리한테 최루가스를 뿌렸어요. 제 동생은 겨우 12살인데 3일이나 학교에 못 갔어요. 우리 멍청한 부모님은 내 잘못이래요. 경찰이 어떻게 했는지 알아요? 우리가 그 사람들 월급을 주면서 우리를 보호하라고 했더니 아무 이유도 없이 우리한테 최루가스를 쐈어요. 마치 우리가 적인 것처럼 가스를 쐈다구요.'

녹음 파일과 동영상 파일을 올려놓은 유사한 블로그들을 알자지라 웹사이트와 엑스넷에서 찾아볼 수 있습니다. NPR 홈페이지에 엑스넷에 접속하는 방법을 올려놓았습니다."

아빠가 주방으로 들어왔다.

"너도 엑스넷 쓰냐?" 아빠가 내 얼굴을 노려보며 말했다. 나는 당황해서 우물거렸다.

"그건 게임용 네트워크예요. 대부분의 사람들이 게임할 때 써요. 무선 인터넷일 뿐이에요. 작년에 무료로 나눠준 엑스박스를 쓰는 사람들은 다 하는 걸요."

아빠가 인상을 썼다. "게임이라고? 마커스, 네가 뭘 모르나 본데, 넌 지금 이 나라를 공격하고 파괴하려는 사람들을 감싸주고 있는 거야. 나는 네가 이 엑스넷이라는 걸 쓰는 꼴은 더 이상 못 본다. 앞으론 쓰지 마. 알아들었어?"

나는 반론을 하고 싶었다. 제기랄, 아빠의 어깨를 붙잡아서 흔들고 싶었다. 하지만 그러지 않았다. 나는 고개를 돌려 먼 곳을 바라보며 말했다. "그럼요, 아빠." 그리고 학교로 갔다.

학교가 벤슨 교감에게 계속 사회수업을 맡길 생각이 없다는 걸 알게 되자 처음에는 안심이 됐다. 하지만 교감을 대신해서 수업에 들어온 이 여성은 완전히 악몽 그 자체였다.

새 선생님은 젊고 약간 예뻤다. 28~29살쯤 되어 보이고 금발이었다. 선생님은 부드러운 남부 지역 말투로 자신을 앤더슨 부인이라고 소개했다. 그때 뭔가 삐걱하는 느낌이 들었다. 지금껏 환갑이 되지 않은 여성 중에서 자신을 '○○○ 부인'이라고 이야기하는 사람을 본 적이 없었다.

그래도 난 너그럽게 봐주기로 했다. 젊고 예쁘고 목소리도 좋으니까 괜찮을 것이다.

하지만 괜찮지 않았다.

"연방정부는 어떤 경우에 권리장전에 나오는 기본권을 정지시킬 수 있을까?" 선생님이 칠판에 1부터 10까지 숫자를 써내려갔다.

"그런 경우는 없어요." 나는 지목받을 때까지 기다리지 않고 말했다. 이건 쉬운 문제다. "헌법에 명시된 기본권은 절대적이니까요."

"그건 그다지 지적인 관점이라 보긴 힘들 것 같구나." 선생님은 수업 자리배치도를 보더니 말했다. "마커스, 예를 들어 경찰이 부적절한 수색을 했다고 치자. 수색영장에 명시된 사항을 넘어서 수색을 한 거야. 그래서 너희 아버지를 죽인 나쁜 놈에 대한 확실한 증거를 찾아냈어. 그런데 그게 유일한 증거야. 그럴 경우 그 나쁜 놈을 풀어줘야 할까?"

나는 이에 대한 대답을 알고 있었지만 설명할 수는 없었다. "네." 결국 나는 그렇게 대답했다. "경찰은 부적절한 수색을 해서는 안 됩니…."

"틀렸어. 경찰의 직권남용에 대한 적절한 조치는 해당 경찰을 징계하는 거야. 한 경찰의 실수 때문에 사회 전체가 벌을 받아선 안 돼." 선생님은 칠판의 1번 아래에 '범죄'라고 썼다.

"그 외 어떤 경우에 기본권을 제한할 수 있지?"

찰스가 손을 들었다. "사람들이 가득 찬 극장에 '불이야'라고 소리 지를 경우?"

"아주 좋았어." 선생님이 자리배치도를 보고 말했다. "찰스구나. 수정헌법 1조가 절대적이지 않은 사례가 많은데, 다른 사례를 더 말해보겠니?"

찰스가 다시 손을 들었다. "법 집행관을 위험에 빠트리는 경우입니다."

"그렇지. 비밀경찰이나 정보요원의 신분을 드러내는 경우가 되겠지. 아주 좋아." 그녀가 칠판에 썼다. "다른 경우는?"

"국가 안보요." 찰스가 자기 순서를 기다리지도 않고 다시 말했다. "명예훼손, 외설, 미성년자 성추행, 아동 포르노, 폭탄 제조." 앤더슨 선생이 빠르게 써내려갔다가 아동 포르노에서 멈췄다. "아동 포르노는 외설 중 하나일 뿐이야."

구역질이 날 것 같았다. 내가 배우고 믿었던 우리나라는 이렇지 않았다. 내가 손을 들었다.

"응, 마커스?"

"이해가 안 됩니다. 선생님은 마치 권리장전이 경우에 따라 선택할 수 있는 사항인 것처럼 이야기하고 계시잖아요. 이건 헌법이에요. 우리는 전적으로 권리장전을 따라야 합니다."

"그건 지나치게 단순하게 보는 거야." 선생님이 내게 가식적인 미소를 지으며 말했다. "하지만 헌법을 기초했던 사람들은 시대에 따라 개정하면서 살아있는 문서가 되어야 한다고 생각했어. 그들은 정부가 시대의 요구에 맞춰 통치하지 않으면 공화국이 영원히 지속되기 힘들다는 사실을 이해했지. 그들은 헌법을 종교적 교리처럼 떠받들게 할 의도가 없었어. 어찌 됐든 그들은 종교적 교리를 피해 미국으로 도망쳤던 사람들이었으니까 말이야."

난 고개를 저었다. "뭐라고요? 아니에요. 그들은 왕이 자기들에게 손해를 끼치는 정책을 만들어 잔인하게 강제하기 전까지는 왕에게 충성하던 상인과 장인들이었어요. 종교적인 망명자들은 훨씬 전에 있었던 사람들이고요."

"헌법을 기초했던 사람들 중 몇몇은 그 종교 망명자들의 후손이었어." 선생님이 말했다.

"그래도 권리장전은 마음대로 고르고 선택하라고 만든 게 아니에요. 헌법을 기초했던 사람들이 가장 증오했던 게 독재정치였어요. 권리장전은 그걸 막으려고 만든 거라고요. 그들은 혁명군이었기 때문에 모든 사람이 동의할 수 있는 원칙을 세우려고 했어요. 생명과 자유, 행복추구권, 압제자들을 타도할 수 있는 인민의 권리…."

"알았어, 알았어." 선생님이 나한테 손을 내저으며 말했다. "그들은 왕을 없앨 수 있는 인민의 권리를 믿었어, 하지만…." 찰스 녀석은 내내 싱글싱글 웃고 있었는데, 선생님이 그 말을 하자 녀석의 입이 귀에 걸렸다. "…그들이 권리장전을 만든 것은, 권리를 절대화하는 게 누군가에게 그 권리를 빼앗기는 위험을 감수하는 것보다는 낫다고 믿었기 때문이야. 수정헌법 1조는 정부가 시민들의 표현을 '허용된 표현'과 '범죄적 표현'으로 나누는 것을 막아서 우리를 보호하려던 거였지. 그들은 어느 멍청한 놈이 특정한 표현을 불편하다며 불법으로 규정해버릴 위험에 직면하고 싶지 않았던 거야."

선생님이 칠판을 바라보며 '생명과 자유, 행복추구'라고 썼다.

"지금 다루기에는 진도가 조금 빠르긴 하지만 너희는 우등생들 같으니까 이야기해보자."

아이들이 피식 웃었다.

"정부의 역할은 시민의 생명과 자유, 그리고 행복을 추구할 권리를 지키는 것이지. 그런데 거기에는 순서가 있어. 정부가 우리를 약간 불행하게 하거나 우리의 자유를 약간 빼앗아가려고 할 때가 있어. 정부가 우리의 생명을 지키기 위해 그렇게 하는 거라면 괜찮아. 경찰이 너희가 네 자신이나 다른 사람에게 위험한 일을 하고 있다고 생각될 때 체포할 수 있는 건 그 이유 때문이야. 생명을 보호하기 위해 자유와 행복을 빼앗는 거지. 네가 살아있다면 나중에 자유와 행복을 찾을 수 있을 테니까."

다른 아이들이 손을 들었다. "그렇다고 정부가 자기들 맘대로 하라는 건 아니잖아요. 어떤 사람이 미래에 우리를 해칠 가능성을 막기 위해서라는 핑계를 댄다고 해도요."

"맞아요." 다른 아이가 말했다. "선생님은 국가안보가 헌법보다 더 중요하다고 이야기하시는 것 같아요."

오늘따라 우리 반 친구들이 너무 자랑스러웠다. 내가 말했다. "기본권을 막으면서 자유를 보호하는 게 어떻게 가능하죠?"

앤더슨 선생은 우리가 구제불능의 멍청한 놈들이라는 듯 고개를 절레절레 흔들었다. "미국의 '혁명적' 창설자들도 배신자와 간첩을 총으로 쏘아 죽였어. 그들도 공화국이 위협당할 때는 절대적인 자유를 신봉하지 않았어. 지금 너희들은 이 엑스넷 놈들의 말을 듣고…."

나는 긴장하지 않으려 애썼다.

"소위 재밍이란 걸 하는 놈들이 오늘 아침 뉴스에 나왔어. 우리나라에 전쟁을 선포한 놈들이 샌프란시스코를 공격한 이후, 나쁜 놈들을 잡아서 다시는 그 짓을 하지 못하도록 막기 위해 구축한 보안 대책을 그 녀석들이 고의로 파괴했어. 놈들이 그런 짓을 저질렀기 때문에 시민들이 위험에 처하고 불편을 감수해야 되는…."

"그 사람들은, 우리를 보호하겠다면서 우리의 권리를 빼앗아가고 있는 현실을 보여주기 위해 그 일을 한 거예요!" 내가 말했다. 말하는 것까지는 괜찮지만, 난 소리를 지르고 있었다. 젠장, 저 선생은 사람을 너무 열 받게 만든다. "정부가 우리 모두를 테러리스트 용의자처럼 취급했기 때문에 그런 거잖아요."

"그렇다면 그놈들은 테러리스트로 취급받아선 안 된다는 이야기 하고 싶어서 테러리스트처럼 행동했단 거야? 그래서 테러를 저질렀단 말이야?" 찰스가 나한테 소리쳤다.

뚜껑이 열려버렸다.

"아, 제발 좀! 테러를 저질렀다고? 그 사람들은 포괄적인 감시체계가 테러보다 더 위험하다는 사실을 증명했어. 지난 주말에 돌로레스 공원에서 일어난 일을 봐. 그 사람들은 그저 춤추고 음악을 들었을 뿐이야. 그게 어떻게 테러야?"

선생이 학생들 사이로 들어오더니 내 앞에 서서 내가 입을 닫을 때까지 무시무시한 눈으로 노려봤다. "마커스, 너는 이 나라가 아무것도 바뀐 게 없다고 믿는 모양이구나. 베이교가 폭파됐을 때 모든 게 바뀌었다는 걸 알아야 해. 우리 친구와 친척들 수천 명이 죽어서 바다에 누워 있어. 지금은 우리나라가 처한 폭력적인 모욕에 맞서서 국가적인 단결이 필요한 때…."

내가 벌떡 일어섰다. '모든 게 바뀌었다'는 헛소리에 완전히 질렸다. "국가적 단결이요? 미국에서 가장 중요한 점은 반론을 환영하는 나라라는 사실이에요. 미국은 반론과 싸움꾼, 그리고 대학 중퇴자와 표현의 자유를 누리는 사람들의 나라란 말이에요."

갈베스 선생님이 했던 지난 수업이 생각났다. 경찰이 시민권 유인물을 나눠주던 학생을 체포하려 하자 버클리 학생 수천 명이 경찰차를 에워쌌다. 하지만 공원에서 춤을 추던 사람들을 가둔 트럭이 출발할 때 아무도 그 차들을 막지 않았다. 나도 시도하지 않았다. 도망가느라 바빴을 뿐이었다.

정말로 모든 게 바뀌어 버렸는지도 모른다.

"마커스, 프레드릭 교감 선생님 사무실이 어디 있는지 알고 있을 거야. 지금 즉시 거기로 가. 나는 무례한 태도로 내 수업을 망치는 짓을 절대로 용납하지 않아. 너는 표현의 자유를 사랑한다고 주장하는 사람들의 편을 들면서 너에게 동의하지 않는 다른 사람에게는 소리를 질러 말을 못하게 하고 있잖아."

나는 스쿨북과 가방을 챙겨서 뛰어나갔다. 교실문이 공기압 방식이라 쾅 소리를 내며 닫는 건 불가능했다.

프레드릭 교감실로 빠르게 걸어갔다. 내가 이동하는 동안 복도에 있는 카메라들이 나를 찍었다. 내 걸음걸이도 기록됐다. 학생증에 붙은 RFID태그가 복도에 설치된 감지기들에 내 신원을 알렸다. 감옥에 있는 것과 다를 게 하나도 없었다.

"마커스, 문 닫아." 프레드릭 교감이 말했다. 교감이 모니터를 돌리자 사회수업 시간에 찍힌 비디오가 나왔다. 교감이 지켜보고 있었던 것이다.

"자, 뭐라고 변명할래?"

"그건 수업이 아니라 정치선전이었어요. 선생님이 우리한테 헌법이 중요하지 않다고 했다고요!"

"아니지. 선생님은 헌법이 종교적 교리는 아니라고 했어. 넌 무슨 근본주의자처럼 선생님을 공격하면서 따졌고. 마커스, 너희들은 다리가 폭파됐을 때 세상이 변했다는 사실을 이해해야 해. 네 친구 대릴은….”

“젠장, 대릴에 대해서는 한마디도 하지 마세요.” 나는 화가 치솟았다. “선생님은 대릴에 대해 말할 자격 없어요. 네. 이제는 모든 게 달라졌다는 걸 이해해요. 예전에는 자유로운 국가였는데, 이젠 아니죠.”

“마커스, 너 ‘무관용 원칙’이 뭔지 알아?”

나는 물러섰다. 교감은 나를 ‘위협적인 태도’를 이유로 퇴학시킬 수 있다. 본래 그 규칙은 교사들을 협박하는 일진들을 대상으로 만들어졌다. 하지만 교감은 아무런 양심의 가책 없이 내게 그 혐의를 뒤집어씌울 것이다.

“네. 무슨 뜻인지 압니다.”

“네가 나한테 사과할 때가 된 것 같은데?” 교감이 말했다.

고개를 들어 교감을 쳐다봤더니, 그는 사디스트적인 미소가 삐져나오려는 걸 가까스로 억누르고 있었다. 내 맘속 한편에서는 굴복하고 싶어 했다. 부끄러움을 무릅쓰고 그에게 용서를 빌고 싶었다. 나는 그 마음을 틀어막고, 사과하느니 차라리 퇴학당하고 말겠다고 결심했다.

“이런 권리를 확보하기 위해 인류가 정부를 조직했으므로 정부의 정당한 권력은 피통치자의 동의에서 비롯한다. 또 어떤 형태의 정부든 이러한 목적을 파괴할 때에는 인민은 정부를 바꾸거나 폐지하고, 인민의 안전과 행복을 가장 효과적으로 실현할 수 있는 원리를 바탕으로 그런 형태의 권력을 조직해서 새로운 정부를 수립할 수 있는 권리가 있다.” 나는 그 부분을 한마디도 빼놓지 않고 외울 수 있다.

교감이 고개를 저었다. "애야, 기억하는 건 이해하는 것과 달라." 그는 고개를 숙여 컴퓨터를 쳐다보더니 몇 번 클릭을 했다. 프린터가 윙윙거리며 돌아가기 시작했다. 교육위원회 이름이 새겨진 따뜻한 서류 한 장을 내게 내밀었는데, 서류엔 내가 2주간 정학이라고 쓰여 있었다.

"너희 부모님께는 지금 이메일로 알려드릴 거야. 30분 내로 학교 부지에서 나가지 않으면 불법침입으로 체포당하게 될 거야."

나는 교감을 물끄러미 쳐다봤다.

"내 학교에서는 나한테 덤비지 마. 넌 이길 수 없어. 가!"

난 교감실을 나왔다.

14

길 위에서

평일 낮에는 엑스넷도 별로 재미가 없었다. 대부분의 이용자들이 학교에 갔기 때문이었다. 나는 정학 서류를 접어서 청바지 뒷주머니에 넣었다가 집에 도착해선 주방 식탁 위에 던져놓았다. 그리고 거실에 앉아 텔레비전을 켰다. 나는 텔레비전을 보지 않지만, 부모님은 봤다. 두 분은 세상에 대한 모든 지식을 텔레비전과 라디오, 신문에서 얻었다.

뉴스는 끔찍했다. 두려워해야 할 이유가 너무도 많았다. 전 세계에서 미군이 죽어가고 있었다. 연방군만이 아니었다. 허리케인에 피해를 입은 사람들을 구출하기 위해 군에 지원했을 주방위군들도 수년간 해외를 떠돌며 끝도 없는 전쟁을 치르고 있었다.

24시간 뉴스 채널들을 이리저리 돌려봤지만 우리가 두려워해야 하는 이유를 설명하는 관료들의 퍼레이드가 계속 됐다. 전 세계에서 감행되는 폭격 영상이 계속 나왔다.

채널을 이리저리 돌리는데 익숙한 얼굴이 보였다. 트럭에서 내가 뒤로 묶여 있을 때 차 안으로 들어와 머리 짧은 여자와 이야기하던 남자였다. 군복을 입고 있었는데, 자막에는 국토안보부 지역 사령관 그레이엄 서덜랜드 소장이라고 나왔다.

"저는 지난 주말 돌로레스 공원에서 소위 공연이랍시고 진행된 행사에 뿌려진 유인물을 가지고 나왔습니다." 그가 전단지 뭉치를 들어 올렸다. 당시 상당히 많은 전단지가 뿌려졌다. 샌프란시스코에 있는 단체라는 단체는 전부 전단지를 들고 나온 것 같았다.

"잠시 여길 봐주시기 바랍니다. 제목을 읽어드리겠습니다. '피통치자의 동의를 받지 않는 정부. 정부 전복을 위한 시민 안내서.' 이런 것도 있습니다. '9월 11일 테러가 실제로 일어났을까?' 또 하나 볼까요. '정부 보안을 이용해서 정부와 싸우는 방법.' 이 유인물들은 토요일 밤에 진행된 불법 집회의 진짜 목적이 무엇인지 보여주고 있습니다. 적절한 안전 대책이나 변변한 화장실조차 없이 수천 명의 사람들이 모인 위험한 행사 정도가 아니었습니다. 그건 적들의 대규모 모병 집회였습니다. 미국이 스스로를 보호해서는 안된다는 생각을 아이들에게 주입해서 매수하려던 도발이었습니다.

이 구호를 보세요. '25살 이상은 아무도 믿지 마.' 신중하고 균형 잡히고 성숙한 토론을 막고 테러리스트를 지지하는 메시지를 주입하려면, 어른을 제외시키고 쉽게 영향을 받는 어린아이들로만 모임을 꾸리는 것보다 확실한 방법이 어디 있겠습니까?

경찰이 현장에 갔을 때 적들의 모병 집회가 진행되고 있다는 사실을 알게 됐습니다. 주변에 있는 수백 가구 주민들이 그 집회의 야간 소음 때문에 고통을 겪고 있었는데, 한밤에 진행된 이 광란의 파티에 사전 동의를 해준 주민은 아무도 없었습니다.

경찰이 해산을 명령하자, 비디오에서도 볼 수 있겠습니다만, 흥청대던 사람들이 무대 위에 있던 연주자들의 선동에 따라 경찰을 공격하기 시작했습니다. 그래서 경찰은 비살상 군중 통제 기법을 이용해 이들을 진압했습니다.

체포된 자들은 당시 수천 명의 젊은이들을 경찰에게 돌진하도록 선동했던 주모자와 선동꾼들입니다. 827명이 체포되었는데 그중 다수가 전과자였으며, 백 명 이상은 이미 체포영장이 발부된 상태였습니다. 그들은 현재까지 구금된 상태입니다.

여러분, 미국은 수많은 전선에서 전쟁을 치르고 있습니다. 하지만 우리 조국 안에서 진행되고 있는 전쟁보다 중요한 전쟁은 없습니다. 우리는 테러리스트와 그에 동조하는 세력에게 공격받고 있습니다."

기자가 손을 들고 물었다. "서덜랜드 장군님, 공원에서 열린 파티에 참석한 아이들이 테러리스트의 동조자라는 말씀이신가요?"

"당연히 아닙니다. 하지만 젊은이들이 적들의 영향을 지속적으로 받게 되면 결국 언젠가는 그들의 손아귀에 들어가게 됩니다. 테러리스트들은 자신들을 위해 국내 전선에서 싸워줄 제5열을 고용하는 걸 몹시 좋아합니다. 제 아이가 그 파티에 갔다면 아주 심각하게 걱정했을 겁니다."

다른 기자가 끼어들었다. "장군님, 이건 그냥 공개적인 야외 공연 아니었나요? 아이들이 총을 들고 훈련을 받았던 것 같지는 않은데요."

장군이 사진 뭉치를 꺼내 들었다. "경찰이 들어가기 직전에 적외선 카메라에 찍힌 사진들입니다." 그는 얼굴 옆에 사진을 들고 하나씩 넘기며 보여줬다. 사진에 나오는 사람들은 정말로 격렬하게 춤을 추고 있었다. 밟힌 사람도 있었다. 다음 사진에서는 사람들이 나무 옆에서 성행위를 했는데, 여자애 하나와 남자애 셋이었다. 남자애들 둘은 서로를 애무하고 있었다. "이 행사에는 10살짜리 아이들도 있었습니다. 치명적인 마약과 정치선전, 음악 때문에 수십 명이 부상을 당했습니다. 사망자가 나오지 않은 게 이상할 정도입니다."

난 텔레비전을 껐다. 그들은 공연을 광란의 폭동처럼 보이게 만들었다. 우리 부모님이 내가 거기에 갔다는 사실을 알게 되면 나를 한 달 동안 침대에 꽁꽁 묶어놓고 밖에 내보낼 때는 목줄을 채울 것이다.

얘기가 나왔으니 말인데, 어차피 부모님은 곧 화를 내게 되어 있었다. 내가 정학당한 사실을 알게 될 테니까.

부모님이 그저 좋게 이해해주지는 않았다. 아빠가 외출을 금지하려고 했지만 엄마가 말렸다.

"여보, 당신도 그 교감이 마커스에게 앙심을 품었던 거 잘 알잖아. 지난번에 우리가 교감을 만났을 때, 집에 돌아온 뒤 당신이 한 시간 동안 욕했던 일 기억 안 나? 내 기억엔 당신이 '개자식'이라고 여러 번 말했던 거 같은데."

아빠가 고개를 저었다. "국토안보부를 비난하면서 수업을 방해했다는 건…."

"아빠, 사회 시간이었어요." 난 더 이상 신경 쓰고 싶지 않았지만 엄마가 나를 변호하고 있으니 나도 도와야 한다는 생각이 들었다. "우리는 국토안보부에 대해 토론하고 있었어요. 논쟁은 유익

한 거 아닌가요?"

"아들아." 아빠는 자주 나를 '아들'이라고 불렀다. 그럴 때마다 아빠가 나를 하나의 인간으로 보지 않고 사춘기에서 끌어내야 하는 반쯤 형성된 애벌레 같은 걸로 보는 게 아닐까 하는 생각이 들었다. "넌 이제 우리가 완전히 다른 세상에 살고 있다는 사실을 받아들여야 해. 물론 너한테는 마음속에 떠오르는 생각을 말할 자유가 있지만, 그 결과도 각오해야지. 그리고 지금 고통받는 사람들이 있다는 사실도 받아들여. 그 사람들은 자신의 생존이 걸려 있다고 생각하기 때문에 헌법의 세밀한 부분에 대해서는 따지고 싶어 하지 않아. 우리는 지금 구명보트를 타고 있는 거야. 구명보트에 타게 되면 선장이 얼마나 비열한 사람인지에 대해서는 그다지 듣고 싶지 않은 법이야."

나는 아빠에게 눈을 치켜뜨고 대들고 싶은 걸 간신히 참았다.

"저는 2주일 동안 자습을 해야 되는데, 시립도서관 자료를 찾아서 역사, 사회, 영어, 물리 각 과목별로 과제를 제출해야 돼요. 집에서 텔레비전이나 보는 것보다는 낫겠죠."

아빠는 '이놈이 대체 무슨 짓을 저지르려고 이러는 건가' 하는 눈초리로 노려보다가 고개를 끄덕였다. 나는 부모님에게 안녕히 주무시라고 인사하고 내 방으로 올라왔다. 엑스박스에 전원을 넣고 워드프로세서를 열어서 과제들에 대한 생각들을 정리하기 시작했다. 왜 아니겠는가? 집에서 빈둥거리는 것보다는 훨씬 낫잖아.

나는 밤새 메신저로 앤지와 노닥거렸다. 앤지는 내게 일어난 일들을 안쓰러워하며 내일 저녁 하교 후에 만날 수 있으면 숙제를 도와주겠다고 했다. 앤지는 버네사와 같은 학교를 다니기 때문에 그 학교가 어디에 있는지는 잘 안다. 이스트 베이 너머에 있는데, 테러 이후로 한 번도 가보지 않았다.

앤지를 다시 만날 생각을 하니 몹시 흥분됐다. 파티 이후로 매일 잠자리에 들 때마다 두 가지 생각만 들었다. 군중이 경찰에 돌진하는 장면과 기둥에 기대어 있을 때 셔츠 아래로 앤지의 가슴께를 더듬었던 느낌. 앤지는 정말 끝내줬다. 지금껏 앤지처럼 그렇게 적극적인 여자애는 만나본 적이 없었다. 앤지는 나를 끊임없이 밀어붙여서 앞으로 나아가게 했다. 앤지가 나만큼이나 밝히는 아이라는 느낌도 들었다. 나는 기대감 때문에 조바심이 났다.

그날 밤에는 아주 잘 잤다. 앤지가 나오는 짜릿한 꿈을 꿨는데, 당시 우리가 좀 더 음침한 곳을 발견했더라면 했을 법한 일을 했다.

다음 날 나는 숙제를 하러 밖으로 나왔다. 샌프란시스코는 글로 쓸 이야깃거리가 넘쳐흘렀다. 역사? 물론 골드러시부터 2차 세계대전 당시 조선소, 일본인 강제 수용소, PC의 발명까지. 물리? 샌프란시스코 과학관은 지금까지 가본 전시관 중 최고였다. 강한 지진이 발생할 때 땅이 액화되는 전시물을 볼 때는 변태적인 쾌감이 느껴지기도 했다. 영어? 잭 런던, 비트 문학, 과학소설 작가인 팻 머피와 루디 러커가 있다. 사회? 표현의 자유 운동, 세사르 차베스, 성소수자 운동, 여성주의, 반전 운동….

나는 배움 그 자체를 늘 좋아했다. 나를 둘러싼 세계를 보는 눈이 더 현명해지니까. 샌프란시스코는 걸어 다니는 것만으로도 공부가 됐다. 영어 과제로는 비트 세대에 대한 보고서를 만들기로 결심했다. 시티라이트 서점 위층에 있는 방은 훌륭한 정보의 도서관이었다. 거기서 앨런 긴즈버그와 그의 동료들이 급진적이고 약에 취한 시들을 창조했다. 〈울부짖음〉을 영어시간에 배웠는데 첫 부분을 읽었을 때 척추를 따라 온몸이 짜르르하게 전율하던 그 느낌을 잊을 수가 없다.

나는 우리 세대의 가장 훌륭한 지성들이
굶주리고 발작적으로 벌거벗은 채 분노를 해결할 곳을 찾아
새벽의 흑인 거리를 무거운 다리를 끌며 헤매다
광기로 파괴되는 것을 보았다.
천사머리를 한 힙스터들은
밤의 기계 안에서
별빛을 만드는 발전기와 고대의 하늘처럼 이어지길 갈망했다.

나는 그가 단어들을 나열하는 방식이 좋았다. '굶주리고 발작적으로 벌거벗은 채' 나는 그게 어떤 느낌인지 알 수 있었다. 그리고 '우리 세대의 가장 훌륭한 지성들' 역시 많은 생각을 하게 했다. 나는 공원과 경찰, 투하되던 최루가스를 떠올렸다. 당시 정부는 긴즈버그의 〈울부짖음〉이 외설이라며 그를 체포했다. 요즘엔 사람들이 눈도 깜빡하지 않을 동성애에 관한 구절 때문이었다. 우리가 조금은 진보를 이뤘다는 생각에 그나마 약간 기분이 나아졌다. 당시 표현의 자유는 지금보다 더 제한적이었다.

나는 서점 2층에서 넋을 잃고 이 멋진 책들의 옛 판본에 빠져들었다. 오래전부터 읽어보려 했던 잭 케루악의 《길 위에서》에 푹 빠

졌다. 점원이 다가와 내가 그 책을 읽는 모습을 보고 만족스러운 얼굴로 고개를 끄덕이더니 가격이 저렴한 판본을 찾아줘서 6달러에 구입했다.

나는 차이나타운까지 걸어가서 딤섬과 핫소스를 친 국수를 먹었다. 예전에는 아주 맵게 느꼈겠지만 앤지의 특별 소스를 먹어본 이후로는 뭘 먹어도 맵다는 생각이 들지 않았다.

시간이 오후로 흘러갈 무렵 나는 지하철을 타고 샌 마테오 다리까지 가서 마을버스로 갈아타고 이스트 베이로 향했다. 《길 위에서》를 읽다가 버스를 스치고 지나가는 풍경에 눈길이 멎었다. 《길 위에서》는 잭 케루악이 쓴 자전적 소설이다. 마약중독자이자 술꾼이었던 작가는 지저분한 일로 연명하며 밤거리에서 악다구니를 하고, 힙스터와 슬픈 얼굴의 부랑자, 사기꾼, 노상강도, 건달, 천사 같은 사람들과 만나고 헤어지며 미 전역을 히치하이킹으로 떠돌았다. 소설은 줄거리라고 할 만한 게 없었다. 케루악은 그 소설을 약과 술에 취한 상태로 3주만에 긴 두루마리 종이에 쓴 모양이었다. 소설에는 놀라운 일들이 가득한데, 하나의 사건에서 다른 사건으로 끊임없이 이어졌다. 주인공은 절대 이루어질 리 없는 이상한 계획에 그를 끌어들이곤 하는 딘 모리아티처럼 자기파괴적인 사람들을 친구로 사귄다. 하지만 그 이상한 계획은 이루어지는 것처럼 보이기도 한다. 당신이 이 말의 뜻을 이해할지는 모르겠지만 말이다.

소설은 단어들에 리듬이 있어서 아주 감미로웠다. 내가 따라 읽는 소리가 머릿속에서 들리는 듯했다. 픽업트럭 짐칸을 침대 삼아 누웠다가 LA로 이어지는 센트럴밸리 어디쯤 먼지투성이 작은 동네에서 깨어나고 싶다는, 주유소와 식당차가 있는 동네를 벗어나

벌판에서 사람들을 만나고, 그 사람들이 일하는 모습을 보며 나도 일해보고 싶다는 생각이 들었다.

버스를 타고 한참을 가야 했는데 깜빡 졸았다. 앤지와 밤늦게 나누는 채팅 때문에 수면 시간이 엉망이었지만, 엄마는 여전히 아침 식사 시간마다 내가 주방에 내려오길 바랐다. 나는 잠이 깬 뒤 버스를 갈아타고 이른 시간에 앤지네 학교에 도착했다.

교복을 입은 앤지가 교문을 나왔다. 앤지가 교복을 입은 모습은 한 번도 본 적이 없었는데 묘하게 귀여웠다. 교복을 입은 버네사의 모습이 떠올랐다. 앤지는 나와 긴 포옹을 나누고 내 뺨에 힘차게 뽀뽀했다.

"안녕!" 앤지가 말했다.

"하!"

"뭐 읽어?"

이 시간을 기다렸다. 나는 손가락으로 문장을 가리키며 말했다. "들어봐. '그들은 거리에서 돌아이들처럼 춤을 추며 돌아다녔다. 내 평생 흥미를 끄는 사람들을 따라다닐 때처럼 비틀거리며 그 사람들을 쫓았다. 내게는 미친 사람들뿐이기 때문이다. 미친 듯이 살고, 미친 듯이 말하고, 미친 듯이 구원받으려 하면서도 동시에 모든 것을 욕망하고, 절대로 하품 나게 하거나 흔해빠진 말은 하지 않고, 대신 멋진 노란색 원통형 폭죽이 별들을 가로지르는 거미처럼 터지고 그 한가운데에서 파란 불꽃이 펑하고 솟을 때 모든 사람들이 '우와!'라고 감탄하듯 훨훨 불타오르는 사람들 말이다.'"

앤지가 책을 가져가서 그 문장을 다시 혼자 읽었다. "와우, 돌아이라니! 이 책 죽인다! 계속 이 문장처럼 재밌어?"

인도를 따라 버스정류장까지 느릿느릿 걸어가면서 내가 읽은 부분을 설명해줬다. 모퉁이를 돌자 앤지는 내 허리에 팔을 둘렀고 나는 앤지의 어깨에 팔을 올렸다. 여자애와 거리를 걸으며(내 여자친구? 당연하지, 왜 아니겠어?) 이 근사한 책에 대해 이야기를 나누다니, 천국이 따로 없었다. 내 문제는 잠시 훌훌 털어버렸다. 그때였다.

"마커스니?"

고개를 돌렸더니 버네사였다. 내 무의식은 이런 일이 생길지도 모른다고 예상했던 모양이다. 내 의식적인 자아가 그리 놀라지 않은 걸 보니 틀림없다. 이 학교는 큰 학교가 아닌 데다 모두들 같은 시간에 하교한다. 버네사와 마지막으로 대화를 나눈 지 몇 주밖에 지나지 않았지만, 우리는 매일 이야기를 나누던 사이였기 때문에 그 몇 주가 몇 달처럼 느껴졌다.

"안녕, 버네사." 앤지의 어깨에서 팔을 빨리 내리고 싶은 마음이 굴뚝같았지만 억지로 참았다. 버네사는 놀란 모양이었다. 하지만 화가 나거나 창백해지거나 충격을 받은 것 같지는 않았다. 버네사가 우리 둘을 유심히 쳐다봤다.

"앤지?"

"안녕, 버네사." 앤지가 말했다.

"너희들 여기서 뭐해?"

"앤지를 데리러 왔어." 버네사를 갑자기 만나서 당황스러웠지만 차분한 말투를 유지하려 애쓰며 내가 말했다.

"아, 그랬구나. 만나서 반가웠어." 버네사가 말했다.

"나도 반가웠어." 앤지는 버네사에게 인사를 한 뒤 내 몸을 휙 돌려 다시 버스정류장으로 향했다.

"너 쟤 알아?" 앤지가 물었다.

"그럼, 옛날부터 알았지."

"쟤가 네 여자친구였어?"

"뭐? 아냐! 말도 안 돼! 우린 그냥 친구였어."

"둘이 친구였어?"

버네사가 바로 뒤에 따라오며 우리의 얘기를 듣는 게 느껴졌다. 버네사가 우리 걷는 속도를 따라오려면 계속 뛰다시피 해야겠지만 말이다. 어깨너머로 돌아보고 싶은 유혹을 최대한 참았다가 돌아봤다. 그 학교 여학생들이 잔뜩 있긴 했지만 버네사는 없었다.

"졸루랑 대릴과 내가 체포됐을 때 버네사도 함께 있었어. 우린 대체현실게임을 할 때 같은 팀이었거든. 우리 넷이 가장 친한 친구들이었어."

"그런데 무슨 일이 있었던 거야?"

내가 목소리를 낮췄다. "버네사가 엑스넷을 싫어했어. 우리가 곤란해질 거라고 생각했거든. 그리고 내가 다른 사람들도 곤란하게 만들 거라고."

"그것 때문에 친구 사이가 끝나버린 거야?"

"사이가 조금 멀어진 것뿐이야."

몇 걸음 채 걷지도 않아 앤지가 물었다. "여자친구, 남자친구 같은 친구는 아니었다는 거지?"

"아냐!" 얼굴이 확 달아올랐다. 진실을 말하고 있는데도 꼭 거짓말을 하는 기분이 들었다.

앤지가 갑자기 잡아당겨 세우더니 내 얼굴을 빤히 쳐다봤다.

"넌 버네사 좋아했니?"

"아냐! 농담 아냐! 우린 그냥 친구였어. 대릴과 버네사가… 음, 그렇게 말하면 좀 그렇지만, 대릴이 버네사를 굉장히 좋아했어. 그래서 절대로….."

"그래도 대릴이 먼저 좋아하지 않았으면 네가 좋아했겠네, 어?"

"아냐, 앤지. 아니라고. 제발 내 말을 믿고 그쯤 해두자. 버네사는 좋은 친구였어, 지금은 사이가 멀어져서 내가 조금 심란했던 거야. 그래도 버네사를 그런 식으로 좋아하지는 않았어, 알겠지?"

앤지의 기세가 조금 꺾였다. "알았어, 알았어. 미안해. 난 쟤랑은 진짜 안 맞아. 서로 알고 지낸 지 몇 년이나 됐는데도 절대로 친해지질 않아."

그랬구나. 졸루가 앤지와 그렇게 오래 알고 지냈는데도 지금껏 나랑 만난 적이 없던 이유가 그 때문이었던 것이다. 앤지와 버네사 사이에 뭔가 있었기 때문에 졸루가 한 번도 데려오지 않았던 모양이다.

앤지가 나를 꼭 끌어안아서 우리는 입맞춤을 했다. 여학생들이 우우우거리며 지나갔다. 우리는 다시 고개를 들고 버스정류장으로 향했다. 우리 앞에 버네사가 걸어가고 있었다. 틀림없이 우리가 입을 맞추고 있을 때 지나갔을 것이다. 완전히 얼간이가 된 기분이었다.

당연한 일이지만 버네사도 정류장에 함께 있다가 버스를 탔다. 그 사이 우리는 서로 한마디도 하지 않았다. 나는 앤지와 이야기를 나누려 했지만 아주 어색했다.

원래 계획은 커피숍에 들른 후 앤지네에 가서 놀다가 '공부', 즉 앤지의 엑스박스로 엑스넷을 둘러보는 것이었다. 화요일에는 앤지 어머니가 저녁에 요가 수업을 하고 수강생들과 함께 저녁 식사를 하는 탓에 늦게 돌아오신다. 그리고 앤지 여동생은 남자친구와 놀러갔기 때문에 집 전체가 우리만의 공간이 될 예정이었다. 우리가 이 계획을 이야기할 때부터 나는 야릇한 상상을 했었다.

우리는 집에 도착하자마자 곧장 앤지 방으로 올라가 문을 닫았다. 앤지의 방은 폭탄을 맞은 것 같았다. 쇠못처럼 양말을 파고드는 컴퓨터 부품과 노트북, 옷이 겹겹이 쌓여 있었다. 책상에는 책과 만화책이 높게 쌓여 있어서 바닥보다 더 심했다. 그래서 침대에 앉을 수밖에 없었지만, 나로서는 그 편이 오히려 좋았다.

버네사를 만났을 때의 어색한 분위기는 어느 정도 사라졌다. 우리는 엑스박스를 들어 올려 전원을 넣었다. 엑스박스에는 사방으로 전선이 주렁주렁 달렸는데, 그중 몇 가닥은 앤지가 분해한 무선 안테나에서 뻗어 나와 창문에 붙어 있었다. 그 선을 이용해 이웃의 무선랜을 잡았다. 몇 가닥은 앤지가 독립형 모니터로 변형한 낡은 노트북 모니터 두 개로 이어졌는데, 받침대 위에 아슬아슬하게 서있는 모니터에는 전자 부품들이 삐죽삐죽 솟아 있었다. 모니터 두 대를 침대 옆 탁자에 올려놓았기 때문에 침대에 누워 영화를 보거나 채팅하기에 안성맞춤이었다. 모니터를 옆으로 돌려서 눕히면 왼쪽이 바닥으로 가고 오른쪽이 위로 향해서 옆으로 누워서도 이용할 수 있었다.

침대 옆 탁자에 기대어 서로 딱 붙어 앉아있는 우리는 여기에 온 진짜 이유가 무엇인지 잘 알고 있었다. 나는 약간 떨렸다. 그리고 내게 찰싹 달라붙어 있는 앤지의 다리와 어깨의 온기가 아주

민감하게 느껴졌지만, 엑스넷에 로그인해서 이메일 등을 확인해
야 했다.

국토안보부가 완전히 돌아버린 모습을 담은 웃긴 사진과 동영상
을 종종 보내주던 애가 보낸 메일이 와 있었다. 지난번 보냈던 동
영상에는 국토안보부 요원들이 유모차를 해체하는 장면이 담겨 있
었는데, 부자 동네인 마리나에서 화약탐지견이 지나가던 유모차에
관심을 보이자 요원들이 즉시 그 자리에서 드라이버를 들고 유모
차를 해체했고, 사람들이 지나가면서 놀란 눈으로 이 기묘한 광경
을 쳐다봤다.

내가 이 동영상 주소를 링크하자 사람들이 미친 듯이 받아갔다.
그 애는 동영상을 '인터넷 아카이브 알렉산드리아'의 이집트 서버
에 올렸는데, 그 사이트는 크리에이티브 커먼스 라이선스가 붙은
것이면 무엇이든지 무료로 올려놓아서 누구든지 자료를 받아 믹스
하거나 마음껏 공유할 수 있게 했다. 여기에서 몇 분이면 갈 수 있
는 프레시디오에 있는 미국의 아카이브에서는 국가 안보의 명목하
에 그 동영상들을 전부 다 강제 삭제했다. 하지만 '인터넷 아카이
브 알렉산드리아'는 국가별로 조직이 분할되어 있었기 때문에 미국
을 곤란하게 만들 수도 있는 어떤 파일이라도 업로드할 수 있었다.

'카메라스파이'라는 아이디를 쓰는 그 애가 이번에 보내준 동영
상은 더 대단했다. 샌프란시스코 시민센터 안에 있는 시청으로 가
는 길에서 찍은 동영상이었다. 시청은 좁은 아치 길과 반짝거리는
나뭇잎, 장식, 조각상으로 둘러싸인 커다란 웨딩케이크처럼 생겼
는데, 국토안보부가 건물 주변을 지키고 있다. 카메라스파이의 동
영상에는 장군 제복을 입은 한 남자가 국토안보부 검문소에 다가가

신분증을 제시하고 엑스레이 컨베이어에 서류 가방을 올리는 모습이 담겨 있었다.

거기까지는 아무 문제가 없었다. 그런데 엑스레이를 지켜보던 국토안보부 경비원이 장군의 가방에서 마음에 안 드는 물건을 발견했다. 경비원이 장군에게 뭔가 물어보자 장군이 눈을 부라리며 알아들을 수 없는 말을 했다. 카메라스파이는 집에서 직접 만든 비밀 줌렌즈를 사용하는 모양인데, 길 건너에서 그 장면을 찍고 있었기 때문에 주변을 걸어 다니는 사람 소리와 자동차 소음 때문에 장군의 목소리가 뭉개졌다.

장군과 국토안보부 경비원 사이에 말싸움이 시작됐다. 말싸움이 길어지자 늘어난 국토안보부 경비원들이 둘을 둘러쌌다. 마침내 장군이 화난 얼굴로 고개를 젓더니 국토안보부 경비원에게 손가락을 흔들고 서류가방을 챙겨서 앞으로 걸어갔다. 국토안보부 경비원이 고함을 쳤지만 장군은 들은 척도 않고 계속 걸어갔다. 장군의 몸짓으로 볼 때 완전히 열 받은 상태였다.

그때 일이 터졌다. 국토안보부 경비원들이 장군을 쫓아갔다. 카메라스파이가 여기서부터는 느린 화면으로 편집해서 한 장면, 한 장면이 뚜렷하게 보였다. 장군이 '너희가 나를 붙잡는다고 내가 겁먹을 줄 알아?'류의 표정을 지으며 얼굴을 반쯤 돌렸다. 그때 끔찍한 장면이 벌어졌다. 덩치 큰 국토안보부 경비원 세 명이 동시에 장군을 덮치더니 옆으로 때려눕힌 후 허리를 붙잡았다. 마치 미식축구에서 상대방의 선수 경력을 끝장내려고 태클하는 모습 같았다. 백발에 주름지고 위엄 있는 얼굴의 장군이 감자포대처럼 꼬꾸라지면서 인도에 얼굴을 처박혀 코피를 흘리기 시작했다.

국토안보부 경비원들은 돼지를 묶듯이 장군의 손목과 발목을 각각 묶었다. 이제 장군은 쏟아지는 코피로 범벅이 된 얼굴을 들고 소리를 질러댔다. 바짝 당겨진 줌 화면 속에서 장군은 발을 이리저리 휘두르고 있었다. 행인들이 제복을 입은 채 묶인 그 남자를 쳐다봤다. 그의 얼굴은 그야말로 최악이었다. 이건 인간에게서 존엄성을 제거함으로써 고의적으로 모욕감을 주는 짓이었다. 동영상이 끝났다.

"아, 부처님 아부지." 나는 모니터를 바라보다가 동영상이 까맣게 변하자 다시 처음으로 돌렸다. 그리고 앤지를 쿡 찔러서 동영상을 보여줬다. 앤지는 말없이 쳐다보더니 턱이 가슴까지 내려올 정도로 입을 쩍 벌렸다.

"이거 올려! 이거 올려! 이거 올려! 이거 올려!" 앤지가 말했다.

나는 블로그에 동영상의 링크를 올렸다. 그리고 가까스로 타자를 쳐서 글을 작성했다. 내가 본 모습을 묘사하고, 동영상에 나오는 군인이 누구인지 알거나 이 상황에 대해 아는 사람이 있으면 알려달라고 했다.

블로그를 올린 뒤, 우리는 다시 동영상을 봤다. 보고 또 봤다.

띵 소리와 함께 이메일이 왔다.

> 그 사람이 누군지 확실히 알아. 위키피디아를 찾아보면 그 사람에 대한 정보가 나올 거야. 클로드 가이스트 장군인데 아이티에서 유엔 평화유지군과의 합동 작전을 지휘하고 있어.

장군의 약력을 찾아봤더니, 장군이 기자회견하는 사진과 함께 아이티에서 펼치고 있는 까다로운 임무에 관한 자료가 올라와 있었다. 확실히 동일 인물이었다.

그 자료를 블로그에 올렸다.

이론적으로는 지금이 바로 앤지와 내가 관계를 가질 기회였지만 상황은 엉뚱한 방향으로 흘러갔다. 우리는 엑스넷 블로그들을 천천히 살펴보며 국토안보부가 사람들을 수색하거나 붙잡거나 공격하는 상황이 담긴 글을 더 찾았다. 이건 공원 시위에 대한 글과 사진을 찾던 일과 비슷했다. 나는 블로그에 이런 내용을 모아놓기 위해 '직권남용'이라는 메뉴를 새로 만들고 자료들을 채워 넣었다. 앤지는 내게 시도해볼 만한 검색어를 계속 제안했다. 앤지네 엄마가 돌아오셨을 때쯤엔 그 메뉴에 가이스트 장군의 시청 앞 굴욕을 머리글로 해서 70여 개의 자료를 올려놓았다.

다음 날 나는 집에서 온종일 비트 문학에 관한 숙제를 하면서 케루악의 소설을 읽고 엑스넷을 돌아다녔다. 앤지네 학교로 가서 기다릴까 생각도 했지만, 다시 버네사를 볼지도 모른다는 생각에 소심해졌다. 그래서 앤지에게는 문자로 숙제 핑계를 댔다.

'직권남용' 메뉴에 대해 온갖 종류의 멋진 제안들이 쏟아져 들어왔다. 대부분은 사소한 내용이었지만 가끔 대박이 있었다. 사진과 녹음 파일도 있었다. 그 파일들이 인터넷에 빠르게 퍼져갔다.

하루가 더 지나자 파일들은 더 많이 퍼졌다. 다른 이용자가 파일을 수백 개 더 모아서 아예 '직권남용'이라는 블로그를 따로 만들었다. 자료가 점점 더 많이 쌓였다. 구미를 돋우는 이야기와 미친 사진을 찾는 경쟁이 시작됐다.

부모님과는 매일 아침 함께 식사를 하면서 과제 진척 상황에 대해 이야기를 나누는 정도로 무난히 지나갔다. 부모님은 내가 케루악의 소설을 읽는다는 이야기를 듣고 기뻐했다. 두 분이 가장 좋아했던 책이라고 했다. 알고 보니 안방 책장에 이미 다른 판본의 책이 있었다. 아빠가 그 책을 가져다줘서 훑어봤더니 모서리가 접힌 페이지들과 밑줄 친 문장도 있고 여백에 쓰인 메모들도 보였다. 아빠가 이 책을 정말로 좋아했던 모양이다.

덕분에 아빠와 내가 테러 문제를 놓고 서로에게 소리 지르지 않고 5분 이상 이야기를 나눌 수 있던 시절, 함께 근사한 아침을 먹으며 소설의 줄거리와 온갖 미친 모험에 대해 열띤 대화를 나누던 좋은 시절이 떠올랐다.

하지만 다음 날 아침 두 분은 라디오에 귀를 기울이고 있었다.

"직권남용, 샌프란시스코에서 악명 높은 엑스넷에 최근 폭발적인 인기를 끌고 있는 블로그인데, 이 블로그가 지금 세계의 주목을 받고 있습니다. 국토안보부의 대테러 대책을 감시하면서 실패 사례와 월권행위에 관한 자료를 모으고 있는 '리틀 브라더들'이 만든 직권남용 반대 운동의 일환입니다. 그들이 대표적으로 내세우고 있는 자료는 퇴역한 3성 장군 클로드 가이스트가 시청 앞 인도에서 국토안보부 경비원들에게 두들겨 맞는 장면을 담은 동영상 파일로서, 최근 인터넷에 바이러스처럼 퍼져나가며 인기를 끌고 있습니다. 가이스트 씨는 그 사건에 대해 별다른 언급을 하지 않았지만, 비슷한 일을 당해 화가 난 젊은이들의 이야기가 분노의 질주를 펼치고 있습니다.

이 운동은 현재 세계의 이목을 끌고 있습니다. 가이스트 장군의 동영상을 찍은 사진이 한국과 영국, 독일, 이집트 신문의 1면을 차지했으며, 세계 각국 방송이 주요 뉴스 시간에 동영상을 내보냈습니다. 영국의 BBC 저녁 뉴스가 미국의 방송국이나 뉴스 전문 채널이 이 이야기를 전혀 다루지 않고 있다는 사실을 보도하면서 이 소식은 어젯밤 세계 주요 뉴스로 떠올랐습니다."

그 방송은 영국의 언론감시단체와 미국의 부패한 언론을 조롱하는 의견을 올린 스웨덴 해적당, 은퇴해서 도쿄에 살고 있는 미국인 뉴스 앵커의 인터뷰도 소개했다. 그리고 미국의 언론과 시리아 국영 뉴스를 비교하는 알자지라 방송 내용을 짧게 내보냈다.

부모님이 네가 무슨 일을 저지르고 있는지 안다는 눈빛으로 나를 노려보고 있는 느낌이 들긴 했지만, 자리에서 일어나 설거지를 하러 갈 때 슬쩍 봤더니 부모님은 서로를 쳐다보고 있었다.

커피 잔을 세게 움켜쥔 아빠의 손이 부들부들 떨렸다. 엄마가 아빠를 쳐다봤다.

"저놈들은 우리한테 망신을 주려는 거야." 마침내 아빠가 입을 열었다. "저놈들은 안전을 지키려는 노력을 고의적으로 파괴하고 있어."

내가 입을 열려고 하자 엄마가 내 눈을 쳐다보며 고개를 저었다. 그래서 나는 방으로 올라와 잭 케루악 숙제를 했다. 안방 문이 닫히는 소리가 들린 뒤 엑스박스를 켜고 엑스넷에 들어갔다.

> 안녕하세요, 마이키 씨. 저는 콜린 브라운입니다. 캐나다 CBC 방송국의 뉴스 프로그램 <내셔널>의 프로듀서입니다. 저희는 엑스넷에 대한 보도를 준비하기 위해 샌프란시스코로 기자를 보내 자료를 수집하고 있습니다. 혹시 저희가 귀하의 단체와 활동에 대해 인터뷰할 수 있을까요?

나는 모니터를 뚫어져라 바라봤다. 이게 뭐야. 나하고 '내 단체'에 대해 인터뷰를 하겠다고?

> 음, 고맙지만 사양할게요. 저는 사생활을 지키고 싶어요. 그리고 저의 단체는 없습니다. 그래도 엑스넷을 다룬다니 고마워요!

1분 후 다른 메일이 왔다.

> 저희는 모자이크 처리를 해서 귀하의 익명성을 보장할 수 있습니다. 아시겠지만 국토안보부는 기꺼이 자기네 대변인을 제공해줄 겁니다. 저는 마이키 씨 쪽의 입장을 듣고 싶습니다.

이메일을 보관함으로 옮겼다. 그의 말이 맞다. 나도 몹시 인터뷰를 하고 싶지만 프로듀서라는 사람이 국토안보부 요원인지 알게 뭐람.

나는 케루악 책을 더 읽었다. 다른 메일이 왔다. 다른 뉴스 채널이었지만 요구 사항은 같았다. 샌프란시스코 공영방송인 KQED는 나를 만나 라디오 인터뷰를 녹음하고 싶다고 했다. 브라질 방송국, 호주 방송국, 독일 방송국까지. 온종일 언론들의 인터뷰 요청이 쏟아져 들어왔다. 나는 온종일 정중하게 거절했다.

케루악의 소설을 더 읽을 수가 없었다.

"기자회견을 해." 그날 저녁 앤지네 근처 카페에서 앤지가 말했다. 난 버스에서 버네사와 한 번 더 마주친 이후로는 앤지네 학교로 찾아가는 데 완전히 흥미를 잃었다.

"뭐? 너 미쳤니?"

"'시계태엽 약탈' 게임에서 해. PvP가 금지된 교역소로 기자회견 장소를 잡고 시간을 통보해. 넌 여기서 로그인하면 되잖아."

PvP는 플레이어들 간의 전투를 의미한다. 교역소는 '시계태엽 약탈' 중립지대이므로 이론적으로는 뉴비 기자들 천 명을 모아놓고 기자회견을 하는 중에 다른 게임 이용자가 그들을 죽일까봐 걱정하지 않아도 된다는 의미다.

"난 기자회견에 대해서는 아무것도 몰라."

"아, 그냥 검색해봐. 기자회견을 성공적으로 진행하는 방법에 대한 글이 있을 거야. 대통령도 기자회견을 하잖아. 그럼 너도 할 수 있을 거야. 대통령을 보면 혼자서는 자기 신발끈조차 제대로 못 묶을 것처럼 생겼는데도 하잖아."

우리는 커피를 더 주문했다.

"넌 정말 영리한 여자야." 내가 말했다.

"게다가 아름답기까지 하지." 앤지가 말했다.

"그렇지." 내가 답했다.

15

이건 용기가 아니라 자살이야

　나는 언론에 초청장을 보내기 전에 블로그에 기자회견에 대한 글을 먼저 올렸다. 기자들은 나를 지도자나 지휘관 혹은 궁극의 게릴라 사령관으로 포장하려 할 것이다. 그래서 그 문제를 해결하기 위해 엑스넷 이용자들도 기자회견에 참여하도록 했다.

　글을 올리고 나서 언론에 메일을 보냈다. 답장은 당황부터 열광까지 다양했다. 폭스TV 기자만 자기 TV쇼에 출연을 요청했는데 뻔뻔스럽게도 게임을 하라는 요구를 받았다며 '격분'했다. 다른 언론사들은 그런 식의 기자회견이 아주 멋진 이야기를 만들어낼 수 있을 것 같다고 생각하는 것 같았다. 그렇긴 해도 많은 기자들을 게임에 가입시키기 위해 기술적 지원을 끝도 없이 해줘야 했다.

　인터뷰 시간은 저녁 식사 시간 뒤인 8시로 잡았다. 엄마는 요즘 야밤에 너무 밖을 싸돌아다닌다고 잔소리를 하다가 마침내 내가 앤지 얘기를 슬쩍 흘리자, 갑자기 모든 의문이 해소된 듯한 표정을 지으며 '우리 꼬맹이 아들이 다 컸네'라는 눈빛으로 나를 지긋이 바라보았다. 엄마는 앤지를 만나고 싶어 했다. 그래서 나는 그 기회를 이용해 오늘밤에 앤지와의 '영화 관람'을 허락해주면 내일 저녁에 집에 데려오겠다고 약속했다.

앤지 어머니와 여동생은 또 외출 상태였다. 두 사람은 집에 있는 일이 거의 없었다. 덕분에 우리는 각자의 엑스박스를 들고 앤지 방에서 단둘이 오붓하게 지낼 수 있었다. 침대 옆에 있는 모니터 한 대의 선을 뽑아 내 엑스박스에 연결해서 둘이 동시에 로그인할 수 있게 만들었다.

우리는 '시계태엽 약탈'에 로그인한 뒤 빈둥거렸다. 나는 방안을 이리저리 서성였다.

"잘 될 거야." 앤지가 모니터를 보며 말했다. "지금 애꾸눈 피트 시장에 플레이어가 600명이나 돼!" 우리는 뉴비 캐릭터가 생성되는 마을 광장에서 가장 가까운 교역소인 애꾸눈 피트 시장을 인터뷰 장소로 골랐다. 기자들이 '시계태엽 약탈'에 처음 로그인한다면 그들의 캐릭터는 마을 광장에 나타나게 되어 있다. 엑스넷 이용자들에게 애꾸눈 피트 시장과 마을 광장 사이의 길에 모여 있다가 길을 잃고 헤매는 기자들이 보이거든 안내해달라고 부탁하는 글을 블로그에 올렸다.

"도대체 기자들에게 무슨 말을 하지?"

"기자들의 질문에 답변만 하면 돼. 마음에 들지 않는 질문은 무시해. 다른 사람이 대답할 수도 있다면, 그것도 괜찮아."

"이건 미친 짓이야."

"완벽한 계획이야, 마커스. 국토안보부를 엿 먹이려면 녀석들을 어리둥절하게 만들어야 돼. 놈들을 총으로 쏴죽일 수 있는 건 아

286

니잖아. 너의 유일한 무기는 놈들을 멍청이처럼 보이게 만드는 능력이야."

내가 침대에 털썩 드러눕자 앤지가 내 머리를 자기 무릎에 올리고 머릿결을 쓰다듬었다. 테러가 있기 전에 나는 다양한 머리 스타일을 시도하며 온갖 웃긴 색깔로 물들이고 돌아다녔지만 감옥에서 나온 후로는 머리에 신경 쓸 마음의 여유가 없었다. 머리가 길어 제멋대로 무성한 게 바보처럼 느껴졌다. 그래서 어느 날 화장실로 가서 이발기를 들고 몽땅 1센티미터 길이로 밀어버렸다. 덕분에 신경 쓸 필요가 완전히 없어져버렸고, RFID태그를 재밍할 때도 사람들 눈에 띄지 않아서 좋았다.

나는 눈을 뜨고 안경 너머에 있는 앤지의 커다란 갈색 눈동자를 응시했다. 앤지의 동그란 눈은 맑고 표정이 풍부했다. 나를 웃기고 싶을 때 앤지는 눈을 부리부리하게 치켜떴다. 앤지가 부드럽게, 슬프게, 나른하게, 혹은 졸린 눈을 뜰 때면 나는 흥분에 젖어 온몸이 녹아버렸다.

앤지가 바로 지금 그런 눈으로 나를 쳐다보고 있었다.

나는 일어나 앉아 앤지를 끌어안았다. 앤지도 나를 끌어안았다. 입을 맞췄다. 앤지의 입맞춤 실력은 정말 환상적이었다. 한 번 말하긴 했지만 다시 말하지 않을 수가 없다. 우리는 자주 입을 맞췄지만 이런저런 이유로 더 나가지 못하고 상황을 끝내곤 했다.

오늘 우리는 진도를 더 나가고 싶었다. 나는 앤지의 티셔츠 옷자락을 잡고 위로 힘껏 들어올렸다. 앤지는 손을 머리 위로 들어 올리더니 살짝 물러났다. 내게도 앤지가 움츠리는 게 느껴졌다. 그날 밤 공원에서도 그러는 게 느껴졌었다. 어쩌면 그래서 우리 진도가 더 나가지 않았는지도 모른다. 나는 앤지가 주춤거린다는 사실이 믿기지 않았다. 그래서 나도 약간 겁이 났다.

하지만 지금은 겁나지 않았다. 곧 시작될 기자회견과 부모님과의 계속되는 다툼, 국제적인 관심으로 지금 나는 핀볼 공처럼 마구 튀며 온 도시를 달리는 기분이었다. 온몸이 흥분으로 들뜨고 피가 총알처럼 혈관 속을 달렸다.

앤지는 아름답고 영리하고 똑똑하고 재미있었다. 그래서 나는 앤지에게 푹 빠졌다.

앤지의 셔츠가 벗겨졌다. 앤지가 허리를 구부려줘서 옷을 쉽게 벗길 수 있었다. 앤지가 등 뒤로 손을 올려 뭔가를 하자 브라가 툭 떨어졌다. 나는 꼼짝도 못하고 숨까지 멎은 채 눈을 휘둥그렇게 뜨고 그 모습을 지켜봤다. 그때 앤지가 내 셔츠를 잡아 머리 위로 당겨서 벗기더니 내 벌거벗은 몸뚱이를 끌어당겼다.

우리는 침대 위를 뒹굴며 서로를 만지고 몸을 부비며 신음했다. 앤지가 내 몸 여기저기에 입을 맞췄다. 나도 앤지에게 똑같이 했다. 숨을 쉴 수 없었다. 생각도 할 수 없었다. 꿈틀거리며 입 맞추고 핥고 만지는 것 외에는 아무것도 할 수 없었다.

우리는 기꺼이 더 나아갔다. 앤지의 청바지 단추를 풀었다. 앤지도 내 바지 단추를 풀었다. 내가 앤지의 지퍼를 내리자, 앤지도 내 지퍼를 내려서 바지를 벗겼다. 나도 앤지의 바지를 벗겼다. 잠시 후 우리는 둘 다 벌거숭이가 됐다. 마지막으로 남은 양말은 발가락으로 벗겨냈다.

그때였다. 아까부터 바닥에 떨어져 하늘을 보며 누워있던 침실용 시계가 눈에 들어왔다.

"젠장!" 내가 울부짖었다. "2분 후에 시작이야!" 하던 일을 중단하려 했을 때, 내가 지금 중단하려는 그 일을 내가 진짜로 중단하려 한다는 사실이 도대체 믿기지 않았다. 누군가 내게 "마커스, 네가 진짜 레알 완전 처음으로 그걸 하려는 순간에 내가 그 방에 핵폭탄을 던지면 넌 그만둘래?"라고 묻는다면, 나는 단호하게 그리고 분명히 "아니!"라고 대답했을 것이다.

하지만 우리는 중단했다.

앤지가 나를 붙잡더니 얼굴을 끌어당겨서 숨이 넘어가겠다는 생각이 들 때까지 입맞춤을 했다. 그리고 둘은 옷을 집어 들어 적당히 챙겨 입은 후 키보드와 마우스를 붙잡고 애꾸눈 피트 시장으로 향했다.

어느 캐릭터가 기자인지는 쉽게 알 수 있었다. 기자들은 완전 초짜라서 캐릭터 조종법을 파악하느라 이것저것 누르다보니 캐릭터가 주정뱅이처럼 비틀거리거나 사방으로 흔들거렸고, 가끔 잘못된 자판을 눌러 낯선 캐릭터에게 그나마 몇 안 되는 아이템을 줘버리거나, 실수로 상대 캐릭터를 끌어안거나 발로 걷어차기도 했다.

엑스넷 이용자들도 쉽게 눈에 띄었다. 틈만 나면(혹은 숙제할 기분이 아닐 때면) '시계태엽 약탈'을 하며 놀았으므로 멋진 무기를 장착하고 있었고, 그 무기를 낚아채려는 다른 캐릭터들을 날려버릴 수 있는 부비트랩을 달고 있어서 등이 불룩하게 튀어나와 보였다.

내가 시장에 들어가자 시스템 공지 메시지가 나타났다. "마이키가 애꾸눈 피트 시장에 들어왔습니다. 수병을 환영합니다. 이곳에서 멋진 전리품을 공정하게 거래할 수 있습니다." 모니터에 보이는 모든 플레이어가 움직임을 멈추더니 내 캐릭터 주위로 몰려들었다. 채팅창에 난리가 났다. 나는 헤드셋을 들고 음성지원을 켤까 했지만 많은 사람들이 동시에 떠들어대면 얼마나 정신이 없을지 곧 깨달았다. 문자로 채팅하는 게 훨씬 이해하기 쉬울 뿐만 아니라, 기자들이 잘못 인용하는 일도 막을 수 있다.

나는 사전에 앤지와 함께 시장을 정찰했었다. 함께 출장하니 서로 태엽을 감아줄 수 있어서 아주 좋았다. 시장 한쪽에 소금상자가 높다랗게 쌓여 있는데 거기에 올라서면 시장 안에 있는 모든 캐릭터들에게 잘 보였다.

> 안녕하세요. 모두들 이렇게 와주셔서 감사합니다. 저는 마이키입니다. 저는 지도자 같은 사람이 아닙니다. 기자 여러분 주위에는 저와 마찬가지로 우리가 왜 여기에 있는지 이야기해줄 수 있는 엑스넷 이용자들이 많습니다. 제가 엑스넷을 사용하는 것은 자유와 미국 헌법을 믿기 때문입니다. 제가 엑스넷을 사용하는 것은 국토안보부가 우리 모두를 테러 용의자로 취급하며 샌프란시스코를 경찰국가로 만들어버렸기 때문입니다. 제가 엑스넷을 사용하는 것은 권리장전을 파기하는 식으로는 결코 자유를 지킬 수 없다고 생각하기 때문입니다. 저는 캘리포니아에 있는 학교를 다니며 헌법을 배웠습니다. 그리고 저는 우리나라의 자유를 사랑하며 자랐습니다. 혹시 저에게 이념이 있다면 바로 이것입니다.

> 이런 권리를 확보하기 위해 인류가 정부를 조직했으므로 정부의 정당한 권력은 피통치자의 동의에서 비롯한다. 또 어떤 형태의 정부든 이러한 목적을 파괴할 때에는 인민은 정부를 바꾸거나 폐지하고, 인민의 안전과 행복을 가장 효과적으로 실현할 수 있는 원리를 바탕으로 그런 형태의 권력을 조직해서 새로운 정부를 수립할 수 있는 권리가 있다.

> 제가 쓴 글은 아니지만 저는 이것을 믿습니다. 국토안보부가 우리의 동의 없이 통치해서는 안 됩니다.

> 감사합니다.

나는 전날 이 글의 초고를 써서 앤지와 의견을 주고받으며 고쳤다. 이 글을 복사해서 올리는 데는 1초밖에 안 걸렸지만 게임에 참여한 모든 이들이 글을 읽는 데는 시간이 걸렸다. 많은 엑스넷 이용자들이 기뻐했다. 해적들이 화려한 몸짓으로 "만세!"를 부르며 칼을 치켜들었고 앵무새들이 꽥꽥거리며 머리 위를 날았다.

시간이 조금 지나자 기자들도 상황을 이해했다. 채팅창에 글들이 빠르게 지나갔다. 너무 빨라서 거의 읽을 수 없었다. 수많은 엑스넷 이용자들이 "옳소!", "미국, 사랑하지 않으면 떠나라", "국토안보부는 집으로 가라", "미국은 샌프란시스코에서 손 떼라" 같은 글들을 올렸다. 모두 엑스넷 블로그에서 인기 있는 구호들이었다.

> 마이키 씨, 저는 BBC의 프리야 라즈니쉬입니다. 당신은 운동 지도자가 아니라고 했지만, 현재 어떤 운동이 진행되고 있다고 생각하십니까? 그 운동의 이름이 엑스넷인가요?

수많은 대답이 올라왔다. 어떤 이는 운동은 없다고 했고, 어떤 이는 운동이 있다고 했다. 그리고 사람들마다 그 운동의 이름을 다르게 불렀다. 엑스넷, 리틀 브라더, 리틀 시스터. 내가 개인적으로 마음에 들었던 운동의 이름은 '미국'이었다.

기자회견은 잘 진행됐다. 나는 상황이 흘러가는 대로 놔둔 채 무슨 이야기를 더 할 수 있을지 생각하다가 할 말이 떠올라 타자를 쳤다.

> 제 생각에는 답변이 됐다고 보는데, 그렇지 않나요? 하나 혹은 더 많은 운동이 있을 수 있고, 그 운동은 엑스넷으로 불릴 수도 있고 아닐 수도 있어요.

> 마이키 씨, 저는 워싱턴 인터넷 데일리의 덕 크리스텐슨입니다. 국토안보부가 비록 성공적으로 일을 하고 있지는 못 하지만, 그들이 샌프란시스코에 대한 공격을 막아야 한다고 생각하지 않나요?

더 많은 답변이 쏟아졌다. 많은 사람들이 테러리스트와 정부가 똑같다고 했다. 문자 그대로 혹은 의도로 볼 때 테러리스트와 정부가 똑같이 나쁘다고 했다. 어떤 이는 정부가 어떻게 하면 테러리스트들을 잡을 수 있는지 알면서도 '전쟁광 대통령들'이 재선에 성공하기 위해 잡지 않는다고 했다.

> 저는 잘 모르겠습니다.

나도 마침내 타자를 쳤다.

> 저는 정말 모르겠습니다. 저도 폭탄 테러를 당하고 싶지 않고 저희 도시가 폭파당하는 걸 원하지 않기 때문에 저 스스로도 그 질문을 여러 번 해봤습니다. 그래도 떠오르는 생각은 있습니다. 국토안보부가 하는 일이 우리를 안전하게 지키는 것이라면 그들은 실패했습니다. 그들이 저질러온 온갖 헛짓거리로는 다리가 다시 폭파당하는 것을 막을 수 없습니다. 우리를 감시하고, 우리의 자유를 빼앗고, 서로를 의심하게 만들고, 서로에게 등을 돌리게 하고, 우리를 반역자라고 부르는 걸로 테러를 막을 수 있나요? 테러의 목적은 우리를 무서워하게 만드는 것입니다. 저는 오히려 국토안보부 때문에 무섭습니다.

> 테러리스트가 저에게 저지른 짓에 대해서는 하소연해봐야 소용이 없습니다. 하지만 여기는 자유국가입니다. 그렇다면 적어도 우리 경찰이 저에게 저지른 짓에 대해서는 이야기할 수 있어야 합니다. 경찰이 더 이상 저를 겁주지 못하게 막을 수 있어야 합니다.

> 이게 좋은 대답이 아니란 건 압니다. 죄송합니다.

> 국토안보부가 테러를 중단시키지 못하리라는 말은 무슨 뜻인가요? 어떻게 아시죠?

> 누구신가요?

> 저는 시드니 모닝 헤럴드 기자입니다.

> 저는 열입곱 살입니다. A로 성적표를 도배하는 우등생은 아닙니다. 그래도 정부가 도청하지 못하는 인터넷을 구축하는 방법을 압니다. 개인들을 추적하고 감시하는 기술을 무력화시키는 방법을 압니다. 죄가 없는 사람을 죄인으로, 죄가 있는 사람을 무죄로 정부가 믿도록 만들 수 있습니다. 비행기에 총을 가지고 올라타거나 정부의 비행금지 승객 목록을 박살낼 수도 있습니다. 인터넷을 읽고 혼자 고민하면서 이런 일들을 알아냈습니다. 제가 할 수 있다면 테러리스트도 할 수 있습니다. 국토안보부는 우리를 안전하게 지키기 위해 우리의 자유를 빼앗았다고 말합니다. 안전하다고 느끼시나요?

> 호주에서요? 당연히 그렇죠.

모든 해적들이 웃음을 터트렸다.

더 많은 기자들이 질문을 했다. 어떤 기자는 우리에게 공감했고, 어떤 기자는 적대적이었다. 내가 지쳤을 때 키보드를 앤지에게 넘겨서 잠시 마이키 역할을 하게 했다. 더 이상 나와 마이키가 동일 인물이라는 느낌이 들지 않았다. 마이키는 전 세계 기자들에게 자신의 주장을 피력하며 운동을 격려하는 아이였고, 마커스는 학교에서 정학 당하고 자기 아빠와 싸우고 자신이 끝내주는 여친에게 어울리는 사람인지 확신하지 못해 안절부절못하는 놈이었다.

11시가 되자 할 만큼 했다는 생각이 들었다. 게다가 우리 부모님도 집에서 기다릴 것이다. 나는 게임에서 나와 잠시 앤지와 함께 누웠다. 내가 앤지의 손을 잡자 앤지가 마주 쥐었다. 우리는 서로 끌어안았다.

앤지가 내 목에 입을 맞추더니 뭐라고 중얼거렸다.

"응?"

"사랑한다고 했어. 뭐, 전보라도 보내줄까?"

"와우."

"뭘 그렇게 놀래, 응?"

"아냐. 음, 그냥… 나도 너한테 그 말을 하려고 했거든."

"당연히 그래야지." 앤지는 그렇게 말하더니 내 코끝을 살짝 깨물었다.

"아직 한 번도 그런 이야기를 해본 적이 없어서 예열이 좀 필요해." 내가 말했다.

"너 아직도 말 안 한 거 알지? 내가 눈치 못 챘을 줄 알아? 우리 소녀들은 이런 일에 민감해."

"사랑해, 앤지 카벨리." 내가 말했다.

"나도 사랑해, 마커스 얄로우."

우리는 입을 맞추고 포옹했다. 내 호흡이 거칠어졌다. 앤지도 그랬다. 그때 앤지 어머니가 방문을 두드렸다.

"앤지. 네 친구가 집에 갈 시간이 된 거 같은데, 그렇지 않니?"

"네, 엄마." 앤지는 그렇게 말하며 도끼를 휘두르는 흉내를 냈다. 내가 양말과 신발을 신고 있을 때 앤지가 중얼거렸다. "사람들이 그럴 거야. 앤지 말이야, 정말 착한 아이였는데, 이럴 줄 알았어. 온종일 뒷마당에서 엄마를 도와 도끼날을 갈았잖아."

내가 웃으며 말했다. "넌 얼마나 편하게 지내는지 몰라서 그래. 우리 집이었다면 밤 11시까지 침실에 둘만 있도록 절대로 허락하지 않았을 거야."

"11시 45분이야." 앤지가 시계를 보더니 말했다.

"제기랄!" 나는 소리를 지르며 신발끈을 묶었다.

"가! 달려! 자유로워져 버려랏! 길 건널 때는 양쪽 잘 보고! 가능하면 접속하고! 포옹할 시간 없어! 열 셀 때까지 여기서 나가지 않으면 심각한 문제가 닥칠 거야. 하나, 둘, 셋." 앤지가 말했다.

나는 침대 위에 누운 앤지 위로 뛰어 올라가 카운트를 중단할 때까지 입맞춤을 했다. 나는 승리에 만족하며 엑스박스를 옆구리에 끼고 계단을 뛰어 내려갔다.

계단 아래에 앤지 어머니가 서 있었다. 지금껏 겨우 두어 번 만나봤을 뿐이었다. 앤지 어머니는 안경 대신 콘택트렌즈를 낀 나이들고 키 큰 앤지 같았다. 앤지 말로는 아빠의 키가 작았다고 했다. 앤지 어머니는 잠정적으로 나를 착한 아이로 분류한 모양이었다. 그래서 감사하게 생각한다.

"안녕히 계세요. 카벨리 부인."

"잘 가세요, 얄로우 씨." 우리가 처음 만났을 때 내가 '카벨리 부인'이라고 부른 이래로 계속된 둘 사이의 사소한 의식이었다.

난 문 옆에 잠깐 어정쩡하게 서 있었다.

"응?" 앤지 어머니가 말했다.

"음, 저를 초대해주셔서 고맙습니다." 내가 말했다.

"너라면 우리 집에 언제든지 환영이야."

"앤지도…, 고맙습니다." 결국 내가 이 덜떨어진 소리를 내뱉고 말았다. 하지만 앤지 어머니는 활짝 웃으며 나를 살짝 끌어안았다.

"천만의 말씀이에요." 앤지 어머니가 말했다.

집까지 버스를 타고 오는 동안 내내 기자회견에 대해 생각했다. 벌거벗은 앤지와 침대에서 뒹굴던 모습도 떠올랐다. 그리고 앤지 어머니가 활짝 웃으며 배웅하던 모습이 떠올랐다.

엄마가 나를 기다리고 있었다. 엄마가 영화에 대해 물었다. 그래서 〈베이 가디언〉에 실린 영화평을 그대로 이야기해줬다.

잠자리에 들었을 때 기자회견이 다시 떠올랐다. 무척 자랑스러웠다. 그 잘난 기자들을 게임으로 불러들여 내 이야기를 듣게 하고, 또 나와 같은 걸 믿는 사람들의 말을 듣도록 만든 건 정말 멋진 생각이었다. 나는 입이 귀에 걸린 채 잠이 들었다.

하지만, 이렇게 될 줄 알았어야 했다.

엑스넷 지도자 "나는 총을 가지고 비행기에 탈 수 있다."

"국토안보부는 내 동의를 받지 않고 통치한다."

엑스넷 아이들 "미국은 샌프란시스코에서 나가라."

그나마 그중 괜찮은 헤드라인이 이런 것들이었다. 사람들이 블로그에 올리라고 기사들을 보내줬지만, 그건 정말 하고 싶지 않았다.

어쨌든 내가 얼빠진 짓을 했던 거다. 기자들은 내 기자회견에 와서 우리가 테러리스트이거나 테러리스트 앞잡이라는 결론을 내렸다. 최악은 폭스뉴스였는데, 어찌 됐든 그 기자도 기자회견에 오긴 했던 모양이었다. 방송에서 그는 우리의 '반역죄'에 대해 이야기하는 데 10분이나 투자했다. 뉴스마다 반복하며 틀어준, 그 기자의 죽여주는 보도는 이랬다.

"이 녀석들은 자기네 이름도 모른답니다. 그래서 제가 하나 골랐습니다. 이 버르장머리 없는 아이들을 '캘 카에다'라고 부릅시다. 이놈들은 국내 전선에서 테러리스트를 지원하는 활동을 하고 있습니다. 언제일지 몰라도 캘리포니아가 다시 공격을 당하게 된다면 이 건방진 자식들이 사우디 왕가만큼이나 테러에 대한 책임을 져야 할 겁니다."

반전운동 지도자들은 우리를 극단주의자라며 비난했다. 그중 한 사람은 텔레비전에 나와서 자신들의 운동에 흠집을 내기 위해 국토안보부가 공작을 벌여 우리를 만들어낸 게 틀림없다고 주장했다.

국토안보부는 기자회견을 열고 샌프란시스코의 보안을 두 배로 강화하겠다고 발표했다. 그들은 어딘가에서 찾아낸 RFID태그 복제기를 들고 나와서 실제로 작동되는 모습을 보여주며 자동차 도둑 쇼를 벌였다. 그리고 모든 시민들은 의심스럽게 행동하는 젊은 이들, 특히 손을 감추고 있는 젊은이를 보면 주의하라고 경고했다.

다들 장난이 아니었다. 나는 잭 케루악에 대한 숙제를 끝내고, 반전운동가와 히피들이 샌프란시스코로 몰려들던 1967년 '사랑의 여름'에 대한 숙제를 시작했다. '벤&제리스'라는 아이스크림 회사의 설립자들이 헤이트 애시베리에 히피 박물관을 세웠는데 근처에는 다른 자료실과 전시장들도 있었다.

하지만 돌아다니는 게 쉽지 않았다. 주말까지 나는 하루에 네 번씩은 붙잡혀서 수색을 당했다. 경찰은 내 신분증을 검사하고 왜 거리를 돌아다니는지 묻더니 내가 정학당했다고 쓰인 차베스 고등학교의 통지서를 꼼꼼하게 살펴봤다.

나는 그래도 체포되지는 않았으니까 그나마 운이 좋은 편이었다. 다른 엑스넷 이용자들은 그렇게 운이 좋지 못했다. 국토안보부는 매일 밤마다 엑스넷 '주동자들'과 '운영자들'을 더 체포했다고 발표했지만, 난 알지도 못하고 들어본 적도 없는 사람들이었다. 텔레비전은 체포된 사람들의 주머니에 있던 RFID태그 복제기와 다른 장비들을 계속 반복해서 틀어댔다. 언론은 체포된 사람들이 관련자들의 '이름을 불고', '엑스넷 네트워크'에 대해 누설하기 시작했으므로 곧 더 많은 사람들이 체포될 거라고 했다. '마이키'라는 이름이 자주 등장했다.

아빠는 이 소식들을 아주 반겼다. 아빠와 함께 뉴스를 보고 있으면, 아빠는 흡족한 표정을 지었고 나는 완전히 찌그러져서 멍한 상태가 되었다. "너도 저 사람들이 녀석들에게 사용하는 기술을 봤으면 좋았을 거야. 나는 본 적이 있는데, 두세 녀석을 잡아서 메신저에 있는 친구 목록과 휴대폰에 있는 단축 다이얼 번호를 비교한 다음 서로 연락하는 이름을 계속 검색하고 유형을 분석해서 더 많은 녀석들을 잡아오지. 국토안보부는 낡은 스웨터의 털실을 풀듯이 녀석들을 해체해버릴 거야."

나는 우리 집에 앤지를 초대해서 저녁을 먹기로 했던 약속을 취소하고 그 문제를 좀 더 파고들었다. 앤지의 여동생 티나는 나를

298

'손님'이라 부르기 시작했다. "오늘 밤엔 손님이랑 같이 저녁을 먹을 거야?" 나는 티나가 좋았다. 티나는 놀러나가서 파티에 참석하고 남자애들을 만나는 데에만 온통 관심이 쏠려 있었지만 재미있는 아이였고 앤지에게 아주 헌신적이었다. 언젠가 저녁에 함께 설거지를 할 때 티나가 손을 닦으면서 스스럼없이 이렇게 말했다. "있잖아. 오빠는 좋은 사람 같아. 우리 언니는 오빠만 보면 아주 환장을 해. 나도 오빠가 좋아. 그래도 이 말은 해야겠어. 오빠가 언니 가슴을 아프게 하면 내가 쫓아가서 오빠의 불알주머니를 머리 위까지 있는 힘껏 당겨버릴 거야. 별로 아름다운 모습은 아닐걸."

나는 내가 앤지의 가슴을 아프게 하기도 전에 티나가 먼저 내 불알주머니를 머리 위까지 당길 거 같다고 이야기해줬다. 그러자 티나가 고개를 끄덕이며 말했다. "오빠가 무슨 말인지 확실히 이해했다면 그럴 일은 없을 거야."

"네 동생 골 때리더라." 앤지와 함께 침대에 누워 엑스넷 블로그들을 살펴보다가 내가 말했다. 우리는 만나기만 하면 서로 만지작거리다가 엑스넷 읽는 것으로 시간을 보냈다.

"티나가 너한테도 불알주머니 이야기했니? 걔가 그럴 때마다 아주 환장하겠어. 티나는 '불알주머니'라는 단어를 좋아하는 것뿐이야. 너한테 개인적인 감정은 없을 거야."

나는 앤지에게 입을 맞췄다. 그리고 엑스넷을 더 읽었다.

"이거 들어봐." 앤지가 소리내어 읽었다. "경찰은 이번 주말에 엑스넷 반체제 집단에 대한 사상 최대 규모의 일제 검거를 통해 400~600명을 체포하겠다고 발표했다."

구역질이 날 것 같았다.

"이 활동을 중단해야겠어. 너도 알잖아. 겁먹지 않았다는 걸 보여주려고 재밍을 더 열심히 하려는 사람들이 있다는 거. 그냥 미친 짓 같지 않아?" 내가 말했다.

"내 생각에 그건 미친 짓이 아니라 용기야. 저놈들에게 겁먹고 굴복해선 안 돼."

"뭐? 아냐, 앤지, 그건 아냐. 수백 명이 감옥에 잡혀가게 나둬선 안 돼. 넌 안 가봤잖아. 난 가봤어. 네가 생각하는 것보다 훨씬 안 좋아. 네가 상상하는 것보다 훨씬 안 좋다고."

"내 상상력은 아주 풍부해." 앤지가 말했다.

"그만두자, 응? 잠깐만 진지하게 생각해봐. 나는 더 이상 못 하겠어. 사람들을 감옥에 보낼 수는 없어. 그렇게 하면 나는 버네사가 생각하는 바로 그런 사람이 되고 마는 거야."

"마커스, 나도 진지하게 말하는 거야. 이 사람들은 감옥에 갈 수도 있다는 사실을 몰라서 그런 일을 한다고 생각해? 이 사람들은 자신의 행동이 정당하다고 믿는 거야. 너도 그걸 믿지. 저 사람들을 신뢰하고 지금 어떤 상황인지 알려줘. 그들이 위험을 무릅쓸지 말지는 네가 결정할 일이 아니야."

"내가 저 사람들에게 그만두라고 하면 그만둘 테니까. 이건 내 책임이야."

"넌 지도자가 아니라며?"

"난 아냐. 당연히 아니지. 그래도 저 사람들이 내가 안내해주리라 기대하는 것까지 막을 수는 없어. 그리고 그러는 한, 내게는 저 사람들이 안전하게 지내도록 도와줄 책임이 있어. 무슨 말인지 알잖아."

"내가 보기엔 문제가 터질 조짐이 보이자마자 내빼느라 바쁜 것 같은데? 저 녀석들이 네가 누구인지 알아챌까봐 겁먹고 있는 것 같아. 너는 너 자신을 걱정하고 있는 거야."

"말도 안 돼." 나는 앤지와 떨어져서 일어나 앉았다.

"정말? 자신의 비밀스러운 정체가 탄로났다고 생각하는 순간 심장마비라도 걸린 것처럼 난리쳤던 사람이 누구더라?"

"그건 달라. 이건 내 문제가 아냐. 너도 아니라는 거 알잖아. 도대체 왜 이래?"

"너야말로 왜 이래? 이 모든 일을 시작할 정도로 용감했던 녀석은 어디로 가버린 거야?"

"이건 용기가 아니라 자살이야."

"싸구려 청소년 멜로드라마 쓰고 있네, 마이키."

"그 이름으로 부르지 말랬잖아!"

"뭐, 마이키? 왜 마이키?"

나는 신발을 신고 가방을 챙겨 집으로 왔다.

> 내가 재밍을 하지 않는 이유.

> 난 다른 사람에게 이래라저래라 하지 않을 거야. 폭스뉴스가 뭐라고 생각하든 난 지도자가 아니니까.

> 그래도 내가 계획하고 있는 일에 대해서는 이야기해줄게. 그게 옳다고 생각이 되면 너희가 같이 해도 좋아.

> 나는 더 이상 재밍을 하지 않을 거야. 이번 주에는 안 해. 다음 주에도 안 할지 몰라. 내가 겁먹어서 이러는 건 아냐. 감옥에 들어가는 것보다는 자유로운 게 낫다는 걸 이해할 정도로 현명하기 때문이야. 저놈들이 우리의 전술을 막을

수 있는 방법을 알아냈어. 그래서 우리는 새로운 전술을 만들어야 해. 그게 어떤 전술이든 상관없어. 새로운 전술이 먹히기만 바랄 뿐이야. 체포되는 건 바보 같은 짓이야. 잘 해봐야 기껏 재밍일 뿐이잖아.

> 재밍을 하지 않는 이유가 또 있어. 만일 네가 잡히면 놈들은 너를 이용해서 너희 친구들을 잡으려 할 거야. 그 친구의 친구들까지. 국토안보부는 너희 친구들이 엑스넷을 이용하지 않아도 체포할 거야. 그놈들은 완전히 미친 개새끼들이라 자기들이 찾는 사람인지 아닌지 따지지도 않고 물어뜯으면서 걱정도 안 해.

> 너희에게 뭘 하라는 이야기는 하지 않을 거야.

> 그래도 국토안보부는 멍청하고 우리는 똑똑해. 우리는 재밍을 통해 국토안보부가 아이들조차 막지 못한다면 테러리스트와는 결코 싸울 수 없을 거라는 사실을 보여줬어. 너희가 잡힌다면 놈들이 우리보다 더 똑똑한 것처럼 보이게 될 거야.

> 놈들은 우리보다 현명하지 않아! 우리가 놈들보다 현명해. 현명하게 진행하자. 아무리 많은 깡패들을 우리 도시에 처넣더라도 놈들을 재밍할 방법을 찾아내자.

나는 이 글을 올리고 잠자리에 들었다.

앤지가 보고 싶었다.

그 뒤로 앤지와 나는 주말을 포함해서 나흘간 서로 말을 하지 않았다. 그리고 학교로 돌아갈 때가 됐다. 나는 그 사이 백만 번쯤 전화를 하려다 참았고, 보내지 않은 메일과 메신저 문자가 천 개는 됐다.

다시 사회 시간이 돌아왔다. 앤더슨 선생은 내게 빈정대는 말투로 수다스럽게 인사하더니 상냥한 목소리로 '휴가'는 잘 지냈냐고 물었다. 나는 입을 꾹 다물고 자리에 앉았다. 찰스가 낄낄대는 소리가 들렸다.

선생은 미국인이 세계를 지배할 운명이라는 '명백한 운명설'을 가르쳤다(혹은 그 '운명설'이 진리인 것처럼 보이게 만들려고 애썼다). 그리고 나를 부추겨서 내가 뭔가를 말하면 그걸 핑계로 다시 교실에서 쫓아내려고 애쓰는 것 같았다.

교실 안의 모든 눈이 나를 쳐다보는 느낌이었다. 사람들이 우러러보는 마이키가 되었을 때의 느낌과 비슷했다. 우러러보는 존재가 되는 건 넌더리가 났다. 앤지가 보고 싶었다.

그날 하루는 내게 아무런 흔적도 남기지 않고 지나갔다. 아마 온종일 말은 채 여덟 마디도 하지 않았던 것 같다.

마침내 하루치 수업이 끝났다. 나는 교실 문을 박차고 나가 바보 같은 미션 지구를 벗어나 의미 없는 집으로 가기 위해 교문을 나섰다.

교문을 막 빠져나오자마자 누군가와 부딪혔다. 젊은 노숙자였는데 아마도 내 또래거나 약간 나이가 많을 것 같았다. 축 늘어지고 기름때에 절은 오버코트에 헐렁한 청바지, 그리고 나무 분쇄기에라도 들어갔다 나온 듯한 너덜너덜한 낡은 운동화를 신고 있었다. 그의 긴 머리는 얼굴을 덮고 음모처럼 구불구불한 턱수염은 목을 지나 본래의 색을 알 수 없는 스웨터의 목깃을 덮었다.

나는 인도에 널브러진 상태로 상대방을 관찰했다. 그 사이 사람들이 우리를 이상한 눈으로 쳐다보며 지나갔다. 그는 매직으로 휘갈긴 기하학적인 낙서로 뒤범벅된 배낭에 무거운 짐을 지고 구부정한 자세로 발렌시아 가를 급하게 내려가다 나와 부딪친 모양이었다. 그 배낭은 지금 입을 쩍 벌리고 옆에 쓰러져 있었다.

그가 무릎을 짚고 앉더니 술에 취하거나 머리를 한 대 맞은 사람처럼 몸을 앞뒤로 흔들었다.

"어이, 친구 미안해. 내가 못 봤네. 다친 데는 없어?" 그가 말했다.

나도 일어나 앉았다. 아픈 데는 없었다.

"음, 없어. 난 괜찮아."

그가 일어서서 씩 웃었다. 치아가 치열교정 클리닉 광고에 나오는 사람처럼 놀라울 정도로 하얗고 반듯했다. 그가 내게 손을 내밀었다. 그의 손아귀는 강하고 단단했다.

"정말 미안해." 그의 말투 역시 깔끔하고 지적이었다. 나는 그가 야밤에 미션 지구를 어슬렁거리며 혼자 중얼거리는 주정뱅이들처럼 말할 거라고 예상했었지만, 웬걸 그는 아는 게 많은 서점 점원처럼 말했다.

"괜찮아." 내가 말했다.

그가 다시 손을 내밀었다.

"난 젭이야." 그가 말했다.

"난 마커스."

"만나서 반가워, 마커스. 언젠가 또 이렇게 다시 만나길 바랄게!"

그는 미소를 지으며 배낭을 집어 들고 몸을 돌려 빠르게 가던 길을 갔다.

나는 가슴이 답답하고 멍한 상태로 집까지 걸어왔다. 엄마가 주방 식탁에 앉아 있었다. 그래서 세상이 바뀌기 전에 그랬듯이 엄마와 잠시 중요한 내용이랄 건 하나도 없는 잡담을 나눴다.

내 방으로 올라가 의자에 털썩 주저앉았다. 오늘만은 엑스넷에 로그인하기 싫었다. 학교에 가기 전에 잠시 들어가 봤더니 내 글에 동의하는 사람들과, 자신들이 애정하는 스포츠를 내가 그만두라고 했다며 몹시 화를 내는 사람들 간에 대규모 말싸움이 벌어지고 있었다.

이 일을 시작하기 전에 나는 프로젝트 수천 개를 진행하고 있었다. 레고 블록으로 바늘구멍 사진기를 만들고 있었고, 연을 이용한 항공 사진기도 만들어서 가지고 놀았는데, 고무찰흙으로 낡은 디지털 사진기 버튼을 누르게 했다. 처음 발사할 때 길게 늘어났던 실리퍼티가 천천히 본래의 모양으로 돌아오면서 사진기 버튼을 누르면 그때부터 일정한 간격으로 사진을 찍는 방식이었다. 그리고 진공관 앰프를 만들어서 고고학 유물처럼 오래되어 녹슬고 여기저기가 찌그러진 올리브기름 깡통 안에 넣었는데, 일단 진공관이 완성되면 참치 캔으로 5.1채널 서라운드 스피커 세트를 만들어서 휴대폰 거치대로 이용하려 했었다.

나는 작업대를 둘러보다가 결국 바늘구멍 사진기를 집어 들었다. 레고를 조립하는 속도는 여전했다.

난 대치 중인 원숭이와 닌자의 상이 조그맣게 달린 뭉툭한 두 손가락 은반지와 시계를 빼서 작은 상자에 넣었다. 그 상자에는 외출할 때 목에 걸거나 주머니에 넣어 다니는 잡동사니를 모아두었는데, 휴대폰, 지갑, 열쇠, 와이파이 탐지기, 잔돈, 배터리, 케이블 등 주머니에 있는 것들을 쏟아 넣다 보니 문득 내 기억에 없는 물건이 눈에 들어왔다.

회색 종잇조각은 무명천처럼 부드러웠고 큰 종이에서 찢어낸 듯 모서리가 삐죽삐죽했다. 종이에는 지금까지 본 적이 없는 작은 손 글씨가 정성스럽게 가득 쓰여 있었다. 글이 앞뒤로 빼곡했는데 뒷면 맨 오른쪽 구석에 난삽한 서명이 있었다.

서명은 간단했다. '젭.'

종이를 들고 읽기 시작했다.

마커스에게.

너는 나를 모르겠지만 나는 너를 알아. 난 베이교가 폭파된 뒤로 지난 석 달 동안 트레저 섬에 갇혀 있었어. 네가 마당에서 아시아계 여자애와 말을 나누다가 잡혀 들어갈 때 나도 거기에 있었어. 넌 용감했어. 잘했어.

난 그날 맹장이 터져서 병원으로 이송됐는데 옆 침대에 있던 녀석의 이름이 대릴이었어. 우리는 둘 다 회복하는 데 오래 걸렸어. 그래서 몸이 나을 때가 되자 풀어주기엔 너무 늦어버린 바람에 놈들이 골치 아파했지.

그래서 놈들은 우리에게 죄를 뒤집어씌우기로 결정했어. 매일 우리를 심문했지. 너도 놈들의 심문을 받았겠지만, 그걸 몇 개월 동안 계속 받았다고 상상해봐. 대릴과 나는 결국 감방 동료가 됐어. 우리는 도청 당하는 걸 알았기 때문에 계속 쓸데없는 이야기만 나누다가 밤에 간이 침대에 들어가면 조용히 모스부호를 두드려서 서로에게 메시지를 전달했어. 내가 햄 라디오를 배워두었던 게 도움이 됐지.

처음에 우리에 대한 놈들의 심문은 누가 했냐, 어떻게 했냐 따위의 헛소리에 불과했어. 그런데 조금 지나자 놈들이 엑스넷에 대해 묻기 시작하더군. 당연한 이야기지만, 우리가 들어봤을 리가 없잖아. 그래도 놈들은 끊임없이 물었어.

대릴에게는 RFID태그와 엑스박스, 그리고 온갖 장비를 가져와서 누가 이걸 이용하는지, 어디서 이런 걸 배우는지 물었대. 대릴이 내게 너희들이 했던 게임과 배운 것들을 말해줬어.

특히, 국토안보부는 친구들에 대해 심문했어. 아는 사람이 누구냐, 그 친구들은 어떻게 생겼냐, 그 친구들은 정치적이냐, 학교에서 문제를 일으켰냐, 법적인 문제는 없었냐.

우리는 그 감옥을 '샌프란시스코 만의 관타나모'라 불렀어. 나는 일주일 전에 빠져나왔지만, 사람들은 자기 아들과 딸이 샌프란시스코 만의 한가운데에 갇혀 있을 거라고는 생각도 못할 거야. 밤이 되면 육지에서 사람들의 웃음소리와 파티 소리가 들려왔어.

난 지난주에 나왔어. 이 종이가 잘못된 손에 들어갈지도 모르기 때문에 어떻게 나왔는지는 말해줄 수 없어. 내가 이용한 그 방법을 다른 사람이 이용할지도 모르니까 말이야.

대릴이 너를 어떻게 찾을지 이야기해줬어. 그리고 밖으로 나오면 너에게 내가 아는 사실을 이야기해주기로 약속했어. 지금은 탈출한 게 마치 1년은 지난 기분이야. 나는 어떻게든 이 나라를 뜰 거야. 미국은 엿먹으라고 해.

강해져야 돼. 녀석들은 너를 무서워해. 나를 위해 놈들에게 한 방 먹여줘. 잡히지 마.

젭.

편지를 다 읽을 즈음에는 눈에 눈물이 그렁그렁했다. 책상을 뒤져 가끔 전선 절연체를 녹일 때 사용하던 일회용 라이터를 찾아 꺼 낸 후 편지를 들었다. 국토안보부가 이 편지를 이용해서 젭을 찾을 지도 모르는 일이므로, 내게는 젭을 위해 이 편지를 완전히 없애서 아무도 보지 못하게 할 의무가 있었다.

라이터를 켰다. 그리고 편지에… 하지만 난 불을 붙이지 못했다.

대릴.

나는 엑스넷에 관련된 온갖 쓸데없는 일과 앤지, 국토안보부 때 문에 대릴의 존재를 까맣게 잊고 있었다. 이사를 가거나 교환학생 으로 가버린 옛 친구처럼, 대릴은 내게 유령 같은 존재가 되어버렸 다. 그 시간 내내 놈들은 대릴를 심문하면서 나를 배신하라고, 엑 스넷과 재밍을 설명하라고 요구했다. 대릴은 지금껏 트레저 섬에 있었다. 트레저 섬은 파괴된 베이교 중간쯤에 있는 버려진 군사기 지였다. 헤엄쳐서 갈 수 있을 정도로 가까운 곳에 대릴이 있었다.

나는 라이터를 내려놓고 편지를 다시 읽었다. 훌쩍대며 편지를 읽다가 마침내 흐느껴 울었다. 모든 게 되살아났다. 머리 짧은 여 자와 그 여자가 내게 물었던 질문들, 오줌을 쌌던 일, 오줌이 말라 붙어서 딱딱해진 청바지까지.

"마커스?"

엄마가 조금 열려 있던 방문 앞에 서서 걱정스러운 눈으로 나를 바라보고 있었다. 엄마는 언제부터 저기에 있었던 걸까?

나는 팔로 눈물을 닦아내고 코를 풀었다. "엄마, 들어오세요." 내가 말했다.

엄마가 방에 들어와 나를 끌어안았다. "무슨 일이니? 말해도 괜 찮아."

편지를 책상에 내려놓았다.

"여자친구한테서 온 거니? 괜찮아?"

엄마가 내게 빠져나갈 구실을 만들어줬다. 그저 앤지 핑계를 대기만 하면 엄마는 방에서 나가 날 혼자 있게 해줄 것이다. 나는 그렇게 하려고 입을 열었다. 그런데 막상 입에서 튀어나온 이야기는 달랐다.

"저는 감옥에 있었어요. 다리가 폭파된 직후에. 그 후 내내 감옥에 있었어요."

그리고 터져 나온 울음소리는 내 목소리 같지 않았다. 당나귀나 커다란 고양잇과 동물들이 밤에 내는 소리 같았다. 너무 서럽게 우는 바람에 목구멍이 따끔거리고 가슴이 들썩였다.

엄마는 내가 꼬맹이였을 때처럼 날 꼭 끌어안았다. 그리고 머릿결을 쓰다듬고 귀에 속삭이며 내 몸을 앞뒤로 살살 흔들었다. 그러자 울음이 차츰 가라앉았다.

내가 숨을 깊게 들이쉬자 엄마가 물을 가져다주었다. 나는 침대 가장자리에 앉고 엄마는 책상 의자에 앉았다. 그리고 나는 엄마에게 모든 이야기를 털어놨다.

모든 이야기를.

음, 거의 모든 이야기를.

16

가장 중요한 이야기를 손에 넣었을 때

처음에 엄마는 충격을 받은 듯했다. 그리고 화를 내더니 마지막에 내가 심문 과정과 오줌을 쌌던 일, 머리에 씌운 자루, 그리고 대릴 이야기를 해주자 모든 걸 다 포기한 표정으로 입만 쩍 벌리고 있었다. 엄마에게 편지를 보여줬다.

"왜……?"

엄마의 그 한마디에 그날 밤 내가 감당해야 할 모든 비난이 담겨 있었다. 어떤 일이 실제로 일어났었는지, 내가 싸웠던 진짜 이유가 무엇이었는지, 엑스넷을 일으킨 진짜 이유가 무엇인지, 내게 용기가 없어서 세상에 말하지 못했던 모든 순간에 대한 비난 말이다.

나는 숨을 깊게 들이쉬었다.

"내가 이 사실을 다른 사람에게 이야기하면 감옥에 다시 집어넣겠다고 했어요. 며칠 정도가 아니라 영원히. 난…. 난 무서웠어요."

엄마는 아무 말없이 한참을 내 곁에 앉아 있었다. 그러더니 "대릴 아버지는 어떠셔?"

엄마가 뜨개바늘로 내 가슴을 푹 찔렀으면 차라리 나았을 것이다. 대릴 아버지는 틀림없이 대릴이 죽었다고 짐작하고 있을 것이다. 오래전에 죽었다고.

그렇지만 대릴이 아직도 살아있다면? 국토안보부가 불법적으로 석 달이나 가둬둔 후에 그냥 내보내줄까?

하지만 젭은 나왔다. 대릴도 나올 수 있을 것이다. 나와 엑스넷이 대릴을 꺼낼 수 있을지도 모른다.

"대릴 아버지에게는 아직 말씀을 못 드렸어요." 내가 말했다.

그제야 엄마가 울음을 터트렸다. 엄마는 잘 울지 않는다. 영국 문화가 그렇다. 엄마가 딸꾹질하듯 훌쩍이는 모습은 더 보기가 괴로웠다.

"너는 대릴 아버지에게 알려드려야 해." 엄마가 간신히 말했다.

"그럴게요."

"하지만 그 전에 아빠한테 먼저 말해줘야지."

요즘 아빠는 퇴근 시간이 일정하지 않았다. 국토안보부가 샌프란시스코에 대한 자료 분석을 시작한 이후로 일이 많아진 고객들에게 자문을 해줘야 했고, 버클리대까지 출퇴근 시간도 길어져서 귀가 시간이 오후 6시에서 자정 사이로 오락가락했다.

오늘 밤엔 엄마가 아빠에게 전화를 해서 지금 당장 집에 오라고 했다. 아빠가 뭔가 말하자, 엄마가 다시 말했다. 지금 당장.

아빠가 퇴근한 뒤 우리는 거실에 있는 커피 탁자 위에 편지를 올려놓고 마주앉았다.

두 번째라 처음보다는 이야기하기가 쉬웠다. 비밀의 무게가 좀

가벼워졌다. 나는 꾸미지 않았고, 아무것도 숨기지 않았다. 모든 걸 털어놨다.

나는 '털어놨다'는 말을 들은 적이 있긴 했지만 내가 직접 하기 전까지는 그 뜻을 제대로 이해하지 못했다. 감춰진 비밀은 나를 지저분하게 만들고 내 영혼을 더럽히며 두렵고 부끄럽게 만든다. 앤지가 말했던 그런 사람으로 만들었다.

아빠는 내가 이야기하는 내내 돌로 깎은 듯 무표정한 얼굴로 뻣뻣한 작대기처럼 앉아 있었다. 내가 편지를 건네자 두 번 읽고는 조심스럽게 내려놓았다.

아빠는 고개를 설레설레 흔들더니 일어나서 현관문으로 향했다.

"여보, 어디 가?" 엄마가 깜짝 놀라서 물었다.

"잠깐 걸어야 할 것 같아." 아빠의 숨이 턱에 차서 목소리가 툭툭 끊겼다.

엄마와 나는 서로 어색하게 쳐다보면서 아빠가 돌아올 때까지 기다렸다. 나는 아빠의 머릿속에서 무슨 일이 일어나고 있는지 상상해봤다. 폭탄 테러 이후에 아빠는 완전히 다른 사람이 되었다. 내가 죽었다고 생각하면서 보낸 며칠이 아빠를 바꿔버렸다는 이야기를 엄마한테서 들었다. 아빠는 테러리스트가 자기 아들을 거의 죽일 뻔했다고 믿어 왔으며, 그런 사실이 아빠를 미치게 만들었다.

국토안보부가 요구하는 건 뭐든 해줄 정도로 미쳐서 착한 양처럼 줄을 서서 그들이 자신을 통제하고 가지고 놀도록 내버려뒀다.

이제 아빠는 나를 가뒀던 사람들이 바로 국토안보부이며, 국토안보부가 아이들을 샌프란시스코 만의 관타나모에 볼모로 붙잡고 있다는 사실을 알게 됐다. 젭이 말한 트레저 섬 이야기는 내가 생각해도 일리가 있었다. 내가 잡혀있던 곳도 당연히 트레저 섬이었을 것이다. 샌프란시스코에서 배를 타고 10분 만에 갈 수 있는 곳이 거기 말고 어디에 있는가?

아빠가 돌아왔을 때는 그 어느 때보다 화난 얼굴이었다.

"나한테 말해줬어야지!" 아빠가 고함을 쳤다.

엄마가 아빠와 나 사이에 끼어들었다. "여보, 지금 비난할 사람은 얘가 아니야. 마커스는 납치당해서 협박당한 사람이잖아."

아빠는 고개를 젓더니 발을 쾅 굴렀다. "마커스를 꾸짖는 게 아냐. 누구를 비난해야 할지는 나도 정확히 알아. 나야. 나하고 멍청한 국토안보부지. 신발 신고 옷 챙겨라."

"어디 가시게요?"

"대릴 아버지를 만나러 가야지. 그러고 나서 바바라 스트랫포드 집으로 갈 거야."

어딘가에서 바바라 스트랫포드라는 이름을 봤던 것 같은데 그게 어디였는지 기억이 나지 않았다. 아마 부모님의 오랜 친구인 모양인데, 나는 그 사람의 집이 어디인지 몰랐다.

잠시 후 우리는 대릴네 집으로 향했다. 나는 그 노인네를 만나서 마음이 편했던 적이 한 번도 없었다. 대릴 아버지는 교편을 잡기 전에 해군 무선 장교였는데, 가정이 해군 함선인 양 엄격하게 관리했다. 어렸을 때 대릴에게 모스부호를 가르쳐준 사람도 아버지였다. 나도 항상 그 일은 멋지다고 생각했다. 젭의 편지를 신뢰했던 이유가 되기도 했다. 하지만 모스부호 같은 멋진 일만 있었던 건 아니다. 대릴 아버지는 미친 군대 규율 그 자체를 강조했다. 예를 들어

침대보는 군대식으로 각을 맞춰 접도록 했으며, 하루에 두 번 면도를 해야 했다. 그래서 대릴은 늘 발광하기 직전이었다.

대릴의 어머니도 그런 게 싫어서 대릴이 10살 되던 해 미네소타에 있는 친정으로 떠나버렸다. 대릴은 여름과 크리스마스 때 엄마네에서 시간을 보냈다.

나는 차 뒷좌석에 앉아 운전하는 아빠의 뒷머리를 쳐다봤다. 뻣뻣하게 긴장한 아빠의 목덜미 근육이 턱을 꽉 다물 때마다 불끈불끈 움직였다.

엄마가 가는 내내 아빠의 팔을 꼭 잡고 있었다. 하지만 나를 달래줄 사람은 곁에 없었다. 앤지에게 전화를 할 수 있다면, 아니 졸루나 버네사라도. 오늘이 지나면 전화를 할 것이다.

"그 사람은 틀림없이 아들을 가슴에 묻고 살고 있을 거야." 아담한 대릴네 집이 있는 트윈픽스로 이어진 U자형 오르막 커브들을 빠르게 돌며 올라가고 있을 때 아빠가 말했다. 샌프란시스코가 밤에 자주 그러듯이 트윈픽스는 안개에 덮여 헤드라이트 불빛이 안개에 반사되었다. 우리가 모퉁이를 돌 때마다 아래에 펼쳐진 도시의 계곡들이 안개 속에 어른거리며 반짝거리는 불빛으로 만든 그릇처럼 보였다.

"이 집이니?"

"네. 맞아요." 몇 달 만에 오긴 했지만 수년 동안 들락거린 집이라 금세 알아볼 수 있었다.

우리 셋은 차 옆에서 한동안 서성거리며 누가 초인종을 누를지 망설였다. 놀랍게도 초인종을 누른 사람은 나였다.

초인종을 누른 후 우리는 숨을 삼킨 채 조용히 기다렸다. 다시

초인종을 눌렀다. 대릴 아버지의 차가 진입로에 있고 거실에 켜진
불도 보였다. 내가 세 번째로 초인종을 누르려 할 때 문이 열렸다.

"마커스니?" 대릴 아버지는 내가 기억하던 모습과 전혀 달랐다.
잠옷을 걸치고 있었는데 수염은 덥수룩하고 맨발에다 발톱도 길고
눈은 벌겋게 충혈된 상태였다. 살이 쪄서 군인의 단단하던 턱 아
래에는 부드러운 턱살이 흔들거렸다. 가느다란 머릿결은 듬성듬성
빠지고 뒤엉켰다.

"네. 아저씨." 부모님이 문으로 다가와 내 뒤에 섰다.

"론, 안녕하세요." 엄마가 말했다.

"론." 아빠가 말했다.

"자네도 왔나? 대체 무슨 일이야?"

"들어가도 될까?"

거실은 뉴스에서나 보던, 버려진 아이들이 한 달씩 갇혀 있다가
이웃에 구조되기 직전 집안 몰골과 똑같았다. 냉동음식 박스와 빈
맥주 캔, 주스 병, 곰팡이 핀 시리얼 그릇, 신문더미까지 엉망진창
이었다. 고양이 오줌 냄새가 진동했고 걸을 때마다 발밑에서 쓰레
기들이 으스러졌다. 고양이 오줌이 아니더라도 악취는 상상을 초
월했다. 마치 버스터미널 화장실 같았다.

소파에는 더러운 시트가 덮여 있었고, 기름에 절은 베개 두어
개와 눌린 자국이 선명한 쿠션으로 봐서 주로 거기서 주무시는 모
양이었다.

우리는 머릿속에 떠오르는 온갖 생각과 감정에 압도당해서 당황
한 얼굴로 한동안 아무 말없이 거기에 서 있었다. 대릴 아버지는 마

치 조용히 혼자서 죽어가는 사람 같았다.

그는 천천히 소파를 덮은 시트를 옆으로 치우고, 의자 두 개에 쌓아놓은 기름 범벅 접시들을 거둬서 주방으로 가져갔는데, 들리는 소리로 볼 때 바닥에 던진 모양이었다.

우리는 대릴 아버지가 치운 자리에 몸을 사리며 조심스럽게 앉았다. 대릴 아버지도 돌아와 자리에 앉았다.

"미안하네." 그가 멍한 얼굴로 말했다. "대접할 커피가 없어. 내일 식료품이 배달될 거야, 그래서 지금은 거의 다 떨어져서⋯."

"론, 우리 이야기를 들어봐. 자네한테 할 이야기가 있어. 편하게 들을 수 있는 이야기는 아닐 거야." 아빠가 말했다.

내가 이야기하는 동안 대릴 아버지는 조각상처럼 앉아 있었다. 그러고는 편지를 힐끗 보더니 멍한 눈으로 읽었다. 그러더니 다시 읽었다. 그리고 내게 편지를 돌려줬다.

대릴 아버지는 몸을 부들부들 떨었다.

"대릴은⋯."

"대릴은 살아 있어요." 내가 말했다. "대릴은 살아서 트레저 섬에 갇혀 있어요."

대릴 아버지는 주먹을 쥔 손등으로 입을 막고 소름 끼치는 신음 소리를 냈다.

"우리한테 친구가 하나 있네. 〈베이 가디언〉 기자인데, 부정 폭로 전문이야." 아빠가 말했다.

그 이름을 어디서 들어봤나 했더니 거기였다. 〈가디언〉이 발행하는 무료 주간지에서 일하던 많은 기자들이 더 큰 일간지나 인터넷 신문으로 떠났지만, 바바라 스트랫포드는 꾸준히 그 자리를 지켰다. 어렸을 때 함께 저녁 식사를 했던 기억이 희미하게 떠올랐다.

"우리는 지금 그 친구를 만나러 갈 거예요. 우리랑 함께 가서 대릴의 이야기를 그 친구한테 해주실래요?" 엄마가 말했다.

대릴 아버지는 양손으로 얼굴을 감싸고 긴 한숨을 뱉었다. 아빠가 그의 어깨에 손을 올리려 하자 거칠게 털어냈다.

"씻어야 할 것 같아. 잠시만 기다려주게." 그가 말했다.

대릴 아버지가 다시 내려왔을 때는 완전히 다른 사람이었다. 면도를 하고 젤을 발라 머리를 넘기고, 빳빳한 군복의 가슴에는 종군기장을 줄지어 달았다. 대릴 아버지가 계단을 내려와서 자기 옷차림을 가리키며 말했다.

"지금은 단정하고 깨끗한 옷이 별로 없어서 말이야. 그나마 이 옷이 그럭저럭 괜찮을 것 같아. 혹시 그 기자가 사진을 찍고 싶어 할지도 모르잖아."

아빠와 대릴 아버지가 앞자리에 앉고, 나는 대릴 아버지의 뒷자리에 앉았다. 가까이 앉으니 그의 땀구멍에서 약하게 맥주 냄새가 풍겨 나오는 것 같았다.

우리가 바바라 스트랫포드의 자택 진입로에 들어섰을 때는 자정이 다 된 시간이었다. 그 집은 시외인 마운틴뷰에 있었는데, 101번 도로를 달려오는 동안 우리는 서로 한마디도 하지 않았다. 간선도로를 따라 달리는 차창 너머로 최첨단 건물들이 줄지어 지나갔다.

여기는 우리 동네와는 다른 베이 지역이었다. 텔레비전에 가끔 나오는 전형적인 '미국 교외 마을'을 닮았다. 수많은 간선도로와 똑같이 생긴 집들이 늘어선 구역들, 인도에 쇼핑 카트를 밀고 다니는 노숙자가 전혀 보이지 않는 마을 말이다. 심지어 그 동네엔 아예 인도 자체가 없었다!

아까 대릴 아버지가 위층에 올라가 있는 동안 엄마는 바바라 스트랫포드에게 전화를 했었는데, 당시 기자는 잠을 자고 있었다. 엄마는 너무 흥분한 탓에 영국인으로서의 자세를 잊고 자던 그녀를 깨웠다는 사실도 전혀 개의치 않았다. 엄마는 긴장한 목소리로 할 말이 있으니 반드시 직접 만나야 한다는 이야기만 했다.

바바라 스트랫포드의 집으로 올라가면서 처음에 든 생각은 드라마 〈브래디 번치〉에 나오는 집 같다는 것이었다. 앞에 벽돌담이 있는 나지막한 단층집으로, 깔끔하고 완벽한 정사각형 모양의 잔디밭이 있었고 벽돌담에는 추상적인 무늬의 타일이 붙어 있었으며, 집 뒤로는 유행이 지나간 UHF 채널 안테나가 삐죽 솟아 있었다. 우리가 현관에 도착했을 때 집 안에는 이미 불이 켜져 있었다.

우리가 초인종을 누르기도 전에 기자가 문을 열었다. 부모님과 비슷한 연배로 보이는 이 여성은 마르고 키가 컸으며 매부리코에 눈이 날카로웠고 눈가에 주름이 많았다. 발렌시아 가 고급 양장점에서나 볼 수 있을 법한 멋진 청바지와 허벅지까지 내려오는 헐렁한 인도식 면 블라우스를 입고 있었다. 그녀의 작고 둥근 안경이 현관 불빛에 반짝였다.

바바라는 우리에게 조금 딱딱한 미소를 지으며 말했다.

"온 가족이 다 출동하셨네."

엄마가 고개를 끄덕였다. "잠깐만 이야기를 들어보면 너도 이해할 거야." 아빠 뒤에 있던 대릴 아버지가 앞으로 나섰다.

"해군까지 불렀어?"

"필요하면 불러야지."

엄마가 우리를 한 명씩 소개했다. 바바라는 악수할 때 긴 손가락으로 단단하게 내 손을 움켜쥐었다.

바바라의 집은 일본식 미니멀리즘 스타일로 꾸며져 있었는데, 정확하게 균형 잡힌 나지막한 가구 몇 개, 천장에 닿을 정도로 높게 자란 대나무가 담긴 커다란 점토 항아리가 있었으며, 반들반들 빛나는 대리석 주춧돌 위에는 커다랗고 녹슨 디젤 엔진 부품을 올려놓았다. 나는 그런 스타일이 마음에 들었다. 오래 된 나무를 깐 바닥은 사포질하고 광택제를 바르긴 했어도 틈을 메우지 않아서 바니시 아래로 갈라진 틈과 구멍이 보였다. 난 그게 정말 마음에 들었다. 특히 양말을 신은 발로 걸어 다닐 때 느낌이 좋았다.

"커피를 올려놨어요. 드실 분?" 바바라가 물었다.

우리 모두 손을 들었다. 나는 반항적인 눈으로 부모님을 노려봤다.

"좋았어요." 바바라가 말했다.

바바라는 다른 방으로 갔다가 잠시 후 2리터짜리 보온병과 정성 들여 만들었지만 장식은 대충 마무리한 잔 6개를 거친 대나무 쟁반에 들고 왔다. 난 그것도 좋았다.

바바라가 커피를 잔에 따라 하나씩 내밀며 말했다. "자, 여러분을 만나게 돼서 대단히 반갑습니다. 마커스, 마지막으로 봤을 때가 일곱 살 때였던 것 같은데, 그때 나한테 새로운 게임기를 보여주며 몹시 좋아했던 기억이 나는구나."

난 기억나지 않았지만 내가 일곱 살 때 했을 법한 일처럼 들렸다. 아마도 그 게임기는 '세가 드림캐스트'였을 것이다.

바바라는 펜과 노란 메모장, 녹음기를 꺼낸 후 펜을 만지작거렸다. "자, 이제 저는 여러분이 무슨 이야기를 하더라도 들을 준비가 됐습니다. 저는 그 이야기들을 비밀로 지키겠다고 약속할 수 있습니다만, 그 이야기를 듣고 나서 무엇을 해주겠다든가, 신문에 기사로 내겠다는 약속은 못 합니다." 바바라의 이야기를 듣다 보니 엄마가 잠자리에 든 그녀를 불러낸 건 아무리 친구라도 엄청난 실례였다는 생각이 들었다. 거물 기자가 되면 무척 성가신 일이 많을 게 틀림없었다. 기자의 주의를 끌려고 안달 난 사람들이 백만 명은 될 것이다.

엄마가 내게 고개를 끄덕였다. 그날 밤 세 번이나 같은 이야기를 했지만, 이번에는 혀가 꼬여서 말이 나오지 않았다. 부모님에게 이야기하는 것과는 달랐다. 대릴 아버지에게 이야기하는 것과도 달랐다. 이건, 그러니까 이건 게임에서 새로운 단계를 시작하는 기분이었다.

나는 천천히 이야기를 시작하면서 바바라가 메모하는 모습을 지켜보면서 천천히 이야기했다. 대체현실게임이 어떤 건지 그리고 게임을 하기 위해 어떻게 학교에서 빠져나갔는지 설명하는 동안 커피 한 잔을 다 들이켰다. 엄마와 아빠, 대릴 아버지는 내 이야기에 귀를 기울였다. 나는 한 잔을 더 따라 홀짝홀짝 마시면서 우리가 어떻게 끌려갔는지 설명했다. 모든 이야기를 다 마쳤을 즈음엔 내가 보온병 하나를 다 비워버렸기 때문에 오줌보가 터지기 직전이었다.

화장실도 장식이 거의 없이 삭막했는데, 깨끗한 진흙 냄새가 나는 갈색 천연 비누가 있었다. 내가 돌아오자 어른들은 말없이 나를 지켜보기만 했다.

다음으로 대릴 아버지가 자신의 이야기를 했다. 이야기할 만한 사건은 없었지만, 자신이 퇴역 군인이며 아들은 착한 녀석이었다고 설명했다. 그리고 아들이 죽었다고 믿었을 때 어떤 느낌이었는지, 전 부인이 그 이야기를 듣고 어떻게 무너져 내려 병원에 실려 갔는지 이야기했다. 그는 부끄러워하지 않고 잠깐 울었는데, 눈물이 주름진 얼굴을 타고 흘러 군복의 깃을 적셨다.

모든 이야기가 끝났을 때 바바라가 다른 방으로 가서 아일랜드 위스키 병을 가지고 돌아왔다. "이건 럼을 담았던 통에서 15년간 숙성시킨 부시밀즈입니다." 바바라는 그렇게 말하며 작은 잔 네 개를 놓았다. 내 잔은 없었다. "이런 술은 지난 10년간 시장에 나오지 않았죠. 지금이야말로 이 병을 따기에 적절한 때인 것 같아요."

바바라가 각자의 잔에 술을 따르더니 자기 잔을 들고 홀짝 반 잔을 비웠다. 다른 어른들도 바바라를 따라 술을 마셨다. 그리고 다들 잔을 다 비우자 바바라가 새로운 잔을 채웠다.

"좋아요. 지금 당장 제가 말해줄 수 있는 건 이거예요. 저는 여러분을 믿어요. 릴리안, 네가 아는 사람이라서 믿는 건 아니야. 일단 이야기가 정연하고, 제가 들었던 다른 소문과도 부합해요. 하지만 여러분의 이야기를 그냥 그대로 받아들일 수는 없어요. 이 문제에 대해 모든 관점에서 조사를 할 겁니다. 여러분의 삶과 그 이야기의 모든 요소를 샅샅이 조사할 거예요. 저는 여러분이 제게 이야기하지 않은 사실이나, 이 이야기가 알려진 뒤에 여러분의 신뢰를 떨어뜨릴 수 있는 사실이 존재하는지 알아야 합니다. 전 모든 게 필요해요. 기사를 준비하는 데 몇 주가 걸릴 수도 있어요.

여러분은 본인들의 안전과 대릴의 안전에 대해서도 생각해야만

합니다. 만일 대릴이 정말로 '망각된 사람'이 되었다면, 국토안보부를 압박할 경우 대릴을 어딘가 훨씬 먼 곳으로 보내버릴 수도 있어요. 시리아가 될 수도 있죠. 어쩌면 더 나쁜 짓을 할지도 몰라요.

저는 이제 이 편지를 가져가서 스캔을 할 거예요. 그리고 두 명의 사진을 찍고 싶어요. 지금 한 번 찍고, 나중에 다시 한 번 찍죠. 나중에 사진사를 보내드릴 수도 있어요. 하지만 지금으로서는 오늘 밤에 가능한 완전하게 이것들을 자료로 만들어놓고 싶어요."

스캔을 하기 위해 바바라의 사무실로 따라 들어갔다. 거실의 장식들처럼 날렵한 절전형 컴퓨터를 기대했는데 사무실 겸 예비 침실은 최고급 컴퓨터 여러 대와 커다란 평면 모니터들, 그리고 신문지 전체를 한 번에 스캔할 수 있는 대형 스캐너로 꽉 들어차 있었다. 바바라도 이 방면에서는 첨단을 달렸다. 그녀는 패러노이드 리눅스를 사용하고 있었다. 이 기자는 자신의 일을 진심으로 진지하게 다루고 있었던 것이다.

컴퓨터 팬이 돌아가는 소리가 효과적인 화이트 노이즈 보호막을 만들어줬지만, 그럼에도 나는 문을 닫고 바바라에게 가까이 다가갔다.

"음, 저기요."

"응?"

"아까 말하셨던 거요, 저에 대한 신뢰를 떨어뜨릴 수 있는 사실에 대해 이야기하셨잖아요."

"그랬지."

"제가 말씀드려도 다른 사람에게는 이야기하지 않으실 거죠?"

"원칙적으로는 그렇지. 이렇게 이야기를 해줄게. 난 정보원을 배신하지 않으려고 감옥에 두 번 갔다 왔어."

"아, 네. 좋아요. 와우. 감옥이라니. 와우." 나는 숨을 깊게 들이쉬었다. "엑스넷 들어보셨죠? 마이키도?"

"응?"

"제가 마이키예요."

"아." 바바라가 앞면 스캔을 마친 다음 뒷면을 스캔하기 위해 종이를 뒤집었다. 믿기 힘든 수준의 해상도였다. 10,000dpi 이상이었는데 모니터로 보니 거의 전자현미경으로 촬영한 수준이었다.

"그렇군. 그건 이 문제의 성격을 완전히 바꿔버리는데."

"네. 그럴 거라고 짐작했어요." 내가 말했다.

"너희 부모님은 모르지?"

"네. 부모님께 알려드려야 할지 아직 잘 모르겠어요."

"그건 네가 답을 찾아야 되는 문제야. 나는 이 문제를 더 생각해봐야 할 것 같아. 내 사무실로 올 수 있겠니? 이 건의 의미에 대해 너와 이야기해보고 싶어."

"혹시 엑스박스 가지고 계시나요? 제가 설치할 프로그램을 가져갈게요."

"그래. 준비해둘게. 사무실에 올 때 접수대에 가서 나를 만나러 온 브라운 씨라고 이야기해. 그러면 그게 무슨 뜻인지 알거야. 네가 방문했다는 어떤 기록도 남기지 않을 거야. 그날 기록된 모든 보안 카메라는 자동으로 삭제되고 네가 떠날 때까지 작동이 중단될 거야."

"와우. 저랑 똑같은 방식으로 생각하시네요." 내가 말했다.

바바라가 웃으며 내 어깨를 툭 쳤다. "얘야, 난 이 게임을 끔찍하게 오랫동안 해왔어. 지금까지는 그럭저럭 감옥보다는 밖에서 자유롭게 보낸 시간이 더 많았지. 피해망상증이 내 친구야."

다음 날 학교에서 나는 완전히 좀비가 됐다. 다 합쳐봐야 세 시간 정도 잤을 뿐이라서, 터키 가게의 카페인 죽을 세 잔이나 마셨는데도 뇌에 시동이 걸리지 않았다. 카페인의 문제는 너무 쉽게 적응된다는 사실이다. 그래서 카페인 효과를 보기 위해서는 점점 더 많이 섭취해야 했다.

지난밤에는 내가 해야 할 일을 생각하느라 시간을 다 보냈다. 구불구불한 좁은 길로 이루어진 미로를 달리는데, 모두 비슷하게 생긴 길들이 계속 되고 어느 쪽으로 가도 막다른 길로 이어지는 것 같은 기분이었다. 바바라의 기사가 보도되고 나면 나로서는 끝이었다. 아무리 다시 생각해봐도 결과는 마찬가지였다.

학교 수업을 마치자 나는 곧장 집으로 가서 침대에 기어들고 싶었지만, 〈베이 가디언〉과의 약속 때문에 부두 쪽으로 내려갔다. 흐느적거리며 교문을 지나는 내내 발끝만 쳐다보며 걸었다. 그러다 24번가로 방향을 틀었을 때 다른 발이 나와 보조를 맞추며 걷고 있는 걸 발견했다. 나는 그 사람의 신발을 알아보고 제자리에 섰다.

"앤지?"

앤지는 내 처지와 비슷해 보였다. 잠이 모자라서 생긴 너구리 눈에 슬픈 표정이 굳어서 입가에는 주름이 졌다.

"안녕. 놀랐지? 학교에서 몰래 빠져나왔어. 아무래도 도대체 집중을 할 수가 없었거든." 앤지가 말했다.

"음."

"입 닥치고 안아줘. 바보야."

나는 명령에 따랐다. 기분이 좋아졌다. 그냥 좋은 기분 이상이었다. 몸의 일부분이 절단됐다가 다시 붙은 기분이었다.

"사랑해, 마커스 얄로우."

"사랑해, 앤지 카벨리."

"좋았어." 앤지가 포옹을 풀면서 말했다. "네가 재밍을 하지 않겠다고 썼던 글은 마음에 들었어. 나도 존중할게. 잡히지 않고 놈들을 재밍할 방법은 찾았니?"

"지금 폭로 전문 기자를 만나러 가는 길이야. 기자는 내가 어떻게 감옥에 보내졌는지, 어떻게 엑스넷을 시작했는지, 어떻게 대릴이 국토안보부에 의해 트레저 섬의 비밀 감옥에 불법적으로 잡혀있는지 신문에 내보낼 거야."

"아." 앤지가 잠시 주변을 둘러봤다. "좀 더 야심 찬 계획은 생각해내지 못한 거야?"

"같이 갈래?"

"당연히 가야지. 그런데 어떻게 된 건지 자세히 설명해줘."

전부 다시 이야기하는 건 어렵지 않았다. 이야기를 하면서 우리는 포트레로 가를 지나 15번가까지 걸어갔다. 내 손을 잡은 앤지의 손에 가끔 힘이 들어갔다.

우리는 〈베이 가디언〉 건물 층계를 두 계단씩 올랐다. 심장이 쿵쾅거렸다. 나는 접수대로 가서 따분한 표정을 짓고 있는 여자에게 말했다. "바바라 스트랫포드를 만나러 왔어요. 제 이름은 그린입니다."

"혹시 브라운 씨 아닌가요?"

"아, 네." 내 얼굴이 빨개졌다. "브라운."

여자가 컴퓨터에 뭔가를 입력하더니 말했다. "앉아계시면 바바라 씨가 곧 나오실 겁니다. 음료수 드릴까요?"

"커피 주세요." 우리가 동시에 말했다. 앤지를 사랑하는 또 하나의 이유다. 우리는 둘 다 같은 약물에 중독됐다.

접수원은 나보다 몇 살 많지 않아 보이는 아름다운 라틴계 여성이었는데, 이미 유행이 지나간 갭 스타일의 옷차림을 하고 있었다. 여자가 고개를 끄덕이더니 다른 곳으로 갔다가 신문사 로고가 새겨진 잔 두 개를 가지고 돌아왔다.

우리는 오가는 방문자와 기자들을 구경하면서 조용히 커피를 홀짝였다. 마침내 바바라가 우리에게 다가왔다. 어젯밤 입었던 옷과 거의 비슷한 옷을 입었는데 바바라에게 잘 어울렸다. 그녀는 내가 여자친구를 데려온 사실을 알고 눈살을 찌푸렸다.

"안녕하세요. 음, 이쪽은⋯." 내가 말했다.

"미즈 브라운이에요." 앤지가 손을 뻗으며 말했다. 아, 그래, 맞다. 우리 신분은 비밀로 하기로 되어 있었지. "저는 그린 씨와 함께 일해요." 앤지가 내 팔꿈치를 툭 쳤다.

"그럼 갑시다." 바바라는 블라인드가 드리워진 긴 유리벽으로 둘러싸인 회의실로 우리를 이끌었다. 바바라가 오레오를 모방한 유기농 과자가 담긴 접시와 디지털 녹음기, 노란 메모장을 꺼냈다.

"이것도 녹음할까?" 바바라가 물었다.

이 생각은 못해봤다. 내가 바바라가 쓴 기사에 반론을 하고 싶을 때는 녹음해두는 게 유리하겠지만, 바바라가 제대로 기사를 쓸 것이라 믿지 못한다면 이러나저러나 난 망한 거다.

"아뇨, 괜찮아요."

"좋았어. 그럼 가자. 아가씨, 내 이름은 바바라 스트랫포드야. 부정 폭로 전문 기자지. 내가 왜 여기에 있는지는 알 거라고 생각해. 하지만 난 아가씨가 왜 여기에 있는지 궁금해."

"저는 엑스넷에서 마커스와 함께 일해요. 제 이름이 필요하세요?"

"아니, 지금은 아냐. 아가씨가 원한다면 익명으로 처리할 수 있어. 마커스, 내가 이 이야기를 해달라고 했던 건, 네가 얘기했던 대릴이라는 친구와 네가 보여줬던 편지에 이 이야기가 어떤 영향을 미칠지 알아야 하기 때문이야. 그 이야기를 부록으로 넣으면 얼마나 좋을지는 나도 알아. 그 이야기를 엑스넷의 유래로 설명하며 적당한 위치에 넣을 수 있겠지. '그들은 절대로 무시하지 못할 적을 만들어냈다' 같은 식으로 말이야. 하지만 솔직히 말해서, 난 되도록이면 그 이야기를 기사에 넣고 싶지 않아. 난 죄수 중에 감옥 문을 나서자마자 고의적으로 연방 정부를 불안하게 만드는 지하운동을 일으킨 사람이 있다는 식의 논쟁을 만들지 않고, 우리 바로 앞에 있는 비밀 감옥에 대해 깔끔하고 좋은 기사를 쓰고 싶어. 무슨 말인지 이해할 거라 믿어."

난 이해했다. 엑스넷이 기사에 들어가면 "거봐, 이런 녀석들은 감옥에 집어넣어야 해. 안 그러면 폭동을 일으킬 놈들이야"라고 말하는 사람들이 있을 것이다.

"이건 기자님의 기사예요. 저는 기자님이 세상에 대릴의 이야기를 알려야 한다고 생각해요. 어차피 기사가 나가서 국토안보부의 귀에 들어가면 제가 비밀을 폭로했다는 걸 알게 될 테니 놈들이 저를 쫓을 거예요. 그때쯤엔 제가 엑스넷과 관련이 있다는 사실을 알게 될지도 모르죠. 저를 마이키와 연결시킬 수도 있고요. 제가 말씀드릴 수 있는 건, 대릴에 대한 기사가 나가고 나면 무조건 전 끝이에요. 전 이미 그 문제에 대해 마음을 비웠어요."

"어차피 벌을 받을 거면 차라리 큰 사고를 치는 게 낫겠지. 좋았어. 그렇게 하자. 너희 둘이 엑스넷의 설립과 운영에 대해 최대한 자세히 이야기해주면 좋겠어. 난 직접 이용해보고 싶어. 어떤 사람들이 그걸 이용하지? 어떻게 퍼져나갔어? 그 소프트웨어는 누가 만든 거야? 모든 걸 다 이야기해줘."

"시간이 좀 걸리겠는걸요." 앤지가 말했다.

"난 시간 많아." 바바라가 커피를 홀짝거리고 짝퉁 오레오를 먹으며 말했다. "이건 '테러와의 전쟁'에서 가장 중요한 이야기가 될 거야. 정부를 무너뜨릴 수도 있는 이야기야. 이런 이야기를 손에 넣었을 때는 아주 조심스럽게 다뤄야 해."

17

똑같으면서도 다른 느낌

그래서 우리는 바바라에게 엑스넷에 관해 이야기했다. 사실 꽤 재미있었다. 사람들에게 기술을 가르치는 일은 항상 흥분된다. 사람들이 주변에 있는 기술을 이용해서 더 나은 삶을 꾸려가는 방법을 알게 되는 과정을 지켜보는 건 정말 멋진 일이다. 앤지도 대단했다. 우리는 환상적인 팀이었다. 우리는 엑스넷이 어떻게 작동되는지 설명하는 과정에서 서로의 빈틈을 채워줬다. 당연한 이야기겠지만, 바바라는 처음부터 엑스넷을 아주 잘 다뤘다.

90년대 초반 전자프론티어재단(EFF) 같은 인권단체들이 강력한 암호를 사용할 수 있는 권리를 쟁취하기 위해 정부에 맞서 싸웠을 때, 바바라가 그 '암호 전쟁'을 기사로 다룬 적이 있다는 사실을 알게 됐다. 나는 그 시대를 잘 알지 못했지만 바바라의 설명을 들으니 소름이 쫙 끼쳤다.

지금으로선 믿기 힘든 이야기겠지만, 정부가 국가 안보를 핑계로 암호를 군수품으로 분류해서 해외로 수출하거나 민간인이 사용하는 것을 불법화하던 시대가 있었다. 이해되나? 한때 이 나라에 불법적인 수학이 존재했다는 뜻이다.

미국 국가안전국이 추진한 일이었다. 국가안전국은 자신들만의 암호 표준을 가지고 있었다. 그들은 그것이 은행과 은행 고객들이 사용하기에 충분할 정도로 강력하지만, 마피아가 그걸 이용해 장부를 암호화할 때는 국가안전국에서 풀 수 있는 암호라고 주장했다. 표준 암호인 DES-56은 실제로 깨지지 않는다고 알려졌었다. 그때 전자프론티어재단을 공동 설립한 한 백만장자가 25만 달러를 들여 DES-56을 두 시간 만에 깰 수 있는 프로그램을 개발해버렸다.

그때까지도 국가안전국은 자기네가 캐낼 수 없는 비밀을 미국 시민이 소유해서는 안 된다고 주장했다. 그러자 전자프론티어재단이 치명타를 날렸다. 1995년에 재단은 댄 번스타인이라는 버클리대 수학과 대학원생의 재판을 변호하고 있었다. 번스타인이 쓴 암호 사용 설명서에는 DES-56보다 백만 배 강력한 암호를 만드는 데 이용할 수 있는 컴퓨터 프로그램이 포함되어 있었던 것이다. 국가안전국에 따르면 그의 글은 무기이므로 출판할 수 없었다.

당시 항소법원 판사가 암호의 세계와 의미를 제대로 이해하지 못했을 수도 있겠지만, 아무튼 판사는 대학원생이 글을 쓰는 일을 제한하는 것에 그다지 열정적이지 않았다. 제9순회항소법원이 암호는 '의회는 표현의 자유를 제한하는 법률을 만들 수 없다'는 수정헌법 1조에 의해 보호받는 표현의 한 형식이라고 판결함에 따라 암호 전쟁은 좋은 사람들의 승리로 끝났다. 덕분에 우리는 인터넷에서 물건을 구입하거나 비밀 메시지를 보내거나 은행 계좌를 확인할 때마다 전자프론티어재단이 합법적으로 사용할 수 있는 권리를 쟁취한 암호를 사용한다. 그다지 영리하지 못했던 국가안전국에게도 잘된 일이었다. 그들이 깰 수 있는 암호는 테러리스트나 조폭들도 깰 수 있기 때문이다.

바바라는 그 문제를 다뤄서 명성을 얻게 된 기자들 중 한 명이었다. 바바라는 샌프란시스코 인권운동의 결과를 다루는 일로 기자로서의 첫 경험을 쌓았다. 그래서 헌법을 둘러싼 현실 세계에서의 투쟁과 사이버스페이스에서의 투쟁이 유사하다는 사실을 이해했다.

바바라는 엑스넷을 금세 배웠다. 우리 부모님에게 엑스넷을 설명하는 건 쉽지 않겠지만 바바라는 쉽게 이해했다. 그녀는 우리의 암호 프로토콜과 보안 절차에 대해 전문가적인 질문을 했고, 어떤 때는 나도 설명하기 힘든 내용을 물어보기도 했으며, 보안 절차의 빈틈을 지적하기도 했다.

우리는 엑스박스를 켜서 인터넷에 접속했다. 회의실에 개방된 와이파이 공유기가 네 개 보여서 그 사이를 변칙적인 간격으로 오가도록 설정했다. 바바라도 그렇게 설정했다. 엑스넷에 들어가기만 하면, 속도가 약간 느리고 완벽하게 익명이 유지되며 도청이 불가능하다는 점을 제외하면, 일반적인 인터넷과 똑같다.

"이제 뭘 하죠?" 엑스넷에 대한 설명이 다 끝난 뒤 내가 물었다. 나는 건조한 목소리로 말했다. 커피를 너무 많이 마셔서 속이 얼얼한 데다, 앤지가 회의 탁자 아래로 손을 꽉 쥐고 있어서, 지금 당장이라도 여기서 빠져나가 우리의 첫 말다툼을 완전히 끝낼 수 있는 은밀한 장소를 찾고 싶었다.

"이제 내가 기자로서 일을 해야지. 넌 가도 돼. 네가 말해준 모든 사항들을 조사해서 가능한 범위 내에서 확인해볼 거야. 기사를 내기 전에 너한테 보여주고 언제 보도될지 알려줄게. 나로서는 이제 네가 이 문제를 다른 사람에게 이야기하지 않는 게 좋겠어. 이 기사를 특종으로 만들고 싶거든. 그리고 언론들의 억측 기사와 국토안보부의 정보 조작으로 진흙탕이 되기 전에 기사를 내고 싶기 때문이야.

기사를 내기 전에 국토안보부에 전화해서 그쪽 입장을 물어봐야돼. 하지만 최대한 너를 보호할 수 있는 범위 내에서 할 거야. 물론, 국토안보부에 연락하기 전에 너에게 알려줄게.

확실하게 해둬야 할 게 한 가지 있어. 이건 더 이상 네 이야기가 아니야. 이건 이제 내 기사야. 고맙게도 네가 그 이야기를 내게 줬으니 나도 보답을 하려 노력하겠지만, 너에게는 기사를 잘라내거나 고치거나 혹은 나를 중단시킬 권리는 없어. 이젠 시동이 걸려버린 상태라 멈추지 않을 거야. 알겠지?"

그런 식으로 생각해본 적은 없었지만, 바바라가 하는 말은 확실히 이해했다. 내가 로켓을 이미 발사했으므로 되돌릴 수 없다는 뜻이었다. 그 로켓은 목표했던 곳에 떨어지거나 아니면 경로를 벗어나거나 둘 중 하나겠지만, 이미 날아가고 있는 로켓을 이제 와서 바꿀 수는 없다. 가까운 미래의 어느 날, 나는 마커스가 아니라 유명인사가 되어 있을 것이다. 국토안보부의 비밀을 폭로한 사람이 될 거니까.

나는 사형 선고를 받은 사형수나 다름없었다.

앤지도 나와 비슷한 생각을 한 모양인지 얼굴이 하얗게 질렸다.

"여기서 나가자." 앤지가 말했다.

앤지 어머니와 여동생이 오늘도 외출한 상태라서 저녁에 어디로 갈지 결정하기가 쉬웠다. 저녁 식사 시간은 이미 지났지만 부모님은 내가 오늘 바바라와 만난다는 사실을 알고 있었기 때문에 집에 늦게 가더라도 잔소리를 하지 않을 것이다.

앤지네 집에 가자 엑스박스는 쳐다보기도 싫었다. 하루에 감당할 수 있는 엑스넷은 이미 다 했다. 내 머리는 온통 앤지로 꽉 차 있었다. 앤지, 앤지. 앤지 없는 삶. 나한테 화난 앤지. 나한테 다시 말하지 않을 앤지. 나한테 다시는 입을 맞추지 않을 앤지.

앤지도 비슷한 생각을 하고 있었다. 침실 방문을 닫고 서로를 바라봤을 때 그 애 눈빛으로 알 수 있었다. 나는 앤지에게 굶주려 있었다. 온종일 굶은 뒤 배고픈 저녁 시간 같은 느낌이었다. 세 시간 연속으로 축구를 한 뒤의 갈증 같은 느낌이었다.

아니, 그중 어느 것도 비슷하지 않았다. 그보다 훨씬 심했다. 그전에는 한 번도 느껴보지 못했던 느낌이었다. 앤지를 통째로 게걸스럽게 삼켜버리고 싶었다.

지금까지 우리 관계에서 성적인 분야를 담당한 사람은 앤지였다. 나는 앤지가 방향과 속도를 조절하고 이끄는 대로 따랐다. 앤지가 나를 붙잡아 셔츠를 벗기고 내 얼굴을 자기 쪽으로 끌어당기는 모습은 언제나 말할 수 없이 에로틱했다.

하지만 오늘 밤 나는 도저히 참을 수 없었다. 나는 그저 이끄는 대로 따라가지 않을 것이다.

문이 딸까닥 닫히자마자 앤지의 티셔츠 자락을 붙잡아서 휙 잡아당겼다. 앤지가 팔을 올릴 새도 없이 머리 위로 티셔츠를 벗겨냈다. 내 티셔츠를 머리 위로 잡아 뜯듯이 당기자 재봉선이 터지면서 두두둑 소리가 났다.

앤지가 눈을 반짝거리며 입을 벌렸다. 앤지의 숨소리가 얕고 빨라졌다. 나도 마찬가지였다. 숨소리와 심장 뛰는 소리와 피가 혈관을 달리는 소리가 한꺼번에 야단법석이었다.

나는 티셔츠를 벗을 때와 똑같은 열정과 속도로 나머지 옷을 모두 벗은 후 바닥에 있던 세탁물 더미에 던져버렸다. 그리고 침대 위에 가득 쌓인 책과 종이더미를 옆으로 쓸었다. 그리고 우리는 정리도 안 된 침대에 누워 서로의 몸을 뚫고 들어가버릴 기세로 꽉 끌어안았다. 내 입술과 맞닿은 앤지의 입술 사이로 신음소리가 흘렀고 나도 신음소리를 뱉었다. 앤지의 신음소리가 내 신음소리와 화음을 맞추며 울리는 느낌이 들자 그 어느 때보다 성욕이 치솟았다.

앤지가 포옹을 풀더니 침대 머리맡 탁자로 손을 뻗었다. 그리고 서랍을 열어 하얀 약봉지를 내게 던졌다. 봉지 안에는 콘돔이 들어 있었다. 살정제가 발라진 10개들이 콘돔 박스였다. 내가 앤지를 보며 미소를 짓자 앤지도 마주보며 미소 지었다. 내가 박스를 열었다.

나는 수년 동안 그게 어떤 느낌일지 머릿속으로 그려봤다. 하루에도 수백 번씩 상상했다. 어떤 날은 그 생각만으로 하루를 보내기도 했다.

내 예상과는 전혀 달랐다. 어떤 부분은 더 좋고 어떤 부분은 별로였다. 그 시간이 영원처럼 느껴지더니 막상 지나고 나니까 눈 깜빡할 새에 끝난 것 같았다.

그 뒤, 나는 똑같으면서도 다른 느낌이었다. 우리 사이에 뭔가 달라졌다.

묘했다. 우리는 둘 다 쑥스러운 얼굴로 옷을 챙겨 입고 방을 어슬렁거리며 눈을 맞추지 못한 채 다른 데만 쳐다봤다. 나는 침대 옆에 있던 크리넥스로 콘돔을 싸서 화장실로 가져가 휴지로 감은 다음 휴지통 깊숙이 쑤셔 넣었다.

방으로 돌아왔더니 앤지는 침대에 앉아 엑스박스를 만지작거리고 있었다. 조심스럽게 앤지의 곁에 앉아 손을 잡았다. 앤지가 고개를 돌려 나를 보더니 미소를 지었다. 우린 둘 다 탈진한 사람처럼 몸을 떨었다.

"고마워." 내가 말했다.

앤지는 아무 말없이 내 쪽으로 고개를 돌려 방긋 웃었지만 왕방울 같은 눈물이 뺨을 타고 흘러내렸다.

내가 앤지를 안자 앤지도 나를 꼭 끌어안았다. "넌 좋은 사람이야, 마커스 얄로우. 고마워." 앤지가 속삭였다.

난 뭐라고 대답해야 할지 몰라서 앤지를 더 세게 안았다. 마침내 우리는 몸을 뗐다. 눈물을 멈춘 앤지는 여전히 미소 짓고 있었다.

앤지가 침대 옆 바닥에 놓인 엑스박스를 가리켰다. 나는 무슨 뜻인지 알아채고 엑스박스를 집어 들어 전원을 넣고 로그인했다.

늘 똑같았다. 이메일이 잔뜩 쌓였고 내가 구독하는 블로그들에 새로운 글들이 많이 올라왔다. 스팸이 말도 못하게 쌓였다. 내 스웨덴 해적당 메일 계정은 거듭해서 '노가다'에 동원됐다. 그 메일함은 수천만 개의 인터넷 계정으로 보낸 스팸 메일의 회신 주소로 이용되어서, 반송된 메일과 화를 내는 답장이 가득했다. 누가 이런 일을 벌였는지는 모른다. 국토안보부가 내 메일을 봉쇄하려고 그런 것일 수도 있고, 그냥 사람들의 장난일 수도 있다. 하지만 해적당은 스팸 필터가 아주 훌륭한 데다 원하는 사람에게는 5백 기가까지 메일 용량을 주기 때문에 금세 바닥날 것 같지는 않았다.

나는 삭제 버튼을 연타로 두드리며 스팸을 모조리 걸러냈다. 내 공개열쇠로 암호화된 메일은 엑스넷과 관련되거나 민감한 메일일 수 있기 때문에 별도의 메일함으로 분류했다. 스팸 메일을 뿌리는 사람들이 공개열쇠를 사용하면 자기들의 스팸 메일을 더 그럴듯한 메일처럼 보일 수 있다는 사실을 아직 눈치채지 못했기 때문에 지금까지는 그럭저럭 괜찮았다.

'신뢰망' 안에 있는 사람들에게서 암호화된 메일이 10여 통 와있어서 대충 훑어봤다. 평소와 마찬가지로 국토안보부가 저지른 새로운 직권남용 사례에 관한 동영상과 사진의 링크, 아슬아슬하게 빠져나온 사람들의 소름 끼치는 이야기들, 내가 블로그에 올린 글에 대한 불평들이었다.

그런데 내 공개열쇠로만 암호화된 메일이 있었다. 그건 나 외에는 읽을 수 없지만 누가 썼는지는 알 수 없다는 의미였다. 이름인지 아이디인지 모르겠지만 마샤라는 사람이 보낸 메일이었다.

> 마이키에게.

> 너는 나를 모르겠지만, 나는 너를 알아.

> 나는 다리가 폭파되던 날 체포됐어. 국토안보부는 날 심문하더니 무죄라고 결론 내렸어. 그리고 내게 일자리를 제안했지. 우리 이웃들을 죽인 테러리스트를 추적하는 작업을 도와주는 일이었어.

> 그때는 좋은 일처럼 들렸어. 그러다 내 일이 실제로는 자기가 사는 도시가 경찰국가로 변해버린 것에 분노하는 아이들을 염탐하는 일이라는 걸 알게 됐어.

> 나는 엑스넷이 시작된 날 그 속으로 잠입해 들어갔어. 나는 네 '신뢰망'에도 들어갔어. 내가 너에게 정체를 흘리고 싶다면 네가 신뢰하는 계정으로 너한

테 메일을 보낼 수도 있어. 사실 신뢰망에 들어 있는 내 메일 계정은 세 개야. 나는 열일곱 살만 들어갈 수 있는 너의 네트워크에 완전히 잠입한 거야. 네가 받은 메일 중에는 나와 지휘관들이 조심스럽게 고른 엉터리 정보도 포함되어 있어.

> 국토안보부는 아직 네 정체를 모르고 있지만 가까이 접근했어. 그들이 계속 사람들을 회유해서 굴복시키고 있거든. SNS 사이트들을 파고 들어가 아이들을 위협해서 정보원으로 만들고 있지. 지금은 엑스넷 이용자 수백 명이 국토안보부를 위해 일하고 있어. 나는 그 사람들의 아이디와 열쇠를 가지고 있어. 공개열쇠와 비밀열쇠 모두 다.

> 우리는 엑스넷이 출범한 지 며칠 지나지 않아 패러노이드 리눅스를 파기 시작했어. 아직은 사소한 성과밖에 내지 못했지만 패러노이드 리눅스가 깨지는 건 이제 시간문제야. 우리가 취약한 부분을 깨는 날 넌 죽은 목숨이야.

> 내가 이 메일을 쓰고 있는 걸 지휘관들에게 들키면 꼬부랑 할머니가 될 때까지 샌프란시스코 만의 관타나모에 엉덩이 붙이고 처박혀 있어야 할 거야.

> 설령 패러노이드 리눅스를 깨지 못한다고 해도, 그들은 이미 변형한 패러노이드 리눅스를 배포하고 있어. 이 짝퉁 프로그램은 체크섬이 맞지 않지만, 얼마나 많은 사람들이 체크섬을 확인해보겠니? 수많은 아이들이 이미 죽은 목숨인데 그 아이들은 아직 자기가 죽었다는 사실도 모르고 있어.

> 내 지휘관에게는 언제 너를 체포해야 언론에 가장 크게 터트릴 수 있을지 결정하는 일만 남았어. 곧 그날이 닥칠 거야. 얼마 남지 않았어. 내 말을 믿어.

> 내가 너에게 왜 이런 이야기를 하고 있는지 궁금할 거야.

> 실은 나도 궁금해.

> 나는 지금 그런 곳에 있어. 테러리스트와 싸우기로 계약했지만 국토안보부가 싫어하는 것들을 믿는 미국인을 감시하고 있지. 다리를 폭파했던 사람들이 아니라 시위대를 말이야. 나는 이 짓을 더 이상 못 하겠어.

> 하지만 네가 알든 모르든 상관없이 너도 그 일을 계속하지는 못할 거야. 앞에서 이야기했듯이 네가 쇠사슬에 묶여 트레저 섬으로 잡혀가는 건 시간 문제야. 잡힐 것이냐 아니냐가 아니라, 언제냐만 남았어.

> 나는 여기에서 발을 뺄 거야. 로스앤젤레스로 갈 거야. 거기에 사람들이 좀 있거든. 내가 나가면 안전하게 지켜줄 수 있다고 했어.

> 나는 나가고 싶어.

> 네가 함께 가겠다면 내가 데리고 갈게. 순교자가 되기보다는 투사가 되는 게 낫잖아. 나를 따라오면 우리가 함께 이길 방법을 찾을 수 있을 거야. 나도 너만큼이나 영리한 사람이거든. 내 말을 믿어.

> 나한테 하고 싶은 말이 있으려나?

> 내 공개열쇠를 줄게.

> 마샤.

뭔가 문제가 생겼거나 의심이 들면, 멍하게 가만히 있느니 차라리 제자리라도 뱅뱅 돌면서 비명을 지르고 소리치는 게 낫다.

이런 이야기 들어본 적 있나? 그다지 좋은 충고는 아니지만 따라하기는 쉽다. 나는 침대에서 벌떡 일어나 방 안을 오락가락했다. 내가 집에 돌아왔을 때 느꼈던 감정을 다시 잔혹하게 패러디하는 기분이었다. 그때처럼 심장이 마구 뛰고 피가 마구 달렸다. 성적인 흥분이 아니라 순전히 공포 때문이었다.

"왜?" 앤지가 말했다. "왜 그래?"

내가 침대 옆에 있는 내 모니터를 가리켰다. 앤지가 옆으로 몸을 굴려 내 키보드를 붙잡고 손가락 끝으로 터치패드를 문지르더니 조용히 메일을 읽었다.

난 계속 방 안을 오락가락했다.

"이건 거짓말이 틀림없어. 국토안보부가 너의 목숨을 두고 게임을 하는 거야." 앤지가 말했다.

앤지를 쳐다봤더니 입술을 깨물고 있었다. 앤지는 그 메일을 믿지 않았다.

"그렇게 생각해?" 내가 말했다.

"당연하지. 놈들이 너를 이길 수 없으니까, 엑스넷을 이용해서 너를 추적하고 있는 거야."

"그래."

나는 침대에 다시 걸터앉았다. 숨이 다시 가빠졌다.

"긴장 풀어. 이건 그냥 두뇌 게임이야. 이리 줘봐."

앤지가 내 키보드를 빼앗아간 건 이번이 처음이었다. 하지만 이제 우리 사이에는 새로운 친밀감이 생겼다. 앤지가 답장 버튼을 누르더니 타자를 쳤다.

> 시도는 좋았어.

앤지는 이제 마이키가 되어 글을 썼다. 우리는 예전과는 다른 방식으로 하나가 되었다.

"계속 써. 그리고 인증해. 걔가 뭐라 그러는지 보자."

이게 최선인지는 모르겠지만 더 나은 계획이 떠오르지 않았다. 나는 인증을 하고 내 비밀열쇠로 암호화한 후 마샤가 준 공개열쇠로 암호화했다.

즉시 답장이 왔다.

> 나도 네가 그렇게 말할 줄 알았어.

> 네가 생각도 못해봤던 해킹을 보여줄게. 나는 DNS 시스템을 이용해서 익명성이 보장되는 비디오 터널을 만들 수 있어. 네가 보고 싶어 할 만한 동영상의 링크를 첨부했으니까, 일단 보고 나서 나를 거짓말쟁이로 판단해도 늦지 않아. 이 사람들은 온종일 서로를 찍어대. 뒤통수 맞을 때를 대비한 일종의 보험인 거지. 놈들이 서로 훔쳐보니까 동영상 자료들을 훔치는 것도 아주 쉬워.

> 마샤.

첨부된 자료는 작은 프로그램의 소스코드였는데, 마샤가 이야기한 그대로였다. 그 프로그램을 돌리니 DNS 프로토콜을 통해 동영상을 받았다.

잠깐 설명을 해주자면, 여기서 가장 중요한 점은 모든 인터넷 프로토콜은 미리 정해진 규칙에 따라 주고받는 일련의 텍스트라는 사실이다. 비유하자면, 트럭에 승용차를 싣고, 승용차 트렁크에 오토바이를 넣고, 오토바이의 짐칸에 자전거를 매달고, 자전거 뒤에 롤러블레이드를 묶어서 이동하는 것과 비슷하다. 프로토콜이 이런 일련의 과정과 다른 점이 있다면, 트럭을 롤러블레이드에 매달 수도 있다는 점이다.

예를 들어 간이 전자우편 전송 프로토콜(SMTP)은 이메일을 보낼 때 사용되는 규약이다.

다음은 내 메일 주소로 메시지를 보낼 때, 나와 메일 서버 간에 이루어지는 대화의 예다.

> HELO littlebrother.com.se

250 mail.pirateparty.org.se Hello mail.pirateparty.org.se, pleased to meet you.

> MAIL FROM:m1k3y@littlebrother.com.se

250 2.1.0 m1k3y@littlebrother.com.se... Sender ok

> RCPT TO:m1k3y@littlebrother.com.se

250 2.1.5 m1k3y@littlebrother.com.se... Recipient ok

> DATA

354 Enter mail, end with "." on a line by itself

> 뭔가 문제가 생겼거나 의심이 들면, 멍하게 가만히 있느니 차라리 제자리라도 뱅뱅 돌면서 비명을 지르고 소리치는 게 낫다.

> .

250 2.0.0 k5SMW0xQ006174 Message accepted for delivery

QUIT

221 2.0.0 mail.pirateparty.org.se closing connection

Connection closed by foreign host.

이 대화의 문법은 1982년 존 포스텔이 정의했는데, 그는 인터넷의 역사를 개척한 영웅적인 선구자였다. 구석기 시대 이야기이긴 하지만, 한때 그가 인터넷에서 가장 중요한 서버들을 서던 캘리포니아 대학에 있는 자기 책상 아래에 두고 운영하던 시절도 있었다.

자, 당신의 인터넷 메신저가 메일 서버와 연결되어 있다고 상상해보자. 메신저에 "HELO littlebrother.com.se"라고 입력하면, 메신저가 메일 서버에 그 메시지를 보낼 것이다. 그러면 서버가 "250 mail.pirateparty.org.se hello mail.pirateparty.org.se, pleased to meet you"라고 답변해올 것이다. 다시 말해, SMTP를 통해 이루어지던 대화를 메신저로 할 수 있다는 의미이다. 적절하게 수정만 하면, 메신저가 메일 서버 업무를 통째로 대신하도록 할 수 있다. 웹이나 다른 것들을 이용해서도 가능하다.

이런 기술을 '터널링'이라고 한다. 채팅 '터널'을 통해 SMTP를 사용할 수 있다. 진짜 이상한 짓을 해보고 싶다면, 터널 안에 다른 터널을 만들어서, 거꾸로 SMTP 터널을 통해 채팅을 할 수도 있다.

사실, 모든 인터넷 프로토콜은 이런 방식의 취약점을 가지고 있다. 그런데 이건 알고 보면 멋진 일이다. 방화벽 때문에 웹서핑만 가능하도록 제한된 네트워크 환경에 있다고 하더라도, 터널링을 이용하면 메일을 보낼 수 있다는 의미이다. 사람들이 좋아하는 p2p 서비스도 이용할 수 있다. 심지어 엑스넷(엑스넷은 수십 개의 프로토콜을 위한 터널이다)을 터널링할 수도 있다.

도메인 네임 서비스(DNS)는 1983년부터 시작된 가장 오래된 인터넷 프로토콜이면서도 가장 많이 사용되는 프로토콜이다. DNS는 사람이 입력하는 pirateparty.org.se 같은 주소를 컴퓨터끼리 사용하는 204.11.50.136. 같은 IP주소로 변환시켜주는 일을 한다. 전 세계에는 수백만 개의 DNS 서버가 있지만 마술처럼 잘 작동한다. 모든 인터넷 업체는 DNS 서버를 운영하며, 대부분의 정부와 많은 사설 운영자들도 마찬가지다. 이 DNS 서버들은 서로 온종일 대화를 나누며 요청을 보내거나 받으므로, 브라우저에 주소를 입력하면 그게 아무리 외진 오지에 박혀있는 컴퓨터의 이름이라도 해당하는 IP주소를 찾아서 바꿔준다.

DNS가 생기기 전에는 HOSTS라는 파일이 존재했었다. 믿기지 않겠지만 이건 인터넷에 연결된 '모든 개별 컴퓨터'의 이름과 주소를 담은 단일 문서였다. 모든 컴퓨터는 이 파일의 복사본을 갖고 있었다. 그러다 그 파일이 주고받기에는 너무 커져버리는 바람에 DNS가 발명되어 존 포스텔의 책상 아래에 살던 서버에서 구동됐다. 청소부가 무심코 그 컴퓨터의 전원을 뽑아버리기라도 하면 전 세계 인터넷 주소가 순식간에 사라져버려 인터넷이 혼돈으로 빠져드는 상황이었다. 정말이다.

현재 DNS는 사방에 있다. 모든 네트워크는 DNS 서버를 가지고 있으며, 모든 DNS 서버는 DNS끼리 그리고 인터넷을 이용하는 다른 모든 컴퓨터와 정보를 주고받도록 설정되어 있다.

마샤는 DNS에 동영상 전송 시스템을 터널링할 수 있는 방법을 찾아낸 것이다. 동영상을 수십억 조각으로 쪼갠 다음 각각의 파일을 평범한 메시지 안에 넣어 DNS 서버에 숨겨두었다. 그러다 마샤가 만든 프로그램을 돌리면 인터넷에 흩어져 있는 그 모든 DNS 서버들에서 믿기 힘든 속도로 비디오를 다운받았다. 내가 전 세계 모든 컴퓨터의 주소를 검색하는 것처럼 보일 테니 네트워크 도수분포도에는 아주 이상하게 나타나겠지만 말이다.

하지만 이 기술을 이용하면 두 가지 장점이 있다. 먼저 눈이 휙휙 돌아가는 속도로 동영상을 받을 수 있다. 첫 번째 링크를 클릭하자마자 모니터를 꽉 채우는 고해상도 동영상을 버퍼링 없이 깨끗하게 받아오기 시작했다. 그리고 그 동영상이 올려져 있는 곳의 주소를 알 수 있는 방법이 전혀 없었다. 완벽한 익명 그 자체였다.

나는 너무도 빈틈없고 능숙한 이 해킹 방법에 기가 질려서 처음에는 동영상의 내용을 제대로 보지도 못했다. DNS로 동영상을 스트리밍하다니! 이건 '변태적'이라고 부를 수 있을 정도로 너무도 영리하고 기발한 방법이었다.

차츰 돌아가고 있는 동영상이 눈에 들어오기 시작했다.

작은 방에 회의 탁자가 있고 한쪽 벽에는 거울이 있었다. 나는 저 방을 안다. 머리 짧은 여자가 휴대폰의 비번을 크게 말하라고 윽박지를 때 바로 저 방에 내가 앉아 있었다. 탁자 주변에 안락의자가 다섯 개 있고 각 의자에는 국토안보부 제복을 입은 사람들이 편안한 자세로 앉아 있었다. 국토안보부의 베이 지역 사령관 그레이엄 서덜랜드 소장과 머리 짧은 여자가 보였다. 다른 이들은 처음 보는 사람들이었다. 그들은 모두 탁자 한쪽 끝에 있는 모니터를 쳐다보고 있었는데, 모니터에는 훨씬 익숙한 얼굴이 나오고 있었다.

커트 루니는 대통령의 수석 전략참모로서 전국적으로 유명한 사람이었다. 그는 당에 돌아온 뒤 대통령 선거를 지원했는데, 현재는 중간선거의 승리를 위해 맹렬히 달리고 있었다. 사람들은 그를 '무자비한 사람'이라고 한다. 그가 자기 직원들에게 전화하고 메신저를 보내고 모든 활동을 감시하고 사소한 것 하나까지 통제하며 들들 볶는 모습을 예전에 뉴스에서 본 적이 있다. 나이 들어 주름이 쭈글쭈글한 얼굴에 눈동자는 밝은 회색이었다. 코는 납작하고 넙데데해서 콧구멍이 넓었으며 입술이 얇은 그의 모습은 항상 어딘가 나쁜 놈의 기운이 풍겼다.

바로 그 사람이 모니터에 나오고 있었다. 그가 말하는 동안, 그 자리에 모인 사람들은 모두 모니터에 집중하면서 똑똑해 보이려고 바쁘게 메모를 했다.

"…사람들이 정부에 화가 났다고들 하는데, 비난해야 할 대상은 정부가 아니라 테러리스트라는 사실을 국민들에게 보여줘야 해. 무슨 말인지 알겠어? 미국 국민들은 샌프란시스코를 사랑하지 않아. 국민들이 볼 때 샌프란시스코는 지옥에 떨어져야 할 호모와 무신론자들이 가득 찬 소돔과 고모라야. 이 나라가 샌프란시스코 사람들이 무슨 생각을 하는지 관심을 가지는 이유는 딱 하나뿐이야. 운 좋게도 이슬람 테러리스트들이 그 인간들을 지옥으로 날려버렸기 때문이지.

이 엑스넷 애들은 이제 곧 이용해먹을 수 있는 상태가 될 것 같아. 녀석들이 더 과격해질수록 다른 국민들에겐 나라가 위험한 상황이라는 이야기가 더 쉽게 먹힐 거야."

관객들이 메모하던 손을 멈췄다.

"저희가 엑스넷을 통제할 수 있을 것 같습니다." 머리 짧은 여자가 말했다. "엑스넷 안에 심은 우리 애들이 꽤 많은 영향력을 구축했습니다. 저희가 의식화한 블로거들이 각자 50여 개에 이르는 블로그들을 운영하고 채팅방에 몰려다니며 서로 링크를 걸어주고 있는데, 현재 대부분은 마이키라는 녀석이 제시하는 정책 노선을 따라가고 있긴 하지만, 얼마 전 마이키가 브레이크를 걸려고 할 때도 우리 애들에게 과격한 활동을 선동할 수 있는 역량이 있다는 사실을 잘 보여줬습니다."

서덜랜드 소장이 고개를 끄덕였다. "저희는 우리 애들을 중간 한 달 전까지 지하에 남겨둘 계획입니다." 나는 그 중간이 '중간고사'가 아니라 '중간선거' 이야기일 것이라고 짐작했다. "그게 원래 계획입니다. 하지만 그건 꼭…."

"중간에 대한 계획은 따로 있어." 루니가 말했다. "너희가 알아야 할 때가 되면 알려줄 거야. 하지만 아무튼 한 달 전에 움직일 계획을 세우면 안 돼. 지금 당장, 최대한 빨리 엑스넷을 풀어. 놈들이 온건해지면 골칫거리밖에 안 돼. 계속 과격하게 만들어."

동영상이 끊어졌다.

앤지와 나는 침대 가장자리에 걸터앉아 모니터를 쳐다보고 있었다. 앤지가 손을 뻗어서 동영상을 다시 돌렸다. 우리는 처음부터 다시 봤다. 두 번째 보니 더 불쾌했다.

나는 키보드를 옆으로 치우고 일어났다.

"겁먹은 상태로 살아가는 건 이제 지긋지긋해. 이 동영상을 바바라에게 가져가서 기사에 내도록 하자. 인터넷에 쫙 뿌리자. 놈들한테 날 끌고 가라고 해. 그러면 적어도 무슨 일이 일어났는지는 알 거 아냐. 적어도 내 삶에서 조금이나마 확실한 게 생기는 거잖아."

앤지가 나를 붙잡더니 껴안고 달랬다. "알아, 우리 자기. 알아. 끔찍한 일이지. 그래도 넌 지금 나쁜 일에만 집중하느라 좋은 일을 보지 못하고 있어. 네가 운동을 일으켜서 백악관의 멍청이들과 국토안보부 제복을 입은 깡패 녀석들을 포위했잖아. 통째로 썩은 국토안보부를 폭로해야 할 책임을 떠맡은 건 사실 네가 자청했던 일이야.

물론 놈들은 널 잡으려 안달이지. 당연히 그럴 거야. 근데 과연 놈들이 그럴 수 있을지에 대해 잠시라도 의문을 가져본 적 없어? 난 항상 놈들이 그럴 거라고 생각해. 마커스, 그놈들은 네가 누구인지 몰라. 그 사실을 생각해봐. 돈과 총과 스파이를 다 가지고 있는 사람들과 열입곱 살짜리 고등학생인 너 말이야. 너는 지금도 녀석들을 능가하고 있어. 놈들은 바바라를 모르고, 젭도 몰라. 너는

346

샌프란시스코 시내에서 놈들을 교란시키고, 세계가 보는 앞에서 놈들을 모욕했어. 그러니까 속상해하지 마. 알겠지? 지금 이기고 있는 사람은 너야."

"하지만 놈들이 나를 쫓고 있어. 너도 알잖아. 놈들은 나를 영원히 감옥에 가둬놓을 거야. 감옥 정도가 아닐지도 몰라. 난 어느 날 그냥 사라져버릴 거야. 대릴처럼. 더 나쁠지도 모르지. 시리아로 끌려갈 수도 있어. 나를 왜 샌프란시스코에 놔두겠어. 미국에 놔둬봐야 골치만 아플 텐데."

앤지가 곁에 앉았다.

"응. 그렇지." 앤지가 말했다.

"그래." 내가 말했다.

"음, 그렇다면 지금 뭘 해야 하는지는 너도 알잖아, 그렇지?"

"응?" 앤지가 내 키보드를 눈짓으로 가리켰다. 앤지의 뺨을 타고 흘러내리는 눈물이 보였다. "아냐! 너 정신이 나갔구나. 내가 인터넷으로 만난 미친 애랑 도망갈 거라고 생각하는 거야? 스파이 따위랑?"

"더 좋은 생각 있어?"

내가 앤지의 빨래더미를 발로 걷어찼다. "어찌됐든, 좋아. 걔하고 좀 더 이야기해볼게."

"걔한테 네가 여자친구와 같이 갈 거라고 해." 앤지가 말했다.

"뭐?"

"닥쳐, 멍청아. 지금 너만 위험한 거 같아? 나도 똑같이 위험해, 마커스. 그걸 연좌제라고 하는 거야. 네가 가면 나도 가는 거야." 앤지가 시비를 걸듯 턱을 쭉 내밀며 말했다. "너와 나는… 우리는

347

이제 함께 움직이는 거야. 너도 그걸 이해해야 해."

우리는 침대에 함께 앉았다.

"네가 나랑 같이 가기 싫다면 할 수 없지만." 마침내 앤지가 작은 목소리로 말했다.

"지금 농담하니?"

"내가 농담하는 것 같아?"

"앤지, 내 마음대로 할 수 있다면 절대로 너를 놔두고 가지 않을 거야. 너에게 같이 가자고 얘기할 자신은 없었지만, 네가 그렇게 말해줘서 기뻐서 어쩔 줄 모르겠어."

앤지가 미소를 지으며 내게 키보드를 건넸다.

"이 마샤라는 년한테 메일 보내. 이 계집애가 우리를 위해 뭘 할 수 있는지 보자고."

나는 메일을 쓴 뒤 암호화해서 보내고 답장을 기다렸다. 앤지가 내게 살짝 안겼다. 난 입을 맞추고 서로의 몸을 더듬었다. 함께 가겠다는 약속과 위험한 상황은 섹스에 대한 어색함을 잊게 만들고 나를 터무니없이 흥분시켰다.

우리가 다시 반쯤 옷을 벗었을 때 마샤의 메일이 도착했다.

> 너희 둘이 간다고? 젠장, 넌 이게 쉬워 보이니?

> 나는 엑스넷에서 큰 건이 터진 후 현장 정보원으로 빠지지 않으면 여길 떠날 수 없어. 무슨 말인지 알겠어? 지휘관들이 내 일거수일투족을 지켜본단 말이야. 하지만 엑스넷에서 뭔가 큰 게 터지면 나를 풀어놓을 거야. 그때는 나도 현장에 나갈 수 있어.

> 네가 큰 건수를 터트려. 그럼 나를 내보낼 거야. 내가 함께 도망칠 수 있도록 해볼게. 네가 그렇게 우긴다면, 우리 셋이라고 하지.

> 하지만 빨리 해야 돼. 난 너한테 메일을 여러 번 보낼 수 없어. 무슨 말인지 알지? 놈들이 날 지켜본다고. 놈들은 지금 너에게 거의 접근한 상황이라 너에게도 시간이 별로 없어. 몇 주? 어쩌면 겨우 며칠 정도일지 몰라.

> 네가 궁금해할까봐 말해주자면, 내가 나가려면 네가 필요해. 그래서 이 짓을 하고 있는 거야. 내 힘으로는 여기서 빠져나갈 수 없어. 엑스넷에서 벌이는 커다란 사건이 필요해. 그쪽은 네 전문 분야잖아. 날 실망시키지 말아줘, 마이키. 네가 날 실망시키면 둘 다 죽는 거야. 네 여자친구도 마찬가지고.

> 마샤.

그때 내 휴대폰이 울려서 둘 다 깜짝 놀랐다. 언제 집에 올 건지 물어보는 엄마 전화였다. 지금 가는 중이라고 말했다. 엄마는 바바라에 대한 이야기는 전혀 하지 않았다. 우리는 전화로 통화할 때는 이 문제를 이야기하지 않기로 했다. 아빠의 제안이었다. 아빠도 나만큼이나 피해망상에 소질이 있었다.

"가봐야 해." 내가 말했다.

"우리 부모님들은···." 앤지가 말끝을 흐렸다.

"알아. 내가 죽은 줄 알았을 때 우리 부모님에게 어떤 일이 일어났는지는 나도 봤어. 내가 도망자가 됐다는 걸 알고 계셔도 상황은 그때보다 그다지 나을 게 없을 거야. 하지만 부모님은 내가 죄수가 되기보다는 도망자가 되는 걸 더 좋아할 거야. 내 생각엔 그래. 아무튼, 우리가 사라지고 나면 바바라는 우리가 곤란해질 걱정 없이 기사를 낼 수 있을 거야."

앤지의 방문 앞에서 입을 맞췄다. 뜨거운 입맞춤은 아니었지만, 우리가 헤어질 때 하던 입맞춤 중에서는 손가락 안에 들 정도로 진했다. 달콤하고 긴 입맞춤이었다. 마치 이별의 입맞춤 같았다.

지하철 안에서 생각에 잠겼다. 기차가 앞뒤로 흔들거릴 때 다른 승객과 눈을 맞추지 않고, 성형수술이나 보석금 보증보험 회사, 에이즈 테스트 광고를 보지 않으려 애쓰며, 낙서를 못 본 척하고, 바닥에 깔린 물건을 너무 자세히 보지 않으려 노력하다 보면 머릿속이 마구 휘저어지기 시작한다.

몸을 앞뒤로 흔들고 있다 보면 지금까지 못 보고 지나쳤던 모든 것들이 머릿속에 다시 떠오른다. 내가 영웅이 아니라 바보거나 쪼다였던 때의 삶이 영화처럼 지나갔다.

내 두뇌는 다음과 같은 견해를 만들어냈다.

국토안보부가 마이키를 잡고 싶다면, 공포심에 사로잡혀 공개된 장소로 나오도록 유혹해서 엑스넷의 대규모 공개 행사를 이끌도록 하는 것보다 더 좋은 방법이 있을까? 그런데 그게 자신들의 명예를 실추시키는 동영상을 흘릴 정도로 가치가 있을까?

내 두뇌는 지하철이 두세 정거장을 채 지나기도 전에 이런 생각을 떠올렸다. 지하철에서 내려서 다시 몸을 움직이기 시작하자 피가 돌아가기 시작했다. 가끔은 두뇌가 도움이 되기도 한다.

가끔은 문제에 대한 해결책까지 덤으로 줄 때도 있다.

18

실수에서 배우면 된다

 호텔에서 망토를 걸치고 사람들이 다 빤히 쳐다보는 와중에도 투명 흡혈귀 흉내를 내며 노는 걸 세상에서 제일 좋아하던 때가 있었다.

 복잡하긴 하지만 설명만큼 그렇게 이상한 놀이는 아니다. 라이브액션롤플레잉은 '던전 앤 드래곤'과 연극반, 그리고 SF 행사의 좋은 부분을 합친 게임이라고 할 수 있다.

 물론 여러분에게는 내가 14살 때 처음 이 이야기를 들었을 때만큼 그렇게 매력적으로는 들리지 않을 것이다.

 시외에 있는 스카우트 야영장에서 열리는 게임이 가장 재미있었다. 백여 명의 십대 소년소녀들이 잡담을 나누며 휴대용 게임을 즐기고 몇 시간 동안 의상을 자랑하며 금요일 밤의 교통 체증을 뚫고 그곳에 모여들었다. 차에서 내린 아이들은 풀밭에서 멋진 의상을 걸친 나이 많은 남자들과 여자들 앞에 섰다. 집에서 만든 그들의 갑옷은 영화에 나오는 모습과 달리 한 달은 족히 숲속에서 보낸 군인의 군복처럼 오랜 시간 여기저기 찍히고 긁힌 자국이 선명했다.

이 사람들은 명목상 게임 운영비를 받긴 했어도 실은 돈보다 게임이 좋아서 그 일을 하는 사람들이었다. 그들은 사전에 진행한 설문조사를 바탕으로 팀을 구성했다. 그래서 우리는 야구팀에 배정받듯이 팀을 할당받았다.

그리고 지시사항 꾸러미를 받는다. 영화에서 스파이들이 지시를 받는 모습과 비슷하다. 꾸러미 안에는 내 정체와 임무, 그리고 팀에 대해 알아야 할 비밀이 들어 있다.

그때부터 저녁 식사 시간이다. 이글거리는 불 위에는 꼬치에 꿴 고기가 익고, 프라이팬에는 두부가 지글거린다. 그리고 다들 흡입한다고밖에 표현할 수 없는 방식으로 먹고 마신다.

그때쯤이면 게임에 푹 빠진 아이들은 벌써 부여받은 캐릭터에 빙의했다. 내가 처음 참가했던 게임에서 난 마법사였다. 마법의 주문을 의미하는 콩주머니들이 들어있는 가방을 받았다. 콩주머니를 하나 던지면서 내가 걸려는 마법 주문을 외쳤다. 파이어볼! 마력탄! 원뿔 광선! 적절한 주문을 사용했다면 내가 던진 콩주머니를 맞은 상대방 플레이어나 '괴물'은 바로 쓰러진다. 쓰러지지 않으면 심판을 불러 중재를 요청해야 했다. 우리는 주사위로 판정 내리는 심판을 다들 싫어했기 때문에 대체로 공정하게 규칙을 지키며 잘 놀았다.

잠자리에 들 시간쯤에는 다들 부여받은 캐릭터에 푹 빠져 있었다. 14살 때 나는 마법사가 그런 소리를 낼 거라고 완벽하게 확신할 수는 없었지만 영화와 소설에서 봤던 모습을 그럭저럭 따라할 수 있었다. 나는 정확한 말투로 천천히 발음했으며, 적당히 신비로운 표정을 짓고 신비로운 생각을 했다.

임무는 복잡했다. 사람들을 노예로 만드는 데 열심인 오거가 훔쳐간 신성한 유물을 되찾는 게 임무였지만, 사실 팀 임무는 전혀 중요하지 않았다. 진짜 중요한 것은 내 개인 임무로서 어떤 종류의 임프를 붙잡아서 시종으로 만드는 것이었다. 그리고 나에게는 은밀하게 복수해야 할 원수가 같은 팀에 있었다. 어렸을 때 우리 가족을 몰살시킨 침략전쟁에 가담했던 플레이어가 있었는데, 그는 내가 돌아와서 복수를 노리고 있다는 사실을 몰랐다. 당연한 이야기지만 어딘가에는 내게 비슷한 원한을 품은 다른 플레이어가 있을 것이 틀림없었다. 그래서 팀원들과 우정을 나눌 때조차도 언제 등 뒤에서 날아올지 모르는 칼과 음식에 탄 독을 조심해야 했다.

우리는 다음 날부터 이틀 동안 게임을 했다. 한편으로는 숨바꼭질과 비슷하고, 또 한편으로는 황야에서 치르는 생존 훈련과 비슷하고, 그러면서도 또 한편으로는 십자 낱말 맞추기와 비슷한 게임을 하며 주말을 보냈다. 게임 마스터들은 일을 끝내주게 해냈다. 임무를 수행하다 보면 다른 아이들과 정말로 많이 친해진다. 대릴은 내가 처음 살해했던 목표물이었다. 대릴이 친구이긴 했지만 녀석을 죽이기 위해 난 온갖 노력을 기울였다. 좋은 녀석이었으므로, 내가 대릴을 죽여야 했을 때는 부끄러움을 느꼈다.

우리가 오크 무리들과 가위바위보 전투를 벌여 모조리 쓸어버리고 나서 대릴이 보물을 찾고 있을 때 나는 녀석에게 파이어볼을 발사했다. 설명보다는 훨씬 흥미진진한 놀이다.

연극 마니아들을 위한 여름 캠프와 비슷했다. 우리는 텐트에 누워 늦은 밤까지 별을 바라보며 모기를 쫓고 수다를 떨다가 분위기가 달아오르면 강에 뛰어들었다. 그렇게 우리는 가장 친한 친구를 사귀거나 평생의 원수를 만들었다.

찰스네 부모가 왜 녀석을 라이브액션롤플레잉 게임에 보냈는지 난 도저히 이해가 안 된다. 찰스는 그런 놀이를 좋아할 애가 아니었다. 녀석은 파리 날개를 잡아 뜯으며 노는 걸 더 좋아할 유형이었다. 어쩌면 그저 숲속에서 분장하고 노는 걸 싫어했을지도 모른다. 녀석은 어슬렁거리며 돌아다니면서 다른 아이들을 훔쳐보고 재밌게 놀고 있는 우리에게 그 놀이가 시시하다는 확신을 심어주려 애쓰면서 시간을 다 보냈다. 그전에도 그런 아이가 없었던 것은 아니다. 자기 말고 다른 아이들은 모조리 쓰레기 같은 시간을 보내고 있다는 생각을 주입하려 애쓰는 아이들 말이다.

찰스의 또 다른 문제는 가상 전투의 재미를 이해하지 못한다는 점이었다. 일단 숲속을 뛰어다니는 복잡한 준군사적 게임에 참가하다 보면 금세 아드레날린이 솟구쳐서 상대방이 잡히면 그대로 목이라도 딸 기세가 된다. 만일 이때 누군가가 칼이나 몽둥이, 창이나 다른 무기를 들고 다닌다면 결코 좋은 상황이라고 할 수 없다. 그래서 이 게임에서는 어떤 경우에도 다른 사람을 때리지 못하게 되어 있었다. 대신 싸움을 할 수 있을 정도로 가까이 다가가면 경험과 무기, 조건에 따라 조정된 가위바위보를 재빨리 몇 번 하도록 되어 있다. 논쟁이 생길 경우에는 심판이 중재한다. 아주 고상하긴 했지만 약간 묘했다. 숲속에서 누군가를 쫓아가서 잡으면 이를 드러내고 씩씩대다가 앉아서 가위바위보를 한다. 하지만 그 규칙은 잘 작동했다. 덕분에 모두 안전하고 즐겁게 놀 수 있었다.

그런데 찰스는 이런 게임을 이해하지 못했다. 어쩌면 녀석은 다른 사람 몸에 손대지 말라는 규칙을 완벽하게 이해했으면서도 그런 규칙 따위는 별로 중요하지 않으니 얽매이지 않겠다고 결정해 버렸는지도 모른다. 주말 내내 심판이 몇 번이나 찰스를 불러 세웠는지 모른다. 녀석은 그때마다 규칙을 지키겠다고 약속했지만, 그때뿐이었다. 녀석은 당시에도 아이들 중에서 덩치가 큰 편이었는데 추격전을 벌이다가 아이들을 '우연히' 때려눕히는 걸 좋아했다. 떠밀려서 숲의 바위투성이 바닥에 나뒹구는 걸 좋아할 아이들은 없었다.

보물 사냥을 마친 작은 공터에서 내가 대릴에게 심각한 타격을 입힌 뒤, 내가 시치미를 뚝 떼고 다가간 것에 대해 둘이 함께 낄낄대며 즐거워하던 때였다. 대릴은 괴물이 될 것이다. 사망한 플레이어는 괴물로 변신할 수 있다. 즉, 게임이 지속될수록 점점 더 많은 괴물들이 플레이어들을 쫓아다니게 된다는 뜻이다. 그리고 모든 사람이 끝까지 게임에서 소외되지 않고 참여할 수 있으며, 게임 속 전투 규모가 점점 더 커져간다는 의미이기도 했다.

그때 찰스가 숲에서 나와 뒤로 다가오더니 나를 덮쳐 바닥에 힘껏 내던지는 바람에 나는 잠시 숨을 쉴 수 없게 되었다. "잡았다!" 녀석이 소리쳤다. 나는 그전에는 찰스를 잘 몰랐고, 녀석에 대해서 생각을 해본 적도 거의 없었다. 하지만 그때는 녀석을 죽여버리고 싶었다. 나는 천천히 몸을 일으켜 찰스를 쳐다봤다. 녀석은 가슴을 한껏 부풀리고 활짝 웃으며 말했다. "넌 죽었어. 내가 완벽하게 잡았어."

나는 녀석을 비웃었지만, 뭔가 잘못됐다는 느낌이 들었다. 얼굴이 쓰라려서 윗입술을 만져봤더니 피가 났다. 녀석이 나를 넘어뜨려 얼굴을 바닥에 처박았을 때 나무뿌리에 부딪혀서 코피가 나고 입술도 찢어진 것이었다.

나는 손에 묻은 피를 바지에 문질러 닦고는 씩 웃었다. 이게 다 재미를 위한 거라고 생각하려 했다. 나는 피식 웃으며 녀석한테 다가갔다.

찰스가 바보는 아니었다. 녀석은 벌써 슬금슬금 물러나며 숲속으로 도망가려 했다. 대릴이 녀석을 막았다. 내가 다른 쪽을 막았다. 갑자기 녀석이 몸을 돌려 달리기 시작했다. 대릴이 발로 녀석의 발목을 걸어 넘어뜨렸다. 우리가 막 녀석에게 달려들었을 때 심판 호루라기 소리가 들렸다.

심판은 찰스가 내게 반칙하는 장면은 못 봤지만 주말 내내 찰스가 하고 다니는 짓들을 봤던 터였다. 그는 찰스를 게임장 입구까지 데리고 가서 게임에서 나가라고 말했다. 찰스가 강하게 항의했지만, 우리로서는 다행스럽게도 심판은 꿈쩍도 하지 않았다. 찰스가 사라지고 나자 심판은 우리 둘에게 잔소리를 했는데, 우리의 보복도 찰스의 공격만큼이나 정당하지 못하다고 했다.

뭐, 괜찮았다. 그날 저녁 게임이 끝나고 우리는 스카우트 숙소로 들어가 뜨거운 물에 샤워를 했다. 대릴과 나는 찰스가 샤워를 하려고 벗어둔 옷가지와 수건을 훔쳐 하나로 묶은 다음 오줌을 쌌다. 많은 사내아이들이 기꺼이 동참했다. 찰스 녀석이 아이들을 넘어뜨리며 괴롭히는 데 워낙 열중했던 탓이었다.

나는 녀석이 샤워를 끝내고 옷을 찾는 모습을 꼭 보고 싶었다. 발가벗고 야영장을 뛸까, 아니면 꽁꽁 묶인 채 오줌에 푹 젖은 옷을 풀어서 입을까?

녀석은 발가벗는 걸 선택했다. 나라도 똑같은 걸 선택했을 것이다. 우리는 샤워장부터 짐을 놔둔 오두막까지 이어진 길에 서서 녀석에게 박수를 쳤다. 나는 그 줄 앞에서 박수를 이끌었다.

스카우트 야영장에서 열리는 주말 게임은 1년에 서너 번밖에 없었다. 그래서 대릴과 나는 늘 라이브액션롤플레잉 게임에 굶주려 있었다. 라이브액션롤플레잉에 참여하는 많은 아이들도 마찬가지였다.

다행히 시내 호텔에서 열리는 '햇빛이 싫어!'라는 게임이 있었다. '햇빛이 싫어!'는 다른 라이브액션롤플레잉 게임으로 흡혈귀 일족과 흡혈귀 사냥꾼들의 시합이었는데, 이 게임 역시 규칙이 기발했다. 플레이어들은 전투 중에 일어나는 분쟁을 해결할 수 있도록 도와줄 카드를 받았다. 소소한 충돌이 일어나면 충돌한 플레이어들끼리 소규모 전략 카드 게임을 해서 풀었다. 흡혈귀는 망토를 이용하면 투명해질 수 있었다. 흡혈귀가 가슴 위로 팔을 교차시키면 다른 플레이어들은 안 보이는 척하면서 자신들의 계획 같은 것을 계속 이야기했다. 방 안에 있는 '투명한' 경쟁자 흡혈귀의 눈앞에서 자기들의 비밀을 흘릴 정도로 진실한 사람이야말로 좋은 플레이어였다.

'햇빛이 싫어!'는 매달 두어 번씩 열렸다. 그 게임을 주최하는 사람들은 시내 호텔들과 좋은 관계를 유지하고 있어서 주말에 예약이 없는 빈 방이 많을 때 호텔에서 연락해주면 게임 주최자들이 빈 방 10여 개 정도를 게임 플레이어들로 채웠다. 그러면 플레이어들은 호텔을 돌아다니며 복도와 풀장에서 절제된 '햇빛이 싫어!'를 즐기면서 호텔 레스토랑에서 식사를 하거나 호텔 와이파이를 쓰고 이용료를 냈다. 금요일 오후에 호텔 주말 예약이 마감된 뒤 이메일이 날아오면 우리는 학교를 마친 뒤 배낭을 챙겨들고 그 호텔이 어디에 있든 곧장 달려갔다. 그러고는 한 방에 6~8명 정도가 함께 묵으며 주말 내내 새벽 3시까지 패스트푸드를 먹으며 놀다가 잠들었다. 게임은 재미있었다. 그리고 안전했기 때문에 부모님도 쉽게 허락해줬다.

게임 주최자들은 청소년 글쓰기반이나 연극반 등을 운영하는 유명한 문화단체들이었다. 10년 넘게 그 게임을 운영했지만 사고는 한 번도 없었다. 그들은 사소한 혐의로도 적발되는 걸 피하기 위해 술과 마약을 엄격하게 금지했다. 한 번에 참여하는 플레이어 숫자는 10명에서 100명 사이를 오락가락했는데 영화 두어 편 보는 정도의 비용만 내면 이틀하고도 반나절 동안 진짜 재미있는 시간을 보낼 수 있었다.

한번은 주최자들이 운이 좋아서 호텔 모나코에 방을 무더기로 예약할 수 있었다. 모나코는 텐더로인에 있는 호텔로 예술 애호가인 양 하는 나이 많은 관광객들이 주 고객이었다. 방마다 금붕어 어항이 있고 로비에는 비싼 옷을 입고 성형수술로 얼굴을 뜯어고친 아름다운 노인들이 가득했다.

평소에 속세 사람들(우리가 게임에 참가하지 않는 사람들을 가리키던 말이다)은 우리를 그냥 장난치는 아이들로 생각하고 무시했다. 하지만 그 주말 호텔 모나코에는 이탈리아 여행 잡지 편집장이 우연히 머물고 있다가 게임에 흥미를 보였다. 상대편 일족의 마스터를 급습해서 피를 빨아먹으려고 로비를 살금살금 걸어가고 있던 나를 그 사람이 발견했다. 내가 벽에 기대어 서서 가슴 앞에 팔을 교차시키고 투명 흡혈귀가 되어 있을 때, 그가 다가와 독특한 억양의 영어로 나와 친구들이 이 주말에 호텔에서 뭘 하고 있는 건지 물었다.

나는 무시하려 했지만 그런다고 그가 떠날 것 같지 않았다. 그래서 내가 지어낸 이야기를 해주면 가버리지 않을까 생각했다.

그 사람이 내가 해준 이야기를 잡지에 실으리라곤 생각도 못했다. 게다가 그 이야기를 미국 언론에서 다시 인용할 거라고는 진짜 상상도 못했다.

"우리가 여기에 온 건 우리 군주가 돌아가셔서 새로운 왕을 찾아야 하기 때문이오."

"군주?"

"그렇소." 난 이야기에 빠져들었다. "우리는 구시대 사람들이라오. 미국에는 16세기에 왔는데, 그 뒤로 쭉 펜실베이니아 황무지에서 왕가를 지켜왔소. 현대 기술은 사용하지 않고 숲에서 검소하게 살아가고 있지요. 그러던 중 왕가의 마지막 후손인 군주가 지난주에 운명하시고 말았소. 끔찍한 소모성 질환이 군주의 생명을 앗아갔지요. 그래서 우리 일족의 젊은이들이 할아버지 시대에 현대인들과 어울리러 떠난 군주의 증조부를 찾으러 나섰다가 그 증조부가 자손들을 낳았다는 이야기를 듣게 됐소. 그래서 우리는 왕가 혈통의 마지막 후손을 찾아 제대로 된 고향으로 데리고 가려는 게요."

판타지 소설을 많이 읽은 덕분에 입에서 이야기가 술술 나왔다.

"우리는 이 후손을 아는 여인을 찾아냈는데, 그 여인 말이 후손 한 분이 이 호텔에 머물고 있다고 하더군. 그래서 그 사람을 찾으러 온 게요. 그런데 오랜 숙적인 일족이 우리를 약하게 만들어 정복하기 위해 그 후손을 고향으로 데려가는 걸 방해하고 있소. 지금 우리를 지키려면 가능한 신시대 사람들과 이야기하는 걸 피해야 되기 때문에 당신과 이야기를 나누는 이 상황이 몹시 불편하오."

그가 날카로운 눈으로 나를 쳐다봤다. 나는 이야기를 하느라 팔을 교차시키지 않고 있었으므로 지금은 상대방 일족에게 '보이는' 상황이었다. 여자애 한 명이 살금살금 우리에게 다가왔다. 아슬아슬한 순간에 내가 고개를 돌려 쳐다보자 그 여자애는 우리에게 쉭쉭 소리를 내며 팔을 쫙 벌리고 멋지게 흡혈귀 자세를 취했다.

나도 그 애를 향해 양팔을 벌리고 쉭쉭거렸다. 그리고 로비를 향해 다다닥 달려나가서 가죽 소파를 폴짝 뛰어 넘은 뒤 화분을 돌아서 그 애의 추적을 피한 다음 재빨리 지하 헬스클럽으로 내려가는 계단을 정찰한 후 그 길로 도망쳐서 여자애를 따돌렸다.

주말 동안 그 사람을 다시 만나지는 못했지만 몇몇 친구들에게 그 이야기를 해줬더니 아이들이 이야기에 살을 붙여서 기회 있을 때마다 그 이야기를 했다.

그 이탈리아 잡지사 기자 중에 펜실베이니아 주 시골에 사는 아미시 반기술 공동체에 대한 연구로 석사 학위를 받은 사람이 있어서 우리 이야기를 아주 흥미롭게 여겼던 모양이었다. 그 기자는 편집장이 샌프란시스코 여행에서 가져온 메모와 인터뷰 테이프를 바탕으로 자신들의 '군주'를 찾아 미 대륙을 가로지른 괴상한 십대 숭배자들에 대해 가슴을 쥐어뜯을 정도로 슬프고 매혹적인 기사를 썼다. 젠장, 요즘엔 정말 아무거나 기사랍시고 막 찍어낸다.

그런데 문제는 그 이야기가 인용되기 시작했다는 점이다. 처음에 이탈리아 블로거가 기사를 블로그에 올리자 몇몇 미국 블로거들이 다시 그 기사를 퍼다가 자기네 블로그에 올렸다. 그게 지어낸 소리든 게임 이야기든 내 알 바 아니라는 듯, 구시대 사람들을 '목격'

했다는 기사가 그렇게 국경을 넘었다.

미디어 먹이사슬 최상위에는 〈뉴욕 타임즈〉가 있는데, 불행하게도 이 신문사는 사실 확인에 대해서는 그다지 건강하지 못한 취향을 갖고 있었다. 그 신문사가 취재하라며 보낸 기자가 결국 모나코 호텔까지 추적했는데, 호텔에서는 라이브액션롤플레잉 주최자들을 소개해주었고, 주최자들은 껄껄 웃으며 모든 이야기를 기자에게 털어놨다.

그렇게 상황이 흘러가자 라이브액션롤플레잉은 아주 유치한 게임이 되어버렸다. 우리는 미국에서 가장 극악한 사기꾼이자 괴상하고 병적인 거짓말쟁이로 알려졌다. 의도치 않게 우리에게 속아서 구시대 사람들 이야기를 보도했던 언론들이 라이브액션롤플레잉에 참가하는 사람들을 믿기 힘들 정도로 이상한 사람들이라고 보도함으로써 오보를 벌충하는 사이, 학교에서는 찰스가 아무나 닥치는 대로 붙잡고 대릴과 내가 샌프란시스코에서 라이브액션롤플레잉 게임에 가장 열심히 참여하는 멍청이라고 떠들고 다녔다.

그다지 즐겁지 않은 시간이었다. 그런 상황을 신경 쓰지 않는 플레이어들도 있었지만, 우리는 상황이 달랐다. 찰스의 선동으로 괴롭힘이 이어졌다. 가방에서 플라스틱 송곳니가 발견됐고, 내가 복도를 지나갈 때면 아이들이 만화에 나오는 흡혈귀 흉내를 내며 웩웩거렸다. 때로는 엉터리 트란실바니아 억양을 흉내 내기도 했다.

얼마 지나지 않아 우리는 대체현실게임으로 옮겨갔다. 어떤 면에서는 더 재미있기도 했고 상당히 덜 이상하기도 했다. 그래도 나는 종종 망토와, 호텔에서 보내던 주말이 그리웠다.

뒤늦게 현명한 생각이 떠오르는 '계단의 재치'의 반대편에는, 과거의 안 좋은 일이 자꾸 머릿속에 떠올라 평생을 괴롭히는 나쁜 기억이 있다. 예전에 했던 멍청한 말이나 행동이 낱낱이 사진처럼 또렷하게 떠오르는 것이다. 나는 기분이 축 처질 때면 항상 그런 기분을 느꼈던 다른 때가 떠오르기 시작한다. 그러면 창피한 기억들이 연이어 머릿속에 지나갔다.

내가 마샤와 곧 다가올 파멸에 생각을 집중하려 애쓰는 사이에도 구시대 사람들 사건이 계속 떠올랐다. 지긋지긋한 파멸 속으로 가라앉는 느낌이 비슷했다. 그때는 언론이 그 이야기를 더 많이 다룰수록 실밥 터진 비싼 청바지와 풀 먹인 깃 없는 셔츠를 입고 커다란 금테 안경을 쓴 그 멍청한 이탈리아 편집자가 쓴 이야기 속 주인공이 나라는 사실을 누군가가 알아낼 것 같은 생각이 자꾸 들었다.

예전에 했던 실수가 머릿속을 떠나지 않을 때는 방법이 있다. 그 실수들에서 배우면 된다.

아무튼, 좋은 이론이다. 잠재의식이 그 비참한 유령들을 자꾸 캐내는 건 그 기억이 평화롭게 굴욕의 내세로 떠나기 위해서는 뭔가 결말을 지어줘야 하기 때문일지도 모른다. 내 잠재의식은 내가 그 유령들을 편하게 잠재워줄 뭔가를 할 거라는 희망을 안고 계속해서 그들을 내게 데려오는 것이다.

집에 오는 내내 이 기억들을 떠올리며 '마샤'가 나를 가지고 노는 거라면 나는 무엇을 해야 할지 생각했다. 내게는 보험이 필요했다.

집에 도착해서 엄마와 아빠로부터 우울한 포옹을 받을 때쯤 생각이 떠올랐다.

그 방법은 국토안보부에게 대비할 틈을 주지 않도록 빠르게 진행해야 하지만, 엑스넷 이용자들이 대거 몰려나올 수 있을 정도로 충분히 시간을 끌어야 하므로 시간이 중요했다.

그 방법은 모두를 다 체포하기 힘들 정도로 많은 사람이 참가해야 했지만, 기자들과 어른들이 지켜볼 수 있는 곳이어서 국토안보부가 쉽게 최루가스를 사용할 수 없도록 만들어야 하기 때문에 장소가 중요했다.

그 방법은 펜타곤 부양 사건처럼 언론이 좋아할 만한 일이어야 했다. 그 방법에는 버클리대 대학생 3천 명이 학생 한 명을 싣고 가려던 경찰차를 막았을 때처럼 함께 모일 수 있는 뭔가 연극적인 요소가 필요했다.

그 방법은 언론을 불러내서 1968년 시카고에서처럼 경찰이 하는 짓을 증언하도록 만드는 게 중요했다.

그야말로 획기적인 방법이 필요했다.

다음 날 나는 평소에 사용하던 기술들을 이용해서 일찍 학교에서 빠져나왔다. 이런 행동이 국토안보부가 새로 설치한 탐지기를 자극해서 집으로 경고장이 날아가게 할 수도 있겠지만, 나는 신경 쓰지 않았다.

이리 되든 저리 되든, 내일이 지나고 나면 우리 부모님은 내가 학교에서 일으킨 문제 따위에는 관심도 두지 않을 것이다.

도중에 앤지를 만나서 앤지네 집으로 갔다. 앤지는 생리통이 너무 심해 곧 쓰러질 것처럼 꾀병을 부려 나보다 일찍 학교에서 빠져

나왔다.

우리는 엑스넷에 말을 퍼트리기 시작했다. 우리는 믿을 만한 친구들에게 메일을 보내고, 메신저에 있는 친구들에게 메시지를 보냈다. 우리는 '시계태엽 약탈' 게임의 갑판과 동네를 돌아다니며 팀원들에게 말했다. 모두가 집회에 나올 수 있도록 충분한 정보를 주면서도 국토안보부에는 최대한 계획이 누설되지 않도록 하기란 쉽지 않은 일이었지만, 적절하게 균형을 잡은 것 같았다.

> 내일 흡혈귀 플래시몹 하자!

> 고스족은 감동할 만큼 차려입어줘. 고스족이 아니라면 고스족을 찾아서 옷을 빌려. 흡혈귀를 떠올려봐.

> 게임은 오전 8시 정각에 시작할 거야. 거기로 오면 각 팀별로 나뉠 거야. 게임은 30분 정도만 할 테니까 끝나고 학교에 갈 시간은 충분해.

> 장소는 내일 공개할게. m1k3y@littlebrother.pirateparty.org.se 주소로 네 공개열쇠를 보내주고 내일 아침 7시에 메일을 확인해봐. 아침 7시가 너무 이른 것 같으면 그냥 밤을 새워버려. 우리도 그럴 거야.

> 올해 이거보다 재미있는 일은 없을 거야. 보장할게.

> 믿어봐.

> 마이키.

그리고 마샤에게 짧은 메시지를 보냈다.

> 내일.

> 마이키.

1분 후 마샤의 답장이 왔다.

> 그럴 거 같았어. 흡혈귀 몹이라고? 일처리가 빠르구나. 빨간 모자를 써. 여행용품은 가볍게 챙기고.

도망칠 때는 무엇을 챙겨야 할까? 나는 스카우트 야영장에 갈 때 무거운 배낭을 싸봤기 때문에 1그램이 늘어날 때마다, 발을 내디딜 때마다 배낭이 그만큼의 중력으로 어깨를 파고든다는 사실을 안다. 그냥 1그램이 아니다. 1그램을 지고 백만 걸음을 걸으면 1톤이다.

"좋았어. 훌륭해. 옷가지는 3일치 이상은 챙기면 안 돼. 세면대에서 빨아 입으면 돼. 그리고 비행기 의자 아래에 집어넣을 수 없을 정도로 크거나 무거운 여행가방보다는 티셔츠 정도 들어갈 수 있는 작은 가방이 나아."

앤지가 나일론 가방을 꺼내 대각선으로 매고는 가방을 등 뒤로 넘겼다. 가방끈이 가슴 사이를 파고들었다. 그 모습을 보고 있자니 손바닥이 조금 축축해졌다. 가방 안이 생각보다 널찍했다. 앤지는 다시 가방을 침대에 내려놓고 옆에 옷가지를 쌓았다.

"나는 티셔츠 세 벌, 바지 한 벌, 반바지 한 벌, 속옷 세 벌씩, 양말 세 켤레, 스웨터 한 벌을 가져갈 거야."

앤지가 스포츠용 가방을 뒤집어 내용물을 와르르 쏟더니 세면도구를 챙겼다. "내일 아침 시민센터에 가기 전에 이빨을 닦아야 해."

앤지가 가방을 싸는 모습은 놀라웠다. 일처리에 거침이 없었다. 조금 괴상한 느낌이 들기도 했다. 그 모습을 보고 있으니 드디어 내일 떠난다는 실감이 났다. 오랫동안 떠나 있을지도 모른다. 어쩌면 영원히 돌아오지 못할 수도 있다.

"엑스박스를 가져갈까? 하드디스크에 메모와 글, 메일이 잔뜩 있어. 이게 엉뚱한 사람들 손에 넘어가게 하고 싶지는 않아." 앤지가 말했다.

"자료는 전부 암호화되어 있어. 패러노이드 리눅스는 기본적으로 그렇게 해. 그러니까 엑스박스는 놔두자. LA에 가도 많을 거야. 해적당에 계정을 만들어서 그 계정으로 하드디스크 이미지를 메일로 보내둬. 나도 집에 가면 그렇게 할 거야."

앤지가 메일로 이미지를 업로드했다. 그 많은 자료를 이웃의 와이파이를 통해 스웨덴까지 날려 보내려면 두어 시간은 걸릴 것이다.

그리고 앤지가 가방을 닫더니 꽉 묶었다. 이제 앤지의 등에는 축구공만 한 가방이 매달려 달랑거렸다. 나는 그 모습을 지켜보며 감탄했다. 저 가방을 메고 거리를 걸어 다니면 아무도 돌아보지 않을 것이다. 앤지는 등교하는 학생처럼 보였다.

"한 가지가 더 있어." 앤지는 침대 옆 탁자로 가서 콘돔 박스를 꺼내고 안에 든 콘돔을 꺼내더니 가방을 열어 쑤셔 넣고 내 엉덩이를 철썩 때렸다.

"이제 뭘 해야 하지?" 내가 물었다.

"이제 너희 집으로 가서 네 짐을 챙기자. 내가 너희 부모님을 만날 시간이야."

앤지는 바닥에 어지럽게 널린 물건들과 옷더미 사이에 가방을 내려놨다. 앤지는 나와 함께 있기 위해, 그리고 옳다고 믿는 일을 하기 위해 이 모든 것들을 놔두고 떠날 준비를 마쳤다. 덕분에 나도 용기가 나는 것 같았다.

집에 가니 엄마는 이미 돌아와 계셨다. 엄마는 식탁에 노트북을 올려놓고 메일에 답장을 하는 동시에 노트북에 연결된 헤드셋으로 대화를 나누면서 루이지애나의 삶에 적응하려는 불쌍한 요크셔 사람과 그 가족들에게 조언을 해주고 있었다.

내가 문을 열고 들어갈 때 앤지가 따라 들어왔다. 앤지는 미친 사람처럼 활짝 웃고 있었지만, 손가락뼈를 으깨버릴 것처럼 내 손을 꽉 움켜잡고 있었다. 앤지가 왜 그렇게 걱정하는지는 알 수 없었다. 설령 일이 잘못되더라도 앞으로 우리 부모님과 시간을 많이 보내지는 않을 텐데 말이다.

우리가 들어가자 엄마가 요크셔 사람과의 통화를 끝냈다.

"어서 와라, 마커스." 엄마가 내 뺨에 뽀뽀를 하며 말했다. "그런데 이쪽은 누구니?"

"엄마, 앤지에요. 앤지, 우리 엄마야." 엄마가 일어나서 앤지를 포옹했다.

"얘야, 이렇게 만나니 정말 반갑구나." 엄마가 앤지를 위아래로 훑으면서 말했다. 앤지는 아주 무난해보였다. 옷도 단정하게 잘 입었고, 슬쩍 보기만 해도 똑똑한 아이라는 걸 금세 느낄 수 있었다.

"저도 만나서 반가워요. 얠로우 부인." 앤지가 아주 자신감 넘치는 말투로 말했다. 내가 앤지 어머니를 만났을 때보다 훨씬 나았다.

"그냥 편하게 릴리안 아줌마라고 불러." 엄마는 그렇게 말하며 앤지를 이리저리 꼼꼼하게 살폈다. "이따가 저녁 같이 먹을래?"

"네. 그럴게요." 앤지가 대답했다.

"너 고기 먹니?" 엄마는 캘리포니아의 삶에 완전히 적응했다.

"저를 먼저 잡아먹는 놈만 아니면 다 먹어요."

"앤지는 핫소스 중독이에요. 엄마가 낡은 타이어를 줘도 핫소스만 뿌릴 수 있으면 맛있게 먹을 거예요." 내가 말했다.

앤지가 내 어깨를 슬쩍 쳤다.

"그러면 타이 음식을 시키마. 아주 매운 음식도 두어 개 추가할게." 엄마가 말했다.

앤지가 공손하게 엄마에게 감사 인사를 했다. 엄마가 주방에서 부산하게 움직이더니 우리에게 주스 잔과 비스킷 접시를 가져다주고는 혹시 차를 마시고 싶은지 세 번이나 물었다. 난 이 상황이 조금 어색했다.

"고마워요, 엄마. 우리는 위층에 잠시 올라가 있을게요."

엄마가 살짝 실눈을 뜨고 노려보더니 다시 미소를 지으며 말했다. "그러려무나. 너희 아빠도 한 시간 안에 오실 거야. 그때 같이 저녁을 먹자."

나는 흡혈귀 관련 물건들을 전부 벽장 구석에 치워뒀었다. 내가 옷가지를 정리하는 동안 앤지는 내일 몹에서 쓸 물건들을 챙겼다. 나는 기껏해야 LA까지밖에 안 갈 것이다. 거기에도 가게들이 있을 테니 필요한 옷은 거기서 사면 된다. 좋아하는 티셔츠 서너 벌과 청바지 한 벌, 데오드란트 하나, 치실 한 개면 충분했다.

"돈!" 내가 말했다.

"응. 집에 가는 길에 현금인출기에서 내 은행 계좌를 싹 비울 거야. 그동안 모아놓은 게 천오백 달러 정도 될 걸."

"정말?"

"내가 돈을 쓸 일이 없잖아. 엑스넷이 시작되고 나서는 인터넷비도 안 냈는걸." 앤지가 말했다.

"난 삼백 달러 정도 될 것 같아."

"뭐, 그 정도면 괜찮네. 아침에 시민센터 가는 길에 돈을 찾자."

나한테는 장비들을 들고 시내를 돌아다닐 때 쓰는 커다란 책가방이 있었다. 그게 캠핑용 배낭보다 훨씬 눈에 띄지 않을 것이다. 앤지가 내 가방을 샅샅이 검사한 후 다시 자기 취향에 따라 추렸다.

가방을 다 꾸려서 침대 밑에 밀어 넣고 나란히 침대에 앉았다.

"내일 아침 진짜 일찍 일어나야 해." 앤지가 말했다.

"응. 중요한 날이야."

우리 계획은 내일 아침 흡혈귀 몹 장소를 알려줄 때 가짜 장소들을 알려줘서 시민센터에서 몇 분 거리에 떨어진 곳들로 사람들을 뚝뚝 떨어뜨려 놓는 것이었다. 그리고 새벽 5시에 그 장소들마다 스프레이로 '흡혈귀 몹 시민센터 →→' 라고 써놓을 생각이었다. 그러면 몹 참가자들이 도착하기 전에 국토안보부가 미리 시민센터를 봉쇄하는 일을 피할 수 있을 것이다. 메일봇을 이용해서 내일 아침 7시에 미리 만들어둔 메시지를 발송하도록 해놓았다. 그 일을 위해 엑스박스를 켜놓고 나갈 생각이었다.

"얼마나 오래…." 앤지가 말꼬리를 흐렸다.

"나도 그게 궁금해. 오래 걸릴 수도 있을 거야. 하지만 누가 알겠어? 혹시 바바라 기자의 기사가 나오고 나면…." 나는 바바라에게도 내일 아침 메일 한 통을 보내도록 해놓았다. "그러고 나면 어쩌면 우리는 2주 내에 영웅이 될지도 몰라."

"어쩌면…." 앤지가 한숨을 쉬었다.

나는 팔로 앤지를 감쌌다. 앤지의 어깨가 떨렸다.

"나도 무서워. 오히려 겁이 안 나면 미친 거겠지." 내가 말했다.

"응, 그래."

엄마가 저녁을 먹으라고 불렀다. 아빠가 앤지와 악수를 했다. 아빠는 바바라를 만난 이후로 면도도 하지 않은 초췌한 얼굴로 걱정에 잠긴 모습이었다. 그런데 앤지와 만난 날은 살짝 예전의 아빠로 돌아갔다. 앤지가 반갑다는 인사로 뺨에 뽀뽀를 하자 아빠는 편하게 드류 아저씨라 부르라고 했다.

저녁 식사 분위기는 아주 좋았다. 앤지가 핫소스 분무기를 꺼내자기 음식에 뿌린 뒤 스코빌 단위에 대해 설명해주자 어색하던 분위기가 깨졌다. 아빠는 앤지의 접시에 있는 음식을 한 숟가락 시도해봤다가 비틀거리며 화장실로 달려가더니 우유 한 통을 다 마셨다. 믿기 힘들겠지만, 앤지를 따라서 한입 먹어본 엄마는 아주 마음에 든다며 좋아했다. 알고 보니 엄마가 매운 음식 마니아였다는 사실이 드러났다.

앤지는 기어이 핫소스 분무기를 엄마에게 떠넘겼다. "저는 집에 가면 또 있어요." 아까 배낭에 핫소스를 챙기는 걸 봤었다. "아줌마도 하나쯤은 가지셔야 될 것 같아요."

19

물어! 물어! 물어! 물어! 물어!

내일 새벽 앤지와 내가 시내를 돌아다니며 전략적인 위치에 '흡혈귀 몹 시민센터 →→'라고 스프레이로 페인트칠을 하는 동안 오전 7시에 자동으로 배포될 메일의 내용은 이랬다.

> 흡혈귀 몹의 규칙

> 여러분은 햇빛을 쬐는 흡혈귀의 일족이야. 태양의 끔찍한 빛에서도 살아남을 수 있는 비밀을 발견했거든. 그 비밀은 동족을 잡아먹는 데 있었어. 다른 흡혈귀의 피가 살아서 걸어 다닐 수 있는 힘을 주는 거지.

> 게임에서 계속 살아남기 위해서는 가능한 많은 흡혈귀를 물어야 돼. 1분 이상 아무도 물지 못하면 아웃이야. 아웃을 당하면 셔츠를 돌려 입고 심판이 되어야 해. 흡혈귀 두세 명을 지켜보면서 제대로 무는지 감독하는 거지.

> 다른 흡혈귀를 물려면 상대방 흡혈귀가 여러분을 물기 전에 먼저 "물어!"라고 다섯 번 소리쳐야 돼. 다시 말해, 다른 흡혈귀에게 다가가 눈을 맞춘 후 "물어! 물어! 물어! 물어! 물어!"라고 소리치는 거야. 그쪽에서 먼저 하기 전에 네가

해내면, 너는 살아남고 그쪽은 가루가 되어 먼지로 사라지는 거지.

> 처음 집합 장소에서 만나게 되는 흡혈귀들이 네 팀이야. 그들이 네 일족이지. 그들의 피에서는 영양분을 얻어낼 수 없어.

> 가만히 멈춰 서서 가슴 앞에 팔을 교차하면 너는 '투명한 흡혈귀'가 돼. 그때는 다른 흡혈귀를 물 수 없고 다른 흡혈귀도 너를 물 수 없어.

> 이 게임은 서로에 대한 신뢰를 기반으로 자율적으로 진행될 거야. 이 게임의 핵심은 이기는 게 아니라 흡혈귀 상태를 지키면서 즐겁게 노는 거야.

> 게임의 종료는 승자들이 나타나기 시작할 때 입에서 입으로 전해질 거야. 시간이 되면 게임 마스터가 플레이어들 사이에서 귓속말로 알릴 거야. 그 귓속말은 최대한 빨리 전파해야 돼. 그 신호를 기다려.

> 마이키

> 물어! 물어! 물어! 물어! 물어!

우리는 적어도 백여 명 정도라도 흡혈귀 몹에 참가해줬으면 하고 바랐다. 그래서 우리 둘은 각각 2백 명에게 초대장을 날렸다. 하지만 내가 새벽 4시에 벌떡 일어나 엑스박스를 움켜쥐고 보니 답장이 4백 통이나 와 있었다. 자그마치 4백 통이다.

나는 메일봇에 그 주소들을 집어넣은 후 살그머니 집에서 빠져나갔다. 계단을 내려갈 때 아빠가 코 고는 소리와 엄마가 침대에서 뒤척이는 소리가 들렸다. 밖으로 나가서 현관문을 잠갔다.

새벽 4시 15분의 포트레로 힐은 시외처럼 조용했다. 가끔 멀리서 요란하게 달리는 차소리가 들렸지만 내 옆으로 차가 지나간 건 한 번뿐이었다. 현금인출기에서 20달러짜리로 320달러를 인출한 다음 둘둘 말아서 고무 밴드로 묶은 뒤 흡혈귀 바지 허벅지 아래쪽에 있는 지퍼 달린 주머니에 쑤셔넣었다.

나는 망토를 두르고 주름 장식이 있는 블라우스와 작은 장비들을 넣을 수 있는 주머니들이 달린 턱시도 바지를 입었다. 그리고 은색 해골 장식이 달린 뾰족한 부츠를 신었다. 민들레처럼 사방으로 삐죽삐죽 솟은 검은색 가발에 머리카락을 밀어 넣었다. 앤지가 화장품을 가져와 얼굴을 하얗게 바르고 아이라이너와 검은색 매니큐어를 해주기로 했다. 안 할 이유가 없잖아? 앞으로 언제 이렇게 차려입고 놀아보겠어?

앤지가 집 앞에서 기다리고 있었다. 앤지도 배낭을 멨다. 그리고 주름 장식이 있는 고딕 롤리타 스타일의 하녀 드레스를 입고 망사 스타킹을 신었다. 얼굴은 하얗게 칠하고 눈에는 가부키 화장을 했으며 손가락과 목에 은 장신구를 주렁주렁 달았다.

"우와, 엄청 멋있어!" 우리는 동시에 말하고 소리죽여 웃었다. 그리고 스프레이 캔을 주머니에 챙겨 넣고 살금살금 길을 나섰다.

미리 시민센터를 조사해봤는데, 흡혈귀 몹 참가자 4백 명 정도는 한꺼번에 몰려와도 충분히 수용할 수 있을 것 같았다. 10분만 있으면 그들이 시청 앞으로 몰려올 것이다. 벌써 커다란 광장에는 구걸하는 노숙자들을 피해 옆걸음질 치는 출근자들이 빼곡했다.

난 늘 시민센터를 싫어했다. 시민센터는 법원 청사와 박물관, 시청 같은 거대한 웨딩케이크 빌딩들을 모아놓은 곳이었다. 인도는 널찍하고 건물들은 흰색이었다. 샌프란시스코 관광안내서에는 미래적이고 검소한 디즈니랜드처럼 보이는 사진을 실어놓았다.

하지만 실제 현장은 더럽고 지저분했다. 벤치마다에는 노숙자들이 잠을 잤다. 그 구역은 오후 6시만 되어도 주정뱅이와 마약쟁이들만 남겨놓고 텅 비어버렸다. 시민센터에는 한 종류의 건물들 밖에 없었기 때문에 해가 지고 난 뒤에는 사람들이 근처를 돌아다닐 이유가 전혀 없었다. 이웃 동네라기보다는 쇼핑몰에 더 가까웠는데 근처에 있는 시설이라고는 보석금 보증보험회사와 주류 판매점, 재판을 받고 있는 사기꾼의 가족들과 이곳을 야간 숙박시설로 이용하는 부랑자들에게 서비스를 제공하는 가게들뿐이었다.

몹시 흥미로웠던 나이 많은 도시 설계사의 인터뷰를 읽고 나서야 이 모든 게 이해되기 시작했었다. 도시 설계사 제인 제이콥스는 도시를 간선도로로 쪼개어 가난한 사람들을 주택계획 단지로 몰아넣고 지역 규제를 이용해 어디에서 무엇을 할지 엄격하게 관리하는 정책이 왜 잘못인지 확실하게 지적했던 최초의 사람이었다.

제이콥스는 현실 속의 도시는 유기적이며 상당한 다양성을 가지고 있다고 설명했다. 빈자와 부자, 백인과 갈색인, 영국계 미국인과 멕시코계 미국인, 소매상과 주택가, 거기에 산업시설까지. 마을은 그처럼 다양한 사람들이 밤낮으로 지나다니는 곳이므로 모든 사람들이 필요로 하는 사업체들이 생겨나고 항상 사람들에 둘러싸여 있게 되므로 그 눈들은 거리의 감시카메라와 비슷한 역할을 하게 된다.

아마 그런 모습을 본 적이 있을 것이다. 도시의 구시가를 걸어보면 아주 멋진 가게들과 양복 입은 사내들, 유행에 민감한 사람들, 고급 레스토랑, 훌륭한 카페, 작은 영화관, 정성스러운 벽화가 칠해진 집들이 가득한 모습을 볼 수 있다. 물론 그 거리에는 스타벅스도 있겠지만 깔끔한 과일 가게와 조심스럽게 자른 꽃들을 팔기 위해 내놓기 시작한 지 3백 년 된 꽃집도 있을 것이다. 쇼핑몰처럼 계획된 지역과는 완전히 다르다. 길들이지 않은 정원이나 숲 같은 느낌을 준다. 마치 거리가 끊임없이 성장하는 것 같다.

하지만 시민센터는 이 상태에서 더 이상 변화할 수 없다. 제이콥스의 인터뷰에서 이 시민센터를 짓기 위해 크고 오래된 마을을 철거했다는 이야기를 읽었다. 여기도 그전에는 계획이나 승인 없이 생겨난 마을이었던 것이다.

인터뷰에서 제이콥스는 시민센터가 추진될 당시 몇 년 내로 이 도시에서 최악의 동네가 될 것이며 밤에는 유령 마을이 되어 변변치 않은 술집과 싸구려 모텔만 남게 될 것이라고 예측했었다는 이야기를 했다. 인터뷰에서 그녀는 그런 예측이 맞았다는 사실을 그리 기뻐하는 것 같지 않았다. 시민센터의 현재 모습을 묘사할 때 그녀는 마치 죽은 친구에 대해 이야기하는 것처럼 보였다.

지금은 출근 시간이라 시민센터가 가장 붐비는 때였다. 시민센터 지하철역은 시립 전차노선에서도 주요한 지점이었다. 사람들은 이곳에서 지하철과 전차를 갈아탔다. 오전 8시가 되면 수천 명의 사람들이 계단을 오르내리고, 택시나 버스를 타고내렸다. 그들은 각 건물 입구를 지키는 국토안보부 검문소를 통과하기 위해 줄을 서거나 적극적으로 달려드는 걸인들을 피했다. 정장을 갑옷처럼 두르고 노트북 가방과 서류 가방을 흔들어대며 걸어가는 그들에게서는 방금 샤워를 마친 듯 샴푸와 향수 냄새가 났다. 오전 8시, 시민센터는 사업의 중심지였다.

그때 흡혈귀들이 모습을 드러냈다. 수십 명이 반 네스 가를 따라 내려왔고, 또 다른 수십 명이 마켓 가를 따라 올라왔다. 그 뒤로 반 네스 가에서 더 많은 사람들이 나타났다. 백색 화장과 검은색 아이라이너, 검은색 옷, 가죽 재킷, 통굽 고스부츠를 신고, 망사 손가락 장갑을 낀 흡혈귀들이 건물 사이를 빠져나왔다.

흡혈귀들이 광장을 채우기 시작했다. 몇몇 양복쟁이들이 슬쩍 쳐다보긴 했지만 곧 눈길을 돌렸다. 앞으로 8시간 동안 자기들이 처리해야 할 쓰레기 같은 현실에 이 정신병자 같은 놈들이 끼어드는 걸 원하지 않았기 때문이다. 흡혈귀들은 언제 게임이 시작될 지 몰라 서성거리며 하나의 커다란 무리를 이루고 있었는데, 한 장소에 이렇게 까만 사람들이 모여드니 마치 바닥에 쏟아졌던 석유가 다시 슬금슬금 한 곳으로 모이는 것처럼 보였다. 많은 흡혈귀들이 오래된 중절모를 과시했다. 통굽 구두에 우아한 롤리타 하녀 복장을 차려입은 여자애들이 많았다.

나는 대충 200명까지 숫자를 셌는데, 5분 후에는 300명, 400명으로 불어나며 계속 몰려들었다. 흡혈귀들이 친구들을 데려온 것이다.

누군가 내 엉덩이를 움켜잡았다. 고개를 돌리자 허리를 구부리고 허벅지를 짚은 채 깔깔깔 웃고 있는 앤지가 보였다.

"쟤들 좀 봐. 와우, 쟤들 좀 보라고!" 앤지가 헐떡거리며 웃었다. 몇 분 만에 광장에 모인 인원은 두 배로 늘었다. 그중에 엑스넷 이용자가 얼마나 되는지는 모르겠지만, 적어도 1,000명은 훌쩍 넘는 사람들이 내가 주최한 작은 파티에 모습을 드러낸 것이다. 이럴 수가!

몇 명씩 무리를 이룬 국토안보부 요원들과 샌프란시스코 경찰들이 무전기로 이야기를 주고받으면서 서성거렸다. 멀리서 사이렌 소리가 들렸다.

"좋았어." 내가 앤지의 팔을 흔들며 말했다. "좋았어. 시작하자."

우리는 흡혈귀들 사이로 살그머니 들어가 가장 먼저 마주친 흡혈귀에게 동시에 큰 소리로 말했다. "물어! 물어! 물어! 물어! 물어!" 깜짝 놀란 내 희생자는 귀여운 소녀였는데 손가락에 거미줄을 그려 넣고 뺨에는 마스카라가 지저분하게 흘러내린 것처럼 분장했다. "젠장." 내가 자기를 잡았다는 사실을 깨닫고 멀리 사라졌다.

"물어! 물어! 물어! 물어! 물어!"라는 외침이 가까이 있는 흡혈귀들 사이로 빠르게 퍼져갔다. 일부는 서로를 공격하고 어떤 이들은 숨을 곳을 찾아 모습을 감췄다. 희생자를 잡아 1분을 벌었으므로, 나는 속세 사람들을 보호막으로 이용하며 살금살금 이동했다. 사방에서 "물어! 물어! 물어! 물어! 물어!"라는 외침과 웃음소리, 욕설이 들렸다.

그 소리가 사람들 사이로 바이러스처럼 퍼졌다. 모든 흡혈귀가 게임이 시작됐다는 걸 알아차렸다. 한데 모여 있던 사람들이 파리 떼처럼 흩어졌다. 다들 웃음을 터트리거나 욕을 뱉으며 흩어지면서 아직도 멍하게 서있는 흡혈귀들에게 게임이 시작됐다고 귀띔했다. 그 사이 더 많은 흡혈귀들이 속속 도착했다.

8시 16분. 다른 흡혈귀를 물어뜯어야 할 시간이 됐다. 나는 몸을 웅크리고 지하철 역 계단을 향해 걷고 있는 사람들의 다리 사이로 이동했다. 그들은 깜짝 놀라며 뒤로 물러났다가 나를 피해 옆으로 지나갔다. 발가락 부위에 쇠로 만든 용을 장식한 검정색 부츠가 눈에 꽂혔다. 내가 몸을 일으키자, 머리에 젤을 발라 뒤로 넘기고 복잡한 상징이 새겨진 가짜 상아 목걸이를 차고, 마릴린 맨슨이 그려진 비닐 재킷을 입은 열다섯 살이나 열여섯 살쯤 되어 보이는 다른 남자애가 눈앞에 갑자기 나타나서 깜짝 놀랐다.

그 아이가 "물어! 물어….."를 시작했을 때 세속 사람이 그 아이의 발에 걸려 넘어지면서 함께 바닥에 널브러졌다. 나는 그 아이가 몸을 추슬러 다시 일어나기 전에 녀석을 내려다보며 소리쳤다. "물어! 물어! 물어! 물어! 물어!"

더 많은 흡혈귀가 광장에 도착했다. 양복쟁이들이 기겁을 했다. 게임은 인도까지 넘쳐흘러서 반 네스 가로 움직이고 마켓 가로 퍼져갔다. 운전사들은 클랙슨을 울리고 전차는 격렬하게 댕댕댕 종을 쳐댔다. 사이렌 소리가 다시 들려왔지만, 이제는 모든 방향의 교통이 얽힌 상황이었다.

터무니없이 유쾌한 광경이었다.

물어! 물어! 물어! 물어! 물어!

그 소리가 사방에서 들려왔다. 맹렬하게 뛰어다니는 흡혈귀들이 너무 많아서 마치 아우성치는 소리처럼 들렸다. 위험을 무릅쓰고 일어나서 둘러보니 사방에 눈이 닿는 곳까지 꽉 찬 거대한 흡혈귀 군중 한가운데에 내가 서 있었다.

물어! 물어! 물어! 물어! 물어!

돌로레스 공원에서 열렸던 공연보다 나았다. 그 공연은 격렬하고 멋있었지만, 이건… 그러니까, 그냥 재미있었다. 날씨 좋은 점심 시간에 수백 명의 아이들이 서로를 쫓아다니며 술래잡기를 하던 운동장으로 다시 돌아간 기분이었다. 어른들과 자동차는 게임을 더욱 더 재밌게 만들 뿐이었다.

이걸 한마디로 표현한다면, 재미였다. 우리 모두가 활짝 웃고 있었다.

하지만 경찰이 집결하고 있었다. 헬리콥터 소리도 들렸다. 이제 곧 일이 터질 것이다. 게임을 종료할 시간이었다.

나는 흡혈귀 한 명을 붙잡았다.

"게임 종료. 경찰이 우리에게 해산하라고 하면 가스에 중독된 척 해. 전달. 내가 뭐라고 했지?"

그 흡혈귀가 아주 작고 어린 여자애처럼 생겨서 처음엔 정말로 어린아이라고 생각했지만 얼굴과 웃는 표정을 보니 적어도 열일 곱 살이나 열여덟 살은 되어 보였다. "야, 진짜 끝내준다." 여자애 가 말했다.

"내가 뭐라고 했지?"

"게임 종료. 경찰이 우리에게 해산하라고 하면 가스에 중독된 척 해. 전달. 내가 뭐라고 했지?"

"맞았어. 전달." 내가 말했다.

여자애는 사람들 속으로 들어갔다. 나는 또 다른 흡혈귀를 붙잡고 전달했다. 그 아이도 다른 이에게 전달하러 떠났다.

군중 속 어딘가에서 앤지도 이 내용을 전달하고 있을 것이다. 군 중 속에는 잠입한 적들, 즉 가짜 엑스넷 이용자도 있겠지만, 그들 이 이 내용을 알게 되었다고 해서 뭘 어쩌겠는가? 경찰에게는 선 택권이 없다. 그들은 우리에게 해산을 명령하게 되어 있다. 반드 시 하게 될 것이다.

앤지를 찾아야 했다. 본래 계획은 광장에 있는 설립자 동상 앞에 서 만나는 것이었지만, 거기까지 가기가 너무 힘들 것 같았다. 군 중들은 더 이상 움직임이 없었다. 그러다 폭탄 테러가 있던 날 사람 들이 지하철역으로 몰려갔던 때처럼 갑자기 끓어올랐다. 내가 앞으로 나가려 버둥거리고 있을 때 헬리콥터에서 아래쪽을 향해 방송 스피커를 켰다.

"여기는 국토안보부다. 즉시 해산하라."

주위에 있던 흡혈귀 수백 명이 바닥에 쓰러지더니 목을 감싸 쥐고 눈을 할퀴며 숨을 헐떡였다. 우리는 돌로레스 공원에서 최루가스를 맡은 참가자들의 동영상을 아주 많이 봤기 때문에 가스에 중독된 흉내를 내는 건 쉬웠다.

"즉시 해산하라."

나도 가방을 움켜쥐고 쓰러지면서, 허리띠에 끼워놓았던 빨간 야구 모자를 꺼내 머리에 눌러썼다. 그리고 목을 움켜쥐면서 끔찍하고 구역질나는 소리를 냈다.

아직까지 서있는 사람들은 모두 속세 사람, 즉 그저 일하러 가느라 바쁜 월급쟁이들이었다. 나는 숨이 막혀 헐떡거리는 흉내를 내면서 주위에 있는 속세 사람들을 바라봤다.

"여기는 국토안보부다. 즉시 해산을 명령한다. 즉시 해산하라."

신의 소리가 내 창자를 울렸다. 그 소리가 내 어금니와 척추와 넓적다리를 관통하는 느낌이 들었다.

월급쟁이들이 겁을 먹었다. 그들은 최대한 빠르게 이동했지만 특정한 방향을 향한 건 아니었다. 어디에 있든 헬리콥터가 바로 머리 위에 있는 것처럼 느껴졌다. 경찰은 이제 헬멧을 쓰고 군중 속으로 뚫고 들어왔다. 일부 경찰은 방패를 들고 일부는 방독면을 썼다. 나는 더 심하게 컥컥거렸다.

그때 월급쟁이들이 달리기 시작했다. 아마 나라도 달렸을 것이다. 한 사내가 족히 5백 달러는 되어보이는 양복 상의를 휙 벗더니 얼굴 위로 뒤집어쓰고 남쪽의 미션 가를 향해 뛰어가다가 발을 헛디뎌 나뒹굴었다. 그가 뱉은 욕이 흡혈귀들의 컥컥거리는 소리에 섞여 들어갔다.

이건 예상하지 못했던 일이었다. 숨이 막힌 흉내는 그저 사람들을 놀라고 어리둥절하게 만들려는 것이었지, 공황에 빠져서 우르르 도망하게 하려던 게 아니었다.

그때 비명 소리가 들렸다. 그날 밤 공원에서 들렸던 비명 소리와 똑같았다. 겁에 질려 입안이 바짝 마른 사람들이 필사적으로 도망치기 위해 사람들 사이로 뛰어다닐 때 지르던 소리였다.

그리고 그때 공습을 알리는 사이렌이 시작됐다.

그 소리는 폭탄 테러 이후로 처음 들었지만 쉽게 잊을 수 있는 소리가 아니었다. 사이렌 소리가 내 살을 찢고 들어와 곧장 불알로 향하더니 다리를 젤리처럼 흐느적거리게 만들었다. 그 소리는 나를 공황 상태에 밀어 넣고 도망치고 싶게 만들었다. 나는 자리에서 일어나 머리에 빨간 모자를 쓰고 한 가지만 생각했다. 앤지. 앤지와 설립자 동상.

이제 모든 사람들이 다 일어나 비명을 지르며 사방으로 내달렸다. 나는 가방과 모자를 움켜쥐고 사람들을 밀치면서 설립자 동상을 향해 나아갔다. 마샤는 나를 찾고, 나는 앤지를 찾았다. 앤지가 저기 어딘가에 있다.

나는 사람들을 밀어내며 욕을 뱉었다. 누군가를 팔꿈치로 쳤다. 어떤 사람이 내 발을 세게 밟아서 뭔가 으스러지는 게 느껴졌다. 그래서 내가 거칠게 밀었더니 그 사람이 쓰러졌다. 그 사람은 일어나려고 애썼지만 다른 사람이 그를 밟고 지나갔다. 나는 사람들을 밀어냈다.

내가 다른 사람을 밀치려고 팔을 뻗었을 때, 힘센 손이 튀어나와 순식간에 내 손목과 팔꿈치를 잡더니 등 뒤로 팔을 꺾었다. 어깨가 빠지는 것 같았다. 나는 몸이 앞으로 꺾이며 고함을 질렀지만, 군중의 소음과 헬리콥터의 프로펠러 소리, 사이렌이 울부짖는 소리에 묻혀 거의 들리지 않았다.

등 뒤에서 날 잡은 손이 다시 나를 똑바로 세웠다. 그 손은 마치 꼭두각시처럼 나를 조종했다. 너무 완벽하게 붙들려서 버둥거릴 생각조차 못했다. 심지어 소음이나 헬리콥터, 앤지에 대한 생각조차 들지 않았다. 내가 생각할 수 있는 건 오로지 나를 움직이게 하는 사람이 원하는 대로 움직이는 것뿐이었다. 그 사람이 내 몸을 휙 돌린 덕분에 그의 얼굴을 똑바로 바라볼 수 있었다.

쥐를 닮은 날카로운 얼굴에 커다란 선글라스로 얼굴을 반쯤 가린 여자애였다. 선글라스 위로 밝은 핑크색 더벅머리가 사방으로 삐죽삐죽 솟아있었다.

"너!" 내가 소리쳤다. 이 여자애가 누군지 나는 안다. 다리가 폭파되던 바로 그날, 내 사진을 찍은 뒤 무단결석 사이트에 올리겠다고 협박했던 아이다. 폭탄 테러로 사이렌이 울리기 5분 전의 일이었다. 인정머리 없고 교활한 아이였다. 우리 둘 다 텐더로인의 현장에서 도망치고 있을 때 뒤에서 경적이 울렸고, 우린 따로따로 국토안보부에게 잡혔던 것이다. 그때 내가 저항했기 때문에 그들은 나를 적으로 판단했다.

하지만 이 여자애, 마샤는 그들 편이 되었다.

"반가워, 마이키." 마샤가 애인에게 하듯 내 귀에 대고 속삭였다.

온몸이 부르르 떨렸다. 마샤가 팔을 놔줘서 저린 팔을 털었다.

"제기랄, 너!" 내가 말했다.

"그래, 나야. 이제 2분 내로 최루가스가 투하될 거야. 빨리 여기서 나가자."

"앤지, 내 여자친구가 설립자 동상 앞에 있어."

마샤가 군중을 슬쩍 보더니 말했다. "어림없어. 거기 가겠다고 발버둥 치다간 죽어. 2분 후에 최루가스가 투하되면, 넌 가스를 피하느라 아무 생각도 안 날 거야."

내가 제자리에 멈춰섰다. "앤지를 못 찾으면 나도 안 가."

마샤가 어깨를 으쓱하더니 내 귀에 대고 소리쳤다. "네 마음대로 해! 뒈지든 말든 네 책임이야!"

마샤가 사람들을 밀어내며 북쪽을 향해 움직였다. 나는 설립자 동상을 향해 갔다. 잠시 후 내 팔이 뒤로 심하게 꺾였다. 마샤가 내 몸을 돌려 앞으로 밀었다.

"멍청한 새끼, 생각해보니 넌 너무 많이 알아. 내 얼굴까지 봤잖아. 이제는 나랑 같이 가야 돼."

나는 마샤에게 소리를 지르며 팔이 부러질 것 같은 느낌이 들 때까지 몸부림을 쳤다. 그래도 마샤는 나를 앞으로 계속 밀었다. 한 걸음 내디딜 때마다 다친 발이 몹시 아팠다. 어깨도 곧 부러질 것만 같았다.

마샤는 나를 공성용 망치처럼 이용해서 사람들 사이를 빠르게 뚫고 나갔다. 헬리콥터의 엔진 소리가 바뀌자 나를 더 세게 밀어붙였다. "뛰어!" 마샤가 소리쳤다. "최루액이야!"

군중의 소리도 바뀌었다. 캑캑거리던 소리와 비명 소리가 더 많아지고 더 커졌다. 한 번 들어봤던 소리였다. 우리는 다시 그 날의 공원으로 돌아갔다. 최루액이 비처럼 내렸다. 나는 숨을 참고 뛰었다.

사람들 사이를 빠져나간 뒤 마샤가 팔을 풀었다. 나는 다시 저린 팔을 털었다. 그리고 절뚝거리며 최대한 빨리 인도를 따라 걸어갔다. 그 사이 주변에 있는 사람들의 숫자가 점점 줄어들었다. 우리는 폭동진압용 방패와 헬멧, 방독면으로 무장한 국토안보부 소속 병사들 쪽으로 걸어갔다. 가까이 다가가자 그들이 우리를 막아섰다. 하지만 마샤가 배지를 들어 올리자, 마치 '스타워즈'의 오비완 케노비가 "얘들은 너희들이 찾고 있는 드로이드가 아냐"라고 말할 때처럼 경찰들이 물러났다.

"나쁜 년." 우리가 마켓 가를 향해 빠르게 걸어갈 때 내가 말했다. "앤지를 데리러 돌아가야 해."

마샤가 입을 꾹 다물고 고개를 저었다. "네 기분이 어떨지 잘 알아. 나도 몇 달 동안 남자친구를 못 봤어. 걔는 아마 내가 죽었다고 생각하고 있을 거야. 앤지를 데리러 가면 우린 죽어. 계속 앞으로 가다 보면 기회가 있을 거야. 우리가 살아남아야 그 애도 살 수 있어. 이 아이들은 관타나모로 잡혀가지 않아. 아마 지겹도록 심문을 한 뒤에 집으로 돌려보내 줄 거야."

이제 우리는 마켓 가를 따라 올라가고 있었다. 부랑자와 마약쟁이들이 노숙을 하는 스트립쇼 극장들을 지나는데 거리에서 공중화장실 냄새가 났다. 마샤가 문이 닫힌 스트립쇼 극장 입구 움푹 들어간 공간으로 나를 데리고 들어가더니 재킷을 벗어서 뒤집었다. 재킷 안감은 희미한 줄무늬가 그려져 있고 이음매가 뒤집어져 있어서 입으니 다르게 보였다. 그리고 주머니에서 털모자를 꺼내 머리 위로 쓴 다음 모자의 챙을 옆으로 살짝 틀었다. 그리고 화장 리무버를 꺼내더니 얼굴과 손톱을 문질러 닦았다. 1분 만에 완전히 다른 여자가 됐다.

"변신 완료. 이제 네 차례야. 신발, 재킷, 모자 다 벗어." 나도 무슨 이야긴지 이해했다. 경찰은 흡혈귀 몹 참가자처럼 보이는 사람들을 주의 깊게 살펴볼 것이다. 나는 모자를 버렸다. 야구모자는 내 취향이 아니었다. 재킷을 벗어서 가방에 집어넣고, 로자 룩셈부르크 사진이 찍힌 긴팔 티셔츠를 꺼내 검정색 셔츠 위에 입었다. 마샤가 내 얼굴 화장과 손톱을 닦아주었다. 잠시 후 나도 말끔해졌다.

"전화기 꺼. 혹시 RFID태그 있어?"

나에겐 학생증과 직불카드, 교통카드가 있었다. 마샤가 꺼낸 은색 자루에 모두 집어넣었는데, 그건 전파 차단용 자루였다. 하지만 마샤가 그 자루를 자기 주머니에 넣자 내가 신분증을 그냥 넘겨줬다는 생각이 들었다. 혹시 마샤가 저쪽 사람이라면….

방금 일어난 일의 중요성이 서서히 실감 나기 시작했다. 지금 이 순간 앤지가 있었더라면 어땠을까? 앤지가 있었으면 내 편은 두 명, 저쪽은 한 명이 된다. 앤지는 나를 도와서 잘못된 일이 없는지, 마샤가 자기 말과 다른 게 있는지 봐줄 것이다.

"이 자갈들을 네 신발에 집어넣어. 네가 카메라에…." 마샤가 말했다.

"괜찮아. 발을 다쳤어. 보조인식 프로그램은 나를 인식하지 못할 거야."

마샤가 고개를 한 번 까딱했다. 전문가가 다른 전문가에게 보내는 몸짓이었다. 마샤가 가방을 어깨에 걸치자 나도 가방을 들었다. 그리고 둘이 함께 이동했다. 변신하는 시간은 다 합쳐도 채 몇 분이 걸리지 않았다. 우리는 완전히 다른 사람이 되어 다시 걸어갔다.

마샤가 시계를 쳐다보더니 고개를 절레절레 저었다. "자, 이제 약속 장소로 가야 돼. 도망갈 생각은 하지 마. 이제 너한테 주어진 선택지는 둘뿐이야. 나 아니면 감옥. 국토안보부가 오늘 모인 아이들의 사진과 동영상을 분석하는 데는 며칠이 걸리겠지만, 일단 분석을 마치고 나면 얼굴을 전부 다 데이터베이스에 넣을 거야. 우리가 빠져나온 것도 알아챌 거야. 이제 우리는 둘 다 수배자야."

다음 블록을 지나자 마샤가 마켓 가를 벗어나 텐더로인으로 되돌아갔다. 여기는 내가 아는 동네다. 우리가 '하라주쿠 펀 매드니스'를 할 때 와이파이 공유기를 찾아 헤매던 곳이었다.

"지금 어디로 가는 거야?" 내가 물었다.

"우리는 곧 차를 탈 거야. 집중해야 하니까 입 닥치고 있어."

우리는 빠르게 이동했다. 머리에서 흘러내린 땀이 얼굴을 지나 등을 거쳐 엉덩이와 허벅지까지 흘러내렸다. 발이 너무 아팠다. 어쩌면 마지막이 될지도 몰라 스쳐 지나가는 샌프란시스코 거리를 계속 쳐다봤다.

흉물스러운 텐더로인에서 코피 터지게 땅값 비싼 놉 힐로 이어진 언덕길을 곧장 올라가고 있다는 사실은 전혀 위로가 되지 않았다. 난 지칠 대로 지쳐서 숨 쉬는 것조차 힘들었다. 마샤는 주로 골목길로 이동하며 골목길 사이를 넘어갈 때만 큰길을 이용했다.

우리가 세이빈 플레이스라는 골목길에 막 들어섰을 때 누군가 뒤에서 소리쳤다. "거기서 꼼짝 마!" 좋아서 어쩔 줄 모르는, 불쾌한 목소리였다. 우리는 그 자리에 멈춰 서서 몸을 돌렸다.

골목 입구에 서있던 사람은 찰스였다. 검은 티셔츠와 청바지, 백색 화장을 한 외모는 성의 없이 대충 차려입은 흡혈귀 몹의 차림새였다. "안녕, 마커스. 어디 가니?" 녀석이 입을 귀에 걸고 머저리처럼 활짝 웃었다. "네 여자친구니?"

"찰스, 원하는 게 뭐야?"

"나는 네가 학교에서 아이들에게 DVD를 나눠줄 때부터 반역자들이 들끓는 엑스넷에서 많은 시간을 보냈어. 그러다 네 흡혈귀 몹 이야기를 듣고 구석에서 어슬렁거리다가 혹시 네가 나타나는지, 나타나면 무슨 짓을 할지 지켜보면 좋겠다는 생각이 들었지. 그런데 내가 뭘 봤게?"

나는 아무 말도 하지 않았다. 녀석은 손에 든 휴대폰으로 우리를 겨누고 있었다. 녹음을 하고 있거나 911에 전화를 걸려는 모양이었다. 옆에 있는 마샤는 아무 말없이 가만히 있었다.

"네가 그 빌어먹을 짓을 시작하는 장면을 봤어. 그래서 내가 녹화해두었지. 지금 경찰에 전화할 거야. 그러니까 여기서 경찰이 올 때까지 기다려. 그러고 나면 넌 오랫동안, 아주 오랫동안 감옥에서 엉덩이 두들기며 살게 될 거야."

마샤가 앞으로 걸어갔다.

"어이, 아가씨, 거기 서. 네가 마커스를 데려가는 걸 봤어. 나는 전부 다 봤…."

마샤는 앞으로 걸어가 녀석의 휴대폰을 낚아채고, 다른 손으로 자기 지갑을 꺼내 열어보였다.

"국토안보부야. 이 새끼야. 내가 국토안보부라고. 이 멍청한 자식을 꼬드겨서 주동자가 있는 곳으로 끌고 가던 중이었어. 내가 지금 그걸 하고 있었다고! 그런데 네가 다 망쳐버렸어. 우리한테는 그런 짓을 부르는 말이 있어. '국가 보안 업무에 대한 공무집행 방해죄'라고 하지. 넌 앞으로 이 문구를 아주 많이 듣게 될 거야."

찰스가 손을 앞으로 치켜들고 슬금슬금 뒷걸음을 쳤다. 하얗게 화장한 녀석의 얼굴이 더 하얗게 질려가고 있었다. "뭐? 아냐! 그러니까 나는… 난 몰랐어! 난 도와주려던 거야!"

"고3짜리 경찰 비밀 도우미 따위는 필요 없어. 그런 이야기는 판사한테나 해."

녀석이 다시 뒤로 물러났지만 마샤가 빨랐다. 마샤는 아까 시민 센터에서 나한테 했던 바로 그 체포술을 이용해 녀석의 손목을 잡아 비틀었다. 그리고 뒷주머니에서 수갑으로 쓰는 플라스틱 케이블 타이를 꺼내 녀석의 손목을 재빨리 묶었다.

나는 그 모습까지 보고 도망쳤다.

내가 골목길의 맞은편 입구까지 채 가기도 전에 마샤가 따라잡고 뒤에서 덮치는 바람에 땅바닥에 엎어졌다. 아픈 발과 가방 무게 때문에 빨리 달릴 수 없었던 탓이다. 나는 넘어지면서 바닥에 얼굴을 세게 처박히며 미끄러져서 더러운 아스팔트 바닥에 뺨을 갈았다.

"젠장. 이 빌어먹을 멍청한 자식아. 내가 저놈에게 한 말을 믿은 건 아니지, 설마 믿었니?" 마샤가 말했다.

내 심장이 마구 요동쳤다. 등에 올라탔던 마샤가 천천히 나를 일으켰다.

"마커스, 내가 너한테도 수갑을 채워야겠니?"

일어섰더니 온몸이 다 아팠다. 차라리 죽고 싶었다.

"가자, 이제 별로 안 남았어."

마샤가 말했던 차는 놉 힐 골목에 세워진 이삿짐 트럭이었다. 안 테나를 잔뜩 달고 샌프란시스코의 거리 모퉁이마다 서있는 국토안 보부의 16륜 트럭과 같은 크기였다.

하지만 이 트럭 옆면에는 '세 남자와 트럭 이사'라고 쓰여 있었 다. 그 남자 셋이 누구인지는 확실하게 알 수 있었다. 그들은 창문 에 녹색 차양이 달린 고층 아파트를 오르내리며 나무 상자에 넣은 가구나 깔끔하게 이름표를 붙인 박스들을 하나씩 들고 와 트럭에 싣고 조심스럽게 묶었다.

마샤가 나를 데리고 그 구역을 한 바퀴 돌았지만 뭔가 불만족스 러운 표정이었다. 그런데 그 다음 골목을 지날 때 마샤가 두툼한 장 갑과 허리보호대를 차고 트럭을 살펴보고 있던 늙은 흑인과 눈을 마주쳤다. 그가 친절한 얼굴로 우릴 보며 미소를 짓자, 마샤가 재 빨리 트럭 뒤에 달린 세 칸짜리 계단을 오르더니 안으로 들어갔다. "큰 탁자 아래에 공간을 좀 남겨놨어." 그 남자가 말했다.

트럭은 반 이상 찼지만 윗면은 누비이불로 덮고 다리에 뽁뽁이 를 둘러놓은 큰 탁자 옆에 좁은 통로가 있었다.

마샤가 탁자 밑으로 나를 당겼다. 탁자 아래는 공기도 잘 통하지 않는 데다 먼지투성이였다. 재채기를 간신히 참으며 박스 사이로 끼어 들어갔다. 공간이 너무 좁아서 우리는 몸을 딱 밀착시켰다. 앤지가 왔더라도 탈 수 있는 공간 자체가 아예 없었다.

"나쁜 년." 내가 마샤를 보며 말했다.

"닥쳐. 감사 인사를 하고 싶으면 내 신발이나 핥아. 넌 일급 용의자로 일주일 내에 감옥에 갈 운명이었어. 샌프란시스코 만의 관타나모도 아냐. 아마 시리아로 갔을 걸. 놈들이 진짜로 없애버리고 싶은 사람들은 거기로 보내니까."

나는 무릎에 머리를 얹고 숨을 깊게 들이쉬려고 노력했다.

"넌 도대체 어쩌다 국토안보부에 전쟁을 선포하는 그런 멍청한 짓을 한 거야?"

그래서 마샤한테 이야기해줬다. 내가 체포됐던 상황과 대릴에 대해서.

마샤가 주머니를 더듬더니 휴대폰을 꺼냈다. 찰스의 휴대폰이었다. "잘못 꺼냈네." 다른 휴대폰을 꺼내서 켜자 우리의 작은 요새가 액정에서 나온 빛으로 가득 찼다. 잠시 이리저리 만지더니 나한테 보여줬다.

그건 폭탄이 터지기 직전에 마샤가 우리를 찍었던 사진이었다. 사진 속에는 졸루와 버네사, 나, 그리고…,

대릴이 있었다.

우리가 국토안보부에 잡히기 몇 분 전까지 대릴이 우리와 함께 있었다는 확실한 증거였다. 그때까지 대릴이 건강하게 살아 있었으며 우리와 어울렸다는 증거였다.

"그 사진을 나한테 복사해줘. 그 사진이 필요해." 내가 말했다.

"LA에 도착하면 줄게." 마샤가 휴대폰을 다시 거머쥐며 말했다. "우리 둘이 잡혀서 시리아로 끌려가지 않고 어떻게 도망자로 살아

390

갈지 충분히 설명한 뒤에. 이 아이를 구출하겠다는 생각은 하지 마. 그 애는 안전하게 잘 지내고 있어… 지금 당장은."

힘으로 휴대폰을 빼앗을 생각도 해봤지만, 마샤의 무술 실력을 이미 보았다. 틀림없이 검은 띠는 될 것이다.

우리는 어둠 속에 앉아서 세 남자가 계속 상자들을 싣고 묶으면서 낑낑대는 소리를 들었다. 나는 잠들려고 했지만 그럴 수 없었다. 마샤는 아무렇지도 않게 잠들더니 코까지 골았다.

짐으로 가로막힌 좁은 통로로 아직 빛이 들어왔다. 그 복도를 따라 바깥의 맑은 공기가 들어왔다. 나는 어둠을 뚫고 들어오는 빛을 쳐다보며 앤지를 떠올렸다.

나의 앤지. 내가 뭔가 하고 있을 때 앤지가 그 모습을 보고 웃으며 고개를 절레절레 흔들 때 머릿결이 그 애의 어깨를 스치던 모습. 내가 마지막으로 봤던 앤지의 모습은 흡혈귀 몹에 참가한 군중 속으로 들어갈 때였다. 흡혈귀 몹에 참가했던 사람들은 공원에 있던 사람들과 마찬가지로 국토안보부의 몽둥이에 쓰러져서 몸부림쳤다. 그리고 사라졌다.

대릴. 누명을 뒤집어쓰고 트레저 섬에 갇혀서 테러리스트에 대한 끝도 없는 심문을 받고 있다.

대릴의 아버지. 완전히 망가지고 술에 절어서 수염도 깎지 않던 그는 "사진을 찍을지도 모른다"며 세수를 하고 제복을 챙겨 입었다. 그리고 어린아이처럼 펑펑 울었다.

우리 아빠. 내가 트레저 섬으로 끌려가서 실종됐을 때 아빠가 어떻게 바뀌었던가. 아빠는 대릴의 아버지만큼이나 망가진 상태였다. 다른 게 있다면 자신만의 특유한 방식으로 망가졌다는 것뿐이다. 그리고 내가 거기에 잡혀 있었다는 이야기를 했을 때의 아빠 얼굴도 떠올랐다.

나는 도망칠 수 없다.

나는 여기 남아서 싸워야 한다.

마샤의 숨소리는 깊고 규칙적이었다. 하지만 내가 아주 천천히 움직이며 휴대폰이 들어있는 주머니로 손을 뻗었을 때 살짝 코멘소리를 내면서 몸을 뒤척였다. 나는 얼어붙어서 족히 2분은 숨도 못 쉬고 하마 한 마리, 하마 두 마리…를 셌다.

마샤의 숨소리가 다시 천천히 깊어졌다. 마샤의 재킷 주머니에서 한 번에 1밀리미터씩 휴대폰을 당겼다. 너무 천천히 움직이느라 손가락과 팔이 덜덜 떨렸다.

드디어 작은 초코바처럼 생긴 휴대폰을 꺼냈다.

빛이 비치는 쪽으로 고개를 돌렸을 때 문득 어떤 기억이 떠올랐다. 찰스가 우리를 조롱하며 손에 들고 흔들어대던 휴대폰도 통신 회사를 통해 보조금을 지급해주는 회사 상표가 열 개쯤 덕지덕지 붙어 있던 초코바 모양의 은색 휴대폰이었다. 그런 휴대폰으로는 전화를 걸 때마다 광고를 들어야 한다.

트럭 안이 어두워서 휴대폰이 뚜렷하게 보이지는 않았지만 느낌으로 알 수 있었다. 표면에 붙은 이것들은 회사 상표 스티커가 아닌가, 그렇지? 그렇다. 내가 마샤에게서 훔친 건 찰스의 휴대폰이었다.

나는 천천히, 천천히 몸을 돌려서 천천히, 천천히, 천천히 마샤의 주머니로 손을 뻗었다. 마샤의 휴대폰은 더 크고 묵직했으며 더 좋은 카메라가 달렸다. 다른 기능이 더 있을지 누가 알겠는가?

한 번 해봤던 일이라 두 번째는 조금 쉬웠다. 다시 1밀리미터씩 주머니에서 휴대폰을 빼내다가 마샤가 코멘소리를 하고 뒤척이는 바람에 두 번이나 멈췄다.

주머니에서 휴대폰을 빼내 막 몸을 돌리는데 마샤의 손이 뱀처럼 튀어나와서 내 손목을 붙잡더니 손가락 끝으로 내 손목의 작은 물렁뼈를 꾹 눌렀다.

나는 너무 놀라 숨을 헐떡이며 마샤의 부릅뜬 눈을 바라봤다.

"이 멍청한 자식아." 마샤는 휴대폰을 빼앗더니 손가락으로 키패드를 누르며 말했다. "비번은 어떻게 풀 생각이었는데?"

나는 마른침을 삼켰다. 마샤가 손목의 뼈들을 세게 눌렀다. 비명이 터져 나올 것 같아서 입술을 꼭 깨물었다.

마샤가 다른 손으로 휴대폰을 계속 눌렀다. "이걸 들고 도망갈 생각을 했던 거야?" 마샤가 우리가 나온 사진을 내밀었다. 나와 대릴, 졸루, 버네사. "이 사진?"

나는 아무 말도 하지 않았다. 손목이 부서져 나가는 것 같았다.

"네가 그런 유혹을 받지 않게 아예 사진을 지워버리는 게 낫겠다." 마샤가 자유로운 손을 더 움직였다. 휴대폰이 삭제 여부를 묻자, 마샤는 누를 버튼을 찾기 위해 휴대폰을 쳐다봐야 했다.

그때 내가 움직였다. 마샤에게 잡히지 않은 손에 아직 찰스의 휴대폰을 쥐고 있었다. 휴대폰을 쥔 손으로 힘껏 마샤의 손을 내리치느라 주먹이 머리 위에 있는 탁자에 세게 부딪혔다. 마샤의 손을 너무 세게 쳤는지 휴대폰이 박살났다. 마샤가 소리를 빽 질렀고 그 사이 손이 느슨해졌다. 나는 계속 움직였다. 마샤의 다른 손 쪽으로 내 손을 뻗어서 그 애가 아직도 엄지로 OK 버튼을 누르려고 잡고 있는, 비밀번호가 풀린 휴대폰을 빼앗았다. 내가 휴대폰을 낚아채는 순간 마샤의 손이 허공을 움켜쥐었다.

나는 양손과 무릎을 짚고 좁은 통로를 따라 빛을 향해 움직였다. 내 발을 잡으려는 마샤의 손이 찰싹찰싹 부딪히는 게 느껴졌다. 파라오의 무덤처럼 우리를 벽처럼 둘러싸고 있는 박스를 옆으로 밀었다. 박스 몇 개가 뒤로 떨어지자 마샤가 다시 신경질을 냈다.

살짝 열린 트럭 문틈으로 튀어나가자 밑으로 주르륵 미끄러졌다. 계단이 이미 치워진 상태라 길바닥에 머리부터 떨어지는 바람에 아스팔트 바닥에 머리를 박았다. 머리에서 쿵하는 소리가 들렸다. 차의 범퍼를 붙잡고 비틀거리며 일어서자마자 나는 필사적으로 문손잡이를 끌어당겨 트럭 뒷문을 쾅 닫았다. 안에서 마샤의 비명소리가 들렸다. 아마도 마샤의 손가락이 문에 낀 모양이었다. 나는 구역질이 올라왔지만 참았다.

대신 트럭 문을 잠가버렸다.

20

물고문이 뭔지 아니?

이삿짐을 나르던 세 남자는 보이지 않았다. 나는 재빨리 거기에서 벗어났다. 머리가 너무 아파서 피가 난 줄 알았는데 만져보니 피가 난 곳은 없었다. 다쳤던 발목이 트럭 안에 있으면서 뻣뻣해지는 바람에 나는 꼭 고장 난 꼭두각시 인형처럼 달렸다. 그러다 휴대폰의 사진 삭제를 취소하기 위해 잠깐 멈췄다. 나는 휴대폰의 전파 송수신을 껐다. 배터리를 절약하고 추적을 막기 위해서였다. 그리고 자동으로 꺼지는 시간을 최대한으로 설정해서 두 시간으로 맞췄다. 자동으로 꺼질 경우 다시 켤 때 비번을 요구하지 않도록 설정하려 했지만, 그 설정을 바꾸려면 비번이 필요했다. 이제 휴대폰에서 사진을 어떻게 빼낼지 알아낼 때까지 두 시간마다 키패드를 눌러줘야 했다. 이런 상태라면 충전기가 필요했다.

내겐 지금 아무 계획이 없었다. 계획이 필요했다. 앉을 곳이 필요했고, 인터넷에 접속해야 했으며, 이제 어떻게 할지 방법을 찾아야 했다. 다른 사람들이 나한테 이래라저래라 지시하는 일에 완전히 질렸다. 마샤가 시키는 일, 국토안보부가 시키는 일, 아빠가 시키는 일은 더 이상 하고 싶지 않았다. 하지만 앤지가 시킨다면? 글쎄, 시키는 사람이 앤지라면 할 것이다. 그건 괜찮을 것이다.

나는 되도록 골목길을 통해 언덕길을 내려가 텐더로인 지구에 있는 사람들 틈으로 섞여 들었다. 나는 어디로 가야 할지 몰랐다. 몇 분마다 주머니에 손을 넣어서 마샤의 휴대폰 키패드를 눌러 자동으로 꺼지지 않도록 했다. 재킷 안에 넣은 휴대폰은 거북할 정도로 불룩했다.

나는 잠시 멈춰 건물에 기댔다. 발목이 죽을 만큼 아팠다. 그건 그렇고, 여긴 어디지?

하이드 가와 오패럴 가 교차로였는데 앞에 그다지 건전해보이지 않는 '아시아 안마시술소'가 보였다. 망가진 발이 나를 다시 처음 장소로 데려온 것이다. 베이교가 폭발되기 직전, 내 삶이 영원히 바뀌기 직전, 마샤가 휴대폰으로 사진을 찍었던 바로 그곳이었다.

나는 인도에 주저앉아 대성통곡을 하고 싶었지만 그게 지금 내 문제를 푸는 데는 별로 도움이 될 것 같지 않았다. 바바라 스트랫포드에게 전화해서 어떤 일이 있었는지 말해주고 대릴의 사진을 보여줘야 한다.

마샤가 내게 보내줬던 동영상을 바바라에게 보여줘야 한다. 대통령의 수석 전략참모가 샌프란시스코 테러에 대해 아주 만족스럽게 생각했으며, 언제 어디서 다음 공격이 일어날지도 알지만 대통령의 재선에 유리하기 때문에 테러리스트들을 막지 않겠다는 의미의 말을 하는 장면이 들어 있었다.

내 계획은 이랬다. 바바라를 접촉해 자료를 건네줘서 기사로 나가도록 한다.

홉혈귀 몹은 세속 사람들을 놀라게 해서 우리를 진짜 테러리스트라고 생각하게 만들었을 게 틀림없었다. 내가 몹을 계획할 때에는 그게 얼마나 즐거울지에 대해서만 생각했지, 네브래스카 백인 노동자들에게 어떻게 보일지는 생각하지 못했다.

바바라에게 전화를 할 것이다. 공중전화를 찾아서 CCTV에 찍히지 않도록 후드를 꾹 눌러쓰고 영리하게 처리할 것이다. 나는 25센트를 주머니에서 꺼내 셔츠 자락에 닦아서 지문을 지웠다.

언덕을 내려가 지하철역으로 향했다. 공중전화가 보였다. 전차 정류장을 지나다가, 히죽 웃으며 나를 보던 흑인 노숙자 옆에 쌓인 〈베이 가디언〉 표지가 눈에 들어왔다. "계속 읽어도 돼. 표지를 읽는 건 공짜야. 하지만 안을 보려면 50센트를 내야 해." 노숙자가 말했다.

헤드라인은 9.11 사건 이후 가장 큰 글씨로 쓰여 있었다.

샌프란시스코 만의 관타나모 안에서

헤드라인 아래는 약간 작은 글자로 이렇게 쓰여 있었다.

국토안보부는 어떻게 눈앞에 있는 비밀 감옥에 우리 아이들과 친구들을 가두었나
바바라 스트랫포드, 베이 가디언 특집

신문팔이가 고개를 절레절레 흔들었다. "이게 믿겨져? 바로 여기 샌프란시스코에서 말이야. 정부는 개자식들이야."

본래 가디언은 무료였지만 이 사내가 이 지역에 배포된 가디언을 전부 손에 넣은 것 같았다. 손에 들고 있던 25센트를 그의 동냥컵에 넣고 25센트짜리 동전을 하나 더 찾아서 줬다. 이번에는 구태여 지문을 지우기 위해 닦지 않았다.

"우리는 테러 단체가 베이교를 폭파한 뒤로 세상이 영원히 바뀌어버렸다는 말을 들어왔다. 그날 우리 친구와 이웃 수천 명이 사망했다. 그들 중 대부분은 지금껏 발견되지 않았다. 우리는 그들의 시신이 샌프란시스코 만에 잠들어 있을 거라 추측했다.

하지만 폭파 직후 국토안보부에 의해 체포되었던 한 젊은이가 기자에게 들려준 놀라운 이야기에 따르면, 정부가 폭탄 테러 직후 사람들을 몰아내고 시민들에게 출입금지령을 내린 트레저 섬에 우리가 죽었다고 믿고 있는 많은 이들을 불법적으로 가두고 있다….."

나는 벤치에 앉았다. 바로 그 벤치였다. 우리가 지하철역에서 빠져나와 대릴을 눕혔던 바로 그 벤치라는 사실을 깨닫자 뒷덜미의 솜털이 곤두섰다. 그 벤치에 앉아 기사를 처음부터 쭉 읽었다. 터져 나오려는 눈물을 참느라 몹시 힘들었다. 바바라는 나와 대릴이 어울려 다니며 놀던 사진들을 구해서 기사 옆에 배치했다. 기껏해야 작년 이때쯤에 찍었던 것 같은데 사진 속의 내 모습은 심하게 어려 보였다. 난 열 살이나 열한 살 정도로밖에 보이지 않았다. 지난 두세 달 사이에 내가 훌쩍 자라버린 모양이었다.

기사는 훌륭했다. 바바라가 기사에 쓴 아이들의 처지에 계속 화가 치밀어 올랐다. 그러다 그 기사가 내 이야기라는 걸 깨달았다. 젭의 편지도 들어 있었는데, 확대된 그의 악필이 지면의 반을 채웠다. 바바라는 이미 죽은 걸로 추정되거나 실종된 아이들의 기나긴 목록을 조사해서 얼마나 많은 아이들이, 부모가 사는 집에서 얼마 떨어지지 않은 트레저 섬에 갇혀 있을지 의문을 제기했다.

나는 주머니에서 25센트를 하나 더 꺼냈다가 마음을 바꿨다. 바바라의 전화가 도청당하지 않을 가능성이 있을까? 지금은 바바라에게 직접 전화를 할 수 없다. 우리 사이를 중계해서 남쪽 어딘가에서 만날 수 있게 해줄 사람이 필요했다. 고려해야 할 일이 몹시 많았다.

지금 내게 진짜로 필요한 건 엑스넷이었다.

도대체 어디서 인터넷에 접속해야 할까? 휴대폰의 와이파이 탐지기는 미친 듯이 깜빡거리며 온 사방에 무선랜이 있다고 표시해주고 있었지만, 내겐 엑스박스와 텔레비전 그리고 부팅할 때 쓸 패러노이드 엑스박스 DVD가 필요했다. 와이파이, 와이파이는 사방에 있다….

그때 아이 둘이 눈에 들어왔다. 내 또래 남자애 두 명이 지하철역으로 내려가는 계단 위에서 사람들 사이로 움직이고 있었다.

아이들은 통근자와 관광객 사이를 돌아다니며 서툰 몸짓으로 사람들을 슬쩍슬쩍 건드렸다. 둘 다 한 손을 주머니 안에 넣고 있었는데 서로 눈만 마주치면 낄낄거렸다. 녀석들이 재밍을 하고 있다는 사실에는 의심할 여지가 없었지만, 사람들은 녀석들을 신경 쓰지 않는 것 같았다. 이 동네 사람들은 노숙자나 미친 사람을 피하는 데 익숙해서, 가능하면 다른 사람과 눈을 맞추지 않았고 주위를 둘러보지도 않았다.

난 그중 한 명에게 조용히 다가갔다. 녀석의 겉모습은 아주 어려보여도 나보다 그리 어릴 것 같지는 않았다.

"이봐, 너희들 잠깐 이쪽으로 와볼래?" 내가 말했다.

녀석은 내 말을 못 들은 척했다. 사람들이 노숙자를 바라볼 때처럼 눈을 맞추지 않고 초점 없는 멍한 눈으로 내 쪽을 슬쩍 바라볼 뿐이었다.

"자, 어서, 난 시간이 별로 없어." 나는 녀석의 어깨를 잡고 귓속말을 했다. "경찰이 나를 쫓고 있어. 난 엑스넷에서 왔어."

이제 녀석은 겁을 집어먹고 당장이라도 도망칠 것 같았다. 그때 그의 친구가 우리 쪽으로 다가왔다. "진짜야. 내 이야기를 잠깐만 들어봐." 내가 말했다.

다가온 녀석의 친구는 덩치가 컸다. 대릴과 비슷했다. "어이, 뭐가 문제야?"

그 친구가 녀석에게 귓속말을 했다. 보아하니 둘이 달아날 작정인 모양이었다.

나는 옆구리에 끼고 있던 〈베이 가디언〉지를 꺼내 재빨리 녀석들 앞에 내밀었다. "5면을 펼쳐봐."

녀석들은 시키는 대로 했다. 제목을 읽고 사진을 봤다. 그 사진은 나였다.

"오, 이거 진짜 영광이네." 첫 번째 녀석이 말했다. 녀석은 나를 바라보며 미친 사람처럼 활짝 웃었고, 덩치 큰 친구는 내 등을 철썩 때렸다.

"말도 안 돼. 네가 마…." 녀석이 말했다.

내가 녀석의 입을 막았다. "저쪽으로 가자. 괜찮지?"

나는 녀석들을 아까 그 벤치로 데려갔다. 그제야 벤치 아래 인도에 묻어있던 오래된 얼룩이 눈에 들어왔다. 대릴의 피일까? 온몸에 소름이 쫙 끼쳤다. 아무튼 우리는 그 벤치에 앉았다.

"나는 마커스야." 내가 마이키라는 것을 이미 아는 두 녀석에게 본명을 말해주면서 마른침을 꿀꺽 삼켰다. 어쩌다 보니 내가 위장을 벗어버린 상황이 되었지만, 사실 〈베이 가디언〉이 이미 내가 마이키라는 사실을 밝힌 상황이었다.

"난 네이트야." 작은 녀석이 말했다. "난 리엄." 큰 녀석이 말했다. "이렇게 만나게 되다니 진짜 진짜 영광이야. 우리의 영웅….."

"그런 말 하지 마, 부탁이야. 너희 둘은 꼭 '난 재밍을 하고 있어. 관타나모에 제발 집어넣어 달라'고 광고를 하는 것 같았어. 너희는 너무 쉽게 눈에 띄어."

리엄의 얼굴이 일그러지더니 울음이라도 터트릴 것 같았다.

"걱정 마. 안 잡혔잖아. 나중에 요령을 몇 가지 가르쳐줄게." 리엄의 얼굴이 다시 밝아졌다. 이 두 녀석이 마이키를 숭배한다는 사실은 물어보나마나 뻔했고, 내가 무슨 말을 하든 그대로 따를 것 같았다. 녀석들이 바보처럼 싱글거렸다. 난 그 상황이 불편해서 배 속에 뭐가 걸린 느낌이었다.

"들어봐. 난 엑스넷에 접속해야 하는데 우리 집 근처에는 갈 수 없어. 너희 둘은 여기서 가까운 데에 사니?"

"우리 집이 근처야. 캘리포니아 가 언덕 꼭대기에 있어. 가파른 언덕으로 조금만 올라가면 돼." 나는 방금 전에 언덕에서 내려왔다. 마샤가 저 위 어딘가에 있다. 하지만 지금으로선 그보다 나은 방안이 떠오르지 않았다.

"그래? 가자." 내가 말했다.

✳

  네이트가 내게 야구 모자를 빌려주고 재킷을 바꿔 입어주었다.
발목이 지끈거려서 보조인식 카메라는 걱정하지 않았다. 나는 카
우보이 영화에 나오는 엑스트라처럼 다리를 절었다.
  네이트는 놉 힐 꼭대기에 있는 방 네 개짜리 큼직한 아파트에 살
았다. 아파트에 들어가니 금실로 자수를 놓은 빨간 오버코트를 입
은 수위가 있었다. "네이트 씨, 어서 오세요." 그는 모자에 손을 올
려 인사하며 우리를 맞이했다. 집은 먼지 하나 없이 깨끗하고 가구
광택제 냄새가 났다. 적어도 2백만 달러는 나갈 고급 아파트를 얼
빠진 얼굴로 두리번거리지 않으려 애썼다.
  "아빠가 투자사업가셨어. 생명보험을 여러 군데 가입하셨는데,
내가 열네 살 때 돌아가셔서 보험금을 한꺼번에 다 받아. 부모
님은 수년 전에 이혼했는데도 아빠가 엄마를 보험 수취인으로 남
겨놨었나봐."
  천장부터 바닥까지 드리운 통유리로 놉 힐 너머 아래쪽에 있는
피셔맨즈 워프까지 이어지는 끝내주는 풍광이 눈에 들어왔다. 그
리고 흉측하게 잘려나간 베이교와 분주하게 움직이는 크레인과 트
럭들 모습도 보였다. 안개 너머로 트레저 섬이 희미하게 보였다.
언덕 아래를 쭉 내려다보는 동안 뛰어내리고 싶은 정신 나간 충동
이 느껴졌다.
  네이트의 엑스박스와 거실에 있는 커다란 플라스마TV를 이용
해 엑스넷에 접속했다. 네이트가 전망 좋은 자리로 가면 더 많은 공
개 무선랜을 잡을 수 있다는 걸 보여줬다. 20~30개가 눈에 들어왔

다. 엑스넷 이용자에게는 최고의 자리였다.

오늘 아침에 앤지와 함께 집에서 나온 뒤로 마이키 계정에는 새로운 메일이 무려 2만 개나 와 있었다. 언론들에서 인터뷰를 요청하는 메일이 상당히 많았다. 대부분은 엑스넷 이용자들이었는데 〈베이 가디언〉을 읽고 내게 필요한 게 있으면 무엇이든지 도와주고 싶다는 내용들이었다.

그랬다. 눈물이 뺨을 타고 흘러내리기 시작했다.

네이트와 리엄이 눈빛을 주고받았다. 난 눈물을 멈추려고 했지만 잘 되지 않았다. 이제는 흐느껴 울고 있었다. 네이트가 한쪽에 있는 참나무 책장으로 가서 선반 하나를 돌리니 반짝거리는 병들이 주르륵 나타났다. 녀석이 황갈색 액체를 한 잔 따르더니 내게 건넸다.

"아주 비싼 아일랜드 위스키야. 엄마가 가장 좋아하는 술이지."

불처럼 뜨겁고 황금처럼 훌륭한 맛이었다. 목이 멨지만 홀짝홀짝 마셨다. 보통은 독한 술을 별로 좋아하지 않았지만 이건 좀 달랐다. 서너 번 깊게 숨을 몰아쉬었다.

"고마워, 네이트." 내가 말했다. 녀석은 마치 내가 훈장이라도 달아준 듯 좋아했다. 착한 녀석이었다.

"좋았어." 나는 키보드를 들었다. 두 녀석은 내가 어마어마하게 큰 화면으로 메일을 휙휙 넘기는 모습을 넋을 놓고 구경했다.

내가 무엇보다 열심히 찾았던 건 앤지의 메일이었다. 앤지가 도망쳤을 가능성도 있었기 때문이다. 가능성은 언제나 존재하는 거니까.

그런 희망을 갖다니 바보였다. 앤지에게선 아무런 소식도 없었다. 나는 최대한 빠르게 메일을 넘기면서도 언론의 요청과 팬 메일, 악플 메일, 스팸 메일까지 꼼꼼히 살펴보기 시작했다.

그러다 이 메일을 발견했다. 젭에게서 온 메일이었다.

> 오늘 아침 일어나서 네가 없앴을 거라 생각했던 내 편지가 신문에 실린 걸 보고 별로 기분이 좋지 않았어. 좋을 리가 없었지. 마치 누군가가 쫓아오는 기분이었어.

> 하지만 네가 왜 그랬는지 이해할 수 있더군. 내가 네 방법에 동의할 수 있을지는 모르겠지만, 네가 악의적으로 한 일이 아니라는 건 쉽게 알 수 있었어.

> 네가 이 메일을 읽는다면 아직은 붙잡히지 않았을 테니 지하로 사라질 기회가 남아있다는 의미겠지. 지하 생활은 쉽지 않아. 나는 지금도 배우고 있어. 앞으로 더 많이 배울 거야.

> 난 너를 도와줄 수 있어. 아니, 내가 그렇게 해줘야겠지. 너는 나를 위해 네가 할 수 있는 걸 했어. 물론 내 허락을 받고 한 일은 아니었지만 말이야.

> 이 메일을 받거든 답장해줘. 네가 혼자 도망치고 있거나, 혹시 이미 잡혀서 관타나모에 있는 우리 '친구들'에게 시달리며 그 고통을 중지시킬 방법을 찾고 있는 상황이더라도 답장해. 네가 잡혀있는 상황이라면 녀석들이 하라는 대로 해. 나도 그게 어떤 건지 알아. 그런 위험은 내가 감수할게.

> 마이키, 너를 위해.

"우와아아. 죽인다." 리엄이 감탄사를 내뱉었다. 녀석을 한 대 치고 싶었다. 뭔가 지독한 말을 뱉어서 녀석의 폐부를 푹 찌를 수도 있었겠지만, 그 녀석은 접시만 한 눈으로 나를 바라보면서 금방이라도 무릎을 꿇고 찬양이라도 시작할 것 같은 얼굴이었다.

"저기, 이런 말을 해도 될까? 마이키를 도울 수만 있다면 그건 진짜 내 일생일대의 영광일 거야." 네이트가 말했다.

얼굴이 확 달아올랐다. 이런 상황에서 얼굴이 화끈거리지 않는다면 그게 더 이상한 일일 것이다. 이 두 녀석은 마이키의 광팬이었다. 적어도 내 마음속에서 난 아무런 스타도 아니었지만 말이다.

"있잖아," 내가 마른침을 삼켰다. "여기 잠시 혼자 있어도 될까?"

녀석들은 못된 강아지들처럼 툴툴거리며 방을 빠져나갔다. 난 분위기 파악 못하는 머저리가 된 기분이 들었다. 빠르게 타자를 쳤다.

"젭, 난 빠져나와서 도망 중이야. 가능한 많은 도움이 필요해. 이제 이걸 끝내고 싶어." 그리고 주머니에서 마샤의 전화기를 꺼내 자동으로 꺼지지 않도록 키패드를 건드렸다.

나는 그 친구들의 배려 덕택에 샤워를 하고 옷을 갈아입었다. 그리고 녀석들은 지진 대비용 응급용품을 절반이나 덜어서 배낭을 싸주었다. 에너지바와 비상약, 핫팩과 쿨팩, 낡은 침낭. 게다가 배낭에는 패러노이드 엑스박스를 설치한 엑스박스까지 이미 들어 있었다. 솜씨 좋게 잘 싼 배낭이었지만 신호탄만은 사양할 수밖에 없었다.

나는 젭의 답장을 기다리며 팬과 언론 메일에 답장을 쓰고 악플 메일을 지웠다. 혹시 마샤가 메일을 보내지 않았을까 약간 기대하기도 했지만, 지금 마샤는 손가락을 다친 상태로 LA로 실려가는 중이라 메일을 보낼 방법이 없을 것이다. 다시 마샤의 휴대폰을 꾹 눌렀다.

둘이 잠깐 낮잠을 자라고 권했는데, 부끄럽게도 나는 잠들어 있는 동안 녀석들이 배신할지도 모른다는 피해망상에 사로잡혔다. 바보 같은 생각이었다. 배신을 하려면 내가 눈을 뜨고 있을 때도 쉽게 할 수 있었다. 이 친구들이 나를 얼마나 소중하게 생각하는지 이해하지 못했던 것이다. 마이키를 추종하는 사람들이 있다는 사실을 머리로는 알고 있었다. 오늘 아침 시민센터에서 물어! 물어! 물어! 소리를 지르며 흡혈귀 놀이를 하던 사람들을 만나긴 했다. 하지만 이 두 명과의 만남은 그보다 훨씬 개인적이었다. 이들은 그저 착하고 엉뚱한 녀석들로, 엑스넷 이전에 사귀었던 친구들과 다르지 않았다. 평범한 십대들 놀이에 질린 두 친구일 뿐이었다. 이들은 자발적으로 단체에 가입했다, 내가 제안해서 만들어진 단체 말이다. 나는 이들에게 책임이 있다. 이대로 놔두면 둘은 잡힐 것이다. 시간 문제일 뿐이다. 이 녀석들은 사람을 너무 쉽게 믿는다.

"잠깐 내 이야기 좀 들어봐. 너희에게 중요하게 해줄 말이 있어."

녀석들은 차렷 자세라도 할 기세였다. 이렇게 두려운 상황만 아니었더라면 재미있었을 것이다.

"잘 들어봐. 이제 너희들의 도움이 필요해. 진짜 위험한 일이야. 너희가 잡히면 나도 잡힐 거야. 놈들은 너희가 아는 걸 다 뱉어내게 할 테니까…." 나는 손을 들어서 녀석들이 항의하려는 걸 미리 제압했다. "아냐, 그만. 너희는 그럴 리가 없다고 생각하겠지만, 모두가 다 불게 되어 있어. 모든 사람이 망가지게 돼. 혹시 너희가 잡히면 다 말해버려. 가능한 빨리, 최대한 많이. 놈들은 결국 모두 알아낼 거야. 그게 놈들이 일하는 방식이야.

하지만 너희는 잡히지 않을 거야. 왜냐하면, 너희는 앞으로 재밍을 하지 않을 테니까. 이제 현장 활동에서 은퇴해. 너희는," 나는 첩보 영화에 나오는 단어들을 마구 떠올렸다. "너희는 이제 잠복 요원이 되는 거야. 몸을 낮추고 보통의 아이로 돌아가. 어떻게 해서든 내가 그놈들을 박살낼 거야. 완전히 박살내고 이 상황을 끝낼 거야. 아니면 결국 잡혀가서 죽고 말겠지. 앞으로 72시간 내로 나한테서 소식이 없으면 잡힌 걸로 생각해. 그때는 너희가 하고 싶은 대로 해. 하지만 앞으로 3일간은, 그리고 내가 일을 계속 하고 있는 동안에는 쭉 몸을 낮춰. 약속할 수 있겠니?"

그 친구들은 아주 엄숙하게 약속했다. 나는 녀석들의 이야기대로 잠깐 눈을 붙이기로 했지만 한 시간마다 깨워주겠다는 다짐을 받았다. 마샤의 휴대폰을 눌러야 했고, 젭이 접촉하자마자 그 사실을 알고 싶었기 때문이었다.

지하철 열차 안에서 젭과 만나기로 한 탓에 신경이 곤두섰다. 지하철은 감시카메라로 도배되어 있다. 하지만 젭은 이런 일의 전문가였다. 지하철에 사람들이 꽉꽉 들어찰 시간에 파월 역에서 나오는 특정한 열차 마지막 칸에서 젭을 만나기로 했다. 젭이 사람들 사이로 옆걸음을 치며 내게 다가오자 샌프란시스코의 착한 통근자들이 그를 위해 옆으로 비켜주었다. 항상 그렇듯이 노숙자 주변에는 텅 빈 공터가 생겼다.

"다시 만나서 반가워." 젭이 입구 쪽을 쳐다보며 중얼거렸다. 나는 깜깜한 유리창에 반사된 모습을 보면서 엿들을 수 있을 정도로 가까이 있는 사람이 없다는 사실을 확인했다. 고성능 마이크를 사용하지 않는다면 말이다. 하지만 놈들이 여기에 나타날 정도로 상황을 파악하고 있다면, 우리는 이미 죽은 목숨이다.

"나도 반가워. 정… 정말 미안해." 내가 말했다.

"됐어. 미안해하지 마. 넌 나보다 용감한 녀석이야. 이제 지하로 들어갈 준비됐어? 사라질 준비가 된 거야?"

"거의."

"응?"

"계획이 있어."

"아."

"내 이야기 들어봐. 나한테 사진과 동영상이 있어. 중요한 증거들이야." 나는 주머니에 손을 넣어 마샤의 휴대폰을 눌렀다. 유니언 광장으로 내려오던 길에 충전기를 샀다. 그리고 카페에서 전원을 꽂고 오래 머물면서 배터리 표시 다섯 칸 중에 네 칸까지 채웠다. "이 자료들을 〈베이 가디언〉의 바바라 스트랫포드 기자한테 줘야 하는데, 국토안보부 놈들이 감시하면서 내가 나타나기만 기다리고 있을 거야."

"놈들이 나는 기다리지 않을 거 같아? 혹시 나를 그 여자의 집이나 사무실 1킬로미터 반경 내로 집어넣을 생각이라면…."

"네가 버네사에게 나를 만나라는 이야기를 전해줬으면 좋겠어. 대릴이 버네사 이야기한 적 있지? 그 여자애…."

"이야기했어. 그래, 대릴이 이야기했어. 놈들이 버네사도 감시하지 않을까? 체포했던 사람들을 모조리 감시할 수도 있잖아."

"그럴 거 같아. 그래도 버네사를 심하게 감시할 것 같지는 않아. 게다가 걔는 완전히 손을 끊었거든. 걔는 한 번도 내…." 내가 마른침을 꿀꺽 삼켰다. "내 계획에 협조한 적이 없어. 그래서 감시가 조금 느슨할 가능성이 있어. 버네사가 〈베이 가디언〉에 전화해서 내 이야기가 왜 말도 안 되는 헛소리인지 설명하겠다며 약속을 잡으면 놈들이 그냥 내버려둘 거야."

젭은 오랫동안 문을 응시했다.

"우리가 다시 잡히면 어떻게 될지 알지?" 그건 질문이 아니었다. 나는 고개를 끄덕였다.

"정말 괜찮겠어? 우리랑 같이 트레저 섬에 잡혀 있던 사람들 중에 몇 명은 헬리콥터에 실려 갔어. 그 헬리콥터는 앞바다로 나갔어. 미국이 고문 작업을 하청으로 주는 나라들이 있어. 넌 그런 나라에서 영원히 썩어가게 될 거야. 그런 나라에 끌려가면 제발 놈들이 빨리 조사를 끝내고 참호를 파라고 지시한 뒤 뒤통수를 쏴주기만 바라게 될 거야."

나는 마른침을 삼키며 고개를 끄덕였다.

"이 일이 그런 위험을 감수할 만큼의 가치가 있을까? 우리는 아주 오랫동안 지하에 숨어 지낼 수 있어. 언젠가는 우리나라를 되찾을 수 있을지도 모르지. 우린 그때까지 숨어서 기다릴 수 있어."

내가 고개를 저었다. "아무 일도 하지 않으면 아무것도 되찾을 수 없어. 이건 우리나라야. 놈들이 우리한테서 빼앗아간 거야. 우리를 공격했던 테러리스트들은 아직도 자유롭게 돌아다니고 있어. 그런데 우린 아냐. 내 손에 자유를 쥐어줄 때까지 1년, 10년, 평생을 지하에서 보낼 수는 없어. 자유는 우리 스스로 쟁취해야 해."

그날 오후 버네사는 평소처럼 학교에서 나왔다. 그리고 늘 그러듯이 버스 뒤편에 친구들과 꼭 붙어 앉아 낄낄대며 농담을 했다. 버네사는 버스 안에 있던 다른 승객들 눈에 잘 띄었다. 너무 시끄럽게 떠드는 데다 우스꽝스러울 정도로 챙이 넓은 모자를 쓰고 있었기 때문이었다. 그 모자는 르네상스 시대 검투사들에 대한 학교 연극에서 들고 나온 소품처럼 보였다. 그러다 여학생들이 하나로 모여서 와글와글 떠들더니, 버스 뒤쪽을 내다보고 손가락질하면서 킥 킥댔다. 버네사가 앉았던 버스 뒷자리에는 버네사와 똑같은 키의 소녀가 그 챙 넓은 모자를 쓰고 버스 뒤쪽을 내다보고 있었다. 뒷 모습만 보면 영락없는 버네사였다.

잠시 후 차분하고 자그마한 아시아계 소녀가 지하철역 몇 정거 장 앞에서 버스에서 내리는 모습을 관심 있게 보는 사람은 없었다. 평범한 구식 교복을 입은 소녀는 부끄럼 많은 아이인 듯 아래만 쳐 다보며 버스에서 내렸다. 게다가 그 순간 시끄러운 한국계 소녀가 와아 고함을 지르자 친구들도 모두 따라서 소리를 질렀다. 소녀들 이 너무 시끄럽게 웃어대자 버스 운전사가 속도를 늦추고 고개를 돌려 음흉한 눈으로 쳐다봤다.

구식 패딩점퍼 깃을 내리고 머리카락을 뒤로 묶은 버네사는 고 개를 숙이고 빠르게 걸었다. 신발 뒤축을 꺾어 신어서 걸음걸이가 흔들거리며 어색했으며 키가 약간 커 보였다. 콘택트렌즈를 빼고 얼굴의 반이나 가려서 가장 싫어하는 안경까지 썼다. 나는 버스정 류장에서 버네사를 기다리고 있었는데 언제 올지 알고 있었으면서 도 하마터면 버네사를 못 알아볼 뻔했다. 나는 자리에서 일어나 버 네사의 건너편 길에서 반 블록 정도 뒤에 따라갔다.

옆을 지나치는 사람들은 최대한 빨리 내게서 눈을 돌렸다. 나는 구걸하는 십대 걸인 그 자체였다. 찢어진 부위에 테이프를 덕지덕 지 바르고 짐을 가득 담은 커다란 배낭을 메고, 구질구질하고 지저 분한 오버코트를 입고, 삐뚤삐뚤한 글씨가 써진 마분지를 들고 있 었다. 부랑아를 똑바로 쳐다보려는 사람은 아무도 없었다. 혹시 눈 이 마주치면 한 푼 달라고 매달릴지도 모르기 때문이었다. 오후 내

내 오클랜드 주변을 걸어 다녔지만, 내게 말을 거는 사람은 여호와의 증인과 사이언톨로지 신자들밖에 없었다. 둘 다 나를 회개시키려고 했다. 나는 변태에게 공격이라도 받은 것처럼 메스꺼웠다.

버네사는 내가 꼼꼼하게 써준 지시대로 움직였다. 젭은 예전에 학교 앞에서 내게 쪽지를 건네줄 때와 똑같은 방식으로 버네사에게 메모를 건넸다. 정류장에서 버스를 기다리고 있던 버네사에게 부딪힌 후 침이 마르도록 사과했다. 나는 사실을 숨김없이 밝히고 솔직하고 단순하게 썼다. "네가 동의하지 않는다는 사실은 잘 알아. 나도 이해해. 하지만 이건 지금까지 네게 했던 어떤 부탁보다 중요해. 제발, 제발."

버네사가 왔다. 나는 버네사가 오리라는 걸 알았다. 우리 사이에 쌓인 역사가 짧지는 않기 때문이었다. 게다가 버네사도 지금 일어나는 상황을 좋아하는 건 아니었다. 그리고 바바라의 기사가 나온 지금은 버네사도 혐의를 받고 있다는 사악하고 얄궂은 목소리도 내 머릿속에 들려왔다.

우리는 다가오는 사람들을 쳐다보고 지나가는 차들을 지켜보며 그렇게 예닐곱 블록을 걸어갔다. 젭은 다섯 명이 한 조가 되어 진행하는 미행에 대해 이야기해줬다. 다섯 명의 사복 경찰이 교대로 미행하면 거의 알아차리기 힘들므로, 한 명만 서있어도 쉽게 눈치챌 수 있는 황량한 장소로 가야 한다.

880번 고속도로로 가는 고가도로는 콜리세움 역에서 몇 블록 떨어져 있지 않아서 버네사가 이리저리 빙빙 돌았는데도 얼마 지나지 않아 도착했다. 머리 위 고가도로에서 들리는 소음은 거의 귀가 멀 정도로 시끄러웠다. 그리고 내가 아는 한 주변에 아무도 없었

다. 버네사에게 메모를 보내기 전에 그 장소를 미리 방문해서 사람
이 몸을 감출 수 있을 만한 곳들을 주의 깊게 확인했는데, 그 근처
에는 숨을 곳이 없었다.

버네사가 약속 장소에 도착하자마자 나는 발걸음을 빨리해서 버
네사를 따라잡았다. 버네사는 안경 너머로 올빼미처럼 눈을 껌뻑
거렸다.

"마커스." 두 눈에 눈물이 그렁그렁한 버네사가 겨우 입을 열었
다. 나도 울고 있었다는 사실을 그제야 깨달았다. 나는 정말로 형
편없는 도망자의 몰골인데다 눈물까지 헤펐다.

숨쉬기가 힘들 정도로 버네사가 나를 힘껏 끌어안았다. 나도 버
네사를 꼭 안았다.

그때 버네사가 내게 입맞춤을 했다.

친구로서 뺨에 하는 입맞춤이 아니었다. 내 입술을 덮는, 영원히
끝나지 않을 것처럼 뜨겁고 촉촉하고 관능적인 입맞춤이었다. 나는
그 입맞춤에 완전히 압도되었다.

아니, 그건 거짓말이다. 나도 내가 무슨 짓을 하고 있는지 정확
히 알았다. 나도 버네사에게 입맞춤을 했다.

나는 입맞춤을 멈추고 몸을 뗐다. 버네사를 거의 밀어내다시피
했다. "버네사." 내가 숨을 거칠게 몰아쉬며 말했다.

"이런."

"버네사."

"미안해. 난…." 버네사가 말했다.

그때 문득 뭔가가 떠올랐다. 오래전에 눈치챘어야 했다.

"너, 나 좋아하지. 그렇지?"

버네사가 가엾은 얼굴로 고개를 끄덕였다. "몇 년 전부터 좋아했어."

아, 이런. 대릴이 오랫동안 버네사를 정말로 좋아했는데, 그 시간 내내 버네사는 나를 바라보며 몰래 좋아하고 있었던 것이다. 그런데 내가 앤지와 눈이 맞아버렸다. 앤지는 항상 버네사와 사이가 좋지 않았다고 했다. 난 천방지축으로 싸돌아다니며 너무 많은 문제를 일으키고 있었다.

"버네사, 정말 미안해."

"괜찮아, 잊어버려." 버네사가 눈을 돌리며 말했다. "안 된다는 거 알아. 난 그저 한 번 입을 맞추고 싶었을 뿐이야, 다시는 그럴 기회가…." 버네사가 말을 흐렸다.

"버네사, 나를 위해 네가 해줘야 할 일이 있어. 정말 중요한 일이야. 〈베이 가디언〉의 그 기사를 쓴 바바라 스트랫포드 기자를 만나줘. 그 기자에게 전해줄 게 있어." 나는 마샤의 휴대폰에 대해 설명하고, 마샤가 내게 보냈던 동영상을 이야기해줬다.

"마커스, 그러면 뭐가 좋은데? 그게 무슨 소용이야?"

"버네사, 어떤 면에서는 네 말이 맞아. 하지만 다른 사람들을 위험하게 만들면서 세상을 바꿀 수는 없어. 이 문제를 해결하려면 내가 아는 사실을 말해야 해. 처음부터 그렇게 했어야 했어. 놈들에게서 풀려나자마자 대릴의 아버지에게 내가 아는 사실을 말해줬어야 되는 거였어. 이제 내게 증거가 있어. 이 자료들이 세상을 바꿀 수 있을지도 몰라. 이게 내 마지막 희망이야. 내가 경찰을 피해 지하에서 일생을 보내지 않고 대릴을 빼낼 수 있는 유일한 희망 말이야. 그리고 너는 이 일을 제대로 처리할 내가 유일하게 믿을 수 있는 사람이야."

"왜 나야?"

"농담하는 거야? 네가 여기까지 오면서 얼마나 잘 해냈는지 생각해봐. 넌 아마추어가 아냐. 이런 일에 대해서는 우리 중에서 네가 제일 나았잖아. 너는 내가 믿을 수 있는 유일한 사람이야. 그게 이유야."

"네 여자친구 앤지는 어쩌고?" 버네사는 그 이름이 무슨 시멘트 덩어리라도 되는 양 아무런 감정을 싣지 않고 말했다.

나는 고개를 푹 숙였다. "네가 아는 줄 알았어. 놈들이 앤지를 체포했어. 지금 트레저 섬에 있는 관타나모에 있어. 벌써 며칠째 거기에 잡혀 있어." 나는 그 문제를 생각하지 않으려 애썼다. 앤지가 어떤 일을 당하고 있을지 생각하지 않으려 노력했다. 하지만 이제는 더 이상 그 생각을 막을 수가 없었다. 나는 흐느껴 울기 시작했다. 발길질이라도 당한 듯 가슴이 아파왔다. 나는 손으로 가슴을 감쌌다. 그리고 그 자리에 웅크리고 앉았다. 정신이 돌아왔을 때는 고가도로 아래 돌 부스러기 사이에 모로 누워서 엉엉 울고 있었다.

버네사가 옆에 무릎을 꿇고 앉았다. 그리고 화난 목소리로 씩씩대며 말했다. "그 휴대폰 이리 줘." 주머니에서 휴대폰을 꺼내 버네사에게 건넸다.

나는 겸연쩍은 기분이 들어서 울음을 멈추고 일어나 앉았다. 얼굴에 눈물과 콧물이 흘러내리고 있었다. 버네사가 몹시 혐오스러운 눈으로 나를 바라봤다. "이 전화기가 자동으로 꺼지지 않게 해야 돼. 충전기는 여기 있어." 내가 배낭을 뒤졌다. 이 휴대폰을 손에 넣은 뒤로는 제대로 자본 적이 없었다. 자동으로 꺼지는 걸 막기 위해 휴대폰의 알람을 90분마다 울리도록 설정하고 그때마다 잠에서 깼기 때문이다. "휴대폰 폴더를 접으면 안 돼."

"그럼 동영상은?"

"그건 조금 어려워. 내 메일 계정으로 복사본을 보내놨는데, 내가 엑스넷에 접속을 못하는 상황이야." 여차하면 네이트와 리엄에게 돌아가서 녀석들의 엑스넷을 다시 사용하면 되겠지만 그런 위험을 감수하고 싶지 않았다. "내가 너한테 해적당 메일 서버의 아이디와 비번을 줄게. 토르를 이용해서 접속해야만 해. 국토안보부가 해적당에 로그인하는 사람들을 검열할 수도 있거든."

"네 아이디와 비번?" 버네사가 살짝 놀란 얼굴로 말했다.

"버네사, 난 널 믿어. 너는 믿을 수 있는 사람이라는 걸 알아."

버네사가 고개를 저었다. "네 비번은 '절대로' 다른 사람에게 말해주면 안 돼, 마커스."

"이제는 별로 중요하지 않아. 네가 성공하든가, 내가… 마커스 얄로우가 끝장나든가, 둘 중 하나야. 새로운 신분을 만들 수도 있지만 그럴 생각은 없어. 어차피 놈들이 나를 잡을 거야. 언젠가는 놈들에게 잡힐 거라는 걸 알아."

버네사가 나를 바라보더니 화를 냈다. "이건 말도 안 되는 헛짓거리야. 도대체 뭘 위한 건데?"

버네사가 했던 이야기 중에 가장 가슴 아픈 말이었다. 다시 배를 한 대 걷어차인 느낌이었다. 도대체 아무짝에도 쓸데없는 헛짓거리라니. 대릴과 앤지는, 사라졌다. 나는 앞으로 다시는 가족을 만나지 못할 것이다. 게다가 국토안보부가 여전히 우리 도시를 차지하고 있다. 우리나라 사람들은 테러를 막는다는 명분만 있으면

415

무슨 짓이든지 할 수 있다는 엄청나게 비이성적인 망상에 사로잡혀 있다.

버네사는 내가 무슨 말이라도 해주길 바라는 것 같았지만, 나는 거기에 대해 할 말이 없었다. 버네사가 떠나갔다.

내가 '집'으로 돌아오자 젭이 피자를 줬다. 젭은 밤이 되면 미션 지구 고가도로 아래에 텐트를 쳤다. '샌프란시스코 지역 노숙자 협력위원회'라고 인쇄된 소형 군용 텐트였다.

차갑게 식고 딱딱하게 굳은 도미노 피자였지만, 그래도 맛있었다. "파인애플 피자를 좋아하는구나?"

젭이 나를 애송이 보듯이 쳐다보며 씩 웃고 말했다. "프리건에겐 선택권이 없어."

"프리건?"

"채식주의자들인 비건하고 비슷한데, 우리 프리건은 공짜 음식만 먹어."

"공짜 음식이라니?"

젭이 다시 씩 웃었다. "공짜 음식은 공짜 식료품 가게에서 가져오는 거야."

"이거 훔친 거야?"

"아냐, 바보야. 이건 좀 다른 가게에서 가져온 거야. 가게 뒤에 있는 작은 가게라고나 할까? 파란색 가게 있잖아. 그 가게 냄새가 좀 고약하긴 하지."

"이거 쓰레기통에서 가져온 거야?"

젭이 고개를 뒤로 젖히고 낄낄대며 웃었다. "그렇지! 너도 지금

네 얼굴을 봐야 돼. 이봐 친구, 괜찮아. 상한 것 같지는 않아. 아직 신선해. 주문이 꼬여서 그냥 박스째로 밖에 내다 버린 거야. 가게 문을 닫을 시간이 되면 위에 쥐약을 뿌리지만 빨리 가서 꺼내면 괜찮아. 너도 식료품 가게에서 식료품들을 내다 버리는 모습을 한번 봐야 돼! 아침까지만 기다려봐. 믿기 힘들겠지만, 내가 과일 샐러드를 만들어줄게. 박스 안에 든 딸기 중에 하나라도 곰팡이가 끼거나 짓무르면 그냥 박스를 통째로 버린다니까."

젭의 등짝을 후려쳤다. 피자는 괜찮았다. 쓰레기통에 처박혀서 병균에 감염되거나 상한 것 같지는 않았다. 맛이 더러운 이유가 있다면 그건 순전히 도미노 피자인 탓이다. 시내에서 가장 안 좋은 피자 가게였다. 전에도 도미노 피자에서 사 먹는 걸 별로 안 좋아했는데, 그 회사가 지구온난화와 진화를 악마의 음모라고 생각하는 완전 돌아이 정치인들에게 자금을 댔다는 사실을 알게 된 이후로는 발길을 뚝 끊어버렸다.

그래도, 더럽다는 느낌을 완전히 떨쳐내긴 힘들었다.

하지만 거기에는 세상을 다르게 바라보는 방법이 있었다. 내가 한 번도 생각하지 못했던 비밀을 젭이 보여줬다. 이 체제에 동참하지 않고 살아가는 법을 아는, 숨겨진 세계가 있었던 것이다.

"프리건이라고?"

"요구르트랑 똑같아." 젭이 활기차게 고개를 끄덕이며 말했다. "과일 샐러드 말인데, 식품점에서는 유통 기한이 지난 다음 날에 상품들을 내다 버려. 근데 자정을 넘겼다고 갑자기 곰팡이가 생기는 건 아니잖아. 이건 요구르트랑 비슷해. 요구르트란 게 원래 상한 우유잖아."

피자를 꿀걱 삼켰다. 맛이 좀 묘하게 느껴졌다. 쥐약, 상한 요구르트, 곰팡이가 덮인 딸기. 어찌됐든 익숙해질 것이다.

나는 한 입을 더 먹었다. 공짜라고 생각하고 먹으니 도미노 피자조차 평소 때보다는 조금 나은 것 같았다.

힘들고 정신적으로 피곤한 날을 보낸 탓인지 리엄이 준 침낭이 따뜻하고 편안하게 느껴졌다. 지금쯤이면 버네사가 바바라를 만났을 테니, 바바라가 동영상과 사진을 봤을 것이다. 내일 아침 바바라에게 연락해서 이제 내가 어떻게 하면 좋을지 그녀의 생각을 들어봐야겠다. 바바라가 기사를 낸 이상 나도 참여해서 그 기사를 지원하는 수밖에 없다.

나는 눈을 감고 방법을 생각했다. 마치 자수하는 것과 비슷할 거라는 생각도 들었다. 커다란 기둥이 늘어선 시민센터의 한 건물로 악명 높은 마이키가 들어가는 모습을 카메라들이 찍어낼 것이다.

위에서 들려오는 차량들의 비명 소리는 이제 서서히 파도 소리로 변해 먼 대양으로 나를 이끌고 갔다. 근방에는 다른 노숙자들의 텐트가 있었다. 오늘 오후에 그중 몇 사람들을 만났다. 그리고 날이 어두워지자 우리는 각자의 텐트로 기어들어가 웅크리고 누웠다. 다들 나보다 나이가 많고 거칠고 우락부락했다. 하지만 미치거나 폭력적인 사람은 없었다. 그저 운이 안 좋았거나 한때 잘못된 결정을 내렸던 사람들에 불과했다.

눈앞이 하나도 안 보일 정도로 밝은 불빛이 내 얼굴을 비출 때까지 아무것도 기억나지 않는 걸 보면 아마도 깜빡 잠이 들었던 모양이다.

"그놈입니다." 불빛 뒤에서 목소리가 들렸다.

"씌워." 다른 목소리가 말했다. 전에 들어봤던 목소리였다. 내가 꿈속에서 반복적으로 들었던 그 목소리다. 내게 훈계를 늘어놓고 비번을 내놓으라고 요구하던 머리 짧은 여자였다.

놈들이 재빨리 내 머리에 자루를 씌웠다. 목을 너무 세게 조이는 바람에 숨이 막혀 컥컥대다가 프리건 피자를 게워냈다. 내가 경련을 일으키며 컥컥거리는 동안 억센 손이 내 손목을 묶고 발목까지 묶었다. 그리고 나를 들것 위로 굴려서 들어 올렸다. 철제 계단이 덜거덩거리는 소리가 두어 번 들리더니, 바닥에 완충재가 깔린 차량 안에 나를 내려놓았다. 놈들이 문을 닫자 아무 소리도 들려오지 않았다. 완충재가 컥컥대는 내 소리만 남겨놓고 모든 소리를 다 잡아먹었다.

"이렇게 다시 만나서 반가워." 여자가 말했다. 그 여자가 조용히 내게 다가올 때 트럭이 덜컹대는 게 느껴졌다. 나는 아직도 컥컥대며 숨을 쉬려 헐떡거렸다. 구토물이 입안에 가득 차서 자꾸 기도를 막았다.

"너를 죽게 놔두지는 않을 거야. 네가 숨을 멈추면 우리가 다시 숨을 쉬게 해줄 테니까 너무 걱정하지 마."

난 질식하기 직전이었다. 공기가 찔끔찔끔 들어왔다. 뭔가가 기도로 들어갔다. 온몸을 부들부들 떨며 깊고 고통스러운 기침을 뱉자 기도에서 구토물이 조금 제거됐다. 그러자 숨쉬기가 약간 나아졌다.

"거봐. 그리 나쁘지 않잖아. 집에 돌아온 걸 축하해, 마이키. 너를 위해 아주 특별한 장소를 준비해놨어."

드러누워 있으니 트럭이 흔들리는 게 느껴졌다. 처음에는 상한

419

피자 냄새밖에 느껴지지 않았지만, 강한 자극이 계속되자 두뇌가 차츰 그 냄새에 익숙해지더니, 나중에는 그 냄새를 걸러내서 희미한 냄새 정도로밖에 느껴지지 않게 됐다. 트럭이 흔들거리는 게 편안하게 느껴질 정도였다.

드디어 일어날 일이 일어난 것이다. 믿기 힘들 정도로 깊은 평온함이 나를 압도했다. 마치 해변에 누워 있는데 파도가 밀려 들어와 부모님처럼 부드럽게 나를 들어 올려 따뜻한 태양이 내리쬐는 따뜻한 바다로 싣고 가는 느낌이었다. 나는 잡혔지만 이제는 상관없다. 나는 그 정보를 바바라에게 넘겼다. 나는 엑스넷을 조직했다. 내가 이겼다. 설령 내가 이기지 못했다고 해도, 내가 할 수 있는 일은 다 마쳤다. 내가 생각했던 것보다 더 많은 일을 해냈다. 트럭을 타고 가면서 내가 이룩했던, 아니 우리가 이룩했던 모든 일들을 하나씩 떠올렸다. 국토안보부가 강요하는 삶을 살지 않는 사람들이 이 도시와 이 나라, 그리고 세계에 가득하다. 우리는 영원히 싸울 것이다. 놈들도 우리 모두를 감옥에 집어넣을 수는 없다.

나는 깊은 숨을 몰아쉬며 미소 지었다.

머리 짧은 여자가 계속 이야기하고 있었다는 사실을 그제야 깨달았다. 이 여자가 없는 행복한 곳으로 너무 멀리 떠나있었던 것이다.

"…너처럼 똑똑한 녀석이 말이야. 넌 네가 똑똑해서 우리한테 잡히지 않을 줄 알았지? 우리는 네가 풀려났을 때부터 계속 지켜봤어. 그 레즈비언 반역자 기자에게 가서 우는 소리를 하지 않았더라도 넌 체포됐을 거야. 난 이해가 안 돼. 우리는 서로를 이해했잖아."

트럭이 요란한 소리를 내며 금속판 위로 올라갔다. 트럭이 덜컹거리더니 흔들거림이 달라졌다. 물 위에서 트레저 섬으로 향하고 있을 것이다. 아, 앤지가 거기에 있다. 어쩌면 대릴도 있을 것이다.

놈들은 감방에 들어간 뒤에야 내 머리에 씌운 자루를 벗겨줬다. 하지만 손목과 발목을 묶은 수갑은 그대로 둔 채 들것에서 바로 바닥으로 굴렸다. 밤이라 어두웠지만 저 높은 곳에 달린 하나뿐인 작은 창문으로 달빛이 들어와 매트리스 없는 간이침대를 볼 수 있었다. 감방 안에는 나와 변기, 침대틀, 세면대 외에는 아무것도 없었다.

눈을 감고 다시 파도에 몸을 실었다. 나는 둥둥 떠내려갔다. 저 깊은 아래쪽에 내 몸뚱이가 있었다. 다음에 무슨 일이 일어날지는 나도 알고 있다. 다시 오줌을 쌀 것이다. 그게 어떤 느낌인지 잘 안다. 예전에도 오줌을 싼 적이 있으니까. 악취가 나고 가려우며 젖먹이가 된 것 같은 굴욕감을 느끼게 될 것이다.

그래도 난 견뎌냈다.

웃음이 터져 나왔다. 웃음소리가 이상하게 들렸다. 그리고 그 웃음은 나를 다시 내 몸속으로, 다시 현재로 끌고 나왔다. 나는 웃고 또 웃었다. 놈들은 나에게 최악의 수를 던졌지만 난 견뎌냈다. 내가 놈들을 박살냈다. 수개월 동안 박살냈다. 게다가 놈들이 멍청한 독재자라는 사실을 보여줬다. 내가 이겼다.

나는 오줌보를 활짝 열었다. 아무튼 꽉 차서 참기 힘든 상태였다. 지금만큼 좋은 기회가 없었다.

파도가 나를 쓸어갔다.

아침이 되자 유능하지만 비인간적인 경비원 둘이 나타나 손목과 발목을 묶은 수갑을 끊었다. 그래도 걷기는 힘들었다. 일어서자 선이 끊긴 꼭두각시처럼 다리가 제멋대로 흔들거렸다. 고정된 자세로 너무 오래 있었던 탓이었다. 경비원들이 내 팔을 어깨 위에 걸치고 익숙한 복도를 따라 반은 끌고 반은 들면서 이동했다. 감방 문 앞에 붙어있던 바코드들은 이제 소금기 많은 바닷바람을 두들겨 맞고 둘둘 말려 대롱거렸다.

그때, 생각이 났다. "앤지!" 나는 소리 질렀다. "대릴!" 나는 소리 질렀다. 경비원들이 어떻게 해야 할지 몰라 당황스러운 얼굴로 나를 더 빨리 끌었다. "얘들아, 나야 마커스! 자유를 기다려!"

감방 문 너머에서 누군가가 훌쩍거렸다. 어떤 이는 아랍어 같은 언어로 울부짖었다. 그리고 수천 개의 다른 목소리들이 불협화음으로 터져 나왔다.

그들은 나를 낯선 방으로 끌고 갔다. 곰팡이가 슨 타일에 샤워기가 박혀있는 낡은 샤워장이었다.

"안녕, 마이키." 머리 짧은 여자가 말했다. "아침에 재밌는 시간을 보낸 모양이네." 여자가 코끝을 찡그리며 신랄한 목소리로 말했다.

"오줌 쌌어." 내가 즐겁게 말했다. "당신도 해봐."

"그러면, 우리가 씻겨줘야 되겠구나." 머리 짧은 여자가 그렇게 말하며 고개를 끄덕이자, 경비원들이 나를 구속용 가죽띠가 줄줄이 달린 들것으로 끌고 갔다. 놈들이 나를 그 위에 눕히자 푹 젖은 들

것이 얼음처럼 차갑게 느껴졌다. 놈들은 내가 알아채기도 전에 어깨와 허리, 발목을 가죽띠로 묶었다. 잠시 후 가죽띠 세 개를 더 묶었다. 한 남자가 내 머리 옆에 있는 쇠막대를 잡더니 걸쇠 몇 개를 풀었다. 그러자 몸이 기울어지며 머리가 다리보다 낮아졌다.

"마이키, 간단한 것부터 시작하자." 머리 짧은 여자가 말했다. 나는 그 여자를 쳐다보기 위해 목을 쑥 내밀었다. 그 여자는 비싸 보이는 평면 TV와 연결된 엑스박스가 놓인 책상으로 갔다. "해적당 메일 아이디와 비번을 이야기해줄래?"

나는 눈을 감고 파도가 해변에 누운 나를 싣고 가도록 내버려뒀다.

"물고문이 뭔지 아니, 마이키?" 여자의 목소리가 떠내려가던 내 정신을 다시 현실로 끌고 왔다. "너를 그렇게 묶어놓고 머리 위에, 즉 코와 입에 물을 부을 거야. 그러면 너는 구토반사를 억제할 수 없게 돼. 흔히 가상 사형집행이라고 하지. 이 방에서 얻은 내 경험으로 볼 때 꽤 적절한 표현인 것 같아. 너는 죽어가고 있다는 느낌을 떨쳐내기 힘들 거야."

나는 도망치려 했다. 물고문에 대해 들어본 적이 있었다. 이건 진짜 고문이었다. 게다가 이건 시작일 뿐이었다.

나는 도망칠 수 없었다. 바다가 나를 싣고 떠나주지 않았다. 가슴이 꽉 조여오고 눈꺼풀이 덜덜 떨렸다. 다리에 찐득하게 달라붙은 오줌과 머리에서 나는 찐득한 땀이 느껴졌다. 말라붙은 구토물 때문에 피부가 따끔거렸다.

여자가 내 눈앞으로 고개를 쑥 내밀었다. "아이디부터 시작하자."

나는 눈을 질끈 감았다.

"쟤한테 물 좀 줘." 머리 짧은 여자가 말했다.

사람들이 움직이는 소리가 들렸다. 나는 숨을 깊게 들이마시고 참았다.

물이 뚝뚝 떨어지기 시작했다. 물 한 바가지를 내 턱과 입술에 천천히 부었다. 그리고 위로 들린 내 코로 향했다. 물이 기도로 넘어와 숨이 막히기 시작했다. 하지만 나는 재채기를 하거나 헐떡거리지 않고 폐로 빨아들이지도 않았다. 숨을 참고 눈을 꼭 감았다.

방 바깥에서 격렬하게 움직이는 소리가 들렸다. 마구 뒤섞인 구두 소리와 화가 나서 지르는 고함소리였다. 얼굴에 물을 붓던 바가지가 비었다.

여자가 방 안에 있는 누군가에게 속삭이는 소리가 들렸다. 그러더니 내게 말했다. "아이디만 불어, 마커스. 간단한 부탁이잖아. 내가 네 아이디 가지고 뭘 할 수 있겠니?"

이번에는 물 양동이였다. 한꺼번에 붓는 물의 홍수가 멈추지를 않았다. 물의 양이 엄청나게 많게 느껴졌다. 더 이상 참을 수 없어서 숨을 헐떡였더니 폐로 물이 빨려 들어갔다. 기침을 하자 더 많은 물이 들어갔다. 그들이 나를 죽이지 않으리라는 것은 알았지만, 내 몸에 그 사실을 납득시키기가 쉽지 않았다. 몸의 근육 섬유 하나하나가 내가 죽어가고 있다고 생각했다. 심지어 울 수도 없었다. 물은 여전히 내 위로 쏟아지고 있었다.

그때 물이 멈췄다. 나는 콜록콜록 기침을 했지만, 내가 누워있는 각도 때문에 기침으로 입에서 튀어나온 물이 다시 코로 흘러들어 가서 콧속이 타들어가는 것 같았다.

기침이 너무 심해 옆구리와 허리가 아파서 몸을 뒤틀었다. 내 몸이 나를 배신하는 게 싫고, 내 마음이 몸을 통제하지 못하는 게 싫었지만, 내가 할 수 있는 건 아무것도 없었다.

마침내 기침이 가라앉자 주변에서 일어나는 일들이 내 감각 속으로 들어오기 시작했다. 사람들이 소리를 지르고 있었고 몸싸움을 하며 뒹구는 듯한 소리도 들렸다. 눈을 뜨자 밝은 빛이 쏟아져 들어와 나는 눈을 깜빡였다. 목을 쑥 빼고 바라보자 아직도 약하게 기침이 났다.

샤워실에는 처음 왔을 때보다 훨씬 많은 사람들이 있었다. 대부분의 사람들이 방탄복과 헬멧을 착용하고 거무스름한 플라스틱 안면 가리개로 얼굴을 덮고 있었다. 그 사람들이 트레저 섬 경비원들에게 소리를 지르자 경비원들도 목에 핏줄을 세우며 소리쳤다.

"물러서!" 방탄복을 입은 사람이 소리쳤다. "물러서! 손들어! 너희들을 체포한다!"

머리 짧은 여자는 휴대폰을 들고 통화 중이었다. 방탄복을 입은 사람이 여자를 쳐다보더니 재빨리 달려가 장갑 낀 손으로 휴대폰을 쳐냈다. 휴대폰이 아치를 그리며 공중을 날아가 좁은 샤워실을 가로지른 뒤 바닥에 부딪히며 산산이 부서져 사방으로 흩어질 때까지 아무도 입을 열지 않았다.

침묵이 깨졌다. 그리고 방탄복을 입은 사람들이 샤워실 안으로 더 많이 몰려들어 왔다. 그중 두 명이 나를 고문했던 사람들을 각각 붙잡았다. 다른 두 명이 머리 짧은 여자의 어깨를 붙잡고 돌려 세운 다음 손목에 플라스틱 수갑을 채우는 모습을 볼 때는 웃음이 삐져나오는 걸 참기 힘들었다.

방탄복 입은 사람 한 명이 문에서 다가왔다. 눈부신 하얀 빛을 쏘는 묵직한 장비와 비디오카메라를 어깨에 메고 있었다. 그는 샤워실 전체를 찍더니 내 주위를 두 바퀴나 돌며 찍었다. 나는 마치 초상화 모델이라도 된 것처럼 꼼짝도 않고 그대로 있었다.

우스꽝스러운 기분이 들었다.

"이거 좀 풀어줄래요?" 나는 살짝 잠긴 목소리로 간신히 말했다.

방탄복 입은 사람 두 명이 내게 다가왔다. 그중 한 여자가 나를 풀기 시작했다. 그들은 얼굴 가리개를 올리더니 나를 바라보며 미소를 지었다. 방탄복 어깨와 헬멧에 적십자 표시가 있었다.

적십자 아래에 다른 휘장이 하나 더 있었다. 캘리포니아 도로 순찰대. 그들은 캘리포니아 주 경찰관들이었다.

그들에게 여기서 뭘 하고 있는 건지 물으려고 입을 떼는 찰나 바바라 스트랫포드가 눈에 들어왔다. 아마 복도에서 제지당했던 모양이지만 지금은 사람들을 밀치고 안으로 들어오고 있었다. "여기 있었구나." 바바라가 내 옆에 무릎을 꿇고 앉더니 내 일생에 가장 길고 강한 포옹을 했다.

그때서야 깨달았다. 국토안보부가 적이라고 부르던 사람들이 샌프란시스코 만의 관타나모를 장악한 것이었다. 난 구원받았다.

21

이제 끝났다

사람들은 나와 바바라만 남겨두고 샤워장을 나갔다. 나는 갑자기 오줌과 구토물로 뒤덮인 게 창피해져서 작동되는 샤워기를 찾아 몸을 씻었다. 샤워를 마쳤을 때 바바라는 울고 있었다.

"너희 부모님은…." 바바라가 말을 시작했다.

다시 울컥하는 느낌이 들었다. 아, 가련한 우리 엄마 아빠가 또 얼마나 힘든 일을 겪으셨을까.

"여기 계세요?"

"아냐. 그게 좀 복잡해." 그녀가 말했다.

"네?"

"넌 아직 체포된 상태야, 마커스. 여기에 있는 사람들도 다 마찬가지야. 무작정 쓸고 들어와서 문을 열어젖힐 수는 없대. 여기에 있는 사람들은 모두 사법 절차를 거쳐야 돼. 그 기간이, 음, 어쩌면 수개월이 될 수도 있어."

"여기에 앞으로도 몇 개월을 더 있어야 한다고요?"

바바라가 내 손을 붙잡았다. "아냐. 빠른 시간 안에 너를 법정으로 소환해서 보석으로 풀려나게 할 수 있을 거야. 하지만 '빠른 시간'이라는 건 상대적인 말이지. 오늘 안으로 일이 진행될 수 있을 것 같지는 않아. 그래도 저 사람들이 했던 짓을 계속하지는 않을 거야. 인도적인 수감 형태로 바뀔 거야. 그리고 진짜 음식을 주고 더 이상 심문도 진행되지 않을 거야. 가족 면회도 가능해.

국토안보부가 물러갔다고 해도, 네가 여기서 바로 걸어 나갈 수 있다는 의미는 아니야. 우리는 그들이 세워놓은 기괴한 사법 제도를 제거하고 예전의 제도로 되돌리려는 거야. 판사와 공개 재판, 변호사가 존재하는 제도 말이야.

너를 본토에 있는 소년원으로 이송하도록 시도해볼 수도 있어. 하지만 마커스, 거긴 정말로 거친 동네야. 진짜, 진짜 거칠지. 우리가 너를 보석으로 빼낼 수 있을 때까지 여기에 있는 게 아마 최선일 거야."

보석. 물론, 나는 범죄자다. 아직은 기소되지 않았지만, 그들이 생각해낼 수 있는 혐의는 아주 많았다. 정부에 대해 불순한 생각을 했다는 것만도 사실 불법이었다.

바바라가 다시 내 손을 꼭 쥐었다. "참 지랄 맞지. 하지만 이렇게 할 수밖에 없어. 중요한 사실은, 이제 '끝났다'는 거야. 주지사가 국토안보부를 주 밖으로 몰아내고 검문소를 다 해체했어. 그리고 주 검찰총장이 '강압적인 심문'과 비밀스러운 감금에 관여한 모든 법 집행관에게 영장을 발부했어. 그 사람들은 감옥에 갈 거야, 마커스. 그리고 이건 네 덕분이야."

나는 멍해졌다. 이야기를 듣고 있긴 했지만 거의 이해가 되지 않왔다. 끝났지만 끝난 게 아니었다.

"자, 저 사람들이 이곳을 다 정리하고 돌아와 너를 다시 감방에 돌려보내기까지 아마 한두 시간 정도 여유가 있을 거야. 뭘 하고 싶니? 해변을 걸어볼래? 밥 먹을래? 그놈들 직원 사무실이 정말 끝내줘. 여기에 오는 도중에 사무실을 급습했거든. 거긴 맛있는 먹거리가 잔뜩 있어."

마침내 내가 대답할 수 있는 질문이 나왔다. "앤지를 찾고 싶어요. 대릴도요."

나는 그곳에 있는 컴퓨터를 이용해서 아이들의 감방 번호를 찾아보려 했지만 비번이 필요했다. 결국 우리는 복도를 걸어 다니면서 아이들의 이름을 외쳐 부르는 수밖에 없었다. 감방 안에 갇힌 사람들이 우리에게 소리를 지르면서 풀어달라고 사정했다. 그들은 방금 전에 무슨 일이 일어났는지 몰랐다. 캘리포니아 주 특별기동대가 방금까지 있던 경비원에게 플라스틱 수갑을 채워 선창까지 몰고 가는 모습을 못 봤기 때문이었다.

"앤지!" 나는 소음을 뚫고 소리쳐 불렀다. "앤지 카벨리! 대릴 글로버! 나야, 마커스!"

우리는 그 사동의 복도 끝까지 걸어갔지만 아이들은 대답이 없었다. 나는 울음이 터져 나올 것 같았다. 다른 나라로 끌려간 모양이었다. 시리아나 더 나쁜 곳으로 갔나 보다. 다시는 그 친구들을 못 볼 것이다.

나는 복도 벽에 기댄 채 주저앉아 손으로 얼굴을 감싸 쥐었다. 머리 짧은 여자의 얼굴이 떠올랐다. 내게 아이디를 물을 때 싱글싱

글 웃고 있었다. 그 여자에겐 그 짓이 처음이 아니었다. 그 여자도 감옥에 가겠지만 그것만으로는 불충분했다. 내가 다시 그 여자를 만난다면 죽여버릴지도 모른다. 그래도 싸다.

"자. 자, 마커스. 포기하지 마. 저쪽으로 가면 감방이 더 있어. 가보자." 바바라가 말했다.

바바라가 맞았다. 우리가 살펴본 사동은 이 기지를 처음 지었을 때 만들어진 거라 낡고 녹슬었다. 하지만 복도 끝에 살짝 열려 있는 문은 사전만큼 두꺼운 신형 보안문이었다. 우리는 그 문을 당겨서 열고 어두운 복도로 들어섰다.

거기에는 바코드가 없는 감방 문이 네 개 더 있었다. 각각의 문에는 작은 전자 키패드가 달려있었다.

"대릴? 앤지?" 내가 말했다.

"마커스?"

멀리 있는 문 뒤에서 소리친 사람은 앤지였다. 앤지, 우리 앤지. 나의 천사.

"앤지!" 내가 소리쳤다. "나야, 나!"

"아, 하느님. 마커스." 앤지가 목이 메여 흐느껴 울기 시작했다.

내가 다른 문을 두드렸다. "대릴! 대릴! 여기 있니?"

"나 여기 있어." 아주 작고 심하게 목이 쉰 소리였다. "나 여기 있어. 미안해. 정말 미안해."

망가지고 산산이 부서진… 대릴의 소리였다.

"대릴, 나야." 내가 문에 기대어 말했다. "나야, 마커스, 이제 끝났어. 경비원들이 잡혀갔어. 국토안보부도 쫓겨났어. 우리는 재판을 받을 거야. 공개재판. 그리고 그놈들이 지은 죄에 대해 증언할 거야."

"미안해. 정말 내가 잘못했어." 대릴이 말했다.

그때 캘리포니아 도로순찰대가 문으로 다가왔다. 그들은 아직도 카메라를 찍고 있었다. "스트랫포드 씨?" 한 명이 말했다. 그가 안면 가리개를 위로 올렸는데 내겐 구세주 같은 사람이었지만 생김새는 여느 경찰과 다르지 않았다. 그는 나를 가뒀던 사람들과 비슷했다.

"산체스 지구대장, 우리는 여기에 있는 죄수 두 명에게 관심이 있어요. 그 두 사람을 제가 직접 살펴보고 싶어요." 바바라가 말했다.

"저희가 그 문에 대한 접근 번호를 아직 못 받았습니다." 산체스가 말했다.

바바라가 손을 치켜들었다. "그건 처음 약속하고 다른데요. 저는 이 시설을 전부 다 살펴볼 수 있도록 되어 있었어요. 주지사의 명령입니다. 우리는 이 감방 문을 열기 전에는 꼼짝도 안 할 겁니다." 바바라의 얼굴은 양보하거나 굽실거리는 기미 없이 완벽할 정도로 평온했다. 그녀는 진심이었다.

지구대장은 몹시 피곤해 보였다. "제가 가능한 방법을 찾아보겠습니다." 그가 얼굴을 찌푸리며 말했다.

30분 정도 지난 후 그들이 마침내 감방 문을 열었다. 세 번을 시도한 끝에야 맞는 번호를 입력하고, 체포한 경비원들에게서 빼앗은 신분증 중에서 맞는 태그를 제대로 일치시켰다.

그들은 먼저 앤지의 독방으로 들어갔다. 앤지는 등이 터진 병원 환자복을 입고 있었는데, 감방은 내가 잡혀있던 감방보다 더 황량

했다. 모든 벽을 완충재로 덮은 그 방에는 침대나 세면대도 없고 전등조차 없었다. 앤지가 복도를 바라보며 눈을 끔뻑거리자 경찰 카메라가 얼굴에 환한 조명을 비추며 찍어댔다. 바바라가 카메라 앞으로 끼어들어 우리를 보호했다. 앤지가 발을 약간 절룩거리며 조심스럽게 감방에서 나왔다. 앤지의 눈과 얼굴에 뭔가 문제가 있었다. 앤지가 울고 있긴 했지만, 그것 때문이 아니었다.

"나한테 약을 먹였어. 내가 변호사 데려오라고 계속 소리를 질렀더니….."

나는 앤지를 끌어안았다. 앤지가 내게 기대면서 몸이 축 늘어졌지만, 그래도 나를 꼭 안았다. 앤지에게선 퀴퀴한 냄새와 땀 냄새가 났다. 그러나 나한테서 나는 냄새도 그보다 낫다고 할 수는 없었다. 이 포옹을 결코 풀고 싶지 않았다.

그때 그들이 대릴의 감방을 열었다.

대릴은 종이로 만든 환자복을 찢고 벌거벗은 채 감방 구석에 웅크리고 앉아 카메라와 우리의 시선을 가리려 애쓰고 있었다. 내가 대릴에게 달려갔다.

"대릴." 대릴의 귀에 속삭였다. "대릴, 나야. 마커스야. 끝났어. 경비원들은 체포됐어. 우리는 보석으로 나갈 거야. 집에 갈 거야."

대릴이 몸을 부들부들 떨면서 눈을 꼭 감았다. "미안해." 대릴이 작은 소리로 말하더니 고개를 돌렸다.

방탄복 입은 경찰과 바바라가 나를 대릴에게서 떼어놓더니, 다시 나를 감방에 넣고 문을 잠갔다. 그리고 나는 거기에서 밤을 보냈다.

*

법원까지 어떻게 갔는지 잘 기억나지 않는다. 나보다 훨씬 오래 그 안에 잡혀있던 죄수 다섯 명과 함께 쇠사슬로 묶였다. 아랍어밖에 못하는 노인은 계속 부들부들 떨었다. 그 외에는 모두 젊은이들로서 나 말고는 전부 유색인종이었다. 우리가 페리선 갑판에 모였을 때 봤더니 트레저 섬에 잡혀있던 사람들은 거의 다 유색인종이었다.

내가 감옥에 갇힌 건 겨우 하룻밤밖에 되지 않았지만 하루조차도 너무 길었다. 이슬비가 내리고 있었다. 평소였다면 어깨를 움츠리며 고개를 숙였겠지만 오늘은 다른 사람들과 함께 고개를 뒤로 젖히고 끝이 보이지 않는 회색 하늘을 쳐다보며 배가 샌프란시스코 만을 가로질러 선착장까지 달려갈 동안 따끔거리는 비를 한껏 즐겼다.

새 경비원들이 우리를 버스 안으로 몰아넣었다. 족쇄를 찬 상태로 버스에 올라타기가 쉽지 않았다. 그래서 사람들이 다 타기까지 승차 시간이 꽤 오래 걸렸다. 우리는 좁은 버스 통로에서 쇠사슬 하나에 여섯 사람이 묶여있는 상황의 기하학 문제를 풀려 낑낑대기보다는 그저 우리를 스쳐 지나가는 도시와 치솟은 건물들을 멍하니 바라봤다.

나는 대릴과 앤지를 찾는 일에 온 신경을 집중했다. 하지만 둘 다 보이지 않았다. 사람이 워낙 많아서 우리는 자유롭게 돌아다니기 힘들었다. 우리를 담당한 주 경찰관은 아주 상냥했지만 여전히 덩치가 크고 방탄복을 입었으며 무장한 상태였다. 사람들 틈에서 대릴을 본 것 같은 느낌이 계속 들었지만 감방 안에 있던 대릴처럼 망가지고 구부정한 모습을 하고 있던 다른 사람이었다. 대릴만 망가진 게 아니었다.

법원에서 우리는 줄줄이 족쇄에 묶인 채로 접견실로 들어갔다. 미국시민자유연합의 변호사가 우리 이야기를 듣고 간단하게 몇 가지 질문을 했다. 내 차례가 됐을 때, 변호사가 내 이름을 보더니 웃으며 반갑게 인사했다. 그리고 우리는 법정으로 들어가 판사 앞에 섰다. 법복을 입은 판사는 기분이 좋아 보였다.

가족이 보석금을 낼 수 있는 사람은 즉시 풀어줬지만, 그렇지 않은 사람은 다시 감옥으로 돌아가야 했다. 미국시민자유연합 변호사는 판사에게 죄수의 가족들을 법원으로 데리고 올 때까지 몇 시간만 더 기다려달라고 요청했다. 판사가 호의적으로 그 제안을 받아주었다. 하지만 그중 몇 사람은 다리가 폭파된 날부터 지금껏 재판도 없이 갇혀서 고립된 채 고문받고 심문을 받았다. 그리고 그동안 가족들은 그가 사망한 걸로 알고 있었다. 나는 족쇄를 끊어버리고 모두를 자유롭게 풀어주고 싶다는 생각밖에 안 들었다.

내가 판사 앞으로 나가자, 판사가 나를 내려다보면서 안경을 벗었다. 그는 피곤해보였다. 미국시민자유연합 변호사도 피곤해보였다. 법정 집행관도 피곤해보였다. 법정 집행관이 나를 호명하자 내 뒤에서 갑자기 웅성거리는 소리가 들려왔다. 판사는 내게 눈을 떼지 않은 채 망치를 한 번 땅 두드렸다. 그는 손으로 눈을 비볐다.

"얄로우 씨. 검찰에서는 당신이 도주 위험이 있다고 판단하고 있습니다. 검찰의 이야기는 일리가 있습니다. 얄로우 씨는 여기에 있는 다른 사람들보다, 뭐랄까, 전력이 화려하더군요. 얄로우 씨의 부모님이 얼마나 많은 보석금을 준비했든 재판 때까지 잡아두고 싶다는 생각이 자꾸 듭니다."

내 변호사가 뭔가 이야기를 시작하자 판사가 눈짓으로 그녀를 침묵시켰다. 판사가 눈을 북북 문질렀다.

"피고는 하고 싶은 말이 있습니까?"

"지난주에 도망갈 기회가 있었습니다. 어떤 사람이 저를 도시 밖으로 데려가서 새로운 신분을 만들어주겠다고 했었습니다. 대신 저는 그녀의 휴대폰을 훔쳐서 트럭에서 빠져나와 도망쳤습니다. 그리고 제 친구 대릴 글로버에 대한 증거가 들어있는 그 휴대폰을 기자에게 건네주고 여기, 이 도시에 숨었습니다."

"휴대폰을 훔쳤어요?"

"저는 도망칠 수 없으며, 정의를 마주해야 한다고 결심했습니다. 수배자 상태이거나 이 도시가 국토안보부의 지배를 받거나 친구들이 갇혀있는 한 제 개인의 자유는 아무런 가치가 없다고 결론 내렸습니다. 저 하나만을 위한 자유보다 자유로운 국가가 더 중요하다고 판단했습니다."

"그래도 휴대폰을 훔쳤다는 거지요?"

내가 고개를 끄덕였다. "네, 그렇습니다. 저는 문제의 그 젊은 여성을 발견하면 돌려줄 계획입니다."

"그렇군요. 좋은 발언 감사합니다. 얄로우 씨는 아주 말을 잘하는 젊은이로군요." 판사가 검사를 쏘아본 뒤 말했다. "아주 용감한 사람이라고 말하는 사람도 있을 겁니다. 오늘 아침 뉴스에 나오는 동영상을 봤습니다. 그 동영상에 따르면 피고인에게는 정부를 회피할 합당한 이유가 있었던 것으로 보입니다. 그것으로 판단하건

대, 그리고 오늘 여기서 했던 짧은 이야기로 판단하건대 본 법정은 보석을 허가합니다. 하지만 저는 휴대폰 사건과 관련하여 검사에게 좀도둑질에 대해 경범죄로 기소하라는 요청도 할 것입니다. 이에 저는 5만 달러의 보석금을 추가로 요구합니다."

판사가 다시 망치를 두드리자 변호사가 내 손을 꼭 쥐었다.

판사가 나를 내려다보면서 안경을 다시 썼다. 법복 어깨에 내려앉은 비듬이 보였다. 그가 곱슬곱슬한 머리를 만지자 안경 위로 비듬이 조금 떨어졌다.

"이제 가도 좋아요, 젊은이. 그리고 이제 말썽 부리지 말아요."

내가 돌아서 나오자 누군가가 나를 덮쳤다. 아빠였다. 아빠는 나를 번쩍 들어 갈비뼈가 으스러질 정도로 꼭 끌어안았다. 내가 꼬맹이였을 때 아빠가 안아주던 방식이었다. 어질어질하지만 재미있는 비행기 놀이를 할 때 아빠는 나를 빙빙 돌리다가 공중에 던졌다가 받아서 지금처럼 아플 정도로 꼭 끌어안곤 했었다.

부드러운 손길이 나를 아빠의 손에서 떼어났다. 엄마였다. 엄마는 아무 말없이 눈물을 흘리며 나를 붙잡고 얼굴과 몸을 이리저리 살폈다. 그리고 미소를 짓다가 다시 흐느껴 울었다. 그리고는 나를 끌어안았다. 아빠가 팔로 우리 둘을 감쌌다.

부모님이 나를 놔준 뒤 간신히 말을 꺼냈다. "대릴은?"

"대릴 아버지를 다른 데서 만났는데, 대릴은 지금 병원에 있어."

"언제 만날 수 있어요?"

"지금 거기로 갈 거야." 아빠가 어두운 얼굴로 말했다. "대릴은 상태가…." 아빠가 말을 잠시 멈췄다. "병원에서 회복될 거랬어."

아빠의 목이 잠겼다.

"앤지는 어때요?"

"앤지 어머니가 집으로 데리고 갔어. 앤지는 여기서 너를 기다리려고 했지만…."

어떤 상황인지 이해가 됐다. 갇혀 있던 사람들의 가족들이 어떤 느낌일지 충분히 이해가 됐다. 법정은 온통 눈물과 포옹으로 가득 찼다. 법정 집행관도 이를 말릴 수 없었다.

"대릴 보러 가요. 그리고 휴대폰 좀 줄래요?" 내가 말했다.

나는 대릴이 입원한 병원으로 가는 길에 앤지에게 전화를 걸었다. 대릴이 있는 병원은 우리 집에서 가까운 샌프란시스코 종합병원이었다. 앤지와는 저녁 식사 후에 만나기로 했다. 앤지가 작은 목소리로 급하게 말했다. 엄마에게 혼날지도 모르기 때문에 최대한 몸을 사리고 있었다.

대릴의 병실 복도에는 주 경찰관 두 명이 서 있었다. 그들은 병실을 둘러싸고 까치발로 사진을 찍어대는 기자들의 접근을 막고 있었다. 우리 눈앞에서 플래시가 연이어 터졌다. 나는 눈이 부셔서 고개를 저었다. 부모님이 깨끗한 옷을 가져다줘서 차 뒷좌석에서 갈아입긴 했지만, 법원 화장실에서 박박 문질러 씻었는데도 여전히 더러운 느낌이 들었다.

몇몇 기자가 내 이름을 불렀다. 아, 그래. 그렇지. 이제 난 유명인이었다. 그러자 주 경찰관도 나를 쳐다봤다. 기자가 부른 내 이름을 듣거나, 신문에서 본 내 얼굴을 알아본 모양이었다.

병실 앞에서 대릴 아버지를 만나서 기자가 듣지 못하도록 작은 소리로 이야기를 나눴다. 그는 평상복인 청바지와 스웨터를 입고 있었는데, 평소에는 그런 옷을 입고 지내리라는 생각이 들었다. 그래도 그의 가슴에는 해군 근무약장이 달려 있었다.

"대릴은 자고 있네. 조금 전에 잠깐 깨더니 울기 시작하더군. 대릴이 계속 울어서 의사가 진정제 같은 걸 먹였어." 대릴 아버지가 말했다.

대릴 아버지가 우리를 병실 안으로 데리고 들어갔다. 머리를 깔끔하게 빗질한 대릴이 입을 벌린 채 잠들어 있었다. 양쪽 입가에 하얀 침이 보였다. 병실은 침대 사이에 칸막이를 쳐놓은 2인실이었는데, 다른 쪽 침대에는 40대 아랍인처럼 보이는 사람이 있었다. 트레저 섬에서 사슬에 묶여 나올 때 함께 묶여있던 남자였다. 우리는 어색하게 손을 흔들어 인사를 나눴다.

그리고 대릴을 돌아봤다. 녀석의 손을 잡았더니 생살이 드러나도록 손톱이 잘근잘근 씹혀 있었다. 대릴이 어렸을 때 손톱을 씹는 버릇이 있긴 했지만, 고등학교에 올라온 뒤로는 그 버릇을 끊었었다. 아마 버네사가 녀석에게 온종일 손가락을 입에 물고 다니는 게 얼마나 보기 싫은지 말했을 것이다.

우리 부모님과 대릴 아버지가 자리를 비켜주며 커튼을 치는 소리가 들렸다. 나는 베개에 얼굴을 대고 대릴의 얼굴을 바라봤다. 녀석의 삐죽삐죽 솟은 수염을 보자 젭이 떠올랐다.

"안녕, 대릴. 넌 해냈어. 이제 괜찮아질 거야." 내가 말했다.

대릴이 약하게 코를 골았다. 난 간신히 말했다. "사랑해." 가족이 아닌 남자에게 처음으로 이런 말을 하자니 정말 묘한 기분이 들었다. 마지막으로, 나는 녀석의 손을 다시 꼭 쥐었다. 가엾은 대릴.

에필로그

바바라가 7월 마지막 주말에 전화를 했다. 주말에 일하러 나오는 사람이 나 혼자만은 아니었지만, 유감스럽게도 '주간 석방 프로그램'에 묶여서 이 도시를 벗어나지 못하는 사람은 나 하나뿐이었다.

나는 결국 마샤의 핸드폰 절도로 유죄 판결을 받았다. 이게 믿겨지나? 검사와 변호사는 내가 절도 경범죄를 인정하는 대신 '전자 테러'와 '폭동 선동' 관련 혐의에 대한 공소를 취하하기로 합의했다. 나는 '주간 석방 프로그램'에 따라 석 달 동안 절반은 미션 지구의 청소년 피고인들을 위한 사회복귀 훈련시설에서 지내고, 나머지 절반은 진짜 범죄자와 일진들, 마약중독 십대들, 완전히 미친 녀석들 두어 명과 함께 기숙사에서 잠을 잤다. 낮 시간에는 '자유롭게' 돌아다니거나 '일'을 하러 갈 수 있다.

"마커스, 그 여자가 풀려났대." 바바라가 말했다.

"누구요?"

"캐리 존스톤 말이야. 비공개 군사재판에서 그 여자의 모든 범죄 혐의를 무효화시키고 사건을 종결시켰어. 그래서 현역 업무로 돌아갔는데, 국토안보부에서 그 여자를 이라크로 파병 보냈다네."

캐리 존스톤은 머리 짧은 여자의 이름이었다. 캘리포니아 상급 법원의 예비 공판 중에 그 이름이 나왔다. 하지만 그게 다였다. 그 여자는 누가 명령을 내렸는지, 그동안 무슨 짓을 했는지, 누가 왜 감금당했는지 한마디도 하지 않았다. 매일 법원에서 그 여자는 의자에 앉아 완벽한 침묵을 유지했다.

그 사이 연방수사관들은 캘리포니아 주지사와 샌프란시스코 시장이 '일방적이고 불법적으로' 트레저 섬의 시설을 폐쇄하고 연방 수사관들을 쫓아냈다고 고함을 쳐댔다. 많은 연방수사관들이 샌프란시스코 만의 관타나모 경호원들과 함께 주립교도소에 수감됐다.

그러던 어느 날 갑자기 백악관과 주 의회가 이와 관련된 공식 성명을 내지 않고 침묵했다. 그리고 다음 날 주지사 관저 계단에서 국토안보부장과 주지사가 합동 기자회견을 열어 건조하고 긴장된 말투로 양자가 '합의'에 이르렀다고 발표했다.

국토안보부는 비공개 군사재판을 열어 베이교 공격 이후 집행된 조치들의 '판단 오류 가능성'을 조사할 것이라고 했다. 군사재판은 범죄 행위를 적절하게 처벌할 수 있도록 보장하기 위해 모든 재량 권을 행사할 것이라고 했다. 대신 캘리포니아에서 진행할 국토안 보부 작전에 대한 통제권은 주 상원의 승인 절차를 받게 되며, 주 상원은 주 내의 국토 안보 시설에 대한 폐쇄, 감사, 재배치 권한을 갖게 됐다고 했다.

기자들의 질문이 귀가 따가울 정도로 한꺼번에 쏟아졌다. 바바 라 기자가 가장 먼저 질문 기회를 얻었다. "존경하는 주지사님, 캘리포니아 태생의 시민 마커스 얄로우는, 백악관의 지시를 받은 게 틀림없는 국토안보부 장교에 의해 가상 사형집행을 당하는 장면이 담긴 논쟁의 여지가 없는 동영상 증거를 가지고 있습니다. 캘리포니아 주는 불법적이고 야만적인 고문을 당했던 시민들을 위한 정의의 실현을 정말로 포기하실 생각입니까?" 바바라 기자의 목소리가 떨렸지만 다행히 갈라지지는 않았다.

주지사가 양손을 펼치며 말했다. "군사재판이 정의를 실현할 겁니다. 얄로우 씨나 국토안보부를 비난할 만한 합당한 이유를 가진 시민들이 그보다 나은 정의를 원한다면, 연방 정부가 끼친 손실에 대해 고소하시면 됩니다."

그게 지금 내가 하고 있는 일이었다. 주지사 발표 이후 일주일 동안 국토안보부에 대한 민사소송이 2만 건 넘게 접수되었다. 내 소송은 미국시민자유연합이 맡았는데, 그 단체는 비공개 군사재판의 결과를 공개하라는 소송도 진행 중이었다. 이러한 요구에 대해 현재까지 법원은 아주 호의적이었다.

하지만 이 소식은 전혀 예상치 못했던 일이었다.

"그 여자가 전혀 벌을 안 받고 풀려났다고요?"

"보도자료에는 별 이야기가 없어. '트레저 섬의 대테러용 특별구치소와 샌프란시스코에서 일어난 사건들을 철저히 조사한 결과, 이번 재판에서 밝혀진 바에 따르면 존스톤 씨의 활동에서는 추가 징계를 집행할 만한 증거가 나오지 않았다.' 놈들은 이미 그 여자가 징계를 받기라도 한 것처럼 '추가 징계'라는 용어를 사용했더군."

나는 코웃음을 쳤다. 샌프란시스코 만의 관타나모에서 풀려난 뒤로 거의 매일 밤마다 캐리 존스톤에 대한 꿈을 꾸었다. 그 여자의 얼굴이 코앞까지 다가와 심술궂은 미소를 지으며 나한테 '마실 걸' 주라고 부하에게 말했다.

"마커스…." 바바라가 입을 열었지만, 내가 말을 잘랐다.

"됐어요. 괜찮아요. 전 그에 대한 동영상이나 만들래요. 주말 안에 작업을 마칠 거예요. 월요일은 온라인에서 동영상이 빠르게 퍼지는 요일이거든요. 주말에 쉬고 돌아온 사람들이 학교나 회사에서 사람들에게 보여줄 만한 재미있는 걸 찾을 때니까요."

나는 사회복귀 훈련시설에 있는 동안 일주일에 두 번씩 정신과 의사를 만났다. 처음에는 일종의 벌처럼 받아들였지만 계속 하다 보니 생각보다 괜찮았다. 의사는 내가 화났을 때 스스로를 갉아먹기보다는 건설적인 일에 집중할 수 있도록 도와줬다. 그 동영상들을 만드는 게 도움이 될 것이다.

"이만 끊을게요." 나는 목소리에 감정이 실리지 않도록 최대한 삭이며 말했다.

"마커스, 부디 몸 조심해." 바바라가 말했다.

전화를 끊자마자 앤지가 뒤에서 끌어안았다. "방금 인터넷으로 기사를 읽었어." 앤지가 말했다. 앤지는 뉴스가 인터넷에 올라오는 즉시 헤드라인을 읽어들이는 프로그램으로 이용해서 모은 수없이 많은 기사들을 끊임없이 읽었다. 앤지는 우리 단체의 공식 블로거로서 일을 썩 잘해냈다. 즉석 요리 전문 요리사가 아침 식사 주문을 받을 때처럼 흥미로운 기사가 나타나면 순식간에 잡아다 블로그에 올렸다.

앤지가 포옹한 상태에서 내가 몸을 돌리자 얼굴을 마주보며 안을 수 있었다. 사실대로 말하자면, 오늘은 별로 일을 많이 하지 않았다. 나는 저녁 식사 시간 이후로는 사회복귀 훈련시설을 나올 수 없었고 앤지의 면회도 허용되지 않았다. 우리는 주로 사무실에서 얼굴을 봤는데, 대개 주변에는 다른 사람들이 많았다. 상황이 그러니 우리는 포옹하는 것조차 힘들었다. 오늘 온종일 사무실에 우리만 남아있다는 사실은 엄청난 유혹이었다. 날씨도 몹시 무더웠다. 덕분에 우린 둘 다 민소매 셔츠에 반바지 차림이라 나란히 앉아서 일하는 동안 피부 접촉도 많았다.

"비디오를 만들어서 오늘 배포할까 해." 내가 말했다.

"좋네. 그렇게 하자." 앤지가 말했다.

앤지는 보도자료를 읽었다. 나는, 내가 물고문 받던 모습을 담은 유명한 동영상 위에 독백을 입혔다. 그 동영상에서 카메라의 강한 불빛을 미친 사람처럼 쳐다보는 내 얼굴에는 눈물이 끊임없이 흘러내리고 헝클어진 머리카락은 구토물로 범벅이었다.

"이 사람은 접니다. 저는 물고문대 위에 누워 있습니다. 가상 사형집행 방식으로 고문을 받았습니다. 그 고문은 캐리 존스톤이라는 여자가 지휘했습니다. 이 여자는 정부가 고용한 사람이었습니다. 기억하실지 모르겠지만, 그 여자는 이 동영상에도 나옵니다."

존스톤과 커트 루니가 회의실에서 모니터를 통해 대화를 나누는 동영상을 삽입했다. "저 동영상에 나오는 사람들은 존스톤과 대통령의 수석 전략참모인 커트 루니입니다."

"미국 국민들은 샌프란시스코를 사랑하지 않아. 국민들이 볼 때 샌프란시스코는 지옥에 떨어져야 할 호모와 무신론자들이 가득 찬 소돔과 고모라야. 이 나라가 샌프란시스코 사람들이 무슨 생각을 하는지 관심을

가지는 이유는 딱 하나뿐이야. 운 좋게도 이슬람 테러리스트들이 그
인간들을 지옥으로 날려버렸기 때문이지."

"이 사람이 언급한 도시는 제가 살고 있는 샌프란시스코입니다.
최종 집계에 따르면 전략 참모가 언급한 그날 우리의 이웃 4,215명
이 살해당했습니다. 하지만 그중에는 살해당하지 않은 사람도 있
었습니다. 제가 고문당하던 그 감옥으로 사라진 것이었죠. 엄마와
아빠, 아이들과 사랑하는 연인, 형제, 자매들은 사랑하는 사람들을
다시 볼 수 없었습니다. 바로 저 사람들이 여기 샌프란시스코 만
에 불법적인 감옥을 만들어서 사람들을 비밀리에 가뒀기 때문입니
다. 저 사람들이 그들을 다른 나라로 보내버렸기 때문입니다. 기록
은 꼼꼼하게 잘 작성되어 있지만 캐리 존스톤이 암호의 열쇠를 가
지고 있습니다."

캐리 존스톤이 회의실에서 루니와 이야기를 나누다가 웃는 장면
을 삽입했다. 그리고 존스톤이 체포당하는 장면을 삽입했다.

"존스톤을 체포했을 때 저는 우리의 정의가 실현될 것으로 믿었
습니다. 저 여자가 망가트리고 가뒀던 모든 사람들의 정의 말입니
다. 하지만 대통령과…."

대통령이 휴가 중에 골프를 치며 활짝 웃는 사진을 넣었다.

"…수석 전략참모가…."

루니가 한때 '우리 편'이었던 악명 높은 테러리스트 우두머리와
악수를 나누는 사진을 삽입했다.

"…훼방을 놓았습니다. 그들은 존스톤을 비밀 군사재판에 보냈
는데, 군사법정은 그 여자를 무죄로 방면했습니다. 어떻게 된 건지,

그들은 이런 일들이 아무런 문제가 없다고 생각합니다."

우리가 석방되던 날 바바라가 〈베이 가디언〉에 실었던, 감옥에 있던 죄수들의 사진 수백 장을 이어붙인 합성 사진을 삽입했다.

"우리가 그들을 투표로 뽑았습니다. 우리가 그들의 월급을 줍니다. 그러니 당연히 그들은 우리 편이어야 합니다. 그들은 우리의 자유를 수호해야 합니다. 하지만 그 사람들은…."

군사재판을 받은 존스톤과 다른 사람들의 사진을 연이어 내보냈다.

"…우리의 신뢰를 배신했습니다. 선거가 4개월 앞으로 다가왔습니다. 아직 시간이 많습니다. 밖으로 나가 '찍을 사람이 없다'며 투표를 포기한 이웃 사람 다섯 명을 찾아낼 시간은 충분합니다.

이웃들에게 말하세요. 반드시 투표하겠다는 다짐을 받으세요. 고문 기술자들과 조폭들, 그리고 샌프란시스코 만 바닥에 있는 무덤에 누워 있는 내 친구들을 비웃던 사람들에게서 우리나라를 되찾자는 다짐을 받으세요. 그리고 자기 이웃들에게도 이야기하겠다고 다짐받으세요.

우리 대부분은 찍을 사람이 없어서 기권을 했습니다. 하지만 투표를 하지 않으면 소용이 없습니다. 우리는 자유를 선택해야 합니다. 부디 자유에 투표하세요.

제 이름은 마커스 얄로우입니다. 저는 이 국가에게 고문당했습니다. 하지만 아직도 이 나라에 살고 싶습니다. 저는 열일곱 살입니다. 저는 자유로운 국가에서 자라고 싶습니다. 저는 자유로운 국가에서 살고 싶습니다."

마지막에 띄운 단체 로고를 서서히 어둡게 만들었다. 로고는 앤지가 졸루의 도움을 받아 만들었다. 그리고 졸루는 피그스플린에 우리 홈페이지를 무료로 호스팅할 수 있도록 해주었다.

이 사무실은 재미있는 곳이었다. 우리가 트레저 섬에서 석방된 직후 바바라와 변호사 친구들이 함께 설립한 비영리 단체 '자유로운 미국을 위한 유권자 연합'의 사무실이었는데, 다른 사람들은 다들 '엑스넷 이용자 연합'이라 불렀다. 일군의 해커 아이들이 국토안보부를 쫓아냈다는 사실을 믿지 못했던 첨단 기술 분야의 백만장자들이 자금을 대기 시작했다. 그들은 가끔 벤처 투자자들이 잔뜩 모여 있는 샌드힐 가로 우리를 불러서 엑스넷 기술에 대한 작은 시연회를 열어달라고 부탁하곤 했다. 엑스넷을 이용해 돈을 벌어보려는 신생 업체들이 무수하게 많았다.

그렇지만 내가 그런 일을 할 필요는 없었다. 발렌시아 가에 접한 사무실에서 우리는 패러노이드 엑스박스 CD를 나눠주고 와이파이 빵빵한 건물에서 워크숍을 열었다. 깜짝 놀랄 정도로 많은, 평범한 사람들이 사무실에 들러 하드웨어(패러노이드 리눅스는 꼭 엑스박스가 아니더라도 어떤 컴퓨터에서든 돌릴 수 있다)를 기증하고 현금을 기부했다. 그들은 우리를 아주 좋아했다.

우리는, 선거 기간이 시작되는 9월에 우리가 만든 대체현실게임을 내보낸다는 커다란 계획을 앞두고 있었다. 그 게임을 유권자 등록 과정과 병행시켜서 사람들을 투표에 참여하도록 만들겠다는 계획이었다. 지난 선거 때는 미국인 중 42퍼센트만이 투표에 참여했다. 비투표자가 훨씬 많았던 셈이다. 나는 대릴과 버네사를 우리 기획회의에 참여시키려 노력했지만 둘 다 거듭 거절했다. 둘이 내내 어울려 다니면서도 버네사는 서로 사귀는 사이가 아니라고 우겼다.

446

대릴은 요즘 나와 그다지 많은 이야기를 나누지는 않지만 버네사나 테러, 감옥 이야기를 뺀 온갖 이야기를 담은 긴 메일을 보내곤 했다.

앤지가 내 손을 꼭 쥐었다. "젠장, 난 저 여자 정말 싫어."

내가 고개를 끄덕이며 말했다. "이 나라가 이라크에 몹쓸 짓을 하나 더 한 셈이지. 정부가 이 여자를 우리 동네로 보내면 나라도 테러리스트가 될 거야."

"정부가 이 여자를 너희 동네로 보냈을 때, 넌 테러리스트가 됐어."

"으응. 그랬지." 내가 말했다.

"월요일에 갈베스 선생님 공청회에 갈 거야?"

"당연하지." 나는 2주 전에 갈베스 선생님이 저녁 식사에 초대했을 때 앤지를 선생님에게 소개했다. 교사 노조는 교육위원회에서 갈베스 선생님의 복직을 논의하기 전에 복직을 관철시키기 위해 공청회를 개최했다. 조기 퇴직했던 프레드릭 벤슨 교감이 반대 증언을 하기 위해 나올 거라고 했다. 나는 갈베스 선생님을 다시 학교에서 보고 싶었다.

"부리토 먹으러 갈래?"

"좋지."

"내 핫소스 챙겨서 가자." 앤지가 말했다.

나가기 전에 메일을 한 번 더 확인했다. 유권자연합에 새로 만든 내 메일 계정을 모르는 예전 엑스넷 이용자들이 아직도 가끔씩 해적당 계정으로 메일을 보냈다.

마지막 메일은 새로 생긴 브라질 익명 서비스에서 제공하는 1회용 메일 계정에서 온 것이었다.

> 그 여자애 찾았음. 고마워. 이렇게 섹시한 애라는 얘기는 왜 안 해준 거야?

"누구한테서 온 거야?"

내가 웃으면서 말했다. "젭이야. 젭 기억나지? 걔한테 마샤의 이메일 계정을 줬거든. 둘 다 지하에서 살아갈 생각이라면 서로 소개해주면 좋겠다는 생각이 들어서."

"젭이 마샤를 섹시하다고 그런 거야?"

"내버려둬. 환경 때문에 머릿속이 뒤틀려서 그래."

"너는 어떤데?"

"나?"

"응. 너도 환경 때문에 머릿속이 뒤틀렸던 거야?"

나는 앤지를 붙들고 위아래, 다시 위아래로 훑었다. 앤지의 볼을 붙잡고 두꺼운 안경 너머로 장난스럽게 찡그리고 있는 눈을 바라봤다. 그리고 앤지의 머리를 쓰다듬으며 말했다.

"앤지, 내 평생에 이렇게 정신이 맑았던 적이 없었어."

그러자 앤지가 내게 입을 맞췄다. 나도 앤지에게 입을 맞췄다. 우리는 부리토를 먹으러 나가기 전에 잠시 특별한 시간을 가졌다.

덧붙인 글 · 1

브루스 슈나이어*

　나는 보안전문가다. 사람들을 안전하게 지켜주는 것이 내 직업이다.

　나는 보안 체계를 구상한 뒤 그 체계를 깰 방법을 생각한다. 그러고 나서 그 체계를 어떻게 하면 더 안전하게 만들지 고민한다. 컴퓨터 보안 시스템, 감시 체계, 항공 보안 체계, 투표기, RFID태그칩 등 모든 분야를 연구한다.

　코리 닥터로우가 내게 이 책의 마지막 몇 페이지를 할당해줬다. 내가 독자들에게 보안이 재미있다는 사실을 이야기해주길 바랐기 때문이다. 실제로 보안은 몹시 재미있는 분야다. 보안은 고양이와 생쥐 게임으로서 사냥꾼과 사냥물 간 두뇌 게임이라 할 수 있다. 아마도 여러분이 가질 수 있는 가장 재미있는 직업일 것이다. 혹시 마

---

* 미국의 암호학자이자 보안전문가이며, 이 분야에서 유명한 저자이기도 하다. 댄 브라운의 소설 《다빈치 코드》에서도 세계적인 암호학자로 잠시 언급되기도 한다.

커스가 신발에 자갈을 넣어서 보조인식 카메라를 속이는 장면을 재미있게 읽었다면, 그런 생각을 처음 해낸 사람이 본인이었을 때는 얼마나 재미있을지 상상해보라.

보안 분야에서 일하려면 기술을 상당히 많이 알아야 한다. 컴퓨터와 네트워크, 카메라 그리고 그 기계들의 작동 방식이나 폭약 탐지기에 쓰이는 화학을 알아야 한다는 의미다. 하지만 실제로 보안은 사고방식에 달려있다. 보안은 생각하는 방법이 중요하다. 마커스는 생각하는 방법을 잘 보여주는 좋은 사례이다. 마커스는 항상 보안 체계의 맹점을 찾는다. 아마도 마커스는 가게에 들어가기만 하면 물건을 슬쩍 훔칠 수 있는 방법을 찾을 것이다. 실제로 마커스가 물건을 훔칠 거라는 의미는 아니다. 보안 체계를 깰 방법을 아는 것과 실제로 깨는 건 다른 이야기다. 하지만 마커스는 자기가 깰 수 있다는 사실을 안다.

이게 보안전문가가 생각하는 방식이다. 우리는 끊임없이 보안 체계를 관찰하고, 그 체계를 우회할 방법을 찾는다. 어쩔 수 없는 직업병이다.

이런 사고방식은 보안 체계 안팎에 있는 사람들 모두에게 중요하다. 가게의 좀도둑을 막으려면 도둑들보다 도둑질에 대해 더 잘 알아야 한다. 각 개인의 걸음걸이를 인식하는 카메라 시스템을 설계하려면 신발에 자갈을 넣고 걷는 사람들에 대한 계획도 세워야 한다. 그런 생각을 하지 못한다면 결코 좋은 보안 체계를 설계할 수 없기 때문이다.

온종일 빈둥거리며 돌아다닐 기회가 있다면 잠시 주변에 있는 보안 체계들을 살펴보라. 물건을 사러 들어간 가게의 카메라를 쳐다보라(그 카메라는 범죄를 막고 있는가, 아니면 그저 범죄자를 옆 가게로 밀어내고 있을 뿐인가?). 식당이 어떻게 운영되는지 보라(식사 후에 식비를 지불하는 방식이라면, 식비를 지불하지 않고 가버리는 사람은 왜 더 늘어나지 않을까?). 공항의 보안 체계를 주의 깊게 살펴보라(비행기에 무기를 가지고 타려면 어떻게 해야 할까?). 은행원을 주의 깊게 살펴보라(은행 보안 체계는 외부인의 절도뿐 아니라, 은행원의 절도까지 막을 수 있도록 설계되었다). 개미집을 관찰하라(곤충은 보안 분야에서 최고의 전문가다). 헌법을 읽고 정부에 맞서 사람들을 안전하게 지킬 수 있는 방법을 찾아라. 신호등과 대문 자물쇠, 그리고 텔레비전과 영화에 나오는 온갖 보안 체계를 살펴보라. 그 체계가 어떻게 작동하는지, 그 체계로 보호할 수 있는 위협은 무엇이며 보호할 수 없는 위협은 무엇인지, 보안 체계가 어떻게 실패하는지, 어떻게 부당하게 이용될 수 있는지 생각해보라.

한동안 이런 식으로 생각하다보면 세상이 달리 보이기 시작할 것이다. 많은 보안 체계가 주장하는 것과 달리 제대로 작동하지 않는다는 사실과 우리의 국가안보 체계가 돈 낭비라는 사실을 깨닫게 될 것이다. 그리고 사생활이 보안의 핵심이라는 사실을 이해하게 될 것이다. 사생활 보호와 보안은 서로 충돌하지 않는다. 다른 사람들이 걱정하는 것들을 더 이상 걱정하지 않게 될 것이고 다른 사람들이 생각해보지도 않았던 문제들을 걱정하기 시작할 것이다.

가끔은 아무도 그 전에는 생각하지 못했던 보안 방법을 깨닫게 될 것이다. 그리고 어쩌면 보안 체계를 망가뜨릴 새로운 방법을 알아낼 수도 있을 것이다.

누군가가 피싱이라는 기법을 고안해낸 건 채 몇 년이 되지 않았다.

나는 아주 유명한 보안 체계가 너무도 쉽게 깨져 종종 놀라곤 한다. 이런 일이 일어날 수 있는 원인은 많다. 하지만 어떤 체계가 안전하다고 보증하는 건 불가능하다는 사실이 진짜 중요하다. 이때 할 수 있는 일은 그 보안 체계를 깨려고 시도해보는 방법밖에 없다. 만일 깨지 못한다면, 시도했던 사람이 깰 수 없을 정도로 안전하다는 것을 확인할 수 있다. 하지만 만일 그 사람보다 더 영리한 사람이 도전하면 어떨까? 누구라도 자신이 깰 수 없을 정도로 강한 보안 체계는 쉽게 설계할 수 있다.

아직 잘 이해가 되지 않는다면 잠깐만 생각해보자. 자신이 만든 보안 체계를 제대로 분석할 수 있는 사람은 없다. 설계자와 분석자가 같은 사람이면 동일한 한계를 넘어서지 못하기 때문이다. 보안 체계는 다른 사람이 분석해야 한다. 그래야 설계자가 생각해보지 못했던 문제들에 대한 보안 여부를 확인할 수 있다.

즉, 우리 모두가 다른 사람이 설계한 보안 체계를 분석해야 한다는 의미이다. 점검하다 보면 놀라울 정도로 자주 보안 체계의 빈틈이 드러난다. 마커스가 보안 체계를 역이용하는 모습은 충분히 설득력이 있다. 그런 일은 늘 일어난다. 인터넷에서 크립토나이트 자전거 자물쇠와 볼펜을 검색해보라. 몹시 안전해 보이는 보안 체계가 지극히 기초적인 기술에 의해 박살나는 흥미로운 글을 여러 개 발견할 수 있을 것이다.

그런 일이 일어나면 인터넷에 올려라. 비밀(secrecy)과 보안(security)은 비슷해 보여도 다르다. 오직 나쁜 보안 체계만이 비밀에 기댄다. 좋은 보안 체계는 자세한 부분까지 대중에게 공개되어도 보안을 유지한다.

취약점이 알려지면 보안 설계자들은 더 나은 보안 체계를 만들 수밖에 없으며, 우리 모두는 보다 나은 보안 체계를 이용할 수 있게 된다. 크립토나이트 자전거 자물쇠를 구입하면 볼펜만으로도 쉽게 뚫릴 수 있으므로 소비자의 돈을 안전하게 지켜주지는 못할 것이다. 그와 마찬가지로, 영리한 아이들이 국토안보부의 대테러 기술들을 뚫어버릴 수 있다면, 그 기술이 진짜 테러리스트에 맞서서 잘 작동할 리가 없다.

사생활과 보안을 맞바꿔치기 하는 것은 어리석은 짓이다. 사생활과 맞바꾸면서도 실질적인 안보를 얻을 수 없다면 그거야말로 진짜 멍청한 짓이다.

자, 이제 책을 덮고 가라. 세상은 보안 체계로 가득하다. 해킹하라.

덧붙인 글 · 2

앤드류 '버니' 후앙, 엑스박스 해커*

해커는 탐험가이며 디지털 개척자이다. 관습에 의문을 갖고 복잡하게 얽힌 문제에 끌리는 건 해커의 본능이다. 복잡한 시스템은 해커에게는 오락거리다. 이런 해커 본능의 부작용은 자연스럽게 보안 문제에 끌리게 된다는 점이다. 사회는 넓고 복잡한 체제이므로 사소한 해킹을 할 수 있는 가능성은 무궁무진하다. 그 결과로 해커들은 종종 인습파괴자나 사회 부적응자, 반항을 위해 사회적 기준을 공공연히 무시하는 사람들로 찍혀 있다. 내가 2002년 MIT에서 엑스박스를 해킹했을 때, 반란을 꿈꾸거나 해를 끼치려고 한 건 아니었다. 난 그저 본능적인 충동을 따랐을 뿐이었다. 고장 난 아이팟을 수리하거나 MIT 지붕과 지하 공동구를 탐험하는 것과 똑같은 충동이었다.

* MIT에서 전자공학 박사학위를 받은 해커로서 《엑스박스 해킹하기》의 저자. 현재 이 책은 https://www.nostarch.com/xboxfree에서 무료로 다운받을 수 있다.

신용카드의 RFID태그를 읽는 방법이나 자물쇠를 여는 방법처럼 위협적인 지식을 안다는 사실이 사회적 기준에 어긋나는 행동들과 맞물려 해커들에 대한 공포감을 조성했다. 하지만 내가 물건을 설계할 수 있기 때문에 엔지니어가 된 것과 마찬가지로, 해커의 동기는 대개 단순하다. 사람들은 종종 왜 엑스박스의 보안 체계를 해킹했냐고 묻는다. 그럴 때 내 대답은 간단하다. 첫째, 내가 산 물건은 내 거니까. 내 하드웨어에 대해 누군가가 이거 해라, 저건 하지 말라고 말할 수 있다면, 그 하드웨어는 내가 소유한 게 아니다. 둘째, 엑스박스가 거기에 있었으니까. 엑스박스는 좋은 오락거리가 될 수 있을 만큼 복잡한 시스템이었다. 박사 과정에 따른 야간작업의 중압감에서 벗어나 기분을 전환할 수 있는 멋진 일이기도 했다.

나는 운이 좋았다. 내가 MIT 대학원생이라는 사실 덕분에 건전한 사람들이 엑스박스 해킹을 정당한 행위인 것처럼 받아들였다. 그러나 해킹을 할 수 있는 권리를 학자들에게만 확대해서는 안 된다. 내가 처음 해킹을 시작한 건 초등학교 시절이었다. 나는 손에 잡히는 모든 가전제품을 분해해버려서 부모님에겐 애물단지나 다름없었다. 나는 학교 도서관에서 빌린 모형로켓, 대포, 핵무기, 폭약 제조와 관련된 책들을 모조리 읽었다(아마도 당시의 세계적 냉전 체제가 공립학교 도서 목록에도 영향을 미쳤던 모양이다). 나는 또 눈대중으로 대충 양을 맞춰 임시변통으로 만든 폭약으로 불꽃놀이를 하며 놀았고, 중서부 지역의 주택 건설현장을 누비며 돌아다녔다. 아주 현명한 일이라고 보긴 힘들지만 이런 일들이 내 성장 과정에서 중요한 경험이 되었고, 나는 사회적인 관용과 공동체에 대한 신뢰 덕분에 자유로운 생각을 가진 사람으로 자라났다.

최근에 일어난 사건들을 보면 세상은 해커가 되려는 열망을 가진 사람들에게 그리 관대하지 않다. 이 책은 요즘처럼 새롭고 다양한 생각들에 대한 사회적 관용이 죽어버린 세상에서 어떻게 벗어날 수 있는지 잘 보여주고 있다. 최근에 일어난 사건들은 실제 세상이 이 책에 나오는 세상과 얼마나 가까워졌는지 정확히 보여준다. 운 좋게도 2006년 11월에 이 책의 초안을 읽을 기회가 있었다. 두 달 후인 2007년 1월 말경, 보스턴 경찰이 폭발물로 의심되는 장비가 발견되자 온종일 도시를 봉쇄하는 일이 벌어졌다. 그 장비는 '카툰 네트워크'를 광고하기 위해 설치한 반짝거리는 LED 회로판에 불과했던 것으로 밝혀졌다. 하지만 이 그라피티를 그린 예술가들은 테러 용의자로 체포되어 중범죄 혐의로 기소되었다. 그 네트워크 제작자들은 중재를 위해 2백만 달러를 쏟아 부었고, 그 결과 '카툰 네트워크' 대표는 사임했다.

테러리스트가 벌써 이겨버렸나? 우리가 공포에 굴복해서 그런 예술가들과 취미 활동가, 해커, 우상 파괴자, 혹은 '하라주쿠 펀 매드니스' 같은 게임을 즐기는 얌전한 아이들을 테러리스트로 취급하는 게 그저 사소한 일일까?

이런 기능 장애를 가리키는 용어가 있다. '자가 면역 질환'이다. 유기체의 방어 체계가 너무 과열되어 자기 자신을 인식하는 데 실패하는 바람에 자기 세포를 공격하는 걸 의미한다. 궁극적으로 그 유기체는 자멸한다. 지금 미국은 자유에 과민하게 반응하기 직전이다. 우리는 이에 대한 예방접종이 필요하다. 기술은 이러한 피해망상을 치료할 수 없다. 오히려 기술이 피해망상을 강화할 수도 있다. 우리 자신이 만든 장치에 갇힌 죄수가 될 수 있다는 말이다. 수

백만 명의 사람들에게 매일 겉옷을 벗고 맨발로 걸어서 금속 탐지기를 통과하도록 강요하는 것 역시 해결책이 될 수 없다. 그건 매일 주민들에게 두려워해야 할 이유가 있다는 생각만 주입할 뿐이며, 실제로 결사적인 적들에게는 그저 얄팍한 장벽밖에 되지 않는다.

사실, 우리는 누군가가 우리를 자유롭게 만들어줄 것이라 기대하면 안 된다. 마이키는 오지 않을 것이며, 우리의 자유를 빼앗겨버린 날 우리를 구원해주지도 않을 것이다. 마이키는 바로 당신과 내 속에 있기 때문이다. 이 책은, 설사 예측할 수 없는 미래가 다가온다고 할지라도, 안보 체제나 암호, 심문, 표적 수사를 통해서는 우리의 자유를 쟁취할 수 없다는 사실을 상기시켜준다. 우리는 곧 다가올 위협이 아무리 거대하더라도, 매일 자유롭게 살고, 자유로운 사회처럼 행동하기 위한 용기와 확신을 통해서만 자유를 쟁취할 수 있다.

마이키처럼 살아라. 문 밖으로 나가서, 감히 자유하라!

참고문헌

아무것도 없는 무의 상태에서 창조해내는 작가는 없다. 모든 작가는 뉴턴의 말처럼 '거인의 어깨를 딛고 서서' 작품을 쓴다. 우리는 주변 사람들과 문학의 선조들이 창조한 예술과 문화를 빌리고 훔치고 뒤섞는다.

《리틀 브라더》를 즐겁게 읽은 독자 여러분이 책에 나온 내용들에 대해 더 자세히 알고 싶다면 인터넷과 도서관, 서점에서 많은 자료들을 찾아볼 수 있다.

해킹은 정말 굉장한 주제다. 모든 과학은 기본적으로 어떤 사람이 해낸 성과를 다른 사람들이 검증하고 배우고 다시 개선하며 발전한다. 해킹도 그런 방식으로 진행되기 때문에 해킹에 관한 책들이 많이 발간되어 있다.

해킹에 관한 책을 읽으려면 앤드류 '버니' 후앙의 《엑스박스 해킹하기(Hacking the Xbox)》(No Starch Press, 2003)부터 시작해보라. 이 훌륭한 책은 MIT 학생이었던 버니가 역설계 기법으로 엑스박스의 부정이용방지 장치를 해킹했던 이야기를 담고 있으며, 엑스박스의 플랫폼을 멋지게 해킹하는 방법이 차례로 공개되어 있다. 이 책은 역설계 기법과 하드웨어 해킹 분야의 바이블이라고 할 수 있다.

브루스 슈나이어의《비밀과 거짓말(Secrets and Lies)》(Wiley, 2000)과 《두려움 너머(Beyond Fear)》(Copernicus, 2003)는 보안 분야를 전혀 모르는 문외한들을 위한 책으로서, 초보라도 이 책을 읽으면 보안을 쉽게 이해할 수 있으며 보안에 대해 비판적으로 사고할 수 있다. 슈나이어의《응용 암호학(Applied Cryptography)》(Wiley, 1995)은 암호 분야에서 권위를 인정받고 있는 책이다. 또한 슈나이어는 아주 근사한 블로그와 메일링리스트도 운영하고 있다(http://schneier.com/blog). 암호와 보안은 재능 있는 아마추어들의 왕국이다. 그리고 '사이버펑크' 운동에는 보안 규정과 암호를 박살낸 아이들과 전업주부, 학부모, 변호사 등 온갖 종류의 사람들이 가득하다.

해킹을 전문으로 다루는 뛰어난 잡지들이 여럿 있지만, 최고의 잡지 두 개만 고르라면 그중의 하나는 〈2600: 해커 계간지(2600: The Hacker Quarterly)〉로서 익명의 해커들이 자신의 기술을 뽐내는 이야기가 가득하다. 그리고 오라일리의 잡지 〈메이크(MAKE)〉가 있는데, 이 잡지는 자신만의 하드웨어를 직접 만드는 방법을 주로 다룬다.

인터넷에도 해킹 분야를 다룬 자료는 이미 넘쳐흐른다. '어설프게 고칠 수 있는 자유(Freedom to Tinker, www.freedom-to-tinker.com)'는 보안과 도청, 복제방지 기술, 암호 분야에 대해 쉬운 책을 냈던 프린스턴대학의 공학 교수 에드 펠튼과 알렉스 J. 홀더먼이 운영하는 블로그이다.

캘리포니아대학 샌디에이고 캠퍼스에서 나탈리 제레미젠코가 운영하고 있는 '치명적인 로봇공학(Feral Robotics, xdesign.ucsd.edu/feralrobots/)'도 놓치면 안 된다. 나탈리와 학생들은 장난감 가게에서 구입한 강아지 로봇의 회로를 바꿔서 유독성 폐기물 탐지기로 만들었다. 그리고 대기업들이 폐기물을 내다버린 공원에 그 강아지 장난감들을 풀어놓은 뒤 언론들이 좋아할만한 방식으로 토양이 얼마나 오염되었는지 보여주었다.

이 책에 나오는 많은 해킹들과 마찬가지로 DNS 터널링도 실제 존재하는 해킹 기법이다. 최고의 터널링 전문가인 댄 카민스키가 2004년에 그 기법의 자세한 내용을 공개했다(www.doxpara.com/bo2004.ppt).

'시민 저널리즘' 분야의 전문가는 댄 길모어이다. 댄은 현재 하버드대학과 캘리포니아대학 버클리 캠퍼스에서 시민미디어 센터를 운영하고 있으며, 《우리가 미디어다!》(이후, 2008)라는 굉장한 책을 썼다.

RFID태그 해킹에 대해 더 배우고 싶다면 애널리 뉴위츠가 잡지 〈와이어드(Wired)〉에 쓴 'RFID 해킹의 이면(The RFID Hacking Underground, www.wirednews.com/wired/archive/14.05/rfid.html)'부터 읽는 게 좋다.

닐 거셔펠드는 MIT에 있는 공작실(Fab Lab, fab.cba.mit.edu)에서 지금껏 꿈꾸어왔던 물건들을 뽑아낼 수 있는 저렴한 '3D 프린터'를 세계 최초로 만들었다. 그 과정은 《공작(Fab)》(Basic Books, 2005)이라는 뛰어난 책에 들어있다.

브루스 스털링의 《물건 만들기(Shaping Things)》(MIT Press, 2005)

는 RFID태그와 공작실을 이용해서 기업들에게 세상에 악영향을 주지 않는 물건들을 만들어내도록 압력을 행사하는 방법을 잘 보여주고 있다.

브루스 스털링은 최초로 해커와 법률에 관한 뛰어난 책《해커 탄압(The Hacker Crackdown)》(Bantam, 1993)을 썼는데, 그 책은 대형 출판사로서는 최초로 발간과 동시에 인터넷에 파일을 무료 배포한 책이기도 하다(stuff.mit.edu/hacker/hacker.html에 들어가면 지금도 그 책을 읽을 수 있다). 나는 이 책을 읽고 전자프론티어재단에 흥미가 생긴 덕택에 나중에 그 재단에서 4년간 일할 수 있는 영광을 얻기도 했다.

전자프론티어재단(www.eff.org)은 회원들의 후원으로 운영되는 단체다. 재단은 개인들이 보내준 후원금을 인터넷에서 개인의 권리와 표현의 자유, 정당한 법적 절차, 그리고 기본권을 안전하게 지키는 데 사용한다. 재단은 인터넷에서 가장 유능한 자유의 수호자들이다. 여러분도 메일링리스트에 가입만 하면 그들의 투쟁에 참여할 수 있다. 테러나 해적질, 마피아 혹은 유령 따위와 싸운다며 여러분의 개인정보를 팔아버리려는 선출직 공무원을 재단이 찾아냈을 때, 재단과 함께 그들에게 항의 메일을 보내면 된다. 전자프론티어재단은 토르(TOR, The Onion Router)의 운영도 돕고 있다. 토르는 정부나 학교 혹은 도서관의 검열 방어벽을 '즉시' 벗어날 수 있는, 실제로 존재하는 기술이다(tor.eff.org).

전자프론티어재단은 일반 시민들을 위해 어마어마한 정보를 담은 방대한 웹사이트를 운영하고 있다. 미국시민자유연합(aclu.org)이나 공적 지식(publicknowledge.org), 자유문화(freeculture.org), 크리에이티브 커먼스(creativecommons.org)도 마찬가지다. 이 단체들은 모두 후원할 만한 가치가 있다. '자유문화'는 국제적인 학생 운동으로서 고등학교와 대학에 자신들의 지역 거점을 만들기 위해 활발하게 젊은이들을 회원으로 모집하고 있는데, 참여와 변화를 만드는 훌륭한 방법이다.

많은 웹사이트가 인터넷의 자유를 위해 싸워왔지만 '슬래쉬닷'의 열정에 비길만한 곳은 많지 않다. 〈중요한 사건으로 꽉 채운, 덕후를 위한 소식(News for Nerds, Stuff That Matters)〉(slashdot.org).

그리고 당연한 이야기지만, '위키피디아(www.wikipedia.org)'에 반드시 들어가 봐야 한다. 위키피디아는 협력을 통해 네트워크 방식으로 만들어져서 누구든지 편집할 수 있는 백과사전으로서, 영어로 쓰인 표제어만 세어도 1,000,000개가 넘는다. 위키피디아에는 해킹과 반문화에 대해 놀라울 정도로 깊고 엄청나게 다양하고 빠른 정보들이 잘 축적되어 있다. 단, 이것만 주의하면 된다. 위키피디아에서는 표제어만 보아서는 안 된다. 위키피디아의 모든 페이지마다 위쪽에 링크되어 있는 '토론(Discussion)'과 '역사 보기(History)'를 읽는 게 진짜 중요하다. 그 링크들을 보면 위키피디아에 현재 쓰인 '진실'까지 어떤 과정을 거쳐 도달했는지 알 수 있으며, 그 표제어에 대한 논쟁들을 감상할 수 있어서, 그중 본인이 믿을 수 있는 자료를 선택할 수 있다.

혹시 진짜로 금지된 정보를 알고 싶다면 크립토미(Cryptome.org)에 슬쩍 가보라. 거기엔 세계에서 가장 놀랍고 비밀스러운 정보들이 쌓여있다. 크립토미의 용감한 운영자들은 정보공개법을 이용해 빼내거나 내부 고발자에 의해 유출된 자료들을 모아 인터넷에 공개하고 있다.

닐 스티븐슨의 《크립토노미콘》(책세상)은 암호의 역사를 소설로 쉽게 풀어서 설명해준 책이다. 스티븐슨은 앨런 튜링과 나치의 에니그마 기계의 이야기를 한 번 읽기 시작하면 손에서 떼어놓을 수 없을 정도로 매력적인 전쟁 소설로 바꿔놓았다.

《리틀 브라더》에서 언급한 '해적당'은 실제로 존재하며 스웨덴(www.piratpartiet.se)과 덴마크, 미국, 프랑스 등에서 활발하게 활동하고 있다. 조금 특이한 정당이긴 하지만 다양한 활동을 열심히 하고 있다.

애비 호프먼과 이피들은 진짜로 펜타곤을 공중으로 부양시키려 했었고, 증권거래소에 돈을 던졌으며, '벽에 대가리 박아, 이 새끼야'라는 모임과 함께 일했다. 이 체제에 치명적인 애비 호프먼의 고전 《이 책을 훔쳐라(Steal This Book)》는 최근 다시 재출간됐다(Four Walls Eight Windows, 2002). 이 책에 최신 정보를 추가하고 싶어 하는 사람들을 위해 협동 작업을 위한 위키 페이지가 인터넷에 운영 중이다(stealthiswiki.nine9pages.com).

호프먼의 자서전 《곧 메이저 영화로 제작됨(Soon to Be a Major Motion Picture)》(Four Walls Eight Windows)은 허구가 많이 섞이긴 했어도 내가 가장 좋아하는 회고록이다. 호프먼은 놀라운 이야기꾼이며 활동가로서의 본능이 탁월한 사람이다. 혹시 호프만의 실제 삶에 대해 알고 싶다면 래리 슬로먼의 《이 꿈을 훔쳐라(Steal This Dream)》(Doubleday, 1998)를 권한다.

반문화의 재미를 더 보고 싶다면, 잭 케루악의 《길 위에서》는 헌책방에서 1, 2달러 정도면 쉽게 구입할 수 있다. 앨런 긴즈버그의

《울부짖음》은 인터넷에서 쉽게 찾을 수 있으며, archive.org에서 검색하면 mp3 파일을 다운받을 수 있다. 그리고 보너스 하나, 퍼그스(The Fugs)의 앨범 〈텐더니스 정션(Tenderness Junction)〉을 찾아보면 앨런 긴즈버그와 애비 호프먼이 펜타곤에서 공중부양 의식을 치루는 소리를 들을 수 있다.

세상을 바꾼 조지 오웰의 탁월한 소설 《1984년》이 없었더라면 이 책은 세상에 나오지 못했을 것이다. 《1984년》은 현재까지 나온 어떤 소설보다, 사회가 어떻게 잘못되어가는지 잘 보여준 최고의 걸작이다. 나는 《1984년》을 12살 때 처음 읽은 후로 지금까지 30, 40번 정도 읽었는데, 매번 읽을 때마다 뭔가 새로운 걸 발견하게 된다. 오웰은 달인의 경지에 오른 이야기꾼이었으며, 당시 소련에 나타난 전체주의 국가를 역겨워했다. 《1984년》은 현재까지 몹시 무서운 SF로 꼽히고 있으며, 문자 그대로 세상을 바꿨던 소설이다. 오늘날 '오웰적인(Orwellian)'이라는 단어는 감시와 이중 사고, 고문의 동의어로 사용되고 있다.

《리틀 브라더》의 줄거리는 많은 소설가들의 도움을 받았다. 대니얼 핑크워터가 쓴 최고의 코믹 소설 《앨런 멘덜슨, 화성에서 온 소년(Alan Mendelsohn: The Boy From Mars)》(현재는 옴니버스 소설 《다섯 소설(5 Novels)》에 포함되었다)은 모든 덕후가 반드시 읽어야 하는 책이다. 혹시 자신이 다른 아이들보다 너무 똑똑하거나 이상해서 따돌림을 받는 기분이 든다면 무조건, 꼭 이 책을 읽어라. 내 삶을 바꾼 책이다.

시대를 앞서가는 책을 한 권 더 소개하자면, 스콧 웨스터펠드의 《그래서 어제(So Yesterday)》(Razorbill, 2004)를 추천한다. 이 책은 멋진 탐구자들과 반문화 재머들의 모험을 다룬다. 스콧과 그의 부인 저스틴 라바레스티어가 내게 청소년 소설을 써보라고 격려했다. 캐이테 코자도 마찬가지다. 친구들, 고마워!

감사의 인사

이 책은 많은 작가와 친구들, 스승들, 그리고 이걸 가능하게 한 영웅들에게 많은 빚을 지고 있다.

해커와 사이버펑크족—버니 후앙, 세스 쉔, 에드 펠튼, 알렉스 홀더먼, 그위즈, 나탈리 제레미젠코, 엠마뉴엘 골드스타인, 아론 스왓츠.

나의 영웅들—미치 카포, 존 길모어, 존 페리 발로우, 래리 레시그, 샤리 스틸, 신디 콘, 프레드 폰 로흐만, 재미 보일, 조지 오웰, 애비 호프만, 조 트리피, 브루스 슈나이어, 로스 다우슨, 해리 코프이토, 팀 오라일리.

작가들—브루스 스털링, 캐이테 코자, 스콧 웨스터펠드, 저스틴 라바레스티어, 팻 요크, 애널리 뉴위츠, 댄 길모어, 대니얼 핑크워터, 케빈 폴슨, 웬디 그로스맨, 제이 레이크, 벤 로젠바움.

친구들—피오나 로미오, 퀸 노턴, 대니 오브라이언, 존 길버트, 다나 보이드, 잭 한나, 에밀리 허슨, 그래드 콘, 존 헨슨, 어맨 더 포비스터, 제니 자댕, 데이비드 페스코비츠, 존 바텔, 칼 레베스크, 케이트 마일즈, 닐과 타라-리 닥터로우, 라엘 돈페스트, 켄 스나이더.

스승들—주디 메릴, 로즈와 고드 닥터로우, 해리엇 울프, 짐 켈리, 데이먼 나이트, 스콧 에델만.

내게 생각할 수 있는 도구를 주고 이런 생각들을 쓸 수 있게 해준 이 모든 분들에게 감사드린다.

Special Thanks to

《리틀 브라더》 독자 북펀드에 참여해주신 분들

강동구	권정민	김세경	김정미	김형욱	박경진	박진영	손지상
강동화	금정연	김세승	김정섭	김형준	박나윤	박차희	손진영
강문숙	김강산	김세연	김정인	김혜원	박무자	박 혁	송덕영
강부원	김경무	김송호	김정환	김호규	박미나	박혁규	송병하
강선희	김경식	김수민	김종민	김홍석	박선영	박현희	송성규
강소희	김기남	김수영	김주헌	김희곤	박성미	박형원	송혜운
강영미	김기태	김연호	김주현	김희진	박성우	박형주	송혜원
강재웅	김도희	김영애	김준화	나정수	박세준	박혜경	송화미
강주한	김동환	김영은	김중기	나준영	박세하	박혜미	신명석
강지현	김명의	김영진	김지현	남예린	박소연	박호운	신민영
강진선	김명철	김예지	김지현	남요안나	박소연	배유미	신원창
강찬규	김명호	김용학	김지현	노진석	박소희	배지훈	신은주
고원태	김미경	김원우	김진세	노희정	박수진	백두성	신정훈
곽성은	김미정	김윤삼	김태훈	류상효	박수진	백두호	신지현
곽소영	김민경	김은진	김현규	류영선	박승미	서민정	신해경
곽화자	김범석	김은하	김현승	류지원	박연옥	석주현	신현재
구본욱	김병희	김익수	김현영	문성희	박은정	선상원	심만석
구봉준	김보여	김인겸	김현정	문세은	박준일	설진철	심완선
권내리	김보영	김인원	김현정	문정섭	박지민	성지연	심진희
권세운	김성기	김자혜	김현조	문현숙	박지영	손상호	심태균
권오원	김성완	김재민	김현철	문희정	박진순	손정훈	심해숙

심현례	오지선	이건임	이주현	정대영	조경해	최민영	한송이
안용덕	오훈일	이경아	이준환	정명기	조누리	최민희	한승훈
안유은	우윤희	이다혜	이지수	정민수	조민희	최병준	한지수
안재욱	우정민	이도헌	이지용	정영목	조상연	최선정	한진섭
안지연	원성민	이동현	이지호	정영미	조아라	최세진	허남진
안진경	원영각	이만길	이창수	정윤호	조아라	최수진	허민선
안진영	원종욱	이미령	이하나	정윤희	조윤주	최영기	허정인
안형일	유상엽	이미정	이현희	정은진	조윤호	최원택	허지현
안효영	유성환	이민경	임찬식	정이나	조은수	최은주	허진민
양민수	유승안	이상민	장경훈	정일영	조은실	최재순	홍민희
양선희	유지선	이상봉	장선경	정주헌	조익상	최지윤	홍상준
양혜림	유지영	이상희	장정환	정준호	조정우	최지은	홍수현
엄진태	윤규성	이성욱	장하연	정지훈	조향숙	최청운	홍지로
염은영	윤석헌	이수진	전가영	정진선	주하아린	최춘규	홍진혁
오누리	윤신영	이수한	전미혜	정진우	지은주	최항규	홍해인
오대일	윤욱한	이승빈	전범준	정진원	진선하	최헌영	홍호택
오성주	윤정훈	이승영	전 향	정진주	진정은	최홍석	화소영
오성준	윤진환	이이슬	전혜진	정하연	차민정	최희진	황은향
오웅석	은재상	이인정	정 건	정향지	최경호	탁안나	
오재호	은현정	이종근	정담이	제영희	최담담	하나윤	

외 90명, 총 416명

옮긴이 **최세진**

《리틀 브라더》의 작가 코리 닥터로우는 번역을 맡은 최세진을 '이 책의 가장 이상적인 번역자'로 꼽았다. 이유는 코리 닥터로우와 비슷한 그의 이력 때문이다.

최세진은 PC통신과 인터넷이 막 보급되기 시작한 1990년대 국내에 태동한 정보통신운동의 1세대 활동가로서, 1996년부터 10년간 민주노총 정보통신정책부장을 지냈으며, 정보통신 문제를 전문적으로 다루는 진보네트워크센터의 시작을 함께 했다.

현재는 정보통신미디어활동가이면서 동시에 SF분야의 전문번역자로 활동 중이다. 최세진의 저서는 《내가 춤출 수 없다면 혁명이 아니다》가 있으며, 번역서로 《크로스토크》, 《우주복 있음, 출장 가능》, 《화재감시원》(공역), 《여왕마저도》(공역), 《계단의 집》, 《마일즈 보르코시건: 바라야 내전》, 《마일즈 보르코시건: 남자의 나라 아토스》, 《SF 명예의 전당 2: 화성의 오디세이》(공역), 《SF 명예의 전당 3: 유니버스》(공역), 《제대로 된 시체답게 행동해》(공역) 등이 있다.

리틀브라더

초판 1쇄 발행   2015년 10월 20일
초판 9쇄 발행   2020년 5월 20일

지은이	코리 닥터로우
옮긴이	최세진
펴낸이	박은주
기획	김아린
일러스트	김범석
디자인	김선예
마케팅	박동준

발행처	(주)아작
등록	2015년 9월 9일(제2018-000142호)
주소	04389 서울특별시 용산구 한강대로 26
	한강트럼프월드3차 102동 1801호
대표전화	02.324.3945 **팩스** 02.324.3947
이메일	decomma@gmail.com
홈페이지	www.arzak.co.kr

ISBN   979-11-956283-0-8 03840

이 도서의 국립중앙도서관 출판예정도서목록(CIP)은 서지정보유통지원시스템 홈페이지(http://seoji.nl.go.kr)와 국가자료공동목록시스템(http://www.nl.go.kr/kolisnet)에서 이용하실 수 있습니다. (CIP제어번호: CIP2015027322)